O IMPERADOR

A MORTE DOS REIS

CONN IGGULDEN

O IMPERADOR

A MORTE DOS REIS

Tradução de
ALVES CALADO

15ª EDIÇÃO

EDITORA RECORD
RIO DE JANEIRO • SÃO PAULO
2021

CIP-BRASIL. CATALOGAÇÃO-NA-FONTE
SINDICATO NACIONAL DOS EDITORES DE LIVROS, RJ.

I26m
15ª ed.

Iggulden, Conn
A morte dos reis / Conn Iggulden; tradução Ivanir Alves Calado. – 15ª ed. –
Rio de Janeiro: Record, 2021.
504 p.: . – (Imperador; v. 2)

Tradução de: Emperor: The death of kings
ISBN 978-85-01-06864-4

1. César, Júlio – Biografia – Ficção. 2. Roma – História – Ficção. 3. Romance
inglês. I. Alves Calado, Ivanir, 1953- . II. Título. III. Série.

04-2385

CDD – 823
CDU – 821.111-3

TÍTULO ORIGINAL INGLÊS
EMPEROR – THE DEATH OF KINGS

Direitos exclusivos de publicação em língua portuguesa para o Brasil
adquiridos pela
EDITORA RECORD LTDA.
Rua Argentina, 171 – Rio de Janeiro, RJ – 20921-380 – Tel.: 2585-2000,
que se reserva a propriedade literária desta tradução.

Impresso no Brasil

ISBN 978-85-01-06864-4

Seja um leitor preferencial Record
Cadastre-se no site www.record.com.br
e receba informações sobre nossos
lançamentos e nossas promoções.

ASSOCIAÇÃO BRASILEIRA DE DIREITOS REPROGRÁFICOS
EDITORA AFILIADA

Atendimento e venda direta ao leitor
sac@record.com.br

AGRADECIMENTOS

Um número cada vez maior de pessoas teve a gentileza de ler esboços de cenas e capítulos, freqüentemente fizeram isso muitas vezes. Nick Sayers e Tim Waller, da HarperCollins, guiaram esses livros através de várias versões com uma habilidade que estou começando a considerar como ponto pacífico. Além disso tenho de agradecer a Joel, Tony, meu irmão David, meus pais, Victoria, Ella, Marlita e Clive, sem qualquer ordem específica. Obrigado a todos pelo interesse e pelas contribuições.

Para o meu pai, que recitava "Vitai Lampada" com um brilho nos olhos. Também para minha mãe, que me mostrou que a História era uma coleção de histórias maravilhosas, com datas.

PRIMEIRA PARTE

CAPÍTVLO I

O FORTE DE MITILENE SURGIU ACIMA, NA COLINA. PONTOS DE LUZ se moviam nas muralhas enquanto as sentinelas faziam a ronda no escuro. O portão de carvalho e ferro estava fechado, e a única estrada que levava até as encostas íngremes era muito bem guardada.

Gadítico tinha deixado apenas vinte de seus homens na galera. Assim que o resto da centúria desembarcou, ele ordenou que a ponte *corvus* fosse puxada e a *Accipiter* deslizou afastando-se da ilha escura, com os remos praticamente inaudíveis na água calma do mar.

A galera ficaria a salvo de um ataque enquanto eles estivessem longe. Com todas as luzes apagadas, era um ponto de escuridão que os navios inimigos deixariam de ver a não ser que viessem direto para o porto da pequena ilha.

Júlio estava com sua unidade, esperando ordens. Sério, controlava o entusiasmo por finalmente ver ação depois de seis meses de patrulha costeira. Mesmo com a vantagem da surpresa, o forte parecia sólido e perigoso, e ele sabia que a escalada das muralhas certamente seria sangrenta. Mais uma vez examinou o equipamento, testando cada degrau das escadas de mão que havia recebido, movendo-se entre os homens para se certificar de que tinham panos amarrados em volta das sandálias para não fazer barulho e facilitar a escalada. Não havia nada fora do lugar, mas seus homens se submeteram à verificação sem reclamações, como tinham feito duas vezes desde o desembarque. Júlio sabia que eles não iriam desmoralizá-lo. Quatro eram soldados veteranos, inclusive Péritas, que tinha dez anos de experiência em galeras. Júlio o havia nomeado o segundo da unidade assim que percebeu que o sujeito era respeitado pela maior parte dos tripulantes. Anteriormente ele fora deixado sem promoção, mas Júlio viu a qualidade por trás do modo casual de usar o uniforme e do rosto espantosamente feio. Rapidamente Péritas se tornou um forte defensor do novo e jovem tesserário.

Os outros seis tinham sido apanhados em portos romanos pela Grécia, enquanto a *Accipiter* montava sua tripulação completa. Sem dúvida, alguns deles tinham histórias sombrias, mas as exigências de uma ficha limpa costumavam ser ignoradas para os soldados das galeras. Homens com dívidas e discordâncias com oficiais sabiam que sua última chance de ter um salário era no mar, mas Júlio não reclamava. Todos os seus dez homens tinham visto batalha, e ouvi-los contar suas histórias era como um resumo do progresso de Roma nos últimos vinte anos. Eles eram brutais e duros, e Júlio gostava do luxo de saber que não hesitariam nem recusariam serviços sujos, como, por exemplo, limpar o forte de Mitilene dos rebeldes numa noite de verão.

Gadítico caminhou pelas unidades, falando com cada oficial. Suetônio assentiu para o que lhe fora dito e fez uma saudação. Júlio olhou seu antigo vizinho, sentindo uma nova aversão mas incapaz de associá-la a alguma coisa específica no jovem oficial. Durante meses eles haviam trabalhado juntos com uma educação gélida que agora parecia impossível de ser quebrada. Suetônio ainda o via como o menino que ele e seus amigos tinham amarrado e espancado numa vida anterior. Não sabia nada de suas experiências desde então e limitara-se a um riso de desprezo quando Júlio contou aos homens como era entrar em Roma na frente de um triunfo com Mário. Os acontecimentos na capital eram apenas um rumor distante para os homens a bordo, e Júlio sentia que alguns dos amigos de Tônio não acreditavam nele. Era irritante, mas a primeira sugestão de tensão ou briga entre unidades significaria rebaixamento ao posto de soldado raso. Júlio mantivera silêncio, mesmo quando ouviu Suetônio contando a história de como tinha deixado o outro tesserário pendurado numa árvore depois de bater em sua cabeça algumas vezes. Seu tom de voz fizera com que o incidente parecesse apenas uma brincadeira entre garotos. Ele sentiu o olhar de Júlio no final e fingiu surpresa, piscando para o seu segundo enquanto voltavam ao serviço.

Enquanto Gadítico andava até a última unidade, Júlio pôde ver Suetônio rindo por trás do ombro. Manteve os olhos no centurião e fez uma saudação rígida, em posição de sentido. Gadítico assentiu para ele, devolvendo a saudação com um movimento rápido do braço direito.

— Se eles não souberem que estamos aqui, talvez possamos queimar aquele ninhozinho antes do amanhecer. Se foram avisados, vamos lutar a cada passo. Certifiquem-se de que as armaduras e espadas estejam abafadas. Não quero que elas dêem o alarme enquanto estamos nos flancos expostos da colina.

— Sim, senhor — respondeu Júlio rapidamente.

— Seus homens atacarão pelo lado sul. Lá a encosta é um pouco mais fácil. Leve as escadas rapidamente e coloque um homem na base de cada uma para segurá-las, de modo a não perderem tempo procurando um apoio firme para os pés. Estou mandando os homens de Suetônio para matar as sentinelas do portão. São quatro, de modo que a coisa pode ser barulhenta. Se ouvirem gritos antes de chegar perto da muralha, corram. Não devemos dar a eles tempo de se organizarem. Entendido? Bom. Alguma pergunta?

— Sabemos quantos homens há lá dentro, senhor? — perguntou Júlio.

Gadítico pareceu surpreso.

— Vamos tomar essa fortaleza quer eles tenham cinqüenta ou quinhentos homens! Eles não pagam impostos há dois anos e o governador local foi assassinado. Acha que deveríamos esperar reforços?

Júlio ficou ruborizado de vergonha.

— Não, senhor.

Gadítico deu um risinho amargo.

— A marinha já está com muito pouca gente. Você vai se acostumar a nunca ter homens e navios suficientes se sobreviver a esta noite. Agora vá para a sua posição e se mantenha afastado da fortaleza, usando cobertura. Entendido?

— Sim, senhor.

Júlio fez outra saudação. Ser oficial, ainda que do nível mais baixo, era na melhor das hipóteses difícil. Esperava-se que ele conhecesse o serviço, como se a capacidade viesse junto com o cargo. Ele jamais atacara uma fortaleza antes, fosse de dia ou de noite, mas deveria tomar decisões instantâneas que poderiam significar a vida ou a morte para os seus homens. Virou-se para eles e sentiu um novo jorro de determinação. Não iria deixá-los em má situação.

— Vocês ouviram o centurião. Sigam em silêncio, romper fileiras. Vamos.

Como se fossem um só, eles bateram o punho direito nos peitorais de couro, confirmando. Júlio se encolheu diante do pequeno ruído.

— E nada desse negócio de fazer barulho. Até estarmos dentro da fortaleza, nenhuma ordem minha precisa ser confirmada. Não quero vocês entoando "Sim, senhor", quando estão tentando se mover em silêncio, certo?

Um ou dois riram, mas a tensão era palpável enquanto seguiam lenta e cuidadosamente sob cobertura. Duas outras unidades se destacaram com eles, deixando Gadítico para comandar o ataque frontal assim que as sentinelas estivessem com a garganta cortada.

Júlio agradeceu os treinamentos intermináveis ao ver o modo fácil com que os homens se separavam em pares, com quatro escadas compridas em cada unidade. Os soldados podiam subir correndo pelos degraus largos quase a toda velocidade, e levariam apenas segundos para chegar ao topo das muralhas negras e entrar no forte. Então a coisa ficaria feia. Sem saber quantos rebeldes os enfrentavam, os legionários tentariam matar o maior número possível nos primeiros instantes.

Sinalizou com a palma da mão para os homens se agacharem quando uma tocha de sentinela parou perto de onde estavam. Os sons seriam transportados com facilidade, apesar do canto rítmico dos grilos no capim. Depois de uma curta pausa, a luz da sentinela se moveu de novo e Júlio captou o olhar dos oficiais mais próximos, assentindo a cada um deles para começar o ataque.

Levantou-se, e seu coração bateu mais depressa. Seus homens se levantaram junto, um deles grunhindo ligeiramente com o peso da escada. Começaram a correr subindo a rocha irregular do lado sul. Apesar dos panos para abafar o som das sandálias e das armas, o barulho dos pés pareceu alto quando Júlio começou uma leve corrida junto aos homens. Péritas ia na frente, na ponta da primeira escada, mas a ordem mudava segundo a segundo enquanto eles subiam a superfície irregular, sem ter ao menos a luz da lua para ver o chão. Gadítico tinha escolhido bem a noite.

Cada uma das escadas foi passada depressa pelas mãos do homem da frente, que firmou a base perto da muralha para alcançar altura máxima. O primeiro homem segurou-a com firmeza enquanto o segundo subia rapidamente para a escuridão. Em apenas alguns segundos o primeiro grupo havia passado e o segundo estava pronto para ir, com a subida mais difícil, porque as escadas escorregavam e raspavam na pedra. Júlio segurou uma que estava se movendo e sustentou-a com os ombros até que o peso em cima tivesse sumido, apreciando a nítida realidade das alavancas no processo. Por toda a fileira, soldados desapareciam no forte, e o alarme ainda não fora dado.

Ajeitou a escada até que a ponta almofadada se prendeu em alguma coisa e segurou-a com força enquanto subia, tendo de ficar grudado por causa do ângulo agudo. Não parou no topo, para o caso de haver arqueiros mirando. Não havia tempo para avaliar a situação enquanto passava por cima e pulava na escuridão abaixo.

Bateu no chão e rolou, encontrando seus homens em volta, à espera. Diante deles havia um pequeno trecho de capim crescido sobre pedras antigas e compridas. Era um terreno de matança para arqueiros, e eles precisavam sair dali rapidamente. Júlio viu que as outras unidades não tinham parado, haviam atravessado até a muralha interna. Franziu a testa. Ela era tão alta quanto a primeira, a apenas seis metros de distância, mas desta vez as escadas estavam lá fora e eles estavam presos entre as muralhas, como os antigos projetistas haviam planejado. Xingou baixinho enquanto os homens olhavam para ele esperando uma decisão rápida.

Então um sino começou a tocar na fortaleza, os dobres pesados estrondeando no escuro.

— E agora, senhor? — perguntou Péritas, com a voz parecendo entediada.

Júlio respirou fundo, sentindo seus próprios nervos se acomodando ligeiramente.

— Estaremos mortos se ficarmos aqui, e eles vão começar a jogar tochas logo, iluminando-nos para os arqueiros. Você é o melhor em fazer amarras, Péri, então tire a armadura e veja se consegue subir com uma corda a muralha interna. As pedras são antigas, deve haver alguns pontos de apoio para você. — Em seguida se virou para os outros enquanto Péritas começava a desfazer os nós que prendiam a armadura. — Precisamos pegar aquela escada de volta. Se Péri cair, seremos alvos fáceis para os arqueiros. É um muro de quatro metros e meio, mas talvez possamos levantar os dois mais leves de vocês até o topo, de onde podem puxar a escada.

Júlio ignorou os sons crescentes de pânico e batalha dentro do forte. Pelo menos, os rebeldes estavam se concentrando no ataque de Gadítico, mas o tempo devia estar acabando para os soldados ao seu lado.

Os homens entenderam o plano rapidamente, e os três mais pesados cruzaram os braços uns com os outros e apoiaram as costas nas pedras escuras da muralha externa. Outros dois subiram sobre eles e se viraram com cuidado, para também se encostar na muralha atrás. Os três de baixo grunhiram quando o peso se apoiou em sua armadura. As placas de metal se cravavam nos ombros dos homens, mas sem elas havia boa chance de partir uma clavícula. Eles suportaram o desconforto em silêncio, mas Júlio viu que não agüentariam por muito tempo.

Virou-se para os últimos dois, que tinham tirado a armadura e se despiram até ficar apenas com a roupa de baixo, descalços. Ambos riram de empolgação quando Júlio sinalizou para subirem e começaram a escalar a torre de homens com a mesma velocidade e eficiência que empregavam ao trabalhar no cordame da *Accipiter*. Júlio desembainhou a espada enquanto os esperava, esforçando-se por enxergar na escuridão acima.

A seis metros de distância, na muralha interna, Péritas encostou o rosto na pedra fria e seca e começou uma oração curta e desesperada. Seus dedos tremeram ao se segurar num espaço minúsculo entre as pedras, e ele se esforçou por não fazer barulho enquanto subia, com os pés lutando para achar apoio. Sua respiração sibilava entre os dentes, tão alto que tinha certeza de que alguém viria investigar. Por um momento, lamentou ter trazido o pesado gládio além da corda enrolada no peito, mas não podia pensar em nada pior do que chegar ao topo sem uma arma. Mas cair de cabeça com grande estrondo era também uma perspectiva desagradável.

Acima dele podia ver uma escura borda de pedra debilmente delineada contra o brilho das tochas, enquanto o forte acordava para se defender dos cinqüenta liderados por Gadítico. Deu um silencioso riso de desprezo. Soldados profissionais já teriam mandado batedores ao redor do perímetro, para verificar se havia uma segunda força emboscada. Era bom se orgulhar do próprio trabalho, pensou.

Sua mão procurou às cegas acima, finalmente achando um bom ponto de apoio onde um canto havia desmoronado com o passar dos séculos. Seus braços tremeram de exaustão até que finalmente colocou a palma de uma das mãos na pedra de cima e ficou pendurado um momento, tentando ouvir alguém que estivesse suficientemente perto para estripá-lo quando saltasse para dentro do forte.

Não havia nada, nem mesmo quando prendeu o fôlego para escutar. Assentiu consigo mesmo e trincou o maxilar como se pudesse morder o medo que sempre sentia nessas ocasiões, depois ergueu-se, passando as pernas por cima da muralha. Agachou-se rapidamente do outro lado, desembainhando o gládio centímetro a centímetro, para evitar qualquer som.

Estava num poço de sombras que o deixava invisível na borda de uma plataforma estreita com degraus que desciam até as outras construções dos dois lados. Os restos de uma refeição no chão mostraram que houvera uma sentinela no local, mas o sujeito obviamente fora repelir o ataque frontal em vez de ficar onde devia. Em sua cabeça, Péritas fez um som de desprezo diante da falta de disciplina.

Movendo-se lentamente, desenrolou a corda pesada do peito e dos ombros e amarrou uma das pontas num aro de ferro enferrujado preso na pedra. Deu um puxão, e sorriu, deixando o resto da corda precipitar-se no escuro.

Júlio viu que uma das outras unidades estava grudada à muralha, imitando sua idéia de recuperar as escadas. Da próxima vez teriam uma corda amarrada ao degrau de cima, para jogar por cima da muralha, e o último a passar puxaria a escada. Mas era fácil ser inteligente em retrospecto. Gadítico deveria ter passado mais tempo estudando o projeto do forte, se bem que isso fosse bastante difícil, já que nada ficava acima da íngreme colina de Mitilene. Júlio descartou a dúvida como uma deslealdade, mas parte dele tinha consciência de que, se *ele* estivesse comandando o ataque, não teria mandado seus homens tomar a fortaleza antes de saber tudo sobre ela.

Os rostos dos três homens na parte de baixo da torre estavam molhados de suor e contorcidos de dor insuportável. Acima dava para ouvir sons ásperos, e então a escada veio deslizando. Rapidamente Júlio encostou-a no muro e a torre se desmantelou, deixando os três homens de baixo ofegando de alívio e girando os ombros para prevenir contra a cãibra. Júlio foi até cada um deles, batendo nos braços em agradecimento e sussurrando qual seria o próximo passo. Juntos, foram até a muralha interna.

Uma voz audivelmente perto gritou na escuridão do interior do forte acima deles, e o coração de Júlio martelou com força. Não entendeu as palavras, mas o pânico era óbvio. A surpresa finalmente havia acabado, mas eles tinham a escada e, enquanto se encostava na muralha, ele viu que Péritas não tinha fracassado nem caído.

— Movam a escada para o lado e firmem-na. Três para subir a corda aqui. O resto comigo.

Correram até o novo ponto e subitamente o ar foi cortado por flechas assobiando, cravando-se nos corpos do grupo que trazia a outra escada. Gritos soaram enquanto os romanos eram derrubados. Júlio contou pelo menos cinco arqueiros acima, com o serviço tornado fácil à medida que tochas eram acesas e jogadas na área de matança. Ainda havia escuridão sob a muralha interna, e ele achou que os rebeldes achavam que estavam defendendo o primeiro ataque, sem saber que os romanos já estavam abaixo deles.

Júlio pisou na escada, segurando o gládio com força enquanto subia os degraus largos. Uma lembrança relampejou em sua mente: o motim que vitimara seu pai havia anos. Então era assim ser o primeiro a subir uma muralha! Empurrou os pensamentos para o lado enquanto chegava ao topo e rapidamente se agachava para não levar o golpe de um machado que queria decapitá-lo. Perdendo o equilíbrio, agarrou-se à muralha por um momento aterrorizante, e então se viu do lado de dentro.

Não havia tempo para avaliar a posição. Bloqueou outro golpe de machado e chutou com força quando o peso da arma fez o atacante girar. O machado se chocou contra a pedra e sua espada se cravou facilmente no peito ofegante do inimigo. Alguma coisa o acertou no elmo, soltando a guarda lateral. Sua visão ficou turva e a espada subiu automaticamente para bloquear. Sentiu sangue escorrer pelo pescoço e o peito até a barriga, mas ignorou-o. Outros de sua unidade chegaram à passarela estreita, com a armadura leve se amassando sob os golpes violentos. Júlio viu um gládio se enfiar num queixo, vindo por baixo, empalando um dos rebeldes.

Os homens que eles enfrentavam não usavam uniformes comuns. Alguns tinham armaduras antigas e espadas estranhas, ao passo que outros carregavam machadinhas ou lanças. Pareciam gregos e gritavam uns para os outros naquela língua fluida. A coisa estava confusa, e Júlio só pôde xingar quando um dos seus homens caiu soltando um grito, com o sangue espirrando escuro à luz das tochas. Passos ecoavam por toda a fortaleza. Parecia que havia um exército ali dentro, todos correndo para aquele ponto. Mais dois de seus homens chegaram ao topo da muralha e se lançaram na luta, empurrando o inimigo para trás.

Júlio enfiou o gládio na garganta de um homem com um golpe que Rênio havia ensinado há anos. Acertava com força e fúria, e seus oponentes balançavam e morriam. O que quer que fossem, os homens que eles enfrentavam tinham o domínio apenas pelo número. A habilidade e o treinamento dos romanos tornavam o núcleo de soldados em volta da escada quase impossível de ser rompido.

No entanto estavam se cansando. Júlio viu um dos seus homens gritar de frustração e medo quando sua espada se enganchou entre as placas de uma armadura ornamentada, provavelmente passada de geração a geração desde o tempo de Alexandre. O romano puxou-a violentamente, quase derrubando o rebelde com a armadura. Seu grito furioso mudou abruptamente para um berro, e Júlio pôde ver o rebelde enfiando uma adaga curta na virilha de seu homem, por baixo da armadura. Por fim o romano tombou, frouxo, deixando o gládio ainda preso.

— A mim! — gritou Júlio para os seus homens.

Juntos, eles poderiam abrir um caminho ao longo da passarela estreita e entrar mais profundamente no forte. Viu uma escada perto e sinalizou para eles. A espada era um peso bom. A armadura lhe dava um sentimento de invulnerabilidade e, com o sangue quente da ação correndo nas veias, ela parecia leve.

Um golpe súbito em sua cabeça arrancou o elmo danificado, e ele pôde sentir o ar frio da noite na pele suada. Era um prazer, e ele riu por um momento, enquanto avançava e golpeava o escudo de um homem, fazendo-o cair no caminho de seus companheiros.

— *Accipiter!* — gritou ele subitamente. Falcão. Serviria. Escutou vozes ecoarem e gritarem a palavra outra vez, abaixando-se sob uma espada curva que mais parecia um instrumento agrícola do que uma arma de guerra. Seu golpe em resposta abriu as coxas do oponente, fazendo com que ele caísse gemendo nas pedras.

Os outros legionários se juntaram a sua volta. Júlio viu que oito membros de sua unidade tinham subido a muralha e que outros seis haviam sobrevivido aos arqueiros. Estavam juntos, e os rebeldes começaram a ceder diante do ataque, enquanto os corpos se empilhavam ao redor.

— Soldados de Roma *nós* somos — grunhiu um deles. — Os melhores do mundo. Venham, não fiquem para trás.

Júlio riu para ele e acompanhou o grito do nome da galera quando começou a ressoar de novo. Esperava que Péritas os ouvisse. De algum modo, não duvidava de que o sacana feio tivesse sobrevivido.

Péritas achou uma capa pendurada num gancho e a usou para cobrir a túnica e a espada na mão. Sentia-se vulnerável sem a armadura, mas os homens que passavam fazendo barulho nem mesmo olhavam para ele. Ouvia os legionários rosnando e gritando desafios ali perto, e percebeu que estava na hora de se juntar à luta.

Pegou uma tocha num suporte de parede e se juntou à corrida do inimigo em direção ao entrechoque das espadas. Deuses, eles eram muitos! O interior do forte era um labirinto de paredes partidas e cômodos vazios, o tipo de lugar que demorava horas para ser limpo, cada passo aberto a emboscada e flechas. Virou uma esquina no escuro, ignorado e anônimo durante momentos preciosos. Movia-se rapidamente, tentando não perder o senso de direção nas curvas e esquinas, e então se viu na muralha norte, perto de um grupo de arqueiros que disparavam cuidadosamente, com expressões sérias e calmas. Presumivelmente o resto da força de Gadítico ainda estava lá fora, mas ele podia ouvir ordens romanas gritadas no pátio, perto do portão principal. Alguns tinham entrado, mas a batalha estava longe do fim.

Metade da cidade devia ter se entocado no forte, pensou irado enquanto se aproximava dos arqueiros. Um deles ergueu os olhos rapidamente diante de sua aproximação, mas apenas assentiu, disparando sem pressa contra a massa de homens abaixo.

CONN IGGULDEN

Enquanto ele apontava, Péritas atacou, derrubando dois dos homens de cabeça nas pedras abaixo. Eles bateram no chão com estrondo, e os outros três arqueiros se viraram aterrorizados vendo-o jogar a capa longe e erguer o gládio curto.

— Boa noite, rapazes — disse Péritas, com a voz calma e animada.

Um passo levou sua espada ao peito do mais próximo. Derrubou o corpo da muralha com uma joelhada e então uma flecha o acertou com ruído oco, atravessando direto o lado do tronco. Somente as penas se projetavam de sua barriga, e ele grunhiu enquanto as puxava com a mão esquerda, quase sem controle consciente. Com ar maligno, passou o gládio pela garganta do arqueiro mais próximo, que estava levantando sua única flecha.

O último, e mais distante dele, é que havia atirado a flecha. Febrilmente, o sujeito tentou encaixar outra no arco, mas o medo o deixou desajeitado e Péritas o alcançou, com a espada erguida para o golpe. O homem recuou em pânico e gritou enquanto caía da muralha. Péritas se abaixou lentamente apoiando-se num dos joelhos, com a respiração áspera e dolorosa. Não havia ninguém perto, e ele pousou a espada, levando a mão atrás do corpo para tentar quebrar a flecha. Não iria retirá-la completamente. Todos os soldados já tinham visto o jorro de sangue que poderia matar quem fizesse isso. A idéia de que ela pudesse se agarrar em alguma coisa a cada vez que ele se virasse fazia seus olhos lacrimejarem.

A flecha estava escorregadia, e ele só conseguiu curvar a haste, deixando escapar um gemido baixo de agonia. A lateral do seu tronco estava encharcada de sangue, e ele se sentiu tonto quando tentou ficar de pé. Grunhindo baixinho, empurrou a flecha por dentro da carne, de modo a não se projetar tanto do lado de trás.

— Tenho de achar os outros — murmurou, respirando fundo. Suas mãos tremiam com o início do choque, por isso agarrou o gládio com o máximo de força possível e enrolou o outro punho numa dobra da capa.

Gadítico deu um tapa com as costas da mão nos dentes de um homem, enquanto corria até ele, desferindo-lhe um curto golpe de espada nas costelas.

O forte estava cheio de rebeldes, mais do que a pequena ilha suportaria, disso ele tinha certeza. A rebelião devia ter atraído valentões do continente, mas agora era tarde demais para se preocupar. Lembrou-se da pergunta do jovem oficial sobre os números, e de como havia zombado dele. Talvez devesse ter providenciado reforços. O resultado da noite não estava fácil de prever.

Tinha começado bem, com as sentinelas dominadas rapidamente, quase no mesmo instante. Dez homens passaram usando escadas e abriram o portão antes que alguém lá dentro soubesse o que estava acontecendo. Então as construções escuras tinham vomitado soldados contra eles, vestindo as armaduras enquanto corriam. As passarelas e escadas estreitas tornavam o labirinto o sonho de um arqueiro, com apenas a pouca luz fazendo com que as baixas fossem com ferimentos leves, mas ele havia perdido um homem com uma flecha na boca, passando direto pelo crânio.

Podia ouvir seus homens ofegando encostados numa parede escura atrás. Algumas tochas tinham sido acesas, mas afora uma ou outra flecha disparada às cegas, por enquanto o inimigo tinha recuado para as construções laterais. Qualquer um que corresse pelo caminho entre elas seria despedaçado antes de dar alguns passos, mas, do mesmo modo, o inimigo não podia deixar os abrigos para enfrentar os legionários. Era uma calmaria temporária, e Gadítico estava satisfeito por ter a chance de recuperar o fôlego. Sentia falta da forma física das legiões de terra. Por mais exercícios que o combatente fizesse num navio, alguns minutos de luta e corrida o deixavam exausto. Ou talvez, no caso dele, fosse apenas a idade, reconheceu secamente.

— Eles entraram nas tocas — murmurou.

A partir de agora a coisa seria feia, matando de casa em casa, perdendo um dos seus para cada um ou dois do inimigo. Para eles, era fácil demais esperar atrás de uma porta ou janela e golpear a primeira coisa que passasse.

Gadítico estava se virando para o soldado atrás de si, para dar ordens, quando o sujeito baixou os olhos, com a boca aberta num horror. As pedras do chão estavam cobertas com um líquido brilhante que escorria rapidamente em meio ao grupo e se dividia entre as construções do forte. Não havia tempo de pensar num plano.

— Corram! — gritou Gadítico ao grupo. — Subam em lugares altos! Pelos deuses, corram!

CONN IGGULDEN

Alguns dos homens mais jovens ficaram boquiabertos, sem entender, mas os experientes não queriam esperar para descobrir. Gadítico estava atrás, tentando não pensar nos arqueiros que esperavam exatamente esse momento. Ouviu o estalo e o chiado do fogo quando eles acenderam o líquido pegajoso e flechas zumbiram passando por ele, acertando um legionário na parte inferior das costas. O soldado cambaleou por um momento antes de desmoronar. Gadítico parou para ajudá-lo, mas quando virou a cabeça viu chamas correndo para eles. Passou a espada rapidamente pela garganta do soldado, sabendo que isso o livraria de morrer queimado. Podia sentir o calor nas costas, e o pânico o preencheu enquanto se levantava junto ao corpo. Suas sandálias estavam molhadas com aquela coisa, e ele sabia que o fogo não podia ser apagado. Correu às cegas atrás de seus homens.

A toda velocidade, o grupo de soldados virou uma esquina e partiu direto para três arqueiros agachados. Todos os três entraram em pânico e apenas um conseguiu disparar, lançando uma flecha acima da cabeça deles. Os arqueiros foram mortos e deixados para trás praticamente sem que a corrida diminuísse.

Sob lençóis de chamas, o forte ficou visível. Gadítico e os outros rugiram de raiva e alívio por estar vivos, e o som alimentou sua força e amedrontou os inimigos.

O caminho terminava num pátio, e dessa vez os arqueiros que esperavam atiraram bem, destruindo os quatro homens da frente e fazendo a segunda fila cair esparramada sobre os companheiros mortos. O pátio estava cheio dos rebeldes, e, com um grito de fúria para responder à ferocidade dos romanos, eles continuaram vindo, uivando.

Júlio se imobilizou ao ver as chamas explodirem ao longo de uma fileira de construções atarracadas à esquerda. A escuridão que os abrigava se transformou em ouro tremulante e sombras, e três homens numa reentrância ficaram subitamente visíveis alguns passos à frente. Foram mortos, e atrás deles se revelou uma porta aberta, levando às entranhas do forte. Foi uma decisão instantânea, e Júlio passou correndo por ela, enfiando a espada nas tripas de um homem que esperava lá dentro, antes que ele pudesse atacar. Seus seguidores não hesitaram. Sem conhecer o forte, podiam passar minutos infrutíferos procurando caminhos para chegar aos companheiros que estavam com Gadítico. O mais importante era continuar em movimento e matar qualquer um que encontrassem.

Depois da luz do incêndio havia uma escuridão amedrontadora dentro da fortaleza. Uma escada descia até uma fileira de cômodos vazios, e no fim havia outra escada, com uma única lâmpada a óleo na parede. Júlio pegou-a, xingando quando o líquido quente espirrou em sua pele. Seus homens vinham correndo atrás, e na base da escada ele se abaixou quando flechas acertaram pedras em volta e se despedaçaram, lançando fragmentos cortantes entre os homens.

No cômodo comprido e baixo em que tinham entrado havia três homens. Dois olharam aterrorizados para os soldados sujos, cobertos de sangue, e o terceiro estava amarrado num assento. Era um prisioneiro. Pelo manto, Júlio viu que era um romano. O rosto e o corpo estavam espancados e inchados, mas os olhos pareciam vivos com uma súbita esperança.

Júlio atravessou correndo o cômodo, desviando-se para evitar outra flecha atirada de qualquer jeito e com pressa. Quase com desprezo, chegou aos dois homens e cortou a garganta do arqueiro. O outro tentou acertá-lo com uma espada, mas o peitoral suportou o impacto com facilidade e seu golpe invertido lançou o homem no chão.

Júlio encostou a ponta do gládio nas pedras e se apoiou nele, subitamente cansado. A respiração saía em grandes haustos, e ele notou como o lugar estava silencioso, como estavam abaixo do nível principal do forte.

— Muito bem — disse o homem no assento.

Júlio olhou para ele. De perto, viu que o sujeito fora brutalmente torturado. O rosto estava inchado e retorcido, os dedos tinham sido partidos, projetando-se em ângulos obscenos. Um tremor abalou o corpo do homem e Júlio imaginou que ele estivesse tentando não perder o pouco controle que lhe restava.

— Cortem as cordas — ordenou, e ajudou o prisioneiro a ficar de pé, notando como ele estava fraco. Uma das mãos do homem encostou no braço do assento e ele soltou um gemido de agonia, com os olhos se revirando na cabeça por um segundo, antes de se firmar com o apoio de Júlio.

CONN IGGULDEN

— Quem é o senhor? — perguntou Júlio, imaginando o que fariam com o sujeito.

— Sou o governador Paulo. Você poderia dizer... que este é o meu forte.

O homem fechou os olhos enquanto falava, dominado pela exaustão e pelo alívio. Júlio viu sua coragem e sentiu um toque de respeito.

— Ainda não é, senhor — respondeu Júlio. — Há muita luta lá em cima, e temos de voltar para ela. Sugiro que encontremos um lugar seguro para o senhor esperar, pois não parece capaz de se juntar a nós.

De fato, o homem estava exangue, com a pele frouxa e cinzenta. Tinha uns cinqüenta anos, com ombros pesados e barriga flácida. Podia já ter sido um guerreiro, pensou Júlio, mas o tempo e a vida fácil haviam retirado sua força, pelo menos a do corpo.

O governador ficou mais ereto, com óbvia força de vontade.

— Vou com vocês até onde puder. Minhas mãos estão esmagadas, por isso não posso lutar, mas pelo menos quero sair deste buraco fétido e pestilento.

Júlio assentiu rapidamente, sinalizando para dois homens.

— Segurem os braços dele, com cuidado, carreguem-no se for necessário. Precisamos voltar para ajudar Gadítico.

Com isso Júlio estava correndo escada acima, já com a mente na batalha.

— Venha, senhor, apóie-se no meu ombro — disse um dos soldados, sustentando o peso. O governador gritou quando suas mãos quebradas se moveram, depois trincou os dentes por causa da dor.

— Tirem-me daqui depressa — ordenou, peremptório. — Quem era o oficial que me libertou?

— César, senhor — respondeu o soldado enquanto começavam a lenta subida. No fim do primeiro lance de escada a dor havia levado o governador à inconsciência, e eles puderam ir muito mais rápido.

CAPÍTVLO II

SILA SORRIU E TOMOU UM DEMORADO GOLE DE UMA TAÇA DE PRATA. Suas bochechas estavam vermelhas devido aos efeitos do vinho, e os olhos amedrontaram Cornélia quando ela se sentou no divã que ele tinha oferecido.

Seus homens a haviam trazido no calor da tarde, quando ela sentia mais dolorosamente o peso da gravidez. Cornélia tentou esconder o desconforto e o medo do Ditador de Roma, mas suas mãos tremiam ligeiramente na borda da taça de vinho branco fresco que ele havia oferecido. Ela tomou um pequeno gole para agradar-lhe, querendo apenas estar longe daquelas câmaras douradas e de volta à segurança de casa.

Os olhos dele observavam todos os seus movimentos, e ela não pôde sustentar o olhar enquanto o silêncio se esticava entre os dois.

— Está confortável? — perguntou ele, e havia um leve engrolado em sua voz que fez correr um arrepio de pânico através de Cornélia.

Fique calma, disse a si mesma. A criança vai sentir o seu medo. Pense em Júlio. Ele quereria que você fosse forte.

Quando falou, sua voz saiu quase firme.

— Seus homens pensaram em tudo. Foram muito corteses comigo, mas não disseram por que o senhor desejava minha presença.

— Desejava? Que estranha escolha de palavra — respondeu ele em voz baixa. — A maioria dos homens jamais usaria essa palavra para uma mulher a... o quê... semanas de dar à luz.

Cornélia olhou-o, inexpressiva, e Sila esvaziou sua taça, estalando os lábios de prazer. Ele se levantou sem aviso, dando-lhe as costas enquanto enchia o copo com vinho de uma ânfora, deixando a tampa cair e rolar no chão de mármore, sem se importar.

Ela viu, como hipnotizada, o objeto fazer uma espiral e parar. Quando a tampa ficou imóvel, ele falou de novo, com a voz lânguida e íntima.

— Ouvi dizer que a mulher nunca é mais bela do que quando está grávida, mas isso nem sempre é verdade, não é?

Ele chegou mais perto, sinalizando com a taça enquanto falava, deixando algumas gotas pingar por sobre a borda.

— Eu... não sei, senhor, é...

— Ah, eu já vi muitas. Bezerras ruivas que bamboleiam e mugem, a pele manchada e suando. Mulheres comuns, de origem comum, ao passo que a verdadeira dama romana, bem...

Ele chegou ainda mais perto, e ela teve de se esforçar para não se afastar. Havia um brilho nos olhos do ditador, e subitamente ela pensou em gritar, mas quem viria? Quem *ousaria* vir?

— A dama romana é uma fruta madura, com a pele luzidia, o cabelo brilhante e lustroso.

A voz de Sila era um murmúrio rouco, e enquanto falava ele estendeu a mão e apertou o volume formado pela criança.

— Por favor — sussurrou ela, mas ele parecia não escutar. A mão passou por seu corpo, sentindo a pesada esfericidade.

— Ah, sim, você tem essa beleza, Cornélia.

— Por favor, estou cansada. Gostaria de ir para casa. Meu marido...

— Júlio? Um rapaz muito indisciplinado. Ele se recusou a abrir mão de você, sabia? Agora posso ver o motivo.

Os dedos dele subiram até os seios. Por mais inchados e doloridos que se encontrassem nesse estágio tardio, estavam presos apenas frouxamente na *mamillare*, e ela fechou os olhos num sofrimento desamparado ao sentir as mãos do homem passando sobre a carne. Lágrimas lhe vieram rapidamente aos olhos.

— Que peso *delicioso* — sussurrou ele, com a voz medonha de paixão. Sem aviso, curvou-se e apertou a boca sobre a dela, enfiando a língua gorda entre seus lábios. O gosto de vinho azedo fez com que ela engasgasse num reflexo, e ele se afastou, enxugando os lábios frouxos com as costas da mão.

— Por favor, não machuque o bebê — disse ela com a voz embargando. Lágrimas escorreram, e a visão delas pareceu enojar Sila. Sua boca se retorceu, irritada, e ele se virou para o outro lado.

— Vá para casa. Seu nariz está escorrendo e estragou o momento. Haverá outra ocasião.

Ele encheu outra vez a taça com o vinho da ânfora enquanto ela saía, os soluços quase fazendo-a engasgar e os olhos cegos de lágrimas brilhantes.

Júlio rugiu enquanto seus homens entravam correndo no pequeno pátio onde Gadítico lutava contra os últimos rebeldes. Enquanto seus legionários atacavam o flanco rebelde, houve pânico instantâneo no escuro, e os romanos se aproveitaram. Corpos caíam rapidamente, rasgados pelas espadas. Em segundos, havia menos de vinte diante dos legionários, e Gadítico gritou, com a voz parecendo um trovão de autoridade:

— Larguem as armas!

Houve um segundo de hesitação, depois um barulho alto quando as espadas e adagas caíram nas pedras do piso e finalmente o inimigo ficou imóvel, peitos ofegando, encharcados de suor, mas começando a ter aquele momento de incredulidade jubilosa que o homem sente ao perceber que sobreviveu quando outros caíram.

Os legionários rodearam-nos, com os rostos duros.

Gadítico esperou até que as espadas dos rebeldes fossem tomadas, enquanto eles permaneciam num grupo amontoado e carrancudo.

— Agora matem todos eles! — gritou, e os legionários se lançaram uma última vez. Houve gritos, mas tudo acabou rapidamente e o pequeno pátio ficou silencioso.

Júlio respirou profundamente, tentando limpar os pulmões dos cheiros de fumaça, sangue e entranhas abertas. Tossiu e cuspiu no chão de pedras, antes de limpar o gládio num corpo. A lâmina estava com mossas e arranhada, quase inútil. Demoraria horas para raspar os defeitos e seria melhor trocá-la discretamente por outra no depósito. Seu estômago se revirou ligeiramente e ele se concentrou ainda mais na lâmina e no trabalho a ser feito antes que pudessem voltar à *Accipiter*. Tinha visto corpos em altas pilhas antes, e foi essa lembrança da manhã depois da morte de seu pai que o fez subitamente acreditar que estava sentindo cheiro de carne queimada.

— Acho que são os últimos — disse Gadítico. Estava pálido de exaustão e se curvou, apoiando as mãos nos joelhos. — Vamos esperar o amanhecer antes de verificar todas as portas, para o caso de haver mais alguns escondidos na sombra. — Ele se empertigou, franzindo o rosto quando suas costas se esticaram e estalaram. — Seus homens demoraram a dar o apoio, César. Ficamos desamparados durante um tempo.

Júlio assentiu. Pensou em dizer o que tinha custado chegar ao centurião, mas ficou com a boca bem fechada. Suetônio riu para ele. Ele estava passando um pano num corte no rosto. Júlio desejou que os pontos doessem.

— Ele se atrasou para me resgatar, centurião — disse uma voz.

O governador tinha recuperado a consciência, com o peso apoiado nos ombros dos dois homens que o carregavam. Suas mãos estavam roxas e impossivelmente inchadas, nem pareciam mãos.

Gadítico percebeu o estilo da toga imunda do romano, dura de sangue e sujeira. Os olhos estavam cansados, mas a voz era bastante clara, apesar dos lábios partidos.

— Governador Paulo? — perguntou Gadítico. Ele fez uma saudação quando o governador assentiu. — Ouvimos dizer que o senhor estava morto.

— É... durante um tempo foi o que me pareceu.

A cabeça do governador se levantou e sua boca se retorceu num leve sorriso.

— Bem-vindos ao forte de Mitilene, senhores.

Clódia soluçou quando Tubruk a abraçou na cozinha vazia.

— Não sei o que fazer — falou com a voz abafada pela túnica do administrador. — Ele fica dando em cima dela, fica dando em cima dela durante toda a gravidez.

— Shhh... calma. — Tubruk deu-lhe um tapinha nas costas, tentando controlar o medo que saltara dentro dele ao ver o rosto de Clódia, empoeirado e manchado de lágrimas. Não conhecia bem a aia de Cornélia, mas o que tinha visto lhe dera a impressão de uma mulher sólida e sensata que não choraria por pouca coisa. — O que é, querida? Venha, sente-se e conte o que está acontecendo.

Ele manteve a voz o mais calma possível, mas foi uma luta. Deuses, será que o bebê estava morto? Deveria nascer a qualquer momento, e o parto era sempre uma coisa arriscada. Sentiu um frio tocá-lo. Dissera a Júlio que ficaria vigiando-os enquanto ele estivesse longe da cidade, mas tudo parecera correr bem. Nos últimos meses Cornélia parecia meio recolhida, mas muitas garotas sentiam medo do sofrimento do primeiro parto.

Clódia se permitiu ser guiada até um banco perto dos fogões. Sentou-se sem ver se o banco estava sujo de gordura ou fuligem, o que preocupou Tubruk ainda mais. Ele lhe serviu um copo de suco de maçã, e a aia engoliu, com os soluços diminuindo até virar apenas tremores.

— Conte o que está havendo — disse Tubruk. — Quase tudo pode ter solução, não importa o quanto pareça ruim.

Esperou com paciência que ela terminasse de beber e pegou gentilmente o copo de sua mão frouxa.

— É Sila — sussurrou Clódia. — Ele vive atormentando Cornélia. Ela não quer me contar os detalhes, mas ele manda seus homens levarem-na à presença dele a qualquer hora do dia ou da noite, mesmo estando grávida, e ela volta chorando.

Tubruk empalideceu de fúria.

— Ele a machucou? Machucou a criança? — insistiu, chegando mais perto.

Clódia se afastou de sua veemência, com a boca tremendo novamente com força.

— Ainda não, mas a cada vez fica pior. Ela disse que ele está sempre bêbado e que... coloca as mãos nela.

Tubruk fechou os olhos brevemente, sabendo que tinha de ficar calmo. O único sinal externo era um punho fechado, mas quando falou de novo seus olhos brilhavam perigosamente.

CONN IGGULDEN

— O pai dela sabe?

Clódia segurou os braços dele num aperto súbito.

— Cina não deve saber! Isso iria deixá-lo arrasado. Ele não poderia encontrar Sila no Senado sem fazer acusações, e seria morto se dissesse alguma coisa em público. Ele não pode saber!

A voz ficou mais alta enquanto falava, e Tubruk deu um tapinha em sua mão, tranqüilizando-a.

— Ele não saberá por mim.

— Não tenho a quem recorrer, além de você, para me ajudar a protegê-la — disse Clódia com a voz entrecortada, os olhos implorando.

— Você agiu certo, querida. Ela está com um filho desta casa. Eu preciso saber de tudo que aconteceu, entende? Não deve haver qualquer erro. Percebe como isso é importante?

Ela assentiu, enxugando os olhos com força.

— Espero que sim — continuou ele. — Como Ditador de Roma, Sila é quase intocável segundo a lei. Ah, nós poderíamos levar o caso ao Senado, mas nenhum senador ousaria defender a causa. Significaria a morte para qualquer um que tentasse. Esta é a realidade da preciosa "lei igual" deles. E qual é o crime dele? Segundo a lei, nenhum, mas se ele a tocou e amedrontou os deuses exigem punição mesmo que o Senado não o faça.

Clódia assentiu de novo.

— Eu entendo...

— Você *precisa* entender — interrompeu ele incisivamente, com a voz dura e baixa —, porque significa que qualquer coisa que nós façamos estará fora da lei, e se for algum tipo de ataque contra o próprio corpo de Sila, fracassar significaria a morte de Cina, sua, minha, da mãe de Júlio, dos serviçais, escravos, de Cornélia e da criança, de todo mundo. Júlio seria encontrado, não importando onde se escondesse.

— Você vai matar Sila? — sussurrou Clódia, chegando mais perto.

— Se tudo for como você diz, certamente vou matá-lo — prometeu ele, e por um momento Clódia pôde ver o gladiador que ele já fora, amedrontador e sério.

— Bom, é o que ele merece. Cornélia poderá deixar para trás esses meses sombrios e ter a criança em paz. — Ela enxugou os olhos, e parte do sofrimento e da preocupação sumiu visivelmente.

— Ela sabe que você veio me procurar? — perguntou Tubruk em voz baixa.

Clódia balançou a cabeça.

— Bom. Não conte a ela o que eu disse. Ela está muito perto de dar à luz, para ter esse tipo de temor.

— E... depois?

Tubruk coçou o cabelo curto da nuca.

— Nunca. Deixe-a acreditar que foi um dos inimigos dele. Sila tem muitos. Guarde segredo, Clódia. Ele tem defensores que exigirão sangue anos depois, se a verdade surgir. Uma palavra errada que você diga a alguém, que depois conte a um amigo, e os guardas estarão no portão para levar Cornélia e a criança para serem torturadas antes da manhã seguinte.

— Não vou contar — sussurrou ela, sustentando o olhar dele por longos segundos. Finalmente desviou os olhos, e ele suspirou sentando-se no banco, ao seu lado.

— Agora comece do princípio e não deixe nada de fora. Garotas grávidas costumam imaginar coisas, e antes de eu arriscar tudo que amo preciso ter certeza.

Ficaram sentados e conversaram durante uma hora, em voz baixa. No fim, a mão que ela pôs no braço de Tubruk marcou o início de uma atração tímida, apesar da feiúra do assunto que discutiam.

— Eu tinha pretendido partir na próxima maré — dissera Gadítico azedamente. — E não participar de um desfile.

— Naquele momento você acreditava que eu era um cadáver — respondera o governador Paulo. — Fui espancado mas estou vivo, acho necessário demonstrar que o apoio de Roma está comigo. Isso vai desencorajar... outros atentados contra minha dignidade.

— Senhor, cada jovem guerreiro de toda a ilha deve ter se entocado naquele forte. E um bom número também veio do continente. Metade das famílias do povoado vai chorar a perda de um filho ou um pai. Mostramos muito bem o que significa desobedecer a Roma. Eles não vão se rebelar de novo.

— Acha que não? — respondera Paulo, dando um sorriso irônico. — Como você os conhece mal! Eles lutam contra conquistadores desde quando Atenas era o centro do mundo. Agora Roma está aqui, e eles continuam lutando. Os que morreram deixaram filhos para pegar em armas assim que puderem. É uma província difícil.

A disciplina impedira Gadítico de continuar argumentando. Queria estar de volta à *Accipiter*, mas Paulo tinha insistido, até mesmo exigindo que quatro legionários ficassem permanentemente com ele, como guardas. Depois dessa ordem, Gadítico quase voltou ao navio, mas alguns dos homens mais velhos tinham se apresentado como voluntários, preferindo o serviço mais fácil à caça aos piratas.

— Não se esqueçam do que aconteceu com os últimos guardas dele — alertou Gadítico, mas era uma ameaça vazia, como eles bem sabiam depois da pira dos rebeldes ter levantado um jorro de fumaça preta a uma altura suficiente para ser vista a quilômetros de distância. O serviço iria levá-los com segurança até a aposentadoria.

Gadítico xingou baixinho. Ficaria com grande carência de homens bons durante o próximo ano. O velho que César tinha trazido a bordo acabou se mostrando bom com os ferimentos, de modo que alguns dos feridos poderiam ser salvos de uma licença prematura e da pobreza. Mas ele não era capaz de milagres, e alguns dos aleijados seriam deixados no próximo porto, para esperar um lento navio mercante que os levasse de volta a Roma. A centúria da galera tinha perdido um terço de seus homens em Mitilene. Teriam de ser dadas promoções, mas eles não podiam substituir vinte e sete mortos na luta, quatorze deles competentes *hastati* que tinham servido na *Accipiter* por mais de dez anos.

Gadítico suspirou. Homens bons perdidos para a fumaça por causa de alguns jovens cabeças-quentes que queriam estar à altura das histórias contadas pelos avós. Podia imaginar os discursos que eles tinham feito, enquanto a verdade era que Roma lhes havia trazido a civilização e um vislumbre do que os homens podiam alcançar. Eles lutavam apenas pelo direito de viver em cabanas de lama e coçar o traseiro, mas não sabiam disso. Gadítico não esperava que se sentissem gratos, mas exigia respeito, e a bagunça mal planejada no forte havia mostrado muito pouco disso. Oitenta e nove corpos de inimigos tinham sido queimados ao amanhecer. Os mortos romanos foram carregados de volta ao navio para um funeral no mar.

Foi com esses pensamentos irados que ele entrou marchando na cidade de Mitilene com sua melhor armadura, tendo atrás o resto de sua centúria depauperada brilhando. A chuva ameaçava sob a forma de nuvens escuras e pesadas, e o ar quente e sufocante combinava perfeitamente com seu humor.

Júlio marchava rigidamente, depois da surra que tinha levado na noite passada. Espantava-o perceber quantos cortes e arranhões pequenos tinha sofrido sem notar. Seu peito estava roxo em todo o lado esquerdo, e um calombo amarelo e brilhante se projetava de uma das costelas. Pediria a Cabera para dar uma olhada quando voltasse à *Accipiter*, mas não achava que estivesse quebrada.

Discordava de Gadítico quanto à necessidade da marcha. O centurião estava satisfeito em acabar com a rebelião e ir embora, deixando outro para cuidar da política, mas era importante lembrar à cidade que acima de tudo o governador não deveria ser tocado.

Olhou para Paulo, percebendo as mãos com grossas bandagens e o rosto ainda inchado. Júlio o admirou por se recusar a ser carregado numa liteira, decidido a se mostrar inabalável depois da tortura. Era justo que quisesse voltar à cidade na frente de um exército. Havia homens como ele em todas as terras romanas. Tinham pouco apoio do Senado e eram como pequenos reis que mesmo assim dependiam da boa vontade dos moradores locais para fazer com que as coisas acontecessem como queriam. Quando essa boa vontade falhava, Júlio sabia que mil coisinhas podiam tornar a vida muito difícil. Lenha ou comida não era entregue, a não ser na ponta dos gládios. Estradas eram danificadas e propriedades eram incendiadas. Os únicos motivos para usar os guardas eram as irritações constantes, como carrapichos grudados na pele.

Pelo que falava da vida, Paulo parecia gostar dos desafios. Júlio ficara surpreso ao ver que o principal sentimento do governador não era raiva pelo que sofrera, mas sim a tristeza porque pessoas em quem confiava tinham se voltado contra ele. Júlio imaginou se no futuro ele continuaria tão confiante.

Os legionários marcharam pela cidade, ignorando os olhares e o movimento súbito quando mães tiravam as crianças que estavam brincando no caminho. A maioria dos romanos sentia as dores da noite anterior e ficou satisfeita ao chegar à casa do governador, no centro. Eles formaram um quadrado na frente do prédio e Júlio viu um dos benefícios do cargo de Paulo na beleza das paredes brancas e dos lagos ornamentais. Era um pedaço de Roma transplantado para o campo na Grécia.

Paulo riu alto quando seus filhos vieram correndo recebê-lo. Abaixou-se sobre um dos joelhos, deixando que o abraçassem enquanto mantinha longe as mãos quebradas. Sua mulher também saiu, e Júlio pôde ver lágrimas nos olhos dela, mesmo estando na segunda fila. Homem de sorte.

— Tesserário César, adiante-se — ordenou Gadítico, espantando Júlio.

Júlio moveu-se rapidamente e fez uma saudação. Gadítico o olhou de cima a baixo, com a expressão ilegível.

Paulo desapareceu em sua casa com a família, e todas as fileiras o esperaram pacientemente, felizes em estar parados ao sol da tarde sem ter o que fazer.

A mente de Júlio borbulhava, imaginando por que teria recebido a ordem de se destacar sozinho, e como Suetônio iria se sentir se fosse uma promoção. O governador não podia ordenar que Gadítico lhe desse um novo posto, mas a recomendação dele provavelmente não seria ignorada.

Finalmente Paulo voltou, com a mulher ao lado. Ele encheu os pulmões para falar aos homens, e sua voz soou calorosa e forte.

— Vocês me devolveram ao meu cargo e à minha família. Roma lhes agradece pelo serviço. O centurião Gadítico concordou com que façam uma refeição aqui. Meus serviçais estão preparando a melhor comida e bebida para todos.

Ele parou, e seu olhar pousou em Júlio.

— Ontem à noite eu testemunhei grande bravura, em particular da parte de um homem que arriscou a vida para salvar a minha. A ele eu dou a coroa de honra, para marcar sua coragem. Roma tem filhos corajosos, e hoje estou aqui de pé para provar isso.

Sua mulher se adiantou e levantou um diadema de folhas verdes de carvalho. Júlio relaxou e, quando Gadítico assentiu, tirou o elmo para aceitá-la. Ficou ruborizado e subitamente os homens aplaudiram, ainda que ele não tivesse certeza se era pela homenagem a um dos seus ou pela comida que viria.

— Obrigado, eu... — gaguejou ele.

A mulher de Paulo pôs a mão sobre a dele, e Júlio pôde ver onde a pintura no rosto havia coberto escuras olheiras de preocupação.

— Você o trouxe de volta para mim.

Gadítico gritou a ordem para tirar os elmos e seguir o governador até onde o pessoal dele estava servindo a refeição. Reteve Júlio um momento e, quando tudo ficou quieto, pediu para ver a coroa. Júlio entregou-a rapidamente, tentando não gritar com a empolgação que sentia.

Gadítico virou nas mãos o diadema de folhas escuras.

— Você merece? — perguntou em voz baixa.

Júlio hesitou. Sabia que tinha arriscado a vida e que sozinho derrubara dois homens no cômodo mais baixo da fortaleza, mas era um prêmio que ele não havia esperado.

— Não mais do que muitos homens, senhor — respondeu.

Gadítico olhou-o atentamente, depois assentiu, satisfeito.

— É uma boa frase, mas eu diria que fiquei satisfeito quando o vi flanquear os desgraçados ontem à noite. — Ele riu diante da expressão de Júlio que mudava rapidamente, passando do deleite ao embaraço. — Vai usar embaixo do elmo ou empoleirada em cima?

Júlio ficou sem jeito.

— Eu... eu não pensei nisso. Acho que vou deixar no navio se houver ação.

— Tem certeza? Acho que os piratas vão fugir com medo de um homem com folhas na cabeça.

Júlio ficou ruborizado de novo, e Gadítico riu, dando-lhe um tapa no ombro.

— Só estou brincando com você, garoto. É uma homenagem rara. Terei de promovê-lo, claro. Não posso deixar um oficial de baixa patente com uma coroa de honra. Vou lhe dar uma vintena para comandar.

— Obrigado, senhor — respondeu Júlio, ficando ainda mais animado.

Gadítico passou as folhas entre os dedos, pensativamente.

— Terá de usar isso na cidade em algum momento. Vão esperar que a use pelo menos uma vez.

— Por que, senhor? Não conheço o ritual.

— Pelo menos é o que eu faria. As leis de Roma, garoto. Se aparecer num evento público com uma coroa de honra, todo mundo deve ficar de pé. *Todo* mundo, até os senadores.

O centurião riu sozinho.

— Que visão seria! Venha quando estiver acomodado. Vou me certificar de que guardem um pouco de vinho para você. Parece que está precisando de uma bebida.

CAPÍTVLO III

À luz CINZENTA DO INÍCIO DA NOITE, BRUTUS DESCEU PELA LAteral do prédio, arrancando boa parte das rosas trepadeiras. Seu pé se prendeu num emaranhado de espinhos na parte de baixo e ele caiu chapado, com a espada deslizando barulhenta nas pedras. Encolhendo-se, livrou-se antes de ficar de pé. Dava para ouvir outro rugido de fúria em cima, enquanto o pai de Lívia se aproximava da janela e olhava furioso o intruso. Brutus olhou-o enquanto repuxava a *bracae*, soltando um gemido quando o pano fez cravar um espinho em sua coxa.

O pai de Lívia parecia um touro, carregava um machado pesado como se fosse uma machadinha e obviamente estava pensando se deveria acertar Brutus com um bom lançamento.

— Eu acho você, moleque! — gritou o homem para ele, praticamente espumando de fúria através da barba.

Brutus recuou para longe e tentou pegar o gládio caído sem tirar os olhos do grego de rosto vermelho. Puxou a *bracae* com uma das mãos e achou o cabo do gládio com a outra, desejando ter ficado de sandálias durante a embolação atlética com Lívia. Se o pai dela estava tentando proteger sua inocência, estava uns três anos atrasado, pensou Brutus. Pensou em compartilhar a informação com o outro, mas ela tinha sido justa com o jovem romano, ainda que realmente devesse ter verificado a casa antes de arrastá-lo para o quarto enquanto ele passava. Como ela estivera nua, tinha parecido educado da parte dele remover as sandálias antes de caírem na cama, ainda que essa cortesia tornasse um tanto problemática a fuga pela cidade sonolenta.

Sem dúvida, Rênio ainda estava roncando no quarto pelo qual Brutus pagara. Depois de cinco dias dormindo ao ar livre, os dois ficaram bastante satisfeitos em interromper a jornada com a chance de um banho quente e água quente para fazer a barba, mas parecia que apenas Rênio desfrutaria desses confortos enquanto Brutus ia para as colinas.

Brutus mudou o apoio de um pé para o outro, desconfortavelmente, enquanto avaliava as opções. Xingou Rênio baixinho, em parte por dormir durante uma crise, mas principalmente por convencê-lo de que um cavalo comeria todas as suas economias quando tivessem chegado ao litoral e encontrado um transporte para Roma. Rênio tinha dito que um legionário podia marchar aquela distância sem problemas, mas até mesmo um pônei magro serviria para uma fuga rápida.

A barba furiosa desapareceu acima, e, enquanto Brutus hesitava, Lívia apareceu na janela, com a pele ainda vermelha das atividades dos dois. Era uma cor boa e saudável, notou Brutus preguiçosamente, apreciando o modo como ela apoiava os seios no peitoril.

— Vá embora! — gritou ela, fingindo um sussurro. — Ele está descendo atrás de você!

— Então jogue minhas sandálias. Não posso correr assim — sibilou ele de volta.

Depois de um instante os calçados vieram voando para ele, e Brutus os amarrou num frenesi, já ouvindo os passos pesados do pai da garota chegando à porta.

Brutus ouviu a exclamação satisfeita do homem ao achá-lo ainda no pátio. Sem olhar para trás, saiu correndo, escorregando quando as tachas de ferro das solas batiam nas pedras. Atrás, o pai de Lívia gritava, animando as pessoas da cidade a que o segurassem, o que pareceu causar uma agitação entre os moradores que cuidavam de seus afazeres. Brutus corria grunhindo. Já havia gritos de resposta e dava para escutar que vários outros tinham se juntado à perseguição.

Febrilmente, tentou se lembrar das ruas pelas quais tinha andado há apenas algumas horas, agradecido por encontrar qualquer lugar com quartos baratos e comida quente. O pai de Lívia tinha parecido bastante agradável, mas não estava carregando o machado quando mostrou seu quarto mais barato aos dois homens cansados.

Brutus trombou contra uma parede ao virar uma esquina a toda velocidade, desviando-se de uma carroça e empurrando para longe as mãos do dono que tentaram agarrá-lo. Por onde sair? A cidade parecia um labirinto. Pegou ruas à esquerda e à direita sem ousar olhar para trás, com a respiração raspando na garganta. Até agora Lívia tinha valido a encrenca, mas, se ele fosse morto, ela não era a mulher que Brutus escolheria como a última de sua vida. Esperava que o pai levasse a fúria para Rênio e desejasse sorte aos dois.

O beco por onde corria chegou a um ponto sem saída, depois de uma esquina. Um gato se afastou correndo dele quando Brutus parou perto do muro de pedras mais próximo e se preparou para arriscar uma olhada para trás. Não havia para onde correr, mas talvez ele os tivesse despistado por um momento. Forçou os ouvidos antes de se inclinar na direção da esquina, sem ouvir nada mais ameaçador do que as reclamações do gato desaparecendo a distância.

Espiou com um dos olhos para o outro lado da quina e recuou imediatamente. O beco parecia cheio de homens, todos vindo em sua direção. Brutus se agachou e arriscou uma segunda olhada para eles, esperando não ser visto tão abaixado.

Uma voz gritou, reconhecendo-o, e ele gemeu de novo, enquanto recuava. Tinha aprendido um pouco de grego na época em que estava na Punho de Bronze, mas não o suficiente para sair daquela situação.

Tomou a decisão e se levantou, apertando o punho da espada, a outra mão baixando até a bainha para poder tirá-la rapidamente. Era uma bela espada que ele ganhara num torneio da legião, e teria de mostrar àqueles camponeses que a merecera. Puxou sua *bracae* mais uma vez e respirou fundo antes de sair no beco para encará-los.

Eram cinco, os rostos cheios de entusiasmo de crianças enquanto vinham correndo. Brutus tirou a espada da bainha com um floreio, para o caso de eles terem alguma dúvida quanto às suas intenções. Com grande solenidade, baixou a ponta na direção dos homens e eles pararam como se fossem um só. O momento se estendeu, e Brutus pensava furiosamente. O pai de Lívia ainda não tinha aparecido, e poderia haver uma chance de se livrar dos homens mais jovens antes de ele chegar para encorajá-los. Eles poderiam estar abertos à persuasão e até mesmo ao suborno.

O maior deles se adiantou, tendo o cuidado de permanecer fora do alcance da espada firme na mão de Brutus.

— Lívia é minha mulher — disse num latim claro.

Brutus piscou para ele.

— Ela sabe disso?

O rosto do homem ficou vermelho de fúria e ele sacou uma adaga do cinto. Os outros seguiram seu exemplo, revelando porretes e lâminas que balançavam para Brutus enquanto o chamavam para perto.

Antes que pudessem atacá-lo ao mesmo tempo, Brutus falou rapidamente, tentando parecer calmo e inabalável com a ameaça.

— Eu poderia matar todos vocês, mas só quero ter permissão de ir em paz. Sou campeão de uma legião com esta bela espada, e nenhum de vocês vai sair vivo deste beco se tomarem a decisão errada.

Quatro deles ouviram com rostos inexpressivos, até que o marido de Lívia traduziu o discurso. Brutus aguardou pacientemente, esperando uma reação favorável. Em vez disso eles deram risinhos e começaram a chegar mais perto. Brutus deu um passo atrás.

— Lívia é uma garota saudável, com apetites normais — disse ele. — Ela me seduziu, e não o contrário. Não vale a pena matar por causa disso.

Esperou junto com os outros o início da tradução, mas o marido permaneceu quieto. Então disse alguma coisa em grego que Brutus praticamente não entendeu. Parte, sem dúvida, era certamente para tentar mantê-lo vivo, coisa que aprovava, mas a última parte o caracterizava como alguém "dado às mulheres", o que parecia nitidamente desagradável.

O marido de Lívia deu um riso de desprezo para Brutus.

— Para nós, pegar um criminoso significa um festival. Você será o meio... o coração dele.

Enquanto Brutus começava a pensar numa resposta, eles correram em sua direção com uma saraivada de golpes e, mesmo ele tendo cortado um com o gládio, um porrete veio assobiando por trás de seu ouvido e o deixou inconsciente.

Acordou ouvindo um estalo vagaroso e com uma sensação de tontura. Enquanto a consciência voltava, ele manteve os olhos fechados, tentando sentir onde se encontrava sem deixar que algum vigia soubesse que estava alerta. Havia uma brisa tocando uma boa parte de seu corpo, e ele teve a suspeita súbita de que suas roupas tinham sido retiradas. Não poderia haver explicação razoável para isso, e seus olhos se abriram rapidamente apesar das intenções.

Estava pendurado de cabeça para baixo, suspenso pelos pés num cadafalso de madeira no centro da cidade. Um olhar sub-reptício para cima confirmou o fato de que estava nu. Tudo doía, e a lembrança de ter ficado pendurado numa árvore quando era menino voltou, fazendo-o estremecer.

Estava escuro, e de algum lugar ali perto dava para ouvir sons de festa. Engoliu dolorosamente em seco ao pensar que fazia parte de algum ritual pagão e tentou lutar contra as cordas que o prendiam. O sangue golpeou em sua cabeça devido ao esforço, mas os nós não cediam.

Seu movimento o fez girar num círculo lento, e ele pôde ver toda a praça, a intervalos. Cada casa estava iluminada numa demonstração de vida maior do que o lugarzinho monótono que ele havia imaginado ao chegar. Sem dúvida, todos estavam cozinhando cabeças de porco e soprando a poeira dos vinhos feitos em casa, pensou desanimado.

Por um momento desesperou. Sua armadura estava no quarto com Rênio e a espada havia desaparecido. Não tinha sandálias, e parecia claro que suas economias estavam financiando a própria comemoração que seria o seu fim. Mesmo que pudesse escapar, estava nu e sem nenhum dinheiro numa terra estranha. Xingou Rênio com algum entusiasmo.

— Depois de um sono revigorante, dei uma boa espreguiçada e olhei pela janela — disse Rênio perto do seu ouvido. Brutus teve de esperar até que girou para encará-lo.

O velho gladiador estava barbeado, limpo e claramente divertido.

— Sem dúvida, falei a mim mesmo, sem dúvida aquela figura pendurada pelos pés não pode ser o mesmo jovem soldado popular com quem eu vim, não é?

— Olha, tenho certeza de que você vai contar uma história muito divertida para os seus velhos companheiros, mas eu agradeceria se parasse de ensaiar e simplesmente cortasse esta corda antes que alguém impeça.

As cordas que estalavam levaram Brutus para o outro lado de novo. Sem uma palavra de aviso, Rênio cortou-as e deixou Brutus cair no chão. Gritos soaram em volta, e Brutus começou a se levantar, apoiando-se no cadafalso.

— Minhas pernas não suportam o meu peso! — falou, tentando esfregar uma de cada vez, com energia desesperada.

Rênio farejou, olhando em volta.

— É melhor que suportem. Só com um braço não posso carregar você e mantê-los longe ao mesmo tempo. Continue esfregando. Talvez a gente tenha de blefar.

— Se tivéssemos um cavalo, você poderia me amarrar à sela — retrucou Brutus, esfregando furiosamente.

Rênio deu de ombros.

— Não temos tempo para isso. Sua armadura está nesta sacola. Eles trouxeram suas coisas de volta à pensão e eu as peguei na saída. Tome sua espada e se encoste no cadafalso. Aí vêm eles.

Rênio entregou a espada e, apesar de todo o seu desamparo por causa da nudez, Brutus sentiu algum conforto segurando o punho familiar.

A multidão se reuniu rapidamente, com o pai de Lívia na frente, segurando o machado com as duas mãos. Ele retesou os ombros enormemente poderosos e sacudiu a lâmina na direção de Rênio.

— Você veio com aquele que atacou minha filha. Eu lhe dou uma chance de pegar suas coisas e ir embora. Ele fica.

Rênio ficou perigosamente imóvel, depois deu um passo firme para a frente, enfiando o gládio no peito do homem até a ponta se projetar das costas. Puxou de volta, e o outro caiu de cara nas pedras, com o machado fazendo barulho.

— Quem mais diz que ele fica? — perguntou Rênio, olhando a multidão em volta. Eles haviam se imobilizado diante da morte súbita, e não houve resposta. Rênio assentiu sério, falando devagar e claramente: — Ninguém foi atacado. Pelos barulhos que eu ouvi, a garota estava tão entusiasmada quanto meu amigo idiota.

Ele ignorou o som ofegante e rápido de Brutus às suas costas, mantendo o olhar varrendo a multidão. Eles mal o ouviam. O gladiador tinha matado sem mais preâmbulos, e isso mantinha as pessoas imóveis.

— Está preparado para ir? — murmurou Rênio.

Brutus testou as pernas cautelosamente, encolhendo-se diante do fogo da circulação que voltava. Começou a colocar as roupas o mais rapidamente que podia, com a armadura fazendo barulho enquanto ele revistava a sacola com uma das mãos.

— Assim que eu estiver vestido.

Ele sabia que aquele momento não iria durar, mas mesmo assim deu um pulo quando Lívia veio abrindo caminho pela multidão, com a voz aguda.

— O que vocês estão fazendo aí? — gritou ela para a multidão. — Olhem o meu pai! Quem vai matar os assassinos dele?

Atrás das costas dela, Brutus se levantou com a espada em riste. Os sorrisos doces dos quais se lembrava tinham se retorcido em ódio enquanto ela gritava ofensas contra o seu próprio povo. Nenhum deles a encarava, com o desejo de vingança esfriado pela figura esparramada aos seus pés.

Na borda da multidão o marido dela lhe deu as costas e se afastou para o escuro. Quando ela viu quem era, virou-se para Rênio, dando socos no rosto e no corpo dele. O braço único do velho segurava a espada, e, enquanto Brutus via os músculos se retesarem, estendeu a mão e a afastou.

— Vá para casa — falou rispidamente.

Em vez disso, as mãos dela foram na direção dos seus olhos, e Brutus a empurrou com força. Ela caiu no chão perto do corpo do pai e se agarrou a ele, chorando.

Rênio e Brutus olharam um para o outro e depois para a multidão que ia se desfazendo.

— Deixe-a — disse Rênio.

Juntos, os dois atravessaram a praça e seguiram em silêncio pela cidade. Pareceram se passar horas antes de chegarem ao limite das casas e olhar para um vale que ia até um rio à distância.

— Devemos nos apressar. De manhã eles vão querer sangue e virão atrás de nós — disse Rênio, finalmente guardando a espada na bainha.

— Você realmente a ouviu... — perguntou Brutus, desviando o olhar.

— Vocês me acordaram com os seus grunhidos, sim. Essa sua mania pode acabar com a gente, se eles mandarem rastreadores de verdade. Na casa do pai dela!

Brutus fez uma carranca para o companheiro.

— Você matou o homem, não esqueça — murmurou.

— E você ainda estaria lá se eu não tivesse feito isso. Agora marche. Precisamos cobrir a maior distância possível antes do amanhecer. E da próxima vez em que uma garota bonita olhar para você, comece a correr. Elas dão mais encrenca do que valem.

Discordando em silêncio, os dois começaram a descer o morro.

CAPÍTVLO IV

—NÃO ESTÁ USANDO SUA COROA? OUVI DIZER QUE DORMIU com ela — zombou Suetônio quando Júlio chegou para o turno de vigia.

Júlio o ignorou, sabendo que uma resposta levaria a outra troca de palavras que traria os dois jovens oficiais para mais perto da hostilidade aberta. Por enquanto, pelo menos, Suetônio fingia cortesia quando os outros homens estavam suficientemente perto para escutar, mas quando estavam de vigia sozinhos, em madrugadas intercaladas, sua amargura vinha à superfície. No primeiro dia no mar depois de deixarem a ilha, um dos homens tinha amarrado um círculo de folhas na ponta do mastro da *Accipiter*, como se todo o navio tivesse merecido a honra. Um bom número dos legionários havia esperado para observar quando Júlio visse aquilo, e seu riso deliciado provocou uma comemoração da parte deles. Suetônio sorriu com os outros, mas a aversão em seus olhos tinha se aprofundado ainda mais a partir desse momento.

Júlio mantinha os olhos no mar e na distante costa da África, mudando o equilíbrio ligeiramente com os movimentos da *Accipiter* enquanto a galera balançava nas ondas. Apesar da observação zombeteira de Suetônio, ele não tinha usado a coroa desde que deixara a cidade de Mitilene, a não ser para experimentá-la uma ou duas vezes na privacidade do seu minúsculo catre sob o convés. Agora as folhas de carvalho tinham ficado quebradiças e escuras, mas isso não importava. Ele recebera o direito de usá-la e mandaria fazer uma nova quando visse Roma da próxima vez.

Era fácil ignorar Suetônio, com o devaneio de entrar no Circus Maximus num dia de corridas e ver milhares de romanos se levantarem, primeiro apenas ao vê-lo, depois em ondas se estendendo cada vez mais até que toda a multidão estivesse de pé. Deu um ligeiro sorriso consigo mesmo, e Suetônio bufou, irritado.

Mesmo no silêncio da madrugada os remos subiam e desciam ritmicamente abaixo deles, enquanto a *Accipiter* se espojava nas ondas. Agora Júlio sabia que ela não era um barco rápido, tendo visto dois navios piratas desaparecerem no horizonte com aparente facilidade nos meses que se passaram desde Mitilene. O casco raso não cortava bem a água, e mesmo com os dois remos que serviam de leme a *Accipiter* demorava a mudar de direção. Sua única força era a súbita aceleração com o impulso dos remos, mas mesmo com duzentos escravos a melhor velocidade não era maior do que uma caminhada rápida em terra. Gadítico parecia imperturbável com a incapacidade de se aproximarem do inimigo. Bastava espantá-los das cidades litorâneas e das principais rotas de comércio, mas não era isso que Júlio tinha esperado ao entrar para o navio. Tivera visões de caçada rápida e implacável, e era irritante perceber que a habilidade romana em terra não se estendia aos mares.

Olhou por cima da amurada, para onde os remos duplos subiam e mergulhavam em sincronia, abrindo caminho nas águas calmas. Imaginou como podiam manejar as pás enormes com tanta firmeza por horas e horas sem se exaurir, mesmo com três escravos em cada remo. Ele havia descido ao porão dos remadores algumas vezes, no cumprimento de suas tarefas, mas o lugar era apinhado e imundo. O porão fedia a excrementos que eram lavados duas vezes por dia com baldes de água do mar, e o cheiro revirou seu estômago. Os escravos recebiam mais comida do que os legionários, dizia-se, mas ao olhar a subida e a descida dos remos na água ele podia ver por que isso era necessário.

No grande convés o calor sufocante do litoral africano era cortado por uma brisa constante enquanto a *Accipiter* lutava contra um vento de oeste. Pelo menos de onde estava, Júlio podia sentir que a *Accipiter* era um navio projetado para a batalha, se não para a velocidade. O convés aberto era livre de qualquer obstrução, um vasto espaço de madeira branqueada pelo sol durante décadas. Somente a extremidade traseira abrigava uma estrutura elevada, com cabines para Gadítico e Prax. O resto da centúria dormia em alojamentos apinhados embaixo, com o equipamento guardado na armaria, onde poderia ser apanhado rapidamente. Exercícios regulares faziam com que eles pudessem ir do sono à prontidão para a batalha em menos de uma virada da ampulheta. Era uma tripulação bem disciplinada, pensou Júlio. Se pudessem alcançar outro navio, seriam mortais.

— Oficial no convés! — gritou Suetônio de repente perto de seu ouvido, e Júlio ficou em posição de sentido com um susto.

Gadítico tinha escolhido um homem muito mais velho como seu *optio*, e Júlio achou que Prax não teria mais de um ou dois anos até se aposentar. Tinha o início de uma barriga mole que precisava ser apertada com o cinto todas as manhãs, mas era um oficial bastante decente e notara a tensão entre Suetônio e Júlio nas primeiras semanas a bordo. Foi Prax quem arranjara para que eles fizessem juntos a vigília da madrugada, por algum motivo que optou por não lhes contar.

Ele assentiu amigavelmente para os dois enquanto caminhava pelo convés longo, em sua inspeção matinal. Verificou cada corda que corria até a vela quadrada acima e se abaixou apoiado num dos joelhos para garantir que as catapultas do convés estivessem solidamente amarradas e imóveis. Somente depois de terminar a inspeção cuidadosa aproximou-se dos jovens oficiais, respondendo sem cerimônia à saudação deles. Examinou o horizonte e sorriu consigo mesmo, coçando satisfeito o queixo recém-barbeado.

— Quatro... não, cinco velas — disse cheio de animação. — O comércio das nações... Mas hoje não há muito vento para mover quem conta apenas com ele.

Com o passar dos meses Júlio tinha percebido que a aparência afável escondia uma mente que sabia de tudo o que acontecia na *Accipiter*, acima e abaixo do convés, e em geral seu conselho era valioso depois de o interlocutor esperar o início casual da conversa. Suetônio o achava um idiota, mas parecia estar ouvindo com interesse ávido, uma postura que adotava para com todos os oficiais superiores.

Prax continuou, assentindo consigo mesmo:

— Vamos precisar dos remos para chegar a Tapso, mas depois será uma subida fácil pelo litoral. Depois de deixar os baús do pagamento, devemos chegar à Sicília em algumas semanas, se não tivermos de expulsar os piratas de nossas águas enquanto isso. Um belo lugar, a Sicília.

Júlio assentiu, sentindo-se confortável com Prax de um modo que seria impossível com o capitão, apesar do momento de familiaridade depois de Mitilene. Prax não estivera presente na invasão da fortaleza, mas parecia não ter se incomodado. Júlio supunha que ele se sentisse feliz com o serviço leve na *Accipiter* enquanto esperava ser aposentado e deixado numa legião perto de Roma, para recolher seu belo pagamento. Esse era um dos benefícios de perseguir piratas com Gadítico. Os setenta e cinco denários que os legionários recebiam por mês iam se acumulando sem muita oportunidade de gastar. Mesmo depois das despesas com equipamentos, do dízimo para as viúvas e do fundo para enterros, haveria uma bela quantia para a maioria dos homens quando chegasse o tempo. Se não tivessem perdido tudo no jogo, claro.

— Senhor, por que usamos navios que não conseguem pegar o inimigo? Poderíamos limpar o Mare Internum em menos de um ano se os obrigássemos a chegar perto de nós.

Prax sorriu, aparentemente deliciado com a pergunta.

— Perto de nós? Ah, isso acontece, mas eles são melhores marinheiros, você sabe. Há toda a chance de nos abalroarem e nos afundarem antes que possamos abordá-los com nossos homens. Claro, se pudermos colocar os legionários no convés deles, a luta está vencida.

Ele soltou o ar lentamente com as bochechas estufadas, enquanto tentava explicar.

— Precisamos de mais do que navios mais leves e mais rápidos, se bem que Roma não vá mandar verbas para fazer quilhas para eles enquanto eu viver, e sim de uma tripulação profissional nos remos. Aquelas três fileiras verticais que eles usam com tanta precisão, você pode imaginar o que nossos escravos musculosos fariam com elas? Iriam se tornar uma confusão de lascas na primeira vez em que tentássemos chegar à velocidade máxima. Como estamos, não precisamos treinar especialistas, e segundo o ponto de vista do Senado nós não precisamos pagar salários para eles. Basta o dinheiro para comprar os escravos, e o navio praticamente se mantém sozinho depois disso. E nós afundamos alguns deles, se bem que sempre parece haver mais.

— É só que parece... frustrante às vezes.

Júlio queria dizer que era loucura a nação mais poderosa do mundo ser deixada para trás por metade dos navios dos oceanos, mas Prax mantinha uma reserva que impediu o comentário, apesar da amabilidade. Havia uma linha que não devia ser atravessada por um subalterno, ainda que fosse menos óbvia do que com alguns outros.

— Nós somos de terra, senhores, se bem que alguns, como eu, acabem amando o mar. O Senado vê nossos navios como transporte para levar os soldados à luta em outras terras, como fizemos em Mitilene. Talvez eles percebam que é igualmente importante dominar as águas, mas, como eu disse, não enquanto eu estiver vivo. Enquanto isso, a *Accipiter* é meio pesada e lenta, mas eu também, e ela tem o dobro da minha idade.

Suetônio riu obedientemente, fazendo Júlio se encolher, mas Prax pareceu não notar. Júlio sentiu um sopro de lembrança diante das palavras de Prax. Lembrou-se de que Tubruk tinha dito alguma coisa semelhante, fazendo-o segurar a terra preta da propriedade no campo e pensar nas gerações que a haviam alimentado com o sangue. Aquilo parecia estar a uma eternidade de distância, depois de tantas experiências. Seu pai estava vivo na época, e Mário ainda era um cônsul com um futuro luminoso. Imaginou se alguém estaria cuidando da sepultura deles. Por um momento, as negras correntes de preocupação que sempre se chocavam contra os seus pensamentos vieram à superfície. Ele se tranqüilizou, como sempre, pensando que Tubruk cuidaria de Cornélia e de sua mãe. Não tinha por nenhum outro a metade da confiança que sentia por aquele homem.

Prax se enrijeceu ligeiramente enquanto seu olhar varria a costa. A expressão amável desapareceu, substituída pela dureza.

— Desça e toque o alerta, Suetônio. Quero todos os homens no convés, prontos para a ação em cinco minutos.

Arregalado, Suetônio fez uma saudação rápida e foi até a escada íngreme, descendo com agilidade. Júlio olhou para onde Prax apontava e apertou os olhos. No litoral, um lençol de fumaça preta subia no ar da manhã, quase sem ser movimentado pelo vento.

— Piratas, senhor? — perguntou rapidamente, adivinhando a resposta. Prax assentiu.

— Parece que atacaram um povoado. Talvez a gente possa pegá-los quando saírem de terra. Você pode ter sua chance de ficar "perto" deles, César.

A *Accipiter* se despiu para a ação. Cada equipamento solto foi guardado em segurança, as catapultas foram baixadas e as pedras e o óleo foram deixados prontos para ser disparados. Os legionários se juntaram rapidamente e um grupo escolhido montou o *corvus*, martelando pontas de ferro entre as seções até que a grande rampa de abordagem estivesse pronta, de pé, erguendo-se acima do convés. Quando as cordas que a prendiam fossem liberadas, ela cairia para fora, sobre as tábuas de um navio inimigo, cravando sua ponta de modo a ser impossível retirar. Os melhores guerreiros da *Accipiter* passariam por ela, caindo sobre os piratas o mais rápido possível para abrir espaço onde o resto poderia entrar a bordo. Era um negócio perigoso, mas depois de cada ação o direito de ir primeiro era disputado calorosamente e mudava de mãos em jogos de apostas que cresciam nos meses monótonos.

Abaixo, o mestre dos escravos pediu tempo dobrado, e os remos se moveram num ritmo mais urgente. Com o vento vindo do litoral, a vela foi baixada e muito bem rizada. Espadas foram verificadas em busca de rachaduras e amassados. Armaduras foram muito bem amarradas e uma empolgação crescente podia ser sentida a bordo, controlada pela disciplina estabelecida há muito.

A aldeia incendiada ficava na borda de uma baía natural, e eles viram o navio pirata saindo dos promontórios rochosos e chegando ao mar aberto. Gadítico ordenou velocidade total de ataque para cortar ao máximo possível o espaço de manobra do inimigo. Apanhados como foram perto do litoral, havia pouco que o navio pirata poderia fazer para evitar a *Accipiter* avançando, e um grito subiu das gargantas dos romanos, com o tédio da lenta viagem de porto em porto desaparecendo à brisa revigorante.

Júlio observava atentamente o navio inimigo, pensando nas diferenças que Prax tinha explicado. Podia ver as colunas triplas de remos cortando o mar revolto num sincronismo perfeito, apesar dos tamanhos diferentes. A embarcação era mais alta e mais estreita do que a *Accipiter* e carregava uma comprida ponta de bronze se projetando da proa. Júlio sabia que ela podia atravessar até mesmo o pesado cedro dos navios romanos. Prax estava certo, o resultado nunca era garantido, mas desta vez não havia como escapar. Eles se aproximariam e baixariam o *corvus* solidamente, colocando os melhores lutadores do mundo no convés inimigo. Lamentou não ter conseguido garantir um lugar, mas todos tinham sido distribuídos antes do desembarque em Mitilene.

Perdido em pensamentos e ansiedade, a princípio não ouviu as mudanças súbitas nos gritos dos vigias. Quando ergueu os olhos, recuou um passo para longe da amurada sem sequer perceber. Havia outro navio saindo da baía enquanto eles passavam por ela, perseguindo o primeiro. Vinha direto para eles, e Júlio pôde ver o aríete emergir das ondas ao se chocar contra elas a toda velocidade, com a vela retesada se esforçando por ajudar os remadores. A ponta de bronze estava junto à linha d'água, e o convés estava cheio de homens armados, um número maior do que os rápidos navios piratas costumavam carregar. Ele viu num segundo que a fumaça tinha sido um engodo. Era uma armadilha, e eles tinham caído direitinho.

Gadítico não hesitou, percebendo a ameaça e dando ordens aos oficiais sem perder o ritmo.

— Aumentem a remada no terceiro toque! Eles vão passar direto por nós — gritou, e o homem do tambor, lá embaixo, bateu seu segundo ritmo mais rápido. A velocidade de abalroamento, acima dessa, só podia ser usada por pouco tempo, antes que os escravos começassem a desmoronar, mas mesmo o ritmo de ataque, ligeiramente menor, era um esforço brutal. Corações tinham se arrebentado antes, em batalhas, quando isso aconteceu. O cadáver podia atrapalhar os outros remadores e colocar todo um remo fora de seqüência.

O primeiro navio estava rapidamente se aproximando, e Júlio percebeu que eles tinham revertido os remos e estavam vindo para o ataque. Fora um ardil muito bem planejado para atrair o navio romano para perto da costa. Sem dúvida, os baús de prata no porão eram o prêmio, mas eles não seriam obtidos com facilidade.

— Disparar catapultas contra o primeiro navio quando eu ordenar... Agora! — gritou Gadítico, depois seguiu o caminho das pedras que voaram.

O vigia na proa gritou para as duas equipes:

— Dois pontos para baixo! — E as armas pesadas foram movidas rapidamente. Grampos fortes sob elas foram martelados através de buracos de encaixe e outros foram postos para sustentar o novo ângulo. Tudo isso ao mesmo tempo que os sarilhos eram enrolados para trás de novo, com legionários suando no esforço contra a tensão de uma corda de crina duas vezes mais grossa do que a coxa de um homem.

A embarcação pirata se aproximou enquanto as catapultas eram liberadas de novo. Desta vez as pedras porosas foram encharcadas em óleo e queimaram enquanto faziam uma curva na direção da trirreme inimiga, deixando trilhas de fumaça no ar. Acertaram o convés inimigo com estalos que puderam ser ouvidos na *Accipiter*, e os legionários que trabalhavam com as catapultas comemoraram enquanto as enrolavam de novo.

A segunda trirreme vinha rápido na direção deles, e Júlio tinha certeza de que o aríete se cravaria nos últimos metros da popa da *Accipiter*, deixando-os incapazes de se mover ou mesmo de contra-atacar abordando. Eles seriam apanhados por saraivadas de flechas, imóveis e desamparados. Quando esse pensamento o atacou, ele mandou seus homens levantar os escudos. Ao abordar, os escudos mais atrapalhavam do que ajudavam, mas, com a *Accipiter* apanhada entre dois navios que se moviam num espaço pequeno, eles seriam desesperadamente necessários.

O navio com o aríete, sozinho, ficaria para trás num mar livre, mas, obstruída na frente pela primeira trirreme, a *Accipiter* tinha de se desviar, com ordem para todos os remos de um dos lados atuarem em reverso. As remadas eram desajeitadas, mas isso era mais rápido do que simplesmente levantar os remos enquanto o outro lado fazia a *Accipiter* girar. Isso diminuiu a velocidade, mas Gadítico tinha visto a necessidade de pegar a linha externa, caso contrário seria apanhado entre os dois navios enquanto o segundo chegava ao lado.

A *Accipiter* passou quase raspando na proa da primeira trirreme, estremecendo enquanto a velocidade diminuía. Gadítico mandou o mestre dos escravos se preparar para o movimento, e lá embaixo os remos foram puxados para dentro rapidamente. Os profissionais da trirreme não foram suficientemente rápidos. Enquanto passava, a *Accipiter* partiu os remos em grupos de três, cada um esmagando um homem numa polpa sangrenta, no coração do barco inimigo.

Antes que o navio romano tivesse percorrido menos da metade do comprimento dos remos da trirreme, o aríete de bronze da segunda se chocou contra a *Accipiter* com um rugido de tábuas quebradas. Todo o navio gemeu com o impacto, como um animal vivo. Os escravos abaixo começaram a gritar num apavorado coro de terror. Todos estavam acorrentados aos seus bancos e, se a *Accipiter* afundasse, eles afundariam também.

Uma chuva de flechas caiu sobre o convés da *Accipiter*, mas nisso, pelo menos, havia a evidência da falta de disciplina militar. Júlio agradeceu a sorte de eles não terem o treinamento de disparar saraivadas, enquanto se abaixava sob uma flecha que passou assobiando sobre sua cabeça. Os escudos protegiam os homens da maioria dos tiros, e então o pesado *corvus* estava tombando para o lado, e foi como se parasse no ar por um momento quando do as cordas foram cortadas, depois bateu no convés inimigo, com a ponta segurando-o com uma solidez igual à da vingança que viria.

Os primeiros legionários correram pela prancha, caindo sobre os que esperavam, gritando desafios contra eles. A vantagem usual dos números tinha se perdido contra qualquer um dos dois navios atacantes. Ambos pareciam cheios de guerreiros cujas armaduras e armas eram uma mistura de velho e novo, de todos os portos litorâneos.

Júlio encontrou Cabera ao seu lado, sem o sorriso usual. O velho tinha apanhado uma adaga e um escudo, mas além disso só usava seu manto de sempre, que Gadítico tinha permitido desde que fosse verificado uma vez por mês em busca de piolhos.

— Acho melhor ficar com vocês do que lá embaixo no escuro — murmurou Cabera enquanto percebia o caos que se desdobrava. Os dois se abaixaram de repente sob os rígidos escudos de madeira enquanto flechas passavam zumbindo. Uma flecha acertou perto da mão de Júlio, jogando-o para trás. Ele assobiou baixinho quando viu que a ponta farpada tinha atravessado a madeira.

Pesados ganchos de bronze bateram nas pranchas, trazendo cordas. Homens começaram a pular no convés da *Accipiter*, e o ruído da batalha estava a toda volta, espadas se chocando e gritos de triunfo e desespero.

Júlio viu Suetônio espalhar seus homens numa linha para enfrentar os atacantes. Rapidamente ordenou que sua vintena fosse ajudar, mas suspeitava de que eles correriam para lá mesmo sem ele, se tivesse sido lento. Não poderia haver rendição com a *Accipiter* presa, e cada homem sabia disso. Seus ataques foram ferozes, e os primeiros a passar pelo *corvus* limparam o convés adiante, ignorando ferimentos.

Cabera ficou com ele enquanto se adiantava para a luta, e Júlio sentiu conforto com sua presença, lembrando-se de outras batalhas a que tinham sobrevivido juntos. Talvez o velho curandeiro fosse um amuleto da sorte, pensou, e então estava diante do arco de lâminas inimigas e cortando-os sem pensar, o corpo reagindo nos ritmos que Rênio tinha ensinado em anos e anos de dureza.

Júlio se abaixou desviando-se de uma machadinha e empurrou o agressor quando este ficou desequilibrado, lançando-o esparramado aos pés de Péritas, que o pisou com força, sem pensar, na clássica reação do legionário no campo de batalha. Se ele estiver em pé, corte-o. Se estiver caído, pise.

O *corvus* estava apinhado de soldados empurrando-se para atravessar. Eram um alvo fácil para os arqueiros, e Júlio pôde ver um grupo destes encostado na amurada do outro lado da trirreme, atirando quando conseguiam ver através de seus colegas. Era um ataque devastador, de tão perto, e mais de uma dúzia de legionários caiu antes que os que estavam a bordo cortassem os arqueiros como se fossem hastes de trigo, num frenesi sangrento. Júlio assentiu com prazer. Sentia pelos arqueiros o mesmo ódio de todos os legionários que tinham conhecido o terror e a frustração diante dos ataques a distância.

A segunda trirreme tinha remado para trás e praticamente se livrado da *Accipiter*, depois de causar o dano. Gadítico olhou-a manobrar enquanto segurava unidades para repelir o ataque, quando viesse. A situação estava mudando rápido demais para poder ser prevista, mas ele sabia que os piratas não podiam esperar. A *Accipiter* podia estar prestes a ir para o fundo, mas isso demoraria minutos para começar, e os legionários ainda podiam abrir caminho para a outra trirreme, assumindo o comando. Não era impossível que pudessem conseguir algum tipo de vitória se tivessem uma hora e fossem deixados em paz, por isso ele sabia que haveria outro ataque assim que o segundo navio pudesse retirar o aríete e trazer seus guerreiros suficientemente perto para abordar. Xingou sozinho quando a última tábua estalou e a proa afiada se afastou da *Accipiter*, com as novas ordens para os remadores deles gritadas rapidamente no que parecia uma mistura de grego e latim precário.

Gadítico mandou sua reserva de soldados para o outro lado da *Accipiter*, achando que os inimigos iriam abordar do outro lado para dividir os defensores. Era uma ação sensata e servia ao seu propósito, ainda que, se a primeira trirreme pudesse ser tomada rapidamente, todos os seus homens poderiam ser trazidos para repelir o novo ataque e talvez nem tudo estivesse perdido. Gadítico apertou o punho do gládio com o que ele sabia que era uma indignação inútil. Será que deveria ter esperado que os piratas o recebessem honestamente e fossem despedaçados por seus legionários? Eles eram ladrões e mendigos, atrás da prata em seu porão, e era como se cães pequenos estivessem derrubando o lobo romano. Sua mão tremeu de emoção quando viu a fileira de remos ser puxada para dentro num dos lados e a segunda trirreme vir em direção ao seu amado navio. Ainda podia ouvir os gritos dos escravos embaixo, num constante coro de terror que lhe dava nos nervos.

Júlio levou um golpe na armadura e grunhiu enquanto revertia o movimento da espada através do rosto de um homem. Antes que pudesse assumir sua posição, um gigante barbudo veio para ele. Júlio sentiu um toque de medo ao ver a enorme altura e os ombros do guerreiro carregando uma pesada marreta de ferreiro manchada de vermelho, com sangue e cabelos. Os dentes do brutamontes estavam à mostra enquanto ele erguia a arma sobre o ombro num golpe de cima para baixo. Júlio recuou, levantando o braço para apará-lo, num reflexo. Sentiu os ossos do pulso estalarem com o impacto e gritou de dor.

Cabera entrou rapidamente entre eles e enfiou a adaga no pescoço do homem, mas o guerreiro apenas rugiu e girou a marreta para mandar para longe o frágil curandeiro. Júlio pegou sua adaga com a mão esquerda, tentando ignorar a agonia dos ossos que pareciam raspar uns contra os outros. Sentiu-se tonto e subitamente distanciado, mas o inimigo enorme ainda era perigoso, apesar de o sangue jorrar do ferimento na garganta.

A figura taurina cambaleou ereta e girou de novo numa dor cega. A marreta acertou solidamente a cabeça de Júlio com um estalo oco, e ele desmoronou. Sangue escorreu lentamente do seu nariz e dos ouvidos enquanto a luta continuava ao redor.

CAPÍTVLO V

BRUTUS RESPIROU FUNDO O AR DA MONTANHA ENQUANTO OLHAVA para os perseguidores que vinham atrás. Com a Grécia espalhada abaixo deles e as encostas cobertas por minúsculas flores roxas soltando um perfume intenso no vento, parecia errado estar lidando com morte e vingança. No entanto, como Rênio previra, o grupo de cavaleiros tinha pelo menos um bom rastreador, e nos últimos cinco dias eles tinham permanecido teimosamente na trilha dos dois, apesar das muitas tentativas de despistá-los.

Rênio sentou-se numa pedra coberta de musgo ali perto, com o cotoco de braço exposto, esfregando gordura na carne cicatrizada como fazia todas as manhãs. Brutus sentia culpa a cada vez que via aquilo, lembrando-se da luta no pátio da propriedade rural do pai de Júlio. Pensava ser capaz até mesmo de se lembrar do golpe que havia cortado os nervos do braço, mas depois de tanto tempo não adiantava sentir remorso. Apesar de a carne ter formado uma almofada rosada de calo, surgiam trechos em carne viva que precisavam de ungüento. O único alívio verdadeiro acontecia quando Rênio era obrigado a tirar a cobertura de couro e deixar o ar tocando a pele. Mas ele odiava os olhares curiosos que isso atraía e enfiava a cobertura de volta sempre que podia.

— Eles estão chegando mais perto — disse Brutus. Não precisava explicar, já que os cinco homens que os seguiam estavam nos pensamentos dos dois desde que os viram pela primeira vez.

A beleza ensolarada das montanhas escondia um solo pobre que atraía poucos agricultores. Os únicos sinais de vida eram as pequenas figuras dos perseguidores subindo lentamente. Brutus sabia que os dois não poderiam ficar mais muito tempo adiante dos cavalos, e assim que chegassem às planícies abaixo os romanos seriam alcançados e mortos. Ambos estavam chegando próximo da exaustão, e o último pedaço de comida seca tinha acabado naquela manhã.

Brutus olhou a vegetação que se grudava à vida nas encostas ásperas, imaginando se alguma seria comestível. Tinha ouvido falar de soldados comendo os grilos que assombravam cada tufo de capim, mas não valia a pena pegar um de cada vez. Não poderiam passar outro dia sem comida, e seus odres estavam com menos da metade de água. Moedas de ouro ainda enchiam a bolsa de seu cinto, mas a cidade romana mais próxima estava a mais de cento e cinqüenta quilômetros de distância, do outro lado das planícies da Tessália, e eles nunca chegariam lá. O futuro parecia sombrio, a não ser que Rênio tivesse alguma idéia, mas o velho gladiador estava em silêncio, aparentemente contente em passar uma hora esfregando o cotoco. Enquanto Brutus olhava, Rênio pegou uma das flores escuras e espremeu o suco na almofada peluda que pendia de seu ombro. O velho gladiador vivia testando ervas em busca de algum efeito analgésico, mas, como sempre, fungou desapontado e deixou as pétalas amassadas caírem de sua mão boa.

De repente a expressão calma de Rênio enfureceu Brutus. Se eles tivessem cavalos, os perseguidores do povoado jamais teriam chegado tão perto. Não era da natureza de Rênio lamentar decisões passadas, mas a cada passo que os inimigos se aproximavam dos romanos com pés machucados, Brutus grunhia de irritação.

— Como consegue ficar aí sentado enquanto eles sobem para cá? O imortal Rênio, vencedor de centenas de combates mortais, cortado em pedaços por alguns gregos maltrapilhos numa colina.

Rênio olhou-o, imóvel, depois deu de ombros.

— A encosta vai diminuir a vantagem deles. Os cavalos não adiantam muito aqui em cima.

— Então vamos enfrentá-los? — perguntou Brutus, sentindo enorme alívio porque Rênio tinha algum tipo de plano.

— Eles ainda vão demorar horas para chegar aqui. Se eu fosse você, me sentaria à sombra e descansaria. Vai descobrir que afiar minha espada acalmará seus nervos.

Brutus fez uma carranca, mas mesmo assim pegou o gládio do velho e começou a passar uma pedra nos gumes, em movimentos longos.

— Eles são cinco, lembre-se — disse depois de um tempo.

Rênio o ignorou, prendendo o copo de couro sobre o cotoco, com um grunhido. Segurou uma ponta da tira de couro nos dentes e amarrou-a com a facilidade resultante da longa prática, enquanto Brutus olhava.

— Oitenta e nove — disse Rênio subitamente.

— O quê?

— Matei oitenta e nove homens em combates mortais em Roma. E não centenas.

Ele se levantou com facilidade, e não havia nada de um velho em seu movimento. Havia demorado muito para treinar de novo seu corpo a se equilibrar sem o peso do braço esquerdo, mas tinha derrotado essa perda como derrotara todas as outras coisas que haviam se erguido contra ele na vida. Brutus se lembrou do momento em que Cabera tinha apertado as mãos na carne cinza do peito de Rênio e visto a cor mudar enquanto o corpo se enrijecia num súbito jorro da vida retornando. Cabera tinha se sentado nos calcanhares num espanto silencioso, enquanto eles viam os cabelos do velho escurecerem, como se nem mesmo a morte pudesse agarrá-lo. Os deuses tinham salvado o velho gladiador. Quem sabe, por sua vez, ele poderia salvar outro jovem romano numa colina da Grécia. Brutus sentiu a confiança aumentar, esquecendo a fome e a exaustão que o assolavam.

— Hoje são apenas cinco — disse Brutus. — E eu sou o melhor da minha geração, você sabe. Não existe um homem vivo que possa me vencer com uma espada.

Rênio grunhiu diante disso.

— Eu era o melhor da minha geração, garoto, e, pelo que posso ver, o padrão andou caindo desde aquela época. Mesmo assim, talvez a gente possa surpreendê-los.

Cornélia gemeu de dor enquanto a parteira esfregava o dourado óleo de oliva em suas coxas, ajudando a diminuir a cãibra dos músculos. Clódia lhe entregou uma bebida quente feita de leite, vinho e mel, e ela esvaziou a taça quase sem sentir o gosto, estendendo-a para pedir mais, enquanto a próxima contração ia chegando. Estremeceu e gritou.

A parteira continuou a passar óleo em movimentos longos e lentos, segurando um tecido da lã mais fina, que mergulhava numa tigela com o líquido.

— Agora não falta muito — disse ela. — Você está se saindo muito bem. O mel e o vinho devem ajudar com a dor, mas logo será hora de levá-la ao assento de parto. Clódia, traga mais panos e a esponja, para o caso de haver sangramento. Não deve haver muito. Você é muito forte e seus quadris são de bom tamanho para esse trabalho.

Cornélia só pôde gemer em resposta, respirando em haustos curtos enquanto a contração vinha com força total. Trincou os dentes e agarrou as laterais da cama dura, fazendo força para baixo com os quadris. A parteira balançou a cabeça ligeiramente.

— Não comece a empurrar ainda, querida. O neném ainda está somente pensando em sair. Ele entrou na posição e precisa descansar. Eu lhe digo quando começar a empurrá-la para fora.

— Empurrá-*la*? — perguntou Cornélia boquiaberta, entre as respirações entrecortadas.

A parteira assentiu.

— Os meninos sempre nascem mais facilmente. São as meninas que demoram tanto assim. — Ela agradeceu a Clódia enquanto a esponja e os panos eram postos perto do assento de parto, pronto para os últimos estágios.

Clódia segurou a mão de Cornélia, acariciando-a com ternura. Uma porta do cômodo se abriu em silêncio e Aurélia entrou, indo rapidamente até a cama e apertando a outra mão. Clódia observou-a disfarçadamente. Tubruk tinha lhe contado tudo sobre os problemas da mulher, de modo que ela pudesse enfrentar qualquer dificuldade, mas o parto de Cornélia pareceu concentrar a atenção da mãe de Júlio, e era certo que ela estivesse presente no nascimento de seu neto. Com Tubruk fora de casa para completar o negócio que tinham discutido, Clódia soube que estaria por sua conta retirar

Aurélia se ela tivesse um ataque da doença antes do fim do parto. Nenhuma das serviçais dela ousaria fazer isso, mas não era uma tarefa que Clódia estivesse ansiosa por realizar e fez uma oração rápida aos deuses domésticos para que isso não fosse necessário.

— Nós achamos que será uma filha — disse Clódia quando a mãe de Júlio assumiu seu lugar do outro lado.

Aurélia não respondeu. Clódia imaginou se sua rigidez se devia ao fato de ser a dona da casa e Clódia apenas uma escrava, mas descartou a idéia. As regras eram relaxadas durante os partos, e Tubruk dissera que ela tinha problemas com as coisas pequenas que as pessoas consideravam comuns.

Cornélia gritou e a parteira assentiu rapidamente.

— Está na hora — falou, virando-se para Aurélia. — Pode nos ajudar, querida?

Quando não houve resposta, a parteira perguntou de novo, bem mais alto. Aurélia pareceu despertar, atordoada.

— Eu gostaria de ajudar — falou em voz baixa, e a parteira fez uma pausa, avaliando-a. Depois deu de ombros.

— Certo, mas isso pode demorar horas. Se não estiver em condições, mande uma garota forte para ficar no seu lugar. Entendeu?

Aurélia assentiu, de novo com a atenção em Cornélia enquanto assumia a posição para ajudar a levá-la até o assento.

Enquanto também começava a levantá-la, Clódia ficou maravilhada com a confiança mostrada pela parteira. Claro, ela era uma mulher libertada, os dias de escravidão tinham ficado para trás há muito, mas não havia um grama de deferência em seus modos. Clódia gostou dela e resolveu ser igualmente forte quando fosse necessário.

O assento era sólido e tinha chegado numa carroça com a parteira havia alguns dias. Juntas, as mulheres levaram Cornélia até lá, deixando seu peso cair na curva estreita do assento. A parteira se ajoelhou na frente de Cornélia, separando gentilmente suas pernas sobre o crescente profundo cortado na madeira antiga.

— Aperte-se contra o encosto — aconselhou ela, depois se virou para Clódia. — Não deixe que ela se incline para trás. Terei outro serviço para você quando a cabeça do bebê estiver aparecendo, mas por enquanto esta é a sua tarefa, entendido?

Clódia assumiu a posição com o peso do quadril apoiando o encosto do assento.

— Aurélia? Quero que empurre o abdômen para baixo quando eu disser, não antes. Está claro?

Aurélia pôs as mãos na barriga inchada e esperou com paciência e os olhos límpidos.

— Está começando de novo — disse Cornélia, encolhendo-se.

— É como deve ser, minha menina. O bebê quer sair. Deixe isso crescer, e eu lhe digo quando empurrar. — Suas mãos esfregaram mais óleo em Cornélia, e a parteira sorriu. — Agora não deve demorar muito. Pronta? Agora, menina, empurre! Aurélia, aperte para baixo, suavemente.

Juntas, elas apertaram, e Cornélia uivou de dor. De novo e de novo retesaram e soltaram até que a contração passou e Cornélia estava encharcada de suor, com o cabelo molhado e escuro.

— O pior é passar a cabeça — disse a parteira. — Está se saindo bem, querida. Muitas mulheres gritam o tempo todo. Clódia, quero que aperte um pedaço de pano no traseiro dela durante os espasmos. Ela não vai nos agradecer se depois houver uvas penduradas ali.

Clódia fez o que foi mandado, enfiando a mão entre o encosto do assento e as costas de Cornélia, e segurando o pano com firmeza.

— Agora não vai demorar, Cornélia — disse ela, em tom reconfortante.

Cornélia conseguiu dar um sorriso débil. Então as contrações cresceram de novo, uma tensão em cada músculo, de uma força apavorante. Ela nunca vira alguma coisa assim, e quase se sentia como espectadora em seu próprio corpo que se mexia em ritmos próprios, com uma força que ela não sabia possuir. Sentiu a pressão crescer e crescer, e subitamente desaparecer, deixando-a exausta.

— Chega — sussurrou ela.

— Estou com a cabeça, querida. O resto é mais fácil — respondeu a parteira com a voz calma e animada. Aurélia esfregou as mãos sobre a barriga, inclinando-se por cima do assento para ver entre as pernas trêmulas de Cornélia.

A parteira segurou a cabeça do bebê com as mãos enroladas num tecido áspero para não deixar que escorregasse. Os olhos estavam fechados e a cabeça parecia torta, distendida, mas a parteira parecia não se preocupar, e

CONN IGGULDEN

insistiu em que elas ajudassem enquanto a próxima contração chegava e o resto do bebê deslizava para suas mãos. Cornélia se deixou afrouxar no assento, com as pernas parecendo água. A respiração vinha em haustos ásperos, e ela só pôde assentir agradecendo enquanto Aurélia enxugava sua testa com um pano frio.

— É uma menina! — disse a parteira enquanto pegava uma faca pequena e afiada para cortar o cordão. — Muito bem, senhoras. Clódia, me passe um carvão quente para fazer um lacre.

— Não vai amarrar? — perguntou Clódia enquanto se levantava.

A parteira sacudiu a cabeça, usando as mãos para limpar o sangue e as membranas da pele do bebê.

— Queimar é mais limpo. Depressa, meus joelhos estão doendo.

Outra contração forte trouxe um pedaço de carne escura e coleante para fora de Cornélia, com um grito final de exaustão. A parteira sinalizou para Aurélia tirar aquilo do caminho. A mãe de Júlio cuidou da placenta sem pensar duas vezes, agora acostumada à autoridade da mulher. Sentia um brilho de felicidade desacostumada enquanto a nova realidade se estabelecia. Aurélia tinha uma neta. Olhou para as próprias mãos disfarçadamente, aliviada ao ver que os tremores estavam ausentes.

Um grito cortou o ar e de repente as mulheres estavam sorrindo. A parteira verificou os membros, com movimentos rápidos e treinados.

— Ela vai ficar bem. Está um pouquinho azul, mas já está ficando rosada. Vai ter cabelo claro como a mãe, a não ser que escureça. Uma criança linda. Onde estão os cueiros?

Aurélia entregou-os enquanto Clódia voltava, segurando um minúsculo carvão incandescente numa pinça de ferro. A parteira apertou-o contra o minúsculo cotoco de cordão com um chiado, e o bebê gritou com mais vigor enquanto ela começava a enrolá-lo apertado, deixando apenas a cabeça livre.

— Já pensou num nome para ela? — perguntou a Cornélia.

— Se fosse menino eu ia dar o nome do pai, Júlio. Sempre achei que... seria um menino.

A parteira ficou de pé com o bebê no colo, observando a pele pálida e exausta de Cornélia.

— Você tem muito tempo para pensar em nomes. Ajudem Cornélia a ir para a cama, senhoras, enquanto eu junto minhas coisas.

O som de um punho batendo no portão da propriedade pôde ser ouvido como um estrondo grave no quarto onde fora feito o parto. Aurélia levantou a cabeça e ficou de pé.

— Geralmente Tubruk abre o portão para os visitantes — disse ela —, mas ele nos abandonou.

— Só por algumas semanas, senhora — respondeu Clódia rapidamente, sentindo-se culpada. — Ele disse que o negócio que tinha a fazer na cidade não demoraria mais do que isso.

Aurélia pareceu não ouvir a resposta enquanto saía do quarto.

A mãe de Júlio caminhou lenta e cuidadosamente até o pátio da frente, encolhendo-se à luz forte do sol depois de estar tanto tempo dentro de casa. Dois de seus serviçais esperavam pacientemente junto ao portão, mas sabiam que não deveriam abri-lo sem a concordância dela, não importando quem estivesse ali. Era uma regra que Tubruk havia estabelecido desde os tumultos de dois anos antes. Ele parecia se importar com a segurança da casa, mas a deixara sozinha depois de haver prometido nunca fazer isso. Aurélia compôs a expressão do rosto, notando uma pequena gota de sangue na manga. Sua mão direita tremia ligeiramente, e ela segurou-a com a outra, tentando dissipar o tremor.

— Abram o portão! — disse uma voz de homem do outro lado, com o punho batendo na madeira outra vez.

Aurélia sinalizou aos serviçais e eles retiraram a trave, abrindo o portão para o visitante. Ela viu que os dois estavam armados, outra regra de Tubruk.

Três soldados montados entraram, resplandecentes com armaduras brilhantes e elmos com plumas. Estavam vestidos como para um desfile, e a visão deles fez Aurélia se arrepiar.

Por que Tubruk não estava aqui? Ele conseguiria lidar com isso muito melhor do que ela.

Um dos homens desceu do cavalo, com os movimentos fáceis e tranqüilos. Segurando as rédeas numa das mãos, entregou a Aurélia um rolo de pergaminho lacrado com cera grossa. Ela o pegou e esperou, observando o homem. O soldado raspou os pés no chão ao perceber que Aurélia não iria falar.

— Ordens, senhora. De nosso senhor, o Ditador de Roma.

Mesmo assim Aurélia ficou em silêncio, agarrando com a outra mão a que segurava o pergaminho, os nós dos dedos ficando brancos.

— Sua filha por casamento está aqui, e Sila ordena a presença dela diante dele na cidade imediatamente — continuou o homem, percebendo que, a não ser que ele falasse, talvez ela jamais abrisse o pergaminho que confirmava as ordens com o selo pessoal de Sila.

Aurélia recuperou a voz enquanto o tremor parava por um momento.

— Ela acaba de dar à luz. Não pode ser transportada. Voltem em três dias, e a deixarei pronta para viajar.

O rosto do soldado endureceu ligeiramente, com a paciência se dissipando. Quem essa mulher achava que era?

— Senhora, ela deverá estar pronta agora. Sila ordenou que ela estivesse na cidade e ela vai para a estrada imediatamente, querendo ou não. Vou esperar aqui, mas quero vê-la no máximo dentro de alguns minutos. Não faça com que entremos para pegá-la.

— E... e a criança?

O soldado piscou. Não havia criança mencionada em suas ordens, mas as carreiras não eram feitas desapontando-se o Ditador de Roma.

— A criança também. Faça com que as duas estejam prontas. — Sua expressão se suavizou um pouco. Não faria mal ser gentil, e de repente aquela mulher parecia muito frágil. — Se a senhora tiver uma carroça com cavalos que possam ser atrelados rapidamente, elas podem viajar assim.

Aurélia se virou sem dizer outra palavra e desapareceu na casa. O soldado olhou para os dois companheiros com as sobrancelhas erguidas.

— Eu disse que isso seria fácil. Imagino o que ele quer com essa mulher.

— Depende de quem é o pai, eu acho — respondeu um deles, dando uma piscadela marota.

Tubruk sentou-se rigidamente, assentindo enquanto tomava o vinho que lhe fora oferecido. O homem que ele encarava tinha a sua idade, e eles haviam sido amigos durante quase trinta anos.

— Ainda tenho dificuldade para reconhecer que não sou mais o jovem que fui — disse Ferco dando um sorriso pesaroso. — Eu tinha espelhos por toda a casa, mas a cada vez que passava por um ficava surpreso com o velho que me espiava. Mesmo assim, o corpo falha mas a mente permanece relativamente afiada.

— Espero que sim, você não está velho demais — respondeu Tubruk, tentando relaxar e desfrutar da companhia do amigo, como fizera tantas vezes no correr dos anos.

— Acha que não? Muitos dos que conhecemos já foram fazer maldade nas terras silenciosas. A doença levou Rapas, e ele era o homem mais forte que já conheci. No fim, dizem que o filho dele o colocou sobre os ombros para levá-lo ao sol. Pode imaginar alguém colocando aquele touro no ombro? Mesmo um filho dele! Envelhecer é uma coisa terrível.

— Você tem Ilita e suas filhas. Ela ainda não o deixou? — murmurou Tubruk.

Ferco bufou no vinho.

— Ainda não, mas continua ameaçando todo ano. Na verdade, você é que precisa de uma mulher boa e gorda. Elas afastam a idade maravilhosamente, você sabe. E mantêm seus pés quentes à noite.

— Sou muito apegado às minhas manias para um novo amor. Onde encontraria uma mulher que me quisesse? Não, eu achei uma espécie de família na propriedade do campo. Não posso imaginar outra.

Ferco assentiu, sem que seus olhos perdessem nada da tensão que preenchia o corpo do velho gladiador. Estava preparado para esperar até que Tubruk se sentisse preparado para contar o motivo de sua visita súbita. Conhecia o outro muito bem para não apressá-lo, assim como sabia que ajudaria como pudesse. Não era simplesmente uma questão de dívidas que tivesse, ainda que houvesse muitas; era o fato de que Tubruk era um homem que ele respeitava e de quem gostava. Não havia maldade nele, e ele era forte de um modo que Ferco raramente vira.

Mentalmente contabilizou suas posses e o ouro disponível. Se fosse uma questão de dinheiro, houvera tempos melhores, mas ele possuía reservas e dívidas que poderiam ser cobradas.

— Como vão os negócios? — perguntou Tubruk, inconscientemente pensando o mesmo que Ferco.

Ferco deu de ombros, mas cortou a resposta despreocupada antes que ela saísse dos lábios.

— Eu tenho fundos — falou. — Sempre há necessidade de escravos em Roma, como você sabe.

Tubruk olhou firme para o homem que um dia o vendera para ser treinado para combater na frente de milhares de pessoas. Mesmo então, quando era um jovem escravo de pedreira que não sabia nada do mundo nem do treinamento que viria, tinha visto que Ferco nunca era cruel com os que passavam por sua mão. Lembrava-se de ter entrado em desespero na noite antes de ser mandado para os cercados de treinamento, quando sua mente havia pensado em maneiras de acabar com a própria vida. Ferco tinha parado perto dele enquanto fazia a ronda e lhe disse que, se tivesse coragem e força, poderia comprar a liberdade e ainda ter a maior parte da vida pela frente.

— Nesse dia eu vou voltar e matar você — dissera Tubruk a ele.

Ferco sustentou seu olhar por longo tempo antes de responder:

— Espero que não. Espero que você me convide para compartilhar uma taça de vinho.

O jovem Tubruk foi incapaz de responder, mas mais tarde aquelas palavras eram um conforto, simplesmente saber que um dia poderia haver liberdade para sentar-se e beber ao sol, dono de si mesmo. No dia em que se libertou, atravessou a cidade até a casa de Ferco e pôs uma ânfora na mesa. Ferco colocou duas taças ao lado e a amizade dos dois teve início sem amargura.

Se havia alguém no mundo, fora da propriedade, em quem ele pudesse confiar, era Ferco, mas mesmo assim ficou em silêncio enquanto repassava os planos que tinha feito desde que Clódia viera vê-lo. Será que não havia outro modo? O caminho que seguiu o deixava enjoado, mas sabia que, se estava preparado para morrer protegendo Cornélia, certamente poderia fazer isso.

Ferco se levantou e segurou o braço de Tubruk.

— Você está perturbado, meu velho amigo. O que quer que seja, peça.

Seus olhos ficaram firmes enquanto Tubruk erguia os dele e sustentava o olhar, com o passado aberto entre os dois.

— Posso confiar minha vida a você? — perguntou Tubruk.

Ferco segurou seu braço com mais força ainda, em resposta, depois sentou-se de novo.

— Não precisa perguntar. Minha filha estava morrendo antes que você arranjasse uma parteira para salvá-la. Eu próprio teria morrido nas mãos daqueles ladrões se você não tivesse lutado com eles. Eu lhe devo tanto que pensei que nunca teria a chance de pagar. Peça.

Tubruk respirou fundo.

— Quero que me venda de novo como escravo. Para a casa de Sila — falou em voz baixa.

Júlio mal sentia as mãos de Cabera levantando suas pálpebras. O mundo parecia alternadamente escuro e luminoso, e sua cabeça estava cheia de uma agonia rubra. Escutou a voz de Cabera vindo de longe e tentou xingá-lo por perturbar a escuridão.

— Os olhos dele estão errados — disse alguém.

Gadítico? O nome não significava nada, mas ele conhecia a voz. Será que seu pai estava ali? Lembranças antigas de estar deitado no escuro, na propriedade do campo, vieram e se fundiram com os pensamentos. Será que ainda estava na cama depois de Rênio tê-lo ferido no treinamento? Seus amigos estavam nas muralhas enfrentando a rebelião dos escravos sem ele? Lutou ligeiramente e sentiu mãos apertando-o para baixo. Tentou falar, mas a voz não obedecia, apesar de um som abafado ter saído, como o gemido de um bezerro agonizante.

— Isso não é bom sinal — disse a voz de Cabera. — As pupilas estão de tamanhos diferentes e ele não está me vendo. O olho esquerdo está cheio de sangue, mas isso vai passar em algumas semanas. Veja como está vermelho. Está me ouvindo, Júlio? Caio?

Júlio não podia responder nem mesmo ao seu nome de infância. Um peso de escuridão comprimia todos para longe dele.

Cabera se levantou e suspirou.

— O elmo salvou sua vida, pelo menos, mas o sangue saindo dos ouvidos não é bom. Ele pode se recuperar ou pode continuar assim. Já vi isso acontecer com ferimentos na cabeça. O espírito pode ser esmagado.

O sofrimento era claro na voz, e Gadítico se lembrou de que o curandeiro viera a bordo com Júlio, e os dois tinham uma história que remontava a muito antes do tempo passado na *Accipiter*.

— Faça o que puder por ele. Há uma boa chance de que todos vejamos Roma de novo se eles conseguirem o dinheiro que querem. Pelo menos por um tempo somos mais valiosos vivos do que mortos.

Gadítico lutava para manter o desespero longe da voz. Um capitão que perdia seu navio não tinha probabilidade de arranjar outro. Preso e desamparado no convés da segunda trirreme, tinha visto sua amada *Accipiter* afundar num redemoinho de bolhas e destroços. Os escravos nos remos não tinham sido soltos, e seus gritos soaram desesperados e roucos até que as águas tomaram o navio.

A luta fora brutal, mas a maioria de seus homens finalmente foi morta, sobrepujados e atacados por dois lados. Repetidamente Gadítico repassou a curta batalha na mente, procurando modos de ter vencido. Sempre terminava dando de ombros, dizendo a si mesmo para esquecer a perda, mas a humilhação permanecia.

Tinha pensado em tirar a própria vida para negar a eles o resgate e a vergonha que isso causaria à sua família. Se ela ao menos pudesse conseguir o dinheiro.

Teria sido mais fácil se ele tivesse afundado com a *Accipiter*, como tantos de seus homens. Em vez disso, teve de se sentar em sua própria imundície com os doze oficiais sobreviventes e Cabera, que havia escapado da cela oferecendo-se para usar suas habilidades de curandeiro para os piratas. Sempre havia alguns cujos ferimentos não se fechavam, e com infecções que se grudavam aos órgãos genitais depois das prostitutas nos portos solitários. O velho estivera ocupado desde a batalha e só tinha permissão para vê-los uma vez por dia para verificar os ferimentos e curativos.

Gadítico se mexeu ligeiramente, coçando os piolhos e pulgas que o infestavam desde a primeira noite na cela apertada e imunda. Em algum lugar lá em cima, os homens que os mantinham cativos andavam pelos conveses da trirreme, ricos com os prisioneiros para resgate e com os baús de prata roubados do porão da *Accipiter*. Fora um risco lucrativo para eles, e Gadítico fez uma careta ao se lembrar da arrogância e do triunfo dos piratas.

Um dos homens tinha cuspido no rosto dele, depois de suas mãos e seus pés serem amarrados. Gadítico ficou vermelho de fúria ao pensar nisso. O patife era cego de um olho, o rosto uma confusão de cicatrizes antigas e barba crescida. O olho branco parecia espiar o capitão romano, e o riso dele quase o fez mostrar sua raiva e se humilhar ainda mais, lutando. Em vez disso, ficou olhando impassível, apenas grunhindo quando o homenzinho o chutou na barriga e foi embora.

— Deveríamos tentar fugir — sussurrou Suetônio, tão perto de Gadítico que este sentiu o cheiro do seu hálito.

— César não pode ser movido por enquanto, portanto tire isso da cabeça. Vai levar alguns meses até a mensagem do resgate chegar à cidade, e mais alguns para o dinheiro voltar até nós, se voltar. Teremos mais tempo que o suficiente para fazer planos.

Prax também fora poupado pelos piratas. Sem sua armadura, ele parecia muito mais comum. Até o cinto fora retirado para que a grande fivela não fosse usada como arma, e ele ficava constantemente repuxando a *bracae*. De todos, era ele que aceitava a mudança de sorte com menos raiva, e sua paciência natural os ajudava a ficar firmes.

— Mas o garoto está certo, capitão. Há uma boa chance de eles simplesmente nos jogarem no mar quando receberem a prata de Roma. Ou o Senado pode impedir nossas famílias de fazer o pagamento, preferindo se esquecer de nós.

Gadítico se irritou.

— Você se esquece, Prax, que os senadores também são romanos, apesar de toda a sua má opinião sobre eles. Não vão deixar que sejamos esquecidos.

Prax deu de ombros.

— Mesmo assim deveríamos fazer planos. Se esta trirreme encontrar outra galera romana, seremos jogados ao mar se eles parecerem dispostos a fazer uma abordagem. Um pedaço de corrente nos nossos tornozelos faria o serviço lindamente.

Gadítico encarou seu *optio* por alguns instantes.

— Certo. Vamos pensar em algumas coisas, mas se a chance vier não vou deixar ninguém para trás. César está com um braço quebrado, além do ferimento na cabeça. Vão se passar semanas antes que ele possa ao menos se sentar.

— Se é que vai sobreviver — interveio Suetônio.

Cabera espiou o jovem oficial com o olhar afiado.

— Este aqui é forte, e tem um bom médico cuidando dele.

Suetônio se desviou do olhar intenso do velho, subitamente embaraçado.

Gadítico rompeu o silêncio.

— Bem, temos tempo para pensar em todas as situações, senhores. Temos muitíssimo tempo.

CAPÍTVLO VI

CASAVÉRIO SE PERMITIU UM SORRISO DE AUTOCONGRATULAÇÃO enquanto examinava o comprido salão da cozinha. Em toda parte a agitação da noite estava terminando, com os últimos pedidos servidos havia horas.

— A perfeição está nos detalhes — murmurou consigo mesmo, como tinha feito em todas as noites nos dez anos em que era empregado de Cornélio Sila.

Bons anos, se bem que nesse tempo sua figura, que já fora magra, tinha inchado de um modo alarmante. Casavério se encostou na lisa parede de argamassa e continuou a moer no pilão, preparando uma pasta de sementes de mostarda que Sila adorava. Mergulhou um dedo na mistura escura e acrescentou um pouco de óleo e vinagre da fileira de potes de gargalo estreito pendurados ao longo da parede. Como um cozinheiro podia resistir a provar suas próprias refeições? Fazia parte do processo. Seu pai era ainda mais gordo, e Casavério tinha orgulho do próprio peso, sabendo que apenas um idiota empregaria um cozinheiro magro.

Os fornos de tijolos tinham sido fechados por tempo suficiente e deviam estar frios. Casavério sinalizou para os escravos, sugerindo que eles podiam ser limpos para colocar carvão novo de manhã. O ar na cozinha ainda estava pegajoso de calor, e ele puxou um trapo do cinto para enxugar a testa.

Com o peso, o cozinheiro parecia suar mais, admitiu a si mesmo, apertando o pano já úmido contra o rosto.

Pensou em terminar a pasta num dos cômodos frescos onde eram preparados os pratos gelados, mas odiava deixar os escravos sem vigilância. Sabia que eles roubavam comida para as famílias, e se isso fosse moderado ele poderia perdoar. Mas, deixados sozinhos, eles podiam ficar incautos, e quem sabia o que poderia desaparecer? Lembrou-se de seu pai reclamando da mesma coisa à noite, e rapidamente sussurrou uma oração pelo velho, onde quer que ele estivesse agora.

Havia uma grande paz no fim de um dia que tivesse corrido bem. A casa de Sila era conhecida pela comida boa, e quando chegava o pedido de alguma coisa especial ele gostava da empolgação e da energia que tomava seu pessoal, começando com o momento de antecipação ao abrir o maço de receitas do pai, desamarrando as tiras de couro que prendiam os valiosos pergaminhos e passando o dedo pelas letras, sentindo prazer no fato de que somente ele podia lê-las. O pai tinha-lhe dito que todo cozinheiro deveria ser um homem educado, e Casavério suspirou um momento, com os pensamentos indo para o seu filho. O garoto passava as manhãs na cozinha, mas os estudos pareciam voar da mente sempre que o dia era bonito. O garoto era um desapontamento, e Casavério passara a aceitar que ele talvez jamais pudesse comandar sozinho uma grande cozinha.

Mesmo assim ainda faltavam anos antes que ele deixasse seus pratos e fogões pela última vez, retirando-se para sua casinha num bom distrito da cidade. Talvez então arranjasse tempo para receber os convidados que sua esposa queria. De algum modo, nunca conseguira levar seus conhecimentos para casa, satisfazendo-se com pratos simples de carne e legumes. Seu estômago roncou um pouco diante desse pensamento, e ele viu que os escravos estavam retirando seus pacotes assados de pão e carne das cinzas dos fornos, onde tinham sido postos no final. Era uma pequena perda para a cozinha poder mandá-los de volta aos alojamentos com alguns bocados, e isso criava uma atmosfera amigável, ele tinha certeza.

O novo escravo, Dálcio, passou por ele com uma bandeja de metal com potes de temperos, prontos para ser postos de volta nas prateleiras. Casavério sorriu para ele enquanto o sujeito começava a esvaziar a bandeja.

Era um bom trabalhador, e o mercador não tinha mentido ao dizer que ele sabia se virar numa cozinha. Casavério pensou que poderia deixá-lo preparar um prato para o próximo banquete, sob seu olhar vigilante.

— Certifique-se de que os temperos vão para os lugares certos, Dálcio.

O homem enorme assentiu, sorrindo. Certamente não era um falador. Talvez aquela barba tivesse de ser cortada, pensou Casavério. Seu pai nunca permitia barbas na cozinha, dizendo que faziam o lugar parecer sujo.

Provou de novo a pasta de mostarda e estalou os lábios com prazer, notando que Dálcio terminou a tarefa rapidamente e bem-feita. Pelas cicatrizes ele mais parecia um velho lutador, mas não havia nada de violento nele. Se houvesse, Casavério não o deixaria na cozinha, onde a pressa interminável e a necessidade de carregar coisas significavam que as pessoas sempre se esbarravam. O mau humor não podia sobreviver nos porões das casas ricas, mas Dálcio tinha se mostrado amável, ainda que silencioso.

— Vou precisar de alguém me ajudando amanhã de manhã para preparar as massas. Gostaria de fazer isso?

Casavério não percebeu que estava falando devagar, como se com uma criança, mas Dálcio não pareceu se importar, e seus silêncios convidavam a esses modos. Não havia maldade no cozinheiro gordo, e ele ficou genuinamente satisfeito quando Dálcio assentiu antes de voltar ao depósito. Um cozinheiro precisava ter bom olho para bons trabalhadores, seu pai sempre dizia. Era a diferença entre ir cedo para a sepultura e alcançar a perfeição.

— ... e a perfeição está nos detalhes — murmurou de novo consigo mesmo.

No fim do comprido salão da cozinha, a porta para a casa acima se abriu e um escravo muito bem vestido entrou. Casavério se empertigou, deixando o pilão e o almofariz de lado sem pensar duas vezes.

— O senhor pede desculpas pela hora tardia e pergunta se podem lhe mandar alguma coisa fria antes de ele dormir, um prato gelado — disse o rapaz.

Casavério agradeceu, satisfeito, como sempre, com a cortesia.

— Para todos os convidados? — perguntou rapidamente, pensando.

— Não, senhor, os convidados partiram. Só o general continua aqui.

A cozinha passou do estupor do fim do dia à prontidão no tempo em que Casavério demorou para dar as ordens. Dois ajudantes foram mandados escada abaixo até as salas do gelo, sob a cozinha. Casavério passou por um arco baixo e por um corredor curto até onde as sobremesas eram preparadas.

— Um sorvete de limão, acho — murmurou enquanto andava. — Lindos e azedos limões do sul, adoçados e frios.

Tudo estava no lugar quando ele entrou na fresca sala de sobremesas. Como a cozinha principal, as paredes tinham dezenas de ânforas penduradas, cheias de xaropes e molhos que eram preparados e postos nos jarros sempre que a cozinha ficava calma. Aqui não havia qualquer sugestão do calor dos fornos, e ele sentiu o doce frio no corpo pesado, com um tremor agradável.

Os blocos de gelo, enrolados em tecido áspero, foram trazidos em minutos e esmagados sob suas ordens, até o gelo se transformar numa pasta fina. A isso ele acrescentou o limão agridoce e mexeu, apenas o bastante para dar sabor sem ficar forte demais. Seu pai tinha dito que o sorvete não devia ficar amarelo, e Casavério sorriu ao notar a cor e a bela textura, usando uma concha para colocar a mistura nas tigelas de vidro sobre uma bandeja.

Trabalhou rapidamente. Mesmo na sala fresca o gelo estava derretendo e a passagem pela cozinha teria de ser rápida. Esperava que um dia Sila permitisse a abertura de outra passagem na rocha sob sua casa luxuosa, de modo que as sobremesas geladas pudessem ir diretamente para cima. Mesmo assim, com cuidado e velocidade, os pratos chegariam quase intactos à mesa.

Depois de apenas alguns minutos as duas tigelas estavam cheias do sorvete branco, e Casavério chupou os dedos, gemendo com um prazer exagerado. Como era bom provar o frio no verão! Imaginou brevemente quantas moedas de prata as duas tigelas representavam, mas era uma quantia inimaginável. Carroças transportavam os enormes blocos de gelo das montanhas, perdendo metade durante a viagem. Eles eram trazidos para a escuridão dos depósitos de gelo abaixo, onde iriam derreter lentamente, mas proporcionando bebidas e sobremesas geladas durante todos os meses de verão. Lembrou-se de verificar se os suprimentos estavam adequados. Estava quase na época de um novo pedido.

Dálcio entrou na sala atrás dele, ainda carregando a bandeja de temperos.

— Posso ver o senhor preparar os sorvetes? Meu último senhor nunca teve isso.

Casavério sinalizou animado para ele entrar.

— O trabalho está feito. Eles devem ser levados correndo pela cozinha antes que comecem a derreter.

Dálcio se inclinou sobre a mesa e seu braço derrubou o jarro de xarope grosso numa ampla mancha amarela. O bom humor de Casavério desapareceu num instante.

— Depressa, seu idiota, pegue panos para limpar isso. Não há tempo a perder.

O grande escravo pareceu aterrorizado e gaguejou.

— D... desculpe. Tenho outra bandeja aqui, senhor.

Ele estendeu a bandeja e Casavério levantou as tigelas, limpando-as rapidamente com seu trapo suado. Não havia tempo para ser sensível, pensou. O gelo estava derretendo. Pôs as tigelas na bandeja e enxugou os dedos, irritado.

— Não fique aí parado, corra! E se tropeçar nos próprios pés vou mandar chicoteá-lo.

Dálcio saiu rapidamente da sala, e Casavério começou a limpar a sujeira derramada. Talvez o criado fosse desajeitado demais para tarefas mais difíceis.

No corredor, foi trabalho de um instante Tubruk esvaziar o frasco de veneno nas tigelas, mexendo com um dedo. Feito isso, correu pela cozinha e entregou a bandeja ao escravo que esperava.

Os olhos que tinham parecido tão nervosos olharam firme para as costas que se afastavam enquanto a porta da casa acima se fechava atrás dele. Agora devia escapar, mas havia primeiro um trabalho sangrento a fazer. Suspirou. Casavério não era um homem ruim, mas um dia, no futuro, mesmo com a barba cortada e o cabelo crescido de novo até o tamanho normal, o cozinheiro poderia reconhecê-lo.

Sentindo-se subitamente cansado, virou-se de novo para as salas frescas, tocando a faca com cabo de osso sob a túnica enquanto andava. Iria se certificar de que aquilo parecesse um assassinato, não suicídio. Isso deveria manter a família de Casavério livre da vingança.

— Deu a bandeja a ele? — disse Casavério rispidamente quando Tubruk entrou de novo na pequena sala fresca.

— Dei. Desculpe, Casavério.

O cozinheiro ergueu os olhos enquanto Tubruk se aproximava rapidamente. A voz do criado havia se aprofundado ligeiramente e os modos usuais tinham desaparecido. Ele viu a faca, e o medo e a confusão o atravessaram.

— Dálcio! Largue isso! — disse ele, mas Tubruk enfiou a faca no peito carnudo, rompendo o coração. Golpeou mais duas vezes, para ter certeza.

Casavério lutou para respirar, mas o ar não vinha. Seu rosto ficou roxo e as mãos balançaram, derrubando as colheres e as jarras de cima da mesa com estardalhaço.

Finalmente Tubruk se levantou, sentindo-se enjoado. Em todos os seus anos como gladiador e legionário, nunca tinha assassinado um inocente e se sentia manchado por isso. Casavério era um homem agradável, e Tubruk sabia que os deuses clamavam contra quem feria os bons. Firmou-se, tentando afastar o olhar do corpo do gordo no chão. Saiu em silêncio, com os passos soando alto no corredor que levava de volta à cozinha. Agora tinha de escapar e alcançar Ferco antes que o alarme soasse.

Sila estava estirado com preguiça num divã, os pensamentos se afastando da conversa com o seu general, Antonido. Tinha sido um dia longo e parecia que os senadores estavam tentando bloquear suas indicações para novos magistrados. Ele fora nomeado Ditador com mandato para restaurar a ordem à República, e nos primeiros meses eles tinham se mostrado bastante ansiosos em lhe conceder cada desejo. Recentemente haviam demorado *horas* debatendo com longos discursos sobre os poderes e as limitações do cargo, e seus conselheiros tinham dito que durante um tempo ele não deveria se impor com muita aspereza. Eram homens pequenos, pensou. Pequenos em feitos e sonhos. Mário zombaria deles, chamando-os de tolos, se estivesse vivo.

— ... serão feitas objeções aos lictores, meu amigo — estava dizendo Antonido.

Sila bufou cheio de desdém.

— Com ou sem objeções, vou continuar a ter vinte e quatro deles comigo. Posso ter muitos inimigos, e quero que eles sejam uma lembrança do meu poder enquanto ando entre o Capitólio e a Cúria.

Antonido deu de ombros.

— No passado eram apenas doze. Talvez seja melhor deixar que o Senado tenha a palavra final nisso, para ganhar força em negociações mais sérias.

— Eles são um bando de velhos desdentados! A ordem não voltou a Roma no ano passado? Eles poderiam ter feito isso? Não. Onde estava o Senado quando eu lutava pela minha vida? Que ajuda eles me deram? Não. Eu sou o senhor deles, e eles devem ser obrigados a reconhecer esse fato simples. Estou cansado de pisar com cuidado por causa da sensibilidade deles e fingir que a República ainda é jovem e forte.

Antonido não disse nada, sabendo que qualquer objeção seria recebida com promessas e ameaças ainda mais loucas. A princípio se sentira honrado em ser nomeado conselheiro militar, mas o posto era vazio, com Sila usando-o apenas como marionete para suas ordens. Mesmo assim, parte dele concordava com a frustração de Sila. O Senado lutava para proteger a dignidade e a velha autoridade, ao mesmo tempo que reconhecia a necessidade de um ditador para manter a paz na cidade e nas terras romanas. Era uma farsa, e Sila estava se cansando rapidamente do jogo.

Um escravo entrou com os sorvetes, colocando-os numa mesa baixa antes de fazer uma reverência e sair da sala. Sila sentou-se, esquecendo-se da irritação.

— Você terá de provar isso. Não há nada igual para aliviar o calor do verão.

Ele pegou uma colher de prata e enfiou o sorvete branco na boca, fechando os olhos de prazer. Logo a tigela estava vazia, e ele pensou em pedir outra. Todo o seu corpo parecia mais refrescado depois do sorvete, e a mente estava calma. Viu que Antonido não tinha começado e insistiu em que ele tomasse.

— Deve ser comido depressa, antes de derreter. Mesmo depois, pode ser uma bebida maravilhosamente refrescante.

Observou o general provar uma colherada e sorriu com ele.

Antonido queria terminar a conversa e ir para casa para ficar com a família, mas sabia que não podia se levantar até que Sila ficasse cansado. Imaginou quando isso seria.

— Seus novos magistrados serão confirmados amanhã na Cúria — falou.

Sila se deitou em seu divã, com a expressão retomando as rugas carrancudas.

— É melhor que sejam. Devo favores a esses homens. Se houver outro atraso, o Senado vai lamentar, juro pelos deuses. Vou debandá-lo e mandarei pregar as portas!

Ele se encolheu ligeiramente ao falar, e sua mão foi até a barriga, esfregando de leve.

— Se o senhor optar por debandar o Senado, haverá guerra civil de novo, com a cidade outra vez em chamas — disse Antonido. — No entanto suspeito que o senhor triunfaria no final. Sabe que tem o apoio inabalável das legiões.

— Este é o caminho dos reis. Ele me atrai e repele ao mesmo tempo. Eu amava a República, ainda amaria se ela fosse comandada pelo tipo de homem que a comandava quando eu era menino. Todos se foram, e, quando Roma chama, os pequenos que restaram só conseguem vir correndo para mim.

Sila arrotou de repente, encolhendo-se, e quando ele fez isso Antonido sentiu um verme de dor começar nas entranhas. O medo o fez se levantar, pousando o olhar nas tigelas, uma vazia, a outra praticamente intocada.

— O que é isso? — perguntou Sila, levantando-se, com o rosto se retorcendo no reconhecimento, ao mesmo tempo que falava. A queimação na barriga estava se espalhando, e ele apertou as mãos no corpo, como se quisesse esmagá-lo.

— Também estou sentindo — disse Antonido em pânico. — Pode ser veneno. Enfie os dedos na garganta, depressa!

Sila cambaleou ligeiramente, tombando sobre um dos joelhos. Parecia a ponto de desmaiar, e Antonido estendeu a mão para ele, ignorando sua dor menor, que ia aumentando.

Enfiou um dedo na boca frouxa do ditador, fazendo uma careta quando um jorro de polpa escorregadia foi vomitada. Sila gemeu, os olhos se revirando.

— Ande, ande, de novo — insistiu Antonido, apertando a ponta dos dedos na carne macia do interior da garganta.

Os espasmos vieram, ejetando bile escura e saliva dos lábios, até que o ditador começou a ter espasmos secos. Então o peito afrouxou e os pulmões pararam de sugar, imobilizando-se com uma última respiração chiada. Antonido gritou pedindo ajuda e esvaziou o próprio estômago, esperando através do medo que não tivesse ingerido o bastante para morrer.

Os guardas foram rápidos, mas já encontraram Sila pálido e imóvel, e Antonido, semiconsciente, coberto por um líquido fedorento composto por tudo que os dois tinham comido. Mal tinha forças para ficar de pé, mas eles ficaram imobilizados, não sabendo o que fazer sem receber ordens.

— Chamem os médicos! — grasnou com a garganta áspera e inchada. A dor em seu estômago começou a diminuir, e ele afastou a mão, tentando se apoiar. — Isolem a casa. O Ditador foi envenenado! — gritou. — Mandem homens às cozinhas. Quero saber quem trouxe essa sobremesa aqui para cima e o nome de todo mundo que a tocou. Andem!

Sua força pareceu abandoná-lo naquele momento, e ele se deixou afrouxar de volta no divã onde havia apenas alguns minutos estivera discutindo tão pacificamente o Senado. Sabia que tinha de agir depressa, caso contrário Roma explodiria no caos assim que a notícia chegasse às ruas. Vomitou de novo e, quando terminou, sentiu-se fraco, mas a mente começou a clarear.

Quando entraram correndo, os médicos ignoraram o general para cuidar de Sila. Tocaram-lhe o pulso e o pescoço, entreolhando-se, horrorizados.

— Ele se foi — disse um deles, com o rosto branco.

— Seus assassinos serão encontrados e despedaçados. Juro por minha casa e pelos meus deuses — sussurrou Antonido, com a voz amarga como o gosto em sua boca.

Tubruk chegou à pequena porta para a rua no momento em que gritos irromperam na construção principal da casa de Sila. Havia apenas um guarda ali, mas alerta e a postos, com o rosto sério.

— Volte para o lugar de onde veio, escravo — disse com firmeza, apoiando a mão no gládio.

Tubruk rosnou para ele e saltou para a frente, dando-lhe um soco que o arrancou do chão. O soldado caiu desajeitado, sem sentidos. Tubruk parou, sabendo que poderia passar rapidamente sobre ele, atravessar a pequena porta de serviço e ir embora. O homem iria reconhecê-lo e poderia dar uma descrição, mas poderia ser executado por não conseguir guardar o portão. Tubruk controlou o desespero que o preenchia desde que matara Casavério. Seu dever era para com Cornélia e Júlio, e a memória do pai de Júlio, que tinha confiado nele.

Sério, sacou da pequena faca e cortou a garganta do soldado, ficando longe para não sujar as roupas de sangue. O sujeito gorgolejou com o corte, os olhos se clareando por um momento antes que a morte o tomasse. Tubruk largou a faca e abriu o portão, saindo nas ruas da cidade e se misturando às poucas pessoas que circulavam, fazendo suas jornadas pacíficas sem saber que o velho lobo andava entre elas.

Tinha de chegar a Ferco para ficar em segurança, mas havia mais de um quilômetro e meio a cobrir, e, mesmo andando depressa, não podia correr, pois temia ser visto e perseguido. Atrás podia ouvir o ruído familiar das sandálias dos soldados assumindo posição e começando a parar as pessoas, procurando armas ou um rosto culpado.

Mais legionários passaram correndo por ele, com os olhares varrendo a multidão enquanto tentavam se adiantar a fechar a rua. Tubruk pegou uma rua lateral e depois outra, tentando não entrar em pânico. Eles ainda não sabiam quem estavam procurando, mas precisava raspar a barba assim que estivesse em segurança. O que quer que acontecesse, sabia que não deveria ser apanhado vivo. Pelo menos assim, com sorte, jamais o ligariam à propriedade rural e à família de Júlio.

Enquanto os soldados começavam a fechar a rua, um homem na multidão correu subitamente, derrubando um tabuleiro de legumes que estivera carregando. Tubruk agradeceu aos deuses pela consciência culpada do outro e tentou não olhar para trás enquanto os soldados o derrubavam, ainda que os gritos do homem fossem desesperados enquanto eles batiam com sua cabeça nas pedras do chão. Tubruk continuou andando e virando numa rua depois da outra, com passos rápidos, e os gritos finalmente ficaram para trás. Diminuiu o ritmo nas sombras que iam escurecendo enquanto chegava ao beco aonde Ferco tinha mandado que ele fosse. A princípio pensou que o lugar estava deserto, mas então viu seu amigo sair de uma porta escura e chamá-lo. Entrou rapidamente, com os nervos quase se dilacerando, finalmente desmoronando no pequeno cômodo sujo que significava segurança, pelo menos por um tempo.

— Você fez? — perguntou Ferco enquanto Tubruk tentava recuperar o fôlego e sua pulsação começava a ficar mais lenta.

— Acho que sim. Saberemos amanhã. Eles fecharam as ruas, mas consegui passar. Deuses, foi por pouco!

Ferco lhe entregou uma navalha e sinalizou para uma tigela de água fria.

— Você ainda precisa sair da cidade, meu amigo. E isso não vai ser fácil se Sila estiver morto. Se estiver vivo, será quase impossível.

— Está preparado para o que tem de fazer? — perguntou Tubruk em voz baixa, esfregando a água na barba que cobria o rosto.

— Estou, mas me dói fazer isso.

— Não tanto quanto vai doer em mim. Faça depressa, assim que eu tiver me barbeado.

Ele notou sua mão tremendo enquanto usava a lâmina estreita e xingou-se quando cortou a pele.

— Deixe-me fazer isso — disse Ferco, pegando a navalha.

Durante alguns minutos houve silêncio, ainda que os pensamentos dos dois estivessem frenéticos.

— Saiu sem ser visto? — perguntou Ferco enquanto trabalhava na barba teimosa. Tubruk não respondeu por longo tempo.

— Não. Tive de matar dois inocentes.

— A República pode suportar um pouco de sangue na bainha, se a morte de Sila restaurar a igualdade em Roma. Não posso lamentar o que fez, Tubruk.

Tubruk permaneceu quieto enquanto a lâmina cortava o resto da barba. Em seguida esfregou o rosto, com os olhos tristes.

— Faça agora, enquanto estou entorpecido.

Ferco respirou fundo, girando para encarar o velho gladiador. Não restava nada do hesitante Dálcio em seu rosto forte.

— Talvez... — começou Ferco, em dúvida.

— É o único modo. Já discutimos isso. Faça!

Tubruk agarrou os braços do assento enquanto Ferco levantava o punho e começava a dar socos até transformar seu rosto numa massa irreconhecível. Ele sentiu o nariz se partir em linhas antigas e cuspiu no chão. Ferco respirou pesado e Tubruk tossiu, encolhendo-se.

— Não pare... ainda — sussurrou através da dor, querendo que aquilo acabasse.

Quando terminassem, Ferco voltaria com Tubruk para casa, deixando o quarto alugado sem qualquer traço deles. Tubruk seria acorrentado a outros escravos que iam deixar a cidade, com o rosto inchado. Seu último ato diante do mercado de escravos fora assinar um vale de venda em seu próprio nome. Ferco entregaria mais um escravo anônimo na propriedade fora de Roma, pronto para uma vida de trabalho exaustivo nos campos.

Finalmente Tubruk levantou a mão e Ferco parou, ofegando e espantado com a quantidade de esforço despendido na surra. O homem que estava sentado na cadeira tinha apenas uma pequena semelhança com o que viera da rua. Estava satisfeito.

— Nunca bato nos meus escravos — murmurou.

Tubruk levantou a cabeça devagar.

— Você não bateu num escravo — falou, engolindo sangue.

Brutus se abaixou debaixo de um afloramento de pedra, ofegando. Os perseguidores tinham trazido arcos, e seu rápido vislumbre mostrara dois arqueiros ficando atrás enquanto os outros se esgueiravam cautelosamente em direção ao lugar onde eles estavam. Assim que ele e Rênio fossem obrigados a se mostrar, as flechas iriam penetrar neles, e tudo acabaria.

Brutus se comprimiu o máximo possível contra a rocha escura, pensando furiosamente. Tinha certeza de que havia reconhecido o marido de Lívia como um dos arqueiros, de modo que parecia que ele fora persuadido da inocência da garota enquanto não havia ninguém para argumentar com ela. Sem dúvida, Lívia iria recebê-lo em casa como herói, se ele chegasse arrastando o corpo de Brutus.

O pensamento nela aqueceu Brutus por um momento. O marido chato provavelmente nunca apreciaria o que ele tivera.

Rênio tinha dado sua adaga ao jovem, preferindo o peso sólido de seu gládio. Brutus estava com a espada na bainha e uma pequena faca em cada mão enquanto esperava. Sabia que podia atirá-las suficientemente bem para matar, mas dificilmente eles lhe dariam chance de mirar antes que os arqueiros disparassem. Seria difícil.

Pôs a cabeça acima da borda e observou a posição dos homens que subiam em sua direção. Os arqueiros gritaram um alerta aos companheiros, mas Brutus já estava fora das vistas e indo para uma nova posição. Dessa vez se levantou totalmente e atirou uma faca antes de se jogar no chão.

Uma flecha passou acima, mas Brutus riu ao ouvir a faca acertando a carne. Moveu-se de novo, avançando ao longo da crista para perto de Rênio, com a segunda faca pronta na mão.

— Acho que só o arranhou — murmurou Rênio.

Brutus franziu a testa, por ter perturbado sua concentração, ruborizando quando um jorro de xingamentos soou por cima da crista.

— E o irritou — acrescentou Rênio.

Brutus se retesou para outra tentativa. Teria adorado mirar num dos arqueiros, mas o arco poderia simplesmente ser apanhado por outro, e eles estavam mais longe da pequena crista que escondia os romanos.

Saltou e descobriu um dos inimigos quase em cima dele. O homem se assustou com a súbita aparição, e Brutus afundou a lâmina em sua garganta exposta, saltando para trás e se arrastando de barriga no chão, levantando poeira.

Mais dois vieram balançando as espadas. Brutus se levantou para enfrentá-los, tentando ficar de olho nos arqueiros atrás e estragar a mira deles com saltos súbitos para a esquerda e a direita.

Uma flecha atravessou o ar perto de suas pernas enquanto o primeiro grego era empalado pelo seu gládio. Brutus se agarrou no corpo frouxo, usando-o como escudo. Apesar de estar morrendo, o homem gritou e xingou Brutus enquanto o rapaz dançava com ele para um lado e outro. Uma flecha veio de lugar nenhum e atravessou as costas do homem, fazendo o sangue jorrar de sua boca no rosto de Brutus, que xingou e jogou o corpo nos braços do companheiro dele, depois levantou o gládio contra a virilha do inimigo, no clássico golpe de legião. Os dois caíram para longe em silêncio, nos arbustos e flores, e Brutus se pegou olhando o marido de Lívia no momento em que este soltou sua flecha.

Começou a se mover, mas a haste turva o alcançou enquanto se virava, derrubando-o de costas. A armadura tinha-o salvado, e Brutus abençoou os deuses pela sorte enquanto rolava. Levantou-se e viu Rênio dar um soco, derrubando o marido de Lívia antes de encarar o último deles, que ficou parado cheio de terror, com os braços tremendo sob a tensão do arco.

— Calma, garoto — gritou Rênio. — Desça até o seu cavalo e vá para casa. Se disparar essa coisa, corto sua garganta a dentadas.

Brutus deu um passo na direção de Rênio, mas o velho gladiador estendeu uma mão para impedi-lo.

— Ele sabe o que tem de fazer, Brutus, só lhe dê um pouquinho de tempo — disse Rênio com clareza.

O rapaz que segurava o arco retesado balançou a cabeça, parecendo pálido de tensão. O marido de Lívia se retorceu no chão e Rênio pisou em seu pescoço para segurá-lo.

— Vocês tiveram sua batalha, garotos, agora vão para casa e impressionem suas mulheres com a história — continuou Rênio, aumentando suavemente a pressão de modo que o marido de Lívia começou a gadanhar seu pé, sufocando.

O arqueiro afrouxou a corda e deu dois passos para longe.

— Solte-o — disse o rapaz, num sotaque forte.

Rênio deu de ombros.

— Primeiro jogue o seu arco para longe.

O rapaz hesitou por tempo suficiente para o marido de Lívia ficar roxo, e então jogou o arco por cima das pedras atrás dele, com barulho. Rênio tirou o pé, deixando o marido de Lívia se levantar, chiando. O velho gladiador não se moveu enquanto os dois jovens gregos se distanciavam.

— Esperem! — gritou Brutus subitamente, fazendo todos se imobilizarem. — Vocês têm três cavalos e não precisam de todos. Eu quero dois.

Cornélia se sentou com as costas eretas, os olhos brilhantes de preocupação enquanto encarava Antonido, aquele a quem chamavam de cão de Sila.

O homem era implacável, ela sabia, e ele observava cada mudança em seu rosto enquanto a interrogava com concentração aterrorizante. Ela não tinha ouvido nada de bom a respeito do general de Sila, e agora tinha de lutar para não demonstrar medo ou alívio diante da notícia que ele trouxera. Sua filha estava dormindo em seus braços. Tinha decidido chamá-la de Júlia.

— Seu pai, Cina, sabe que você está aqui? — perguntou ele, com a voz cortante enquanto o olhar se cravava nela.

Cornélia balançou a cabeça ligeiramente.

— Não creio. Sila mandou me trazer da casa de meu marido, fora da cidade. Eu estou esperando nestes aposentos, com o meu bebê, há dias, sem ver ninguém além de escravos.

O general franziu a testa, como se alguma coisa que ela tivesse dito não soasse verdadeiro, mas seus olhos jamais se afastavam dos dela.

— Por que Sila chamou-a?

Ela engoliu em seco, nervosa, e soube que ele percebeu isso. O que poderia lhe dizer? Que Sila a havia estuprado com a filha chorando ao lado? Ele podia rir ou, pior, pensar que ela estava tentando sujar o nome do grande homem depois de sua morte e mandar matá-la.

Antonido olhou-a se retorcer de preocupação e medo e quis lhe dar um tapa. Ela era suficientemente bela para tornar óbvio o motivo de ter sido chamada, mas ficou se perguntando como Sila podia ter se sentido excitado por um corpo ainda frouxo do parto.

Imaginou se o pai dela estaria por trás do assassinato e quase xingou ao perceber que havia mais um nome para acrescentar à lista de inimigos. Seus informantes haviam lhe dito que Cina estava numa viagem de negócios ao norte da Itália, mas assassinos poderiam ser mandados de lá. Levantou-se de repente. Orgulhava-se de sua capacidade de identificar uma mentira, mas ou ela era idiota ou não sabia de nada.

— Não viaje. Onde estará caso eu precise trazê-la de volta para cá?

Cornélia pensou por um momento, lutando contra a súbita empolgação. Seria libertada! Será que deveria voltar à casa da cidade ou à propriedade da família de Júlio?

Clódia provavelmente ainda estava lá, pensou.

— Estarei fora da cidade, na casa onde fui apanhada antes.

Antonido assentiu, com os pensamentos já nos problemas que estava enfrentando.

— Sinto muito pela tragédia — ela forçou-se a dizer.

— Os responsáveis vão sofrer tremendamente — disse ele com a voz dura. De novo ela sentiu a intensidade do interesse do homem, fazendo sua expressão parecer falsa sob o escrutínio dele.

Depois de mais um momento, ele se levantou e se afastou atravessando o piso de mármore. O bebê acordou e começou a gemer para mamar. Sozinha e sem uma aia, Cornélia desnudou o seio para a boca da criança e tentou não chorar.

CAPÍTVLO VII

Tubruk acordou com cãibras e ainda rígido de frio na escuridão da casa dos escravos. Podia ouvir outros corpos se mexendo em volta, mas não havia sinal do amanhecer no cômodo onde eles dormiam acorrentados e eram preparados para viajar.

Desde as primeiras horas com Ferco, trabalhando nos detalhes, era nessa parte que ele mal se permitira pensar. Parecia uma pequena preocupação diante da possibilidade de tortura e morte que viria caso o atentado contra a vida de Sila tivesse falhado, ou se ele fosse apanhado fugindo. Havia tantos modos para ele sofrer um desastre que a noite e o dia que passaria como escravo haviam sido empurrados para o fundo da mente, quase esquecidos.

Olhou ao redor, os olhos percebendo as formas até mesmo no escuro. Podia sentir o peso das algemas de metal prendendo suas mãos à corrente lisa que fazia barulho ao menor movimento. Tentou não se lembrar de como tinha sido na primeira vez, mas sua memória trouxe de volta aqueles dias, noites e anos até que se amontoaram e murmuraram dentro dele, e era difícil não gritar. Alguns dos homens acorrentados choravam baixinho, e Tubruk nunca ouvira um som mais triste.

Eles podiam ter sido trazidos de terras distantes ou ter sido forçados à escravidão devido a crime ou dívidas. Havia uma centena de maneiras, mas ter nascido escravo era pior do que todo o resto, ele sabia. Quando pequenos podiam correr e brincar numa ignorância feliz até ter idade suficiente para entender que não possuíam futuro, além de ser vendidos.

Tubruk sentiu os cheiros de um estábulo: óleo e palha, suor e couro, limpos animais humanos que não possuíam nada e eram possuídos. Ergueu-se contra o peso das correntes. Os outros escravos achavam que ele era um deles, culpado de alguma coisa, para ter sido tão espancado. O guarda o havia marcado como encrenqueiro pelo mesmo motivo. Somente Ferco sabia que ele era livre.

O pensamento não trouxe conforto. Não bastava dizer a si mesmo que estava a apenas uma curta viagem da propriedade rural e da liberdade. Se você é considerado escravo e está acorrentado no escuro, incapaz até mesmo de se levantar, onde está a preciosa liberdade? Se um homem livre é preso numa fila de escravos, ele é escravo, e Tubruk sentiu o velho medo sem nome que sentira no mesmo cômodo havia décadas. Comer, dormir, levantar-se e morrer pela vontade de outro — tinha retornado a tudo isso, e seus dias de orgulho por ter aberto o caminho para a liberdade pareciam cinzas.

— É uma coisa tão frágil — falou, só para ouvir sua voz, e o homem ao lado grunhiu acordando, quase puxando Tubruk enquanto lutava para se virar.

Tubruk afastou os olhos, agradecendo pela escuridão. Não queria que a luz entrasse pelas janelas altas para revelar os rostos. Eles estavam indo para vidas curtas e brutais nos campos, trabalhando até cair e não poder se levantar mais. E eram como ele. Talvez um ou dois homens naquele cômodo fossem escolhidos pela força ou velocidade e treinados para o circo. Em vez de terminar a vida como aleijados carregadores de água ou levados pela doença, sangrariam o futuro na areia. Um ou dois poderiam ter filhos e vê-los ser levados para a venda assim que crescessem.

A luz veio lentamente, mesmo contra a sua vontade, mas os escravos acorrentados estavam imóveis, indiferentes em seu confinamento. Para muitos, o único sinal de vigília era um leve chacoalhar das correntes enquanto se esticavam. Com a luz vinha a comida, e eles esperaram com paciência.

Tubruk levou a mão ao rosto e se encolheu ao perceber o inchaço provocado pelos socos de Ferco na noite anterior. A surpresa do guarda tinha sido óbvia quando Tubruk foi trazido. Ferco nunca fora um homem cruel, e o guarda soube que Tubruk devia tê-lo insultado terrivelmente para levar um espancamento tão óbvio na noite antes de ser entregue aos novos donos.

Nenhuma pergunta fora feita, claro. Mesmo que os escravos pudessem passar apenas alguns dias na casa enquanto Ferco recebia seu lucro, ele os possuía tão absolutamente quanto o assento em que se sentava ou as roupas que vestia.

Todos receberam tigelas de madeira com uma misturada de legumes cozidos e pão, e Tubruk estava enfiando os dedos na sua quando a porta se abriu de novo e três soldados entraram com Ferco. Tubruk manteve o rosto abaixado, como os outros, não ousando encará-los, nem mesmo por acidente. Um murmúrio de interesse varreu o cômodo, mas Tubruk não participou. Tentou adivinhar por que estariam ali, e sua barriga pareceu esfriar com a tensão. Eles já deveriam ter falado com todos os funcionários da cozinha de Sila e descoberto que um tal de Dálcio havia desaparecido. Ferco tinha dito que ele seria examinado nos portões da cidade antes de partir, mas não esperava que fossem tão meticulosos a ponto de revistar suas salas de escravos antes mesmo da partida.

À luz cinzenta da manhã, Tubruk achou que seria identificado imediatamente, mas os soldados prosseguiram sem pressa entre os escravos que comiam, claramente pretendendo ser meticulosos na tarefa recebida. E deviam ser mesmo, pensou Tubruk azedamente. Se não o descobrissem aqui e ele fosse identificado no portão, eles seriam punidos severamente. Imaginou se Sila tinha comido o veneno e sabia que não teria certeza durante dias ou até mesmo semanas, caso o Senado optasse por adiar a notícia. O povo de Roma praticamente nunca via o Ditador, a não ser a distância, acima de uma multidão. Eles continuariam com suas vidas e, se Sila sobrevivesse, talvez nunca soubessem do atentado.

Uma mão áspera se enfiou debaixo de seu queixo enquanto ele mastigava a comida lentamente. Tubruk deixou que sua cabeça fosse levantada e se pegou olhando nos olhos de um jovem legionário. Engoliu o bocado e tentou não demonstrar preocupação.

O soldado assobiou.

— Esse aí levou uma tremenda surra — falou em voz baixa.

Tubruk piscou os olhos inchados, nervoso.

— Ele insultou minha esposa, oficial — disse Ferco. — Eu mesmo administrei a punição.

— Foi mesmo?

Tubruk sentiu o coração bombear violentamente enquanto desviava os olhos, lembrando-se tarde demais de que estivera sustentando o olhar quando não devia.

— Eu lhe abriria a barriga, se insultasse a minha — disse o legionário, deixando o queixo de Tubruk tombar.

— E perder o meu lucro? — respondeu Ferco rapidamente.

O oficial deu um riso de desprezo e cuspiu uma palavra:

— Mercadores.

Passou para o próximo com Ferco, e Tubruk limpou a tigela, seguran-do-a com força para esconder as mãos que tremiam de alívio. Minutos depois os soldados tinham ido embora e os guardas entraram para chutá-los até ficarem de pé, prontos para ser presos na carroça que iria levá-los para fora de Roma, para suas novas casas e novas vidas.

Júlio apertava a cabeça contra as barras da pequena cela no porão da trirreme, fechando o olho esquerdo para ver mais claramente o que estava aconte-cendo. Com aquele olho aberto, o borrão trazia dores de cabeça, e ele que-ria adiar isso ao máximo possível a cada dia. Respirou fundo e se virou de novo para os outros.

— Definitivamente é um porto. O ar é quente, e sinto cheiro de frutas ou temperos. Diria que é na África.

Depois de um mês na semi-escuridão apinhada, as palavras causaram uma agitação de interesse nos romanos que estavam sentados ou deitados de encontro às laterais de madeira da prisão. Ele os olhou e suspirou antes de arrastar os pés até o seu lugar, abaixando-se cuidadosamente para evitar colocar o peso no braço quebrado.

O mês tinha sido duro com todos. Sem navalhas nem água com que se lavar, os soldados geralmente exigentes eram um grupo maltrapilho, imun-do e barbudo. O balde que tinham recebido como toalete estava transbor-dando e cheio de moscas zumbindo. Ficava num canto especial, mas o excremento tinha escorrido para o piso ao redor, e eles não tinham panos para se limpar. No calor do dia o ar tinha o fedor de doença, e dois deles haviam desenvolvido febres que Cabera mal podia controlar.

O velho curandeiro fazia o possível, mas era meticulosamente revistado sempre que trazia a comida ou vinha cuidar dos doentes. Os piratas ainda o mantinham ocupado com suas próprias doenças, e Cabera disse que era óbvio que eles não tinham um curandeiro a bordo havia muitos anos.

Júlio sentiu a dor de cabeça começando e conteve um gemido. Desde que havia recuperado a consciência as dores estavam com ele, minando sua energia e sua força, e fazendo-o ser rude com os outros. Todos estavam irritadiços, e a disciplina que tinham tido um dia estava sendo erodida diariamente na escuridão, com Gadítico precisando intervir mais de uma vez para impedir socos quando os ânimos se acirravam.

Com os olhos fechados, a dor de cabeça permanecia quieta, mas Cabera tinha dito que ele não devia parar de usar o olho turvo e que devia passar horas a cada dia focalizando perto e longe, para não perdê-lo quando finalmente voltassem ao sol. Ele precisava acreditar que aquilo acabaria. Voltaria a Roma, para Cornélia, e o sofrimento se transformaria em lembranças. Ajudava um pouco imaginar que isso já havia acontecido, que ele estava sentado ao sol sobre o muro da propriedade no campo, com o braço em volta da cintura fina de Cornélia, e com o ar fresco e limpo das colinas balançando seus cabelos. Ela perguntaria como tinha sido na imundície e no fedor da cela, e ele faria pouco de tudo aquilo. Queria ser capaz de lembrar com mais clareza o rosto da mulher.

Levantou a mão e franziu a vista para ela, depois para a porta gradeada, repetidamente até que a dor de cabeça começou a latejar na têmpora esquerda. Deixou a mão tombar e fechou os olhos para a situação devastada depois de um mês comendo rações que os impediam de morrer, mas pouco mais do que isso. O que não daria por uma ostra fria escorrendo pela garganta! Sabia que era estúpido se torturar, mas sua mente produzia visões luminosas das conchas, tão reais como se estivessem penduradas diante dele, e tão nítidas quanto sua visão tinha sido antes da luta na *Accipiter*.

Não recordava nada daquele dia. Pelo modo como sua memória contava, ele tinha passado de saudável e forte para quebrado e dolorido num instante, e nos primeiros dias de consciência estivera cheio de fúria contra o que lhe fora tirado. Ficou cego do olho esquerdo por tempo suficiente para achar que nunca mais enxergaria de novo e que jamais poderia usar uma espada com alguma habilidade.

Suetônio lhe dissera que os homens com um olho só não podiam ser bons lutadores, e ele já percebia que errava as coisas ao tentar pegá-las, com a mão cortando o ar quando não conseguia avaliar a distância direito. Pelo menos isso tinha voltado com a visão, ainda que as silhuetas tremulantes que conseguia ver com o olho esquerdo o enfurecessem, dando vontade de esfregar o olho para limpá-lo. A mão subiu para fazer exatamente isso, pelo hábito, e ele se conteve, sabendo que não adiantaria.

A dor de cabeça pareceu achar outro canal no cérebro e abriu caminho por ele até que esse ponto passou a latejar em sincronia com o outro. Esperava que ela ficasse ali, e não fosse em frente. A idéia do que vinha acontecendo era um medo que ele mal havia começado a explorar, mas por três vezes a dor havia crescido até provocar clarões que o consumiam, e ele tinha acordado com os lábios amargos da bile amarela, deitado em sua própria imundície com Gadítico segurando-o sério. No primeiro ataque mordera a língua com força suficiente para a boca se encher de sangue e o engasgar, mas agora eles haviam rasgado uma tira de pano de sua túnica para enfiar entre seus dentes enquanto ele se convulsionava, cego.

Todos os soldados fedorentos e de olhos vermelhos levantaram a cabeça ao ouvir passos nos degraus estreitos que desciam do convés. Qualquer coisa incomum era aproveitada para interromper o tédio interminável, e até mesmo os dois que estavam com febre tentaram ver, mas um caiu para trás, exausto.

Era o capitão, que quase parecia brilhar com a pele limpa e saudável comparado aos homens da *Accipiter*. Era suficientemente alto para ter de baixar a cabeça ao entrar na cela, acompanhado por outro homem que trazia uma espada e uma adaga, pronto para repelir algum ataque súbito.

Se sua cabeça não estivesse pulsando com a doença maligna, Júlio poderia ter rido da proteção. Os romanos tinham perdido a força, incapazes de se exercitar. Ele ainda ficava espantado ao ver a rapidez com que os músculos se enfraqueciam pela falta de uso. Cabera tinha mostrado como se manterem fortes, fazendo força uns contra os outros, mas isso não parecia produzir muita diferença.

O capitão estava com a respiração curta, os olhos vendo o balde cheio de excremento. Seu rosto era bronzeado e enrugado pelos anos passados franzindo a vista diante da claridade do mar. Até mesmo as roupas tinham um cheiro fresco, e Júlio ficou doido para estar ao ar livre, em espaços abertos, com uma força tão grande que seu coração martelava de necessidade.

— Chegamos a um porto seguro. Em seis meses, talvez, vocês serão largados em alguma noite solitária, livres e pagos.

O capitão parou para desfrutar o efeito das palavras. Só a menção de um fim para a prisão fez com que o olhar de cada homem se grudasse nele.

— As quantias a ser pedidas é que são um problema delicado — continuou ele, com a voz agradável como se estivesse falando com um grupo de homens que conhecia bem, e não de soldados que iriam despedaçá-lo com os dentes se tivessem forças. — Não deve ser tanto que seus entes queridos não possam pagar. Para esses nós não temos utilidade. Mas de algum modo não acredito que vocês serão sinceros se eu pedir que digam quanto suas famílias pagarão. Estão entendendo?

— Entendemos muito bem — disse Gadítico.

— É melhor que cheguemos a um acordo, eu acho. Cada um de vocês vai dizer seu nome, patente e riqueza, e eu decidirei se estão mentindo e acrescentarei o que achar certo. Talvez seja como um jogo.

Ninguém respondeu, mas foram feitas promessas silenciosas aos seus deuses, e o ódio era bastante claro nas expressões.

— Bom. Então vamos começar.

Ele apontou para Suetônio, com o olhar fixo no rapaz que coçava os piolhos que deixavam feridas vermelhas no corpo de todos.

— Suetônio Prando. Sou oficial de vigia, o posto mais baixo. Minha família não tem nada para vender — respondeu Suetônio, com a voz densa e rouca pela falta de uso.

O capitão franziu a testa para ele, avaliando. Como os outros, não havia nada que inspirasse sonhos de riqueza em seu corpo magro. Júlio percebeu que o capitão estava simplesmente se divertindo à custa deles. Sentindo prazer ao ter os arrogantes oficiais de Roma reduzidos a barganhar com o inimigo. Mas que opção eles tinham? Se o pirata exigisse demais e suas famílias não conseguissem pegar o dinheiro emprestado ou, pior, caso recusassem pagar, viria uma morte rápida. Era difícil não participar do jogo.

— Acho que pelo posto mais *baixo* vou pedir dois talentos: quinhentas moedas de ouro.

Suetônio ofegou, ainda que Júlio soubesse que a família dele poderia pagar isso com facilidade, ou dez vezes essa quantia.

— Pelos deuses, homem. Eles não têm tanto dinheiro! — disse Suetônio, com o corpo sujo ajudando a dar a sensação de verdade às palavras.

O capitão deu de ombros.

— Reze a esses deuses para eles poderem levantar o dinheiro, caso contrário você vai para o mar, com um pedaço de corrente para mantê-lo no fundo.

Suetônio se deixou afundar num desespero aparente, mas Júlio sabia que ele devia estar se considerando mais esperto do que o pirata.

— Você, centurião? É de uma família rica? — perguntou o capitão.

Gadítico olhou-o irritado, antes de falar.

— Não sou, mas nada que eu disser fará qualquer diferença para você — rosnou antes de desviar o olhar.

O capitão franziu a testa diante do pensamento.

— Acho... sim, para um centurião, um capitão, como eu... seria um insulto se eu pedisse menos de vinte talentos. Seriam umas cinco mil moedas de ouro, eu acho. Sim.

Gadítico o ignorou, mas pareceu afundar ligeiramente, em desespero.

— Qual é o seu nome? — perguntou o capitão a Júlio.

Ele também pensou em ignorar o outro, mas então sua dor de cabeça latejou e uma lança de fúria se ergueu dentro dele.

— Meu nome é Júlio César. Eu comando uma vintena. E também sou chefe de uma casa rica.

As pálpebras do capitão se ergueram, e os outros murmuraram, incrédulos. Júlio trocou um olhar com Gadítico, que balançou a cabeça numa mensagem clara.

— Chefe de uma casa! É uma honra conhecê-lo — disse o capitão com um riso de desprezo. — Talvez vinte talentos sejam justos para você também.

— Cinqüenta — disse Júlio, empertigando as costas.

O capitão piscou, com seus modos tranqüilos desaparecendo.

— São vinte mil peças de ouro — disse ele, com o espanto suplantando a complacência.

— Cobre cinqüenta — respondeu Júlio com firmeza. — Depois de encontrar você e matá-lo, vou precisar de dinheiro. Estou longe de casa, afinal de contas.

Apesar da dor de cabeça, ele conseguiu dar um riso selvagem.

O capitão se recuperou rapidamente da surpresa.

— Você foi o que quebrou a cabeça. Deve ter enlouquecido no meu convés. Vou pedir cinqüenta, mas, se não vier, o mar é suficientemente fundo para guardá-lo.

— Não é suficientemente largo para esconder você de mim, seu filho-da-puta. Vou pregar seus homens numa fila de cruzes ao longo de toda a costa. Seus oficiais eu posso mandar estrangular, por misericórdia. Tem minha palavra.

Os soldados irromperam em gritos de concordância e riram do capitão, que empalideceu de fúria. Por um momento, parecia que ele entraria mais na cela para golpear Júlio, mas se controlou e olhou em volta, cheio de escárnio pelos homens presos.

— Vou cobrar preços altos por todos vocês. Vejam se vão comemorar então! — gritou acima das zombarias enquanto saía com o tripulante, que trancou a porta muito bem, balançando a cabeça incrédulo para Júlio, por entre as barras.

Quando teve certeza de que não havia ninguém para ouvir, Suetônio se aproximou de Júlio.

— Por que fez isso, seu idiota? Ele vai transformar nossas famílias em mendigos por causa do seu orgulho imbecil.

Júlio deu de ombros.

— Ele vai cobrar o que achar que pode conseguir, do mesmo modo como faria antes de descer aqui, mas talvez peça cinqüenta por mim, só de raiva.

— César está certo — disse Gadítico. — Ele só estava jogando com a gente. — E de súbito deu um risinho. — Cinqüenta! Viram a cara dele? Isso era Roma dentro de você, garoto. — Seu riso se transformou numa tosse, mas ele continuou sorrindo.

— Acho que você foi errado em provocá-lo — continuou Suetônio, e um ou dois dos outros murmuraram concordando.

— Ele matou romanos e afundou a *Accipiter*, e vocês acham que deveríamos entrar no joguinho? Eu cuspiria em vocês se tivesse saliva — disse Júlio com rispidez. — E falei sério. Assim que estiver livre, vou achá-lo e matá-lo. Mesmo que demore anos, ele vai ver meu rosto antes de morrer.

Suetônio veio até ele, furioso, mas foi seguro por Péritas quando tentou passar.

— Sente-se, idiota — rosnou Péritas, empurrando-o de volta. — Não há sentido em brigar entre nós, e ele nem está recuperado ainda.

Suetônio recuou com uma carranca que Júlio ignorou, coçando preguiçosamente por baixo da tala do braço enquanto pensava. Seus olhos observaram os homens doentes caídos na palha úmida e fedorenta.

— Este lugar vai nos matar — disse ele.

Péritas assentiu.

— Sabemos que eles guardam o topo da escada com dois homens. Teremos de passar por eles. Agora que estamos atracados, pode valer a tentativa, não é?

— Talvez — disse Júlio —, mas eles são cuidadosos. Mesmo que pudéssemos arrancar as dobradiças da porta, a escotilha do convés é trancada por cima sempre que alguém desce aqui, até mesmo Cabera. Não vejo como a gente poderia quebrá-la suficientemente rápido para sair antes que haja uma multidão esperando.

— Poderíamos usar a cabeça de Suetônio — disse Péritas. — Alguns golpes fortes e uma das duas coisas arrebentaria. Em qualquer das duas opções seria uma vitória.

Júlio riu com ele.

Na noite seguinte um dos doentes morreu. O capitão deixou Cabera arrastar o corpo e jogá-lo no mar sem cerimônia. O humor dos que restavam afundou em direção ao completo desespero.

CAPÍTVLO VIII

ESTOU RODEADO POR MULHERES — DISSE TUBRUK ANIMADO quando Aurélia, Cornélia e Clódia entraram, trazendo vida e energia ao calmo triclínio.

Nas semanas depois de Ferco tê-lo trazido para dentro dos portões e posto a nota de compra em suas mãos desamarradas, Tubruk havia recuperado boa parte da paz que perdera na cidade. A reunião a cada manhã para comer tinha se tornado um ritual para os quatro, e Tubruk havia começado a ansiar pelo desjejum leve. Aurélia estava sempre melhor de manhã e, se ele era um bom juiz, havia uma verdadeira amizade entre Cornélia, Clódia e ela. A casa não via risos desde antes dos tumultos dos escravos, e elas levantavam o ânimo de Tubruk.

Seu rosto se curou com o tempo, mas ele tinha uma nova cicatriz sobre o olho esquerdo para lembrá-lo do sofrimento. Lembrava-se do alívio que sentiu ao ver os legionários vestidos de preto nas ruas, um uniforme que a cidade veria durante um ano inteiro como luto pela morte do ditador. Mesmo então, o tecido escuro tinha parecido inadequado para o humor de Roma. Ferco lhe dissera que havia uma nova brisa soprando no Senado, com Cina e Pompeu trabalhando para restaurar a velha República e de novo fazer dormir os fantasmas dos reis, que Sila tinha trazido de volta às ruas.

Agora o administrador da propriedade rural só ia raramente à cidade, e sempre com cautela. Achava que eram boas as chances de nunca ser ligado ao envenenamento do líder de Roma, mas seria preciso apenas uma acusação, e o Senado arrasaria a propriedade procurando provas. Se achassem Ferco e o torturassem, Tubruk tinha certeza de que o mercador o entregaria a eles. Ferco tinha uma família à qual amava, e honra e amizade desmoronavam diante disso. Mesmo assim fora a coisa certa a fazer, e eles tinham vencido, mesmo que ele jamais conhecesse um dia de paz completa enquanto os amigos e defensores de Sila procurassem o assassino.

Um mês depois de sua volta, Tubruk tinha posto uma capa pesada e ido de cavalo à cidade fazer oferendas nos templos de Marte e Vesta, agradecendo pela vida de Cornélia. Também tinha rezado pela alma de Casavério e do guarda que matara no portão.

Cornélia estava com a filha sentada no colo, e Clódia estendia a mão a intervalos para fazer cócegas nas axilas do bebê e provocar risos. Até Aurélia sorria das gargalhadas infantis que vinham de Júlia, e Tubruk passou mel em seu pão com uma mistura de emoções borbulhando por dentro. Era bom que Aurélia tivesse encontrado um pouco da felicidade antiga. Ela passara muito tempo rodeada por homens sérios. Quando segurou a neta no colo pela primeira vez, tinha chorado sem soluços, com as lágrimas caindo.

Mas ele tinha certeza de que ela estava decaindo, e esse pensamento lhe trazia dor enquanto via que Aurélia não comera com os outros. Gentilmente, Tubruk empurrou um prato de pão fresco e crocante para perto dela, sobre a mesa baixa, e seus olhos se encontraram por um segundo. Ela pegou um pedaço e tirou uma lasca, mastigando-a lentamente enquanto ele olhava. Aurélia tinha dito que comer provocava os ataques, deixando-a doente e vomitando. Não havia apetite e, antes de ele observá-la com atenção, ela estivera perdendo peso de modo alarmante, mal comendo qualquer coisa.

Ela estava se desfazendo à sua frente, e, não importando o que ele dissesse quando estavam a sós, Aurélia apenas chorava e dizia que não *conseguia* comer. Não havia espaço nela para comida.

Clódia fez cócegas na criança e foi recompensada por um súbito arroto acompanhado por leite vomitado. As três mulheres se levantaram ao mesmo tempo para ajudar a limpar, e Tubruk se levantou junto, sentindo-se excluído e não se importando nem um pouco.

— Gostaria que o pai dela estivesse aqui para vê-la crescer — disse Cornélia, pensativa.

— Ele estará, querida — respondeu Tubruk. — Eles têm de manter os reféns vivos, caso contrário o trato acaba. Para eles é só um negócio. Júlio virá para casa e, agora que Sila está morto, ele pode recomeçar.

Ela pareceu receber mais esperanças nas palavras do que ele próprio sentia. Não obstante o que acontecesse, Tubruk sabia que, mesmo que Júlio conseguisse voltar, não seria o mesmo depois das experiências. O jovem que tinha embarcado para escapar de Sila tinha morrido. Quem voltaria ainda era desconhecido. A vida seria dura para todos eles depois de pagar um resgate tão elevado. Tubruk tinha vendido parte da terra à família de Suetônio, que havia barganhado cruelmente o preço, sabendo da necessidade dele devido à sua própria demanda. Tubruk suspirou. Pelo menos Júlio ficaria satisfeito por ter uma filha e uma mulher para amá-lo. Isso era mais do que Tubruk possuía.

Olhou para Clódia e a encontrou olhando de volta, com algo que trouxe o sangue ao seu rosto, como se fosse um menino. Ela piscou para ele antes de se virar para ajudar Cornélia, e ele se sentiu estranhamente desconfortável. Sabia que deveria sair para ver os trabalhadores que esperavam suas ordens, mas sentou-se e pegou outro pedaço de pão e comeu devagar, esperando que ela o olhasse de novo.

Aurélia cambaleou ligeiramente, e Tubruk foi depressa até lá, segurando seu ombro. Ela estava incrivelmente pálida, e a pele parecia de cera. Ele sentiu a falta de carne debaixo da *stola*, e a tristeza sempre presente cresceu por dentro.

— A senhora deveria descansar — falou em voz baixa. — Levo mais comida depois.

Aurélia não respondeu, seus olhos assumindo um ar distante. Ela se moveu com ele, levada para longe da mesa, os passos hesitantes e fracos. Tubruk sentiu os tremores no corpo dela começando de novo, cada vez deixando-a mais fraca do que a última.

Cornélia e Clódia foram deixadas a sós com a criança, que bateu a mãozinha no vestido da mãe, tentando achar um mamilo.

— Ele é um bom homem — disse Clódia, olhando para a porta por onde os dois tinham saído.

— Uma pena ser velho demais para virar marido — respondeu Cornélia ineptamente.

Clódia firmou o queixo.

— Velho? Ele ainda é forte onde importa — disse, com a voz incisiva. Então viu os olhos brilhantes de Cornélia e ruborizou. — Você está vendo demais, menina. Deixe a criança mamar.

— Ela está sempre com fome — disse Cornélia, encolhendo-se quando deixou Júlia se grudar, apertando o rostinho contra o peito.

— Isso ajuda a gente a amá-la — disse Clódia, e, quando Cornélia ergueu os olhos diante daquele tom de voz, os olhos de Clódia estavam cheios de lágrimas.

Na semi-escuridão fresca do quarto, Tubruk abraçou Aurélia com força até o ataque finalmente passar. A pele dela queimava contra a dele, e ele balançou a cabeça diante de tamanha magreza. Por fim, ela o reconheceu de novo, e ele deitou-a nas almofadas macias.

Abraçara-a pela primeira vez na noite do funeral do marido, e isso havia se tornado um ritual entre os dois. Ele sabia que ela se reconfortava com sua força e havia menos machucados nesses dias, com os membros que se sacudiam presos com força nos braços dele. Tubruk descobriu que estava ofegante e imaginou de novo como era possível que ela tivesse tanta força num corpo tão devastado.

— Obrigada — sussurrou ela com os olhos entreabertos.

— Não foi nada. Vou lhe trazer uma bebida fresca e deixá-la descansar.

— Não quero que me deixe, Tubruk.

— Eu não disse que cuidaria da senhora? Estarei aqui enquanto precisar de mim — disse ele, tentando forçar uma alegria na voz.

Ela abriu os olhos totalmente e virou a cabeça para ele.

— Júlio disse que ficaria comigo, mas partiu. Agora meu filho também se foi.

— Às vezes os deuses zombam de nossas promessas, querida, mas seu marido era um homem decente. Seu filho também voltará em segurança, se é que eu o conheço.

Ela fechou os olhos de novo e Tubruk esperou até que o sono natural voltasse, antes de sair do quarto.

Enquanto tempestades se chocavam no litoral, a trirreme atracada se sacudia violentamente apesar do abrigo na minúscula baía africana, longe das terras pertencentes a Roma. Vários dos oficiais estavam com ânsias de vômito, mas não havia comida para sair. Os que tinham água na barriga, por causa da ração magra, lutavam para não perder uma gota, com as mãos apertando a boca com força. Nunca havia suficiente, e no forte calor seus corpos ansiavam por umidade de qualquer tipo. A maioria punha as mãos em concha enquanto urinava, bebendo o líquido de volta o mais rápido possível, antes que se perdesse.

Júlio permaneceu sem se afetar com o balanço do navio e sentiu um prazer considerável com o desconforto de Suetônio, que estava deitado de olhos fechados, gemendo baixinho com as mãos na barriga.

Apesar do enjôo, havia um novo otimismo na cela minúscula. O capitão tinha mandado um homem dizer que todos os resgates tinham sido pagos, viajando por terra e mar até um ponto de encontro secreto onde um agente dos piratas havia completado a última parte da longa viagem e trazido o ouro até este porto distante. Júlio sentira que era uma pequena vitória o capitão não ter vindo pessoalmente. Eles não o viram durante meses desde que o sujeito tentara atormentá-los, e isso agradava a todos. Tinham passado pelo ponto mais baixo do cativeiro e estavam ficando mais fortes.

O grupo desesperado dos primeiros meses agora aguardava pacientemente a libertação. A febre reivindicara mais dois, diminuindo um pouco o aperto. Depois disso, a nova vontade de sobreviver vinha parcialmente de Cabera, porque finalmente tinha conseguido barganhar rações melhores para eles. Tinha sido uma jogada perigosa, mas o velho percebeu que pouco mais da metade deles chegaria à liberdade a não ser que fossem mais bem alimentados e limpos, por isso havia se sentado no convés e se recusado a curar outro pirata até que lhe dessem alguma coisa em troca. Na época, o capitão estava sofrendo de uma erupção virulenta que pegara no porto e praticamente não reclamou antes de permitir. Com a comida veio a esperança, e os homens começaram a acreditar que poderiam ver Roma e a liberdade de novo. As gengivas inchadas e sangrentas começaram a se curar, e Cabera teve permissão de lhes dar um copo do sebo branco do navio para passar nas feridas.

Júlio também tinha feito sua parte. Quando a tala foi removida ele ficou horrorizado ao ver como seus músculos tinham desaparecido e imediatamente começou os exercícios que Cabera tinha sugerido. Fora uma agonia naquele espaço apertado, mas Júlio organizava os oficiais em dois grupos de quatro e cinco. Um grupo se amontoava ao máximo possível durante uma hora e deixava os outros terem espaço para lutar e levantar os colegas como se fossem pesos mortos, trazendo de volta os músculos que tinham perdido, antes de trocar de lugar e deixar o outro grupo trabalhar e suar. O balde de excremento tinha sido chutado vezes incontáveis, mas os homens ficaram mais fortes e não sucumbiam mais às febres.

Agora as dores de cabeça vinham com menos freqüência, mas as piores o deixavam quase incapaz de falar. Os outros tinham aprendido a deixá-lo em paz quando ele ficava pálido e fechava os olhos. O último ataque tinha acontecido há dois meses, e Cabera disse que poderia ter sido o derradeiro. Júlio rezava para que fosse verdade. As lembranças da doença de sua mãe tinham lhe dado um medo terrível da fraqueza que o derrubava e forçava sua mente a ir para a escuridão.

Com a notícia de que o navio estava pronto para içar velas e ir para um trecho solitário de costa e deixá-los, os oficiais da *Accipiter* ficaram em júbilo, e Péritas até deu um tapa nas costas de Suetônio, de tanta empolgação. Ainda estavam barbudos e com aparência selvagem, mas agora conversavam fantasiando sobre casas de banho onde seriam esfregados com óleo.

Era estranho como as coisas mudavam. Antes Júlio havia sonhado em ser um general como Mário, mas agora achava que ficar limpo era um prazer ainda maior. Mas seu desejo de destruir os piratas não tinha mudado. Alguns dos outros falavam em voltar à cidade, mas ele sabia que não poderia fazer isso enquanto o dinheiro de sua família estivesse no porão de um navio pirata. Sua raiva o obrigara a suportar a doença e a dor que vinha do exercício forçado, e ele se impunha mais a cada dia, sabendo que tinha de ficar forte para que suas palavras ao capitão não fossem apenas cuspe no vento.

O movimento da trirreme mudou lentamente, e os romanos comemoraram baixo quando o movimento ficou mais firme e eles puderam ouvir a batida dos remadores à medida que o navio ia para o mar aberto.

— Estamos indo para casa — disse Prax, pensativo, com um tremor na voz. A palavra tinha uma força estranha, e um dos homens começou a chorar. Os outros olharam para longe, embaraçados, apesar de terem visto coisa pior nos meses que passaram juntos. Muitas coisas tinham mudado entre eles nesse tempo, e algumas vezes Gadítico imaginava se poderiam trabalhar de novo como uma tripulação mesmo que a *Accipiter* surgisse inteira e flutuando para eles. Tinham mantido alguns rudimentos de disciplina, com Gadítico e Prax resolvendo disputas e impedindo brigas, mas a consciência de posto fora lentamente erodida enquanto cada um julgava o outro segundo novas regras e encontrava diferentes pontos fortes e fracos.

Péritas e Prax tinham se tornado bons amigos, cada um vendo no outro algo da mesma postura fleumática em relação à vida, apesar da diferença de idade. Prax tinha perdido a barriga grande, substituindo-a por músculos duros depois de semanas se esforçando com os outros nos exercícios diários. Júlio suspeitava que ele ficaria satisfeito com a vida nova quando estivesse barbeado e limpo. Sorriu ao pensar nisso, coçando uma ferida na axila.

Gadítico fora um dos que tinham sofrido nas águas turbulentas do cais, mas estava recuperando a cor enquanto o navio cortava as ondas, em vez de balançar nelas. Júlio havia encontrado um respeito e um afeto por ele que não existia na época da obediência automática à autoridade. O sujeito mantivera o grupo unido e parecia apreciar o que Júlio e Cabera tinham feito por eles.

Suetônio não melhorou no cativeiro. Vira os laços formados entre Péritas, Prax, Júlio e Gadítico e se ressentia amargamente por Júlio ser incluído. Por um tempo ficou amigo dos outros quatro oficiais, e dois campos tinham surgido. Júlio tinha usado esses grupos para competir uns contra os outros no treinamento diário, e finalmente um dos oficiais dera um cascudo em Suetônio quando este reclamou em sussurros.

Pouco depois disso Cabera pudera trazer a primeira comida decente que eles viam desde o início, e todos comemoraram. Era típico do velho dar as frutas para Júlio distribuir. Suetônio mal podia esperar a liberdade e a restauração da ordem, querendo ver o momento em que Júlio percebesse que era um oficial subalterno de novo.

Duas semanas depois de saírem do porto foram tirados da cela no escuro e deixados numa costa estranha, sem armas nem suprimentos. O capitão fez uma reverência para eles quando foram levados ao pequeno barco que seria remado até a praia, onde podiam ouvir o barulho das ondas.

— Adeus, romanos. Vou pensar bastante em vocês enquanto gastar suas moedas — gritou ele, rindo.

Os oficiais ficaram em silêncio, mas Júlio o olhou firmemente, como se notasse cada ruga em seu rosto. Estava furioso porque Cabera não tivera permissão de descer com eles, mas sabia que eles poderiam retê-lo. Era mais um motivo para achar o capitão e rasgar sua garganta.

Na praia as amarras foram cortadas e os marinheiros recuaram com cuidado, as adagas prontas.

— Não façam nada estúpido agora — alertou um deles. — Vocês podem acabar chegando em casa. — Então entraram no barco e remaram com força até a trirreme negra contra o mar enluarado.

Péritas se abaixou e pegou um punhado da areia macia, esfregando-a entre os dedos.

— Não sei quanto a vocês, garotos, mas eu vou nadar — disse ele, tirando numa pressa súbita as roupas infestadas.

Um minuto depois apenas Suetônio estava na praia, e então ele foi arrastado de roupa e tudo pelos oficiais que gritavam e riam.

Brutus usou a adaga para tirar a pele das lebres que eles haviam comprado de um agricultor, juntando as entranhas num monte escorregadio. Rênio tinha achado algumas cebolas selvagens, e, com o pão de casca grossa e um odre de vinho pela metade, seria uma festa para a última noite que passavam ao relento. Roma estava a menos de um dia de viagem, e com a venda dos cavalos eles estavam com lucro.

Rênio jogou alguns pedaços de madeira morta no fogo e ficou o mais perto possível, desfrutando o calor.

— Passe o odre, garoto — falou com a voz mole.

Brutus tirou a rolha e entregou o odre a ele, olhando Rênio guiar o gargalo até a boca e tomar um gole.

— Eu iria com calma, se fosse você. Você não tem cabeça para o vinho, e não quero que arranje uma briga comigo nem que fique chorando por alguma coisa.

Rênio o ignorou, finalmente ofegando ao baixar o odre.

— É bom estar em casa de novo.

Brutus encheu a pequena panela até em cima e a pôs do outro lado do fogo.

— É mesmo. Eu não tinha notado o quanto sentia falta antes do vigia avistar a costa. Isso trouxe tudo de volta.

Balançando a cabeça diante da lembrança, ele mexeu o cozido com a adaga. Rênio levantou a cabeça e pousou-a na mão.

— Você percorreu um longo caminho desde que era o garoto que eu treinei. Acho que nunca disse como fiquei orgulhoso quando foi feito centurião da Punho de Bronze.

— Você contou a todas as outras pessoas. No fim a história acabou chegando a mim — respondeu Brutus, sorrindo.

— E agora você vai ser um homem de Júlio? — perguntou Rênio, olhando o cozido que borbulhava.

— Por que não? Andamos pelo mesmo caminho, lembra? Cabera disse isso.

— Disse o mesmo a mim — murmurou Rênio, testando o cozido com um dedo. Apesar de estar claramente fervendo, ele não pareceu sentir o calor.

— Achei que era por isso que você voltou comigo. Poderia ter ficado com a Punho, se quisesse.

Rênio deu de ombros.

— Queria estar de novo no centro das coisas.

Brutus riu para o grandalhão.

— Eu sei. Agora que Sila está morto, é a nossa hora.

CAPÍTVLO IX

— NÃO SEI DO QUE ESTÁ FALANDO — DISSE FERCO, FAZENDO força contra as cordas que o prendiam ao assento, mas elas não cederam.

— Acho que sabe exatamente o que quero dizer — respondeu Antonido, inclinando-se muito perto, de modo que os rostos quase se tocaram. — Tenho o dom de saber identificar mentiras. — Ele fungou duas vezes subitamente, e Ferco se lembrou de que o chamavam de cão de Sila.

— Você fede a mentiras — disse Antonido com desprezo. — Sei que estava envolvido, então simplesmente conte e não mandarei trazer os torturadores. Não há como escapar daqui, mercador. Ninguém viu você ser preso e ninguém saberá que conversamos. Só diga quem ordenou o assassinato e onde o assassino está, e sairá incólume.

— Leve-me a um tribunal. Arranjarei um advogado para provar minha inocência! — disse Ferco, a voz trêmula.

— Ah, gostaria disso, não é? Dias desperdiçados em conversa fiada enquanto o Senado tenta provar que tem uma só lei para todos. Não existe lei aqui embaixo, nesta sala. Aqui nós ainda nos lembramos de Sila.

— Não sei de nada! — gritou Ferco, fazendo Antonido recuar alguns centímetros, para seu alívio.

O general balançou a cabeça, lamentando.

— Sabemos que o assassino se chamava Dálcio. Sabemos que foi comprado para trabalhar na cozinha três semanas antes. O registro da venda desapareceu, claro, mas houve testemunhas. Você acha que ninguém notaria o agente de Sila no mercado? Seu nome, Ferco, surgiu repetidamente.

Ferco empalideceu. Sabia que não teria permissão de viver. Não veria as filhas de novo. Pelo menos, elas não estavam na cidade. Mandara a esposa para longe assim que os soldados vieram procurar os registros do mercado de escravos, entendendo o que aconteceria e sabendo que não poderia fugir com elas se quisesse que escapassem aos lobos que os amigos de Sila colocariam em sua pista.

Tinha aceitado que havia um pequeno risco, mas depois de queimar os papéis da venda pensou que eles nunca fariam a ligação entre tantos milhares de outros. Seus olhos se encheram de lágrimas.

— Está sentindo culpa? Ou é só porque foi descoberto? — perguntou Antonido incisivamente.

Ferco não disse nada e olhou para o chão. Não achava que fosse capaz de suportar a tortura.

Os homens que entraram por ordem de Antonido eram velhos soldados, calmos e imperturbáveis diante do que tinham de fazer.

— Quero que ele cite nomes — disse Antonido. Em seguida se virou de volta para Ferco e levantou a cabeça dele até que os olhos dos dois se encontraram de novo. — Assim que esses homens tiverem começado, vai ser necessário um esforço tremendo para fazê-los parar. Eles gostam desse tipo de coisa. Há algo que queira me dizer antes do início?

— A República vale uma vida — disse Ferco com os olhos brilhantes.

Antonido sorriu.

— A República está morta, mas eu adoro encontrar um homem de princípios. Vejamos quanto tempo isso dura.

Ferco tentou se afastar quando as primeiras tiras de metal foram encostadas em sua pele. Antonido ficou olhando fascinado por um tempo, depois empalideceu lentamente, encolhendo-se diante dos sons abafados, arfantes, que Ferco soltava quando os homens se curvavam sobre ele. Assentindo para continuarem, o general saiu, com pressa de chegar ao ar fresco da noite.

❖

CONN IGGULDEN

Era pior do que qualquer coisa que Ferco já vira, uma agonia de humilhação e terror. Virou a cabeça para um dos homens e seus lábios se retorceram, abrindo-se para falar, ainda que os olhos turvos não pudessem ver mais do que vagas formas de dor e luz.

— Se vocês amam Roma, deixem-me morrer. Deixem-me morrer depressa.

Os dois homens pararam para trocar um olhar, depois voltaram ao trabalho.

Júlio estava sentado na areia com os outros, estremecendo enquanto a alvorada finalmente chegava para esquentá-los. Tinham encharcado as roupas no mar, tirando o pior dos meses de escuridão fétida, mas precisavam deixar que secassem no corpo.

O sol subiu rapidamente, e eles foram testemunhas silenciosas da primeira alvorada gloriosa que viam desde que estavam no convés da *Accipiter*. Com a luz perceberam que a praia era uma fina tira de areia ao longo do litoral desconhecido. Árvores densas se amontoavam na borda, indo até onde a vista alcançava, a não ser por um caminho largo a apenas oitocentos metros de distância, encontrado por Prax enquanto eles examinavam a área. Não tinham idéia de onde o capitão os havia deixado, a não ser que era provavelmente perto de um povoado. Para que os resgates fossem uma fonte regular de dinheiro, era importante que os prisioneiros voltassem à civilização, e eles sabiam que o litoral não seria desabitado. Prax tinha certeza de que era o litoral norte da África. Disse que reconhecia algumas árvores, e era verdade que os pássaros que voavam não eram os mesmos de Roma.

— Talvez estejamos perto de um povoado romano — dissera Gadítico.

— Há centenas deles ao longo da costa, e não podemos ser os primeiros prisioneiros a ser abandonados aqui. Talvez possamos chegar a um navio mercante e voltar a Roma antes do fim do verão.

— Não vou voltar — dissera Júlio em voz baixa. — Não assim, sem dinheiro e em trapos. Falei sério com o capitão.

— Que opção você tem? — respondeu Gadítico. — Mesmo que tivesse um navio e uma tripulação poderia passar meses procurando aquele pirata no meio de tantos outros.

— Ouvi um guarda chamá-lo de Celso. Mesmo que não seja o nome verdadeiro, é um começo. Conhecemos o navio dele, e alguém deve conhecê-lo.

Gadítico levantou a sobrancelha.

— Olha, Júlio. Eu gostaria de ver o desgraçado de novo, tanto quanto você, mas simplesmente não é possível. Não me importei que houvesse provocado o idiota a bordo, mas a realidade é que não temos sequer uma espada e nenhuma moeda.

Júlio se levantou e olhou firme para o centurião.

— Então vamos começar conseguindo isso, depois homens para formar uma tripulação, depois um navio para a caçada. Uma coisa de cada vez.

Gadítico devolveu o olhar, sentindo a intensidade por trás.

— Nós?— perguntou em voz baixa.

— Eu faria isso sozinho, se fosse preciso, mas levaria mais tempo. Se ficarmos juntos, tenho algumas idéias para conseguirmos nosso dinheiro de volta e podermos voltar a Roma com orgulho. Não vou me arrastar de volta para casa espancado.

— Não é um pensamento que me agrade — disse Gadítico. — O ouro que minha família mandou deve tê-la deixado na pobreza. Eles ficarão felizes em me ver em segurança, mas todo dia terei de ver como a vida deles mudou. Se você não estiver apenas sonhando, vou ouvir suas idéias. Falar não faz mal.

Júlio estendeu a mão e segurou o ombro do comandante antes de se virar para os outros.

— E vocês? Querem voltar como cães escorraçados ou levar alguns meses mais tentando recuperar o que perdemos?

— Eles devem ter mais do que apenas o nosso ouro a bordo — disse Péritas lentamente. — Não vão poder deixá-lo em lugar nenhum em segurança, de modo que há uma boa chance de que a prata da legião também esteja lá.

— E ela pertence à legião! — disse Gadítico com um traço de sua antiga autoridade. — Não, rapazes. Eu não serei um ladrão. A prata da legião é marcada com a estampa de Roma. O que houver dela voltará aos homens que mereciam o pagamento.

Os outros assentiram, sabendo que era justo.

Suetônio disse de repente, incrédulo:

— Vocês estão falando como se o ouro estivesse aqui, e não num navio distante que nunca veremos de novo enquanto estivermos perdidos e com fome!

— Você está certo — disse Júlio. — É melhor começarmos a ir por esse caminho. Ele é muito largo para ser usado apenas por animais, de modo que deve haver um povoado por perto. Conversaremos sobre isso quando tivermos chance de nos sentirmos romanos de novo, com boa comida na barriga e essas barbas fedorentas cortadas.

O grupo se levantou e foi com ele na direção da abertura entre as árvores, deixando Suetônio sozinho, com a boca aberta. Depois de alguns instantes, ele correu atrás dos outros.

Os dois torturadores recuaram em silêncio enquanto Antonido via o destroço do que tinha sido Ferco. O general se encolheu diante da carcaça mutilada, satisfeito por ter conseguido tirar um cochilo enquanto isso acontecia.

— Ele não disse nada? — perguntou Antonido, balançando a cabeça, espantado. — Pela cabeça de Júpiter, olhem o que vocês fizeram com ele. Como um homem pode suportar isso?

— Talvez ele não soubesse nada — respondeu um dos homens, sério.

Antonido pensou nisso por um momento.

— Talvez. Eu gostaria de podermos ter trazido as filhas dele, para eu ter certeza.

Ele parecia fascinado com os ferimentos e inspecionou o corpo de perto, notando cada corte e queimadura. Assobiou baixinho entre os dentes.

— Espantoso. Eu não acreditaria que ele tinha tanta coragem. Ele nem tentou dar nomes falsos?

— Nada, general. Ele não disse uma palavra.

Os dois homens trocaram um olhar de novo, escondidos atrás das costas do general enquanto este se curvava perto do cadáver dobrado ao meio. Foi um minúsculo instante de comunicação antes de retomarem a expressão vazia.

Varro Emiliano recebeu os oficiais maltrapilhos em casa com um sorriso aberto. Apesar de ter se aposentado da vida na legião havia quinze anos, era sempre um prazer ver os jovens que os piratas deixavam em seu pequeno trecho de litoral. Fazia-o lembrar do mundo fora do povoado, suficientemente distante para não perturbar sua vida pacífica.

— Sentem-se, senhores — falou, indicando divãs com estofamento fino. Já tinham sido bons, mas o tempo havia tirado o brilho do tecido, notou lamentando. Não que os soldados se importassem, pensou enquanto eles ocupavam os lugares indicados. Somente dois permaneceram de pé, e ele soube que eram os líderes. Esses pequenos truques lhe davam prazer. — A julgar pela aparência de vocês, eu diria que foram deixados pelos piratas que infestam esse litoral — disse com a voz encharcada de simpatia. Imaginou o que eles diriam se soubessem que o pirata Celso costumava vir ao povoado conversar com seu velho amigo e contar as notícias e as fofocas das cidades.

— No entanto este vilarejo está intocado — disse o mais jovem dos dois.

Varro olhou-o incisivamente, notando o intenso olhar azul. Um dos olhos tinha um centro grande e escuro que parecia enxergar o homem verdadeiro através de seus modos alegres. Apesar das barbas, todos estavam mais eretos e fortes do que os grupos miseráveis que Celso deixava ali perto a intervalos de cerca de dois anos. Pelo menos seus filhos estavam do lado de fora, com armas e prontos para ser chamados. Valia a pena ser cuidadoso.

— Os que foram trocados por resgates costumam ser deixados ao longo deste litoral. Tenho certeza que eles acham útil devolver os homens à civilização, para que os resgates continuem sendo pagos. O que gostariam que fizéssemos? Aqui somos agricultores. Roma nos deu a terra para uma aposentadoria tranqüila, não para lutar contra piratas. Esse é o serviço das nossas galeras, imagino. — Ele disse a última palavra com um brilho no olhar, esperando que os jovens sorrissem ou parecessem embaraçados por terem fracassado nessa tarefa. O olhar firme jamais hesitou, e Varro descobriu que seu bom humor estava se evaporando. — O povoado é pequeno demais para uma casa de banhos, mas há algumas casas particulares que vão recebê-los e emprestar navalhas.

— E quanto a roupas? — disse o mais velho dos dois.

Varro percebeu que não sabia o nome deles e piscou. Esse não era o modo usual para aquelas conversas. O último grupo tinha praticamente chorado por achar um povoado romano numa terra tão estranha, sentados em divãs numa casa de pedra, bem construída.

— Você é o oficial aqui? — perguntou Varro, olhando para o homem mais jovem.

— Eu era o capitão da *Accipiter*, mas o senhor não respondeu à minha pergunta — disse Gadítico.

— Não temos vestimentas para vocês, sinto muito... — começou Varro.

O rapaz saltou para ele, agarrando sua garganta e arrancando-o de seu assento. Ele engasgou horrorizado e com medo súbito enquanto era arrastado até a mesa e apertado contra ela, olhando aqueles olhos azuis que pareciam saber de todos os seus segredos.

— Você mora numa casa muito boa para um agricultor — sibilou a voz para ele. — Acha que não iríamos reparar? Qual era o seu posto? Com quem serviu?

O aperto diminuiu para deixá-lo falar, e Varro pensou em chamar os filhos, mas sabia que eles não ousariam nada, com a mão do sujeito ainda em sua garganta.

— Eu era centurião, com Mário — disse ele roucamente. — Como ousa... — Os dedos se apertaram de novo e sua voz foi cortada. Ele mal podia respirar.

— Família rica, não era? Há dois homens do lado de fora, escondidos. Quem são eles?

— Meus filhos...

— Chame-os. Eles vão sobreviver, mas não serei emboscado quando sairmos. Você vai morrer antes de eles o alcançarem, se alertá-los. Dou minha palavra.

Varro acreditou e chamou os filhos assim que teve fôlego. Olhou horrorizado enquanto os estranhos iam rapidamente até a porta, agarrando os homens quando eles entraram e tirando suas armas. Eles tentaram gritar, mas uma saraivada de golpes os derrubou.

— Vocês estão errados em relação a nós. Levamos uma vida pacífica aqui — disse Varro, com a voz quase sufocada.

— Você tem filhos. Por que não voltaram a Roma para se juntar ao exército como o pai? O que poderia mantê-los aqui senão uma aliança com Celso e homens como ele?

O jovem oficial se virou para os soldados que seguravam os filhos de Varro.

— Levem-nos para fora e cortem a garganta deles — falou.

— Não! O que querem de mim? — disse Varro depressa.

Os olhos azuis se grudaram nele de novo.

— Quero espadas e o ouro que os piratas lhe pagam para garantir um lugar seguro. Quero roupas para os homens e armaduras, se tiverem.

Varro tentou assentir, com a mão ainda em seu pescoço.

O aperto aumentou por um segundo.

— Não tente me enganar — disse o homem mais jovem.

— Quem é você? — chiou Varro.

— Sou sobrinho do homem a quem você jurou servir até a morte. Meu nome é Júlio César — falou em voz baixa.

Júlio deixou o homem se levantar, mantendo o rosto sério e ameaçador enquanto o ânimo crescia por dentro. Há quanto tempo Mário lhe dissera que um soldado às vezes precisava seguir seus instintos? Desde o primeiro instante em que entrou no povoado pacífico, notando a rua principal bem-cuidada e as casas boas, soubera que Celso não iria deixá-lo intocado sem algum acordo. Imaginou se todos os povoados ao longo da costa seriam assim e por um momento sentiu uma pontada de culpa. A cidade mandava seus legionários aposentados para esses litorais distantes, dando-lhes terra e esperando que se virassem, mantendo a paz apenas com sua presença. De que outro modo eles poderiam sobreviver sem barganhar com os piratas? Alguns deles poderiam ter lutado a princípio, mas seriam mortos, e os que vinham depois não tinham chance.

Olhou os filhos de Varro e suspirou. Aqueles mesmos legionários aposentados tinham filhos que nunca haviam visto Roma, proporcionando novos homens para os navios piratas quando vinham. Notou a pele morena dos dois, as feições numa mistura de África e Roma. Quantos desses haveria sem saber nada das lealdades dos pais? Eles jamais poderiam ser agricultores, tanto quanto ele, com um mundo para ver.

Varro esfregou o pescoço enquanto olhava Júlio e tentou adivinhar os pensamentos dele, com o ânimo afundando ao ver que os olhos estranhos pousaram em seus filhos amados. Temia por eles. Podia sentir mesmo a raiva do jovem oficial.

— Não tivemos a menor chance — disse ele. — Celso teria nos matado a todos.

— Vocês deveriam ter mandado mensageiros a Roma, contando sobre os piratas — respondeu Júlio em tom distante, com os pensamentos em outro lugar.

Varro quase riu.

— Acha que a República se importa com o que acontece conosco? Os senadores nos fazem acreditar nos sonhos deles enquanto somos jovens e fortes para lutar por eles, mas quando isso acaba se esquecem de quem somos e voltam para convencer outra geração de idiotas, enquanto ficam mais ricos e mais gordos com o lucro das terras que ganhamos para eles. Nós estávamos sozinhos, e eu fiz o que precisava fazer.

Havia verdade em sua raiva, e Júlio olhou-o, percebendo a postura mais ereta.

— A corrupção pode ser cortada. Com Sila no controle, o Senado está morrendo.

Varro balançou a cabeça devagar.

— Filho, a República estava morrendo mesmo antes de Sila aparecer, mas você é jovem demais para ver isso.

Varro desmoronou em seu divã, ainda esfregando a garganta. Quando Júlio desviou o olhar, descobriu todos os oficiais da *Accipiter* olhando-o, esperando pacientemente.

— E então, Júlio? — disse Péritas em voz baixa. — O que faremos agora?

— Vamos pegar o que precisarmos e ir para o próximo povoado, e depois para o próximo. Essas pessoas nos devem por ter deixado os piratas prosperarem entre elas. Não duvido de que existam outros como este — respondeu, indicando Varro.

— Acha que pode continuar fazendo isso? — perguntou Suetônio, horrorizado diante do que estava acontecendo.

— Claro. Da próxima vez teremos espadas e roupas boas. Não vai ser tão difícil.

CAPÍTVLO X

TUBRUK GOLPEOU O MACHADO NO CORTE DO CARVALHO AGONIZAN-te. Uma lasca de madeira saudável pulou, mas os galhos mortos mostravam que era hora de a velha árvore tombar. Não demoraria muito até ele chegar ao cerne e tinha certeza de que o miolo estava podre. Estivera trabalhando por mais de uma hora, e o suor fazia sua *bracae* de linho grudar-se ao corpo. Tirara a túnica depois de se aquecer e não sentia necessidade dela, apesar da brisa que soprava pela floresta. Era difícil não pensar nos problemas de administrar a propriedade depois do pagamento do resgate, mas empurrou esses pensamentos para o lado, concentrando-se nos golpes com a pesada lâmina de ferro.

Parou, ofegando, e pousou as mãos no cabo comprido do machado. Houvera um tempo em que ele podia usar um machado o dia inteiro, mas agora até os pêlos de seu peito tinham ficado de um cinza invernal. Talvez fosse idiotice continuar se forçando, mas a velhice vinha mais depressa para quem se sentava e esperava por ela, e pelo menos o exercício mantinha sua barriga lisa.

— Eu costumava subir nessa árvore — disse uma voz atrás dele.

Tubruk pulou diante da interrupção do silêncio do bosque, virando-se com o machado na mão.

Brutus estava ali, sentado num toco com os braços cruzados e o riso antigo tornando os olhos brilhantes. Tubruk riu de prazer ao vê-lo e encostou o machado no grosso tronco do carvalho. Por um momento, nenhum dos dois falou, e então Tubruk foi até ele e pegou-o num abraço enorme, levantando-o do toco.

— Por todos os deuses, Marco, é bom ver você, garoto — disse enquanto soltava Brutus. — Você mudou. Está mais alto! Deixe-me olhá-lo.

O velho gladiador recuou e vestiu a túnica.

— Esta é uma armadura de centurião. Você prosperou.

— Punho de Bronze — respondeu Brutus. — Nunca perdi uma batalha, mas estivemos perto da derrota uma ou duas vezes quando eu estava dando ordens.

— Duvido. Deuses, sinto orgulho de você. Voltou de vez ou está a caminho para outro lugar?

— Meu contrato terminou. Há algumas coisas que pretendo fazer na cidade antes de achar uma nova legião.

Pela primeira vez Tubruk notou como o rapaz estava empoeirado.

— Andou muito?

— Meio mundo, parece. Rênio não gosta de gastar dinheiro com cavalos, mas achamos dois pangarés numa parte do caminho.

Tubruk deu um risinho enquanto pegava o machado e o punha no ombro.

— Então ele voltou com você? Pensei que tivesse desistido da cidade, quando queimaram a casa dele nos tumultos.

Brutus deu de ombros.

— Ele foi vender o terreno e achar uma casa para alugar.

Tubruk sorriu, lembrando.

— Agora Roma está calma demais para Rênio. Acho que ele vai odiar. — E deu um tapa no ombro de Brutus. — Desça o morro comigo. Seu velho quarto está do mesmo modo, e um bom banho e uma esfregadela vão tirar o pó da estrada dos seus pulmões.

— Júlio voltou?

Tubruk pareceu se encurvar um pouco, como se o machado subitamente pesasse mais.

— Tivemos de levantar o dinheiro do resgate para ele quando os piratas pegaram sua galera. Ainda não sabemos se está em segurança.

Brutus olhou-o, espantado.

— Deuses, eu não soube disso! Ele foi ferido?

— Não sabemos de nada. Só recebi o pedido do dinheiro. Tive de pagar guardas para levá-lo a um navio mercante no litoral. Cinqüenta talentos.

— Eu não achava que a família possuísse tanto dinheiro — disse Brutus em voz baixa.

— Não temos. Todos os negócios tiveram de ser vendidos, além de parte das terras. Só restou o dinheiro da colheita. Os anos serão duros por um tempo, mas há o bastante para sobreviver.

— Ele já teve sua cota de azar. O bastante para uma vida.

— Duvido que ele fique por baixo por muito tempo. Júlio e você são iguais. O dinheiro sempre pode ser ganho de novo, se a gente viver por tempo suficiente. Sabia que Sila morreu?

— Ouvi dizer. Mesmo na Grécia os soldados nos portos usavam luto. É verdade que ele foi envenenado?

Tubruk franziu a testa um segundo, desviando os olhos antes de responder.

— É verdade. Ele fez muitos inimigos no Senado. Seu general, Antonido, ainda está procurando os assassinos. Não creio que vá desistir.

Enquanto falava, Tubruk pensava em Ferco e nos dias terríveis que tinham se seguido depois de saber que ele fora levado. Tubruk nunca conhecera um medo igual, esperando que os soldados viessem marchando da cidade para levá-lo a julgamento e execução. Eles não tinham vindo, e Antonido continuou a interrogar e investigar. Tubruk nem ousava procurar a família de Ferco, para o caso de Antonido estar vigiando-a, mas jurou que a dívida seria paga de algum modo. Ferco fora um amigo de verdade, mas, mais do que isso, tinha acreditado na República com uma paixão que surpreendera o velho gladiador quando este lhe falara pela primeira vez sobre o plano para matar Sila. Ferco praticamente não precisou ser persuadido.

— ...Tubruk? — Brutus interrompeu seus pensamentos, curioso.

— Desculpe. Eu estava pensando no passado. Dizem que a República voltou e que Roma é de novo uma cidade com lei, mas não é verdade. Eles cravam os dentes uns nos outros para impedir que alguém assuma o lugar de Sila. Recentemente dois senadores foram executados por traição apenas a partir da palavra dos acusadores. Eles subornam, roubam e dão trigo grátis à população, que enche a barriga e volta para casa satisfeita. É uma cidade estranha, Marco.

Brutus pôs a mão no ombro de Tubruk.

— Não sabia que você se importava tanto com ela.

— Sempre me importei, mas confiava mais quando era mais jovem. Achava que homens como Sila e, sim, Mário não podiam fazer mal a ela, mas podem. Podem matá-la. Sabe que o trigo gratuito acaba com os pequenos agricultores? Eles não conseguem vender a colheita. Suas terras são postas à venda e somadas às enormes propriedades dos senadores. Esses agricultores terminam nas ruas da cidade, recebendo o mesmo trigo que os arruinou.

— Com o tempo haverá homens melhores no Senado. Uma nova geração, como Júlio.

A expressão de Tubruk se suavizou um pouco, mas Brutus estava chocado com a profunda amargura e a tristeza que viu reveladas. Tubruk sempre fora um pilar de certeza na vida dos rapazes. Ele lutou para achar as palavras certas a dizer.

— Faremos uma Roma da qual você poderá se orgulhar.

Tubruk segurou o braço que ele havia estendido.

— Ah, ser jovem outra vez — disse sorrindo. — Venha para casa, Aurélia vai ficar empolgada em vê-lo tão alto e forte.

— Tubruk? Eu... — Brutus hesitou. — Não vou ficar muito tempo. Tenho dinheiro suficiente para me alojar na cidade.

Tubruk olhou-o, entendendo.

— Esta é sua casa. Sempre será. Fique o quanto quiser.

— Obrigado. Eu não tinha certeza se vocês esperariam que eu procurasse meu caminho agora. Eu posso, você sabe.

— Sei, Marco. — Tubruk sorriu enquanto gritava para abrirem o portão.

O rapaz sentiu que um peso lhe era retirado.

— Agora me chamam de Brutus.

Tubruk estendeu a mão e Brutus segurou-a no estilo dos legionários.

— Bem-vindo ao lar, Brutus.

Tubruk guiou-o até a cozinha, onde foi esquentada a água para o seu banho, sinalizando para ele ocupar um assento enquanto Tubruk cortava carne e pão. Também estava com fome depois de trabalhar com o machado, e os dois comeram e conversaram com a facilidade e o conforto de velhos amigos.

O calor parecia açoitar sua pele enquanto Júlio inspecionava os seis novos recrutas. O sol africano chegava a tornar sua armadura dolorosa ao toque, e em qualquer lugar em que o metal fazia contato com a pele era uma agonia, até ele poder se mexer.

Nada do desconforto aparecia em sua expressão, ainda que as primeiras dúvidas atrapalhassem a concentração enquanto observava os homens que tinha encontrado. Eram bastante fortes e em boa forma, mas nenhum recebera treinamento como soldado. Para que seu plano desse certo, precisava de pelo menos cinqüenta, e tinha começado a acreditar que iria conseguir. O problema era que eles precisavam obedecer às ordens e fazer guerra com o tipo de disciplina que os oficiais da *Accipiter* consideravam ponto pacífico. De algum modo, tinha de deixar claro o simples fato de que eles morreriam sem isso.

Fisicamente eram bastante impressionantes, mas apenas dois dos seis tinham se oferecido como voluntários, e eram do último povoado. Esperava que surgissem mais quando eles começassem a parecer uma meia-centúria romana decente, mas os primeiros quatro vieram porque ele insistira, e continuavam com raiva. O segundo povoado pareceu feliz em se livrar do maior de todos, e Júlio adivinhou que devia ser um encrenqueiro. Sua expressão parecia fixa num riso de desprezo que irritava Júlio sempre que o via.

Rênio os teria espancado até ficarem em forma para ele, pensou. Era um começo. Precisava pensar no que Rênio faria. Gadítico e os outros da *Accipiter* tinham-no seguido até agora, mal acreditando em como tinha sido fácil depois do primeiro povoado. Júlio se perguntava quantos romanos, entre todas as centenas de fazendas de aposentadoria, teriam filhos que poderiam aprender a lutar. Havia um exército ali, e só era preciso alguém encontrá-los e lembrar o chamado do sangue.

Parou perto do encrenqueiro e viu como os olhos encontravam os seus com uma indagação educada e nem um traço de medo ou respeito. Era bem

CONN IGGULDEN

mais alto do que a maioria, com os membros compridos e de músculos esguios, brilhando de suor. Os mosquitos que atormentavam os oficiais da *Accipiter* não pareciam perturbá-lo nem um pouco, e ele permanecia como uma estátua no calor. O sujeito fez com que Júlio se lembrasse de Marco, até certo ponto. Parecia um romano em cada centímetro, mas até mesmo o latim que falava era uma mistura corrompida de dialetos e expressões africanas. Júlio sabia que o pai dele tinha morrido e deixado uma fazenda que o rapaz havia negligenciado ao ponto da ruína. Deixado sozinho, ele teria sido morto numa luta ou se juntaria aos piratas quando o resto do dinheiro e do vinho acabasse.

Qual era o nome dele? Júlio se orgulhava de aprender os nomes rapidamente, como tinha visto Mário fazer com cada homem sob seu comando, mas sob o olhar frio não conseguiu pensar a princípio. Então lhe veio. Ele tinha dito para ser chamado de Ciro, sem dar outro nome. Provavelmente nem sabia que era um nome de escravo. O que Rênio faria?

— Preciso de homens que possam lutar — disse Júlio, observando os olhos castanhos que devolviam o seu olhar com tanta firmeza.

— Eu sei lutar — respondeu Ciro, com a confiança óbvia.

— Preciso de homens que consigam controlar o temperamento numa crise.

— Eu posso... — começou Ciro.

Júlio deu-lhe um tapa no rosto. Por um momento, a raiva relampejou nos olhos escuros, mas Ciro se manteve firme, com os músculos do peito nu tremendo como os de um grande felino. Júlio se inclinou para perto dele.

— Quer pegar uma espada? Me matar? — sussurrou com a voz áspera.

— Não — respondeu Ciro, e a calma estava de volta.

— Por quê? — perguntou Júlio, imaginando como poderia alcançá-lo.

— Meu pai... dizia que um legionário tinha de ter controle.

Júlio ficou onde estava, mas seus pensamentos giraram loucamente. Havia uma alavanca ali.

— Você não tinha controle no povoado onde o achamos, tinha? — falou, esperando que tivesse adivinhado corretamente o relacionamento de Ciro com os aldeãos. O sujeito enorme não disse nada por longo tempo, e Júlio esperou com paciência, sabendo que não deveria interromper.

— Na época... eu não era legionário.

Júlio encarou-o, procurando a insolência que tinha esperado. Ela não existia, e em silêncio ele xingou o Senado por desperdiçar homens como aquele, que sonhavam em ser legionários enquanto desperdiçavam a vida numa terra estranha.

— Você não é legionário — disse Júlio devagar, e viu a boca começando a se retorcer em resposta à rejeição —, mas posso torná-lo um. Vai aprender irmandade comigo e de mim, e andará pelas ruas da cidade distante de cabeça erguida. Se alguém o fizer parar, você dirá que é um soldado de César.

— Direi.

— Senhor.

— Direi, senhor — respondeu Ciro, ficando empertigado.

Júlio recuou para se dirigir aos recrutas, parando junto aos oficiais da *Accipiter*.

— Com homens como vocês, o que não podemos conseguir? Vocês são filhos de Roma, e vamos lhes mostrar sua história e seu orgulho. Vamos ensinar a usar o gládio e as formações de batalha, as leis, os costumes, a vida. Outros virão, e vocês vão treiná-los, mostrando o que significa ser de *Roma*. Agora vamos marchar. O próximo povoado verá legionários quando avistar vocês.

A fila de pares era desengonçada e fora de passo, mas Júlio sabia que isso iria melhorar. Imaginou se Rênio teria visto a necessidade nos novos homens, mas descartou o pensamento. Rênio não estava aqui. Ele estava.

Gadítico esperou com ele, acompanhando seu passo ao chegar ao fim da coluna.

— Eles seguem você — observou.

Júlio se virou rapidamente para o capitão.

— Eles precisam, se quisermos tripular um navio e recuperar nosso resgate.

Gadítico fungou de leve, batendo na armadura de Júlio.

Júlio parou e hesitou.

— Ah, não — sussurrou. — Avise que vamos alcançá-los. Depressa!

Gadítico deu a ordem e ficou olhando enquanto a fila dupla de romanos marchava pelo caminho. Rapidamente eles sumiram de vista virando uma curva, e Gadítico se virou para Júlio com ar interrogativo. Ele tinha ficado pálido e fechado os olhos.

CONN IGGULDEN

— É a doença de novo? — perguntou Gadítico.

Júlio assentiu debilmente.

— Antes... do último ataque, senti gosto de metal na boca. Estou sentindo agora. — Ele escarrou e cuspiu, com a expressão amarga. — Não diga a eles. Não...

Gadítico apanhou-o enquanto ele caía e segurou-o enquanto seu corpo se sacudia e se retorcia, as sandálias cortando arcos no mato baixo com a violência do movimento. Os mosquitos pareciam sentir sua fraqueza e se juntaram em volta num enxame. Gadítico olhou ao redor procurando alguma coisa para enfiar entre os dentes de Júlio, mas o pano que haviam usado na *Accipiter* tinha sumido há muito. Arrancou uma folha grossa e conseguiu enfiar o cabo fibroso na boca de Júlio, soltando-o quando a boca se fechou com força. A folha ficou presa, e Gadítico firmou-o com todo o peso até o ataque terminar.

Finalmente Júlio conseguiu se sentar e cuspir a haste que quase tinha cortado com os dentes. Sentia como se tivesse levado uma surra até a inconsciência. Fez uma careta ao ver que a bexiga tinha se esvaziado e bateu com os punhos na terra em fúria, espalhando os mosquitos antes de eles voltarem rapidamente à pele exposta.

— Eu pensava que isso tinha acabado.

— Talvez seja o último — respondeu Gadítico. — Os ferimentos de cabeça são sempre complicados. Cabera disse que isso poderia continuar por um tempo.

— Ou pelo resto da minha vida. Sinto falta do velho — disse Júlio com a voz débil. — Minha mãe tinha ataques assim. Nunca entendi realmente como era. Parece a morte.

— Você consegue ficar de pé? Não quero perder os homens, e depois do seu discurso eles poderiam marchar a manhã inteira.

Gadítico ajudou o jovem oficial a ficar de pé e o viu respirar algumas vezes para se recuperar. Queria oferecer palavras de conforto, mas elas não vinham com facilidade.

— Vai superar isso. Cabera disse que você era forte e nada do que eu mesmo tenha visto me faz pensar de outro modo.

— Talvez. Então vamos em frente. Eu gostaria de ficar perto do mar, para me lavar.

— Posso dizer que lhe contei uma piada e que você se mijou de rir.

Júlio deu um risinho e Gadítico sorriu.

— Pronto. Está vendo? Você é mais forte do que imagina. Alexandre, o Grande, tinha a doença dos tremores, pelo que dizem.

— Verdade?

— Sim. E Aníbal. Não é o fim, só um fardo.

Brutus tentou esconder o choque ao ver Aurélia na manhã seguinte. Ela estava branca como gesso e magra, com uma teia de rugas que não se encontrava ali quando ele partira para a Grécia havia anos.

Tubruk tinha visto sua perturbação e preencheu os vazios da conversa, dando a Aurélia as respostas das perguntas que ela não fez. O velho gladiador nem tinha certeza de que ela reconhecia Brutus.

O silêncio de Aurélia era coberto pelos risos de Clódia e Cornélia cuidando do bebê de Júlio durante o desjejum. Brutus sorriu devidamente para a criança e disse que ela se parecia com o pai, mas na verdade não conseguia ver semelhança com qualquer coisa humana. Sentia-se desconfortável no triclínio, sabendo que aquelas pessoas tinham criado laços que o excluíam. Era a primeira vez que se sentia um estranho naquela casa, e isso o entristeceu.

Tubruk saiu com Aurélia depois de ela ter comido apenas um pouquinho, e Brutus se esforçou bastante para participar da conversa, contando às mulheres sobre a tribo de peles-azuis contra a qual havia lutado nos primeiros meses com a Punho de Bronze na Grécia. Clódia riu quando ele contou sobre o selvagem que tinha balançado a genitália para os romanos, acreditando estar em segurança. Cornélia cobriu os ouvidos de Júlia, e Brutus ruborizou, sem graça.

— Desculpe. Estou mais acostumado à companhia dos soldados. Faz um tempo desde que saí desta casa.

— Tubruk contou que você cresceu aqui — interveio Clódia, para deixá-lo à vontade, sabendo que de algum modo era importante fazer isso. — Disse que sempre sonhou em ser um grande espadachim. Conseguiu realizar o sonho?

Tímido, Brutus contou sobre o torneio de espada que tinha vencido, contra os melhores das centúrias da legião.

— Eles me deram uma espada feita com ferro mais forte, que mantém o gume melhor. Ela tem ouro na bainha. Vou mostrar a vocês.

— Júlio vai ficar em segurança? — perguntou Cornélia sem aviso.

Brutus reagiu com um sorriso rápido.

— Claro. O resgate foi pago. Não há perigo para ele.

As palavras saíram com facilidade, e ela pareceu se tranqüilizar. As preocupações de Brutus ficaram intocadas.

Naquela tarde subiu o morro de volta com Tubruk até o carvalho, cada um carregando um machado no ombro. Assumiram posição de cada lado do tronco e começaram o ritmo lento dos golpes que abriam uma fenda cada vez mais profunda na madeira, à medida que o dia passava.

— Há outro motivo para eu ter voltado a Roma — disse Brutus, enxugando o suor da testa com a mão.

Tubruk baixou o machado e respirou fundo durante alguns instantes antes de responder.

— O que é?

— Quero achar minha mãe. Não sou mais um menino e quero saber de onde vim. Achei que você talvez soubesse onde ela estava.

Tubruk soprou ar pelos lábios, pegando o machado de novo.

— Isso vai lhe trazer sofrimento, garoto.

— Eu preciso. Tenho uma família.

Tubruk bateu com a lâmina do machado no carvalho com uma força tremenda, cravando-o.

— Sua família está aqui — disse ele, puxando-o de volta.

— É o meu sangue. E nunca soube quem é meu pai. Só quero conhecê-la. Se ela morresse sem que eu a visse, iria me arrepender para sempre.

Tubruk parou de novo, depois suspirou antes de falar.

— Ela tem uma casa na Via Festus, no lado mais distante da cidade, perto da colina do Quirinal. Pense bem antes de ir. Pode ficar desapontado.

— Não. Ela me abandonou quando eu tinha apenas alguns meses. Nada que ela possa fazer agora vai me desapontar — disse Brutus em voz baixa antes de pegar o machado de novo e continuar a cortar a velha árvore.

Enquanto o sol se punha, o carvalho caiu e eles voltaram para casa ao crepúsculo. Rênio estava lá, esperando à sombra do portão.

— Fizeram uma construção no lugar onde ficava minha casa — falou irado com Brutus — e alguns jovens legionários me expulsaram da cidade como se eu fosse um encrenqueiro. Minha própria cidade!

Tubruk soltou uma gargalhada explosiva.

— Disse a eles quem era? — perguntou, tentando continuar sério.

Rênio estava claramente irritado com a diversão dos dois e praticamente rosnou:

— Eles não conheciam meu nome. Pirralhos, recém-desmamados, todos eles.

— Há um quarto aqui, se quiser — disse Tubruk.

Rênio olhou pela primeira vez o antigo aluno.

— Quanto está cobrando?

— Só o prazer da sua companhia, velho amigo. Só isso.

Rênio bufou.

— Então você é um idiota. Eu teria pagado um bom dinheiro.

Quando Tubruk gritou, o portão foi aberto e Rênio entrou na frente deles. Brutus captou o olhar de Tubruk e riu diante do afeto que encontrou.

CAPÍTVLO XI

B RUTUS PAROU NA ENCRUZILHADA, NO SOPÉ DA COLINA DO QUI-
rinal, e deixou a multidão agitada passar em volta. Tinha levantado cedo e
verificado a armadura, agradecendo pela túnica limpa que Tubruk tinha arranjado. Alguma parte dele sabia que era ridículo se importar, mas tinha lu-
brificado cada segmento e polido o metal até ficar brilhando. Sentia-se
espalhafatoso em meio às cores mais escuras da multidão, mas se reconfortava
com o peso sólido, como se ele o protegesse de algo mais do que armas.

A Punho de Bronze tinha o seu próprio armeiro e, como todo mundo
na centúria, era o melhor. A greva que Brutus usava na perna direita era
habilmente moldada para acompanhar os músculos. Tinha gravado um padrão de círculos cortados com ácido, e Brutus pagara um mês de salário por
ela. O suor escorria por trás da cobertura de metal, e ele se abaixou para
tentar coçar a pele, sem sucesso. A praticidade tinha-o feito deixar a pluma
do elmo na propriedade do campo. Não seria bom ficar se grudando nos
lintéis da casa em que sua mãe morava.

Foi a visão do prédio que o fez parar e avaliar. Esperava uma habitação
de quatro ou cinco andares, limpa mas pequena. Em vez disso, a fachada era
coberta de mármore escuro, quase como um templo. As construções principais eram afastadas da poeira e da sujeira das ruas, visíveis apenas através

de um portão alto. Brutus supunha que a casa de Mário tivesse sido maior, mas era difícil ter certeza.

Tubruk não lhe dissera nada além do endereço, mas enquanto observava o lugar Brutus viu que era uma área rica, com boa parte da multidão composta de serviçais e escravos fazendo mandados e carregando mercadorias para os seus senhores. Tinha esperado que sua mãe se impressionasse com o filho que se tornara centurião, mas ao ver a casa percebeu que ela poderia pensar nele como apenas um soldado comum, e hesitou.

Pensou em voltar ao campo. Sabia que Rênio e Tubruk iriam recebê-lo bem sem julgar seu fracasso, mas não havia planejado isso desde que estava na Grécia? Seria ridículo recuar diante do prédio grandioso.

Respirou fundo e verificou a armadura mais uma vez, procurando imperfeições. As tiras de couro estavam amarradas e não havia uma mancha à vista. Serviria.

A multidão se dividiu ao redor, sem esbarrar, enquanto ele se adiantava. De perto, o portão trazia lembranças da casa de Mário do outro lado da cidade. Ele mal havia chegado perto quando o portão se abriu, com um escravo fazendo reverência e sinalizando para ele entrar.

— Por aqui, senhor — disse o escravo, fechando o portão e andando na sua frente por um corredor estreito. Brutus foi atrás, com o coração martelando. Estaria sendo esperado?

Foi levado a uma sala luxuosa como nunca vira. Colunas de mármore sustentavam o teto e eram douradas da base ao topo. Havia estátuas brancas enfileiradas nas paredes e divãs ao redor de um laguinho no centro, onde ele vislumbrou peixes grandes nadando quase imóveis no fundo. Sua armadura parecia desajeitada e barulhenta naquele silêncio, e Brutus desejou ter desamarrado a greva para dar uma boa coçada antes de entrar.

O escravo desapareceu por uma porta e ele ficou sozinho tendo apenas o barulho suave da água para distraí-lo. O local era bastante pacífico e, depois de pensar um momento, retirou o elmo e passou as mãos pelos cabelos úmidos.

Sentiu o ar se mover quando outra porta se abriu atrás dele, e depois se levantou abruptamente, surpreso, quando uma mulher linda veio em sua direção. Estava pintada como uma boneca e tinha mais ou menos a sua idade, pensou. O vestido era de um tecido que Brutus nunca tinha visto, e através dele dava para ver a silhueta dos seios e dos mamilos. A pele era perfeitamente pálida, e o único enfeite que ela usava era uma pesada corrente de ouro no pescoço.

— Sente-se — disse a garota. — Deve ficar confortável. — Enquanto falava, ela se sentou no divã de onde Brutus havia saltado e cruzou as pernas delicadamente, fazendo o vestido se mexer e revelar o suficiente para provocar um rubor no rosto dele. Ele sentou-se ao lado, tentando achar um fiapo da decisão que tinha juntado antes. — Eu agrado você? — perguntou ela em voz baixa.

— Você é linda, mas estou procurando... uma mulher que eu conhecia.

Ela fez beicinho e ele sentiu uma vontade dolorosamente terrível de beijá-la, de envolvê-la nos braços e fazê-la ofegar. Essa imagem fez seus sentidos girarem e ele percebeu que o ar tinha se enchido de um perfume que o deixou tonto. A mão dela tocou-o logo acima da greva, onde centímetros de sua perna nua e morena estavam revelados. Brutus estremeceu ligeiramente e em seguida voltou a si, em choque. Levantou-se num movimento súbito.

— Está esperando que eu pague?

A garota pareceu confusa e mais jovem do que ele havia pensado a princípio.

— Não faço isso por amor — disse ela, com boa parte da suavidade de sua voz tendo desaparecido.

— Servília está aqui? Ela quererá me ver.

A garota se deixou afundar no divã, com os modos sensuais desaparecidos num instante.

— Ela não recebe centuriões, você sabe. Teria de ser cônsul para ir com ela.

Brutus encarou-a, horrorizado.

— Servília! — gritou ele, passando pelo laguinho até o outro lado da sala. — Onde você está?

Ele ouviu o barulho de pés se aproximando atrás de uma porta, por isso abriu rapidamente outra e entrou, fechando-a diante do riso da garota no divã. Pegou-se num longo corredor com um escravo boquiaberto segurando uma bandeja de bebidas.

— O senhor não pode passar por aqui! — gritou o escravo, mas Brutus o empurrou de lado, fazendo as bebidas voar. O escravo saiu correndo, e então dois homens bloquearam o corredor no final. Ambos seguravam porretes e juntos preenchiam a passagem estreita, com os ombros roçando as paredes enquanto vinham na sua direção.

— Bebeu um pouquinho demais, não foi? — rosnou um deles enquanto se aproximavam.

Brutus desembainhou o gládio num movimento suave. Ele brilhou, com a lâmina mostrando sulcos como os da greva, com desenhos em redemoinho que captavam a luz. Os dois homens pararam, subitamente inseguros.

— Servília! — gritou Brutus a plenos pulmões, mantendo a espada erguida para os homens. Eles tiraram adagas de bainhas no cinto e avançaram lentamente.

— Seu sacanazinho metido a besta! — disse um deles, balançando a adaga. — Acha que pode vir aqui e fazer o que quiser? Nunca tive a chance de matar um oficial, mas vou gostar disso.

Brutus se enrijeceu.

— Fiquem em posição de sentido, seus desgraçados ignorantes — falou rispidamente. — Se eu vir uma lâmina apontando para mim, mandarei enforcá-los.

Os homens hesitaram enquanto ele os olhava furioso, reagindo ao tom de voz quase como num reflexo. Brutus deu um passo furioso na direção deles.

— Digam-me como homens da sua idade deixaram a legião para guardar um bordel. São desertores?

— Não... senhor. Servimos na Primogênita.

Brutus manteve o rosto rígido para esconder sua surpresa e deleite.

— Sob o comando de Mário?

O mais velho assentiu. Agora os dois estavam eretos diante dele, e Brutus os olhou de cima a baixo, como se estivesse numa inspeção.

— Se eu tivesse tempo, mostraria a carta que ele escreveu para me mandar à minha centúria na Grécia. Marchei com ele até os degraus do Senado para exigir seu triunfo. Não envergonhem sua memória.

Os dois piscaram cheios de desconforto enquanto Brutus falava. Ele deixou o silêncio se estender mais um pouco.

— Agora eu tenho *negócios* a tratar com uma mulher chamada Servília. Vocês podem trazê-la até mim ou podem me levar a ela, mas vão agir como soldados enquanto eu estiver aqui, entendido?

Enquanto os dois homens assentiam, uma porta se abriu com violência no fim do corredor e uma voz feminina disse rispidamente:

— Fiquem longe dele e me dêem um campo de visão limpo.

Os dois guardas não se moveram, com os olhos cravados no jovem centurião. A tensão aparecia em seus ombros, mas eles permaneceram imóveis.

Brutus falou claramente:

— É ela?

O mais velho estava suando de tensão.

— Ela é a senhora da casa — confirmou ele.

— Então façam o que ela manda, senhores.

Sem outra palavra, os dois guardas ficaram de lado, revelando uma mulher que apontava uma flecha para Brutus.

— Você é Servília? — perguntou ele, notando o ligeiro tremor nos braços dela, que estavam começando a se cansar.

— O nome que você esteve gritando como um moleque de rua vendendo peixe? Eu sou a dona desta casa.

— Eu não represento perigo para você — respondeu Brutus. — E eu afrouxaria esse arco antes de acertar em alguém por acidente.

Servília olhou seus guardas e pareceu encontrar conforto na presença deles. Soltando a respiração, afrouxou o arco, mas Brutus viu que ela continuou segurando-o, de modo que pudesse ser levantado e disparado rapidamente se ele corresse em sua direção. Ela já conhecera a ameaça de soldados, supôs ele.

A mulher que Brutus estava vendo não se parecia nem um pouco com a da sala das estátuas. Era alta e magra como ele, com cabelos compridos e escuros que pendiam soltos até os ombros. A pele reluzia do sol e de saúde, e o rosto não era bonito, na verdade era quase feio, mas a boca larga e os olhos escuros tinham uma sensualidade inteligente que ele achou que atrairia muitos homens. Suas mãos eram largas e fortes no arco, e pulseiras de ouro chacoalhavam em seus pulsos enquanto ela se movia.

Ele captou cada detalhe e sentiu dor ao reconhecer um toque de si mesmo na linha do pescoço perfeito.

— Você não me reconhece — disse ele em voz baixa.

— O que disse? — perguntou ela, chegando mais perto. — Você cria confusão na minha casa e entra armado nos meus aposentos. Deveria mandar chicoteá-lo, e não pense que o seu belo posto iria salvá-lo.

Ela andava de modo soberbo, pensou Brutus. Tinha visto esse tipo de confiança sexual numa mulher apenas uma vez, no templo de Vesta, onde as virgens se moviam com insolência em cada passo, sabendo que tocá-las significaria a morte para qualquer homem. Ela possuía alguma coisa daquilo, e ele se sentiu começando a ficar excitado, enjoado com isso, mas sem saber como se sentir um filho. O sangue subiu ao seu rosto e ao pescoço, e ela deu um sorriso sensual, mostrando dentes brancos e afiados.

— Achei que você pareceria mais velha — murmurou ele, e uma expressão irritada veio aos olhos dela.

— Eu me pareço como sou. E ainda não reconheço você.

Brutus guardou a espada. Queria dizer quem era e ver o choque romper a confiança dela, ver os olhos dela se arregalarem de espanto ao perceber como ele era um rapaz impressionante.

Então tudo pareceu não valer a pena. Uma lembrança há muito reprimida lhe veio, de quando entreouviu o pai de Júlio falando sobre sua mãe, e suspirou ao ver aquilo confirmado. Ele estava num bordel, não importando como parecesse rico. Realmente não importava o que ela pensasse a seu respeito.

— Meu nome é Marco. Eu sou seu filho — disse, dando de ombros.

Ela se imobilizou como uma de suas estátuas. Por um longo momento sustentou o olhar dele, depois seus olhos se encheram de lágrimas e ela largou o arco e voltou correndo para o lugar de onde viera, batendo a porta com uma força que sacudiu as paredes.

O guarda estava olhando Brutus, boquiaberto.

— É verdade, senhor? — disse ele, rouco. Brutus assentiu e o homem ficou vermelho de embaraço. — Nós não sabíamos.

— Eu não tinha dito. Olha, vou sair agora. Há alguém esperando para me cravar uma flecha quando eu passar pela porta?

O guarda relaxou ligeiramente.

— Não. Eu e o garoto somos seus únicos guardas. Em geral, ela não precisa de segurança.

Brutus se virou para sair e o guarda falou de novo:

— Sila cortou a Primogênita das listas do Senado. Tivemos de aceitar o trabalho que conseguimos pegar.

Brutus se virou para ele, desejando ter mais a oferecer.

— Agora eu sei onde estão. Posso achá-los de novo se precisar de vocês.

O guarda estendeu a mão e Brutus apertou-a no cumprimento do legionário.

Na saída, Brutus passou pela sala do laguinho, sentindo-se grato por estar vazia. Parou apenas para pegar o elmo e jogar um pouco d'água no rosto e no pescoço. Isso não ajudou a diminuir sua confusão. Sentia-se atordoado pelos acontecimentos e queria desesperadamente encontrar algum lugar quieto onde pudesse pensar a respeito. A idéia de andar em meio à multidão das ruas era irritante, mas teria de voltar à propriedade no campo. Não tinha outro lar.

No portão, alguém veio correndo para ele. Brutus quase desembainhou de novo a espada, mas era uma jovem escrava, sem arma. A garota pareceu ofegante ao chegar perto dele, e Brutus percebeu quase distraidamente o arfar de seu seio. Outra beldade. Parecia que a casa era cheia delas.

— A senhora disse que o senhor deve voltar aqui amanhã de manhã. Ela irá recebê-lo.

Inexplicavelmente, Brutus sentiu o ânimo crescer diante das palavras.

— Estarei aqui.

O padrão ao longo da costa sugeria que o próximo povoado seria mais distante do que o trecho que os soldados poderiam marchar num dia. Eles conseguiam um tempo melhor quando acompanhavam as trilhas de animais grandes e podiam ir por elas até se afastar do litoral. Júlio não estava querendo se afastar para longe do som das ondas, por medo de se perder completamente. Quando saíam de uma trilha era um trabalho difícil, suarento, atravessar as hastes e arbustos que cresciam até a altura da cabeça, cheios de espinhos de pontas vermelhas que já pareciam marcados de sangue. Longe do mar, o ar era denso de umidade e os insetos perturbavam a todos, levantando-se invisíveis das folhas pesadas ao ser incomodados pelos romanos.

Quando montaram acampamento para a noite, Júlio imaginou se o isolamento dos povoados romanos seria evidência de algum plano de longo prazo do Senado para impedir que aquelas aldeias afastadas se unissem com a passagem das gerações, mas achou que era apenas para lhes dar espaço para crescer. Supôs que poderia ter pressionado os homens durante a noite, mas os oficiais da *Accipiter* sentiam-se muito menos confortáveis na quente noite africana do que os que haviam crescido naquele litoral. Estranhos gritos de animais os acordavam, fazendo com que estendessem as mãos para as espadas, enquanto os recrutas continuavam dormindo sem perceber.

Júlio dera a Péritas a tarefa de escolher guardas para os turnos de vigia, juntando homens novos com aqueles em quem confiava, aos pares. Tinha plena consciência de que a cada quilômetro ao longo das estreitas trilhas de caça havia uma chance de os jovens aldeãos desertarem. Com poucas armas, eles seguiam desarmados durante o dia, mas era preciso dar espadas aos que montavam guarda, e um ou dois dos rapazes olhavam para as lâminas de ferro com algo parecido com avareza. Júlio esperava que fosse uma cobiça pelas coisas de seus pais, não um desejo de roubar o que pudessem e fugir.

Conseguir comida tinha apresentado um problema parecido. Era crucial que os homens da *Accipiter* não passassem a depender de seus encarregados para comer. Seria uma mudança sutil mas significativa na escala de autoridade que Júlio tinha montado. Ele sabia que quem distribuía comida era o chefe, independentemente da patente. Esta era uma verdade mais antiga do que a própria Roma.

Agradeceu aos deuses por Péritas, que parecia capaz de pegar pequenos animais com armadilhas naquelas terras estranhas do mesmo modo como havia caçado nas florestas da Itália. Até mesmo os recrutas ficaram impressionados, olhando-o se juntar de novo ao grupo depois de apenas algumas horas, trazendo o corpo frouxo de quatro lebres. Com quinze homens saudáveis para alimentar, a caçada noturna tinha se tornado uma habilidade vital, e Péritas tinha ajudado a impedir que eles se dividissem em duas facções, os que podiam caçar e os que tinham de esperar para ser alimentados.

Júlio olhou para o amigo que estava ocupado cortando fatias de carne do lombo de um leitão que tinha apanhado mais cedo, partindo a perna do animal com uma pedra atirada rapidamente enquanto ele saía do esconderijo, quase em cima dos soldados. A mãe não foi vista, ainda que os guinchos tivessem chegado até eles, vindo dos arbustos distantes. Júlio desejou que ela tivesse chegado mais perto, de modo que todos poderiam estar diante de um festim, em vez de alguns bocados quentes. Não havia gordura sobrando em nenhum dos homens da *Accipiter*, e iria se passar um tempo antes que eles perdessem completamente a aparência esquálida. Sua boca se retorceu ao pensar que deveria ter a mesma aparência. Fazia muito tempo que não se olhava num espelho e imaginou se seu rosto havia mudado para melhor ou pior. Será que Cornélia ficaria feliz em vê-lo, ou chocada e perturbada pela aparência feia que ele imaginava, evidência muda dos horrores da prisão?

Deu um risinho diante do vôo da fantasia. Ele seria o mesmo, não importando o quanto seu rosto tivesse mudado.

Suetônio ergueu a cabeça rapidamente ao ouvir o riso, sempre vendo insulto onde não havia. Era difícil resistir a provocar o sujeito, mas nisso Júlio estabelecera restrições rígidas para si mesmo. Sentia que o despeito vinha do medo de que Júlio usasse sua nova autoridade para se vingar de agravos antigos. Não podia se dar ao luxo de desfrutar sequer um momento desse prazer, para o caso de isso romper a unidade que estava tentando montar. Sabia que tinha de se tornar o tipo de líder que estava acima de pequenos agravos, de ter diante dos homens a aparência que Mário tivera para ele — esculpido numa pedra melhor. Assentiu para Suetônio brevemente e depois olhou para os outros.

Gadítico e Prax supervisionavam o acampamento, marcando o perímetro com galhos caídos, por falta de algo melhor. Júlio ouviu-os repassar as regras de sentinela com os homens e sorriu num momento de nostalgia.

— Quantas vezes você pergunta quem vem? — estava dizendo Prax a Ciro, como tinha feito com todos os homens.

— Uma, senhor. Eles gritam pedindo para se aproximar do acampamento e eu digo: "Aproxime-se e seja reconhecido."

— E se eles não gritarem ao se aproximar do acampamento? — perguntou Prax, animado.

— Acordo mais alguém, espero que eles cheguem perto e corto a cabeça deles.

— Bom garoto. Pescoço e virilha, lembre-se. Em qualquer outro lugar eles ainda podem ter força suficiente para levá-los junto. No pescoço e na virilha é o mais rápido.

Ciro riu, absorvendo cada migalha de informação que Prax lançava. Júlio gostava do ânimo do grandalhão. Ele queria ser um legionário, conhecer o que seu pai havia amado. Prax também tinha descoberto que gostava de ensinar todas as coisas que tinha aprendido em décadas marchando e navegando por Roma. Com o tempo os novos homens seriam capazes de enganar qualquer um. Pareceriam legionários e falariam com a mesma gíria e as expressões casuais.

Júlio franziu a testa e tentou achar uma posição confortável para se deitar. Se eles permaneceriam de pé quando todos em volta estivessem derrubados e o inimigo trouxesse a morte certa com gritos de triunfo... isso não saberiam com certeza até que acontecesse. Não ajudava muito o fato de os homens da *Accipiter* nem saberem de onde vinha essa coragem louca. Um homem podia passar a vida evitando cada conflito e depois perdê-la para proteger alguém que amava. Júlio fechou os olhos. Talvez essa fosse a chave, mas não eram muitos os homens que amavam Roma. A cidade era grande demais, impessoal demais. Os legionários que Júlio tinha conhecido jamais pensavam na República dos eleitores livres, esculpida em sete colinas por um rio. Eles lutavam por seu general, por sua legião, até mesmo pela centúria e pelos amigos. Um homem de pé ao lado dos amigos não pode correr, pelo risco de passar vergonha.

Suetônio gritou de repente, saltando de pé e batendo em si mesmo.

— Socorro! Tem alguma coisa aqui no chão!

Júlio saltou de pé e os outros homens se aproximaram do fogo, com as espadas desembainhadas. Parte de Júlio notou com prazer que Ciro ficou em seu posto.

À luz da fogueira uma fileira preta de formigas enormes movia-se como óleo no chão, desaparecendo nas sombras atrás da luz. Suetônio estava ficando frenético e começou a arrancar as roupas.

— Elas estão em cima de mim! — gemeu.

Péritas se adiantou para ajudá-lo e, quando seu pé pisou perto da coluna, parte dela deslizou para ele, e ele recuou com um grito, batendo nas pernas com a mão nua.

— Deuses! Tirem isso daí! — gritou ele.

O acampamento se dissolveu num caos. Os que tinham sido criados naquele litoral estavam bem mais calmos do que os oficiais da *Accipiter*. As formigas picavam tão profundamente quanto ratos, e quando os soldados as arrancavam seus corpos se partiam e deixavam as mandíbulas ainda grudadas e rasgando a carne no espasmo da morte. A pinça era forte demais para ser arrancada com os dedos, e logo Suetônio estava coberto pelas cabeças escuras, as mãos sangrentas de tanto puxá-las.

Júlio chamou Ciro e observou enquanto ele verificava calmamente os dois romanos, tirando o resto dos corpos dos insetos com as mãos poderosas.

— Elas ainda estão em cima de mim! Você não consegue tirar as cabeças? — implorou Suetônio, estremecendo de terror, parado quase nu enquanto o grandalhão revistava sua pele procurando as últimas.

Ciro deu de ombros.

— As pinças têm de ser tiradas com uma faca, não podem ser abertas. As tribos as usam para fechar ferimentos, como se fossem pontos.

— O que são elas? — perguntou Júlio.

— Soldados da floresta. Elas guardam a coluna durante a marcha. Meu pai costumava dizer que eram como os batedores usados por Roma. Se você ficar longe, elas não atacam, mas se ficar no caminho elas vão fazer você pular como Suetônio.

Péritas lançou um olhar maligno para a coluna que continuava atravessando o acampamento.

— Poderíamos queimá-las.

Ciro balançou a cabeça.

— A fila é interminável. É melhor simplesmente se afastar delas.

— Certo, vocês ouviram — disse Júlio. — Peguem as coisas e se preparem para andar um quilômetro e meio na direção da costa. Suetônio, quero você vestido e pronto para ir. Você e Péritas podem tirar as pinças da pele quando nos acomodarmos de novo.

— É uma agonia — gemeu Suetônio.

Ciro olhou-o, e Júlio sentiu uma pontada de vergonha e irritação ao ver o jovem oficial se mostrando tão fraco diante dos recrutas.

— Ande, ou eu mesmo amarro você em cima das formigas — disse ele.

A ameaça pareceu causar efeito e, antes que a lua se afastasse muito no céu, um novo acampamento estava montado, com Ciro e outros dois terminando o turno de vigia. De manhã todos estariam cansados pela falta de sono depois da agitação.

A cabeça de Júlio latejava devagar, parecendo acompanhar os ritmos dos insetos ao redor. A cada vez que caía no sono, sentia a picada de um inseto na pele exposta. Os bichos deixavam manchas de seu sangue quando eram mortos, mas sempre havia outros esperando que ele se imobilizasse. Fez um travesseiro com suas tralhas e usou um trapo para cobrir o rosto, ansiando pelos distantes céus de Roma. Podia ver Cornélia na mente e sorriu. A exaustão alcançou-o um instante depois.

Com inchaços vermelhos na pele e sombras sob os olhos, chegaram ao próximo povoado antes do meio-dia, a menos de dois quilômetros do litoral. Júlio liderou os homens indo até a praça, sentindo as visões e cheiros que tinham um toque de civilização. De novo ficou impressionado com a ausência de fortificações de qualquer tipo. Os velhos soldados que tinham recebido terras nesse litoral deviam ter pouco medo de ataques, pensou. As fazendas eram pequenas, mas devia haver comércio entre esses locais isolados e aldeias nativas, mais para o interior. Viu uma quantidade de rostos negros entre os romanos que se juntaram para ver seus homens. Imaginou quanto tempo demoraria para que o sangue romano se misturasse e se perdesse, de modo que as gerações distantes não soubessem nada de seus ancestrais e de como eles viviam. A terra voltaria ao estado anterior à vinda deles e até mesmo as histórias em volta das fogueiras hesitariam e seriam esquecidas. Imaginou se lembrariam o império de Cartago aqui, quando milhares de navios tinham explorado o mundo a partir de portos neste litoral. Era um pensamento arrepiante, e ele o deixou de lado para refletir mais tarde, sabendo que precisava se concentrar se quisesse sair deste lugar com mais coisas de que precisava.

Como tinham sido ordenados, seus homens ficaram em posição de sentido em fila dupla, com a expressão séria. Contando com a espada de Júlio, apenas oito homens estavam armados, e somente três tinham armaduras decentes. Manchas de sangue marcavam a túnica de Suetônio, e seus dedos estremeciam de vontade de tocar as feridas deixadas pelas formigas em todo o corpo. A maioria dos oficiais da *Accipiter* estava queimada de sol e picada por insetos, e somente os novos recrutas não pareciam afetados.

Júlio achou que pareciam mais uma tropa de bandidos ou piratas do que legionários romanos e viu um bom número de pessoas se armar disfarçadamente, com o nervosismo aparecendo em todos. Um açougueiro parou de cortar o que parecia um primo do leitão que eles haviam comido na noite anterior. Ele saiu de detrás de sua mesa com o cutelo pousado no braço, pronto para um ataque súbito. Júlio deixou o olhar pairar sobre a multidão, procurando quem estaria no comando. Sempre havia alguém, mesmo nos lugares selvagens.

Depois de uma espera tensa, cinco homens vindo da extremidade mais distante das casas se aproximaram. Quatro estavam armados, três deles com machados de cabo comprido e o último com um gládio que havia se partido em alguma batalha antiga, deixando-o com pouco mais do que uma adaga pesada.

O quinto homem andou cheio de confiança até os recém-chegados. Tinha cabelos grisalhos cor de ferro e era magro como um graveto. Júlio achou que ele teria uns sessenta anos, mas mantinha a postura empertigada de um velho soldado e, quando falou, foi no latim fluente da cidade.

— Meu nome é Parrakis. Este é um povoado pacífico. O que querem aqui?

Ele fez a pergunta a Júlio e não pareceu ter medo. Naquele momento Júlio mudou seu plano de intimidar o líder, como tinha feito com o primeiro. O povoado podia ter negócios com os piratas, mas havia pouca evidência de terem lucrado com isso. As casas e as pessoas eram limpas, mas sem adornos.

— Somos soldados de Roma, éramos da galera *Accipiter*. Um pirata chamado Celso nos trocou por resgates. Queremos montar uma tripulação e encontrá-lo. Este é um povoado romano. Espero ajuda de sua parte.

Parrakis levantou as sobrancelhas.

— Sinto muito, aqui não há nada para vocês. Não vejo a Itália há mais de vinte anos. Não existe dívida a ser paga pelas famílias daqui. Se tiverem prata, vocês podem comprar comida, mas depois devem ir embora.

Júlio chegou um pouco mais perto, notando o modo como os companheiros de Parrakis se retesaram e, ao mesmo tempo, ignorando-os explicitamente.

— Estas terras foram dadas a legionários, não a piratas. Este litoral está infestado por eles e vocês têm o dever de nos ajudar.

Parrakis riu.

— Dever? Deixei isso para trás há uma vida inteira. Digo de novo: Roma não tem poder sobre nós aqui. Vivemos e comerciamos em paz. Quando os piratas aparecem, vendemos mercadorias e eles vão embora. Acho que você está procurando um exército, não é? Não vai achar neste povoado. Aqui, entre os camponeses, não há nada da cidade.

— Nem todos os homens que estão comigo são do navio. Alguns são de povoados a oeste. Preciso de homens que possam ser treinados para lutar. Homens que não estejam dispostos a passar a vida escondidos neste povoado, como vocês.

Parrakis ficou vermelho de raiva.

— Escondidos? Nós trabalhamos a terra e lutamos contra pestes e doenças só para alimentar nossa família. Os primeiros vieram de legiões que lutaram com honra em terras longe de casa e finalmente receberam o último presente do Senado, a paz. E você ousa dizer que estamos nos escondendo? Se eu fosse mais novo, usaria uma espada contra você, seu filho-da-puta insolente!

Júlio desejou ter agarrado o homem logo de início. Abriu a boca para falar rapidamente, sabendo que estava perdendo a iniciativa. Um dos homens com machados interveio primeiro:

— Eu gostaria de ir com eles.

O sujeito mais velho se virou, com a saliva se juntando branca nos cantos da boca.

— Quer ir e ser morto? O que está *pensando*?

O que estava com o machado apertou os lábios diante da raiva que vinha de Parrakis.

— O senhor sempre disse que aqueles foram os melhores anos de sua vida — murmurou ele. — Quando os velhos ficam bêbados, sempre falam daqueles dias como se fossem de ouro. Eu só tenho a chance de arrebentar as costas desde o amanhecer até a noite. O que vou contar às pessoas quando estiver velho e bêbado? Como era bom matar um porco numa festa? A ocasião em que eu quebrei um dente numa pedrinha que estava no pão que a gente faz?

Antes que o estupefato Parrakis pudesse responder, Júlio interveio:

— Só peço que você diga isso às pessoas do povoado: eu preferiria voluntários, se houver outros como este.

A raiva abandonou Parrakis, fazendo-o parecer exausto.

— Jovens — disse ele com um tom resignado. — Sempre procurando empolgação. Acho que eu também já fui assim. — E se virou para o que estava com o machado. — Tem certeza, garoto?

— O senhor tem Deni e Cam para trabalhar na fazenda, não precisa de mim também. Quero ver Roma.

— Certo, filho, mas o que eu disse é verdade. Não há vergonha em ganhar a vida aqui.

— Eu sei, pai. Vou voltar para vocês.

— Claro que vai, garoto. Aqui é a sua casa.

No total, oito jovens do povoado se apresentaram como voluntários. Júlio escolheu seis, recusando dois que eram pouco mais do que crianças, ainda que um deles tivesse esfregado fuligem no rosto para parecer a sombra de uma barba. Dois dos recém-chegados trouxeram arcos. Estava começando a parecer o exército de que ele precisava para tripular um navio e revirar os mares atrás de Celso. Júlio tentou controlar o otimismo enquanto marchavam saindo das árvores luxuriantes para o litoral, para os primeiros exercícios do dia. Fez na cabeça uma lista do que eles precisavam. Ouro para conseguir um navio, mais vinte homens e trinta espadas, comida bastante para mantê-los vivos até chegarem a um porto importante. Podia ser feito.

Um dos arqueiros tropeçou e caiu chapado, fazendo a maior parte da coluna parar. Júlio suspirou. Uns três anos para treiná-los também seria bom.

CAPÍTVLO XII

Sᴇʀᴠíʟɪᴀ sᴇɴᴛᴏᴜ-sᴇ ɴᴀ ʙᴇɪʀᴀ ᴅᴏ ᴅɪᴠᴀ̃, ᴄᴏᴍ ᴀs ᴄᴏsᴛᴀs ᴇʀᴇᴛᴀs. A tensão era clara em cada linha do corpo, mas Brutus sentiu que não deveria falar primeiro. Tinha passado a maior parte da noite acordado, sem resolver nada. Por três vezes tinha decidido não visitar a casa perto da colina do Quirinal, mas cada vez fora um gesto vão de desafio. Nunca houvera realmente um momento em que ele não teria vindo vê-la. Não sentia nada parecido com um amor de filho, no entanto algum ideal nebuloso o fazia voltar, com todo o fascínio de arrancar cascas de ferida e se ver sangrando por ela.

Tinha desejado que ela o procurasse quando era criança, quando estava sozinho e com medo do mundo. Quando a mulher de Mário o havia mimado com a necessidade de um filho ele se afastou, enervado com emoções que não entendia de fato. Mesmo assim a mulher que o encarava tinha sobre ele um domínio que ninguém mais possuía, nem Tubruk, nem mesmo Júlio.

No silêncio pouco natural ele a sorvia, procurando alguma coisa cujo nome não sabia e que nem tentava entender. Ela usava uma estola branquíssima contra a pele bronzeada, sem qualquer jóia. Como acontecera na véspera, seu cabelo comprido estava solto, e quando ela se movia era com uma graça ágil que tornava um prazer simplesmente olhá-la andar e se sentar, como Brutus admiraria o passo perfeito de um leopardo ou uma gazela. Seus olhos eram grandes demais, decidiu ele, e o queixo forte demais para uma beleza clássica, mas era impossível não olhá-la, notando as rugas que marcavam os olhos e em volta da boca. Ela parecia tensa, pronta para saltar e fugir correndo dele, como fizera antes. Brutus esperou e imaginou quanta tensão estaria aparecendo em seu próprio rosto.

— Por que você veio? — perguntou ela, rompendo o silêncio medonho.

Em quantas respostas ele havia pensado para essa pergunta! Cena após cena tinha sido representada em sua imaginação durante a noite: zombando dela, ofendendo-a, abraçando-a. Nada disso o havia preparado para esse momento.

— Quando eu era criança ficava imaginando como você era. Queria vê-la, ao menos uma vez, só para saber quem você era. Queria saber como você era.

Ele ouviu sua voz tremer e um espasmo de raiva o atravessou. *Não* iria passar vergonha. *Não* falaria como uma criança para essa mulher, a puta.

— Sempre pensei em você, Marco. Comecei a escrever muitas cartas para você, mas nunca mandei.

Brutus controlou os pensamentos. Nunca tinha ouvido seu nome falado por ela, em todos os anos da vida. Isso o deixou com raiva, e a raiva lhe permitiu falar com calma.

— Como era meu pai?

Ela olhou para as paredes da sala simples onde estavam.

— Era um homem bom, muito forte e alto como você. Só o conheci durante dois anos, antes de ele morrer. Mas me lembro de que ele ficou muito feliz por ter um filho. Ele escolheu o seu nome e o levou ao templo de Marte para ser abençoado pelos sacerdotes. Ficou doente naquele ano e foi levado antes do inverno. Os médicos não o puderam tratar, mas houve muito pouca dor no final.

Brutus sentiu os olhos se enchendo de lágrimas e limpou-os, irritado, enquanto ela continuava.

— Eu... eu não podia criá-lo. Eu mesma era uma criança e não estava pronta ou não era capaz de ser mãe. Deixei-o com o amigo dele e fugi.

Sua voz se embargou completamente na última frase, e ela abriu a mão apertada, revelando um pano amassado que usou para enxugar os olhos.

Brutus ficou olhando-a com um sentimento estranho de distanciamento, como se nada que ela fizesse ou dissesse pudesse tocá-lo. A raiva tinha se esvaído e ele se sentia quase leve. Havia uma pergunta que queria fazer, mas ela não saiu fácil.

— Por que não me procurou enquanto eu estava crescendo?

Ela não respondeu por longo tempo, usando o pano para enxugar as lágrimas, até que a respiração se firmou e ela pôde olhá-lo de novo. Sustentou a cabeça com uma dignidade frágil.

— Eu não queria que você sentisse vergonha.

A calma não natural deu lugar às emoções que varriam Brutus, revelando-o como uma palha numa tempestade.

— Eu poderia sentir — sussurrou com a voz rouca. — Ouvi alguém falando sobre você há muito tempo e tentei fingir que era um engano, para tirá-la da mente. Então é verdade que você...

Ele não podia dizer as palavras, mas ela se empertigou ainda mais, com os olhos brilhando.

— Que eu sou uma prostituta? Talvez. Já fui, se bem que quando os homens que a gente conhece são suficientemente poderosos eles nos chamam de cortesãs ou mesmo companheiras. — Ela fez uma careta, com a boca se retorcendo. — Achei que você poderia sentir vergonha de mim e não poderia encarar isso no meu filho. Não espere que *eu* sinta essa vergonha. Perdi isso há tempo demais para ao menos lembrar. Eu levaria uma vida diferente se pudesse voltar atrás, mas não conheço ninguém que não tenha esse mesmo sonho inútil, bobo. Agora não vou viver a vida de cabeça baixa com a culpa todos os dias! Nem mesmo por você.

— Por que pediu que eu voltasse hoje? — perguntou Brutus, subitamente incrédulo por ter atendido tão facilmente ao pedido.

— Queria ver se seu pai ainda teria orgulho de você. Queria ver se *eu* sentia orgulho de você! Fiz muitas coisas das quais me arrependo, mas ter tido você sempre me confortou quando a situação era difícil demais para suportar.

— Você me abandonou! Não diga que isso confortou você, pois nunca nem mesmo foi me ver. Eu nem sabia onde você estava na cidade! Você poderia ter ido para qualquer lugar.

Servília levantou quatro dedos rígidos para ele, dobrando o polegar embaixo.

— Quatro vezes mudei de casa desde que você era um bebê. Sempre mandei uma mensagem a Tubruk dizendo onde eu estava. Ele sempre soube como me contatar.

— Eu não sabia — respondeu Brutus, impressionado com a veemência dela.

— Você nunca perguntou — disse ela, deixando a mão cair de volta no colo.

O silêncio recomeçou como se nunca tivesse sido rompido, subitamente crescendo no espaço entre os dois. Brutus se pegou procurando alguma coisa para dizer, algo que finalmente pudesse confundi-la, permitindo-lhe sair com dignidade. Observações cortantes vinham e iam em seus pensamentos, até que ele finalmente viu que estava sendo um idiota. Será que ele a desprezava, sentia vergonha da vida ou do passado dela? Olhou para dentro procurando resposta e encontrou uma. Não sentia sequer um fiapo de vergonha. Sabia que em parte isso era porque tinha liderado homens como oficial numa legião. Se tivesse vindo procurá-la sem ter feito nada, poderia odiá-la, mas havia se erguido e medido seu valor aos olhos dos inimigos e amigos, e não tinha medo de ser medido aos dela.

— Eu... não me importo com o que você fez — falou lentamente. — Você é minha mãe.

Ela irrompeu numa gargalhada, balançando-se para trás no divã. De novo ele se sentiu perdido diante daquela mulher estranha, que podia despedaçar cada momento de calma que ele conseguia invocar.

— Ah, que nobreza de sua parte! — disse ela em meio ao riso. — Que rosto tão sério para me dar a absolvição. Você não me entendeu nem um pouco? Sei mais sobre o modo como essa cidade funciona do que qualquer senador em seu pequeno manto e sua barba aparada. Tenho mais dinheiro do que poderia gastar e mais poder na minha palavra do que você pode imaginar. Você me perdoa por minha vida desregrada? Meu filho, me parte o coração ver como você é jovem. Faz com que eu me lembre de como já fui jovem também.

Seu rosto ficou imóvel e o riso sumiu dos lábios.

— Se eu quisesse que você me perdoasse alguma coisa, seria pelos anos que poderia ter tido com você. Quem eu sou, eu não mudaria por nada, e os caminhos que viajei até chegar a este dia, a esta hora! Eles não podem ser perdoados. Você não tem o direito nem o privilégio de fazer isso.

— Então o que você quer comigo? Eu não posso simplesmente dar de ombros e tentar esquecer que eu cresci sem você. Eu já precisei de você, mas aqueles em quem confio e que amo são os que estavam comigo na época. Você não estava.

Ele se levantou e olhou-a, confuso e magoado. Ela se levantou junto.

— Vai me deixar agora? — perguntou ela em voz baixa.

Brutus levantou as mãos, em desespero.

— Quer que eu volte?

— Muito — disse ela, tocando em seu braço.

O contato fez o cômodo oscilar e ficar turvo.

— Bom. Amanhã?

— Amanhã — confirmou ela, sorrindo por entre as lágrimas.

Lúcio Auriga escarrou e cuspiu, irritado. Havia alguma coisa no ar da Grécia central que sempre secava sua garganta, especialmente quando fazia calor. Ele preferiria estar desfrutando de um sono na tarde, à sombra de sua casa, em vez de ser convocado a essa vasta planície, onde a brisa constante o irritava. Não era adequado a um romano estar à disposição dos gregos, não importando a posição que ocupassem, pensou. Sem dúvida seria outra reclamação para ele resolver, como se não tivesse nada para encher os dias além de ouvir os problemas deles. Ajeitou a toga enquanto os homens se aproximavam. Não deveria parecer incomodado pelo local que eles haviam escolhido para o encontro. Afinal de contas, os gregos eram proibidos de andar a cavalo, ao passo que ele podia simplesmente montar e voltar para dentro das muralhas de Farsalo antes do escurecer.

O homem que tinha feito a convocação andou sem pressa até ele, com dois companheiros. Seus ombros e braços enormes estavam frouxos, balançando ligeiramente com seu passo comprido. Parecia ter acabado de descer das montanhas que rompiam o horizonte a toda volta, e por um momento Lúcio estremeceu levemente. Pelo menos não tinham vindo armados, pensou. Em geral Mitrídates não era um homem que se lembrasse de obedecer às leis de Roma. Lúcio examinou-o enquanto ele andava pelo capim baixo e as flores do campo. Sabia que os moradores locais ainda o chamavam de rei, e pelo menos ele caminhava como se o fosse, com a cabeça erguida, apesar da rebelião desastrosa.

Agora era tudo história, pensou Lúcio, e anterior à minha época, como tudo o mais nesse país desconfortável. Mesmo que chegasse a chance de assumir o posto de governador, sabia que iria recusá-lo. Era um povo muito desagradável. Ficava pasmo ao pensar em como aqueles camponeses grosseiros e vulgares podiam ter produzido uma matemática de complexidade tão extraordinária. Se não tivesse estudado Euclides e Aristóteles, nunca teria aceitado o posto fora da Itália, mas a idéia de encontrar esse tipo de mente havia embriagado o jovem comandante. Suspirou. Não era possível encontrar um só Euclides numa cidade daquele povo.

Mitrídates não sorriu quando parou diante do pequeno grupo de oito soldados que Lúcio havia trazido. Virando-se no local, olhou a distância ao redor, depois respirou fundo, enchendo o peito poderoso e fechando os olhos.

— E então? Vim ao seu chamado — disse Lúcio em voz alta, esquecendo-se por um momento que deveria parecer calmo e inabalável.

Mitrídates abriu os olhos.

— Sabe o que é este lugar? — perguntou.

Lúcio balançou a cabeça.

— Aqui é o ponto exato onde fui derrotado pelo seu povo há três anos. — Ele levantou o braço grosso, com os dedos esticados, apontando. — Aquele morro, está vendo? Eles tinham arqueiros ali, disparando sobre nós. No fim nós chegamos até lá, mas eles tinham feito armadilhas e enfiado espetos no chão. Um monte de homens foi perdido removendo-os, mas nós não podíamos deixá-los nas nossas costas, sabe? Isso destrói o moral.

— Sim, mas... — começou Lúcio.

Mitrídates levantou a mão aberta.

— Shhh. Deixe-me contar a história.

O homem era uns trinta centímetros mais alto do que Lúcio e parecia ter uma força que proibia as interrupções. Seu braço nu se estendeu de novo, com os músculos nodosos movendo-se sob a pele, junto com os dedos.

— Onde a terra se dobra, aqui, eu tinha homens com fundas, os melhores com quem já lutei. Eles derrubaram muitos dos seus, e depois, no fim, pegaram espadas para se juntar aos irmãos. As linhas principais estavam atrás de você, e meus homens ficaram pasmos diante da habilidade que viram. Que formações! Contei sete chamados diferentes na batalha, ainda que pudesse haver mais. O quadrado, claro, e os chifres para envolver. A cunha, ah, era incrível vê-los formando uma cunha no meio dos meus homens. Eles usavam os escudos bem demais. Acho que os homens de Esparta poderiam contê-los, mas naquele dia nós fomos destruídos.

— Eu não creio... — começou Lúcio.

— Ali ficava a minha tenda, a menos de quarenta passos de onde estamos hoje. Na ocasião o chão estava enlameado. Mesmo agora essas flores e o capim me parecem estranhos quando imagino aquela batalha. Minha mulher e minhas filhas estavam ali.

Mitrídates, o rei, sorriu com os olhos distantes.

— Eu não deveria ter deixado que elas viessem, mas nunca pensei que os romanos cobririam distância tão grande numa única noite. Assim que percebemos que eles chegaram à área, já estavam sobre nós, atacando. No final minha mulher foi morta, e minhas filhas arrastadas e assassinadas. Minha menina mais nova tinha apenas quatorze anos e teve as costas partidas antes de cortarem sua garganta.

Lúcio sentiu o sangue sumindo do rosto enquanto escutava. Havia uma veemência tão grande nos movimentos lentos do outro que ele quase deu um passo atrás caindo nos braços de seus soldados. Tinha ouvido a história quando chegou, mas havia algo arrepiante em escutar aquela voz calma descrever tais horrores.

Mitrídates olhou para Lúcio e seu dedo apontou para o peito dele.

— Aí onde você está é onde eu me ajoelhei, amarrado e derrotado, rodeado por um círculo de legionários. Pensei que iriam me matar, e quis isso. Tinha ouvido minha família gritando, veja bem, e queria ir com elas. Começou a chover, eu lembro, e o chão estava encharcado. Algumas pessoas do meu povo dizem que a chuva são as lágrimas dos deuses, já ouviu dizer? Naquele momento eu entendi.

— Por favor... — sussurrou Lúcio, só querendo ir embora e não ouvir mais.

Mitrídates o ignorou ou não o ouviu através das lembranças. Às vezes parecia ter se esquecido de que os romanos estavam ali.

— Eu vi Sila chegar e desmontar. Ele usava a toga mais branca que eu já vi. Você precisa se lembrar de que todo o resto estava coberto de sangue, lama e imundície. Ele parecia... intocado por tudo aquilo... — O grego balançou a cabeça ligeiramente. — Foi a coisa mais estranha de ver. Ele me disse que os homens que tinham matado minha mulher e minhas filhas tinham sido executados, sabia disso? Ele não precisava enforcá-los, e eu não entendi o que ele poderia querer de mim, até que me ofereceu uma escolha. Viver e não levantar armas de novo enquanto ele vivesse ou morrer naquele momento, por sua espada. Acho que se ele não tivesse dito aquilo sobre os homens que mataram minhas meninas, eu teria escolhido a morte, mas aceitei a chance que ele me deu. Foi a escolha certa. Pude ao menos ver meus filhos de novo.

Mitrídates se virou para os dois homens que estavam com ele e sorriu.

— Hoca, aqui, é o mais velho, mas Tasso se parece mais com a mãe, eu acho.

Lúcio deu um passo atrás enquanto percebia o que Mitrídates estava dizendo.

— Não! Sila não... você não pode!

Ele parou quando de repente surgiram homens vindo de todas as direções. Desceram da crista de cada morro e saíram da floresta, onde Mitrídates disse que os romanos tinham arqueiros escondidos. Cavalos vieram trovejando até parar perto dos legionários, que tinham desembainhado as espadas, esperando sérios e sem pânico pelo fim. Dezenas de flechas estavam apontadas para eles, esperando a ordem.

Lúcio agarrou o braço de Mitrídates, com medo.

— Isso é passado! — gritou desamparadamente. — Por favor!

Mitrídates segurou-o pelos ombros, com força. Seu rosto estava retorcido de raiva.

— Dei minha palavra de não pegar em armas enquanto Cornélio Sila estivesse vivo. Agora minha mulher e minhas filhas estão seguras enterradas, e eu terei o sangue que me é devido!

Ele levou uma das mãos atrás do corpo e pegou uma adaga escondida. Apertou-a contra a garganta de Lúcio e puxou o gume rapidamente.

Os legionários morreram em segundos, empalados e incapazes de ao menos devolver um golpe.

Seu filho mais novo cutucou o corpo de Lúcio com o pé, mantendo o rosto pensativo.

— Este foi um jogo perigoso, meu rei — disse Tasso ao pai.

Mitrídates deu de ombros, enxugando o sangue do rosto.

— Neste lugar há espíritos que nós amamos. Era só isso que eu podia fazer por eles. Agora me dê um cavalo e uma espada. Nosso povo está adormecido há muito tempo.

CAPÍTVLO XIII

J ÚLIO ESTAVA SENTADO À SOMBRA NA CASA DE BEBIDAS E ENVOLVEU COM os dedos o primeiro copo de vinho que via há quase um ano. O barulho da rua no porto romano vinha lá de fora, e o murmúrio de conversas ao redor trazia um sentimento de lar, especialmente se fechasse os olhos.

Péritas emborcou seu vinho na garganta sem cerimônia, segurando o copo no alto até ter certeza de que cada gota tinha saído, antes de recolocá-lo na mesa. Suspirou apreciando.

— Acho que, se eu estivesse sozinho, venderia minha armadura e beberia até ficar cego — falou. — Faz muito tempo.

Os outros assentiram, bebericando ou virando de uma vez os copos, comprados com as últimas moedas que possuíam.

O resto dos homens, novos e antigos, estava a quilômetros de distância, litoral acima, bem escondido das patrulhas casuais. Só os cinco tinham vindo ao porto decidir aonde iriam. Tinha sido estranho ser recebidos e interpelados por legionários enquanto se aproximavam dos primeiros armazéns, mas para a maioria dos cinco oficiais o sentimento principal fora de alívio. Os meses ao longo da costa tinham se tornado uma aventura distante ao ouvirem a primeira ordem em latim claro, para se identificarem. Pelo menos a história de terem sido presos por piratas não havia causado mais do que uma sobrancelha erguida enquanto os soldados percebiam as armaduras limpas e as armas adequadas que eles usavam. Somente por isso, seu orgulho fez os oficiais se sentirem gratos. Teria sido desagradável chegar como mendigos.

— Quanto tempo falta para o questor chegar aqui? — perguntou Prax, olhando para Gadítico. Como centurião, era ele que tinha falado ao oficial romano encarregado do porto, concordando em se encontrarem depois na estalagem perto das docas. Era um pequeno ponto de tensão que todos sentiam. Os outros oficiais tinham se acostumado tanto a olhar para Júlio em busca de ordens que a lembrança das patentes era um incômodo entre eles. Suetônio mal podia se controlar para não rir.

Gadítico tomou um gole de seu vinho, fazendo uma ligeira careta quando um machucado em sua gengiva ardeu.

— Ele disse que viria na quarta hora, de modo que ainda temos algum tempo. Ele terá de mandar um relatório a Roma, dizendo que estamos vivos e bem. Sem dúvida vai nos oferecer espaço num navio mercante que estiver indo para lá.

O centurião parecia perdido em pensamentos, como os outros, praticamente incapaz de aceitar que tinha voltado à civilização. Alguém na multidão esbarrou nele enquanto passava atrás, e Gadítico se enrijeceu. Fazia muito tempo que eles estavam longe da agitação das cidades e dos portos.

— Vocês podem pegar um navio para casa, se quiserem — disse Júlio em voz baixa, olhando os cinco homens ao redor da mesa. — Mas eu vou continuar.

Por um momento, ninguém respondeu, então Prax falou:

— Contando conosco, somos trinta e oito. Quantos desses têm habilidade e disciplina para lutar, Júlio?

— Contando com os oficiais da *Accipiter*, eu diria que não mais de vinte. O resto é o que nós encontramos, camponeses com espadas.

— Então não pode ser feito — disse Péritas, carrancudo. — Mesmo que possamos encontrar Celso, e os deuses sabem que não vai ser fácil, não temos homens suficientes para ter certeza de que vamos derrotá-lo.

Júlio bufou, irritado.

— Depois de tudo que conseguimos, você acha que vou largar tudo?

Aqueles lá na floresta são nossos homens, esperando o chamado para vir. Acha que deveríamos simplesmente deixá-los e pegar um navio para Roma? Não há honra nisso, Péri, nenhuma. Vão para casa se quiserem. Não vou segurar nenhum de vocês. Mas, se forem, dividirei o resgate de vocês com eles quando acharmos Celso e o derrotarmos.

Péritas deu um risinho diante das palavras iradas do jovem.

— Acha que podemos fazer isso? Honestamente? Você nos trouxe até aqui, e eu nunca acreditaria, se não estivesse junto para vê-lo cuidar daqueles povoados. Se diz para irmos em frente, vou até o fim.

— Pode ser feito — disse Júlio com firmeza. — Precisamos entrar a bordo de um navio mercante e levá-lo ao mar. Longe do litoral vamos tentar parecer o mais tentadores possível. Sabemos que os piratas atuam neste litoral; eles vão morder a isca. Pelo menos nossos homens parecem legionários romanos, mesmo que alguns sejam de baixa qualidade. Podemos colocar os bons lutadores na frente e blefar.

— Vou até o fim — disse Prax. — Preciso do meu resgate de volta para desfrutar da aposentadoria.

Gadítico assentiu em silêncio. Júlio olhou a mesa ao redor, com o olhar fixo no homem que conhecia há mais tempo.

— E você, Suetônio? Quer ir para casa?

Suetônio tamborilou com os dedos na mesa de madeira. Sabia que esse momento viria, desde o início, e tinha prometido que aproveitaria a primeira chance de voltar. De todos eles, sua família era a que podia suportar com facilidade a perda do resgate, mas a idéia de voltar como um fracassado era amarga. Roma tinha muitos jovens oficiais, e o futuro não parecia tão luminoso quanto na época em que ele subiu pela primeira vez ao convés da *Accipiter*. Seu pai tinha esperado uma promoção rápida para o filho, e quando isso não aconteceu o senador simplesmente parou de pedir. Agora tê-lo de volta na propriedade da família sem nada além da derrota em sua ficha seria difícil para todos eles.

Uma idéia se formou em sua mente, enquanto os outros o observavam, e Suetônio lutou para impedir que qualquer sinal dela aparecesse. Havia um modo de retornar à cidade em triunfo, se tivesse cuidado. Deliciosamente, ela também implicaria a destruição de Júlio.

— Suetônio? — repetiu Júlio.

— Estou dentro — respondeu com firmeza, já planejando.

— Excelente. Precisamos de você, Tônio — respondeu Júlio.

Suetônio manteve o rosto imóvel, mesmo fervilhando por dentro. Nenhum deles o considerava muito, ele sabia, mas seu pai aprovaria o que estava para fazer, pelo bem de Roma.

— Aos negócios, senhores — disse Júlio, baixando a voz de modo a ficar restrita ao pequeno grupo. — Um de nós terá de voltar aos homens e dizer para virem ao porto. Os soldados aqui parecem não ter problema com a história da prisão com os piratas, de modo que mandaremos que eles a usem, se forem interrogados. Precisamos ser cuidadosos. Não seria bom que alguns fossem retidos para o questor examinar de manhã. Quero estar no mar na primeira maré, com todos eles a bordo.

— Não podemos trazê-los à noite? — perguntou Péritas.

— Podemos passar pelos poucos guardas legionários, mas a notícia de um grupo grande de soldados embarcando num navio mercante será passada aos piratas. Não tenho dúvida de que eles possuem espiões neste lugar, informando que navios carregam ouro e cargas que interessam a eles. É o que eu faria, e a *Accipiter* parou aqui antes de sermos atacados. Afinal, eles têm dinheiro para pagar alguns subornos. O problema é colocar quase quarenta homens a bordo sem tornar óbvia a armadilha. Teremos mais chance com pequenos grupos de dois e três de cada vez, durante toda a noite.

— Se você estiver certo, eles devem ter vigias nas docas, que vão nos ver — disse Gadítico em voz baixa.

Júlio pensou um momento.

— Então vamos separar os homens. Descubram quem sabe nadar e mandem que cheguem ao navio pela água, onde podemos puxá-los por cordas. Esta noite há apenas uma lua crescente, de modo que talvez possamos fazer isso sem ser vistos. As armaduras e espadas terão de ser levadas a bordo como fardos de mercadorias para ser vendidas. Tem de ser você, Péritas. Você nada como um peixe. Pode trazê-los ao redor da língua de terra assim que escurecer?

— É um longo trecho para nadar, mas sem armadura, sim. Afinal, aqueles rapazes cresceram no litoral. Devem conseguir — respondeu Péritas.

CONN IGGULDEN

Júlio enfiou a mão na bolsa presa ao cinto e pegou duas moedas de prata.

— Pensei que você tinha dito que o dinheiro havia acabado! — disse Prax cheio de animação. — Vou querer mais um copo do mesmo, se não se importar.

Júlio balançou a cabeça, sem sorrir.

— Talvez mais tarde. Guardei estas moedas para que dois de vocês possam vir aqui esta noite tomar algumas bebidas. Quero que alguém faça o papel de um guarda que está na última noite antes de viajar com uma carga valiosa, alguma coisa que seja informada aos piratas pelos contatos deles. Quem fizer isso não pode ficar bêbado, nem ser morto, por isso preciso de alguém sólido e confiável, talvez com alguns anos a mais do que a maioria de nós.

— Certo, não precisa martelar isso tanto — disse Prax, sorrindo. — Eu gostaria de um serviço assim. Topa, Gadi?

O centurião balançou a cabeça ligeiramente, olhando Júlio.

— Este, não. Quero ficar com os homens para o caso de alguma coisa dar errado.

— Fico com você — disse Suetônio de repente.

Prax levantou as sobrancelhas, depois deu de ombros.

— Se não houver mais ninguém — continuou Suetônio, tentando não parecer ansioso demais. Isso lhe daria a chance de que precisava, longe dos outros. Prax assentiu com relutância e Suetônio se recostou na cadeira, relaxando.

— Vi você olhando os navios enquanto nós vínhamos — disse Gadítico a Júlio. Este se inclinou para mais perto e todos juntaram as cabeças para ouvir as palavras dele.

— Havia um que estava carregando suprimentos — murmurou ele. — O *Ventulus*. Trirreme e vela. Uma pequena tripulação que podemos dominar sem muito problema.

— Vocês percebem — disse Suetônio — que se roubarmos um navio de um porto romano isso nos torna piratas também?

Mesmo enquanto falava ele percebeu que era um erro alertá-los, mas parte dele não podia resistir à pequena provocação. Mais tarde eles se lembrariam e saberiam quem os havia salvado dos planos loucos de Júlio. Os outros se imobilizaram ligeiramente enquanto pensavam nas palavras, e Júlio olhou irritado para o jovem oficial.

— Só se formos vistos. Se isso tira o seu sono, pague ao capitão as perdas dele com a sua parte.

Gadítico franziu a testa.

— Não. Ele está certo. Quero que fique claro que ninguém da tripulação será morto e que a carga ficará intocada. Se tivermos sucesso, o capitão deverá ser pago por seu tempo e pelos lucros perdidos.

Ele fixou o olhar em Júlio, e o resto pôde sentir a tensão entre os dois tornando o silêncio desconfortável. A questão de quem os comandava fora ignorada por tanto tempo que eles quase a haviam esquecido, mas ela continuava ali, e Gadítico comandara a *Accipiter* com disciplina. Suetônio lutou para não rir da luta silenciosa que havia provocado.

Finalmente Júlio assentiu, e a tensão desapareceu.

— Certo — disse ele. — Mas, de um modo ou de outro, quero o controle daquele navio ao cair da noite.

Uma nova voz falou subitamente acima deles, fazendo com que todos se inclinassem para trás.

— Quem é o oficial comandante aqui? — disse a voz, inconscientemente ecoando boa parte dos pensamentos deles. Júlio examinou seu copo de vinho.

— Eu era o capitão da *Accipiter* — disse Gadítico, levantando-se para cumprimentar o recém-chegado.

O sujeito era uma lembrança de Roma ainda mais do que os legionários que guardavam o porto. Usava uma toga sobre a pele nua, mantida no lugar por um broche de prata com uma águia gravada no metal. Seu cabelo era curto e a mão que ofereceu a Gadítico tinha um pesado anel de ouro no quarto dedo.

— Vocês parecem mais saudáveis do que a maioria dos ex-prisioneiros de piratas que recebemos neste porto. Meu nome é Pravitas, o questor daqui. Vejo que seus copos estão vazios, e eu também estou seco.

Ele sinalizou para um escravo de serviço, que veio rapidamente e encheu os copos de novo, com um vinho melhor do que o primeiro. Obviamente o questor era bem conhecido na cidade portuária. Júlio notou que ele tinha chegado sem guardas, outro sinal de que as leis de Roma eram firmes aqui. Mas tinha no cinto uma adaga comprida, que ajeitou ligeiramente para poder se sentar no banco com os outros.

Quando o vinho foi servido, o questor levantou seu copo para um brinde.

— A Roma, senhores.

Eles repetiram as palavras em coro e tomaram o vinho, não querendo desperdiçar aquela qualidade em goles grandes, sem saber se o sujeito pediria mais.

— Quanto tempo vocês ficaram presos? — perguntou enquanto os copos eram baixados de novo.

— Seis meses, achamos, mas era difícil ter noção do tempo. Em que mês estamos? — respondeu Gadítico.

Pravitas levantou as pálpebras.

— É um longo tempo para se ficar prisioneiro. Estamos logo depois das calendas de outubro.

Gadítico calculou rapidamente.

— Ficamos presos por seis meses, mas demoramos três para chegar a este porto.

— Vocês devem ter sido deixados longe — disse Pravitas com interesse.

Gadítico percebeu que não queria explicar quanto tempo tinham passado treinando novos soldados para lutar e obedecer a ordens, por isso apenas deu de ombros.

— Alguns de nós estavam feridos. Tivemos de andar devagar.

— E as espadas e armaduras? Estou surpreso ao ver que os piratas não ficaram com elas.

Gadítico pensou em mentir, mas o questor poderia facilmente prender os cinco se pensasse que estavam escondendo alguma coisa. Já parecia estar cheio de suspeitas, apesar do tom leve, por isso o capitão tentou ficar perto da verdade.

— Nós as pegamos num povoado romano, de uma velha armaria. Eles fizeram com que trabalhássemos para pagar, mas, como precisávamos recuperar a forma, isso acabou sendo bom.

— Muito generoso. Só as espadas devem valer uma bela quantia. Que povoado era, vocês sabem?

— Olha, senhor. O velho soldado que nos deixou ficar com elas estava ajudando romanos que tinham passado por tempos difíceis. O senhor deveria deixar a coisa assim.

Pravitas se inclinou para trás, com o rosto ainda curioso. Era uma situação difícil, e os cinco oficiais o observavam atentamente. Ainda que em teoria todos os cidadãos romanos na província estivessem sob sua autoridade, ele tinha poder limitado sobre os soldados. Se optasse por prendê-los sem provas, o comandante da legião local ficaria furioso.

— Muito bem, vou deixá-los com o seu mistério. Talvez eu devesse fazer com que provassem o direito a equipamentos que valem um ano de salário, mas imagino que não ficarão aqui por tempo suficiente para eu investigar com detalhes, não é?

— Pretendemos pegar o primeiro navio de saída — respondeu Gadítico.

— Não deixem de fazer isso, senhores. Precisam de que eu consiga passagem ou esse "velho soldado" também lhes deu dinheiro para a viagem?

— Faremos nossos próprios arranjos, obrigado — disse Gadítico, tenso, mal conseguindo conter a irritação.

— Então anotarei seus nomes para o relatório a Roma e vou deixá-los em paz.

Eles deram os nomes rapidamente e Pravitas repetiu cada um deles, para fixar na memória. Em seguida se levantou e inclinou a cabeça, rígido.

— Boa sorte na viagem de volta, senhores — falou antes de retornar pela movimentada estalagem até a rua.

— Sujeito desconfiado — murmurou Péritas quando ele saiu. Os outros concordaram.

— Agora temos de agir depressa — disse Júlio. — Não duvido nada que o questor colocará alguém nos vigiando até estarmos fora da província. Será um pouco mais difícil fazer o plano funcionar.

— Bem, antes estava fácil demais — disse Prax. — Precisávamos de outro desafio.

Júlio sorriu com os outros. Não importando o que acontecesse, tinham desenvolvido uma amizade que nunca surgiria se ainda estivessem na *Accipiter*.

— Volte rapidamente até os homens, Péri. Se for seguido, espero que os despiste antes de chegar perto. Se não puder se livrar, mande os homens pegarem os vigias e os amarrarem até a noite terminar. Não vai fazer diferença se sentirem a falta deles amanhã, pois já teremos partido.

Péritas se levantou e terminou de beber seu vinho, arrotando baixo. Saiu sem outra palavra e Júlio olhou em volta, para os três homens que restavam.

CONN IGGULDEN

— Agora, *senhores* — falou, imitando o tom do questor —, temos de conseguir um navio mercante.

O capitão Duro, do *Ventulus*, era um homem contente. Tinha um porão cheio de peles e madeira exótica que renderiam uma pequena fortuna na Itália. O orgulho da carga eram dez presas de marfim, cada uma do tamanho de um homem. Ele nunca tinha visto os animais que morreram para fornecê-las, mas as comprara de um comerciante no porto, que por sua vez as tinha trocado com caçadores no interior. Duro sabia que no mínimo triplicaria o preço que pagara, e se parabenizou em silêncio pela rodada de barganhas. Havia demorado quase duas horas, e fora forçado a aceitar alguns fardos de tecido sem valor como parte da venda. Até mesmo esses renderiam algumas moedas de bronze para roupas de escravos, supôs, de modo que não podia reclamar. Tinha sido uma viagem bem-sucedida e, mesmo com as despesas portuárias e provisões para a tripulação e os escravos, deveria ficar com o suficiente para comprar as pérolas que a esposa queria, e talvez um novo cavalo para si próprio. Um bom garanhão que cruzaria com a égua pertencente à sua mulher, se conseguisse um por um bom preço.

Seus pensamentos foram interrompidos por quatro soldados que vinham pelo cais até onde o *Ventulus* estava atracado. Presumiu que fossem do intrometido questor que controlava o porto e suspirou, tendo o cuidado de sorrir enquanto eles se aproximavam.

— Permissão para subir a bordo? — disse um deles.

— Claro — respondeu Duro, imaginando se o sujeito tentaria lhe arrancar outro imposto ou suborno. Realmente era demais.

— Em que posso ajudá-los? — perguntou quando eles chegaram ao convés. Franziu a testa quando dois deles o ignoraram, com os olhos captando cada detalhe do pequeno navio mercante. A maioria dos homens estava aproveitando a folga em terra, de modo que a embarcação estava praticamente deserta, com apenas dois outros à vista no convés.

— Precisamos fazer algumas perguntas, em particular — disse um dos soldados.

Duro lutou para permanecer calmo. Será que eles o consideravam um contrabandista, um pirata? Tentou não parecer culpado, mas havia sempre alguma coisa a ser descoberta. Hoje em dia havia tantos regulamentos que era impossível lembrar todos.

— Tenho um excelente vinho na cabine. Podemos conversar lá — disse ele, forçando um sorriso.

Os soldados o seguiram sem dizer palavra.

CAPÍTVLO XIV

—E SPERE! HÁ ALGUMA COISA ERRADA — SIBILOU SUETÔNIO, SE-gurando Prax quando ele estava para sair da sombra dos prédios do cais.

O *optio* afastou irritado os dedos que o seguravam.

— Não estou ouvindo nada. Precisamos encontrar Júlio. Venha.

Suetônio balançou a cabeça, o olhar varrendo o cais vazio. Onde estava o questor? Certamente o sujeito não tinha ignorado o aviso que ele mandara. Tinha sido muito fácil sussurrar uma mensagem para um legionário enquanto o sujeito esvaziava a bexiga na escura privada do lado de fora da estalagem. Antes que o soldado pudesse terminar e se virar, Suetônio tinha desaparecido de volta na agitação e nas luzes do salão, com o coração batendo empolgado. Será que o sujeito estava bêbado demais para passar o recado? Pelo que Suetônio lembrava, ele estivera cambaleando ligeiramente enquanto esvaziava o vinho da noite na valeta de madeira.

O jovem romano fechou os punhos, frustrado. O questor recompensaria quem impedisse a pirataria no coração de um porto romano. Júlio seria destruído e Suetônio poderia voltar a Roma com a dignidade intacta, finalmente deixando para trás a humilhação sofrida. A não ser que o legionário bêbado tivesse esquecido a mensagem que ele havia sussurrado ou que tivesse desmaiado na volta para o alojamento. Percebeu que deveria ter se certificado, mas houvera apenas alguns instantes para escolher o sujeito antes de ir embora.

— O que *é*? — perguntou Prax. — O navio está ali. Vou correr até lá.

— É uma armadilha — disse Suetônio rapidamente, tentando em desespero protelar. — Há algo errado, posso sentir.

Ele não ousava dizer mais, temendo as suspeitas de Prax. Seus sentidos se esforçavam por ouvir algum sinal dos soldados do porto, mas não podia ouvir nada.

Prax forçou a vista para o rapaz nas sombras.

— Bem, não estou sentindo nada. Se perdeu a coragem, fique aqui, mas eu vou indo.

O corpulento *optio* começou a correr para o casco escuro do navio mercante, desviando-se das poças de luz. Suetônio olhou-o, franzindo a testa. Melhor ficar sozinho, mas se o questor não viesse ele teria de seguir os outros. Não poderia ser deixado para trás, para implorar uma passagem.

Tenso e nervoso enquanto segurava a amurada, Júlio espiou da lateral do *Ventulus* para o cais. Onde estavam Prax e Tônio? Seu olhar varreu o espaço aberto entre os navios e os armazéns, procurando seus homens, desejando que eles voltassem logo. A lua crescente havia subido sem parar, e ele tinha certeza de que não faltariam mais de algumas horas para o alvorecer.

Ouviu uma batida fraca atrás e arriscou um olhar para ver outro nadador chegar às sombras do convés, deitando-se de costas e soprando de exaustão. Sem luzes para guiá-los, eles haviam nadado até as águas profundas ao longo da língua de rocha que formava o porto natural, sem ter ao menos um ponto de apoio nela devido aos ouriços e às superfícies cortantes que arrancavam a pele ao menor contato. Muitos tinham chegado com sangue nas pernas e com o terror dos tubarões aparecendo nos olhos. Os homens tinham ouvido falar deles, mas Júlio se preocupava mais com os outros que não sabiam nadar, entre estes o gigante Ciro. Tinham de correr para o porto no escuro, sem alertar os guardas do questor, e estavam atrasados.

CONN IGGULDEN

Restava apenas um brilho de luz da lua coberta por nuvens, mas havia tochas em lugares espalhados ao longo de todo o cais, luzes amarelas tremulantes que se moviam e saltavam à brisa que soprava da costa. O vento tinha mudado há uma hora, e Júlio só queria ver as âncoras ser puxadas, as cordas cortadas, e ir embora. O capitão estava amarrado e amordaçado na cabine, com a tripulação aceitando a presença de alguns soldados extras sem comentário ou alarme. A coisa tinha acontecido quase melhor do que Júlio esperava, mas, enquanto olhava as luzes das tochas balançando, sentiu um medo súbito de que o questor tivesse capturado seus homens e que tudo tivesse sido por nada.

Queria não ter mandado Prax e Suetônio à estalagem. Poderia ter havido uma briga ou eles poderiam ter levantado suspeitas com uma história mal contada de riquezas a bordo. Era um risco muito grande, admitiu, batendo os nós dos dedos brancos na amurada do *Ventulus*.

Ali! Reconheceu a figura de seu velho *optio* correndo para o navio. Imobilizou-se enquanto procurava Suetônio, mas não havia sinal dele. O que dera errado?

Prax subiu a bordo, ofegando.

— Onde ele está? — perguntou Júlio rispidamente.

— Atrás de mim. Acho que perdeu a coragem. É melhor o deixarmos — respondeu Prax, olhando para a escura cidade portuária.

A distância Júlio ouviu um grito e se inclinou para a frente, naquela direção. Veio outro, mas na brisa não dava para ter certeza do que era. Virou a cabeça à esquerda e à direita, e então ouviu as batidas rítmicas de legionários em movimento, com as sandálias com ferro nas solas fazendo barulho nas pedras, um som que ele reconheceria em qualquer lugar. Dez, talvez vinte homens. Definitivamente, não eram os seus. Contando com Suetônio, apenas seis outros vinham para as docas a pé. Sua boca ficou seca. Tinha de ser o questor vindo prender todos eles. *Sabia* que o sujeito tinha desconfiado.

Virou-se e olhou para a prancha estreita que balançava junto com o *Ventulus*, prendendo o navio mercante à doca. Somente alguns sacos de areia a mantinham firme. Ele poderia tirar aquilo num segundo e ordenar que o navio partisse. Gadítico estava guardando o capitão. Péritas estaria com o mestre dos escravos, pronto para dar o sinal. Ele se sentia terrivelmente solitário no convés deserto e desejou que os outros estivessem ali.

Balançou a cabeça, irritado. A decisão era sua, e ele iria esperar até ver quem estava vindo. Franziu a vista para os prédios das docas, rezando para que seus homens aparecessem, mas não havia nada, e ele escutou os legionários passarem para a marcha acelerada, com o barulho dos pés chegando cada vez mais alto.

Quando saíram dos becos escuros para o cais iluminado por tochas, o coração de Júlio se encolheu. O próprio questor estava ali e liderava o que pareciam vinte homens, armados e andando depressa, direto para a linha de navios escuros e para o *Ventulus*.

Suetônio se afrouxou de alívio ao escutar o barulho dos soldados. Esperaria até que tivessem capturado os outros e se afastaria ao alvorecer. O questor ficaria satisfeito em falar com o homem que dera o alerta. Sorriu consigo mesmo. Seria tentador ficar para a execução de Júlio, só para atrair o olhar dele na multidão. Por um momento, sentiu uma pontada de arrependimento pelos outros, mas deu de ombros inconscientemente. Eles *eram* piratas, e nenhum tinha impedido Júlio de destruir a disciplina com suas lisonjas obscenas e suas promessas. Gadítico não era apto para comandar, e Péritas... ele gostaria de ver Péritas ser derrubado.

— Suetônio! — gritou uma voz atrás dele, quase fazendo seu coração parar de choque. — Corra, o questor trouxe soldados, vá!

Suetônio entrou em pânico ao sentir o ombro ser agarrado pelos homens que saíram correndo das sombras. Um olhar aterrorizado lhe mostrou que o gigante Ciro estava puxando-o sem diminuir o passo. Arrancado para o espaço livre, só pôde ficar boquiaberto ao ver os sérios soldados do porto vindo para eles, com as espadas à mostra. Engoliu em seco, cambaleando para a frente. Não havia tempo para pensar. Engolindo o medo com fúria, correu com os outros. Agora não havia chance do encontro particular entre cavalheiros que tinha imaginado com o questor. Primeiro precisava passar pelo caos vivo. Trincou o maxilar e correu, ultrapassando Ciro em alguns passos.

Júlio quase gritou de alívio ao ver os últimos deles correndo para o navio. Os homens do questor os viram imediatamente e gritaram ordens para que parassem.

— Venham! — gritou Júlio aos seus homens. Em seguida balançou a cabeça de um lado do cais para o outro, gemendo ao ver como os legionários do questor estavam perto de seus homens. Não havia tempo. Mesmo que Ciro e os outros conseguissem chegar ao convés, seriam seguidos direto pelos primeiros soldados do porto.

O coração de Júlio martelou, deixando-o tonto enquanto olhava os dois grupos se aproximando. Ficou imóvel, obrigando-se a não agir rápido demais, depois se virou e gritou por sobre o convés:

— Agora! Anda, Pérli! Agora!

Abaixo dele, no fundo do corpo do navio, escutou Péritas responder com ordens próprias. O *Ventulus* estremeceu enquanto os remos eram tirados dos blocos de apoio e comprimidos contra as pedras do cais, fazendo com que o navio se movesse pelas águas escuras. Júlio cortou furiosamente a corda que o prendia, abrindo uma fenda na amurada quando ela se partiu. Mais gritos soaram abaixo enquanto a tripulação acordava com o movimento, sem dúvida pensando que tinham ficado à deriva. Júlio sabia que eles esperavam ficar mais alguns dias no porto e tinha apenas alguns segundos antes que o convés se enchesse com eles. Ignorou o problema quando a prancha balançou com o navio, com os sacos de areia caindo.

Será que tinha gritado cedo demais? Os soldados estavam a menos de quinze metros de seus homens quando os primeiros saltaram, virando-se e desembainhando as espadas. Suetônio se movia como um furão, os pés mal tocando a prancha enquanto se jogava no navio.

— Venha, Ciro. Estamos indo! — gritou Júlio, acenando a espada sobre a cabeça.

O grandalhão era lento demais. Sem pensar, Júlio começou a ir para a prancha, pronto para pular no cais com ele.

Parando, Ciro desembainhou sua espada para receber o ataque dos soldados do porto.

— Ciro! Eles são muitos! — gritou Júlio, na dúvida entre saltar para a captura certa e o desejo de ajudar o último de seus homens. Os remos se moveram de novo e a prancha caiu.

Ciro deu alguns passos lentos até a beira do cais, não ousando virar as costas. Os homens do questor correram até ele e Ciro atacou o primeiro com o punho, um golpe que derrubou o soldado na água. A armadura do legionário o arrastou para baixo, num jorro de bolhas prateadas. Ciro girou e ofegou quando uma espada o acertou nas costas. Seus braços balançaram, mas ele rugiu e se lançou para o navio que partia, agarrando a amurada com uma das mãos. Júlio segurou seu pulso, olhando para os olhos escuros, loucos de dor e energia.

— Ajudem-me a puxá-lo! — gritou Júlio enquanto lutava para continuar segurando a pele suada. Foram precisos mais dois para puxar Ciro por cima da amurada, e ele ofegou com o ferimento das costas, deixando uma mancha escura na madeira onde estava deitado.

— Eu não queria matá-lo — disse Ciro com a respiração dificultosa.

Júlio se ajoelhou ao lado e segurou sua mão.

— Você não teve escolha.

Os olhos de Ciro se fecharam com a dor, e ele não viu a expressão séria de Júlio quando este se levantou e voltou até a amurada. O navio começou a se afastar do cais enquanto os escravos encontravam espaço para mergulhar os remos na água.

A menos de seis metros de distância os legionários olhavam furiosos, com o ódio claro nas expressões. Apesar de estarem tão perto, aquele era um golfo que se alargava lentamente e que eles não podiam atravessar e, enquanto Júlio olhava em silêncio, um deles cuspiu nas pedras, enojado.

O questor estava com eles, tendo trocado a toga por uma túnica escura e um saiote de couro. Seu rosto estava vermelho de fúria e exaustão enquanto era forçado a ver o navio se afastar do porto e finalmente ser engolido pela noite. Dois de seus homens xingaram baixo, olhando o *Ventulus*.

— Ordens, senhor? — disse um deles, olhando o questor.

Pravitas só respondeu quando sua respiração se estabilizou e parte do rubor tinha sumido do rosto.

— Corra até o capitão da galera que chegou ontem. Diga que minhas ordens são para partir imediatamente e caçar o navio mercante *Ventulus*. Quero que ele parta em menos de uma hora, nesta maré.

O soldado fez uma saudação.

— Sim, senhor. Devo dar alguma explicação a ele?

Pravitas assentiu rapidamente.

— Diga que um legionário foi morto e o navio foi roubado por piratas.

Júlio reuniu seus homens na escuridão do convés em movimento. Apenas Ciro estava ausente, deixado numa cabine para descansar, depois de receber uma bandagem no machucado. O corte era fundo, embaixo da omoplata, mas parecia limpo, e com sorte ele sobreviveria.

A tripulação fora trancada embaixo, até que a nova situação lhes fosse explicada. Pelo menos seus oficiais podiam velejar e colocar o navio em movimento sem dificuldade. Mesmo assim era péssimo ter inocentes como prisioneiros. Fazia lembrar o cativeiro deles, e Júlio mais sentia do que via a raiva dos homens da *Accipiter*.

— As coisas mudaram — disse ele, tentando ordenar os pensamentos atabalhoados. — Para os de vocês que não ouviram, um dos soldados do questor se afogou na luta para trazermos os nossos a bordo. Isso significa que ele colocará cada galera na área procurando por nós. Devemos ficar longe da costa enquanto pudermos e fugir de cada vela durante um tempo, até que as coisas se acalmem. Não planejei isso, mas agora não há como recuar. Se formos apanhados, seremos mortos.

— Não serei um pirata — interrompeu Gadítico. — Começamos isso para lutar contra eles, não para nos juntarmos aos desgraçados.

— Aquele questor tem os nossos nomes, lembra? — disse Júlio. — A mensagem que ele mandará a Roma vai descrever como roubamos um navio e afogamos um dos seus homens. Quer você goste ou não, nós *somos* piratas até pensarmos num modo de sair desta confusão. A única esperança é ir em frente e capturar Celso. Pelo menos, poderemos mostrar boa vontade. Isso pode impedir que eles nos crucifiquem.

— Olhe onde suas idéias nos trouxeram! — rosnou Suetônio, sacudindo o punho. — Isso é um desastre! Não há volta para nenhum de nós.

Surgiram discussões de todos os lados, e Júlio deixou que gritassem, lutando contra o próprio desespero. Se ao menos o questor tivesse passado a noite na cama, eles estariam longe, para achar seus captores.

Por fim sentiu-se suficientemente calmo para interromper.

— Quando vocês terminarem de discutir, descobrirão que não temos escolha. Se nos entregarmos, o questor nos levará a julgamento e execução. Isso é inevitável. Tenho uma coisa a acrescentar.

Um silêncio baixou, e ele se sentiu enjoado ao ver a esperança no rosto dos outros. Ainda achavam que ele poderia produzir alguma mudança, e a Júlio só restavam promessas em que ele próprio não tinha certeza de acreditar. Atraiu o olhar de um oficial da *Accipiter* após outro, incluindo todos.

— Naquela prisão fedorenta acharíamos um sonho estar aqui com um navio, prontos para lutar de volta contra os inimigos. Isso custou um preço, mas daremos um jeito quando Celso estiver a nossos pés e o ouro dele for nosso. Animem-se.

— Roma tem longa memória para seus inimigos — disse Gadítico, com a voz débil.

Júlio se obrigou a sorrir.

— Mas nós não somos inimigos de Roma. Sabemos disso. Só precisamos convencê-los também.

Gadítico balançou a cabeça lentamente e deu as costas para Júlio, andando pelo convés. Os primeiros toques da alvorada estavam no céu, e golfinhos cinzentos brincavam e saltavam sob a quilha rombuda enquanto o *Ventulus* cavalgava as ondas, com os remos num ritmo rápido para levá-los para longe de terra e do castigo.

CAPÍTVLO XV

SERVÍLIA CAMINHAVA LENTAMENTE PELO FÓRUM COM O FILHO, IMERSA em pensamentos. Ele parecia contente com o ritmo lento, o olhar se demorando na casa do Senado enquanto se aproximavam. Ela mal notava os grandes arcos e cúpulas, tendo-os visto mil vezes.

Olhou para Brutus sem deixar que ele percebesse. A seu pedido, ele havia chegado para a reunião vestindo todo o polido uniforme de centurião. Ela sabia que os fofoqueiros iriam notá-lo e perguntar seu nome, presumindo que o rapaz fosse um amante. Agora um bom número poderia confidenciar em sussurros que seu filho tinha voltado, um mistério que eles adorariam explorar. Brutus não passaria despercebido no coração da cidade, ela sabia. Havia alguma coisa de fera no modo como ele caminhava, a cabeça inclinada para ouvir, uma confiança que fazia a multidão abrir caminho diante dele quase inconscientemente.

Tinham se encontrado todos os dias durante um mês, primeiro na casa dela, depois caminhando juntos pela rua. A princípio os passeios eram rígidos e desconfortáveis, mas à medida que os dias passavam eles podiam conversar sem tensão, e até mesmo rir, ainda que tais momentos fossem raros.

Servília ficara surpresa ao ver quanto prazer sentia em mostrar a ele os templos e contar as histórias e lendas que rodeavam todos. Roma era cheia de lendas, e ele as ouvia com um interesse ávido que estimulava o dela.

Ela passou a mão pelo cabelo, puxando-o para trás num gesto casual. Um homem que passava parou para olhá-la e Brutus franziu a testa para ele, fazendo-a sentir vontade de rir. Às vezes Brutus tentava ser protetor, esquecendo-se de tudo a que ela sobrevivera nesta cidade durante toda a juventude do filho. Mas de algum modo Servília não se importava.

— O Senado está em sessão hoje — disse ela ao vê-lo olhando pelas portas de bronze, para os corredores sombreados.

— Sabe o que eles estão discutindo?

Brutus passara a aceitar que havia pouca coisa relativa ao Senado que ela não soubesse. Não perguntara se ela possuía amantes na *nobilitas*, mas suas suspeitas eram claras pelo modo como a mãe evitava delicadamente o assunto. Servília sorriu para ele.

— A maior parte é terrivelmente chata: nomeações, regulamentos municipais, impostos. Os empoeirados parecem adorar isso. Acho que vai estar escuro antes de terminarem.

— Eu adoraria ouvir — disse Brutus em tom pensativo. — Chato ou não, gostaria de passar um dia ouvindo essas pessoas. Elas têm uma influência tão grande nas terras romanas! E tudo a partir desse lugar pequeno.

— Ficaria entediado em menos de uma hora. A maioria do trabalho verdadeiro é feita em particular. O que você veria é o último estágio, enquanto eles redigem as leis que foram mastigadas durante semanas. Não é uma coisa que um rapaz teria prazer em ver.

— Eu teria — respondeu ele, e Servília pôde perceber o desejo em sua voz.

Perguntou-se de novo o que faria com o filho. Ele parecia contente em passar cada manhã com ela, mas nenhum dos dois tinha discutido o futuro. Talvez fosse certo simplesmente desfrutarem a companhia um do outro, mas às vezes ela via o desejo do rapaz de ir em frente, mas ainda sem um objetivo claro. Sabia que ele estava à deriva quando se encontrava com ela, tendo saído por um tempo do caminho de sua vida. Não podia lamentar sequer um momento disso, mas talvez ele precisasse de um empurrão para voltar a si mesmo.

CONN IGGULDEN

— Dentro de uma semana eles passarão para as nomeações dos postos mais elevados — disse Servília em tom despreocupado. — Roma terá um novo pontífice máximo e altas autoridades. Os comandos das legiões também serão alocados.

Ela viu com o canto dos olhos a cabeça de Brutus se virar rapidamente em sua direção. Ainda havia ambição ali, por baixo do exterior relaxado!

— Eu... deveria me inscrever em uma nova legião — disse ele lentamente. — Posso assumir um posto de centurião em praticamente qualquer lugar.

— Ah, acho que posso conseguir uma coisa melhor do que isso para um filho meu — disse ela descuidadamente.

Brutus parou e segurou seu braço de leve.

— O que... como?

Ela riu diante de sua confusão, fazendo-o ruborizar.

— Às vezes me esqueço de como você pode ser inocente — falou suavizando as palavras com o seu sorriso. — Acho que você passou um tempo longo demais marchando e lutando. É, provavelmente é isso. Misturando-se com selvagens e soldados, sem nem um pouquinho de política na vida.

Ela ergueu a mão até o ponto em que o filho a segurava e apertou a mão dele com afeto.

— Os senadores são simplesmente homens, e os homens raramente fazem o que é certo. Na maior parte do tempo são persuadidos ou coagidos a fazer o que fazem. Subornos em ouro trocam de mãos, mas a verdadeira moeda de Roma são a influência e os favores. Metade das nomeações já deve estar decidida naquelas reuniões particulares. O resto pode ser barganhado ou exigido.

Servília esperava um sorriso para suas palavras, mas Brutus pareceu magoado, e ela soltou sua mão.

— Achei que era... diferente — falou ele em voz baixa.

Servília se recompôs, apanhada entre o desejo de não despedaçar as ilusões dele e a necessidade urgente de acordar o jovem soldado para a realidade antes que ele fosse morto.

— Está vendo aquela área fechada? Lembra-se que eu disse que é onde o povo de Roma vem votar nas nomeações do Senado, nos tribunos, nos questores e até mesmo nos pretores? É uma eleição secreta, e eles a levam a sério, mas repetidamente os mesmos homens são eleitos, as mesmas famílias, com poucas mudanças. Parece justo, mas os eleitores não conheceriam alguém de fora. Só os senadores têm fama e riqueza suficiente para ter seus nomes na boca dos homens livres de nível mais baixo na cidade. É tudo uma ilusão, mas uma ilusão elegante. O espantoso é que poucos senadores tentam ser justos, melhorando a cidade e o bem-estar dos cidadãos. — Servília apontou para a sede do Senado. — Há grandes homens nesse prédio, homens que iluminam a cidade com suas obras. Mas a maioria dos outros carece de qualquer tipo de força. Eles usam o poder do senado para obter riquezas e mais autoridade para si mesmos. Esta é a realidade simples. O Senado não é mau nem abençoado, e sim uma mistura, como tudo o mais em que colocamos as mãos na vida.

Brutus examinou-a enquanto ouvia sua veemência. Quer soubesse ou não, Servília não era tão distanciada e cansada do mundo como gostava de parecer. Seu ar geralmente cínico tinha desaparecido enquanto falava dos senadores venais, com repulsa óbvia. Ela não era uma mulher simples, pensou Brutus, não pela primeira vez.

— Entendo. É só que, quando conheci Mário, ele era como um deus. As coisas pequenas estavam abaixo dele. Conheci muitos que não conseguiam ver além do próprio trabalho e do posto, e quando olho para trás percebo que ele tinha uma visão para a cidade e que tudo que fazia era para torná-la real, não importando o quanto lhe custasse. Ele arriscou tudo que possuía para derrubar Sila, e estava certo! Sila se estabeleceu como um rei em Roma no momento em que Mário morreu.

Servília olhou rapidamente em volta para ver se alguém estava suficientemente perto para ouvir.

— Não diga esses nomes tão alto em público, Brutus. Esses homens podem estar mortos, mas as feridas continuam abertas. Por outro lado, ainda não acharam os assassinos de Sila. Eu fico feliz por você ter conhecido Mário. Ele nunca foi à minha casa, mas até seus inimigos o respeitavam, disso eu sei. Gostaria que houvesse outros como ele. — Seu tom de voz ficou mais leve enquanto ela parecia desconsiderar a seriedade do assunto. — Agora vamos continuar andando antes que os fofoqueiros comecem a se perguntar o que estamos conversando. Quero subir a colina até o templo de Júpiter. Sila mandou reconstruí-lo depois da guerra civil, trazendo as colunas dos restos do templo de Zeus na Grécia. Vamos fazer uma oferenda lá.

— No templo dele? — perguntou Brutus enquanto caminhavam.

— Os mortos não possuem templos. Ele pertence a Roma, ou ao próprio deus, se preferir. Os homens se esforçam demais por deixar alguma coisa. Acho que é por isso que eu os amo.

Brutus olhou-a, de novo golpeado pela sensação de que aquela mulher tinha visto e vivido várias vidas, em comparação com a sua única.

— Quer que eu assuma um posto numa legião? — perguntou ele.

Ela sorriu diante do assunto mais seguro.

— Seria a coisa certa a fazer. Há pouco sentido em me deverem favores se eu nunca os cobrar, não é? Você poderia passar toda a carreira como centurião, desconsiderado por comandantes cegos, terminando seus dias numa pequena fazenda numa província nova praticamente indomada, tendo de dormir com a espada ao lado. Aceite o que posso lhe dar. Agrada-me poder ajudá-lo depois de ficar tanto tempo longe de sua vida. Você entende? É uma dívida que eu tenho para com *você*, e eu sempre pago minhas dívidas.

— O que tem em mente?

— Ah, o interesse fica aguçado, não é? Bom. Eu odiaria pensar que um filho meu não tem ambição. Vejamos. Você mal fez dezenove anos, de modo que os postos religiosos estão fora de cogitação durante alguns anos. Deve ser militar. Pompeu fará com que seus amigos votem no que eu quiser. Ele é um velho companheiro. Crasso também concordará comigo devido a favores passados. Cina concordaria. Ele é... um amigo mais atual.

Brutus ficou boquiaberto.

— Cina, o pai de Cornélia? Eu achava que ele era um velho!

Servília deu um risinho, um som profundo e sensual.

— Só às vezes...

Brutus ficou vermelho de embaraço. Como poderia olhar Cornélia nos olhos na próxima vez em que a encontrasse?

Servília continuou, com a boca se curvando para cima enquanto ignorava a confusão do filho:

— Com a ajuda deles, você poderia ter o comando de mil homens em qualquer das quatro legiões que eles vão rever. O que acha?

Brutus quase tropeçou. O que a mãe oferecia era espantoso, mas ele percebeu que teria de parar de se surpreender a cada revelação de Servília. Ela era uma mulher muito incomum de muitos modos, especialmente para se ter como mãe. Um pensamento lhe veio e ele parou de andar. Ela se virou e olhou-o com as sobrancelhas erguidas em interrogação.

— Que tal a antiga legião de Mário?

Servília franziu a testa.

— A Primogênita está acabada. Até mesmo o nome foi retirado, não pode haver mais do que um punhado de sobreviventes. Use a cabeça, Brutus. Cada um dos amigos de Sila ficaria sabendo de seu nome. Você teria sorte de sobreviver um ano.

Brutus hesitou. Tinha de perguntar, ou sempre iria se questionar por não ter aproveitado a chance.

— Mas é possível? Se eu aceitar o risco, esses homens que você mencionou podem ordenar que ela seja reformada?

Servília deu de ombros e outro passante a encarou, capturado por um momento. Brutus tocou o punho do gládio e o homem foi em frente.

— Se eu pedisse, sim, mas a Primogênita caiu em desgraça. Mário foi declarado inimigo do Estado. Quem viria lutar sob o nome dele? Não. É impossível.

— Eu quero. Só o nome e o direito de juntar e treinar novos soldados. Não posso pensar em nada que eu desejasse mais.

Servília o encarou nos olhos, examinando-os.

— Tem certeza?

— Crasso, Cina e Pompeu podem fazer isso? — perguntou ele com firmeza.

Servília sorriu, ainda espantada ao ver como esse rapaz podia fazer suas emoções passarem num instante da raiva e da diversão para o orgulho. Não podia lhe recusar nada.

— Seria preciso cada favor que eu tenho, mas eles me devem. Pelo meu filho, eles não me negariam a Primogênita.

Brutus abraçou-a e ela devolveu o abraço sorridente, tirada do chão na felicidade dele.

— Você precisará levantar um capital enorme se quiser trazer uma legião de volta dos mortos — disse ela quando o rapaz a colocou no chão de novo. — Vou apresentá-lo a Crasso. Não conheço ninguém mais rico, não creio que *exista* alguém com mais dinheiro, mas ele não é idiota. Terá de convencê-lo de algum retorno do ouro investido.

— Vou pensar nisso — disse Brutus, olhando para o prédio do Senado atrás deles.

Lembrando-se de sua frustração na *Accipiter*, Júlio não imaginava que agradeceria pelo peso e a velocidade lenta das galeras romanas. Enquanto a alvorada chegava com o clarão súbito da costa tropical, seus homens tinham gritado de medo quando a vela quadrada romana foi avistada. Júlio tinha-a visto durante as primeiras horas de luz, até ter certeza de que a distância estava diminuindo. Sério, deu ordens de jogar a carga no oceano.

Pelo menos o capitão não tivera de testemunhar, já que ainda estava amarrado a um assento em sua cabine. Júlio sabia que o homem ficaria furioso ao descobrir, e uma quantidade maior do ouro de Celso teria de lhe ser entregue caso tivessem sucesso. Realmente não havia opção, mas fora uma hora desconfortável enquanto seus homens traziam pequenos grupos de tripulantes para ajudá-los a jogar as valiosas mercadorias de um continente na esteira do navio. Algumas das madeiras raras boiaram na água, no lugar onde caíram, mas as peles e os fardos de tecido foram rapidamente para o fundo. Os últimos itens a ser jogados foram enormes presas de marfim amarelo. Júlio sabia que elas eram valiosas e pensou em deixá-las, antes de sua decisão se firmar e ele dar um sinal relutante para jogá-las por cima da amurada, com o resto.

Então mandou os homens ficarem a postos, olhando a vela no horizonte contra o clarão do sol nascente. Se ela continuasse se aproximando, a única coisa que restaria seria arrancar tudo que fosse possível do navio, mas, à medida que as horas passavam, a galera que os seguia foi ficando cada vez menor, até se perder de encontro à luz refletida do mar.

Júlio se virou para seus homens que trabalhavam em meio à tripulação. Notou que Gadítico não estava junto, tendo ficado embaixo do convés quando foi dada a ordem de abandonar a carga. Franziu a testa ligeiramente, mas decidiu não ir até o companheiro e forçar a situação. Finalmente ele veria que tinham de continuar com o plano original. Era a única esperança. Júlio levaria o *Ventulus* para longe da costa durante algumas semanas, continuando a treinar seus recrutas para a guerra no mar. Gostaria de mandar fazer um *corvus*, mas ele devia se parecer com qualquer outro navio mercante, para atrair os piratas a um ataque. Então veria se tinha conseguido transformar camponeses em legionários ou se eles desmoronariam e o obrigariam a ver o *Ventulus* afundar como a *Accipiter*. Trincou o maxilar e fez uma curta oração a Marte. Não deveriam desperdiçar esta segunda chance.

CAPÍTVLO XVI

ALEXANDRIA OLHOU O PEQUENO CÔMODO QUE LHE FORA OFERE-cido. Não parecia grande coisa, mas pelo menos era limpo, e não era justo ocupar um lugar na casa minúscula de Tabbic agora que suas jóias estavam rendendo dinheiro. Sabia que o velho artesão deixaria que ela ficasse mais tempo, até mesmo pagando um pequeno aluguel se ela insistisse, mas mal havia espaço suficiente para sua família na apertada moradia no segundo andar.

Não tinha contado a eles sobre sua procura, pretendendo surpreendê-los com um convite para jantar quando achasse um local. Isso foi antes de quase um mês de busca. Eles poderiam ter achado estranho uma mulher que nascera escrava recusar alguma coisa, mas pelo dinheiro que ela estava disposta a pagar os cômodos oferecidos eram sujos, úmidos ou infestados de habitantes rasteiros que ela não esperava para examinar de perto.

Poderia pagar por mais do que apenas um cômodo, até mesmo por uma casinha. Seus broches estavam vendendo com a mesma rapidez com que ela conseguia fazê-los, e, mesmo com a maior parte dos lucros indo para metais novos e mais finos, havia o bastante para aumentar as economias a cada mês. Talvez ser escrava tivesse lhe ensinado a valorizar o dinheiro, já que ela cedia de má vontade cada moeda de bronze que ia para pagar comida ou o teto sobre a cabeça. Pagar aluguel caro parecia a idiotice definitiva, sem possuir nada depois de anos entregando o dinheiro conseguido duramente. Melhor gastar o mínimo possível, e um dia poderia comprar uma casa própria, com uma porta para fechar contra o mundo.

— Você quer o quarto? — perguntou a dona.

Alexandria hesitou. Estava tentada a barganhar o preço ainda mais, mas a mulher parecia exausta depois de um dia trabalhando nos mercados, e era um preço honesto. Não seria justo se aproveitar da pobreza óbvia da família. Alexandria viu que as mãos da mulher estavam manchadas e feridas com as cores dos tonéis de tingimento, deixando uma leve marca azul sobre o olho quando ela afastava o cabelo inconscientemente.

— Tenho mais dois para ver amanhã. Depois disso lhe digo — respondeu Alexandria. — Posso vir aqui à noite?

A mulher deu de ombros, com a expressão resignada.

— Pergunte por Atia. Eu estarei por aí. Você não vai achar coisa melhor pelo preço que quer pagar, você sabe. Esta é uma casa limpa, e o gato cuida de qualquer camundongo que apareça. Você é quem sabe.

Ela se virou para começar o trabalho do fim de tarde, preparando a comida trazida do mercado como parte do pagamento. Uma boa quantidade estaria quase estragada, Alexandria sabia, no entanto Atia parecia não se curvar com o peso da vida.

Era uma coisa estranha ver uma mulher livre à beira da pobreza. Na propriedade rural onde Alexandria tinha trabalhado, até os escravos se alimentavam e se vestiam melhor do que a família daquela mulher. Era uma visão da vida que ela jamais havia explorado, e teve um estranhíssimo sentimento de vergonha parada ali com roupas boas, usando um dos seus broches de prata prendendo a capa.

— Vou ver os outros, depois volto — disse Alexandria com firmeza.

Atia começou a cortar legumes sem comentários, colocando-os numa panela de ferro sobre um fogão de barro construído grudado na parede. Até mesmo a faca que ela segurava tinha uma lâmina fina como um dedo, gasta, mas ainda usada por falta de algo melhor.

Na rua lá fora, um coro de gritos agudos irrompeu e uma figura suja passou correndo pela porta aberta, esbarrando direto em Alexandria.

— Epa, garoto! Quase me derrubou! — disse ela, sorrindo.

O menino olhou-a com uma expressão interrogativa nos olhos azuis. Seu rosto estava sujo de poeira como o resto do corpo, mas Alexandria pôde ver que o nariz estava escuro e inchado, com um traço de sangue na ponta, que se espalhou pela bochecha quando ele o enxugou, fungando.

A mulher largou a faca e o envolveu com os braços.

— O que andou aprontando agora? — perguntou ela, tocando o nariz dele.

O garoto riu e se retorceu para sair do abraço.

— Só uma briga, mãe. Os garotos que trabalham no açougue me perseguiram até em casa. Fiz um deles tropeçar quando quis me pegar, e ele me deu um soco no nariz.

O garoto riu de orelha a orelha para a mãe e enfiou a mão debaixo da túnica, tirando dois pedaços de carne desembrulhados, pingando sangue. A mãe gemeu e os agarrou com um movimento rápido.

— Não, mãe. Eles são meus! Eu não roubei. Só estavam caídos na rua.

O rosto da mãe ficou branco de raiva, mas ele continuou agarrando-a enquanto ela ia até a porta, pulando o mais que podia para recuperar seus prêmios da mão dela.

— Eu lhe disse para não roubar e não mentir. Tire as mãos de mim. Isso tem de voltar para o lugar de onde veio.

Alexandria estava entre Atia e a porta, por isso saiu à rua para dar passagem. Havia um grupo de garotos parados ali, com um ar vagamente ameaçador. Eles riram ao ver o menino pulando em volta da mãe, e um deles estendeu a mão para pegar os pedaços de carne, que foram jogados em sua palma sem uma palavra.

— Ele é rápido, moça. Isso eu tenho de admitir. O velho Tedo me disse para dizer que vai chamar a guarda se o seu garoto roubar mais alguma coisa.

— Não precisa fazer isso — disse Atia, irritada, enxugando o sangue das mãos num pedaço de pano que tirou da manga. — Diga a Tedo que ele nunca perdeu nada que não tivesse recebido de volta e que eu vou espalhar a notícia para não comprarem no açougue dele se ele tentar isso. Eu cuido da disciplina do meu filho, obrigada.

— Belo serviço a senhora está fazendo — disse o garoto mais velho com desdém.

Atia levantou a mão rapidamente e ele recuou, rindo e apontando para a figura humilhada que ainda se grudava à saia dela.

— Eu mesmo vou dar uma surra no seu pequeno Turino, se ele aparecer perto do açougue. Não duvide.

Atia ficou vermelha de raiva e se adiantou um passo, dando-lhes a desculpa que eles queriam para sair correndo, gritando insultos enquanto se espalhavam.

Alexandria ficou parada perto dos dois, imaginando se deveria simplesmente ir embora. A cena que tinha testemunhado não era da sua conta, mas estava curiosa para ver o que aconteceria agora que a mãe estava a sós com o moleque.

O menino choramingou e esfregou o nariz cautelosamente.

— Desculpe, mãe. Só achei que a senhora ia gostar. Não achei que eles fossem me seguir até aqui.

— Nunca pense nisso. Se seu pai estivesse vivo, sentiria vergonha de você, menino. Ele diria que a gente nunca rouba e nunca mente. Depois daria um belo aviso no seu traseiro, com a tira de couro, coisa que eu deveria fazer.

O garoto lutou para se soltar, chutando-a enquanto ela segurava seu braço com firmeza.

— Ele era um cambista. Você diz que todos os cambistas são ladrões, de modo que ele também devia ser.

— Não ouse falar isso! — disse Atia com os lábios brancos.

Sem esperar resposta, pôs o garoto sobre o joelho e bateu nele com força, seis vezes. Ele lutou durante as três primeiras e ficou silencioso e imóvel nas últimas. Quando ela o colocou no chão, ele passou ao redor das duas mulheres, correndo pela rua estreita e desaparecendo na esquina.

Atia suspirou, olhando-o correr. Alexandria juntou as mãos nervosamente, sem graça por ter testemunhado aquele momento particular. Atia pareceu se lembrar dela subitamente e ficou ruborizada ao encará-la.

— Desculpe. Ele vive roubando, e eu não consigo fazer com que entenda que não deve. Ele é sempre apanhado, mas na semana que vem tenta de novo.

— O nome dele é Turino?

A mulher balançou a cabeça.

— Não. Os outros o chamam assim porque a família veio de Turim. É um apelido insultuoso, mas ele parece gostar. Seu nome é Otaviano, por causa do pai. O pequeno terror. Só tem nove anos, mas está mais à vontade nas ruas do que em casa. Eu me preocupo com ele. — Ela olhou para Alexandria, observando as roupas e o broche. — Eu não deveria estar incomodando você com nossos problemas, moça. Não me importo em admitir que seria bom receber o aluguel do quarto. Ele não roubaria você, e se fizesse isso eu devolveria na hora, pela honra da minha família. Não dá para saber, mas há sangue bom nas veias dele. Otávios e César, ainda que o desgraçadozinho não faça idéia.

— César? — perguntou Alexandria rapidamente.

A mulher assentiu.

— A avó dele era uma César, antes de se casar com meu avô. Sem dúvida ela choraria se o visse roubar carne de um açougueiro a menos de três ruas de distância. Quero dizer, eles conhecem a cara do menino! Vão quebrar os braços dele se ele fizer isso de novo, e como é que eu ficaria?

Lágrimas escorreram de seus olhos e Alexandria se adiantou sem pensar e a envolveu com o braço.

— Vamos entrar. Acho que vou ficar com aquele seu quarto.

A mulher se empertigou e olhou-a, irritada.

— Eu não quero caridade. A gente se vira, e com o tempo o menino vai aprender.

— Não é caridade. O seu quarto é o primeiro que vejo limpo, e eu... trabalhei para uma família César há alguns anos. Pode ser a mesma família. Nós somos quase parentes.

A mulher enxugou os olhos com o pano, tirando-o do lugar onde formava um bolo dentro da manga.

— Você está com fome? — perguntou ela sorrindo.

Alexandria pensou na pequena pilha de legumes que esperavam para ser cortados.

— Eu já comi. Vou lhe pagar o primeiro mês e depois volto para onde estou hospedada, para pegar minhas coisas. Não é longe.

Se andasse depressa e não demorasse na casa de Tabbic, achava que poderia voltar à nova casa antes do escurecer. Talvez então eles tivessem podido comprar um pouco de carne com o dinheiro do aluguel.

Os senadores se remexeram desconfortáveis em seus lugares. Tinha sido uma longa sessão, e muitos haviam chegado ao ponto em que estavam ignorando as complicações das discussões e simplesmente votando do modo como haviam concordado antes.

Com as sombras da tarde se alongando, foram acesas tochas usando círios presos em hastes compridas. O brilho das pequenas chamas era refletido nas paredes de mármore branco polido, e o ar estava cheio do perfume suave de óleo aromático. Uma grande parte dos trezentos senadores que tinham se reunido naquela manhã já havia saído, deixando as últimas votações passarem sem sua presença.

Crasso sorriu sozinho, tendo se certificado de que os que o apoiavam permaneceriam até que as tochas fossem apagadas e que o longo dia chegasse ao término oficial com a oração pela segurança da cidade. Ouviu atentamente a lista de nomeações, esperando pela que ele e Pompeu tinham acrescentado para ser votada. Quase involuntariamente, seus olhos foram até a lista de legiões, gravada no mármore branco. No lugar onde a Primogênita estivera inscrita havia agora um espaço em branco. Seria agradável desfazer outro pequeno pedaço do legado de Sila, mesmo que o pedido não tivesse sido feito por sua velha amiga.

Ao pensar nisso, olhou para Cina, e os olhos dos dois se encontraram por um momento. Cina assentiu para a lista de legiões e sorriu. Crasso devolveu o sorriso, notando o cabelo do amigo que ia embranquecendo. Sem dúvida Servília não poderia preferir um pai invernal daqueles a ele, não é? O simples pensamento nela agitou seu sangue, fazendo-o perder nas reminiscências o fim de uma seção. Olhou o modo como Cina votou e levantou a mão junto com ele.

Outros senadores se levantaram, pedindo licença em silêncio, indo para suas casas e suas amantes por toda a cidade. Crasso tentou não deixar o rosto mostrar o prazer quando Cato se aproximou e passou por ele, imerso numa discussão. Seria mais fácil com a ausência dos partidários de Sila, mas mesmo que todos os silanos estivessem no prédio ele duvidava que Cina, Pompeu e ele próprio não pudessem forçar aquilo por entre os dentes deles. Restaurar a Primogênita iria deixá-los furiosos. Lembrou-se de agradecer a Servília pela idéia quando se encontrassem de novo. Talvez um pequeno presente para demonstrar o apreço.

Pompeu se levantou para responder a uma pergunta relativa ao novo comandante de uma legião na Grécia. Falou com uma confiança envolvente sobre os novos nomes, recomendando-os ao Senado. Crasso tinha ouvido dizer que acontecera outra rebelião, e as perdas significavam chances de amigos e parentes dos homens que estavam no Senado. Balançou a cabeça com tristeza, lembrando-se do dia em que Mário tinha forçado uma votação que tirou Sila de Roma para derrotar Mitrídates pela primeira vez. Se Mário estivesse aqui agora, faria com que eles levantassem a cabeça e fizessem alguma coisa a respeito! Em vez disso, aqueles idiotas discutiam dias a fio, quando deveriam estar separando duas das preciosas legiões para acuar os gregos.

Crasso deu um sorriso irônico ao perceber que era um dos idiotas que ele próprio criticava. A última rebelião tinha levado à guerra civil e a um ditador. Nenhum dos generais no salão ousava se apresentar, por medo de que os outros se unissem contra ele. Não queriam outro Sila, e em resultado nada era feito. Até Pompeu esperava, e ele era quase tão impetuoso quanto Mário. Seria suicídio se apresentar como voluntário, como Mário e Sila tinham feito. Havia despeito e inveja demais para deixar que qualquer um deles obtivesse vitória sobre Mitrídates. Culpa de Sila, por tê-lo deixado ficar livre da primeira vez. O homem não fazia nada certo.

Pompeu sentou-se e a votação foi feita rapidamente, deixando apenas o último item do dia, proposto por Crasso e apoiado por Pompeu. Os dois tinham mantido o nome de Cina fora dos registros naquele ponto, já que havia boatos de que ele estivera envolvido no envenenamento de Sila. Sem fundamento, claro, mas ninguém podia impedir que os fofoqueiros de Roma fizessem seu serviço.

Por um momento, Crasso imaginou se eram realmente sem fundamento, mas depois descartou a idéia. Ele era um homem prático, e Sila e o passado tinham ficado para trás. Se a filha de Cina tinha evitado se tornar a amante relutante de Sila, como ele ouvira ser sussurrado, certamente havia prova de que os deuses olhavam com favor a casa de Cina — ou os Césares, talvez. Definitivamente, um dos dois.

Tinha ouvido dizer que acontecera algum avanço para descobrir o escravo que levara o veneno, mas nada ainda era sabido sobre quem tinha ordenado a morte. Crasso olhou o salão meio vazio. Poderia ser qualquer um deles. Sila tinha feito inimigos com uma completa ausência de cautela. E a cautela deveria ser a primeira regra da política, pensou Crasso. A segunda regra da política deveria ser evitar mulheres atraentes que precisassem de favores, mas os homens não tinham muita chance de alegria na vida, e Servília proporcionara algumas memórias que ele guardava com carinho.

— Restauração da Primogênita aos registros das Legiões — anunciou o mestre dos debates, fazendo Crasso se empertigar e se concentrar. — Licença para recrutar, treinar, fazer juramentos e nomear oficiais sob a autoridade do Senado a ser dada a Marco Brutus, de Roma — continuou o orador num tom monótono que não combinava com o murmúrio de empolgação que varreu o resto dos cem senadores em seus lugares. Um dos silanos saiu rapidamente, sem dúvida para trazer seus amigos de volta para a votação. Pompeu franziu a testa ao ver Calpúrnio Bíbilo e dois outros se levantarem para falar. Bíbilo fora um partidário fervoroso de Sila e sempre que tinha oportunidade ainda jurava que os assassinos seriam descobertos.

Parecia que eles estavam pensando num velho truque. Um depois do outro falaria ao Senado longamente, até que a sessão terminasse, ou pelo menos até um número suficiente de seus seguidores poder ser convocado para derrubar a moção. Se a proposta fosse empurrada para a próxima sessão, talvez não fosse aprovada.

Crasso olhou para Cina e captou o olhar dele, em comiseração. Para sua surpresa, o velho deu-lhe uma piscadela. Crasso relaxou e se recostou no assento. O dinheiro era uma alavanca poderosa; sabia disso mais do que ninguém. Para protelar a votação, os silanos precisariam de permissão para começar, e o mestre dos debates recitou os detalhes da proposta sem olhar ao menos uma vez para os bancos onde eles estavam, pigarreando ruidosamente em busca de atenção.

Quando todos os detalhes foram descritos, o mestre dos debates pediu a votação imediata. Um dos silanos xingou algo e saiu do salão do Senado, uma grosseira quebra de etiqueta. A nomeação foi aprovada rapidamente e a sessão foi encerrada. Durante a oração final, Crasso lançou um olhar de lado para Pompeu e Cina. Teria de escolher com cuidado o presente para Servília. Sem dúvida aqueles dois tinham idéias semelhantes.

CAPÍTVLO XVII

JÚLIO ESPERAVA NO PORÃO ESCURO, COM A ESPADA DESEMBAINHADA E tendo os outros ao redor. Estavam em silêncio esperando o sinal, e naquele silêncio estranho as tábuas do *Ventulus* estalando quase pareciam vozes baixas acima da batida das ondas contra o casco.

Acima deles, os soldados podiam ouvir os piratas rindo e xingando enquanto amarravam a primeira trirreme ao *Ventulus* e se reuniam no convés do cargueiro sem resistência. Júlio se esforçava por ouvir cada som. Era um momento tenso para todos, mas mais perigoso para os que tinham permanecido em cima, onde poderiam ser mortos como exemplo ou simples crueldade. A princípio Júlio ficara surpreso ao ver que algum tripulante do *Ventulus* estava disposto a ficar no convés enquanto os piratas abordavam. A suspeita inicial e a raiva contra seus homens tinham desaparecido quando ele contou os planos de atacar os piratas, e Júlio acreditava no entusiasmo dos homens. Eles haviam sentido grande prazer em escolher quais iriam se render no convés, e Júlio percebeu que, para aqueles marinheiros, a chance de se vingar dos piratas que eles temiam e odiavam seria uma oportunidade única. Para eles não havia a força de uma galera legionária. Um navio mercante como o *Ventulus* sempre precisava correr em busca de proteção, e com o passar dos anos muitos tripulantes tinham perdido amigos diante de Celso e dos outros bandidos.

Apesar disso Júlio havia deixado Péritas e Prax com eles, vestidos com roupas maltrapilhas. Não era bom confiar a vida a estranhos, e um dos seus oficiais poderia dar o sinal mesmo que os tripulantes os traíssem. Preferia não deixar nada por conta da sorte.

Vozes soaram fracas através das escotilhas acima da cabeça. Seus homens se remexeram, apertados, mas não ousando sequer suspirar. Não havia como ter certeza de quantos inimigos estavam no convés. Geralmente uma tripulação de piratas era menor do que as forças de uma galera romana, e raramente com mais de trinta espadas, mas depois de ter testemunhado os conveses apinhados dos dois navios que afundaram a *Accipiter*, Júlio sabia que não poderia contar com a certeza dos números. Precisava da surpresa para se certificar. Contando com o resto da tripulação, cinqüenta homens esperavam com ele. Júlio tinha decidido permitir que os marinheiros escolhessem suas armas, raciocinando que não poderia abrir mão de homens para vigiá-los. O melhor que poderia conseguir era fazer com que se misturassem aos seus novos soldados, impedindo um súbito ataque pela retaguarda quando corressem para o convés.

Um deles estava ao seu lado, segurando uma barra de ferro enferrujada como arma. Não havia sugestão de falsidade no outro, pelo que Júlio podia ver. Como os outros, seu olhar estava fixo nas escotilhas escuras, delineadas pela luz do sol brilhando pelas rachaduras, em amplos arcos dourados que redemoinhavam e brilhavam com a poeira. As traves se moviam de modo quase hipnótico enquanto o *Ventulus* balançava nas ondas. Mais vozes falaram acima, e Júlio se retesou ao ver que a luz era bloqueada por sombras em movimento, com as tábuas estalando sob o peso. Seus homens não ficariam em cima das escotilhas. Tinham de ser os piratas, movendo-se sobre a presa.

Júlio tinha esperado o máximo possível antes de descer com os outros, querendo ver com os próprios olhos como os piratas atuavam, pensando na próxima vez. Para fazer com que parecesse real, teve de ordenar aos remadores do *Ventulus* uma boa velocidade, mas estava pronto para fazer com que alguns remos atrapalhassem os outros se os piratas não pudessem se aproximar. Não fora necessário. O navio inimigo devia estar vazio, e foi chegando cada vez mais perto à medida que o dia continuava.

Quando eles estavam suficientemente perto para contar os remos, Júlio desceu para perto de seus homens. A maior preocupação era que o inimigo empregasse uma tripulação treinada, como Celso. Se fossem homens pagos poderiam não estar acorrentados aos bancos, e a idéia de uma centena de remadores musculosos subindo para atacar seus homens significaria o desastre, estivessem armados ou não. Ele tinha visto que o navio inimigo levava um aríete em ponta, que poderia ancorá-los se batessem de frente com a presa, mas achou que não iriam usá-lo, preferindo chegar ao lado e abordar. Sem dúvida, sentiam-se seguros tão longe da costa e das galeras de patrulha, capazes de se demorar tirando a carga e possivelmente ficando com o *Ventulus*, em vez de afundá-lo. Afinal de contas, os piratas não tinham estaleiros. Esperava que eles tivessem trazido apenas uma força básica para o convés do *Ventulus*. Com o inimigo amarrado em segurança, nenhum dos dois navios poderia escapar, o que era exatamente o que Júlio desejava. Suava de ansiedade esperando o sinal. Havia muitas coisas que poderiam dar errado.

Acima soprava um vento forte, espalhando minúsculas gotas de água salgada no rosto da tripulação do *Ventulus* e seus captores. Sabendo do plano, a tripulação tinha se rendido sem reclamar, gritando para que os remos fossem recolhidos e a vela baixada. O *Ventulus* balançava nas ondas sem velas e remos para fazê-lo se mover. Uma saraivada de flechas passou por cima enquanto os piratas os amarravam, e Péritas teve de se desviar para não ser acertado. Viu alguns tripulantes sentados no convés, com as mãos levantadas. Nenhuma flecha estava caindo perto deles, por isso ele imitou a ação, puxando Prax. As flechas pararam de voar assim que todos estavam sentados. Péritas ouviu risos dos homens que esperavam para abordar e deu um riso carrancudo, esperando o momento certo. Júlio tinha dito para aguardar até que o inimigo tivesse dividido as forças entre os dois navios, mas era impossível avaliar quantos eles tinham de reserva. Péritas decidiu que gritaria quando vinte homens tivessem atravessado a amurada. Um número maior do que esse poderia não ceder ao primeiro ataque, e a última coisa de que eles precisavam era uma batalha acirrada no convés. Uma parte muito grande dos homens de Júlio era composta de novatos, e se os piratas não se rendessem depressa a vantagem poderia mudar de lado e eles perderiam tudo.

Os primeiros dez inimigos chegaram ao convés principal do *Ventulus*. Mesmo eles estando confiantes, Péritas notou como se moviam como uma unidade, protegendo-se de algum ataque súbito. Espalharam-se ligeiramente indo até a tripulação sentada, e ele viu compridas tiras de couro penduradas nos cintos, prontas para amarrar os prisioneiros. Sem dúvida, aqueles dez eram os melhores lutadores, veteranos que conheciam o serviço e que podiam abrir caminho para sair de encrenca. Péritas desejou que Júlio o tivesse deixado levar uma espada para o convés. Desarmado, sentia-se nu.

A tripulação se deixou ser amarrada sem luta, e Péritas hesitou. Com apenas dez no convés, era cedo demais para dar o sinal, mas os piratas estavam trabalhando com eficiência, e se amarrassem o resto com a mesma rapidez eles não seriam de ajuda quando a luta começasse. Viu mais quatro passar por cima da amurada até o *Ventulus*, e depois olhou o rosto sério do homem que se aproximou dele, com uma tira de couro na mão. Teriam de ser quatorze.

Quando o homem o encarou, Péritas gritou alto:

— *Accipiter!* — E se levantou.

O pirata pareceu confuso e reagiu irritado, mas então as escotilhas se abriram e os legionários romanos surgiram num enxame entre eles, com as armaduras brilhando ao sol.

O homem perto de Péritas girou para vê-los, com o queixo caindo. Sem hesitar, Péritas pulou nas costas dele, passando o antebraço pela garganta do sujeito com toda a força. O pirata cambaleou alguns passos para a frente, depois girou a espada para trás e cravou-a no peito de Péritas. O romano caiu em agonia.

Júlio liderava o ataque. Matou o primeiro homem que estava à sua frente, xingando ao ver que Péritas tinha chamado cedo demais. Os arqueiros ainda estavam no outro navio, e flechas escuras se cravaram no convés, matando um tripulante amarrado. Não havia como evitá-las sem escudos, e Júlio só podia esperar que o ataque não hesitasse. Seus homens nunca tinham estado sob ataque de flechas, e isso era difícil até para soldados experientes, quando cada instinto dizia para se abaixar e se esconder. Sua lâmina se chocou contra outra e ele deu um soco pelo lado, derrubando o oponente. Um golpe rápido na garganta exposta e logo passou por cima dele. No espaço aberto, olhou à esquerda e à direita, observando a cena. A maioria dos piratas no *Ventulus* estava caída. Seus homens lutavam bem, ainda que um ou dois estivessem se esforçando por arrancar flechas dos membros, uivando de dor.

Uma flecha veio zumbindo e acertou o peito de Júlio, fazendo-o recuar um passo. Ele ficou sem fôlego, mas aquela coisa maligna caiu no convés de madeira com barulho e ele percebeu que a armadura o havia salvado.

— Abordar! — gritou, e seus homens correram com ele na direção do navio pirata. Mais flechas passaram por eles causando pouco dano, e Júlio agradeceu aos deuses pela forte placa romana. Pulou na amurada do *Ventulus* e escorregou, com as sandálias com placas de ferro deslizando na madeira.

Caiu aos pés do inimigo com um estrondo de metal e xingando. Afastou uma espada com o antebraço, levando um corte. Seu gládio estava debaixo do corpo, e ele teve de rolar para livrá-lo. Outra lâmina se chocou contra seu ombro, arrancando a placa.

Os outros romanos rugiram quando o viram cair, golpeando loucamente os piratas que os enfrentavam. Eles se jogaram contra o inimigo sem cautela, levando a linha de ataque para além de Júlio. Gadítico agarrou seu braço e o puxou de pé.

— Mais uma que você me deve — rosnou Gadítico enquanto partiam juntos para o inimigo.

Júlio correu até um pirata e estocou com seu gládio, preparando-se para evitar um contragolpe. Em vez disso, o oponente perdeu o equilíbrio enquanto Júlio recuava para fora do alcance e arrancava a espada de sua mão, fazendo-a sair girando sobre as tábuas. O homem olhou aterrorizado enquanto Júlio baixava o gládio pesado sobre sua garganta.

— Por favor! Basta! — gritou ele, aterrorizado.

Júlio parou, arriscando outro olhar rápido em volta. Os piratas hesitavam. Muitos estavam mortos, e os que restavam tinham levantado os braços, pedindo paz. Espadas tombaram no convés. Os arqueiros ainda vivos baixaram os arcos, tendo cuidado com eles, mesmo enquanto se rendiam.

Recuando um passo, Júlio olhou para trás, e seu coração inchou de orgulho.

Seus recrutas estavam ali parados, com uniformes brilhantes, espadas desembainhadas e seguras na primeira posição. Pareciam em cada centímetro uma meia-centúria, confiantes e disciplinados.

— Levante-se — disse ao homem caído. — Reivindico este navio para Roma.

Os sobreviventes foram amarrados usando-se as mesmas cordas trazidas para a tripulação do *Ventulus*. Tudo foi feito depressa, mas Júlio teve de ordenar que um tripulante fosse contido depois de chutar seu ex-captor na cabeça quando o pirata foi amarrado.

— Açoitem esse homem — disse Júlio com a voz firme e forte.

Seus homens seguraram o marinheiro com firmeza, enquanto o resto da tripulação do *Ventulus* trocava olhares. Júlio os encarou fazendo com que baixassem a cabeça, sabendo que era importante aceitarem suas ordens. Deixados em paz eles provavelmente teriam cortado os prisioneiros em pedacinhos, transformando anos de ódio numa orgia de tortura e violência. Nenhum deles o encarou, e em vez disso se afastaram dos grupos que tinham se juntado para comemorar. Finalmente Júlio se virou para supervisionar o resto da captura. Os remadores que ele temera podiam ser ouvidos no porão, gritando de terror com os sons da batalha acima. Ele mandaria homens para acalmá-los.

— Senhor, aqui! — gritou uma voz.

Prax segurava o corpo de Péritas, com a mão apertando uma ferida aberta no alto do peito. Havia sangue em volta da boca do amigo, e ao vê-lo Júlio soube que não havia esperança. Cabera poderia tê-lo salvado, mas nada mais poderia.

Péritas estava sufocando, os olhos abertos sem foco. Cada respiração dificultosa trazia mais sangue aos lábios. Júlio se agachou perto dos dois e muitos outros se juntaram ao redor, bloqueando o sol. No silêncio, enquanto olhavam, os segundos que passaram pareceram durar longo tempo, mas finalmente a respiração difícil cessou e o olhar brilhante se desbotou numa imobilidade vítrea.

Júlio se levantou, olhando o corpo do amigo. Sinalizou para dois dos outros.

— Ajudem Prax a levá-lo para baixo. Não vou jogar um dos nossos no mar junto com eles.

Em seguida, se afastou sem outra palavra e, dentre todos, só os oficiais da *Accipiter* entendiam por que ele precisava mostrar uma fachada tão séria. O comandante não revelaria fraqueza diante dos homens e nenhum deles ignorava mais quem estava no comando. Até Gadítico manteve a cabeça baixa enquanto Júlio passava por ele, andando sozinho.

Quando, naquela noite, os dois navios estavam em segurança, Júlio se reuniu com os outros oficiais da *Accipiter*, e eles fizeram um brinde a Péritas, que não tinha chegado ao fim do caminho.

Antes de dormir, Gadítico caminhou com Júlio no convés enluarado. Ficaram em silêncio por longo tempo, perdidos em lembranças, mas, quando chegaram ao topo da escada que descia ao porão, Gadítico segurou o braço dele.

— Você está no comando aqui.

Júlio se virou para ele, e o capitão pôde sentir a força de sua personalidade.

— Eu sei — disse ele simplesmente.

Gadítico deu um riso irônico.

— Foi quando você caiu que eu percebi. Todos os homens foram atrás de você sem esperar ordens. Acho que eles vão segui-lo a qualquer lugar.

— Eu gostaria de saber para onde estava liderando-os — disse Júlio em voz baixa. — Talvez um dos homens que nós capturamos saiba onde Celso está. Veremos de manhã. — Ele olhou para o lugar onde Péritas havia tombado. — Péri riria um bocado de mim, me vendo cair daquele jeito. Seria um modo ridículo de morrer.

Enquanto falava, ele deu um risinho sem graça. O bravo ataque terminando direto aos pés do inimigo. Gadítico não riu. Bateu no ombro de Júlio, mas o rapaz não pareceu sentir.

— Ele não teria morrido se eu não quisesse achar Celso. Vocês todos já estariam de volta a Roma, com os nomes livres da desgraça.

Gadítico segurou o ombro de Júlio e o girou lentamente, até ele encará-lo de novo.

— Não foi você que nos disse que não adiantava ficar pensando no que poderia ter sido? Todos nós gostaríamos de voltar atrás e fazer escolhas melhores, mas não é assim que a coisa funciona. Temos uma única chance, mesmo que o mundo dependa dela. Eu poderia não ter ido com a *Accipiter* para aquele trecho de litoral, mas se não tivesse ido, quem sabe? Poderia ter ficado doente ou ser esfaqueado numa estalagem, ou caído numa escada e quebrado a cabeça. Simplesmente não há sentido em se preocupar. Aceitamos cada dia como ele vem e tomamos as melhores decisões que pudermos.

— E se elas tiverem um resultado ruim? — murmurou Júlio.

Gadítico deu de ombros.

— Geralmente eu culpo os deuses.

— Acredita neles?

— Não se pode navegar sem saber que há alguma coisa a mais do que homens e pedras. Quanto a todos os templos, sempre procurei me garantir com oferendas. Não faz mal a ninguém e a gente nunca sabe.

Júlio deu um leve sorriso diante daquela filosofia prática.

— Eu espero... ver Péritas de novo — disse ele.

Gadítico assentiu.

— Todos veremos, mas ainda vai demorar um tempo. — Em seguida baixou a mão que estava no ombro de Júlio, enquanto descia deixando-o ali, com o rosto virado para a brisa do mar.

Quando ficou sozinho, Júlio fechou os olhos e ficou imóvel por longo tempo.

Na manhã seguinte Júlio dividiu seus homens em duas tripulações. Sentia-se tentado a assumir o posto de capitão no navio pirata, que era mais rápido, mas, seguindo o instinto, deu-o a Duro, o capitão dono do *Ventulus*. Duro tinha ficado totalmente afastado da luta, trancado em sua cabine, mas quando entendeu a situação parou de gritar pela carga que eles haviam jogado no mar. Odiava os piratas tanto quanto qualquer tripulante e sentiu grande prazer em vê-los amarrados, como ele estivera há apenas algumas horas.

Quando Júlio fez a oferta, Duro apertou sua mão para selar o acordo.

— Os dois navios serão meus quando você achar os homens que deseja?

— A não ser que um deles seja afundado quando atacarmos Celso. Meus homens vão precisar de uma embarcação para voltar às terras romanas. Eu gostaria que fosse a dele, mas ele conhece seu trabalho e não vai ser fácil tomá-la, se é que poderemos achá-lo — respondeu Júlio, imaginando até onde poderia confiar no capitão. Para ter certeza de sua lealdade, deixaria apenas alguns tripulantes do *Ventulus* ir com ele para o outro navio. Seus legionários sustentariam a coragem do capitão para ele, caso ela falhasse.

Duro pareceu satisfeito, e não era de espantar. A venda do navio capturado iria lhe render muito mais do que o valor da carga que perdera, apesar de ter gemido quando soube que o marfim fora jogado no mar.

O principal problema era o que fariam com os piratas que haviam sobrevivido à luta. Os feridos tinham sido despachados e jogados no mar junto com os mortos, seguindo ordens de Júlio. Eles haviam escolhido sua vida, e Júlio não teve simpatia por seus gritos. Com isso ainda restavam dezessete para ser guardados dia e noite. Júlio apertou o maxilar com firmeza. O destino deles estava em seus ombros.

Mandou os piratas serem levados separadamente à cabine do capitão, onde sentou-se calmamente à mesa pesada. Cada um estava amarrado e firmemente seguro por dois de seus homens. Júlio queria que eles se sentissem desamparados, e o rosto que virou para eles era o mais duro e cruel que conseguiu. Eles tinham afirmado que seu capitão fora morto na batalha, e Júlio ficou pensando nisso. Sem dúvida, o homem preferiria não ser conhecido, se estivesse entre os prisioneiros.

— Duas perguntas — disse ao primeiro. — Se você puder responder, viverá. Se não, vai para os tubarões. Quem é o seu capitão?

O homem cuspiu no chão aos pés de Júlio, desviando o olhar como se não estivesse interessado. Júlio ignorou isso, mas sentiu gotas de líquido quente tocar seu tornozelo debaixo da mesa.

— Onde está o homem chamado Celso?

Não houve resposta, mas Júlio notou que o prisioneiro tinha começado a suar.

— Muito bem — disse em voz baixa. — Que os tubarões fiquem com ele. Tragam o próximo.

— Sim, senhor — responderam os soldados ao mesmo tempo.

Então o homem pareceu voltar à vida, lutando e gritando loucamente até a amurada. Eles o seguraram ali por alguns instantes, enquanto um dos recrutas tirava uma faca do cinto. O outro olhou-o interrogativamente. Ele deu de ombros e cortou as cordas que seguravam as mãos do pirata antes de jogá-lo ao mar com grande estardalhaço, gritando.

O soldado guardou a adaga e se juntou ao outro, olhando a luta frenética do pirata na água embaixo.

— Só achei que ele deveria ter uma chance — disse ele.

Viram três tubarões escuros indo na direção do homem que lutava. Os tubarões vinham acompanhando os navios desde que os primeiros corpos foram jogados. O pirata os viu chegando e ficou alucinado na água, sacudindo-a até formar espuma em volta. Depois foi puxado da superfície e os dois soldados se viraram para pegar o próximo homem a ser interrogado.

O segundo não sabia nadar e simplesmente afundou. O terceiro xingou-os o tempo todo, durante as perguntas e enquanto era jogado por cima da amurada, até afundar. Mais tubarões tinham se juntado na água, deslizando um sobre o outro num turbilhão sangrento enquanto lutavam pela carne.

O quarto homem falou assim que Júlio fez as perguntas:

— Você vai me matar de qualquer modo.

— Não se você contar o que eu quero saber.

O homem afrouxou o corpo, aliviado.

— Então, eu sou o capitão. Não vai me matar?

— Se me disser onde está Celso, terá minha palavra — disse Júlio, inclinando-se para ele.

— No inverno ele vai para Samos, na Ásia. Fica do outro lado do mar da Grécia.

— Não conheço o nome — disse Júlio em dúvida.

— É uma grande ilha no litoral, perto de Mileto. Os navios romanos não patrulham perto dela, mas eu já estive lá. Estou dizendo a verdade!

Júlio acreditou e assentiu.

— Excelente. Então é para lá que vamos. Qual é a distância?

— Um mês indo direto, no máximo dois.

Júlio franziu a testa diante da resposta. Eles precisariam parar para pegar provisões, e isso significava mais riscos. Ergueu os olhos para os dois soldados.

— Joguem os outros aos tubarões.

O capitão pirata fez uma careta diante da ordem.

— Mas não eu. Você disse que eu não seria morto.

Júlio se levantou devagar.

— Perdi bons amigos nas mãos do seu pessoal, bem como um ano da minha vida.

— Você deu a palavra! Precisa de mim para guiá-lo até lá. Não vai conseguir achar Celso sem mim — disse o outro rapidamente, com a voz falhando de medo.

Júlio o ignorou, falando com os soldados que seguravam seus braços.

— Tranquem-no em algum lugar seguro por enquanto.

Quando eles tinham saído, Júlio ficou sozinho na cabine, ouvindo o resto dos piratas ser arrastados até a amurada. Olhou para as mãos quando o barulho finalmente acabou, e de novo pôde escutar os estalos e gemidos de um navio velejando. Esperava sentir vergonha ou remorso pelo que tinha ordenado, mas, surpreendentemente, isso não aconteceu. Depois fechou a porta para chorar por Péritas.

CAPÍTVLO XVIII

ALEXANDRIA SUSPIROU IRRITADA AO VER QUE SEU BROCHE TINHA sido tirado das roupas que ela dobrara na noite anterior. Um olhar rápido nos outros cômodos revelou que Otaviano tinha saído de casa cedo, e ela empertigou-se enquanto fechava a porta indo para a oficina de Tabbic. Não era apenas a prata valiosa, ou mesmo as muitas horas que tinha gasto para moldar e polir o broche. Era o único que tinha feito para si mesma, e muitas pessoas que tinham se tornado compradoras haviam visto e comentado sobre ele, ao encontrá-la. O desenho era uma águia simples, que ela não teria escolhido para seu ombro se o animal não tivesse se tornado o símbolo de todas as legiões e universalmente desejável. Eram principalmente oficiais que a faziam parar e perguntavam sobre ele, e ser roubado por um moleque sujo a fazia fechar e abrir os punhos enquanto andava, com a capa caindo nos ombros e precisando ser puxada o tempo todo, com a ausência do broche.

Ele não era somente um ladrão, mas também um idiota, pensou. Como poderia achar que não seria apanhado? Uma possibilidade preocupante era que o menino estivesse tão acostumado à punição que a houvesse descontado do preço do broche, disposto a pegar qualquer coisa que surgisse desde que pudesse mantê-la. Alexandria balançou a cabeça, irritada, murmurando sozinha o que faria quando o visse. Ele não sentia vergonha, nem mesmo diante da mãe. Alexandria vira isso quando os garotos do açougueiro vieram atrás da carne que ele havia pegado.

Talvez fosse melhor não falar com Atia. A idéia de ver a humilhação no rosto dela era dolorosa, e mesmo depois de menos de uma semana em seu quarto novo Alexandria tinha passado a gostar da mulher. Ela possuía orgulho e uma espécie de dignidade. Era uma pena que nada disso parecesse alcançar o filho.

A oficina de Tabbic fora danificada perto do fim dos tumultos de dois anos atrás. Alexandria o ajudara a reconstruí-la, aprendendo um pouco de carpintaria enquanto ele refazia a porta e as bancadas de trabalho. Seu meio de vida tinha sido salvo pela remoção a tempo de todos os metais valiosos para a casa em cima, protegida por barricadas contra as gangues de *raptores* que tinham enlouquecido quando a cidade entrou no caos. Enquanto se aproximava das instalações modestas, Alexandria decidiu não incomodá-lo com sua irritação. Ela lhe devia muito, e não somente por deixá-la ficar em segurança com sua família durante a pior fase. Não parecia necessário dizer, mas a jovem tinha uma dívida para com Tabbic, que prometia pagar.

Quando abriu a porta de carvalho, o som de um grito agudo encheu o espaço. Seus olhos brilharam de satisfação ao ver que Tabbic estava segurando Otaviano, que se sacudia no ar, com o braço musculoso. O artesão ergueu os olhos quando a porta se abriu e virou o garoto para encará-la ao ver que era Alexandria.

— Não vai acreditar no que esse garoto levado tentou me vender agora mesmo — disse ele.

Otaviano lutou com mais ferocidade ainda ao ver quem tinha entrado. Chutou o braço que o segurava suspenso aparentemente sem esforço. Tabbic o ignorou.

Alexandria disparou pela oficina até onde os dois estavam.

— Onde está meu broche, seu ladrãozinho?

Tabbic abriu a outra mão e revelou a águia de prata, que ela prendeu de novo no lugar.

— Entrou aqui com a cara mais limpa do mundo e disse para eu fazer uma oferta! — contou Tabbic, irritado.

Sendo completamente honesto, odiava quem via o roubo como uma vida fácil. Sacudiu Otaviano mais uma vez, jogando a indignação contra o garoto, que gemia e chutava, olhando em volta à procura de um modo de fugir.

— O que vamos fazer com ele? — perguntou Tabbic.

Alexandria pensou alguns instantes. Por mais que fosse tentador espancar o garoto até a rua, sabia que suas posses ainda poderiam ser roubadas por aqueles dedinhos a qualquer momento. Precisava de uma solução mais duradoura.

— Acho que posso convencer a mãe dele a deixar que ele trabalhe para nós — falou, pensativa.

Tabbic baixou Otaviano até os pés dele tocarem o chão. Imediatamente o garoto mordeu a mão do velho e Tabbic o levantou de novo com uma força casual, deixando-o pendurado numa fúria inútil.

— Você só pode estar brincando. Ele é pouco melhor do que um animal! — disse Tabbic, franzindo o rosto para as marcas brancas de dentes nos dedos.

— Você pode ensinar a ele, Tabbic. Não há um pai para fazer isso, e pelo modo como está indo ele não vai viver até ficar adulto. Você disse que precisava de alguém para trabalhar com os foles, e sempre há necessidade de varrer e carregar coisas.

— Deixa eu ir! Não vou fazer nada! — gritou Otaviano.

Tabbic olhou-o de cima a baixo.

— O garoto é magro como um rato. Não há força nesses braços — falou devagar.

— Ele tem *nove* anos, Tabbic. O que esperava?

— Ele vai fugir assim que a porta for aberta.

— Se fugir, eu o pego de volta. Ele vai ter de voltar para casa em algum momento, e eu vou esperar lá, dar-lhe uma surra e trazê-lo de volta. Estando aqui, ele vai ficar longe de encrenca, e vai ser útil para nós dois. Você não vai ficar mais novo e ele poderia me ajudar na forja.

Tabbic deixou Otaviano encostar no chão de novo. Dessa vez ele não mordeu, mas ficou olhando os dois adultos cautelosamente, enquanto falavam dele como se ele não estivesse na oficina.

— Quanto vocês vão me pagar? — perguntou, esfregando as lágrimas iradas com os dedos sujos, fazendo pouco mais do que manchar o rosto.

Tabbic riu.

— *Pagar!* — disse ele com a voz cheia de escárnio. — Garoto, você vai aprender um *ofício*. Você é que deveria nos pagar.

Otaviano cuspiu uma fiada de palavrões e tentou morder Tabbic de novo. Dessa vez o artesão deu-lhe um tapa sem nem mesmo olhar.

— E se ele roubar as mercadorias? — perguntou.

Alexandria notou que o velho estava começando a se acostumar com a idéia. Esse era o problema, claro. Se Otaviano fugisse com prata, ou pior, com a pequena quantidade de ouro que Tabbic mantinha trancada, isso prejudicaria a todos. Ela fez sua expressão mais séria e segurou o queixo de Otaviano, virando o rosto dele para ela.

— Se ele fizer isso — falou, fixando o menino com o olhar —, teremos todo o direito de exigir que ele seja vendido como escravo para pagar a dívida. A mãe também.

— Vocês não fariam isso! — disse Otaviano, chocado com as palavras a ponto de não conseguir lutar.

— Meu negócio não é uma instituição de caridade, garoto. Nós *faríamos* — respondeu Tabbic com firmeza. Por cima da cabeça de Otaviano ele piscou para Alexandria.

— Nesta cidade as dívidas são pagas. De um modo ou de outro — concordou ela.

O inverno tinha chegado depressa, e Tubruk e Brutus estavam usando capas grossas enquanto cortavam o velho carvalho para fazer lenha, pronta para ser levada de carroça até o depósito da propriedade. Rênio não parecia sentir o frio e tinha deixado o cotoco despido ao vento, longe das vistas de estranhos. Tinha trazido um jovem escravo da propriedade para firmar os galhos enquanto ele usava o machado. O garoto não tinha dito uma palavra desde que chegara nos calcanhares de Rênio, mas ficava bem longe quando Rênio golpeava a madeira, e seu rosto avermelhado pelo vento lutava para esconder um sorriso quando a lâmina escorregava e fazia Rênio cambalear e xingar baixinho. Brutus conhecia o velho gladiador suficientemente bem para se encolher numa avaliação silenciosa do que aconteceria se Rênio visse a diversão do menino. O trabalho estava fazendo todos suarem e soltarem vapor na respiração. Brutus olhou criticamente Rênio dar uma machadada, fazendo dois pedaços menores voarem. Ele ergueu o machado de novo, olhando para Tubruk.

— O que mais me preocupa é a dívida com Crasso. Só os alojamentos custam quatro mil aurei.

Brutus girou o machado com facilidade enquanto falava, grunhindo quando acertou um golpe limpo.

— O que ele espera em troca? — perguntou Tubruk.

Brutus deu de ombros.

— Ele disse para não me preocupar, o que significa que não consigo dormir só pensando. O armeiro que ele contratou está produzindo mais conjuntos de equipamentos do que os homens que eu tenho, mesmo depois de revirar Roma. Com o meu salário de centurião, teria de trabalhar anos só para pagar as espadas.

— Quantias assim não significam grande coisa para Crasso. Segundo as fofocas, ele poderia comprar meio Senado, se quisesse — disse Tubruk, parando para se apoiar no machado.

O vento fez as folhas girarem em volta deles. O ar cortava suas gargantas com um frio que era quase um prazer.

— Eu sei. Minha mãe me disse que ele já possui uma parte de Roma tão grande que nem sabe o que fazer com ela. Tudo que ele compra dá lucro, mais um motivo para imaginar qual é o lucro em comprar a Primogênita.

Tubruk balançou a cabeça enquanto levantava o machado de novo.

— Ele não a comprou, nem você. Nem diga isso. A Primogênita não é uma casa ou um broche, e só o Senado pode comandá-la. Se ele acha que está levantando uma legião particular, você deveria lhe dizer para colocar um novo estandarte nas listas.

— Ele não diz isso. Só faz assinar as contas que eu mando. Minha mãe acha que ele está usando o dinheiro para garantir a aprovação dela. Tenho vontade de perguntar a ele, mas e se for verdade? Eu não prostituiria minha mãe com aquele homem nem com nenhum outro, mas preciso ter a Primogênita.

— Para Servília não seria a primeira vez — observou Tubruk com um risinho.

Brutus pousou o machado cuidadosamente sobre uma tora. Encarou Tubruk e o velho gladiador parou ao ver sua expressão irada.

— Você pode dizer isso uma vez, Tubruk. Não diga de novo.

A voz de Brutus estava fria como o vento que os embrulhava, e Tubruk se apoiou de novo no machado enquanto encarava os olhos penetrantes.

— Ultimamente você tem falado dela um bocado. Não lhe ensinei a baixar a guarda tão facilmente com ninguém. Nem Rênio.

Rênio fungou baixo em resposta, enquanto chutava um pedaço de galho que estava debaixo de seus pés. Sua pilha de lenha tinha metade do tamanho das outras, mas lhe custara mais.

Brutus balançou a cabeça.

— Ela é minha mãe, Tubruk!

O outro deu de ombros.

— Você não a conhece, garoto. Só quero que tenha cuidado até conhecer.

— Conheço o bastante — disse Brutus, pegando o machado de novo.

Durante quase uma hora os três trabalharam em silêncio cortando a madeira e empilhando-a na pequena carroça de mão que estava ali perto. Finalmente, vendo que Brutus não falaria, Tubruk engoliu a irritação.

— Vai ao campo das legiões com os outros? — perguntou sem olhar para Brutus.

Ele sabia a resposta, mas pelo menos era um assunto seguro para continuar a conversa. A cada ano, no inverno, todos os rapazes que faziam dezesseis anos iam ao Campo de Marte onde novas legiões plantavam seus estandartes. Somente os aleijados e cegos eram recusados. Recém-restaurada às listas do senado, a Primogênita se qualificava para plantar sua águia junto com as outras.

— Tenho de ir — respondeu Brutus, as palavras saindo de má vontade. Sua expressão franzida se aliviou enquanto ele falava. — Com os que vêm de outras cidades, haverá uns três mil. Alguns vão assinar contrato com a Primogênita. Os deuses sabem que preciso aumentar os números, e rapidamente. Os alojamentos que Crasso comprou estão praticamente vazios.

— Quantos já tem? — perguntou Tubruk.

— Com os sete que chegaram ontem, quase noventa. Deveria vê-los, Tubruk.

O rapaz olhou para a distância enquanto via o rosto deles de novo, na mente.

— Acho que todos os homens que sobreviveram à batalha com Sila voltaram. Alguns tinham assumido outros ofícios na cidade e simplesmente largaram as ferramentas e saíram quando souberam que a Primogênita estava sendo reformada. Outros nós encontramos guardando casas e templos, e eles vieram sem discutir. Tudo pela memória de Mário.

Ele parou um momento e sua voz ficou mais incisiva.

— Minha *mãe* tinha um guarda que era *optio* na Primogênita. Ele perguntou se poderia voltar, e ela deixou. Ele vai ajudar Rênio a treinar os novos, quando chegarem.

Tubruk se virou para Rênio.

— Vai com ele?

Rênio largou o machado.

— Não tenho futuro como lenhador, camarada. Farei minha parte.

Tubruk assentiu.

— Tente não matar ninguém. Vocês já terão um trabalho difícil para conseguir gente do modo como está. Os deuses sabem que a Primogênita não é mais a legião para a qual eles sonham entrar.

— Nós temos história — respondeu Brutus. — As novas legiões que eles estão montando não poderão se comparar com isso.

Tubruk olhou-o incisivamente.

— Uma história vergonhosa, alguns acham. Não me olhe desse jeito. É o que todos dizem. Eles vão marcar vocês como a legião que perdeu a cidade. Você terá dificuldade com isso. — Ele olhou as pilhas de lenha em volta e a carroça cheia e assentiu consigo mesmo. — Por hoje chega. O resto pode esperar. Há uma taça de vinho quente esperando por nós.

— Então só mais um — disse Rênio, virando-se para o garoto ao lado sem esperar resposta. — Acho que as minhas machadadas estão um pouco melhores do que quando eu comecei, não acha, garoto?

O escravo passou a mão rapidamente debaixo do nariz, deixando uma mancha prateada ao longo da bochecha. Ele assentiu, subitamente nervoso.

Rênio sorriu para o menino.

— Com um machado um braço não é tão firme quanto dois, veja bem. Pegue aquele galho e segure firme enquanto eu corto.

O garoto arrastou um pedaço de carvalho até os pés de Rênio e começou a se afastar.

— Não. Segure firme. Uma mão de cada lado — disse Rênio, a voz endurecendo.

Por um segundo o garoto hesitou, olhando os outros dois que observavam com interesse silencioso. Ali não havia ajuda. Encolhendo-se, apoiou as mãos nos lados arredondados da tora e se inclinou para fora do alcance, apavorado ante a espera.

Rênio se demorou até achar uma posição que lhe agradasse.

— Segure com força, agora — alertou, começando a dar o golpe enquanto falava. A cabeça do machado girou num borrão e partiu a madeira com um estalo. O garoto enfiou as mãos debaixo das axilas, trincando o queixo por causa da dor súbita.

Rênio se agachou ao lado do garoto, pousando o machado no chão. Em seguida puxou gentilmente uma das mãos dele, para ser inspecionada. As bochechas do garoto estavam vermelhas de alívio, e enquanto via que não havia ferimento Rênio deu um riso e desgrenhou o cabelo dele, animado.

— O machado não escorregou — disse o menino.

— Não quando foi importante — concordou Rênio, rindo. — Você foi corajoso. Vale uma taça de vinho quente, eu diria.

O garoto riu diante disso, esquecendo-se das mãos que ardiam.

Os três homens se entreolharam com lembranças e prazer diante do orgulho do garoto, enquanto pegavam as hastes da carroça e começavam a descer o morro em direção à sede da propriedade.

— Quando Júlio voltar, quero que a Primogênita esteja forte — disse Brutus enquanto chegavam ao portão.

Júlio e Gadítico espiavam por entre os arbustos na colina íngreme, para o navio distante e minúsculo ancorado abaixo, na calma baía da ilha. Ambos estavam famintos e com uma sede quase insuportável, mas o odre estava vazio e eles tinham concordado em só começar a viagem de volta ao escurecer.

Tinham demorado mais do que esperavam para subir a encosta mais suave até o pico, onde o terreno tombava íngreme. A cada vez que os dois achavam que tinham alcançado o cume, outro era revelado, e no fim a alvorada tinha-os feito parar logo depois de iniciar a descida. Quando viram pela primeira vez o navio, Júlio estava imaginando se seu informante pirata estivera mentindo para se salvar dos tubarões. Durante toda a longa jornada até a ilha, o outro estivera acorrentado num remo de seu próprio navio e parecia que merecera a vida dando os detalhes do ancoradouro de inverno de Celso.

Júlio desenhou o que podiam ver usando carvão em pergaminho, para ter algo a mostrar aos outros quando fossem apanhados. Gadítico olhava-o em silêncio, com o rosto azedo.

— Não pode ser feito, não com uma dose de certeza — murmurou enquanto olhava de novo por entre a folhagem.

Júlio parou de desenhar de memória e se ergueu sobre os joelhos para ver a cena de novo. Nenhum dos dois usava armadura, tanto pela velocidade quanto para impedir que o sol se refletisse, revelando sua posição. Júlio se recostou de novo para terminar o desenho, olhando-o criticamente.

— Não usando um navio — falou depois de um tempo, com o desapontamento desenhando suas feições.

Durante um mês de viagem rápida, a tripulação tinha se exercitado dia e noite, preparando-se para a batalha contra Celso. Júlio apostaria a última moeda na capacidade de eles abordarem e o dominarem rapidamente com apenas algumas baixas. Agora, olhando a pequena baía aninhada entre três montanhas, todo o planejamento parecia desperdiçado.

A ilha não tinha uma terra central, apenas três frios e antigos picos vulcânicos que abrigavam uma baía pequena. De seu ponto de vista, eles podiam ver que canais de águas profundas passavam entre as montanhas, de modo que, de qualquer lado que fosse atacado, Celso poderia escolher um dos outros e desaparecer no mar sem pressa ou perigo. Com três navios eles poderiam encurralá-lo sem problemas, mas com apenas dois era um jogo perdido.

Lá embaixo Júlio viu as formas escuras dos golfinhos nadando em volta do navio na baía. Era um lugar lindo, e ele achou que gostaria de voltar, se tivesse chance. De longe as montanhas pareciam sérias e cortantes, cinza-esverdeadas aos raios do sol, mas empoleirados onde estavam era uma coisa gloriosa. O ar era tão límpido que dava para ver os detalhes nos outros dois picos serrilhados, por isso ele e Gadítico não ousavam se mexer. Se podiam ver o movimento de homens no convés do navio de Celso, poderiam ser vistos também, e a única chance de vingança desapareceria.

— Era de imaginar que ele passasse o inverno numa das grandes cidades, longe de Roma — disse Júlio, pensativo. A ilha parecia desabitada, a não ser pelo navio ancorado, e ele ficou surpreso ao pensar que a tripulação de piratas empedernidos não a considerasse monótona depois de meses roubando mercadores. — Sem dúvida ele visita o continente, mas dá para ver que este lugar é mais seguro do que qualquer outro. Aquele lago no pé das colinas é provavelmente de água doce, e eu imagino que eles podem achar aves e peixes suficientes para dar um festim ou dois. Em quem ele confiaria para cuidar do navio quando estivesse longe? Tudo que seus homens teriam de fazer seria levantar âncoras e ele perderia tudo. — Júlio olhou Gadítico com as sobrancelhas erguidas. — Coitado — falou, enrolando o mapa.

Gadítico riu e olhou para o sol.

— Deuses. Vão se passar horas antes que a gente possa voltar por cima do cume, e minha garganta está cheia de pó.

Júlio se deitou esticado com os braços sob a cabeça.

— Usando balsas nós poderíamos chegar perto, com nossos navios vindo atrás para bloquear a fuga. A próxima noite sem lua vai nos dar tempo suficiente para montar algumas e planejar. Agora vou dormir um pouco até ficar escuro para a volta — murmurou, fechando os olhos. Dentro de minutos estava roncando baixinho, e Gadítico olhou-o espantado.

Estava tenso demais para dormir, por isso continuou vigiando os movimentos dos homens a bordo do navio na baía, abaixo. Imaginou quantos morreriam se Celso tivesse o bom senso de colocar vigias todas as noites e desejou ter uma confiança no futuro como a daquele rapaz.

CAPÍTVLO XIX

A ÁGUA ESCURA ESTAVA TREMENDAMENTE FRIA, ENCHARCANDO OS romanos deitados nas balsas e remando devagar em direção ao casco escuro do navio de Celso. Mesmo estando doidos para ir mais rápido, cada homem se mantinha firme, movendo as mãos entorpecidas pela água parada e provocando marolas suaves. As tripulações de Júlio tinham trabalhado febrilmente para montar as balsas, tirando tábuas e cordas dos dois navios que se abrigavam na costa virada para o mar, do lado oposto à baía. Quando terminaram, cinco plataformas se moviam lentamente pelos canais profundos em direção à praia onde Celso estava ancorado, com espadas enroladas juntas em tecido para equilibrar o peso. Não levavam armaduras. Apesar de toda a vantagem que elas teriam dado, Júlio achou que não haveria tempo de amarrar tudo no lugar. E, em vez disso, seus homens estremeciam com túnicas e calças molhadas, praticamente desprotegidos da brisa noturna.

Celso acordou subitamente em sua cabine e prestou atenção ao ruído que o acordara. Será que o vento havia mudado? A baía era um abrigo perfeito, mas uma tempestade poderia mandar um jorro de ondas pelos canais que poderia enfraquecer a segurança das âncoras no fundo de argila. Por um momento pensou em se virar no catre estreito e deixar o sono voltar. Tinha bebido demais com os outros naquela noite, e a gordura escorregadia da carne assada tinha se endurecido em crostas de cera na pele. Coçou preguiçosamente um ponto, raspando com a unha o resíduo do festim. Sem dúvida seus oficiais estavam dormindo de ressaca e alguém tinha de patrulhar o navio a cada hora. Suspirou e estendeu a mão no escuro para pegar as roupas, franzindo o nariz para o cheiro de vinho rançoso e comida grudado nelas.

— Devia ter pensado melhor — murmurou consigo, encolhendo-se quando um jorro ácido se fez sentir subindo pela garganta. Imaginou se valeria acordar Cabera para fazer com que ele preparasse um pouco daquele grude parecido com giz, que parecia ajudar.

Houve um ruído súbito de pés se arrastando do lado de fora da porta e o som de um corpo batendo no chão. Celso franziu a testa, pegando a adaga no gancho, mais por hábito do que por alarme, enquanto abria a porta e olhava para fora.

Havia uma sombra ali, informe e escura de encontro à luz das estrelas.

— Onde está meu dinheiro? — sussurrou Júlio.

Celso gritou chocado, saltando para a frente e lançando o braço contra a figura. Sentiu dedos duros agarrando seu cabelo enquanto saía no convés, e sua cabeça foi puxada para trás um momento, antes de os dois escorregarem. Ele se afastou de quatro, gritando, tentando se livrar da lâmina que imaginou vindo para suas costas desprotegidas.

O convés principal era uma massa confusa de figuras lutando, mas ninguém lhe respondeu. Celso viu que seus homens estavam dominados, encharcados demais de bebida e sono para lutar. Desviou-se entre os amontoados de homens e correu para sua armaria, na popa. Teriam de montar uma defesa lá. A luta ainda não estava perdida.

Alguma coisa pesada bateu em seu pescoço e ele cambaleou. Seus pés se embolaram numa figura amarrada com cordas, e ele desmoronou com um estrondo. O silêncio era fantasmagórico. Não havia ordens nem gritos no escuro, apenas os grunhidos e a respiração de homens que lutavam pela vida sem misericórdia, usando qualquer coisa que lhes viesse às mãos. Celso vislumbrou um dos seus lutando com uma corda grossa em volta do pescoço, agarrando-a, depois se levantou e estava em movimento de novo no escuro, balançando a cabeça para afastar o pânico, o coração disparando com uma força desperdiçada.

A armaria estava rodeada por estranhos, com a pele molhada captando brilhos das estrelas enquanto se viravam para ele. Não podia ver seus olhos e levantou a adaga para golpear quando eles vieram na sua direção.

Um braço envolveu sua garganta por trás, e Celso golpeou-o loucamente, fazendo-o cair para longe com um gemido. Girou feito louco, balançando a adaga, e então as sombras se dividiram e um clarão iluminou a cena como um raio, mostrando os olhos brilhantes deles por um momento, antes que a escuridão retornasse, pior do que antes.

Júlio usou a pederneira de novo para acender a lâmpada a óleo que tinha apanhado na cabine de Celso, e Celso gritou de horror ao reconhecer o jovem romano.

— Justiça para os mortos, Celso — disse Júlio enquanto passava a luz sobre as feições abaladas do pirata. — Estamos com quase todos os seus homens, mas alguns se trancaram lá embaixo. Eles vão ficar.

Seus olhos brilharam à luz da lâmpada, e Celso sentiu os braços seguros com uma sensação medonha de coisa definitiva, enquanto os outros se aproximavam, arrancando a adaga de seus dedos. Júlio chegou perto até estarem quase se tocando.

— Os remadores estão sendo acorrentados aos bancos. Sua tripulação vai ser crucificada, como eu prometi. Reivindico este navio para Roma e para a casa de César.

Celso o encarou num fascínio estupefato. Sua boca ficou aberta, frouxa, enquanto tentava entender o que tinha acontecido, mas o esforço estava acima de suas possibilidades.

Sem aviso, Júlio deu-lhe um soco com força na barriga. Celso pôde sentir o salto ácido no estômago e engasgou por um segundo enquanto sua garganta se enchia de uma coisa amarga. Desmoronou nos braços dos captores e Júlio recuou. De repente Celso saltou para ele, livrando-se dos homens que tinham relaxado o aperto. Chocou-se contra Júlio e os dois caíram, com a lâmpada derramando o óleo no convés. Na confusão, os romanos se moveram para apagar o fogo, com o medo instintivo dos navegadores. Celso deu um soco na figura que lutava embaixo dele e depois saltou para o lado, desesperado para se livrar.

A figura gigantesca de Ciro o bloqueou, e ele não viu a lâmina contra a qual se chocou. Em agonia, olhou o rosto de seu matador e não viu nada ali, apenas um vazio. Então se foi, deslizando para longe da espada e caindo no convés.

Júlio sentou-se, ofegando. Podia ouvir o estalo de madeira se partindo ali perto enquanto seus homens abriam caminho para as cabines trancadas. A coisa estava quase no fim, e ele sorriu, encolhendo-se quando os lábios sangraram por causa de algum golpe que recebera na luta.

Cabera veio pelo convés em sua direção. Parecia um pouco mais magro, se isso era possível, e no sorriso amplo faltava pelo menos mais um dente do que Júlio recordava. Mesmo assim era o mesmo rosto.

— Eu vivia dizendo que você viria, mas eles não acreditaram — disse Cabera, alegre.

Júlio se levantou e o abraçou, dominado pelo alívio ao ver o velho em segurança. Não havia palavras que precisassem ser ditas.

— Vamos ver o quanto de nossos resgates Celso conseguiu gastar — disse finalmente. — Lâmpadas! Lâmpadas aqui! Tragam para o porão.

Cabera e os outros seguiram-no rapidamente descendo uma escada quase na vertical. Cada homem estava tão interessado quanto ele no que poderiam achar. No primeiro ataque os guardas estavam bêbados e foram facilmente dominados, mas a porta ainda estava fechada com uma barra, como Júlio tinha ordenado. Ele parou com as mãos nela, ofegante de ansiedade. O depósito poderia estar vazio, ele sabia. Por outro lado, poderia estar cheio.

A porta cedeu facilmente diante dos machados, e enquanto Júlio entrava seguido pelos outros as lâmpadas de óleo iluminaram o espaço que ficava logo abaixo do convés dos remadores. O murmúrio irado dos remadores lembrava ecos fantasmagóricos no espaço confinado. A recompensa deles por terem se aliado a Celso seria a escravidão, a única tripulação treinada a serviço de Roma.

Júlio respirou fundo. O depósito tinha grandes prateleiras de carvalho grosso a toda volta, cobrindo as paredes do chão ao teto. Cada prateleira tinha riquezas. Havia caixotes de moedas de ouro e pequenas barras de prata empilhadas, postas com cuidado para não afetar o equilíbrio do navio. Júlio balançou a cabeça incrédulo. O que via à sua frente bastava para comprar um pequeno reino em algumas partes do mundo. Celso devia ficar louco de preocupação com aqueles tesouros. Júlio duvidava que ele deixasse o navio em algum momento, tendo tanto a perder. A única coisa que não via era o pacote de ordens de pagamento que Mário lhe dera antes de morrer. Sempre soubera que elas não teriam valor para Celso, que nunca poderia retirar as grandes quantias do tesouro da cidade sem que o seu passado fosse descoberto. Parte de Júlio esperara que elas não tivessem afundado com a *Accipiter*, mas o dinheiro perdido não era nada em comparação com o ouro que tinham ganhado em troca.

Os homens que entraram com ele ficaram boquiabertos com o que viam. Só Cabera e Gadítico entraram ainda mais no depósito, verificando e avaliando o conteúdo de cada prateleira. Gadítico parou de repente e puxou um caixote com um grunhido. Tinha uma águia gravada a fogo na madeira, e ele quebrou a tampa com o cabo da espada, com todo o entusiasmo de uma criança.

Seu punho voltou segurando brilhantes moedas de prata, recém-cunhadas. Cada uma era marcada com os caracteres de Roma e tinham a cabeça de Cornélio Sila.

— Podemos limpar nosso nome devolvendo isso — falou com satisfação, olhando para Júlio.

Júlio riu diante do sentimento de prioridade do outro.

— Com este navio para substituir a *Accipiter*, eles devem nos receber como filhos perdidos há muito. Sabemos que ele é mais rápido do que a maioria dos nossos — respondeu Júlio. Em seguida viu que Cabera estava enfiando uma quantidade de itens valiosos nas dobras de seu manto, prendendo-os com o cinto apertado. Júlio ergueu os olhos, achando divertido.

Gadítico começou a rir enquanto deixava as moedas escorrerem pelos dedos, de volta ao caixote.

— Podemos ir para casa — disse Gadítico. — Finalmente podemos ir para casa.

Júlio se recusou a deixar o capitão Duro levar as duas trirremes que tinham sido prometidas em troca da carga perdida, sabendo que seria idiotice reduzir as defesas até estarem em segurança num porto romano. Enquanto

Duro se enfurecia diante dessa decisão, Gadítico visitou Júlio na cabine que tinha pertencido a Celso, agora lavada e desentulhada. O rapaz andou de um lado para o outro enquanto conversavam, incapaz de relaxar.

Gadítico tomou uma taça de vinho, saboreando a escolha de Celso.

— Poderíamos atracar no porto legionário em Tessalônica, Júlio, e entregar a prata da legião e o navio. Quando estivermos liberados, poderemos navegar ao redor da costa, ou mesmo marchar para oeste até Dirrhachium e pegar um navio para Roma. Agora estamos muito perto. Duro disse que vai jurar que nós fizemos um acordo, de modo que qualquer acusação de pirataria não se sustente.

— Ainda há aquele soldado que Ciro matou no cais — disse Júlio lentamente, imerso em pensamentos.

Gadítico deu de ombros.

— Soldados morrem, e não é como se ele o tivesse estripado. O homem do questor simplesmente teve má sorte. Agora eles não vão conseguir que nenhuma acusação se sustente. Estamos livres para voltar.

— O que vai fazer? Tem o bastante para se aposentar.

— Talvez. Estava pensando em usar minha parte para pagar ao Senado pelos escravos que afundaram na *Accipiter*. Se fizer isso, talvez eles até me mandem de volta ao mar como capitão. Tomamos dois navios piratas, afinal de contas, e eles não podem desconsiderar isso.

Júlio se levantou e segurou o braço do outro.

— Eu lhe devo muito mais do que isso, você sabe.

Gadítico agarrou o braço que o segurava.

— Não há dívida comigo, rapaz. Quando estávamos naquela cela fedorenta... e os amigos morriam, minha vontade se foi com eles durante um tempo.

— Mas você era o capitão, Gadi. Você poderia ter se sustentado sobre a autoridade.

Gadítico deu um sorriso meio pesaroso.

— Um homem que precisa fazer isso pode descobrir que, afinal de contas, não está se sustentando sobre grande coisa.

— Você é um bom homem, e sabe disso. E um ótimo capitão — disse Júlio, desejando ter palavras melhores para o amigo. Sabia que Gadítico precisara de uma força rara para engolir o orgulho, mas sem isso eles jamais poderiam ter de volta a vida e a honra. — Então venha. Se é o que você quer, vamos atravessar até a Grécia e voltar à civilização.

Gadítico sorriu com ele.

— O que vai fazer com a sua parte do ouro? — perguntou, meio cauteloso.

Somente Suetônio tinha reclamado quando Júlio reivindicou metade para si, deixando o resto para ser dividido igualmente. Depois de separar a prata romana e os resgates dos oficiais da *Accipiter*, a parte que cada um receberia ainda era mais dinheiro do que eles jamais esperariam ver. Suetônio não tinha falado uma palavra com Júlio desde que recebera sua parte, mas o rosto dele era o único carrancudo nos três navios. O resto olhava Júlio com uma espécie de espanto.

— Ainda não sei o que vou fazer — disse Júlio, o sorriso desaparecendo. — Não posso voltar a Roma, você se lembra.

— Por causa de Sila? — disse Gadítico, lembrando-se do jovem que tinha entrado para a sua galera logo antes da maré alta em Óstia, com o rosto sujo de fuligem do incêndio na cidade que ficara para trás.

Júlio assentiu, sério.

— Não posso voltar enquanto ele viver — murmurou, o humor ficando sombrio tão rapidamente quanto havia se iluminado.

— Você é jovem para estar se preocupando com isso. Alguns inimigos podem ser derrotados, mas com alguns você simplesmente precisa viver mais. E com mais segurança.

Júlio pensava nessa conversa enquanto passavam pelo canal de águas profundas que abrigava Tessalônica das tempestades do mar Egeu. Os três navios seguiam lado a lado diante do vento forte, com as velas estalando e cada homem disponível limpando e polindo os conveses. Ele tinha ordenado que fossem feitas três bandeiras da República para os mastros, e, quando rodeassem a última baía para o porto, seria uma visão de animar os corações romanos. Suspirou sozinho. Roma era tudo que ele conhecia. Tubruk, Cornélia e Marco, quando se encontrassem de novo. Sua mãe. Pela primeira vez em que podia lembrar, queria vê-la, só para dizer que entendia sua doença e que sentia muito. Uma vida no exílio não era fácil de suportar. Suspirou levemente enquanto o vento cortava sua pele.

Gadítico surgiu ao lado, junto à amurada.

— Alguma coisa não está certa, garoto. Onde estão os navios mercantes? As galeras? Este deveria ser um porto movimentado.

Júlio forçou a vista para ver terra enquanto se aproximavam. Finas tiras de fumaça subiam no ar, um número grande demais para serem fogos de cozinha. Quando chegaram suficientemente perto do cais, ele pôde ver que os únicos outros navios no porto estavam adernados, com sinais de incêndio. Um era pouco mais do que um casco partido. A água estava coberta numa espuma de cinzas encharcadas e madeira despedaçada.

O resto dos homens veio até o convés e ficou olhando a cena de desolação num silêncio chocado. Podiam ver corpos apodrecendo à luz fraca do sol. Pequenos cachorros mordiam-nos fazendo os membros esparramados se retorcer e pular numa paródia vulgar da vida.

Os três navios ancoraram e os soldados desembarcaram sem romper o silêncio fantasmagórico, com as mãos prontas nas espadas, sem precisar de ordens. Júlio foi com eles, depois de dizer a Gadítico para ficar a postos para uma retirada rápida. O capitão romano aceitou a ordem assentindo, juntando rapidamente um pequeno grupo para ficar com ele e controlar os remadores.

Nas desbotadas pedras marrons do cais, mulheres e crianças estavam caídas juntas, com grandes ferimentos na carne cheios de moscas que voaram zumbindo à aproximação dos soldados. O cheiro era insuportável, mesmo com a brisa fria do mar. A maioria dos corpos era de legionários romanos, com as armaduras ainda brilhantes por cima de túnicas pretas.

Júlio passou pelos amontoados de corpos junto com os outros, recriando a ação na mente. Viu muitas manchas de sangue em volta de cada grupo de mortos, sem dúvida onde os inimigos tinham caído e sido arrastados para os enterros. Deixar os corpos romanos onde estavam era um insulto deliberado, um ato de desprezo que começou a acender em Júlio uma fúria que ele viu refletida nos olhos dos que estavam ao redor. Caminhavam com as espadas a postos, percorrendo as ruas numa fúria crescente e afastando ratos e cães dos cadáveres. Mas não havia inimigo a ser desafiado. O porto estava deserto.

Júlio parou, respirando fundo pela boca, olhando o corpo caído de uma menininha nos braços de um soldado que fora esfaqueado nas costas enquanto corria com ela. A pele dos dois tinha ficado escura, endurecida e se encolhendo para revelar os dentes e as línguas negras.

— Deuses, quem pode ter feito isso? — sussurrou Prax consigo mesmo.

O rosto de Júlio era uma máscara amarga.

— Vamos descobrir. Esse é o meu povo. Eles gritam para nós, Prax, e eu vou responder.

Prax olhou para ele e sentiu a energia maníaca brotando do rapaz. Quando Júlio se virou para encará-lo, ele desviou o olhar, incapaz de enfrentar seus olhos.

— Forme uma equipe de sepultamento. Gadítico pode fazer as orações quando eles estiverem enterrados.

Júlio fez uma pausa e olhou o horizonte, onde o sol era de um opaco cobre invernal.

— E mande o resto deles cortar árvores. Vamos fazer as crucifixões aqui, ao longo desta costa. Isso vai servir como alerta a quem for responsável por isso.

Prax fez uma saudação e voltou correndo ao ponto de atracação, satisfeito por se afastar do fedor da morte e do jovem oficial cujas palavras o amedrontavam, apesar de ele achar que o conhecia antes.

Júlio ficou parado, impassível, enquanto os cinco primeiros homens eram pregados aos troncos toscos. Cada cruz era levantada com cordas até escorregar para os buracos que as seguravam, firmadas com cunhas de madeira marteladas. Os piratas gritaram até ficar com a garganta ferida e nenhum som sair mais, além do assobio do ar. De um deles escorria suor sangrento das axilas e da virilha, finas linhas vermelhas que escreviam padrões feios na pele.

O terceiro homem teve espasmos de agonia enquanto o cravo de ferro era pregado através de seu punho na madeira macia da trave horizontal. Chorou e implorou como uma criança, puxando o outro braço com toda a força até ele ser agarrado e seguro para os golpes do martelo e do cravo que o prendeu de vez.

Antes que seus homens completassem a tarefa brutal com as pernas trêmulas do sujeito, Júlio caminhou para a frente, como se atordoado, desembainhando a espada devagar. Seus homens se imobilizaram diante da aproximação, e ele os ignorou, parecendo falar seus pensamentos em voz alta.

— Chega — murmurou, enfiando a espada na garganta do homem.

Houve um ar de alívio nos olhos que ficaram vítreos, e Júlio desviou a cabeça enquanto enxugava a espada, odiando a própria fraqueza, mas incapaz de continuar olhando.

— Matem o resto depressa — ordenou, antes de voltar sozinho ao navio.

Seus pensamentos corriam loucos enquanto caminhava pelas pedras do cais, guardando a espada sem perceber. Tinha prometido crucificar todos, mas a realidade era uma feiúra que ele não podia suportar. O grito havia atravessado seus nervos e o deixado com vergonha. Fora necessária toda a força de vontade para ver os homens serem pregados depois do horror do primeiro.

Fez uma careta de raiva contra si mesmo. Seu pai não teria fraquejado. Rênio os teria pregado pessoalmente, sem perder o sono. Sentiu as bochechas queimando de vergonha e cuspiu no cais ao chegar à borda. Mesmo assim não poderia ter ficado com seus homens, olhando, e se afastar sozinho o teria diminuído aos olhos deles, depois de suas ordens terem dado início às mortes cruéis.

Cabera tinha-se recusado a se juntar aos legionários para as execuções. Ficou junto à amurada do navio com a cabeça virada para o lado, numa pergunta não verbalizada. Júlio olhou-o e deu de ombros. O velho curandeiro deu-lhe um tapa no braço e estendeu uma ânfora de vinho com a outra mão.

— Boa idéia — disse Júlio em tom distante, com os pensamentos em outro lugar. — Pegue mais uma, está bem? Esta noite não quero sonhos.

CAPÍTVLO XX

APENAS ALGUMAS CONSTRUÇÕES DO PORTO TINHAM TETO E PAREdes suficientemente seguras para ser usadas pelos homens de Júlio. Muitas outras tinham sido incendiadas, com as paredes de pedra mantendo-se de pé como conchas vazias. Alternando-se entre os armazéns e os três navios, Júlio mandou os homens revistarem o local em busca de suprimentos. Apesar de Celso ter guardado o suficiente para a maior parte do inverno, dificilmente daria para alimentar tantos soldados ativos durante tanto tempo.

Os legionários andavam com cautela enquanto procuravam, jamais sozinhos e sempre atentos a um ataque de surpresa. Mesmo com os corpos retirados e enterrados, o porto era um lugar silencioso, meditativo, e eles estavam sempre com o pensamento de que quem destruíra o pacífico povoado romano ainda poderia estar por perto ou voltando.

Só encontraram um homem vivo. Sua perna tinha um corte enorme e a infecção se espalhara rapidamente. Acharam-no quando o ouviram se mexer para matar um rato que chegou perto demais do cheiro de sangue. Ele esmagou a cabeça do bicho com uma pedra e depois gritou de terror quando os homens de Júlio o agarraram pelos braços e o puxaram para a luz. Depois de dias no escuro, o homem mal podia suportar até mesmo o sol fraco da manhã e balbuciava loucamente enquanto era arrastado para os navios.

Júlio chamou Cabera assim que viu a perna inchada, mas achou que era inútil. Os lábios do homem estavam com crostas secas, e ele gemeu por entre lágrimas quando encostaram uma tigela d'água em sua boca. Cabera cutucou a carne inchada da perna com os dedos compridos, finalmente balançando a cabeça. Levantou-se e ficou de lado com Júlio.

— O ferimento envenenou e a infecção subiu até a virilha. É tarde demais para amputar. Posso tentar aliviar a dor, mas ele não tem muito tempo de vida.

— Você não pode... pôr as mãos nele?

— Ele foi longe demais, Júlio. Já deveria estar morto.

Júlio assentiu com uma resignação amarga, pegando a tigela com seus homens e ajudando o homem a segurá-la junto aos lábios. Os dedos esqueléticos tremiam demais para mantê-la firme, e, quando segurou um deles, Júlio quase se encolheu com o calor de febre que atravessava a pele esticada.

— Consegue me entender? — perguntou.

O homem tentou assentir enquanto bebia e engasgou terrivelmente, ficando de um vermelho vivo com os esforços que rasgavam o resto das forças.

— Pode dizer o que aconteceu? — pressionou Júlio, desejando que o homem respirasse.

Finalmente os espasmos cessaram e o homem deixou a cabeça tombar no peito, exausto.

— Eles mataram todo mundo. Todo o país está em chamas — sussurrou.

— Uma rebelião? — perguntou Júlio rapidamente.

Tinha esperado que fosse algum invasor estrangeiro, assolando algumas cidades litorâneas antes de voltar aos navios. Isso acontecera com muita freqüência naquela parte do mundo. O homem assentiu, sinalizando com os dedos trêmulos para a tigela de água. Júlio entregou-a, olhando enquanto ele a esvaziava.

— Foi Mitrídates — disse o homem, com a voz rouca e áspera. — Quando Sila morreu, ele os chamou...

Ele tossiu de novo e Júlio se levantou chocado, saindo para o convés, para longe do cheiro ativo de doença que enchia o cômodo. *Sila estava morto?* Agarrou a amurada do navio de Celso até as mãos terem cãibras. Esperava que tivesse sido uma agonia lenta para o homem que lhe havia tirado Mário.

Alguma parte dele tinha imaginado cenas em que voltaria a Roma com os novos homens, rico e com o poder crescendo, para lutar contra Sila e vingar Mário. Nos momentos de maior silêncio, sabia que era uma fantasia infantil, mas ela o havia sustentado por longo tempo, um sonho que tornou suportável os meses na cela, os ataques, tudo.

À medida que o dia continuava Júlio se lançou nos milhares de tarefas que precisavam ser organizadas enquanto eles tornavam segura a área do porto. As ordens que dava e os homens com quem falava pareciam distantes, à medida que tentava pensar no que faria a partir das notícias dadas pelo homem. Pelo menos organizar as provisões e as ordens de alojamento lhe davam algo com que se ocupar. A morte de Sila deixava um buraco em seu futuro, um vazio que zombava de seus esforços.

O mercador Duro o achou junto com três legionários limpando um poço envenenado. Era bastante comum uma força invasora estragar a água com animais apodrecendo, e Júlio estava trabalhando entorpecido com os outros, tirando galinhas mortas e pegajosas e tentando não engasgar com o cheiro enquanto elas eram jogadas longe.

— Preciso trocar uma palavra com o senhor — disse Duro.

A princípio Júlio não pareceu ouvi-lo, e o mercador repetiu mais alto. Júlio suspirou e foi até ele, deixando os outros soldados baixando as cordas com ganchos para outra tentativa. Júlio enxugou as mãos fétidas na túnica enquanto andava, e Duro viu que ele estava exausto, subitamente percebendo como o sujeito era jovem. Com o cansaço diminuindo a fogueira por dentro, ele parecia quase perdido. O mercador pigarreou.

— Eu gostaria de partir com minhas duas trirremes, senhor. Coloquei meu nome numa carta dizendo que o senhor alugou o *Ventulus* para caçar piratas. Está na hora de eu voltar para minha família e minha vida.

Júlio o olhou com firmeza, sem responder. Depois de uma pausa, Duro recomeçou:

— Concordamos que quando o senhor achasse Celso eu teria meu navio e a outra trirreme para compensar a carga perdida. Não tenho nenhuma reclamação, mas preciso de que o senhor dê a ordem para seus homens deixarem meus navios, de modo que eu possa ir para casa. Eles não aceitam minhas ordens, senhor.

Júlio se sentiu dividido e com raiva. Nunca havia percebido como podia ser difícil manter viva alguma aparência de honra. Tinha prometido a Duro os dois navios, mas isso fora antes de achar o porto grego destruído por uma guerra. O que o sujeito esperava? Cada instinto marcial que martelava em Júlio dizia para recusar peremptoriamente. Como poderia pensar em abrir mão de dois de seus trunfos mais valiosos quando Mitrídates estava cortando tudo que fosse romano da carne da Grécia?

— Caminhe comigo — disse a Duro, passando por ele de modo que o capitão teve praticamente de correr para acompanhá-lo. Júlio voltava rapidamente para o cais onde os três navios balançavam suavemente nas ondas. Seus guardas o saudaram enquanto ele se aproximava, e Júlio devolveu o gesto, parando subitamente na borda, onde as galeras se erguiam acima deles.

— Não quero que vá para casa — disse em tom direto.

Duro ficou vermelho de surpresa.

— O senhor deu a palavra, disse que eu poderia partir quando o senhor tivesse tomado o navio de Celso — falou rispidamente.

Júlio se virou para ele, e o capitão engoliu em seco, quieto diante de sua expressão.

— Não preciso que me lembrem, capitão. Não vou impedi-lo de ir embora. Mas Roma precisa destes navios.

Ele pensou por um longo tempo, com os olhos sombrios enquanto olhava as embarcações subindo e descendo nas águas sujas.

— Quero que o senhor os leve ao redor do litoral o mais rápido possível e descubra que porto Roma está usando para desembarcar as legiões no oeste. Entregue a prata da legião em meu nome... e no nome do capitão Gadítico, da *Accipiter*. Imagino que eles vão mandar o senhor de volta a Roma para pegar mais soldados. Não existe lucro nisso, mas os dois navios são rápidos e eles vão precisar de qualquer coisa que flutue.

Duro mudou o peso do corpo de um pé para o outro, pasmo.

— Estou meses atrasado. Minha família e meus credores vão achar que estou morto — falou, tentando ganhar tempo.

— Romanos *morreram*, o senhor não viu os corpos? Deuses, estou pedindo um serviço para a cidade que o viu nascer e criou. O senhor nunca lutou nem sangrou por ela. Estou lhe dando a chance de pagar o pouco que deve.

Duro quase sorriu diante das palavras, mas se controlou ao perceber que o rapaz falava totalmente sério. Imaginou o que seus amigos da cidade pensariam daquele soldado. Ele parecia ter uma visão de Roma que não tinha nada a ver com os mendigos, os ratos e as doenças. Notou que Júlio via a cidade como algo mais grandioso do que ele percebia, e por um momento sentiu um toque de vergonha diante dessa crença.

— Como sabe que não vou pegar o dinheiro e ir direto para o norte da Itália e para casa?

Júlio franziu a testa ligeiramente, virando os olhos frios para o mercador.

— Porque, se fizer isso, serei seu inimigo, e você sabe muito bem que o acabarei encontrando e destruindo.

As palavras foram ditas em tom casual, mas depois de ver as execuções e ouvir como Celso fora jogado por sobre a amurada de seu próprio navio, Duro enrolou o manto em volta do corpo com força, para se proteger do vento frio.

— Muito bem. Farei o que diz, mas maldigo o dia em que o senhor pisou no *Ventulus* — respondeu com os dentes trincados.

Júlio chamou os guardas que estavam na proa dos navios de Duro.

— Meus homens devem desembarcar!

Os soldados à vista o saudaram e desapareceram para chamar os outros. Duro sentiu uma onda de alívio deixando-o risonho.

— Obrigado — falou.

Júlio parou enquanto começava a voltar aos armazéns. Atrás dele, onde as pedras do cais se juntavam à terra, cinco figuras pendiam em cruzes.

— Não esqueça — disse ele, depois deu as costas ao capitão e se afastou.

Duro duvidou que isso fosse possível.

À medida que a noite caía os homens se reuniram no armazém que parecia em melhores condições. Uma das paredes estava chamuscada, mas o fogo não tinha pegado. Afora o cheiro acre no ar, o local era quente e seco. Lá fora tinha começado a chover, um tamborilar baixinho no fino telhado de madeira.

As lâmpadas a óleo tinham vindo do navio de Celso, e, assim que eles se fossem, os homens estariam reduzidos a achar suprimentos nas casas abandonadas do porto. Como para preparar os soldados para esse momento, as chamas estavam baixas, mal iluminando o espaço vazio do depósito. Sementes de trigo derramadas pelos saqueadores forravam o chão, e os soldados sentavam-se em sacos rasgados, tentando ficar o mais confortáveis possível.

Gadítico se levantou para falar aos homens amontoados. A maioria tinha trabalhado o dia inteiro, fosse consertando o telhado ou levando e trazendo suprimentos dos navios que partiriam na maré da manhã.

— Está na hora de pensar no futuro, senhores. Eu queria descansar um tempo num porto romano seguro antes de entrar em contato com minha casa. Em vez disso, um grego estripou nossos soldados. Isso não deve ficar sem punição.

Um murmúrio perpassou os homens, ainda que fosse difícil saber se era de concordância ou frustração. Júlio olhou-os enquanto se sentava perto de Gadítico. Aqueles eram seus homens. Ele havia passado tanto tempo com o objetivo simples de achar e matar Celso que não tinha pensado muito no que viria depois, represando o sonho distante de um dia confrontar o Ditador de Roma. Se ele levasse uma nova centúria para uma legião, o Senado teria de reconhecer sua autoridade com um posto oficial.

Fez uma careta silenciosa nas sombras. Ou talvez não reconhecesse, colocando Gadítico no comando e reduzindo Júlio de volta a comandar apenas vinte. Os senadores não eram do tipo que reconheciam a autoridade incomum que ele possuía sobre o grupo variegado, ainda que sua nova riqueza pudesse lhe dar influência se ele a usasse com sabedoria. Imaginou se poderia se satisfazer com um cargo assim e sorriu consigo mesmo, sem ser notado pelos homens que olhavam para Gadítico. Havia uma resposta simples. Ele aprendera que não havia nada melhor do que liderar e nenhum desafio maior do que não ter a quem pedir ajuda. Nos piores momentos eles o haviam procurado para saber o caminho, para ver o passo seguinte. Os deuses sabiam que era muito mais fácil seguir, sem pensar, mas nem de longe era tão satisfatório. Parte dele ansiava por aquela segurança, pelo simples prazer de fazer parte de uma unidade. Mas no coração ele queria a mistura inebriante de medo e perigo que vinha apenas do comando.

Como Sila podia estar morto? O pensamento voltava repetidamente para incomodá-lo. O homem ferido a bordo do navio de Celso não sabia de nada, só que os soldados tinham recebido ordens de usar preto durante um ano inteiro. Quando o sujeito ficou inconsciente, Júlio o deixou nas mãos de Cabera, e, enquanto o sol baixava, ele morreu, o coração finalmente falhando. Júlio ordenara que ele fosse enterrado com os outros cadáveres romanos e sentiu vergonha ao pensar que nem tinha perguntado seu nome.

— Júlio? Quer falar com eles?— perguntou Gadítico, invadindo seus pensamentos e lhe dando um susto.

Sentindo-se culpado, ele percebeu que não tinha ouvido nada que o outro oficial dissera. Levantou-se devagar, juntando os pensamentos.

— Sei que a maioria de vocês esperava ver Roma, e verá. Minha cidade é um lugar estranho: mármore e sonhos erguidos com a força das legiões. Cada legionário é obrigado por juramento a proteger nosso povo em qualquer lugar que o encontrar. Tudo que um romano tem de dizer é "Eu sou cidadão romano" e ter garantido nosso abrigo e nossa autoridade. — Parou, e todos os olhos no depósitos estavam fixos nele. — Mas vocês não fizeram esse juramento e não posso obrigá-los a lutar por uma cidade que nunca viram. Vocês têm mais riquezas do que a maioria dos soldados veria em dez anos. Devem fazer uma escolha livre: servir sob juramento ou partir. Se nos deixarem, irão como amigos. Nós lutamos juntos e alguns não chegaram até aqui. Para outros de vocês isso pode bastar. Se ficarem, eu deixarei o tesouro de Celso aos cuidados do capitão Duro, que vai se encontrar conosco na costa oeste quando Mitrídates for derrotado.

Outro rumor baixo de vozes encheu o salão quando ele parou de novo.

— Você confia em Duro? — perguntou Gadítico.

Júlio pensou um momento, depois balançou a cabeça.

— Não com tanto ouro. Mandarei Prax para mantê-lo honesto.

Ele olhou para o seu *optio* e o viu sinalizar concordando. Com isso resolvido, Júlio respirou fundo enquanto olhava os homens sentados. Era capaz de dizer o nome de cada um.

— Vocês farão o juramento da legião aceitando meu comando?

Eles rugiram, concordando.

Gadítico sussurrou áspero, inclinando-se perto do ouvido de Júlio.

— Deuses, homem. O Senado vai arrancar meus bagos se eu fizer isso.

— Você deve deixá-los, Gadi, junte-se a Suetônio no navio enquanto eu tomo o juramento deles.

Gadítico olhou-o com frieza, avaliando.

— Imagino por que o deixou lá. Ele não faria um juramento que não fosse violar. Você pensou aonde vai levá-los?

— Pensei. Vou montar um exército e liderá-lo direto até a garganta de Mitrídates.

Ele estendeu a mão e Gadítico hesitou, depois segurou-a num aperto breve que era quase doloroso.

— Então nosso caminho é o mesmo — disse, e Júlio assentiu, entendendo.

Júlio ergueu os braços pedindo silêncio, sorrindo quando conseguiu. Sua voz se espalhava com facilidade no silêncio súbito.

— Eu nunca duvidei de vocês — disse aos homens. — Nem por um momento. Agora levantem-se e repitam estas palavras.

Eles se levantaram como um só, ficando em posição de sentido, com a cabeça erguida e costas retas.

Júlio olhou em volta e soube que estava comprometido com o que decidira. Não havia nele nada que dissesse para voltar atrás, mas com o juramento sua vida mudaria, até a morte de Mitrídates.

Ele disse as palavras que seu pai lhe havia ensinado quando o mundo era simples.

— Júpiter Victor, ouça este juramento. Oferecemos nossa força, nosso sangue, nossa vida a Roma. Não recuaremos. Não cederemos. Não nos importaremos com o sofrimento ou a dor. Enquanto houver luz, daqui até o fim do mundo, defenderemos Roma e o comando de César.

Eles entoaram as palavras com as vozes claras e firmes.

CAPÍTVLO XXI

ALEXANDRIA TENTOU OLHAR SEM SER ÓBVIA ENQUANTO TABBIC explicava uma técnica a Otaviano, a voz um murmúrio constante e baixo acompanhando cada movimento das mãos fortes. Na bancada diante deles, Tabbic tinha posto um grosso pedaço de fio de ouro sobre um quadrado de couro. As duas extremidades do fio estavam fixas por minúsculas presilhas de madeira, e Tabbic estava gesticulando para mostrar como Otaviano deveria pressionar um estreito bloco de madeira sobre o fio.

— O ouro é o metal mais macio, garoto. Para fazer um desenho no fio você só precisa apertar o bloco de marcação suavemente e passar para trás e para a frente, mantendo o braço muito reto, como eu mostrei. Tente.

Otaviano baixou o bloco lentamente, deixando os dentes serrilhados da parte de baixo pousarem na linha de metal precioso com aparência frágil.

— É assim, agora faça um pouco mais de pressão. Isso, para trás e para a frente. Bom. Vejamos, então — continuou Tabbic.

Otaviano levantou o bloco e riu de orelha a orelha ao ver a série regular de contas que tinha se formado com a pressão. Tabbic olhou para o ouro, assentindo.

— Você tem um toque leve. Se fizer pressão demais parte o fio e terá de voltar ao princípio. Agora vou soltar as presilhas e virar, para você terminar as contas. Alinhe o bloco com cuidado e desta vez seja o mais suave possível; as juntas ficarão finas como os seus cabelos.

Tabbic viu o olhar de Alexandria enquanto esticava as costas, sentindo dor depois de estar curvado durante tanto tempo na bancada baixa que tinha feito para Otaviano. Ela piscou e ele ruborizou ligeiramente, pigarreando áspero para esconder um sorriso. Alexandria sabia que ele tinha começado a gostar das lições dadas a Otaviano. Tinha demorado muito tempo para ele perder parte da desconfiança contra o ladrãozinho, mas a jovem sabia, pelo trabalho que Tabbic fizera com ela, o quanto ele gostava de ensinar o ofício.

Otaviano xingou quando o fio estreito cedeu sob sua mão. Com ar tristonho, levantou o bloco e revelou três pedaços cortados. Tabbic juntou as sobrancelhas grossas e balançou a cabeça, juntando os pedaços partidos cuidadosamente para serem derretidos e esticados de novo.

— Vamos tentar de novo mais tarde ou amanhã. Você quase conseguiu dessa vez. Quando conseguir marcar o fio inteiro direitinho, vou mostrar como fixá-lo como borda para um dos broches da moça.

Otaviano pareceu desanimado, e Alexandria prendeu o fôlego enquanto esperava para ver se ele teria um dos chiliques violentos com que os havia atormentado nas primeiras semanas. Quando isso não aconteceu, ela soltou o ar dos pulmões com um lento jorro de alívio.

— Certo. Eu gostaria disso — disse ele devagar.

Tabbic lhe deu as costas, remexendo no pacote de trabalhos terminados que tinham de ser levados aos donos.

— Tenho outro serviço para você — disse ele, entregando uma bolsa de couro minúscula, dobrada e amarrada. — Isto é um anel de prata que eu consertei. Quero que vá até o mercado de gado e pergunte pelo mestre Getho. Ele comanda as vendas, de modo que não vai ser difícil achar. Ele vai lhe dar um sestércio pelo serviço. Pegue a moeda e volte correndo para cá, sem parar para nada. Entendeu? Estou confiando em você. Se perder o anel ou a moeda, nós dois estamos acabados.

Alexandria poderia ter rido alto diante da expressão séria do menino. Aquela ameaça teria sido inútil nas primeiras semanas de aprendizado. Otaviano não se importaria em ficar sozinho. Tinha lutado tremendamente contra os esforços conjuntos de sua mãe, Tabbic e Alexandria. Por duas vezes ela teve de revirar os mercados locais procurando-o, e na segunda vez o arrastou até os quarteirões dos escravos para que fosse avaliado. Depois disso ele não fugiu e adotou um jeito carrancudo que Alexandria achou que seria permanente.

A mudança veio no meio da quarta semana de trabalho, quando Tabbic lhe mostrou como fazer um padrão numa folha de prata usando minúsculas gotas do metal derretido. Ainda que o menino houvesse queimado o polegar ao tentar tocá-lo, o processo o fascinou, e naquela noite ele perdeu a hora do jantar, ficando para ver a peça final sendo polida. Sua mãe, Atia, chegou à oficina com o rosto cansado cheio de desculpas. Ao ver a figurinha ainda trabalhando com os panos de polimento ficou sem fala, mas Alexandria acordou na manhã seguinte e viu que suas roupas tinham sido limpas e muito bem remendadas naquela noite. Nenhum outro agradecimento foi necessário entre as duas. Ainda que só se vissem durante uma ou duas horas por dia, antes de dormir, elas haviam encontrado uma amizade do tipo que pode surpreender duas pessoas reservadas, trabalhando tanto que jamais notavam estar solitárias.

Otaviano ia assobiando enquanto trotava no meio da multidão no mercado de gado. Quando os fazendeiros traziam seus animais para ser leiloados e abatidos, aquele era um lugar movimentado, cheio dos cheiros quentes de esterco e sangue. Todo mundo parecia estar gritando, com gestos complicados para fazer lances quando não podiam ser ouvidos.

Otaviano procurou um dos vendedores para perguntar por Getho. Queria entregar o anel consertado e voltar à oficina de Tabbic antes que os adultos acreditassem.

Enquanto serpenteava em meio à massa de pessoas, divertia-se imaginando a surpresa de Tabbic diante da volta rápida.

Uma mão o agarrou subitamente pelo pescoço e o menino foi erguido com um movimento brusco, os pés escorregando. Soltou a respiração num arquejo diante da interrupção dos pensamentos, lutando loucamente num instinto contra o agressor.

— Tentando roubar a vaca de alguém, não é? — disse uma voz dura, nasal, perto de seu ouvido.

Ele girou a cabeça bruscamente, gemendo ao ver as feições pesadas do garoto do açougue, com quem havia cruzado antes. Em que estivera pensando? Como um idiota, tinha baixado a guarda usual para os predadores, e eles o haviam apanhado sem esforço.

— Me solta! Socorro! — gritou.

O garoto mais velho deu-lhe um soco com força no nariz, fazendo-o sangrar.

— Cala a boca. Estou lhe devendo uma surra mesmo, em troca da que levei por não ter apanhado você da outra vez.

O braço do garoto estava em volta do pescoço de Otaviano, apertando sua garganta enquanto ele era arrastado para trás até um beco. Lutou para se soltar, mas não adiantava, e a multidão nem olhava naquela direção.

Havia mais três garotos com o aprendiz do açougueiro. Todos tinham os braços longos de crianças acostumadas ao duro trabalho físico. Usavam aventais manchados de sangue fresco do trabalho no mercado, e Otaviano entrou em pânico, quase desmaiando de terror diante das expressões cruéis. Os garotos zombaram e deram socos enquanto viravam uma esquina no beco. Ali o barulho do mercado era abafado pelas paredes altas das casas de cômodos, quase se encontrando com as outras do lado oposto criando uma escuridão pouco natural.

O garoto do açougue jogou Otaviano na imundície que ia até o tornozelo, uma combinação de anos de lixo e excremento humano jogados das janelas estreitas acima. Otaviano saltou para o lado para escapar, mas um deles o chutou com força suficiente para empurrá-lo de volta no lugar, levantando o corpo pequeno e grunhindo com o impacto. Otaviano gritou de dor e medo enquanto os outros dois se juntavam ao primeiro, chutando-o em todas as partes que pudessem alcançar.

Depois de um minuto os três garotos descansaram com as mãos nos joelhos, ofegando com o esforço. Otaviano estava quase inconsciente, o corpo enrolado numa minúscula bola de sofrimento, praticamente indistinguível da sujeira em que se encontrava.

O garoto do açougue repuxou os lábios num riso de desprezo, levantando o punho e rindo rouco enquanto Otaviano tentava se encolher para longe.

— Você merece, seu desgraçado de Turim. Vai pensar duas vezes antes de roubar do meu patrão, não vai? — Ele mirou com cuidado e chutou

Otaviano no rosto, uivando quando a cabeça pequena foi sacudida para trás. Otaviano ficou deitado sem sentidos, com os olhos abertos e o rosto meio submerso. Um pouco de água suja correu entre seus lábios e, mesmo inconsciente, ele começou a tossir e engasgar debilmente. Não sentiu os dedos que o revistaram nem ouviu o grito satisfeito quando os garotos mais velhos acharam o anel de prata na bolsinha.

O garoto do açougue assobiou baixinho enquanto experimentava o metal. A pedra era um simples domo de jade pesado, preso no metal com minúsculas garras de prata.

— De quem será que você roubou isto? — disse ele, olhando a figura deitada. Cada um chutou o garoto mais uma vez em nome do dono do anel, depois voltaram ao mercado, totalmente satisfeitos com a reviravolta na sorte.

Otaviano acordou horas depois, sentando-se devagar e com ânsias de vômito durante minutos enquanto experimentava as pernas para ver se elas podiam sustentá-lo. Durante longo tempo sentiu-se fraco e dolorido demais para se mover, agachado e cuspindo fios elásticos de sangue escuro no chão. Quando sua cabeça clareou o suficiente, enfiou a mão no bolso procurando o anel, depois examinou o chão em volta. Finalmente foi obrigado a admitir que o havia perdido, e novas lágrimas atravessaram a sujeira e o sangue em crostas no rosto. Cambaleou de volta à rua principal e abrigou os olhos contra a dolorosa luz do sol. Ainda chorando, com os pés inseguros, voltou à oficina de Tabbic, a mente vazia de desespero.

Tabbic bateu com os pés no piso de madeira, com a raiva em cada ruga de seu rosto franzido.

— Pelo inferno, vou matar o moleque por isso. Ele deveria ter voltado há séculos.

— É o que você vem dizendo há uma hora, Tabbic. Talvez ele tenha se atrasado ou não tenha encontrado o mestre Getho — respondeu Alexandria, mantendo a voz neutra.

Tabbic bateu com o punho na bancada.

— Ou talvez tenha vendido o anel e fugido, é o mais provável! — rosnou. — Terei de fazer um outro, você sabe. Com pedra de jade e tudo. Vai me custar um dia de trabalho e mais de um aureus em material para fazer um novo. Sem dúvida, Getho vai dizer que sua mãe agonizante lhe deu e vai querer compensação ainda por cima. Onde *está* esse garoto?

A grossa porta de madeira da oficina se entreabriu, deixando entrar um redemoinho de poeira da rua. Otaviano estava ali parado. Tabbic deu uma olhada em seus ferimentos e na túnica rasgada, e foi até ele, com a raiva desaparecendo.

— Desculpa — chorou o menino quando Tabbic o guiou para dentro da oficina. — Tentei lutar com eles, mas eram três, e ninguém veio me ajudar — ganiu quando Tabbic tateou seu peito ofegante, procurando ossos quebrados.

O artesão grunhiu, soltando o ar por entre os dentes.

— Eles fizeram um bom serviço em você, sem dúvida. Como está a respiração?

Otaviano enxugou cautelosamente o nariz com as costas da mão.

— Está bem. Voltei o mais depressa que pude. Não vi eles na multidão. Em geral fico de vigia, mas estava com pressa e...

Ele irrompeu em soluços, e Alexandria o envolveu com o braço, sinalizando para Tabbic se afastar.

— Vá cuidar das suas coisas, Tabbic. Ele não quer um exame. Passou por uma situação difícil e precisa de cuidados e descanso.

Tabbic se afastou enquanto ela levava o menino para o cômodo dos fundos e subia a escada até a casa em cima da oficina. Sozinho, suspirou e esfregou o rosto, coçando a barba grisalha que tinha começado a crescer desde que a havia raspado pela manhã. Balançando a cabeça, virou-se para a bancada e começou a escolher as ferramentas de que precisaria para refazer o anel de Getho.

Trabalhou em silêncio durante alguns minutos, depois parou e olhou para a escada do fundo, enquanto um pensamento lhe vinha.

— Terei de fazer uma faca decente para você, meu garoto — murmurou sozinho, antes de pegar as ferramentas de novo. Depois de um tempo, enquanto desenhava o anel com giz, murmurou: — E ensinar a usá-la também.

Brutus estava no Campo de Marte, com o estandarte com a águia da Primogênita enfiado no chão ao lado. Ficara satisfeito ao ver que algumas das outras legiões que recrutavam tinham de usar bandeiras de pano, ao passo que o velho estandarte que Mário tinha feito fora encontrado para ele. De ouro martelado sobre cobre, ele captava o sol da manhã e Brutus esperava que atraísse o olhar de um bom número de rapazes que vinham se juntando desde antes do amanhecer. Nem todos estariam se inscrevendo numa legião. Alguns tinham vindo apenas olhar, e para esses os vendedores de comida tinham montado barracas antes do amanhecer. O cheiro de carne assada e legumes o deixou com fome, e ele pensou em almoçar cedo, balançando as moedas no bolso enquanto olhava a multidão em volta da fileira de estandartes.

Tinha esperado que fosse mais fácil. Rênio tinha toda a aparência de um leão da velha Roma, e os dez homens que eles haviam trazido eram impressionantes nas armaduras novas, polidas até brilhar, para a admiração da turba. Mas Brutus fora obrigado a ficar olhando enquanto, por toda a fileira, centenas de jovens romanos se inscreviam para ser legionários, sem que nenhum deles chegasse perto do seu posto. Às vezes grupos menores tinham se juntado, apontando e sussurrando, depois ido em frente. Ele se sentira tentado a agarrar uns dois garotos e descobrir o que tinham dito, mas controlou o mau humor. Com o meio-dia se aproximando, a multidão se reduzira à metade e, pelo que ele podia ver, o estandarte da Primogênita era o único que não fora rodeado pela nova geração.

Trincou os dentes. Os que já haviam se inscrito atrairiam outros para aquelas águias. Agora imaginou as pessoas perguntando o que havia de estranho com a Primogênita para que ninguém quisesse entrar para ela. Mãos cobriam as bocas que sussurravam com empolgação pueril sobre a legião traidora. Ele pigarreou e cuspiu no chão de areia. Os testes terminavam ao pôr-do-sol e não havia nada a fazer além de ficar de pé e aguardar o fim, esperando talvez pegar alguns desgarrados enquanto a luz fosse sumindo. A idéia o fez queimar de embaraço. Sabia que se Mário estivesse ali estaria andando entre os rapazes, adulando, brincando e persuadindo-os a entrar em sua legião. Claro, naquela época havia uma legião para a qual entrar.

Brutus retomou sua avaliação carrancuda da multidão, desejando ser capaz de fazê-los entender. Três rapazes vieram em direção ao seu estandarte e ele sorriu, o mais receptivo que pôde.

— Primogênita, não é? — perguntou um deles.

Brutus olhou enquanto os outros escondiam sorrisos. Estavam ali por esporte, pensou. Por um instante fugaz, pensou em quebrar as cabeças batendo umas nas outras, mas se controlou, sentindo os olhos de seus dez homens. Podia sentir Rênio se eriçar ao lado, mas o velho manteve a calma.

— Fomos a legião de Mário, Cônsul de Roma — disse ele. — Vencedores na África e em todas as terras romanas. Há uma história gloriosa aqui, para os homens certos que se juntarem a nós.

— E como é o pagamento? — perguntou o mais alto, com um tom zombeteiro e sério ao mesmo tempo.

Brutus respirou devagar. Eles sabiam que o Senado estabelecia o pagamento para todas as legiões. Com Crasso para apoiá-lo, adoraria oferecer mais, mas o limite existia para impedir que patrocinadores ricos minassem todo o sistema.

— Setenta e cinco denários, o mesmo que as outras — respondeu depressa.

— Espera aí. A Primogênita? Não foram eles que acabaram com a cidade? — perguntou o rapaz alto como se tivesse tido uma revelação súbita. Em seguida se virou para os amigos sorridentes, que estavam felizes em deixá-lo comandar o show. — É, sim! — disse ele, deliciado. — Sila acabou com eles, não foi? Eles eram liderados por um traidor, não sei quem.

O rapaz alto parou ao captar a mudança nas expressões dos amigos, percebendo que tinha ido longe demais. Quando se virou de novo, Brutus lançou o punho, mas Rênio bloqueou o golpe com o braço estendido. Todos os três rapazes se encolheram diante da ameaça, mas seu líder recuperou rapidamente a confiança, com a boca se retorcendo num riso de desprezo.

Antes que ele pudesse falar, Rênio se adiantou.

— Qual é o seu nome?

— Germínio Cato — respondeu ele com arrogância. — O senhor deve ter ouvido falar do meu pai.

Rênio se virou para os soldados atrás dele.

— Anote o nome. Ele está inscrito.

A arrogância se desfez em espanto enquanto Germínio via seu nome ser escrito no pergaminho vazio.

— Você não pode fazer isso! Meu pai vai mandar...

— Você está *inscrito*, garoto. Diante de testemunhas — respondeu Rênio. — Estes homens vão jurar que foi voluntário. Quando nós o dispensarmos, você estará livre para correr até seu pai e contar como está orgulhoso.

O filho de Cato olhou para o velho legionário, com a confiança retornando.

— Meu nome estará fora desta lista antes do pôr-do-sol.

Rênio se aproximou dele de novo.

— Diga a ele que Rênio anotou seu nome. Ele sabe quem eu sou. Diga que você sempre será conhecido como o rapaz que tentou desistir de servir à cidade nas legiões. Ele vai ser destruído se alguma coisa assim for espalhada, não acha? Você imagina que vai seguir os passos dele depois de uma vergonha dessas? O Senado não gosta de covardes, garoto.

O rapaz empalideceu de raiva e frustração.

— Eu vou... — Ele parou, e uma dúvida terrível se esgueirou em seu rosto.

— Você vai é ficar ao lado desta águia até estarmos prontos para tomar seu juramento. Até que me dêem outras ordens, você é o primeiro recruta do dia.

— O senhor não pode me impedir de ir embora! — respondeu Germínio, com a voz falhando.

— Está desobedecendo a uma ordem legítima? Mandarei chicoteá-lo se der outro passo para longe de mim. Fique em posição de sentido antes que eu perca a paciência!

A ordem ríspida deixou Germínio numa fúria impotente. Sob o olhar de Rênio, ele se empertigou. Ao seu lado, os amigos começaram a sair de fininho.

— Seus nomes! — disse Rênio, imobilizando-os. Eles o olharam mudamente e ele deu de ombros. — Anote-os como os legionários dois e três do dia. Agora que eu conheço o rosto de vocês, isso vai servir. Fiquem eretos para a multidão, rapazes. — Ele se virou para os soldados da Primogênita por um momento, ignorando o espanto deles. — Se eles fugirem — falou com clareza —, quero que sejam arrastados de volta e flagelados no campo. Isso vai nos custar alguns recrutas, mas os outros podem muito bem ver que há um lado duro em toda essa glória.

Os três jovens romanos encararam a multidão rigidamente, e Rênio olhou surpreso quando Brutus o puxou alguns passos até que não fossem entreouvidos.

— Cato vai ficar enlouquecido — murmurou Brutus. — Dentre todas as legiões, ele não vai querer o filho nesta.

Rênio pigarreou e cuspiu na grama empoeirada do campo.

— Também não vai querer que ele seja rotulado de covarde. A escolha é sua, mas você não vai ganhar nada deixando-os ir agora. Ele pode tentar subornar você ou pode suportar isso. Nós saberemos dentro de um ou dois dias.

Brutus olhou atentamente o velho gladiador e balançou a cabeça, incrédulo.

— Você forçou isso para cima de mim, de modo que vou ver no que dá.

Rênio olhou-o.

— Se você tivesse batido nele, o pai mandaria matá-lo.

— Você não sabia quem ele era quando me impediu! — retrucou Brutus.

Rênio suspirou.

— Ensinei você melhor do que isso, garoto, ensinei mesmo. O que eu deveria pensar quando um garoto usa a insígnia do pai num anel de ouro com tamanho suficiente para comprar uma casa?

Brutus piscou para ele, depois foi ver os três novos recrutas e examinou a mão de Germínio um momento, sem falar. Ia voltar a Rênio quando outros três rapazes se destacaram da multidão e se aproximaram da águia da Primogênita.

— Assinem no pergaminho ali e fiquem com os outros, rapazes — disse Rênio. — Nós tomaremos seu juramento quando houver um número suficiente.

Um sorriso repuxou os cantos de sua boca enquanto ele sinalizava para os jovens ocuparem os lugares.

CAPÍTVLO XXII

COM O CALOR DA GRÉCIA E AS DESCULPAS, JÚLIO ESTAVA ACHANDO difícil controlar o humor. Estava desesperado por recrutas, mas a cidade romana cercada de muralhas tinha se esquecido de seu dever original, e cada exigência era recebida por protelações e discussões.

— Tenho os jovens, agora traga os veteranos — disse Júlio ao líder da cidade.

— O quê? Você nos deixaria sem defesa? — gaguejou o outro, indignado.

Júlio permaneceu em silêncio, esperando alguns instantes antes de dar a resposta, como Rênio costumava fazer. Tinha achado que as pequenas pausas davam um peso em suas palavras como nenhuma outra coisa.

— Meus homens estão indo diretamente daqui para atacar Mitrídates. Não há mais ninguém de quem vocês precisem se defender. Não tenho tempo de treinar mais camponeses para ser legionários, e, pelo que você diz, não há outra força romana num raio de cento e cinqüenta quilômetros daqui. Quero que cada homem dentro destas muralhas que já segurou uma espada a serviço de Roma esteja aqui fora, armado e com armadura, do melhor modo possível.

O líder pressionado começou a falar de novo, e Júlio o interrompeu, levantando a voz ligeiramente:

— Espero não ter de mencionar as condições da aposentadoria dos legionários. Seria um ataque contra a honra deles eu lembrar que receberam terras sabendo que, se Roma os convocasse, eles teriam de atender. Ela chama. Convoque-os.

O líder se virou, quase correndo de volta para a sala do conselho. Júlio esperou com seus homens em posição de sentido às suas costas. Tinha suportado o bastante as protelações do conselho, e parte dele não sentia qualquer simpatia. Eles estavam numa terra conquistada, e a preocupação constante com rebeliões tinha se tornado uma realidade. Será que esperavam ficar quietinhos atrás das belas muralhas até que aquilo acabasse? Imaginou o que poderia ter acontecido se Mitrídates tivesse chegado ali primeiro. Nem valia a pena apostar que teriam declarado lealdade a ele temendo pelas famílias, abrindo os portões e se ajoelhando no pó.

— Alguém está vindo pela rua principal — disse Gadítico atrás dele.

Júlio se virou para a esquerda e ouviu o passo cadenciado de pelo menos uma centúria de legionários. Xingou baixinho. A última coisa de que precisava nesse momento era encarar outro oficial das legiões regulares.

Quando eles surgiram, o ânimo de Júlio cresceu.

— Legionários... alto! — disse uma voz grave, ecoando nas paredes da pequena praça.

Um dos homens de Júlio assobiou baixinho de surpresa diante do que viam. Os homens eram velhos. Usavam armaduras que datavam de quase cinqüenta anos, em alguns casos, com placas e malha de desenho mais simples. Os corpos mostravam os resultados de décadas de guerra. Alguns não tinham um olho ou uma das mãos. Outros mostravam antigas cicatrizes franzidas nos rostos e nos membros, mal costuradas, emendando a pele em longos crescentes.

O comandante era um homem corpulento com cabeça raspada e ombros poderosos. Seu rosto era muito enrugado, mas mesmo assim ele dava uma impressão de força que fez Júlio se lembrar vagamente de Rênio, quando o velho soldado fez uma saudação avaliando o comando de Júlio instintivamente pela distância que ele mantinha dos outros.

— Quertoro Far apresentando-se, senhor. Achamos que os conselheiros demorariam o dia inteiro, por isso fizemos a convocação sem eles. Os veteranos estão prontos para ser inspecionados, senhor.

Júlio assentiu e seguiu o homem, olhando enquanto mais e mais legionários entravam na praça e se arrumavam em excelente formação.

— Quantos são? — perguntou, tentando avaliar o valor dos homens de barbas brancas que via eretos ao sol de inverno.

— No total, quase quatrocentos, senhor, mas ainda estão vindo de fazendas distantes. Deveremos estar todos aqui ao escurecer, esta noite.

— E a idade média?

Quertoro parou e se virou para olhar o jovem oficial.

— Eles são veteranos, senhor. Isso significa que são velhos. Mas são todos voluntários e terão toda a dureza de que o senhor vai precisar diante de Mitrídates. Precisam de alguns dias para se exercitar juntos, mas lembre-se, todos foram testados e todos chegaram até aqui. Muitos homens morreram por Roma no correr dos anos. Estes são os que venceram.

O homem tinha uma expressão insolente, mas Júlio podia ouvir a crença nas palavras enquanto ele tentava tranqüilizar o jovem e sério oficial que tinha vindo à sua cidade procurar um exército.

— E você, Quertoro? Você os comanda?

O careca riu, um som curto e entrecortado, que se interrompeu rapidamente.

— Eu, não, senhor. O conselho acha que comanda, imagino, mas esses homens seguem seu próprio caminho e fazem isso há muito tempo, a maioria. Veja bem, quando Mitrídates tomou o porto, eles começaram a afiar as espadas de novo, se é que o senhor me entende.

— Você não fala como se fosse um deles — disse Júlio, transformando a frase numa pergunta.

Quertoro levantou as sobrancelhas.

— Não foi intencional, senhor. Cumpri meus vinte anos na Primeira Cirenaica, dez como *optio*.

Algum instinto fez Júlio perguntar:

— Os últimos dez?

Quertoro pigarreou e desviou o olhar um momento.

— Pode-se dizer que foram os dez do meio, senhor. Perdi o posto perto do fim por jogar excessivamente.

— Sei. Bem, Quertoro, parece que estamos jogando de novo, você e eu — disse Júlio em voz baixa.

Quertoro riu de orelha a orelha, revelando a falta de dentes no maxilar inferior.

— Eu não apostaria contra eles, senhor, não se o senhor os conhecesse.

Júlio olhou as fileiras reunidas, com menos confiança do que demonstrava.

— Espero que esteja certo. Agora entre em forma, e vou me dirigir a eles.

Por um segundo pensou que Quertoro poderia se recusar e imaginou se o sujeito teria perdido o posto por mais do que simplesmente o jogo, uma ocupação bastante comum entre os legionários que não estavam de serviço. Então o careca entrou em forma e ficou em posição de sentido, olhando Júlio com interesse. Júlio encheu os pulmões.

— Veteranos de Roma! — bradou, fazendo os que estavam mais perto pular. Ele sempre tivera uma voz poderosa, mas parte dele se perguntava se isso bastaria caso alguns deles fossem surdos. — Meus homens e eu passamos por dois povoados ao sul antes de chegarmos aqui, recolhendo recrutas. A notícia que ouvimos é que Mitrídates está acampado a cerca de cento e cinqüenta quilômetros a oeste. Podem ter certeza de que novas legiões romanas estarão em marcha enquanto eu falo, vindo para o leste a partir dos portos de Dyrrhachium e Apolônia. Pretendo forçá-lo a ir na direção delas, ser o martelo para a bigorna romana.

Tinha conseguido o interesse. Cada olhar estava fixo nele, os de seus homens e os dos veteranos grisalhos. Agradeceu aos deuses pela decisão de marchar dezesseis quilômetros para o norte e recrutar naquela cidade.

— Com vocês eu tenho um milhar sob meu comando para atacar Mitrídates. Alguns desta cidade e dos povoados não têm treinamento. Outros que eu trouxe só estão acostumados a lutar no mar em galeras romanas. Vocês pertenceram a legiões de terra e devem ser a espinha dorsal enquanto marchamos. Darei a cada um de vocês um irmão de espada, um dos meus homens, para treinar.

Júlio parou, mas houve silêncio, e ele soube que os veteranos ainda se lembravam da antiga disciplina. Imaginou quantos suportariam os quilômetros antes de verem ação. Com soldados jovens e descansados ele poderia atravessar a distância em três ou quatro dias, mas com aqueles? Não havia como saber.

— Preciso de um de vocês para ser intendente, preparando os fardos, o equipamento e a comida a partir do que puderem encontrar dentro dos muros da cidade.

Quertoro se adiantou, com os olhos brilhando de prazer.

— Quertoro? — disse Júlio.

— Intendente, senhor, com sua permissão. Há muito tempo venho querendo ter a chance de cutucar o olho do conselho.

— Muito bem, mas as reclamações deles virão a mim, e eu irei tratá-las com seriedade. Leve três dos meus homens e comecem a preparar os suprimentos. Precisamos de um escudo para cada homem e qualquer lança ou arco que vocês possam encontrar. Quero uma cozinha de campo fora das muralhas, com uma refeição pronta para eles antes do escurecer. Ainda há luz suficiente para exercícios, e quero ver como esses homens conseguem se movimentar. Eles estarão com fome quando terminarmos.

Quertoro fez uma saudação e marchou elegantemente até Gadítico, que permaneceu em posição de sentido onde Júlio o havia deixado, com os outros. Júlio ficou olhando enquanto mais dois eram escolhidos para ir com ele e tentou ignorar as premonições de que tinha acabado de soltar o lobo no meio dos gansos. Enquanto eles se afastavam rapidamente, Júlio viu o líder da cidade vir correndo do prédio do conselho, diretamente para os veteranos reunidos. Júlio se virou de costas para ele, sem interesse. O que quer que o conselho tivesse decidido não tinha mais importância.

— Vi que vocês conseguem ficar de pé e pelas cicatrizes vejo que sabem lutar — gritou em meio às fileiras. — Agora preciso ver se conseguem se lembrar das formações.

À sua ordem, eles se viraram e marcharam ao longo da rua principal até o portão de saída da pequena cidade. Os que tinham esperado em ruas laterais vieram atrás dos outros com precisão, e Júlio sinalizou para Gadítico vir na retaguarda. Os dois trocaram olhares, deixando o líder do conselho gritando lá atrás, a voz sumindo até que ele finalmente percebeu que não seria mais ouvido.

Demorou um tempo para os legionários formarem quatro filas iguais, os veteranos misturados aos jovens. Júlio caminhou rigidamente para um lado

CONN IGGULDEN

e para o outro pelas fileiras, avaliando a qualidade dos homens que tinham se reunido em seu nome. Enquanto franzia a testa para eles, lutava para se lembrar das lições sobre táticas de campo e rotinas que Rênio havia martelado nele há tantos anos. Nenhuma delas era sobre como começar uma legião do zero, mas algumas lhe vieram facilmente assim que pensou nos problemas práticos de fazer um grupo grande se movimentar e responder às ordens. A preocupação que não o abandonava era que um dos veteranos percebesse que ele nunca tinha comandado uma infantaria. Franziu ainda mais a testa. Teria de blefar.

Começando com o homem do canto, estabeleceu um quadrado simples, trabalhando as figuras na mente enquanto eles esperavam. Separou os outros em trinta fileiras numeradas, depois direcionou os homens dos cantos para assumir posições. Quando estavam prontos, Júlio gritou a ordem.

— Marcha lenta para formação de quadrado!

Foi uma coisa desigual, mas os homens se moveram com concentração solene até pararem de novo em silêncio.

— Agora olhem em volta, senhores. Quero um veterano perto de um jovem sempre que possível. Vamos misturar velocidade com experiência. Movam-se!

De novo eles trocaram de posições, com o ruído dos pés se arrastando parecendo fantasmagórico sem a conversa para acompanhar. Júlio viu que seus homens estavam aceitando a liderança dos modos dos veteranos e sorriu ligeiramente enquanto se lembrava de Rênio dizendo que um homem que liderava devia ser respeitado mas frio. Não deveria sorrir. Ele poderia não ser amado. Os soldados tinham amado Mário, mas haviam lutado por ele durante anos, e Júlio não tinha tanto tempo assim.

— Temos duas cortes de quatrocentos e oitenta. Separem-se na qüinquagésima fileira e deixem uma fila entre vocês. — De novo eles se moveram, e uma longa avenida se abriu na terra poeirenta. — A primeira corte se chamará Accipiter, o falcão. A outra será Ventulus, a brisa. A Accipiter será comandada por meu segundo, Gadítico, a Ventulus, por mim. Digam os nomes para vocês mesmos. Quando os ouvirem na batalha, quero que reajam sem pensar. — Ele decidiu não mencionar que um era um navio mercante e que o outro estava no fundo do mar. Enxugou suor da testa. — Antes de começarmos os exercícios de formação, precisamos ter um nome.

Ele parou, pensando desesperadamente enquanto a mente ficava vazia. Os veteranos o olhavam impassíveis, talvez adivinhando sua súbita falta de confiança. O nome certo iria animá-los enquanto atacavam, e Júlio começou a entrar em pânico quando nada lhe veio, dominado pela importância de conseguir de primeira o nome absolutamente certo.

Anda!, insistiu consigo mesmo. Fale o nome e lhes dê uma identidade. Seus olhos percorreram as fileiras, irritados com a indecisão. Eles eram romanos, jovens e velhos. Isso.

— Vocês são os Lobos de Roma — falou.

Sua voz soou baixa, mas chegou até o homem mais distante. Um ou dois veteranos se empertigaram mais, e Júlio soube que tinha escolhido bem.

— Agora. Corte Ventulus, forme-se em quatro manípulos à minha direita. Accipiter, vá para a esquerda. Temos três horas antes do escurecer. Exercícios de posicionamento até vocês caírem.

Ele não resistiu a apertar um punho numa satisfação feroz enquanto os soldados se separavam facilmente. Chamou Gadítico das fileiras da Accipiter e devolveu sua saudação.

— Quero que faça todas as formações que conhece até o escurecer. Não lhes dê um momento para pensar. Eu farei o mesmo com a minha. Mude os comandantes das unidades se eles estiverem obviamente fora de forma ou para reforçar a disciplina, mas com cuidado. Quero que estejam trabalhando bem quando formos comer.

— Está pensando em marchar amanhã? — perguntou Gadítico, mantendo a voz baixa para não chegar aos homens mais próximos.

Júlio balançou a cabeça.

— Amanhã faremos jogos de batalha, a sua contra a minha. Quero que os velhos se lembrem e que os jovens se acostumem a obedecer a ordens no campo, sob pressão. Encontre-se comigo à noite e vamos trabalhar nos detalhes. Ah, Gadítico...

— Sim, senhor.

— Trabalhe bem com a sua, porque amanhã a Ventulus vai despedaçá-la e fazer você começar de novo.

— Estou ansioso por vê-lo tentar, senhor — retrucou Gadítico com um pequeno sorriso, saudando mais uma vez antes de voltar ao seu novo posto de comando.

❖

Ao dar a ordem de marcha dois dias depois, Júlio sentiu um jorro de orgulho que deixou os pés leves na terra estrangeira. Seu olho direito estava quase fechado, devido a um golpe de cabo de machado dado por um dos homens de Gadítico, mas ele sabia que a dor iria passar.

Um bom número de soldados das duas cortes mancavam da surra levada nos treinos de batalha, mas eles tinham se transformado de estranhos em Lobos, e Júlio sabia que seria difícil matá-los, e mais difícil ainda quebrar seu ânimo. Eles atravessariam cento e cinqüenta quilômetros de mata e planícies, e Júlio tinha certeza de que Mitrídates precisaria de um grande número de seus camponeses rebeldes para suportar o que seria lançado contra ele. Sentia como se houvesse um bom vinho em seu estômago, dando-lhe vontade de rir de empolgação.

Ao lado, Gadítico sentiu seu humor e deu um risinho, encolhendo-se quando rachou de novo a boca inchada.

— Uma coisa em relação às galeras. Você não precisa carregar tanto metal e equipamentos nas costas — reclamou em voz baixa.

Júlio deu-lhe um tapa no ombro, rindo.

— Considere-se com sorte. Eles chamavam os homens de meu tio de "mulas de Mário", por causa do peso que conseguiam carregar.

Gadítico virou-se para responder, mudando a mochila pesada de lugar para aliviar os músculos. As pernas tinham recebido o pior. Muitos dos veteranos tinham tornozelos enormes, mostrando uma força adquirida em anos de marchas. Gadítico fez um juramento silencioso de que não mandaria sua corte descansar enquanto Júlio não o fizesse ou até que um dos seus veteranos caísse. Não sabia direito o que era mais provável.

Júlio começou a aumentar o passo através das fileiras, indo até a frente. Sentia-se capaz de marchar o dia e a noite inteiros, e que os romanos às suas costas iriam segui-lo. Atrás, a cidade diminuía à distância.

CAPÍTVLO XXIII

TODA UMA VIDA LUTANDO EM TERRAS ESTRANGEIRAS NÃO CONTRIbuía para a criação de homens frouxos, refletiu Júlio enquanto marchava perto do fim do segundo dia, meio cegado pelo pó e o suor. Se os veteranos tivessem relaxado durante a aposentadoria, ele duvidava de que pudessem acompanhar o passo ansioso dos jovens. Parecia que o trabalho duro de limpar a terra para plantar tinha-os mantido fortes, ainda que alguns parecessem feitos de tendões e pele debaixo da velha armadura. As túnicas de couro estavam rachadas e quebradiças depois de tanto tempo em baús, mas as tiras e placas de ferro das armaduras luziam de óleo e polimento. Eles podiam se dizer agricultores, mas a velocidade com que haviam atendido às convocações mostrava sua verdadeira natureza. Tinham sido os matadores mais disciplinados do mundo, e cada passo da longa marcha trazia de volta algo do antigo fogo. Isso aparecia na postura e nos olhos, à medida que o entusiasmo pela guerra era reacendido. Eram homens para quem a aposentadoria representava a morte, que se sentiam mais vivos na camaradagem dos soldados, quando podiam gastar as reduzidas energias nos golpes súbitos e no terror de boca seca ao enfrentar o ataque inimigo.

Júlio carregava um velho escudo nas costas, arrancado por Quertoro de onde estava pendurado sobre a porta de alguém. Um pesado odre de água encostado nas omoplatas, gorgolejando musicalmente a cada passo, o impedia de arranhar a pele. Como os outros das galeras, ele sentia a falta de forma física, resultado dos movimentos restritos a um convés, mas seus pulmões estavam limpos e não havia traços dos ataques de tremores que o haviam atormentado desde o ferimento na cabeça. Não ousava pensar nisso, mas ainda se preocupava com o que aconteceria com sua autoridade se eles recomeçassem. Não havia nada de privado numa marcha forçada.

Durante a maior parte do primeiro dia Júlio tinha determinado um ritmo confortável. Tinha muito poucos homens, para se arriscar a perder mais veteranos do que era inevitável, e todos chegaram ao primeiro acampamento. Júlio tinha usado os mais jovens para o serviço de sentinela e nenhum deles havia reclamado, ainda que Suetônio tivesse claramente contido um comentário antes de assumir seu posto com uma obediência carrancuda. Havia ocasiões em que Júlio ficaria feliz em mandar chicoteá-lo e deixá-lo na trilha, mas controlava o mau humor. Sabia que precisava formar laços com os homens. Laços suficientemente fortes para suportar os primeiros momentos ferozes da batalha. Eles precisavam vê-lo como ele vira Mário — um homem a quem acompanhar até o inferno.

No segundo dia Júlio caminhou junto com Gadítico, na frente das duas cortes, durante a maior parte da manhã. Tinham pouco fôlego para discutir, mas concordaram em se revezar na frente, permitindo ao outro percorrer as unidades, avaliando os pontos fracos e fortes. Para Júlio, as idas até atrás eram valiosas, e foi durante elas que começou a ver a luz da empolgação mesmo nas expressões dos homens mais fracos. Eles haviam descartado as leis mesquinhas e as restrições da vida na cidade, voltando ao mundo mais simples que tinham conhecido.

Durante quase uma hora Júlio marchara à frente de uma fileira na metade da corte Ventulus. Um dos veteranos atraíra sua atenção, o único que não o havia encarado nos olhos. Devia ser um dos mais velhos, escondido pelo grosso dos soldados em volta, o que Júlio achou que poderia ser deliberado. Em vez de capacete, usava uma velha pele de leão que cobria toda a cabeça e terminava numa linha muito bem cortada nos ombros. Os olhos do felino morto eram buracos escuros e fundos e, como o dono, ele parecia acabado há muito tempo para ser útil. O velho marchava olhando direto em frente, os olhos franzidos para se proteger da poeira. Júlio o examinou com interesse, captando as duras linhas de tendões que se projetavam no pescoço e os nós inchados das mãos que mais pareciam porretes de ossos do que dedos. Apesar do veterano manter a boca fechada com força, era óbvio pelas bochechas fundas que havia poucos dentes no velho maxilar. Júlio imaginou que espírito poderia manter aquele ancião marchando pelos quilômetros, sempre olhando na direção de um destino que nenhum deles podia ver.

Quando o meio-dia se aproximou e Júlio estava preparado para ordenar uma parada para comer e uma hora de descanso abençoado, viu o sujeito começar a mancar com a perna esquerda e notou que o joelho tinha inchado durante o pouco tempo em que estivera com ele. Gritou a ordem de parada e os Lobos se imobilizaram em dois passos, juntos, com um estrondo.

Enquanto Quertoro pegava o equipamento de cozinha, Júlio achou o velho sentado com as costas apoiadas numa árvore mirrada. Seu rosto enrugado se retesou enquanto ele enrolava o joelho fraco com uma tira de pano, fazendo tantas camadas que mal podia dobrá-lo. Havia tirado a cabeça de leão, colocando-a cuidadosamente ao lado. Seu cabelo era ralo e grisalho, grudado na pele em fios suados.

— Qual é o seu nome? — perguntou Júlio.

O velho falou enquanto enrolava o pano, testando o movimento e grunhindo de desconforto a cada tentativa.

— A maioria me chama de Cornix, o velho corvo. Sou caçador, ponho armadilhas na floresta.

— Tenho um amigo que poderia melhorar esse seu joelho. Um curandeiro. Ele provavelmente é mais velho do que você — disse Júlio em voz baixa.

Cornix balançou a cabeça.

— Não preciso. Esse joelho me levou em muitas campanhas. Vai agüentar mais uma.

Júlio não insistiu, impressionado pela teimosia do homem. Sem dizer mais uma palavra, pegou um pouco do pão e do cozido de feijão que Quertoro havia esquentado. Seria a última refeição quente dos soldados, à medida que eles se aproximavam de Mitrídates e não podiam se arriscar a que a fumaça fosse vista. Cornix pegou a comida, agradecendo com a cabeça.

— Você é um comandante estranho — falou enquanto comia os bocados. — Me trazendo comida.

Júlio o olhou comendo, sem responder por um momento.

— Seria de imaginar que você tivesse deixado essa vida de soldado para trás. Deve fazer... o quê? Vinte anos desde que esteve numa legião?

— Mais para trinta, e você sabe disso — respondeu o velho, sorrindo para revelar um bolo de pão não mastigado. — Ainda sinto falta às vezes.

— Tem família? — Júlio ainda imaginava por que o sujeito não estava em segurança nas colinas em vez de arrebentar o resto das forças junto com os outros.

— Os filhos foram para o norte, e a mulher morreu. Agora sou eu sozinho.

Júlio se levantou e observou a figura que mastigava placidamente, olhando-o se encolher enquanto flexionava o joelho enrolado. O olhar de Júlio foi até onde Cornix tinha posto o escudo e a espada, encostados numa árvore, e o velho seguiu seu olhar, optando por responder à pergunta não verbalizada.

— Eu ainda consigo usá-la. Não se preocupe.

— E vai precisar. Dizem que Mitrídates tem um grande exército.

Cornix fungou desdenhoso.

— É, sempre dizem isso. — Ele terminou de comer um bocado do cozido e tomou um grande gole de seu odre. — Então, vai me perguntar?

— Perguntar o quê?

— Dava para ver que isso estava comendo você por dentro, durante todo o tempo em que marchava perto de mim. O que um homem da minha idade faz indo para a guerra? Era isso, não era? Acho que estava imaginando se eu ao menos podia levantar minha espada.

— Isso me passou pela cabeça — disse Júlio, rindo e respondendo ao brilho de humor nos olhos escuros.

Cornix riu com ele, uma longa série de sons chiados e duros. Depois ficou quieto e olhou direto para o jovem e alto comandante que tinha toda a confiança da juventude e toda a vida pela frente.

— Só para pagar minhas dívidas, garoto. Aquela velha cidade me deu muito mais do que eu devolvi. Acho que esta última vai ajustar as contas no final.

Ele piscou enquanto terminava de falar, e Júlio sorriu levemente, percebendo de súbito que Cornix tinha vindo com ele para morrer, talvez preferindo um fim rápido a uma agonia longa em alguma desolada cabana de caça. Imaginou quantos dos outros queriam jogar a vida fora com o resto da coragem, em vez de esperar uma morte que espreitava à noite. Júlio estremeceu ligeiramente enquanto voltava até as fogueiras, ainda que o dia não estivesse frio.

Não havia como ter certeza de onde Mitrídates acampava com seu exército irregular. Os informes que Júlio recebera de sobreviventes romanos deixados para trás podiam estar equivocados ou o rei grego poderia ter se afastado muitos quilômetros enquanto os Lobos marchavam para a área. A maior preocupação era que os batedores de cada uma das forças esbarrassem nos da outra e elas fossem obrigadas a agir antes de Júlio estar preparado. Seus batedores entendiam que a vida de todos dependia deles não serem vistos, e Júlio mandava os mais rápidos e em melhor forma viajar quilômetros procurando novos sinais do inimigo, enquanto o grosso dos Lobos se escondia nos arbustos. Era uma situação frustrante. Proibidos de usar fogo e incapazes de caçar em áreas amplas, estavam com frio e úmidos a cada noite, e mal se aqueciam com o sol débil que vinha de dia por entre as árvores.

Depois de quatro dias de inatividade Júlio estava praticamente pronto para ordenar que os homens fossem para campo aberto e assumir as conseqüências. Todos os seus batedores, menos três, tinham passado de volta pela linha externa de guardas e estavam comendo comida fria com os outros, num silêncio sofrido.

Júlio se irritava esperando os últimos três. Sabia que estavam na área certa, tendo achado uma centúria romana morta, sem armas e armaduras, a apenas oito quilômetros a leste, apanhada desprevenida enquanto guardava um forte solitário. Os corpos pareciam dignos de pena, na morte, e nenhuma palavra que Júlio pudesse ter dito teria instigado tanto a determinação de seus homens.

Os batedores chegaram juntos, pisando as folhas úmidas no passo de corrida lenta que usavam para cobrir quilômetros sem descansar. Ignorando o cozido frio que os esperava, foram direto a Júlio, com o rosto cansado mas cheio de empolgação. Todos tinham ficado fora durante os quatro dias, e Júlio soube imediatamente que, por fim, tinham achado o inimigo.

— Onde eles estão? — perguntou levantando-se num instante.

— A cinqüenta quilômetros a leste — respondeu um, ansioso por dar a notícia. — É um acampamento pesado. Parece que estão se preparando para se defender das legiões que vêm de Orico. Eles se entocaram num ponto estreito entre duas encostas íngremes.

O soldado parou para respirar e um dos outros continuou com o relato.

— Eles encheram as encostas de espetos e também o chão a oeste. Estavam com uma excelente fileira de batedores e guardas, de modo que não pudemos chegar muito perto, mas parecia suficientemente boa para parar uma cavalaria. Vimos arqueiros treinando e acho que vi o próprio Mitrídates. Havia um homem grande dando ordens nas unidades. Ele parecia no comando.

— Quantos homens havia? — perguntou Júlio rapidamente, querendo esse detalhe mais do que todo o resto.

Os batedores se entreolharam, e então o primeiro falou de novo:

— Achamos que uns dez mil, numa avaliação aproximada. Nenhum de nós pôde chegar suficientemente perto para ter certeza, mas o vale inteiro entre os morros estava coberto por tendas de couro, umas mil. Pensamos em oito ou dez homens para cada...

Os outros dois assentiram, observando Júlio para ver como ele recebia a notícia. Júlio manteve o rosto cuidadosamente vazio, ainda que estivesse desapontado. Não era de espantar que Mitrídates se sentisse confiante o suficiente para enfrentar os legionários que vinham para ele. Antes o Senado mandara apenas Sila, contra uma rebelião menor. Se mandasse uma legião de novo, Mitrídates poderia muito bem vencer, ganhando mais um ano antes que os senadores recebessem a notícia e trouxessem cada homem disponível nos outros territórios. Mesmo assim poderiam relutar em deixar o resto das terras romanas expostas. Sem dúvida, os senadores não ousariam perder a Grécia. Cada cidade sob domínio romano que se escondesse do rei atrás de muralhas altas poderia ser destruída antes que o Senado finalmente reunisse uma força esmagadora. Os rios ficariam vermelhos antes que o resto de Roma fosse separado das terras de Mitrídates, e se ele pudesse unir todas as cidades isso significaria guerra por uma geração.

Júlio dispensou os batedores para pegarem comida e terem um descanso merecido. Seria um descanso pequeno, ele sabia.

Gadítico veio para o seu lado, as sobrancelhas levantadas com interesse enquanto os batedores saíam.

— Nós o achamos — confirmou Júlio. — Dez mil homens, na maior estimativa. Estou pensando em percorrer dezesseis quilômetros esta noite, e amanhã os trinta e poucos que restarem, quando escurecer. Nossos arqueiros vão derrubar as sentinelas e atacaremos a força principal antes do amanhecer.

Gadítico ficou preocupado.

— Os veteranos estarão praticamente exaustos se forçá-los tanto assim no escuro. Poderíamos ser trucidados.

— Eles estão em muito melhor forma do que quando saíram da cidade. Será difícil, e sem dúvida perderemos alguns, mas temos a surpresa. E eles marcharam durante a vida inteira. Quero que você organize uma retirada rápida depois do primeiro ataque. Não quero que eles pensem numa luta de morte contra tantos inimigos. Fale para eles como sendo um golpe rápido: ir direto, matar o máximo possível e cair fora. Chegaremos o mais longe possível antes do alvorecer e... Bem, então verei em que forma estamos.

Ele ergueu os olhos para o céu, através dos troncos cheios de musgo.

— Não falta muito para escurecer, Gadi. Deixe seus homens prontos para andar. Vou pará-los o mais perto possível para amanhã à noite, mas não devemos ser vistos. Vamos trabalhar as táticas quando estivermos mais próximos. Não há sentido em planejar detalhes até que eu veja como eles se organizaram. Não precisamos derrotá-los, só forçá-los a levantar acampamento e ir para oeste, na direção das legiões que vêm do litoral.

— Se elas estiverem vindo — respondeu Gadítico em voz baixa.

— Estarão. Não importa o que aconteceu depois da morte de Sila, o Senado não pode se dar ao luxo de perder a Grécia sem luta. Forme as fileiras, Gadi.

Gadítico fez uma saudação, com as feições se suavizando. Tinha consciência de que qualquer ataque seria arriscado contra um inimigo tão grande, mas pensou que, considerando os homens disponíveis, o assalto noturno que Júlio tinha sugerido era a melhor opção. Além disso, Mitrídates tinha juntado um exército com pessoas comuns, sem treino, que estavam para enfrentar uma força que incluía alguns dos lutadores mais experientes ainda vivos. Contra dez mil isso não era uma grande vantagem, mas faria diferença.

Enquanto dava à corte Accipiter a ordem para levantar acampamento, observou como os jovens e os velhos eram cooperativos, juntando-se rápida e silenciosamente em formação frouxa até saírem da mata. Realmente eram lobos, alguns deles.

CAPÍTVLO XXIV

MITRÍDATES PERDERA SEUS GUARDAS DE PERÍMETRO E AINDA NÃO sabia. Júlio tinha observado o círculo externo durante quase uma hora, sorrindo finalmente ao ver o sistema simples que o rei grego usara. Cada um dos seus guardas ficava ao lado de uma tocha acesa em cima de um mastro de madeira. A intervalos irregulares eles a retiravam e balançavam acima da cabeça, respondidos pelo círculo interno e os outros espaçados em volta.

Mitrídates podia ter sido rei, mas não era um tático, percebeu Júlio. Os Lobos tinham rompido a defesa com pares de arqueiros, um para derrubar a sentinela assim que ela tivesse sinalizado e o outro para assumir seu lugar. Isso foi feito rapidamente, e eles puderam chegar até o círculo interno. Esses homens ficavam mais próximos uns dos outros, e substituí-los levou quase uma hora. Júlio tinha insistido na cautela, mas até ele estava ficando tenso enquanto o tempo passava à espera de que o último grego fizesse o sinal, sem perceber que apenas romanos podiam responder ao seu gesto.

Cabera soltou a última flecha silenciosa e o soldado inimigo caiu embolado na sombra, sem emitir um som. Instantes depois a tocha iluminou outra figura escura que ficou parada de pé, calmamente, como se tudo estivesse bem. Não houve alarme, e Júlio apertou o punho, empolgado.

O acampamento ao pé das colinas era iluminado por tochas iguais às dos sentinelas. Vista de longe, a noite escura de inverno era rompida por um mar de pontos dourados, olhos que não piscavam e espiavam os romanos que aguardavam o sinal de Júlio. Para o jovem comandante, o mundo inteiro parecia estar dependendo de sua palavra. Ele se aproximou de sua falsa sentinela mais próxima e assentiu para Cabera, que acendeu uma flecha encharcada de óleo, usando a tocha, e a disparou rapidamente enquanto as chamas se espalhavam para os seus dedos.

Gadítico viu a tira de fogo saltar para cima e apontou a espada para o acampamento à frente. Seus homens se moveram sem um único grito de batalha. Correram num silêncio fantasmagórico em direção aos poços de luz que marcavam o acampamento, convergindo com a Ventulus de dois lados, para causar o máximo de pânico e confusão.

O exército grego tinha-se recolhido com a noite, dependendo dos distantes círculos de sentinelas para avisar sobre algum ataque. A primeira coisa que muitos deles souberam sobre o perigo foi quando suas tendas de couro foram rasgadas e espadas invisíveis golpearam seus corpos adormecidos, matando dezenas nos primeiros segundos. Gritos soaram e o acampamento adormecido começou a acordar para pegar em armas.

— Lobos! — gritou Júlio, achando que o tempo de silêncio havia terminado.

A empolgação varreu-o enquanto corria com seus homens pelo acampamento, matando qualquer um que saísse cambaleando das tendas. Dissera aos homens que cada qual devia matar dois inimigos e depois procurar fugir, mas três haviam caído sob sua lâmina e ele mal estava no fim da primeira corrida. Podia sentir o pânico dos homens de Mitrídates. Seus oficiais foram lentos em reagir ao ataque, e, sem ordens, uma centena de indivíduos tentava lutar contra os atacantes no escuro, morrendo aos montes diante das lâminas dos veteranos. O grito de Júlio foi ecoado pela corte de Gadítico, centenas de vozes se somando à confusão e ao medo do inimigo. Cabera atirou as flechas que restavam contra tendas escuras, e Júlio matou um homem nu que tentava levantar a espada. Era o caos, e na confusão ele quase perdeu o momento que tinha jurado não ignorar.

Esse momento chegou depois de muitos minutos, quando trombetas soaram e os gregos começaram a se juntar em suas unidades. Nas tendas que as forças romanas não tinham alcançado o inimigo havia se armado e agora começava a lutar, com ordens em grego ouvidas acima dos ruídos surdos dos golpes.

Júlio girou para decepar a mão de um homem que saltava para ele. Cada corte da lâmina pesada causava um dano enorme, mas seu próximo golpe foi muito bem bloqueado e ele encontrou dois homens enfrentando-o e outros correndo de todas as direções. Tinham se recuperado e era hora de recuar antes que os Lobos fossem destroçados.

— Recuar! — gritou, ao mesmo tempo que dava um golpe por baixo com o gládio, cortando fundo o tornozelo do homem mais próximo. O segundo se esparramou sobre o corpo do colega, enquanto vinha correndo, e Júlio se desviou, com as sandálias escorregando na terra ensangüentada. Seus homens chegaram a ele num instante, virando-se e correndo assim que puderam se livrar do aperto.

Fora da luz das tochas do acampamento a noite era um esconderijo negro. Quando Júlio gritou o comando de recuar, todas as tochas das sentinelas foram apagadas, e os romanos se espalharam invisíveis, desaparecendo depressa das bordas do acampamento, deixando destroços e cadáveres para trás.

As unidades gregas pararam na borda das luzes, não querendo correr para uma escuridão que parecia conter milhares de inimigos — um inimigo que, pelo que lhes disseram, estava a mais de uma semana de marcha, numa direção diferente. Ordens confusas foram gritadas de um lado para o outro enquanto eles hesitavam e os Lobos corriam para longe.

Mitrídates ficou furioso. Tinha sido arrancado do sono por gritos na outra extremidade do acampamento. Sua tenda estava na boca da passagem estreita, e enquanto sua mente sonolenta se limpava ele percebeu que estava sob ataque do lado seguro, onde sabia que seus homens tinham destruído os povoados romanos, desde o acampamento até as cidades apavoradas ao longo do litoral.

Seus dez mil homens cobriam uma vasta porção do vale, e, quando levou os capitães ao local do ataque e começou a restaurar a ordem, os romanos tinham ido embora.

Sérios, fizeram a contagem dos mortos. Os oficiais sobreviventes estimaram que uns cinco mil homens tinham vindo contra eles, deixando mais de mil gregos mortos no chão. Mitrídates rugiu, sofrendo, ao ver os corpos empilhados em tendas, mortos antes de ter chance de encarar o inimigo. Era uma carnificina, e ele conheceu de novo a frustração que sentira quando Sila veio enfrentá-lo havia anos.

Como poderiam ter vindo por trás?, perguntou-se em silêncio enquanto andava entre os mortos esparramados. Olhou para o mato escuro e foi dominado pela fúria, jogando a espada para a noite. A escuridão engoliu-a quase assim que saiu de sua mão.

— As sentinelas estão mortas, senhor — informou um oficial.

Mitrídates se virou para ele com os olhos vermelhos de fumaça e sono interrompido.

— Coloquem outras e preparem o acampamento para uma marcha ao amanhecer. Quero que eles sejam caçados.

Enquanto o homem corria para mandar cumprir as ordens, Mitrídates olhou de novo para a desolação em volta. Mil homens tinham sido perdidos, e ele só via alguns poucos romanos no chão. Por que eles recuaram? Qualquer legião que fosse, parecia que poderiam ter passado por cima do acampamento antes do amanhecer, tal fora o pânico e a confusão de seus homens. Onde os gregos estariam em segurança, senão no coração de sua própria terra, de seu próprio acampamento?

Quando tinha se recolhido naquela noite, fora com a confiança de liderar o maior exército que já havia montado ou mesmo visto. Agora sabia que não dormiria de novo sem medo de que zombassem de suas forças, de que a vida de seus soldados fosse cortada com facilidade selvagem. Olhou os rostos em volta, viu o choque e o terror se desbotando, e a dúvida se arrastou para dentro dele. Tinha imaginado que estava cercado de leões, mas descobriu que eram cordeiros.

Tentou descartar o desespero, mas era esmagado por ele. Como poderia ter esperanças de enfrentar Roma? Esses homens tinham vindo lutar sob sua bandeira depois de algumas vitórias rápidas contra os odiados romanos, mas eram jovens cheios de sonhos de Esparta, Tebas e Atenas. Sonhos de Alexandre, que ele talvez não pudesse realizar. Sua cabeça tombou e os punhos se fecharam enquanto os homens corriam de um lado para o outro à sua volta, não ousando falar com o rei furioso.

— Deveríamos voltar — disse Suetônio. — Mais um ataque enquanto eles estão levantando acampamento. Eles nunca vão esperar.

— E como iríamos escapar de novo, com a manhã chegando? — respondeu Júlio, irritado. — Não. Vamos marchar até arranjar cobertura.

Ele desviou o rosto para não ver a expressão carrancuda que sabia que acompanharia suas palavras. Uma expressão pouco mais suportável do que o prazer maligno que tinha dominado o jovem oficial desde o ataque. Isso o enjoava. Para Júlio, a curta batalha tinha sido sem honra, uma simples questão prática de reduzir os números do inimigo. O jorro quente de empolgação que tinha enchido suas veias na luta havia sumido logo que se afastou, mas Suetônio se sentira quase sexualmente excitado com a matança fácil.

Júlio notou que os veteranos também tinham se afastado do acampamento grego o mais rápido que puderam, sem gritos de comemoração nem preocupação com pequenos ferimentos. Mantinham um silêncio profissional, como ele havia ordenado. Apenas Suetônio tinha conversado enquanto marchavam, aparentemente incapaz de parar de se derramar em congratulações a si mesmo.

— Poderíamos mandar nossos arqueiros e disparar de um local coberto, antes da retirada — disse ele, com a boca abrindo-se, salivando diante da perspectiva. — Viu a sentinela em quem eu atirei? Direto pela garganta, foi perfeito.

— Fique quieto! — disse Júlio rispidamente. — Volte para as fileiras e mantenha a boca fechada.

Ele já estava farto de Suetônio, e havia algo profundamente desagradável no modo como ele matava. Aquilo não parecia ter vindo à tona nas batalhas no mar, mas, de algum modo, matar homens adormecidos tinha despertado alguma coisa feia no jovem oficial, e Júlio queria se afastar disso o máximo possível. Um pensamento nas crucificações relampejou em sua mente e ele estremeceu, imaginando se Suetônio teria demonstrado misericórdia ou ido até o fim. Suspeitou que a coisa seria lenta, se Suetônio estivesse dando ordens.

O jovem oficial não recuou imediatamente, e Júlio quase lhe deu um tapa. Suetônio parecia achar que os dois compartilhavam algum relacionamento privado que brotava das lembranças comuns, remontando à cela do navio de Celso. Júlio olhou o rosto dele e viu que estava retorcido de escárnio, a boca parecendo em vias de responder à ordem.

— Volte ou eu mato você aqui — rosnou Júlio, e a figura magra finalmente trotou para longe, para a escuridão dos homens que marchavam atrás.

Um dos veteranos tropeçou e xingou. Isso era fácil de acontecer, sem uma lua para mostrar o chão. Eles tinham estabelecido um passo rápido desde o início, sem reclamações. Cada homem ali sabia que Mitrídates iria procurá-los assim que houvesse luz suficiente para enxergar. Tinham menos de duas horas até o amanhecer, e a toda velocidade poderiam cobrir quase dezesseis quilômetros nesse tempo.

Com os feridos essa distância seria menor. Sem ter de perguntar, os homens que estavam caminhando com dificuldade foram apoiados por dois outros, mas a maioria dos ferimentos era pequena. A natureza da briga tinha deixado os romanos mortos ou incólumes, na maior parte. Júlio não tivera tempo de avaliar as perdas, mas achava que eles tinham se saído bem, muito melhor do que havia esperado.

Enquanto marchava, pensava em como teria defendido o exército grego, se estivesse no comando dele. Para começar, um sistema de sentinelas melhor. Essa fraqueza havia deixado que eles fossem direto ao coração do acampamento sem alarme. Aparentemente os Lobos tinham tido sorte, mas, apesar de todos os seus defeitos, Mitrídates não era idiota. Da próxima vez seria mais difícil, com mais romanos mortos. Sem ser visto na dianteira da longa coluna, Júlio finalmente pôde aproveitar um momento no silêncio da marcha noturna para examinar o sucesso. Apesar de toda a diversão degradante, Suetônio estava certo. Fora perfeito.

Quando o amanhecer chegou, a maioria dos homens estava exausta. Sério, Júlio os obrigou a continuar cambaleando, mantendo uma fieira de ordens e ameaças. Mais alguns quilômetros levaram-nos a uma série de colinas íngremes e cobertas de mato que iriam escondê-los do dia e da descoberta.

Dormiriam e comeriam ali, mas, ouvindo os gemidos dos veteranos enquanto até mesmo a vontade férrea deles ia acabando na marcha interminável, achou que teriam de ficar escondidos mais tempo, para recuperar as forças.

Ao amanhecer Mitrídates mandou sua pequena força de cavaleiros, em grupos de vinte, com ordens para voltar com informações no momento exato em que vissem o inimigo. Seu plano original de levantar todo o acampamento para a busca o havia preocupado. Talvez fosse isso que eles pretendessem que ele fizesse, deixar o aparente abrigo do pequeno vale e marchar para as planícies onde a legião escondida poderia despedaçá-los. Andou de um lado para o outro em sua tenda, numa agonia frustrada, xingando a própria indecisão. Deveria se retirar para uma cidade? Todas eram romanas e defenderiam as muralhas contra ele até o último homem. Mas onde haveria segurança nas planícies? Sabia que era possível que mais legiões estivessem vindo do oeste para esmagar a rebelião e brincou com a idéia de debandar seus homens, mandando-os de volta para as plantações e os vales. Não, não podia fazer isso. Os romanos poderiam pegá-los um por um, procurando rebeldes, e ele não teria obtido nada.

Trincou os maxilares com a mesma fúria impotente que o havia dominado desde que viu os corpos de seus homens na noite anterior. Será que Alexandre se permitiria ficar preso entre legiões?

Parou de andar subitamente. Não, Alexandre não faria isso. Alexandre levaria a luta até eles. Mas em que direção? Se movesse o exército de volta para o leste, ainda poderia ser apanhado pelos que vinham da costa. Se fosse para o oeste, na direção dos portos romanos, teria aqueles matadores noturnos assediando sua retaguarda. Que os deuses o perdoassem: o que *Sila* faria? Se os batedores viessem sem notícias e se ele não agisse, começaria a perder homens com as deserções, tinha certeza.

Suspirando, serviu-se de um terceiro copo de vinho, apesar da sensação ácida no estômago se rebelando dessa punição tão cedo no dia. Ignorou o desconforto, irritado, enquanto emborcava o copo. Em pouco tempo teria de dizer aos filhos que tinham desperdiçado vidas por não se mover suficientemente rápido à noite.

Bebeu mais e mais à medida que o dia passava e os batedores voltavam com montarias suadas e sem nada a informar. De todos no acampamento, somente o rei Mitrídates tinha bebido até cair no sono quando a noite veio.

Júlio sabia que as estimativas do curto ataque noturno seriam vagas ou exageradas. Era da natureza dos soldados reivindicar um sucesso maior do que tinham alcançado. Mas, mesmo admitindo isso, achava que tinham reduzido a força de Mitrídates em oitocentos a mil homens, perdendo apenas onze dos seus. Esses homens não seriam enterrados sob as vistas dos deuses romanos. Não houvera tempo para recolher os corpos, mas isso ainda era um espinho na carne dos veteranos, que nunca gostavam de deixar os companheiros nas mãos dos inimigos.

Os mais jovens tinham liberado parte da tensão da noite assim que chegaram à segurança das árvores nas colinas, e Júlio dera permissão para ficar à vontade. Eles gritaram e comemoraram até ficar roucos, enquanto os veteranos olhavam sorrindo, mais preocupados em limpar e lubrificar o equipamento do que em comemorar.

Quertoro tinha mandado cinqüenta dos melhores caçadores para trazer carne e no meio da manhã estava com uma refeição fumegante pronta, assando porcos selvagens, lebres e cervos juntos em pequenas fogueiras. Qualquer chama era um risco, mas as árvores esconderiam a fumaça, e Júlio sabia que eles precisavam da recuperação e do calor de uma refeição quente. Só insistiu em que as fogueiras fossem apagadas assim que a última caça fosse preparada.

A diferença da idade ficou clara naquela tarde. Os recrutas jovens estavam totalmente recuperados, movendo-se energicamente pelo acampamento em pequenos grupos, batendo papo e rindo. Os veteranos estavam caídos feito mortos, sem mesmo se virar no sono, por isso acordaram rígidos e com cãibras. Hematomas surgiram debaixo da pele, aparecendo onde não havia marcas na noite anterior. Os mais jovens desconsideravam os ferimentos, mas não zombavam da rigidez dos veteranos. Tinham visto sua habilidade, não a idade.

Júlio achou Cornix mastigando sentado perto das fogueiras, obviamente gostando do calor nos ossos quentes.

— Então sobreviveu — disse Júlio, genuinamente satisfeito ao ver que o velho tinha superado o caos do ataque. O joelho ainda estava bem enrolado, esticado no chão para descansar.

Cornix sinalizou dando as boas-vindas, balançando vagamente um pedaço de carne.

— Eles não conseguiram me matar — concordou, chupando a carne até ficar seca e depois apertando-a contra a bochecha para amaciar antes de mastigar. — Notei que eram muitos. — Seus olhos observaram Júlio, cheios de interesse no rapaz.

— Achamos que sobraram uns oito ou nove mil.

Cornix franziu a testa.

— Vai demorar uma eternidade para matar tantos — observou, sério, enquanto fazia o pedaço de carne circular dentro da boca, ruminando.

Júlio riu para o velho.

— É, bem... Os artesãos demoram para fazer um bom trabalho.

Cornix assentiu, com um sorriso abrindo o rosto enrugado, mesmo contra a vontade.

Júlio deixou-o comendo e achou Gadítico. Percorrendo o acampamento juntos, visitaram cada uma das sentinelas, que estavam paradas em grupos de três para que sempre houvesse uma para alertar um ataque. Cada grupo ficava totalmente à vista do outro, ao redor de todo o acampamento. Para isso era necessário um grande número de homens, mas Júlio tinha ordenado turnos curtos, de apenas duas horas, de modo que as mudanças vinham rapidamente e a noite se passou sem alarme.

No dia seguinte, quando a escuridão baixou cedo na tarde de inverno, eles marcharam para fora da floresta e de novo atacaram o acampamento de Mitrídates.

CAPÍTVLO XXV

ANTONIDO CAMINHAVA DE UM LADO PARA O OUTRO NA SALA MObiliada com luxo, a pele pintalgada de fúria. O único outro presente, reclinado num divã macio e roxo, era a figura corpulenta do senador Cato. Os olhos que observavam Antonido pareciam pequenos, perdidos na vastidão carnuda do rosto suado. Brilhavam de intriga seguindo os passos do ex-general de Sila, andando para lá e para cá no mármore. Cato fez uma leve careta ao ver o pó da estrada grudado em Antonido. Ele não deveria ter exigido uma reunião antes mesmo de se lavar.

— Não tenho informações novas, senador. Absolutamente nenhuma — disse Antonido.

Cato suspirou teatralmente, estendendo a mão rechonchuda para o braço do divã e sentando-se ereto. Os dedos que seguravam a madeira estavam escorregadios e grudentos com resíduos açucarados do jantar que Antonido interrompera. Cato chupou-os preguiçosamente enquanto esperava que o irritado soldado encontrasse a calma. O cão de Sila nunca fora um homem paciente, ele sabia. Mesmo quando o ditador era vivo, Antonido tinha conspirado e implorado mais autoridade e ação onde nada disso era necessário. Depois do assassinato sórdido, Antonido tinha agido de modo ultrajante, excedendo de longe sua autoridade ao procurar os assassinos. Cato fora obrigado a apoiá-lo quando suas atividades foram discutidas no Senado ou quando o via ser atacado pelos que ele tinha ofendido. Era uma proteção frágil, mesmo na época, e Cato imaginou se o general que andava sem parar sabia como estava perto da destruição. Nos meses anteriores Antonido ofendera quase todo mundo que importava na cidade, interrogando até mesmo quem estava acima de qualquer suspeita.

Cato ficou imaginando como Sila conseguia suportar a companhia desagradável de seu general. Ele próprio logo se cansou.

— Já pensou que talvez nunca descubra quem ordenou o assassinato? — perguntou.

Antonido parou de andar enquanto falava, girando de frente para o senador.

— Não fracassarei nisso. Já demorou mais do que eu pensava, mas com o tempo alguém vai falar ou alguma prova será encontrada, apontando um dedo sangrento, e eu terei o homem.

Cato observou-o cautelosamente, notando o brilho maníaco dos olhos. Perigosamente obsessivo, pensou, avaliando a hipótese de removê-lo discretamente antes que ele causasse mais problemas. Os esforços públicos tinham sido feitos, e se Sila não fosse vingado, bem, a cidade continuaria mesmo assim, quer Antonido tivesse sucesso ou não.

— Pode demorar anos, você sabe — continuou Cato. — Ou você pode morrer sem encontrar o culpado. Não seria tão estranho. Se alguém fosse se revelar ou ser traído, acho que isso aconteceria logo depois do fato, mas nada aponta esse seu dedo sangrento e talvez nunca aponte. Talvez esteja na hora de abandonar a caçada, Antonido.

Os olhos negros se cravaram nele, mas Cato não se afetou. Não se importava nem um pouco com as obsessões do outro, por mais que tenha ficado contente em deixá-lo percorrer louco as casas de Roma durante um tempo. Sila estava morto, era cinzas. Talvez estivesse na hora de mandar o cão se sentar.

Antonido pareceu sentir os pensamentos na expressão chapada, cheia de tédio, com que Cato retornou seu olhar.

— Dê-me um pouco mais de tempo, senador — pediu ele, com a aparência furiosa substituída por uma súbita cautela.

Talvez, afinal de contas, ele soubesse como Cato o protegia do ultraje dos outros senadores, pensou o gordo. Sem dar importância, desviou o olhar e Antonido falou com pressa:

— Tenho quase certeza que o assassinato aconteceu por ordem de três homens. Qualquer um deles pode tê-lo arranjado e todos apoiavam Mário antes da guerra.

— Quem são esses homens perigosos? — perguntou Cato maliciosamente, ainda que ele pudesse dizer os nomes com tanta facilidade quanto o general. Afinal, os informantes lhe prestavam contas antes de fazê-lo a Antonido, com o dinheiro de Cato em suas bolsas.

— Pompeu e Cina são os mais prováveis, eu acho. Talvez Cina acima de todos, já que Sila era... interessado na filha dele. E Crasso, o último. Esses três tinham dinheiro e influência para comprar um assassinato e não eram amigos de Sila. Ou podem ter agido juntos, com Crasso dando o dinheiro e Pompeu os contatos, por exemplo.

— Citou alguns homens poderosos, Antonido. Será que mencionou suas suspeitas a mais alguém? Eu odiaria perder você — disse Cato em tom de zombaria.

Antonido pareceu não notar.

— Guardei meus pensamentos comigo até ter provas para acusá-los. Eles lucraram com a morte de Sila e votam abertamente contra os defensores dele no Senado. Meu instinto diz que foi um deles, ou que eles foram consultados. Se eu ao menos pudesse interrogá-los para ter certeza!

Ele estava praticamente trincando os dentes de raiva, e Cato precisou esperar enquanto a pele do general perdia as manchas e os espasmos de fúria diminuíam.

— Você não deve abordá-los, Antonido. Esses três são bem protegidos pela tradição do Senado e pelos guardas pessoais. Mesmo que você esteja certo, eles podem escapar.

Cato disse isso principalmente para ver se Antonido poderia ser provocado até uma perda total de controle e se sentiu grato ao ver as veias roxas na testa e no pescoço dele. Cato riu e o general saltou para fora da raiva, espantado com o som súbito. Como Sila pudera suportá-lo?, pensou Cato. O homem era tão aberto quanto uma criança e igualmente fácil de manipular.

— A solução é fácil, Antonido. Você contrata seus próprios assassinos, tendo cuidado para que eles não saibam quem você é.

Agora tinha toda a sua atenção, notou Cato com satisfação. Sentia o princípio de uma dor de cabeça causada pelo vinho, e queria que o soldado furioso o deixasse.

— Mande seus assassinos até as famílias, Antonido. Escolha uma esposa amada, uma filha, um filho. Deixe uma marca neles, para mostrar que o negócio foi feito em memória de Sila. Uma das suas flechas vai acertar o alvo, e as outras...? Bem, eles nunca foram meus amigos. Haverá vantagens em deixá-los mais vulneráveis por um tempo. Então deixe que isso termine e imagine Sila descansando de modo sensato, como os bons fantasmas devem fazer.

Sorriu enquanto Antonido pensava na idéia, o rosto magro se iluminando de crueldade. As rugas de preocupação se suavizaram na testa do general, onde tinham sido gravadas nos meses desde o envenenamento. Cato assentiu, sabendo que tinha alcançado o velho soldado. Seus pensamentos se voltaram para a possibilidade de uma pequena refeição fria antes de dormir e mal notou quando Antonido fez uma reverência e saiu da sala, movendo-se com passos rápidos e empolgados.

Mais tarde, enquanto enfiava comida na boca e mastigava devagar, Cato suspirou de irritação com os pensamentos indo para seu filho idiota e Rênio. Lembrou-se de o ter visto lutar na arena, e estremeceu deliciosamente visualizando uma selvageria controlada que chocou até a ruidosa multidão de Roma, deixando-a em silêncio. Um homem que arriscava a vida de modo tão barato não seria fácil de dobrar. O que ele poderia oferecer pelo filho? O menino general Brutus estava devendo muito. Talvez o ouro o abalasse. O poder era uma coisa frágil, e onde dinheiro e influência fracassavam, como ele achava que deviam, era necessário usar ferramentas úteis como Antonido. Seria uma pena perdê-lo.

Alexandria parou antes de bater no portão da propriedade rural que conhecia tão bem. Os oito quilômetros vindo da cidade tinham sido um pouco como uma volta no tempo. Na última vez em que estivera ali fora como escrava, e as lembranças a inundaram. Sendo chicoteada por Rênio, beijando

Caio nos estábulos, trabalhando no vento e na chuva até cair, matando homens com uma faca de cozinha no escuro sob as muralhas no auge dos tumultos. Se Júlio não a tivesse levado para a cidade, ela ainda poderia estar trabalhando ali, destroçada pelos anos.

— Quem é? — gritou uma voz estranha, acompanhada por passos rápidos até o topo da muralha pelo lado de dentro. Um rosto que ela não conhecia olhou-a, cuidadosamente inexpressivo enquanto o escravo percebia sua aparência e do menino que segurava sua mão. Ela ergueu a cabeça em desafio sob o exame, olhando de volta com toda a confiança que pôde juntar, apesar do coração disparado.

— Alexandria. Vim ver Tubruk. Ele está?

— Por favor, espere um momento, senhora — respondeu o escravo, desaparecendo.

Alexandria respirou fundo. Ele a havia considerado uma mulher livre. Empertigou os ombros mais um pouco, com a confiança crescendo. Seria difícil encarar Tubruk, e tinha de se obrigar a ficar calma enquanto esperava. Otaviano continuou em silêncio, ainda com raiva da decisão que haviam tomado por ele.

Quando Tubruk abriu o portão e veio até ela, Alexandria quase perdeu a coragem, agarrando a mão de Otaviano com força suficiente para ele dar um ganido. Tubruk parecia não ter mudado, continuava o mesmo enquanto o resto do mundo passava loucamente. Seu sorriso foi genuinamente amigável, e ela sentiu parte da tensão se esvair.

— Ouvi dizer que está se saindo bem — disse ele. — Posso mandar servir comida, se estiver com fome.

— Com sede, depois da caminhada, Tubruk. Este é Otaviano.

Tubruk se curvou para olhar o menino que se esgueirou para trás de Alexandria, parecendo preocupado.

— Bom dia, garoto. Imagino que esteja com fome, não é? — Otaviano assentiu convulsivamente e Tubruk deu uma risada. — Nunca conheci um menino que não estivesse. Entrem, mandarei trazer alguma coisa para nós.

Tubruk parou, pensativo, um momento.

— Marco Brutus está aqui — disse ele. — E Rênio também.

Alexandria se enrijeceu ligeiramente. O nome de Rênio trazia lembranças amargas. Brutus também era um nome de seu passado esquecido; doçura misturada com dor. Segurou Otaviano com força enquanto passavam pelo portão, mais para o seu próprio conforto do que para o dele.

As sombras do pátio a fizeram estremecer. Tinha estado... ali, esfaqueando um homem que a agarrara, e Susana morrera perto do portão. Balançou a cabeça e respirou fundo. Era fácil demais se perder no passado, principalmente aqui.

— A senhora está em casa? — perguntou.

A expressão de Tubruk mudou ligeiramente enquanto respondia, o que o fez parecer mais velho.

— Aurélia está muito mal. Não poderá vê-la, se é o que deseja.

— Lamento saber, mas vim ver você.

Ele a levou até uma sala silenciosa onde Alexandria raramente havia entrado quando era escrava. O chão era quente, e o espaço parecia confortável e bem habitado. Tubruk deixou-os para pedir uma refeição, e ela começou a relaxar ainda mais enquanto os dois esperavam sozinhos. Otaviano se remexia de um modo irritante, raspando as sandálias no tapete até que Alexandria imobilizou os pés do garoto segurando os joelhos dele com força.

Quando voltou, Tubruk trouxe uma bandeja com uma jarra e tigelas de frutas recém-cortadas. Otaviano partiu para a comida, deliciado, e Tubruk sorriu diante do entusiasmo do garoto enquanto se sentava e esperava Alexandria falar.

— É sobre Otaviano que eu quero conversar com você — disse ela depois de uma pausa.

— Quer que eu peça a alguém que mostre os estábulos a ele? — disse Tubruk rapidamente.

A jovem deu de ombros.

— Ele sabe o que eu vou dizer.

Tubruk encheu um copo de suco de maçã fresco para ela, e Alexandria bebeu enquanto juntava os pensamentos.

— Sou dona de parte de uma oficina de metalurgia na cidade, e pegamos Otaviano como aprendiz. Não vou mentir e dizer que ele era perfeito. Durante um tempo era quase selvagem, mas agora é um menino diferente.

Ela foi interrompida pela visão de Otaviano tentando enfiar fatias de melão na boca.

Tubruk viu o olhar dela e se levantou de repente.

— Por enquanto basta, garoto. Vá procurar o estábulo. Leve uns pedaços de maçã para os cavalos.

Otaviano olhou para Alexandria e, quando ela assentiu, riu e pegou um punhado de frutas, desaparecendo da sala sem dizer palavra. Seus passos ecoaram por um momento, até que tudo ficou em silêncio de novo.

— Ele não se lembra do pai e era um moleque de rua quando o peguei. Você deveria ver como ele mudou, Tubruk! O menino é fascinado pelas coisas que Tabbic ensina. Ele é bom com as mãos e com o tempo pode virar um bom artesão.

— Então por que o trouxe a mim? — perguntou Tubruk gentilmente.

— Não podemos deixá-lo ir à rua há quase um mês. Tabbic tem de levá-lo para casa toda noite e depois voltar sozinho no escuro. Atualmente as ruas não são seguras nem mesmo para ele, mas Otaviano foi espancado três vezes desde que o pegamos. Na primeira vez roubaram um anel de prata e achamos que os outros garotos o procuram para ver se está levando mais alguma coisa. É uma gangue. Tabbic reclamou com os patrões deles, quando soube quem eram, mas o terceiro espancamento veio logo depois. Isso está acabando com o menino, Tubruk. Tabbic fez uma faca para ele, mas Otaviano não quer pegá-la. Diz que os outros iriam matá-lo com ela, se ele puxasse uma faca para uma gangue, e acho que provavelmente está certo.

Ela respirou fundo para continuar.

— A mãe dele está desesperada, e eu disse que iria perguntar se você poderia ficar com ele e ensinar um ofício. Esperávamos que você pudesse colocá-lo trabalhando na propriedade por um ou dois anos. Depois, quando ele estiver mais velho, podemos levá-lo de volta para a oficina, e ele poderá continuar com o aprendizado.

Ela sentiu que estava arengando e parou. Tubruk olhou para as mãos e ela continuou depressa, não querendo deixar que ele falasse e recusasse.

— A família dele tem um parentesco distante com Júlio. Os avós deles eram irmãos, ou alguma coisa assim, ou cunhados. Você é o único que eu conheço que pode afastá-lo das gangues de rua, Tubruk. Isso vai salvar a vida dele. Eu não pediria, se houvesse mais alguém, mas...

— Eu fico com ele — disse Tubruk de repente. Alexandria piscou de surpresa e ele riu. — Você achava que eu não ficaria? Me lembro quando você arriscou a vida por esta casa. Poderia ter fugido e se escondido nos estábulos, mas não fez isso. Para mim é o bastante. Sempre há trabalho numa propriedade como esta, mesmo que tenhamos perdido um pouco de terra desde que você esteve aqui pela última vez. Ele vai trabalhar pela comida, não se preocupe. Vai deixá-lo hoje mesmo?

Alexandria sentiu vontade de abraçar o velho gladiador.

— Sim, se você quiser. Eu sabia que podia contar com você. Obrigada. Vai deixar a mãe dele visitá-lo de vez em quando?

— Terei de perguntar a Aurélia, mas deve ser possível, desde que não seja freqüente demais. Vou contar a ela sobre a ligação familiar. Ela provavelmente vai adorar a idéia.

Alexandria suspirou de alívio.

— Obrigada — falou de novo.

Os dois viraram a cabeça quando passos rápidos vieram de fora. Otaviano entrou correndo, com o rosto vermelho e empolgado.

— Tem cavalos no estábulo! — anunciou, fazendo os dois sorrir.

— Faz muito tempo que não há meninos neste velho lugar. Vai ser bom tê-lo aqui — disse Tubruk.

Otaviano olhou de um para o outro, arrastando os pés nervosamente.

— Então eu vou ficar? — perguntou em voz baixa.

Tubruk assentiu.

— Um monte de trabalho duro espera você, garoto.

O menino saltou de prazer.

— Aqui é lindo!

— Ele não saía da cidade desde que era um bebê — disse Alexandria, sem graça. Em seguida pegou as mãos de Otaviano e o segurou imóvel, séria.

— Bom, faça o que mandarem. Sua mãe virá vê-lo assim que você estiver acomodado. Trabalhe duro e aprenda tudo que puder. Entendido?

Otaviano assentiu, rindo de orelha a orelha. Ela o soltou.

— Obrigada, Tubruk. Nem posso dizer o quanto isso significa para mim.

— Olhe, garota — disse ele, carrancudo. — Agora você é uma mulher livre. Percorreu o mesmo caminho que eu. Mesmo que não tivesse lutado no tumulto, eu ajudaria se pudesse. De vez em quando a gente cuida um do outro.

Ela o olhou com uma compreensão súbita. Durante a maior parte de sua juventude ele fora o administrador da propriedade. Alexandria havia esquecido que ele sabia tanto quanto ela sobre escravidão, que os dois compartilhavam um elo que ela não havia percebido. Caminhou com ele até o portão, com a tensão desaparecendo.

Brutus e Rênio estavam lá, puxando duas éguas jovens e conversando em voz baixa. Brutus olhou incisivamente para Alexandria. Sem dizer palavra, entregou as rédeas a Rênio e correu para ela, levantando-a do chão num grande abraço.

— Deuses, garota, faz anos desde que eu vi você.

— Ponha-me no *chão* — respondeu ela, furiosa, e Brutus quase largou-a ao ouvir o tom gélido.

— O que há de errado? Achei que você ficaria feliz em me ver depois...

— Eu não admito ser manuseada como uma das suas escravas — disse ela rispidamente. Suas bochechas estavam em fogo. Parte dela queria rir do súbito ataque de dignidade, mas tudo estava acontecendo depressa demais. Muda de embaraço, ergueu a mão, sem o anel de ferro que indicava uma escrava.

Brutus riu dela.

— Eu não pretendia ofender, senhora — falou com uma reverência profunda.

Ela se sentiu tentada a lhe dar um chute, mas com Otaviano e Tubruk olhando, teve de suportar a zombaria alegre do rapaz. Insuportável, como ele sempre fora. Uma lembrança de uma coisa que Júlio tinha dito relampejou em sua mente e, enquanto Brutus se erguia, ela girou para lhe dar um tapa no rosto.

Ele começou a se mover para segurar seu pulso, depois claramente pensou melhor e deixou o tapa acertar. Seu sorriso jamais desapareceu.

— Qualquer que tenha sido o motivo disso, espero que agora esteja terminado — disse ele. — Eu...

— Júlio disse que você cantou vantagem a meu respeito — interrompeu Alexandria. Estava tudo errado. Queria sentar-se e rir com aquele jovem lobo que ela conhecera, mas cada expressão e cada palavra dele parecia enfurecê-la.

O rosto de Brutus se clareou numa compreensão súbita.

— Ele disse que eu cantei vantagem...? Ah. Que desgraçado esperto. Não, eu nunca fiz isso. Ele pensa longe, o Júlio. Quando eu o vir, terei de dizer como deu certo. Ele vai adorar. Levar um tapa na frente de Rênio! Lindo.

Rênio pigarreou.

— Vou levar sua égua aos estábulos até você terminar de brincar — murmurou, guiando os animais para as sombras do fim de tarde.

Alexandria franziu a testa na direção do velho, notando como ele enrolava as duas rédeas no pulso com a facilidade resultante da prática. Nada de boas-vindas da parte dele.

Sem aviso, lágrimas arderam em seus olhos. A não ser por Otaviano, nada parecia ter mudado desde a noite do ataque contra a propriedade. Todos estavam ali, e ela era a única que parecia sentir a passagem dos anos.

Tubruk se balançou de um pé para o outro, olhando a expressão fascinada de Otaviano.

— Feche a boca, garoto. Há trabalho para ser feito antes de você dormir esta noite. — Ele assentiu para Alexandria. — Vou deixar vocês dois conversando sozinhos enquanto mostro o serviço de Otaviano. — Ele balançou a cabeça para Brutus, depois guiou Otaviano com pulso firme.

Deixados a sós no pátio que ia escurecendo, Brutus e Alexandria falaram ao mesmo tempo, pararam e começaram a falar de novo.

— Desculpe — tentou Brutus de novo.

— Não, eu agi feito uma idiota. Faz tanto tempo desde que estive aqui com Tubruk, você... e Rênio, tudo voltou.

— Eu nunca disse a Júlio que nós dois dormimos juntos — continuou Brutus, se aproximando. Ela era muito linda, notou ele, uma daquelas mulheres que ficam melhores ao crepúsculo. Seus olhos eram grandes e escuros, e o modo como sua cabeça se inclinou para cima lhe deu vontade de beijá-la. Lembrou-se de como tinham se beijado uma vez, antes de Mário lhe dar os papéis para o posto na legião na Grécia.

— Tubruk não disse que Júlio estava aqui — disse ela.

Ele balançou a cabeça.

— Ainda estamos esperando notícias. Ele foi seqüestrado e trocado por resgate na África, mas deve estar voltando. Nada é realmente como era, você sabe. Você é uma mulher livre, eu sou centurião e Rênio perdeu a capacidade de fazer malabarismo.

Ela riu de repente diante da imagem, e Brutus aproveitou para segurá-la de novo. Desta vez ela devolveu o abraço, mas, quando ele tentou beijá-la, virou a cabeça ligeiramente.

— Não posso lhe dar as boas-vindas direito? — perguntou ele, pasmo.

— Você é um homem terrível, Marco Brutus. Eu não fiquei sofrendo esperando sua volta, você sabe.

— Eu fiquei. Não sou nem metade do homem que já fui — respondeu ele balançando a cabeça com tristeza. — Quero sua permissão para vê-la e, se não a receber, talvez definhe completamente.

Ele suspirou como um fole rasgado, e os dois riram juntos com facilidade, sem embaraço.

Antes que ela pudesse responder, soou um grito do vigia no portão, fazendo Alexandria dar um pulo.

— Cavalos e carroça se aproximando — gritou o escravo.

— Quantos? — respondeu Brutus, afastando-se dela. Todos os traços de flerte desapareceram e, no mínimo, Alexandria preferiu seus novos modos aos antigos.

— Três homens a cavalo. Uma carroça puxada por bois. Os homens estão armados.

— Tubruk! Rênio! Primogênita, ao portão — ordenou Brutus. Soldados saíram das construções da propriedade, um grupo de vinte homens com armaduras, que deixaram Alexandria boquiaberta.

— Então a antiga legião de Mário está com você agora — disse ela, admirada.

Brutus lançou-lhe um olhar.

— Os que sobreviveram. Júlio vai precisar de um general quando voltar. É melhor você não chegar perto do portão até sabermos do que se trata, certo?

Enquanto ela assentia, Brutus se afastou e, longe dele, a jovem se sentiu subitamente só. Lembranças de sangue voltaram e ela estremeceu delicadamente, indo para a luz das construções.

Tubruk saiu dos estábulos com Otaviano ao lado, subitamente esquecido. Deixando o garoto andando pelo pátio de pedras, o administrador subiu a escada ao lado do portão e olhou para o barulho dos soldados que se aproximavam.

— Meio tarde para uma visita, não é? — gritou. — O que desejam aqui?

— Viemos a mando de Cato falar com Marco Brutus e o gladiador Rênio — trovejou uma voz grave.

Tubruk olhou para baixo, satisfeito ao ver seus arqueiros em posição em volta do pátio. Eles eram bem exercitados, e qualquer pessoa que tentasse atacar a casa seria destruída em segundos. Brutus estava com seus soldados num círculo de defesa enquanto Tubruk sinalizava para ele abrir o portão.

— Movam-se devagar agora, se dão valor à vida e à saúde — alertou aos homens de Cato.

O portão se abriu e se fechou rapidamente enquanto a carroça e os cavaleiros entravam. Vigiados pelos arcos retesados, os cavaleiros desmontaram lentamente, revelando a tensão. Rênio e Brutus se aproximaram deles e o líder assentiu ao reconhecer o gladiador de um braço só.

— Meu senhor Cato acredita que houve um equívoco. Seu filho prestou juramento erradamente à Primogênita, quando de fato estava prometido a outra legião. Meu senhor entende que o entusiasmo juvenil pode tê-lo dominado no Campo de Marte, mas lamenta que ele não possa servir com o senhor. A carroça está cheia de ouro, como compensação pela perda.

Brutus caminhou em volta dos bois suados e puxou a cobertura da carroça, revelando dois baús pesados. Abriu um e assobiou baixinho ao ver as moedas de ouro dentro.

— Seu senhor tem em alta conta o valor do filho para a Primogênita — disse ele.

O soldado olhou impassível para a vasta riqueza que tinha revelado.

— O sangue de Cato não tem preço. Isso é apenas um presente. Germínio está aqui?

— Você sabe que está — respondeu Brutus, esforçando-se por afastar o olhar do ouro. Aquela riqueza seria rapidamente engolida pelo que ele devia a Crasso, mas mesmo assim era uma quantia gigantesca para recusar. Olhou para Rênio, que deu de ombros, sabendo que a decisão tinha de ser de Brutus. Seria fácil destrancar a porta do quarto de Germínio e entregá-lo. Roma apreciaria a beleza do gesto e Brutus seria conhecido como um negociador astuto por ter colocado Cato em seu devido lugar. Suspirou. Os legionários não eram propriedade de seus comandantes para ser comprados e vendidos.

— Leve de volta — falou, dando um último olhar desejoso para o ouro. — Agradeça ao seu senhor pelo gesto e diga que seu filho será bem-tratado. Não deve haver inimigos aqui, mas Germínio prestou o juramento, que não pode ser quebrado a não ser pela morte.

O soldado inclinou a cabeça rigidamente.

— Levarei a mensagem, mas meu senhor ficará tremendamente insatisfeito pelo fato de o senhor não ver um modo de encerrar esse equívoco infeliz. Boa noite, senhores.

Os portões foram abertos de novo, e sem outra palavra o pequeno grupo de guardas partiu para a escuridão, com os bois mugindo lamentosos quando seu guia os cutucou para dar as costas à propriedade.

— Eu teria ficado com o ouro — disse Rênio quando o portão se fechou.

— Não, não teria, velho amigo. E eu também não poderia ficar.

Em silêncio, Brutus imaginou o que Cato faria ao saber.

Pompeu chamou as filhas quando entrou em casa na colina Aventina. A casa estava plena do cheiro de pão quente, e ele respirou fundo, apreciando, enquanto entrava no jardim, procurando-as. Depois de um longo dia de informes sobre a continuação da ofensiva contra Mitrídates, estava exausto. Se não tivesse sido tão desesperadamente importante, a situação seria quase uma farsa. Depois de semanas de debates, o Senado finalmente tinha deixado que dois generais levassem suas legiões à Grécia. Pelo que Pompeu podia ver, tinham escolhido os menos capazes e menos ambiciosos dos homens sob o comando do Senado. O raciocínio era claro demais, mas esses generais cautelosos tinham avançado lentamente para a Grécia continental, não querendo correr sequer o risco mínimo. Meticulosamente haviam cercado pequenos povoados, estabelecido sítio quando necessário e ido em frente. Isso fazia Pompeu ter vontade de cuspir.

Quisera ele próprio o comando de uma legião, mas esse desejo provocou a reação imediata dos silanos, e eles tinham votado em bloco contra sua nomeação, no momento em que seu nome apareceu nas listas. Para Pompeu, a luta para proteger as carreiras à custa da cidade era uma coisa obscena, no entanto eles o haviam forçado a obedecer. Se levantasse uma força de "voluntários", com Crasso dando o dinheiro, sabia que o Senado iria declará-lo inimigo da República antes de ter chegado aos navios. Diariamente a frustração crescia enquanto os relatórios revelavam uma falta quase total de realizações. Eles ainda nem tinham encontrado o exército principal.

Coçou a parte de cima do nariz para aliviar parte da pressão. Pelo menos o jardim estava fresco, ainda que a brisa não acalmasse seu mau humor. Ter o manto do Senado preso por cães tão pequenos! Terriers minúsculos e furiosos sem imaginação e sem sentimento de glória. Merceeiros, e Roma era comandada por eles.

Pompeu andou em silêncio pelo jardim, com as mãos cruzadas às costas, perdido em pensamentos. Gradualmente sentiu as tensões do dia se dispersarem. Durante anos fora seu hábito separar o dia de trabalho da vida doméstica com um curto passeio pelos jardins pacíficos. Revigorado, podia se juntar à família na refeição noturna, rir e brincar com as filhas, tendo esquecido o Senado miserável até o novo amanhecer.

Por pouco não viu o corpo da filha mais nova caído de rosto para baixo nos arbustos perto do muro externo. Quando seus olhos se viraram para lá, começou a abrir um sorriso de reconhecimento, esperando que ela desse um pulo para abraçá-lo. Ela adorava surpreendê-lo na chegada, dissolvendo-se em ataques de riso quando ele dava um pulo, assustado.

Viu sangue no vestido da menina, em manchas marrons escuras, e seu rosto afrouxou lentamente, tombando numa tristeza à qual nem podia começar a resistir.

— Laura? Anda, menina, levante-se.

A pele dela estava muito branca, e ele podia ver um corte de açougueiro onde o pescoço encontrava o tecido estampado do vestido de menina.

— Anda, menina, fica de pé — sussurrou ele.

Foi até ela e sentou-se nas folhas úmidas perto dos membros pequenos da menina.

Acariciou seu cabelo por longo tempo enquanto o sol se punha e as sombras se alongavam devagar em volta dos dois. Sabia vagamente que deveria estar gritando para pedir ajuda, chorando, mas não queria deixá-la, nem mesmo pelo tempo que levaria para chamar a mulher. Lembrou-se de tê-la carregado nos ombros durante o verão, e do modo como ela imitava tudo que ele dizia, em sua voz aguda e límpida. Ele havia se sentado junto dela durante febres e doenças, e agora estava com ela pela última vez, murmurando gentilmente, puxando a gola do vestido para cima, para cobrir o ferimento avermelhado como lábios que era a única cor forte na filha.

Depois de um tempo levantou-se e andou rigidamente para casa. O tempo passou e uma mulher gritou de sofrimento.

CAPÍTVLO XXVI

Mitrídates olhou para a névoa do amanhecer, imaginando se outro ataque viria. Puxou a capa pesada sobre os ombros e estremeceu, dizendo a si mesmo que era apenas o frio da manhã. Era difícil não desesperar.

Os ataques noturnos tinham crescido em ousadia, e praticamente ninguém mais dormia tranqüilo no grande acampamento. A cada noite eles decidiam com sorteios quem ficaria de sentinela, e os escolhidos viravam os olhos vermelhos uns para os outros e davam de ombros, já esperando a morte. Se ela não viesse, eles caminhavam de volta à proteção do acampamento principal, com um retorno da confiança que duraria até pegarem a ficha errada no pote passado de mão em mão.

Freqüentemente não voltavam. Centenas de sentinelas deixavam de responder à chamada a cada amanhecer. Mitrídates tinha certeza de que mais da metade estava desertando em silêncio, mas parecia que o acampamento era rodeado por um inimigo invisível que podia escolher à vontade quem mataria. Algumas sentinelas eram encontradas com ferimentos de flechas que eram cuidadosamente arrancadas da carne para ser usadas de novo. Não parecia importar quantos soldados montavam guarda juntos, ou onde eles os colocava, a cada dia menos homens voltavam ao acampamento.

O rei olhou irado para a névoa úmida que parecia entupir seus pulmões com o frio do inverno. Alguns de seus homens acreditavam que estavam sendo atacados por fantasmas de batalhas antigas, espalhando histórias de guerreiros velhíssimos, de barbas brancas, vislumbrados por um momento antes de desaparecer em silêncio. Sempre em silêncio.

Começou a andar ao longo das fileiras de seus homens. Tão exaustos quanto o rei, mesmo assim estavam com as armas prontas e em posição de alerta, esperando a névoa subir. Tentou sorrir para eles e levantar o moral, mas era difícil. A impotência de ter vidas arrancadas semana após semana havia tirado a coragem de muitos de seus homens. Estremeceu de novo e xingou a névoa branca que parecia se demorar sobre as tendas enquanto o resto do mundo acordava. Às vezes pensava que, se pudesse simplesmente arranjar um cavalo e se afastar depressa, irromperia à luz do sol e, ao se virar, enxergaria apenas o vale coberto pela mortalha.

Um corpo estava caído, intocado, entre duas tendas. O rei parou e olhou para ele, com raiva e vergonha porque o jovem guerreiro não fora enterrado. Isso, ainda mais do que os olhares inexpressivos de seus homens, lhe disse até onde as coisas tinham ido desde que haviam enfiado estacas nos morros e brindado ao sucesso e à destruição de Roma. Como ele *odiava* esse nome!

Talvez devesse ter marchado com o exército para longe, mas sempre retornava o pensamento incômodo de que o que o inimigo mais esperava era que ele o levasse para as planícies. Em algum lugar, escondida de seus batedores, havia uma legião de homens com um comandante diferente de todos os que Mitrídates conhecera. Ele parecia querer destruí-los aos pedaços. Súbitas saraivadas de flechas caíam sobre os corpos de qualquer pessoa que usasse um elmo de oficial ou carregasse um estandarte. A coisa tinha chegado ao ponto em que homens tinham se recusado a pegar as bandeiras e preferiam suportar o açoite a convidar a morte que viam como inevitável.

Era uma coisa maligna ver o moral cair tanto. Ele tinha dado ordens aos grupos de sentinelas para matar qualquer um que tentasse desertar, mas na noite seguinte um número ainda maior de soldados desapareceu, e ele ainda não sabia se estavam mortos ou tinham fugido. Às vezes simplesmente via uma pilha de armaduras, como se eles simplesmente tivessem descartado o metal junto com a honra, mas ocasionalmente as pilhas estavam manchadas de sangue.

O rei Mitrídates coçou com força o rosto cansado, trazendo cor às bochechas. Não podia se lembrar da última vez em que tinha dormido, sem ousar ficar bêbado, com a chance de ataque a qualquer hora da noite. Eles *eram* como fantasmas, pensou com uma sensação de chumbo. Espíritos mortais, que se moviam rapidamente e deixavam carne branca tombada no capim depois de passar.

Seus filhos tinham preparado unidades de reforço, de modo que sempre havia novos guerreiros no apoio, mas não dera certo. Mitrídates se perguntou se seus homens estariam protelando, não querendo ser os primeiros a chegar ao inimigo e ser mortos. Quando os romanos desapareciam, os reforços chegavam com um grande rugido e entrechocar de escudos e espadas, formando círculos ao redor dos feridos e gritando insultos para a noite, mas parecia um despeito inútil, um último golpe ou riso do covarde ao se sentir em segurança.

A névoa começou a ficar rala, e Mitrídates beliscou as bochechas com os polegares fortes para afastar o frio. Logo receberia o relatório das sentinelas perdidas durante a noite e esperava que fosse uma daquelas vezes em que todos os homens voltavam atordoados com a boa sorte, cambaleando de alívio depois de horas de tensão e medo. Agora essas noites eram raras.

Numa ocasião ele tentara emboscar o inimigo com uma força de cem homens ocultos perto das posições das sentinelas. Cada um deles foi achado morto e frio no dia seguinte. Depois disso não tentou de novo. Fantasmas.

Uma brisa soprou em volta e ele puxou a capa com mais força ainda. A névoa fez redemoinhos e se dissolveu em minutos, revelando a planície escura. Mitrídates se imobilizou de medo enquanto via as fileiras de soldados esperando em silêncio. Fileiras perfeitas de legionários, com as armaduras brilhando dolorosamente num borrão prateado. Duas cortes. Mil homens. A seiscentos metros de distância, esperando-o.

Seu coração martelou dolorosamente sob os músculos amplos do peito, fazendo-o se sentir meio tonto. Ouviu o grito se espalhar pelo acampamento enquanto seus oficiais sobreviventes faziam os homens se levantar e assumir as posições. Então o pânico o tocou. Mil homens de um lado. Onde estava o resto?

— Mande os batedores! — gritou.

Corredores foram rapidamente até os cavalos, galopando pelas fileiras do acampamento.

— Arqueiros comigo! — continuou ele, e sua ordem foi passada pela fileira.

Centenas de arqueiros começaram a convergir para a figura coberta pela capa. Ele juntou os oficiais em volta.

— É um ardil, um truque. Quero que vocês protejam este lado do acampamento. Mandem cada flecha que vocês têm, para mantê-los a distância. Matem todos, se puderem. Vou guardar a frente, de onde deve vir o ataque principal. Gastem todas as flechas, sem restrições. Eles não devem alcançar nossa retaguarda enquanto os outros atacam. O moral não sobreviverá a isso.

Os oficiais assentiram e fizeram reverência, prendendo as cordas nos arcos com habilidade ao mesmo tempo que se empertigavam. Os rostos mostravam os primeiros sinais de empolgação, da alegria poderosa que vem de lançar a morte em enxames que picavam enquanto seus homens permaneciam em segurança.

Mitrídates deixou que as unidades de arqueiros se formassem, pegou o cavalo com o pajem que o segurava e atravessou o acampamento até a dianteira. O desespero o abandonou e ele se sentou mais ereto na sela, enquanto via os homens a postos a toda volta. Era dia, e até os fantasmas podiam ser mortos de dia.

Júlio estava no flanco direito dos veteranos, na vanguarda da corte Ventulus. Três fileiras de cento e sessenta homens estavam com ele; seis centúrias de oitenta, com os veteranos na primeira e na terceira, e os lutadores mais fracos na segunda fileira, onde não poderiam hesitar ou correr. Com Gadítico e os homens da Accipiter, eles cobriam cerca de um quilômetro e meio de terra, silenciosos e imóveis. Não havia mais jogos. Cada um dos Lobos sabia que poderia estar morto antes que o sol chegasse ao alto, mas se mantinham sem medo. Todas as orações tinham sido feitas, e agora havia apenas a matança.

Fazia um frio cortante e alguns homens tremiam enquanto esperavam que a névoa se levantasse. Não falavam, e nem era necessário que os *optios* recém-nomeados batessem seu cajado em algum dos mais jovens para mantê-lo quieto. Todos pareciam sentir o momento, enquanto a névoa finalmente se movia com uma brisa revigorante. As cabeças se ergueram quase como cães diante de um cheiro, sabendo do efeito que essa visão causaria.

Alguns veteranos tinham desejado atacar enquanto a névoa ainda estava densa, mas Júlio disse que queria que o inimigo conhecesse o medo antes do ataque final, e eles tinham recebido as ordens sem questionar. Depois de três semanas de ataques destruidores ao acampamento, pareciam ter uma espécie de espanto reverente para com o jovem comandante que marchava ao lado. Ele parecia capaz de adivinhar cada movimento que Mitrídates faria e contrapô-lo brutalmente. Se Júlio dizia que estava na hora de um último golpe aberto para derrotar os gregos, eles marchariam aonde ele marchasse, sem reclamar.

Júlio examinou com curiosidade as fileiras de tendas, saboreando o momento. Imaginou quais das figuras apressadas seria o rei, mas não podia ter certeza. À medida que o sol iluminava o vale, a dúvida o incomodou um momento. Mesmo com as perdas e as deserções às centenas nas últimas noites, aquela ainda era uma gigantesca vastidão que fazia seu exército parecer pequeno. Mostrou os dentes ligeiramente, antecipando, empurrando as dúvidas para o lado e sabendo que tinha a medida deles. Muitas daquelas tendas estavam vazias.

Cada dia de espera fora uma agonia de indecisão para Júlio. Desertores capturados contavam histórias do moral despencando e da má organização. Ele sabia tudo sobre os oficiais, o equipamento e o apetite por batalha dos inimigos. A princípio ficara contente com a idéia dos ataques noturnos e de rasgar pedaços do exército até que Mitrídates perdesse a coragem e fugisse direto para as legiões que vinham do litoral. Mas as semanas tinham se passado sem sinal de que os gregos levantariam acampamento ou de que o apoio romano apareceria no horizonte.

No início da terceira semana Júlio tinha encarado a possibilidade de que as legiões talvez não viessem antes que Mitrídates saltasse de sua letargia defensiva e começasse a pensar como um verdadeiro comandante. Naquela noite, com as sentinelas gregas desertando e passando a apenas alguns metros de seus homens, sem saber, Júlio começou a planejar um ataque total.

Agora o grosso do exército grego estava se formando em grandes blocos com dez fileiras de profundidade, e Júlio assentiu sério, lembrando-se das aulas de seu velho tutor. Eles não poderiam trazer o número total de espadas contra sua linha ampla, mas as dez fileiras impediriam uma debandada enquanto o inimigo que os vinha matando interminavelmente no escuro os encarava finalmente na planície. Engoliu em seco dolorosamente enquanto examinava o terreno, esperando o momento perfeito para dar a ordem. Viu um homem alto saltar num cavalo e galopar para longe, e então centenas de arqueiros se formaram em unidades. Eles deixariam o ar preto com as flechas.

— São mil — sussurrou consigo mesmo.

Agora seus homens tinham escudos, muitos roubados dos gregos que eles haviam matado noite após noite. Mesmo assim, cada saraivada bem-sucedida derrubaria alguns, mesmo quando juntassem os escudos e se abrigassem embaixo.

— Soar o avanço. Depressa! — gritou para o *cornicen*, que levantou uma velha trombeta e soprou a nota dupla.

As duas cortes avançaram como se fossem um só homem, batendo juntas na terra grega. Júlio olhou para a direita e a esquerda e riu selvagem ao ver os veteranos ajustar a fileira enquanto marchavam, quase sem perceber. Ninguém ficava para trás. Os velhos estavam famintos pelo tipo de ataque que entendiam quase tanto quanto Júlio, e agora sua impaciência finalmente podia ser liberada.

A princípio se aproximaram devagar. Júlio esperou que os arqueiros disparassem e quase se imobilizou quando milhares de compridas hastes pretas atravessaram o ar em sua direção. A mira era boa, mas os veteranos tinham enfrentado arqueiros em todas as terras romanas. Moviam-se sem pressa, agachados e com os membros junto do corpo, cada escudo tocando o do irmão ao lado. Aquilo formava uma parede impenetrável e as flechas batiam inúteis na madeira laminada com latão.

Por um momento, houve silêncio, então os veteranos se levantaram como se fossem um só, gritando loucamente. Os escudos estavam cheios de flechas cravadas, mas eles não tinham perdido um único homem. Adiantaram-se vinte passos rápidos e então o ar zumbiu de novo e eles se abaixaram de novo sob os escudos. Em algum lugar um romano gritou de dor, mas eles se adiantaram mais três vezes, perdendo apenas alguns corpos pálidos no campo atrás.

Estavam suficientemente perto para atacar. Júlio deu a ordem e a nota tripla soou ao longo da linha. Os Lobos irromperam numa corrida rápida e de repente estavam a apenas algumas dezenas de metros dos arqueiros, e a nuvem preta ia passando por cima.

Os arqueiros gregos mantiveram a posição por tempo demais, desesperados para matar quem os havia ferido tanto. Sua primeira fila tentou se virar e fugir dos romanos que atacavam, mas não havia ordem, e os Lobos rugiram penetrando na confusão, transformando-a em terror enquanto eles lutavam para se afastar.

Júlio exultou quando a linha romana *atravessou-os*, abrindo caminho para dentro dos quadrados com habilidade sangrenta. As fileiras de gregos se dissolveram num caos cheio de gritos depois de apenas alguns segundos. Júlio ordenou que a Ventulus os pressionasse, e Gadítico moveu seus homens ligeiramente para a esquerda, para aumentar o ângulo da debandada.

O pânico se espalhou como uma tempestade pelas fileiras gregas. Com seus homens gritando de terror e correndo da linha de frente, e com o ar cheio de gritos dos agonizantes, eles começaram a se afastar da fileira de Lobos, saindo de suas unidades e jogando as armas fora enquanto os oficiais gritavam inutilmente.

Um número cada vez maior de gregos começou a correr, e de repente havia um número suficiente fugindo para que até mesmo os mais corajosos se virassem e se juntassem à multidão em disparada.

Os Lobos atacavam num frenesi, os veteranos partindo o inimigo com toda a habilidade e experiência de uma centena de batalhas, e os mais jovens com a energia crua e a alegria da caçada que faziam suas mãos tremerem e os olhos enlouquecerem enquanto cortavam os gregos, com os membros vermelhos e terríveis na matança.

Os inimigos se espalharam em todas as direções. Por duas vezes os oficiais tentaram juntá-los e Júlio foi obrigado a apoiar a Accipiter para romper o maior grupo de homens. O nó de soldados apavorados se sustentou por menos de um minuto e então se rompeu de novo.

O acampamento se transformou numa carnificina de corpos pisoteados e equipamentos quebrados, e os veteranos começaram a se cansar, com os braços doloridos depois de centenas de golpes.

Júlio ordenou a formação de serra para a Ventulus, em que a fileira do meio se movia para a direita e a esquerda no sentido contrário às outras, para bloquear aberturas e sustentar os pontos mais fracos. Sua corte varreu o acampamento e parecia que estavam matando durante o dia inteiro.

Gadítico tinha avançado mais, e foram seus homens que alcançaram Mitrídates com os filhos, rodeados por quase mil homens. Eles pareciam agir como uma âncora para os desertores que corriam em volta, reduzindo a velocidade de sua fuga e puxando-os para se juntar ao último baluarte. Júlio ordenou a cunha para romper a linha, e seus homens abandonaram o cansaço uma última vez. Ele assumiu pessoalmente a segunda fileira, atrás de Cornix na ponta. Precisavam romper o último baluarte rapidamente. Aqueles homens não tinham fugido e estavam sob os olhos do rei, descansados e esperando.

A Ventulus formou a cunha como se os guerreiros tivessem lutado juntos a vida inteira. Os escudos se levantaram para proteger as bordas da ponta de flecha e se chocaram contra as fileiras gregas, fazendo com que girassem trombando umas nas outras. Somente o homem da frente estava desprotegido, e Cornix caiu durante os primeiros golpes. Ele se levantou coberto de sangue e segurando a barriga com uma das mãos, enquanto a outra golpeava e golpeava até que ele caiu de novo, desta vez para não se levantar mais. Júlio assumiu a posição, com o gigante Ciro ao lado.

Podia ver Mitrídates movendo-se no meio dos homens, vindo em direção aos romanos com expressão maníaca. À medida que sentia, mais do que via, o impulso para a frente começar a diminuir, Júlio poderia ter comemorado enquanto o rei empurrava seus homens para o lado, querendo chegar até os romanos. Sabia que o rei grego deveria ter ficado para trás e que assim os romanos não iriam alcançá-lo. Em vez disso, Mitrídates estava rugindo ordens, e os que estavam mais perto dele recuaram para lhe permitir a matança.

Era um homem enorme, enrolado numa pesada capa roxa. Não fez qualquer tentativa de se defender, mas baixou a espada com força terrível. Júlio se desviou, e seu golpe de resposta foi bloqueado com um estrondo de metal que entorpeceu seu braço. O homem era forte e rápido. Mais gregos caíam em volta enquanto os veteranos rugiam de novo e iam em frente, empurrando os guardas para trás e cortando-os com dezenas de golpes. Mitrídates parecia não notar enquanto a linha de batalha passava por ele e gritou ao girar a espada de novo num golpe maligno destinado ao peito de Júlio, fazendo o rapaz cambalear para trás, com a armadura amassada numa linha. Os dois estavam ofegando de exaustão e fúria. Júlio pensou que uma de suas costelas havia estalado, mas agora Mitrídates estava bem atrás da fila da frente, e Júlio soube que só precisava chamar e o rei seria cortado por todos os lados.

Com o rei sozinho e cercado, os guardas lutavam desesperadamente para alcançá-lo. Os veteranos se cansavam e caíam contra eles, com a força acabando. Mitrídates pareceu sentir isso.

— A mim, meus filhos! — gritou. — Venham a mim! — E os esforços dele se redobraram num frenesi.

Júlio se inclinou para trás para evitar um golpe e depois deu uma estocada rápida, rasgando o ombro com sua lâmina de gume amassado. Mitrídates cambaleou enquanto Ciro o golpeava no peito amplo, chocando-se contra ele numa explosão de força. O sangue do rei jorrou e ele largou a espada dos membros frouxos. Seus olhos encontraram os de Júlio por um momento, depois ele escorregou para a massa de lama e corpos. Júlio levantou a espada vermelha em triunfo, e a Accipiter acertou o flanco dos gregos, rompendo-o completamente e fazendo com que eles corressem com os últimos irmãos.

Não tinham óleo para queimar os corpos, por isso Júlio ordenou que fossem escavadas grandes valas na parte de trás do acampamento. Demorou uma semana para fazê-las de tamanho suficiente para os mortos de Mitrídates. Júlio tinha proibido comemorações, com tantos do exército derrotado ainda vivos. A ironia de ter estabelecido um perímetro armado no próprio acampamento que havia atacado por tanto tempo não lhe escapou, mas ele sabia que, com o carismático rei morto, havia pouca chance de os sobreviventes se juntarem para outro ataque. Esperava que a coragem deles tivesse sido destruída, mas ainda que os filhos de Mitrídates tivessem sido mortos no final, Gadítico achava que mais de quatro mil haviam escapado, e Júlio queria se afastar do vale assim que os últimos dos seus homens machucados tivessem se recuperado ou morrido.

Menos de quinhentos Lobos tinham sobrevivido ao ataque contra o acampamento, e a maioria foi perdida na última batalha ao redor do rei grego. Júlio mandou enterrá-los separadamente e ninguém reclamou do trabalho. Fizeram um funeral completo, que durou a maior parte de um dia, e as tochas fúnebres soltavam uma fedorenta fumaça preta que parecia adequada ao sacrifício.

Quando todos os mortos estavam enterrados e o acampamento livre dos destroços, ele escolheu os dez centuriões mais importantes para representar a voz de todos e ficou triste porque Cornix não tinha sobrevivido à luta para se juntar a eles, mas sabia que o velho guerreiro tinha escolhido o modo de morrer sem lamentações. Quertoro veio com os outros, e somente quando se sentaram juntos Júlio notou que Suetônio tinha se juntado a eles, apesar de não ter posto de comando. O braço do rapaz estava bastante enrolado com ataduras onde sofrera um corte, e a visão daquilo impediu que Júlio o mandasse embora. Ele tinha merecido o lugar, talvez, mas Júlio se perguntou se Suetônio gostara daquilo pelo menos a metade do que gostara dos ataques noturnos.

— Quero ir para o litoral e me encontrar de novo com Duro e Prax. Em algum lugar entre aqui e o mar deve haver uma legião, a não ser que o Senado tenha perdido a cabeça completamente. Mandaremos o corpo de Mitrídates para eles e vamos velejar para casa. Não há mais nada que nos segure aqui.

— O senhor vai debandar os homens? — perguntou Quertoro.

Júlio olhou para ele e sorriu.

— Vou, mas no litoral. Há muitos sobreviventes do exército grego para que eu mande o nosso embora agora. Além disso, vários homens que eu trouxe à cidade de vocês morreram na luta, e eu tenho ouro para dividir entre os sobreviventes. Acho que seria justo dar uma parte para todos os que sobreviveram.

— E você vai tirar essa parte da sua metade? — perguntou Suetônio rapidamente.

— Não. Todos os resgates serão devolvidos aos donos de direito, como eu prometi. O que restar da metade será dividido entre os Lobos. Se você não gostar disso, sugiro que diga a eles. Diga que eles não merecem um pouquinho de ouro para levar de volta aos seus povoados, pelo que fizeram aqui.

Suetônio ficou quieto, com a testa franzida, e os veteranos o observaram com interesse. Ele não os encarou.

— De quanto ouro estamos falando? — perguntou Quertoro, interessado.

Júlio deu de ombros.

— Vinte, talvez trinta aurei para cada homem. Terei de calcular quando encontrar Duro.

— Esse homem está com todo esse ouro no navio dele — interveio um dos outros —, e o senhor espera que ele esteja lá?

— Ele deu a palavra. E eu dei a minha de que iria achá-lo e matá-lo se ele não a cumprisse. Ele vai estar. Agora quero todo mundo pronto para marchar dentro de uma hora. Já estou farto deste acampamento. Já estou farto da Grécia.

Em seguida se virou para Gadítico com uma expressão pensativa.

— *Agora* podemos ir para casa.

Acharam a primeira das duas legiões a apenas cento e trinta quilômetros terra adentro, sob o comando de Severo Lépido. No acampamento muito bem fortificado, Júlio e Ciro entregaram o corpo de Mitrídates a Lépido, num esquife de madeira entalhada. Ciro permaneceu quieto enquanto eles punham o corpo numa mesa baixa numa tenda vazia, mas Júlio viu que os lábios dele estavam se movendo numa oração silenciosa, mostrando respeito pelo inimigo derrotado. Quando terminou, Ciro sentiu Júlio observando-o e devolveu o olhar sem embaraço.

— Ele era um homem corajoso — disse Ciro simplesmente, e Júlio ficou impressionado com a mudança nele desde que o conhecera num povoado minúsculo da costa africana.

— Você reza aos deuses romanos? — perguntou Júlio.

O grandalhão deu de ombros.

— Eles ainda não me conhecem. Quando chegar a Roma, falarei com eles.

O legado romano mandou uma escolta de soldados para guiar os Lobos até o mar. Júlio não protestou contra a decisão, mas a escolta mais parecia um destacamento para levar prisioneiros do que uma garantia de passagem livre.

Duro estava a bordo do navio quando finalmente chegaram ao cais e o chamaram. O comerciante não pareceu muito feliz por eles terem sobrevivido, mas rapidamente se abrandou quando Júlio lhe disse que ele receberia pelo tempo perdido, além da passagem de volta até Brundísio, o porto mais próximo na Roma continental.

Era estranho estar de volta a um navio, e Júlio gastou parte de sua nova riqueza comprando cada barril de vinho do porto para uma última comemoração. Apesar das objeções de Suetônio, a riqueza de Celso foi dividida entre os Lobos sobreviventes, e muitos voltariam para casa ricos segundo seus padrões anteriores, mesmo depois de uma cara viagem no conforto de uma caravana ou montados a cavalo.

Os veteranos pediram para ver Júlio em particular uma última vez, antes de partirem para casa no leste. Ele tinha lhes oferecido postos em Roma, mas eles apenas riram e olharam uns para os outros. Era difícil tentar homens da idade deles que tinham ouro nas bolsas, e Júlio realmente não esperava que fossem. Quertoro agradeceu em nome de todos e eles o saudaram, enchendo o navio com o barulho. Depois foram embora.

Duro pegou a maré da manhã sem fanfarras nem anúncios. Todos os jovens sobreviventes dos Lobos tinham permanecido, e eles gostaram da curta experiência como marinheiros, com o entusiasmo fácil da juventude. O mar estava calmo e se passaram apenas algumas curtas semanas até atracarem no porto de Brundísio e descerem em terra.

Os que tinham estado juntos desde o início se entreolharam atordoados por longos instantes enquanto três centúrias dos Lobos se formavam numa coluna para marchar até Roma. Recém-promovido ao comando de cinqüenta homens, Ciro alinhou a fileira e ficou maravilhado enquanto pensava que finalmente veria a cidade que o havia convocado. Estremeceu, girando os ombros. Fazia mais frio do que em sua minúscula fazenda na costa da África, mas mesmo assim ele sentia ter direito àquela terra. Sentia que os fantasmas de sua linhagem tinham vindo receber o filho e estavam orgulhosos.

Júlio se ajoelhou e beijou o chão poeirento com lágrimas nos olhos, emocionado demais para falar. Tinha perdido amigos e sofrido ferimentos que carregaria pelo resto da vida, mas Sila estava morto, e ele estava em casa.

SEGVNDA PARTE

CAPÍTVLO XXVII

CATO PASSOU A MÃO GORDUCHA PELA TESTA. MESMO COM O FRIO do inverno ainda agarrando Roma, o prédio do Senado estava cheio e o ar pesado com o calor de trezentos membros da *nobilitas* apinhados no espaço pequeno. Cato levantou a mão pedindo silêncio e esperou com paciência enquanto a balbúrdia diminuía lentamente.

— Esse tal de César, esse rapaz *imprudente*, demonstrou apenas desdém pela vontade do Senado. Agindo sozinho, causou a morte de centenas de cidadãos romanos, muitos deles veteranos de nossas legiões. Pelo que entendo, ele assumiu uma autoridade que nunca recebeu e se comportou totalmente como eu esperaria de um sobrinho de Mário. Convoco o corpo do Senado para censurar esse pequeno garnisé: que demonstremos nossa repugnância diante de seu desperdício de vidas romanas e de sua desconsideração por nossa autoridade.

Cato voltou ao seu lugar com um grunhido satisfeito, e o mestre dos debates se levantou, parecendo relaxado. Era um homem grande e espalhafatoso, com pouca paciência com os tolos. Ainda que sua autoridade fosse nominal, ele parecia gostar de controlar os homens mais poderosos do Senado.

Cina tinha-se levantado diante das palavras de Cato, o rosto vermelho de raiva. O mestre dos debates assentiu para que ele falasse, e Cina varreu as fileiras com seu olhar, prendendo a atenção de todos.

— Como muitos de vocês sabem, sou parente de César através do casamento de minha filha — começou. — Não vim aqui para falar em sua defesa, e sim participar do que esperava fossem nossos parabéns justos e adequados.

Uma onda de murmúrios da parte dos que apoiavam Cato o impediu de ir em frente por um momento, mas ele esperou com paciência gélida até que pudesse fazer-se ouvir novamente.

— Será que não deveríamos dar os parabéns a um homem que derrubou um dos inimigos de Roma? Mitrídates está morto, seu exército disperso e alguns de vocês falam em *censura*? Não dá para acreditar. Em vez de contar a vida dos homens perdidos numa batalha contra uma força maior, pensem nos inocentes que vivem porque Mitrídates foi esmagado. Quantos de nossos cidadãos teriam morrido quando nossas legiões finalmente tivessem se esgueirado suficientemente perto para lutar contra o inimigo? Pelos relatos, parece que eles talvez nunca encontrariam as forças gregas!

Outra tempestade de murmúrios irrompeu, com zombarias e gritos erguendo-se. Muitos dos senadores de ambos os lados se levantaram para falar e se remexeram enquanto esperavam. O mestre dos debates captou o olhar de Cina e levantou as sobrancelhas interrogativamente. Cina cedeu de má vontade e se sentou de novo.

O senador Prando estava de pé ao lado de Cato. Era uma figura alta e magra perto do patrono corpulento, e pigarreou ligeiramente quando recebeu o sinal para falar.

— Meu filho Suetônio foi um dos seqüestrados pelos piratas com esse tal de César. Tenho os relatórios dele, para basear minhas opiniões, e eles mostram o perigo desse romano para tudo que defendemos. Ele age sem qualquer tipo de consulta. Corre para o conflito sem pensar em outros métodos para resolver um problema. Sua primeira e última resposta a tudo é o ataque cego. Tenho detalhes de execuções e torturas realizadas em seu nome, não sancionadas pelo Senado. Ele obrigou soldados velhos a entrar em batalha em troca de pouco mais do que glória pessoal. Devo concordar com o honrado Cato, esse César deveria ser convocado aqui para uma justa punição por seus atos. Não devemos nos esquecer das alegações de pirataria que foram feitas contra ele pelo questor Pravitas. Se ele for elogiado, como alguns acham que seria correto, poderíamos muito bem criar outro Mário e com o tempo vir a lamentar nossa generosidade.

Cato empurrou de pé um homem de aparência nervosa. O senador Bíbilo quase tropeçou ao se levantar sob a pressão das mãos pesadas. Seu rosto era pálido e gotas de suor nervoso brotaram na testa. Rompendo o costume, ele começou a falar antes de ter recebido permissão e suas primeiras palavras se perderam nas vaias de desprezo que se seguiram.

— ... deveríamos considerar a retirada do posto de senador — disse ele, engolindo a saliva da garganta. — Ou possivelmente um banimento de qualquer posto no exército. Deixem que ele seja um mercador com o ouro saqueado que ele trouxe de volta.

Enquanto falava, o mestre dos debates olhou-o com expressão pétrea, e um breve gesto fez Bíbilo sentar-se de novo, com o rosto vermelho de embaraço. O mestre dos debates estava sério e se virou para recuperar o equilíbrio com suas escolhas. Crasso teve permissão de falar. Ele assentiu agradecendo e olhou calmamente as fileiras apinhadas, até haver de novo um silêncio adequado.

— Como vocês revelam seus medos secretos! — disse rispidamente. — Outro Mário, dizem vocês. Sobrinho dele! Como devemos tremer! Isso me deixa enojado. Vocês achavam que nossa preciosa República poderia sobreviver sem poder militar? Quantos de vocês comandaram homens em batalhas bem-sucedidas?

Seu olhar varreu as fileiras, sabendo que Cato tinha servido apenas os dois anos mínimos para garantir a escada política. Outras cabeças assentiram enquanto Cato continha um bocejo e desviava o olhar.

— Temos um rapaz que sabe liderar soldados — continuou Crasso. — Ele juntou um pequeno exército e derrotou uma força oito ou nove vezes maior. Certo, agiu sem primeiro buscar nossa aprovação, mas não poderia ter esperado um ou dois anos até que finalmente terminássemos de discutir!

O mestre dos debates atraiu seu olhar, mas Crasso o ignorou.

— Não, o que causa um despeito tão venenoso em alguns de nós é o fato vergonhoso de que esse rapaz demonstrou que nossa escolha de comandantes de legiões foi errada. Seu sucesso é prova de que não agimos com energia e velocidade suficientes para defender nossas posses na Grécia.

Isso é que incomoda esses senhores. Deixem-me lembrá-los de que ele recebeu a coroa de carvalho pela bravura em Mitilene. É um soldado talentoso e leal a Roma, e para nós seria vergonha não reconhecer isso publicamente. Ouvi Bíbilo murmurar sobre tirar seu posto de legião e me pergunto: que vitórias Bíbilo nos trouxe? Ou Cato? E Prando sugere pirataria quando sabe que as acusações foram provadas como idiotices quando todos os fatos vieram à luz. Não é de espantar que ele toque superficialmente um assunto tão difícil quando seu próprio filho foi um dos acusados! Deveríamos cobrir César de homenagens pelo que ele fez.

— Chega, Crasso — disse sério o mestre dos debates, satisfeito por ter permitido tempo suficiente para reparar a fala brusca de Bíbilo. — Os dois lados do debate falaram. Podemos partir para a votação.

Os que ainda estavam de pé se sentaram com relutância, olhando o salão em volta e tentando avaliar o resultado antes do início. Antes que a votação pudesse começar, as enormes portas de bronze da câmara se abriram e Pompeu entrou, causando uma nova agitação de interesse. Desde a morte da filha, não fora visto perto do fórum ou do Senado, e havia muitas perguntas sussurradas sobre sua tragédia e o que resultaria dela.

O mestre dos debates sinalizou para Pompeu, indicando um lugar para ele nas fileiras. Em vez de se sentar, Pompeu foi até seu lugar e ficou de pé, esperando ser reconhecido.

Suspirando, o mestre dos debates levantou a mão para ele. Todo o barulho cessou, enquanto cada olhar se fixava no recém-chegado.

Cato, em particular, observava-o com uma intensidade brilhante, absorvendo cada detalhe. As cinzas da filha não podiam estar há muito tempo enterradas, mas nenhum sinal desse sofrimento aparecia em seu rosto. Ele parecia calmo enquanto olhava os bancos apinhados.

— Desculpem minhas ausências e meu atraso, senadores. Eu enterrei minha filha — disse ele em voz baixa, sem um traço de insegurança. — Faço uma promessa, diante de vocês, que os responsáveis lamentarão o uso de inocentes nos jogos de poder, mas este é um problema para outro dia.

Ele falava em tom razoável, mas os que estavam perto podiam ver cada músculo dos ombros rígido, como se mal conseguisse conter uma enorme fúria.

— Qual é a votação desta manhã? — perguntou então ao mestre dos debates.

— Votamos para decidir entre censurar ou aprovar os atos de Júlio César na Grécia.

— Sei. Qual é a posição de Cato? — perguntou Pompeu, sem olhar para a enorme figura esparramada que se empertigou subitamente.

O mestre dos debates arriscou um olhar para Cato.

— Argumentou a favor da censura — respondeu, perplexo.

Pompeu juntou as mãos nas costas, e os que estavam perto puderam ver a brancura nos nós dos dedos enquanto ele falava.

— Então votarei contra.

Por um longo momento, Pompeu sustentou o olhar de Cato no silêncio, até que todo mundo teve consciência da nova inimizade entre eles. Sussurros começaram enquanto os mais velhos se empertigavam com interesse renovado.

— Além do mais, convoco os que me apóiam a votar contra ele. Convoco cada voto de quem me deve algo. Descarreguem-no aqui e limpem a ficha comigo.

O Senado irrompeu em conversas enquanto eles discutiam as implicações desse gesto. Era praticamente uma declaração de guerra, e Cato apertou a boca carnuda numa fina linha de irritação enquanto o mestre dos debates anunciava a votação. Ao cobrar todos os seus favores ao mesmo tempo, Pompeu estava jogando fora anos de arranjos e alianças cuidadosas, simplesmente para mostrar seu desprezo em público.

Crasso empalideceu ligeiramente. Era uma idiotice o que Pompeu tinha feito, mas achava que entendia. Ninguém ali podia duvidar de que Pompeu identificara sutilmente o responsável pelo assassinato de sua filha. Cato perderia muito de seu poder enquanto os que estavam ao redor avaliavam essa nova ameaça e decidiam se deviam se distanciar. Ele suspirou. Pelo menos a votação seria vencida, e Cato seria prejudicado pela decisão. Ainda que os números refletissem muitas dívidas antigas para com Pompeu, ainda era difícil o senador gordo se manter de pé sozinho com centenas de seus colegas se voltando contra ele.

A votação foi rápida, e Pompeu retomou seu lugar para participar da discussão sobre o posto de legião que Júlio receberia em sua volta ao Senado. Com a maioria dos senadores querendo sair do prédio para o ar fresco, ela foi surpreendentemente rápida, e Cato mal tomou parte, perplexo e imóvel pela humilhação imposta.

Enquanto passavam pelas portas de bronze, Cato fez uma careta e inclinou a cabeça na direção de Pompeu, reconhecendo a vitória. Pompeu o ignorou e saiu rapidamente para casa, sem falar com ninguém.

Tubruk subiu a escada interna da muralha da propriedade, agradecendo o aviso precoce dado pelos escravos dos campos. Esforçou-se por ver os detalhes da coluna que marchava pela estrada vindo em sua direção.

— Parecem duas ou três centúrias — gritou para Cornélia, que tinha saído das construções ao ouvir o chamado. — Não dá para ver os estandartes, mas estão com armadura completa. Pode ser parte da guarnição romana.

— Vai acionar os homens? — perguntou Cornélia, nervosa.

A princípio Tubruk não respondeu, atento ao exame da força que se aproximava. Era bem disciplinada e estava com armaduras, mas a ausência de estandartes o preocupava imensamente. A morte da filha de Pompeu trouxera de volta às velhas famílias de Roma a tensão que estivera ausente desde a morte de Sila. Se um senador tão poderoso podia sofrer um ataque em casa, ninguém estava em segurança. Tubruk hesitou. Se convocasse Brutus e seus soldados para guardar o portão, isso poderia ser considerado uma provocação ou um insulto a uma força legítima. Segurou a pedra dura da muralha enquanto se decidia. Preferia ofender alguém a ficar vulnerável, e as centúrias que se aproximavam podiam ser compostas de assassinos com todas as identificações de legião removidas.

— Chame Brutus. Diga que preciso dos homens dele aqui agora! — gritou Tubruk.

Cornélia abandonou a dignidade e correu de volta para as construções.

Quando a coluna estava a menos de mil passos, Brutus pôs seus soldados em forma junto ao portão, prontos para o ataque. Havia apenas vinte homens com ele, e Tubruk desejou que tivessem espaço para mais, se bem que havia rido para o jovem comandante que a princípio viera para a propriedade no campo com tantos assim.

Brutus sentiu a velha antecipação apertando as entranhas. A criança que havia nele desejava não ter deixado Rênio no alojamento da cidade, mas esta foi uma fraqueza momentânea. Enquanto desembainhava o gládio, a confiança cresceu e seus homens reagiram, com a tensão dando lugar a sorrisos rígidos. Todos podiam ouvir o barulho de soldados movendo-se mais perto, mas não havia um traço de medo.

Uma pequena figura saiu correndo dos estábulos e escorregou parando quase aos pés de Brutus.

— Você não vem conosco — disse Brutus rispidamente, antes que a pergunta viesse. Sabia muito pouco sobre o moleque de rua que Tubruk tinha resgatado e naquele momento não tinha paciência para discutir. Otaviano abriu a boca e Brutus rosnou uma ordem para ele, irritado pela visão de uma adaga brilhante na mão do menino. — Saia daqui!

Otaviano se imobilizou, com os olhos arregalados, depois girou nos calcanhares e se afastou batendo os pés, sem dizer palavra. Brutus o ignorou, observando Tubruk em busca de novos sinais do que estava acontecendo do lado de fora. Era frustrante estar esperando às cegas, mas sabia que os soldados enviados pelos senadores não deveriam ser recebidos com espadas à mostra. Certamente se seguiria um derramamento de sangue, mesmo que a missão original fosse inocente.

Em cima da muralha Tubruk forçou a vista à medida que o exército se aproximava, marchando com firmeza ao longo da estrada. Expulsando o ar profundamente, toda a tensão o abandonou num instante, sem ser vista pelos que estavam embaixo.

— Marco Brutus — gritou ele para baixo. — Peça a seus homens que abram o portão e saiam para recebê-los.

Brutus o olhou interrogativamente.

— Tem certeza? Se forem hostis, poderemos nos defender melhor de dentro das muralhas.

— Abra o portão — respondeu Tubruk em voz baixa, com uma expressão curiosa no rosto.

Brutus encolheu os ombros e deu a ordem aos homens da Primogênita, que puxaram as espadas enquanto se adiantavam. Seu coração martelava e ele sentiu a alegria selvagem que vinha da certeza. Não havia ninguém vivo que pudesse vencê-lo com uma espada, desde o dia com Rênio, naquele mesmo pátio, há muitos anos.

— Certo, seu velho demônio, mas se eu for morto estarei esperando por você quando chegar sua hora.

Júlio viu os homens armados saírem do portão e se enrijeceu. O que tinha acontecido?

— Preparar armas! — disse rispidamente, e seus homens perderam num instante as expressões animadas.

O que parecera um retorno vitorioso estava de repente cheio de perigo. Cabera levou um susto com a ordem, examinando a força desconhecida e franzindo a vista. Estendeu a mão para atrair a atenção de Júlio, mas pensou melhor e riu sozinho, levantando a adaga e gesticulando com fúria. Estava se divertindo tremendamente, mas seu humor não era compartilhado pelos soldados em volta. Estes haviam esperado as boas-vindas para um herói, depois de muitos meses difíceis de viagens e matanças. Suas expressões eram selvagens quando as espadas saíram de novo.

— Formação de linha! — ordenou Júlio, fervilhando.

Se sua casa fora tomada, ele iria destruí-los, sem deixar ninguém vivo. O coração ardia por sua mãe e por Tubruk.

Passou um olhar profissional pelos soldados que se arrumavam diante das muralhas. Não eram mais de vinte, mas podia haver outros escondidos dentro. Legionários. Moviam-se bem, mas ele confiaria em seus Lobos contra qualquer outro soldado em qualquer lugar e tinham a vantagem do número. Afastou todos os pensamentos na família e se preparou para ordenar o ataque.

— Doce Marte! Eles vão atacar! — exclamou Brutus enquanto via a coluna passar para uma formação ofensiva. Ao ver o número de homens, sentiu-se tentado a ordenar que seus soldados voltassem à segurança do lado de dentro, mas não haveria tempo para fechar os portões, e o inimigo iria despedaçá-los enquanto eles recuavam.

— Feche o portão, Tubruk! — gritou ele.

O velho idiota tinha avaliado pessimamente a ameaça e agora havia um preço a ser pago.

Para o orgulho de Brutus, os homens da Primogênita não hesitaram enquanto entendiam o fato da destruição inevitável. Assumiram posição perto da muralha e prepararam as armas, desamarrando as lanças para atirar quando viesse o ataque. Cada homem carregava quatro lanças, e muitos inimigos cairiam diante delas antes de estarem suficientemente perto para usar espadas.

— Firmes... — gritou Brutus acima da cabeça de seus homens. Só mais alguns passos e as linhas que avançavam estariam ao alcance.

Sem aviso, a ordem para parar ressoou, e as fileiras opostas estacaram disciplinadas. Brutus levantou as sobrancelhas, surpreso, examinando os rostos do inimigo. Viu Júlio e subitamente riu alto, para diversão dos que estavam em volta.

— Descansar! — ordenou à sua vintena, e ficou olhando-os amarrar de novo as lanças e embainhar as espadas. Quando tudo estava de volta no lugar, marchou com eles na direção dos soldados imóveis, rindo.

Júlio falou primeiro:

— Faz *alguma* idéia de como cheguei perto de acabar com vocês? — perguntou, rindo.

— Eu estava pensando a mesma coisa. Meus homens teriam atravessado os seus com algumas lanças antes de vocês se aproximarem dez passos. Continua com sorte, pelo que vejo.

— *Eu* reconheci você — exclamou Cabera, presunçosamente.

Brutus gritou ao ver o velho ainda vivo. Os três se abraçaram, para a total confusão das linhas de batalha ao redor. Júlio se afastou primeiro e notou as três flechas cruzadas no peitoral de Brutus.

— Deuses! É a Primogênita, não é?

Brutus assentiu, com os olhos luminosos.

— Tenho o comando, ainda que estejamos com uma certa carência de homens por enquanto.

— Carência de quantos?

— Uns quatro mil, mas estou trabalhando nisso.

Júlio assobiou baixinho.

— Temos muito a conversar. Tubruk sabe que voltei?

Brutus olhou por cima do ombro, para o muro branco da propriedade. No topo a figura do administrador levantou um braço cumprimentando. Cabera acenou de volta entusiasmado.

— Sim, sabe — respondeu Brutus, dando um sorriso irônico.

— Terei de arranjar alojamento para os meus homens na cidade — disse Júlio. — Eles podem montar tendas na propriedade enquanto cuido de algumas coisas, mas preciso de um lugar permanente, além de instalações de treinamento.

— Conheço o lugar e o homem perfeito para treiná-los — respondeu Brutus. — Rênio voltou comigo.

— Vou precisar dele... e de você — respondeu Júlio, já planejando.

Brutus sorriu. Seu coração ficou leve ao olhar para o velho amigo. Havia novas cicatrizes no rosto dele, que lhe davam um ar mais áspero do que recordava, mas era o mesmo homem. Num impulso, estendeu o braço e Júlio segurou-o com força, apanhado na mesma emoção.

— Minha mulher está em segurança? — perguntou Júlio, examinando o rosto do velho amigo em busca de notícias.

— Ela está aqui, com sua filha.

— Eu tenho uma filha? — Um sorriso idiota se esparramou pelo rosto dele. — Por que estamos aqui parados? Uma filha! Venha!

Ele gritou uma ordem rápida para montar acampamento ao redor das muralhas e partiu depressa, com Brutus marchando com sua vintena atrás, a mente num redemoinho. Havia muita coisa para contar a Júlio. O assassinato de Sila, da filha de Pompeu, as fofocas do Senado que sua mãe lhe contava. Júlio teria de conhecer Servília! Com Júlio de volta, parecia que o mundo estava de novo no lugar, e Brutus sentiu as preocupações irem embora. Tendo o velho amigo para ajudar, ele colocaria a Primogênita em sua força antiga, começando com os homens que Júlio tinha trazido. Júlio fazia os problemas parecerem fáceis e entenderia por que a "Legião Traidora" tinha de renascer.

Brutus riu ao encarar Tubruk, que tinha esperado por ele dentro do portão, com expressão divertida.

— Você tem bons olhos, para um homem da sua idade — disse ele ao velho gladiador.

Tubruk deu um risinho.

— Um soldado presta atenção aos detalhes, como em quem é o comandante — disse, animado.

Brutus descartou o embaraço.

— Para onde Júlio foi correndo?

— Ele está com a mulher e a filha, garoto. Dê-lhe um tempo junto delas.

Brutus franziu a testa ligeiramente.

— Claro. Vou levar meus homens de volta ao alojamento da cidade e passar a noite lá. Diga a ele onde estou.

— Eu não quis dizer... Você não precisa ir, garoto — disse Tubruk rapidamente.

Brutus balançou a cabeça.

— Não. Você está certo. Este é um momento para ele estar com a família. Eu o verei amanhã.

Em seguida se virou rigidamente e ordenou que os homens fizessem uma coluna de marcha saindo pelo portão.

Cabera andava pelo pátio da propriedade, rindo para tudo.

— Tubruk! — gritou. — Vai nos alimentar bem, não é? Faz muito tempo que não tenho um bom vinho e aqueles pequenos pratos civilizados, dos quais vocês, romanos, têm tanto orgulho. Quer que eu veja o cozinheiro? Eu gostava do sujeito, era um bom cantor. Você está bem?

Tubruk perdeu o franzido na testa enquanto Brutus marchava para longe. Era impossível não se emocionar com a onda de entusiasmo que Cabera parecia levar aonde ia. Tubruk sentira falta do velho, como todos os outros, e desceu a escada para cumprimentá-lo.

Cabera viu o velho gladiador olhar para Brutus e lhe deu um tapinha no ombro.

— Deixe o garoto ir. Ele sempre foi melindroso, lembra? Os dois serão como irmãos de novo amanhã, mas primeiro Júlio tem de ficar a par de muita coisa.

Tubruk soprou o ar dos pulmões e segurou os ombros magros do curandeiro, com o entusiasmo se acendendo de novo.

— O cozinheiro vai desesperar quando vir quantos terá de alimentar, mas prometo que será melhor do que as rações às quais vocês estavam acostumados.

— Pode mirar bem mais alto do que isso — respondeu Cabera, sério.

Cornélia se virou depressa ao escutar passos correndo. Por um segundo não reconheceu o oficial ali parado, bronzeado e magro das viagens. Então o rosto dele se iluminou de prazer e ele se adiantou para envolvê-la com os braços. Ela o abraçou com força, sentindo o cheiro de sua pele e rindo quando ele a levantou na ponta dos pés.

— Faz muito tempo que estou sem você — disse Júlio, com os olhos brilhando por cima dos dela, fazendo o ar ser expulso dos seus pulmões. As costelas de Cornélia doíam quando ele a soltou, mas ela não se incomodou.

Por longo tempo, Júlio conseguiu esquecer tudo que não fosse a bela mulher em seus braços. Finalmente colocou-a no chão e deu um passo atrás, segurando sua mão como se não quisesse deixá-la ficar longe de novo.

— Você continua estupenda, mulher — disse ele. — E ouvi dizer que temos uma filha.

Cornélia franziu os lábios, irritada.

— Queria que fosse eu a lhe contar. Clódia, traga-a — gritou, e a aia entrou suficientemente rápido para deixar óbvio que estivera parada do lado de fora, esperando que eles terminassem.

A menininha olhou em volta com interesse enquanto era trazida nos braços de Clódia até os pais. Seus olhos tinham o mesmo castanho suave da mãe, mas o cabelo era escuro como o de Júlio. Ele sorriu para a criança e ela riu de volta, fazendo covinhas nas bochechas.

— Ela está com quase dois anos, e é o terror da casa. Já sabe um monte de palavras quando não está tímida demais — disse Cornélia com orgulho, pegando-a com Clódia.

Júlio abraçou as duas e fez uma pressão suave.

— Eu sonhava que via você de novo nos piores momentos. Nem sabia que estava grávida quando fui embora — disse quando soltou-as. — Ela já anda?

Clódia e Cornélia assentiram e sorriram uma para a outra. Cornélia pôs a filha no chão e eles ficaram olhando-a trotar pela sala, parando para examinar tudo que encontrava.

— Eu lhe dei o nome de Júlia, por sua causa. Não sabia se ia voltar, e...

Os olhos de Cornélia se encheram de lágrimas e Júlio segurou-a com força de novo.

— Certo, mulher, eu estou em casa. Isto é o fim.

— As coisas ficaram... difíceis durante um tempo. Tubruk teve de vender parte das terras para pagar o resgate.

Ela hesitou antes de contar tudo. Sila estava morto, graças a todos os deuses misericordiosos. Só iria magoar Júlio o conhecimento do que ela sofrera nas mãos dele. Alertaria Tubruk a não dizer nada.

— Tubruk vendeu parte das terras? — disse Júlio, surpreso. — Eu esperava... não, não importa. Eu as terei de volta. Quero saber de tudo que aconteceu na cidade desde que fui embora, mas primeiro terei de tomar um longo banho e trocar de roupa. Viemos do litoral direto para cá, sem entrar na cidade. — Ele levantou a mão para acariciar o cabelo dela, e Cornélia estremeceu ligeiramente ao toque. — Tenho uma surpresa para você — disse ele, chamando seus homens.

Cornélia esperou pacientemente com Clódia e a filha enquanto os homens de Júlio traziam pacotes, empilhando-os no centro da sala. Seu marido ainda era o mesmo redemoinho de energia que ela recordava. Ele mandou os serviçais mostrarem aos homens o caminho até os depósitos de vinho, para pegarem o quanto precisassem. Outros foram despachados numa dúzia de tarefas e a casa entrou numa agitação ao redor. Por fim, ele fechou a porta e chamou Cornélia para perto dos sacos de couro.

Ela e Clódia ofegaram involuntariamente ao ver o brilho das moedas de ouro dentro enquanto ele abria as abas. Ele riu de prazer e mostrou mais e mais sacos, cheios de barras ou moedas de prata e ouro.

— Todo o resgate e quatro vezes mais — disse animado enquanto amarrava de novo os sacos. — Vamos comprar nossas terras de volta.

Cornélia queria perguntar onde ele havia encontrado tamanha riqueza, mas enquanto seu olhar viajava pelas cicatrizes brancas nos braços morenos e a outra mais profunda na testa, ficou quieta. Ele pagara caro por aquilo.

— Papá? — disse uma vozinha, e Júlio riu ao achar a figurinha de mãos levantadas querendo colo.

— Sim, minha querida. Eu sou o seu pai, que vim dos navios para casa. Agora estou querendo um belo banho e uma boa refeição antes de dormir. A idéia de estar na minha cama é um prazer que mal pode ser descrito.

Sua filha riu ao ouvir as palavras e ele a abraçou.

— Devagar! Ela não é um dos seus soldados, você sabe — disse Clódia, estendendo a mão para pegá-la.

Júlio sentiu uma pontada quando a criança saiu de seus braços e suspirou de satisfação ao olhar para todas elas.

— Há muita coisa a fazer, querida — disse à mulher.

Impaciente demais para esperar, Júlio chamou Tubruk para dar os informes enquanto se lavava para tirar o pó e a sujeira da viagem. A água quente ficou de um cinza-escuro depois de instantes esfregando-se, e o calor fez seu coração bater forte afastando parte do cansaço.

Tubruk ficou na extremidade da piscina estreita e recitou a situação financeira da propriedade nos últimos três anos, como fizera antigamente com o pai de Júlio. Quando ficou finalmente limpo, Júlio pareceu mais jovem do que o guerreiro moreno que tinha surgido na frente da coluna de homens. Seus olhos eram de um azul lavado, e quando o jorro de energia da água quente se esvaiu ele mal conseguia ficar de pé para ouvir.

Antes que o rapaz caísse no sono na piscina, Tubruk lhe entregou um roupão macio e toalhas, e o deixou. Seu passo era leve andando pelos corredores, ouvindo as canções dos soldados bêbados lá fora. Pela primeira vez desde a morte de Sila, a culpa que o assolava pela participação pareceu nunca ter existido. Pensou que contaria a Júlio quando todos os negócios da volta a Roma fossem resolvidos e as coisas estivessem calmas de novo. O assassinato fora cometido em nome de Júlio, afinal, e se ele ficasse sabendo Tubruk poderia mandar presentes anônimos para a família de Casavério, de Ferco e para os pais do jovem soldado que o havia detido no portão. Especialmente Ferco, cuja família ficara quase na miséria sem ele. Tubruk lhes devia tudo, pela coragem do homem, e sabia que Júlio sentiria a mesma coisa.

Passou pela porta de Aurélia e ouviu um choro baixo vindo de dentro. Hesitou. Júlio estava cansado demais para se levantar e ainda não perguntara pela mãe. Tubruk só queria ir para a cama depois de um dia longo, mas suspirou e entrou.

CAPÍTVLO XXVIII

O MENSAGEIRO DO SENADO CHEGOU AO AMANHECER DO DIA SE-guinte. Tubruk demorou algum tempo para acordar Júlio e, quando este finalmente recebeu o correio dos senadores, ainda não estava totalmente alerta. Depois de tantos meses de tensão, aquela única noite em casa fizera pouco para retirar a exaustão que ia até os ossos.

Bocejando, passou a mão pelo cabelo e sorriu remelento para o rapaz da cidade.

— Sou Júlio César. Qual é a mensagem?

— O Senado requer seu comparecimento a um conselho integral ao meio-dia de hoje, senhor — disse o mensageiro rapidamente.

Júlio piscou.

— Só isso? — perguntou em tom chapado.

O mensageiro se remexeu sem jeito.

— Esta é a mensagem oficial, senhor. Sei um pouco mais, pelas fofocas dos mensageiros.

— Tubruk? — disse Júlio enquanto o administrador entregava uma moeda de prata ao correio. — Então? — perguntou Júlio quando a moeda tinha desaparecido num bolso oculto.

O mensageiro sorriu.

— Eles dizem que o senhor receberá o posto de tribuno pelo trabalho feito na Grécia.

— Tribuno? — Júlio olhou para Tubruk, que deu de ombros.

— É um degrau na escada — respondeu o administrador calmamente, indicando o mensageiro com os olhos. Júlio entendeu e dispensou o rapaz para voltar à cidade.

Quando estavam a sós, Tubruk lhe deu um tapa nas costas.

— Parabéns. Agora vai contar como mereceu isso? Ao contrário do Senado, não tenho mensageiros para mandar correndo a todo lugar. Só ouvi dizer que derrotou Mitrídates e um exército vinte vezes maior do que o seu.

Júlio deu um riso surpreso.

— Na semana que vem será trinta vezes maior, segundo os fofoqueiros de Roma. Talvez eu não deva corrigi-los — disse com um riso irônico. — Venha dar uma volta comigo, e eu lhe conto os detalhes. Quero ver onde fica essa nova divisa das terras.

Ele viu Tubruk franzir a testa subitamente e sorriu para despreocupá-lo.

— Fiquei surpreso quando Cornélia me contou. Nunca achei que você venderia a terra.

— Era isso ou mandar o resgate a menos, garoto, e só há um filho nesta casa.

Júlio agarrou o ombro dele num afeto súbito.

— Eu sei, só o estou provocando. Foi a coisa certa, e tenho fundos para comprar de volta.

— Vendi ao pai de Suetônio — disse Tubruk, sério.

Júlio parou enquanto absorvia isso.

— Ele deve saber que foi para o resgate. Afinal, ele também teve de pagar pelo filho. Conseguiu um bom preço?

Tubruk respondeu com expressão dolorida.

— Na verdade, não. Ele barganhou pesado, e tive de abrir mão de mais do que queria. Tenho certeza que ele considerou um bom negócio, mas foi... — ele franziu o rosto como se uma coisa amarga tivesse entrado na boca — vergonhoso.

Júlio respirou fundo.

— Mostre o quanto perdemos e depois vamos pensar num modo de fazer o velho me devolver. Se for parecido com o filho, não vai ser fácil. Quero estar de volta para quando minha mãe acordar, Tubruk. Tenho... muita coisa a contar a ela.

Alguma coisa impediu Júlio de contar a Tubruk sobre o ferimento na cabeça e os ataques que vieram depois. Em parte era vergonha pela falta de compreensão que tinha demonstrado com a mãe no correr dos anos, coisa que ele sabia que tinha de consertar. Mais do que isso, não queria ver pena nos olhos do velho gladiador. Não achava que suportaria.

Juntos saíram da propriedade e subiram o morro até a floresta que Júlio tinha percorrido na infância, Tubruk ouvindo Júlio contar tudo que acontecera nos anos em que esteve longe da cidade.

A nova divisa era uma sólida cerca de madeira atravessando o caminho onde Júlio se lembrava de ter cavado uma armadilha de lobos para Suetônio havia anos. A visão daquilo numa terra que fora de sua família durante gerações o fez querer derrubá-la, mas, em vez disso, se encostou nela, imerso em pensamentos.

— Tenho ouro suficiente para oferecer muito mais do que a terra vale, mas isso me deixa com um nó na garganta, Tubruk. Não gosto de ser enganado.

— Ele vai estar na reunião do Senado ao meio-dia. Você poderia sondá-lo. Talvez estejamos julgando mal o sujeito. Talvez ele se ofereça para devolver as terras pelo preço que nós pagamos — disse Tubruk com as dúvidas aparecendo claramente.

Júlio bateu os nós dos dedos na cerca sólida e suspirou.

— Duvido. Suetônio já deve estar em casa, e nós nos desentendemos sobre algumas coisas nos navios e na Grécia. Ele não vai querer me fazer nenhum favor, mas vou conseguir as terras do meu pai de volta. Verei o que Marco acha.

— Agora ele é chamado de Brutus, você sabe. Sabia que ele chegou a centurião na Punho de Bronze? Brutus vai querer o seu conselho sobre a Primogênita também.

Júlio assentiu e riu ao pensar que poderia conversar de novo com o velho amigo.

— Ele deve ser o general mais novo que Roma já teve — falou rindo.

Tubruk fungou.

— Um legado sem legião, então. — De repente ficou sério, os olhos se enregelando com a lembrança. — Sila tirou o nome da legião das listas depois da morte de Mário. A coisa em Roma ficou medonha durante um tempo. Ninguém estava em segurança, nem mesmo os senadores. Qualquer um que Sila considerasse inimigo do Estado era arrastado de casa e executado sem julgamento. Pensei em levar Cornélia e o bebê para longe, mas...

Tubruk se controlou, lembrando-se do que Cornélia lhe dissera quando ele voltou do quarto de Aurélia na noite anterior, enquanto Júlio dormia a sono solto.

O velho gladiador se sentia dividido entre a lealdade para com Júlio e Cornélia. Seu relacionamento com os dois era muito mais próximo do amor paterno do que do dever profissional de um administrador. Odiava guardar segredos, mas sabia que o que acontecera com Sila deveria ser contado por ela.

Júlio não pareceu notar sua preocupação, perdido em pensamentos.

— Graças às Fúrias o desgraçado está morto, Tubruk. Não sei o que eu teria feito se ele estivesse vivo. Acho que poderia ter escrito para você levar minha família para fora do país, mas uma vida no exílio seria o fim para mim. Não posso descrever como foi a sensação de tocar os pés em solo romano depois de tanto tempo. Eu realmente não sabia da força disso até partir, entende?

— Você sabe que entendo, garoto. Não sei como Cabera suporta andar de um lado para o outro como faz. Uma vida sem raízes é impossível para mim, mas talvez nós tenhamos raízes mais fundas do que outras pessoas, aqui.

Júlio deixou o olhar percorrer os bosques sombreados de verde que guardavam tantas lembranças, e sua decisão se intensificou. Teria de volta o que fora perdido.

Outro pensamento o assaltou.

— E a casa de Mário na cidade?

— Está perdida — disse Tubruk sem olhá-lo. — Foi vendida num leilão quando Sila foi declarado ditador. Muitas propriedades mudaram de mãos por ordem dele. Crasso comprou algumas, mas na maior parte os leilões foram uma farsa, com os que apoiavam Sila ficando com a melhor parte.

— Sabe quem mora lá atualmente? — perguntou Júlio, com a voz tensa de raiva.

Tubruk deu de ombros.

— A casa foi dada a Antonido, o general de Sila, ou melhor, ele pagou uma parte minúscula do valor. Chamam-no de cão de Sila, pela lealdade, mas ele ganhou muito de seu dono.

Júlio fechou o punho lentamente.

— Este é um problema que posso resolver hoje, depois da reunião do Senado. Ele comanda muitos soldados, esse Antonido?

Tubruk franziu a testa enquanto entendia, e então um sorriso repuxou sua boca.

— Alguns guardas domésticos. Ele tem posto nominal, que ninguém pensou em retirar, mas não é ligado a qualquer legião específica. Você tem homens para derrubá-lo, se fizer isso depressa.

— Então farei depressa — respondeu Júlio, virando-se de costas para a cerca e olhando de novo para a propriedade. — Será que minha mãe já está acordada?

— Geralmente está. Ela não dorme muito ultimamente. A doença continua igual, mas você deve saber que ela está mais fraca.

Júlio olhou com afeto para o velho gladiador, cujas emoções estavam sempre mais próximo da superfície do que ele fingia.

— Ela estaria perdida sem você.

Tubruk desviou o olhar e pigarreou enquanto os dois começavam a voltar para a propriedade. Seu serviço contínuo a Aurélia não estava aberto a discussão, apesar de ter ficado em sua mente cada vez mais nos últimos meses. Pensava nisso quando olhava Clódia e admitia o afeto que havia brotado do nada para surpreendê-lo. A aia de Cornélia era uma mulher gentil, e tinha deixado claro que compartilhava o amor silencioso que ele sentia por ela. Mas havia Aurélia para cuidar, e ele sabia que nunca poderia se aposentar e ir morar numa casinha na cidade enquanto ainda houvesse essa obrigação em sua vida, mesmo que os dois pudessem comprar a liberdade de Clódia, como ela parecia ter tanta certeza. Havia pouco a ganhar preocupando-se com o futuro, refletiu enquanto se aproximavam da propriedade. O futuro zombava dos planejamentos, o tempo todo. Só podiam estar preparados para as mudanças rápidas que ele traria.

Otaviano estava esperando-os no portão. Júlio olhou-o inexpressivo enquanto se aproximavam e parou surpreso quando o menino fez uma reverência profunda.

— E quem é este? — perguntou, espantado ao vê-lo ruborizar de embaraço.

— Seu nome é Otaviano, senhor. Eu lhe disse que iria apresentá-lo quando houvesse tempo, mas ele perdeu a paciência *de novo*, pelo que vejo.

Otaviano empalideceu ligeiramente diante da crítica. Era verdade que não pudera esperar, mas não havia desobedecido, e sim presumido que Tubruk teria mudado de idéia, o que era totalmente diferente, pensava.

— Tubruk está cuidando de mim para minha mãe — disse ele animado para Júlio. — Estou aprendendo a lutar com gládio, montar a cavalo e...

Tubruk deu-lhe um cascudo de leve, para parar com a falação, com o embaraço crescendo. Tinha pretendido explicar a situação a Júlio e se sentia mortificado ao ver a situação jogada diante dele sem um momento para se preparar.

— Alexandria o trouxe — disse ele, fazendo Otaviano correr para longe com um empurrão na direção dos estábulos. — Ele é parente distante seu, pela irmã de seu avô. Aurélia parece gostar dele, mas o garoto ainda está aprendendo bons modos.

— E a lutar com gládio e montar? — perguntou Júlio, divertindo-se com o embaraço de Tubruk.

Ver o administrador sem graça era uma nova experiência para ele, e ficou bastante feliz em deixar isso correr livre por um tempo.

Tubruk coçou a orelha com uma careta e olhou Otaviano enquanto o garoto finalmente captava a dica e trotava para longe.

— Foi minha idéia. Ele estava sendo machucado por outros aprendizes na cidade, e eu achei que poderia ensiná-lo a cuidar de si mesmo. Eu ia explicar a situação a você, mas...

Júlio explodiu numa gargalhada, que piorou com a expressão pasma de Tubruk.

— Nunca vi você tão nervoso. Acho que gostou do molequinho, não é?

Tubruk deu de ombros, irritado com a mudança de humor. Era típico de Otaviano ignorar suas ordens de novo. Cada dia parecia começar novo para ele, tendo esquecido completamente as lições e as punições.

— Ele tem um espírito endurecido para um garoto tão novo. Às vezes me faz lembrar de você, agora que nós o limpamos um pouco.

— Não vou questionar nada que você fez na minha ausência, Tubruk. Se seu discernimento foi suficientemente bom para meu pai, sempre será bom para mim. Verei o garoto direito quando voltar esta noite ou amanhã. Ele era meio pequeno para estar brigando nas ruas da cidade, não era?

Tubruk assentiu, satisfeito por Júlio não ter feito objeção. Imaginou se seria a hora certa para mencionar que o menino tinha seu próprio quarto na casa e seu próprio pônei no estábulo. Provavelmente, não.

Ainda sorrindo, Júlio entrou na casa principal, e Tubruk foi deixado sozinho no pátio. Um leve movimento no estábulo se registrou em sua visão, e ele suspirou. O garoto estava espionando de novo, provavelmente preocupado com a hipótese de seu pônei ser levado embora, a única ameaça que provocava qualquer efeito.

Júlio se sentou em silêncio no quarto da mãe e ficou olhando enquanto uma escrava aplicava os óleos e pinturas que tentavam esconder a devastação física. O fato de ela ter permitido que ele a visse sem ajuda da maquiagem o preocupou tanto quanto o choque real de ver como ela ficara magra e com aparência doente. Durante tanto tempo ele havia prometido a si mesmo revelar a compreensão da doença dela e alcançar uma espécie de companheirismo retirado do entulho da infância. Quando o momento chegou, ele não pôde pensar em como começar. A mulher sentada diante do espelho era quase estranha. As bochechas tinham afundado em buracos escuros que resistiam à pintura aplicada pela escrava, aparecendo por entre as cores mais claras como uma sombra da morte que pairava sobre ela. Os olhos escuros eram desatentos e cansados, e os braços eram tão dolorosamente magros que o faziam se encolher, só de olhar.

Aurélia o reconhecera, pelo menos. Tinha-o cumprimentado com lágrimas e um abraço delicado que ele devolveu com cuidado infinito, sentindo que poderia quebrar aquela coisa delicada em que ela havia se tornado. Mesmo assim ela ofegou ligeiramente, e a culpa o dominou.

Quando a escrava tinha guardado os cosméticos numa caixa elegantemente envernizada, feito uma reverência e saído do quarto, Aurélia se virou para o filho e ensaiou um sorriso, apesar de sua pele ter se rachado como um pergaminho sob a aplicação das cores falsas.

Júlio lutou com as emoções. Cabera tinha dito que sua doença era diferente da que assolava a mãe, e ele sabia que ela nunca sofrera um ferimento como o que quase o havia matado. Mesmo assim os dois finalmente tinham algo em comum, ainda que o golfo parecesse intransponível.

— Eu... pensei muito em você enquanto estive longe — começou.

Ela não respondeu, aparentemente fascinada pelo exame do próprio rosto no bronze polido. Os dedos compridos e finos subiram para tocar a garganta e o cabelo, enquanto ela se virava de um lado para o outro, franzindo a testa para si mesma.

— Eu me feri numa batalha e fiquei doente por longo tempo — continuou Júlio, esforçando-se — e depois comecei a sofrer uns ataques estranhos. Eles... me fizeram lembrar de sua doença, e eu pensei que deveria lhe contar. Eu gostaria de ter sido um filho melhor. Antes não entendia o que você passava, mas quando aconteceu comigo foi como uma janela se abrindo. Desculpe.

Júlio observou as mãos trêmulas da mãe alisar e acariciar o rosto enquanto ele falava, os movimentos se tornando cada vez mais agitados. Preocupado, ele se levantou da cadeira e a distraiu, de modo que ela virasse o rosto em sua direção.

— Júlio? — sussurrou ela. Suas pupilas tinham aumentado, escuras, e o olhar parecia desfocado, passando sobre ele.

— Estou aqui — disse ele com tristeza, imaginando se ela tinha ouvido.

— Pensei que tinha me abandonado — continuou Aurélia, com a voz fazendo-o estremecer.

— Não, eu voltei — disse ele, sentindo os olhos arderem de sofrimento.

— Caio está bem? Ele é um menino tão voluntarioso! — disse ela, fechando os olhos e baixando a cabeça como se quisesse fechar o mundo lá fora.

— Ele está... bem. Ele a ama muito — respondeu Júlio em voz baixa, levantando a mão para enxugar as lágrimas que ardiam.

Aurélia assentiu e se virou de novo para o espelho, para sua contemplação.

— Fico feliz. Pode mandar uma escrava para cuidar de mim, querido? Acho que vou precisar de um pouquinho de maquiagem para enfrentar a casa hoje.

Júlio assentiu e se levantou, olhando-a um momento.

— Vou chamá-la — disse, e saiu do quarto.

Enquanto a sombra do meio-dia marcava o relógio de sol do fórum, Júlio entrou na praça ampla com seus guardas, fazendo uma rota direta para o prédio do Senado. Enquanto atravessava o espaço aberto, ficou impressionado com as mudanças na cidade desde que tinha saído. As fortificações que Mário erguera ao longo das muralhas tinham sido desmanteladas e havia apenas alguns legionários à vista. Até mesmo esses estavam relaxados, andando com suas amantes ou parados em pequenos grupos batendo papo, sem sinal da tensão que ele esperava. Era uma cidade em paz outra vez, e um tremor o atravessou enquanto andava sobre as grandes pedras cinzentas. Tinha trazido dez soldados de seu comando para a cidade, querendo-os perto enquanto estava sem armadura, em seu manto formal. Essa preocupação parecia desnecessária, e ele não sabia se estava satisfeito ou se lamentava. A batalha pelas muralhas estava fresca em sua mente, como se nunca tivesse ido embora, mas as pessoas ao pálido sol de inverno riam e brincavam umas com as outras, cegas às cenas que relampejavam em sua imaginação. Viu Mário cair de novo e o choque de figuras sombrias enquanto as forças de Sila matavam os defensores ao redor do general.

Sua boca se retorceu amarga enquanto ele pensava em como era jovem e cheio de júbilo naquela noite. Recém-saído do leito matrimonial, tinha visto todos os sonhos e planejamentos serem esmagados, e o futuro alterado para sempre. Se tivessem derrotado Sila, se ao menos tivessem derrotado Sila, Roma seria poupada de anos de brutalidade, e a República poderia ter recuperado parte da dignidade anterior.

Fez seus homens pararem na base da ampla escadaria de mármore e, apesar do clima contente no fórum, disse para ficarem em alerta. Depois da morte de Mário ele aprendera que era mais seguro esperar encrenca, mesmo no prédio do Senado.

Deixando os homens parados ao sol, Júlio olhou as grossas portas de bronze que tinham sido abertas para a reunião. Os senadores estavam parados aos pares e em trios, discutindo os assuntos do dia enquanto esperavam a convocação. Júlio viu seu sogro Cina com Crasso e subiu a escada para cumprimentá-los. Eles estavam com as cabeças juntas e Júlio viu raiva e frustração nelas. Crasso ainda era o homem moreno e magro como um pedaço de pau, do qual Júlio se lembrava, desdenhando qualquer sinal de riqueza com o manto branco simples e as sandálias. Vira Cina pela última vez no casamento com Cornélia e, dos dois senadores, era ele que havia mudado mais no correr dos anos. Quando se virou para cumprimentar Júlio, este ficou impressionado com as rugas que haviam surgido no rosto do sogro, efeitos visíveis de suas preocupações. Cina lhe deu um sorriso cansado e Júlio o devolveu desconfortável, jamais tendo-o conhecido bem.

— O viajante retorna para nós, com a espada e o arco em descanso — citou Crasso. — Seu tio teria orgulho de você, se estivesse aqui.

— Obrigado. Eu estava exatamente pensando nele. Ver a cidade de novo é difícil depois de tanto tempo, especialmente aqui. Fico esperando ouvir a voz dele.

— Enquanto Sila era vivo era proibido até mesmo mencionar o nome dele, você sabia? — perguntou Crasso, observando sua reação. Apenas uma ligeira tensão na boca traiu os sentimentos do rapaz.

— Os desejos de Sila significavam pouco para mim enquanto ele vivia, agora significam menos ainda — disse, peremptório. — Gostaria de visitar o túmulo de Mário depois da reunião no Senado, para prestar respeitos.

Crasso e Cina trocaram olhares, e Crasso tocou o ombro de Júlio, em simpatia.

— Sinto muito, os restos dele foram levados e espalhados. Alguns soldados de Sila fizeram isso, ainda que ele negasse. Acho que foi por isso que ele deixou instruções para ser cremado, ainda que os amigos de Mário não fossem se rebaixar tanto.

Ele baixou a mão enquanto Júlio se retesava de raiva, visivelmente lutando para permanecer controlado. Crasso falou com calma, dando-lhe tempo para se recompor.

— O legado do ditador ainda nos assola na forma dos seguidores dele no Senado. Cato é o primeiro, e Cátalo e Bíbilo parecem contentes em seguir a liderança dele em tudo. Acho que conhece o senador Prando, com cujo filho você foi capturado.

Júlio assentiu.

— Tenho um negócio para discutir com ele depois da reunião de hoje — respondeu, de novo com a aparência externa de calma. Subrepticiamente segurou a mão direita com a esquerda, preocupado de repente com a possibilidade de que as emoções que cresciam dentro dele dessem início a um ataque bem na escadaria do Senado, desgraçando-o para sempre. Crasso fingiu não notar qualquer coisa errada, e Júlio se sentiu grato por isso.

— Tenha cuidado com Prando, Júlio — disse Crasso, sério, chegando mais perto para que os senadores que entravam no prédio não o ouvissem.
— Ele tem conexões poderosas com os silanos, e Cato o considera um amigo.

Júlio inclinou a cabeça ainda mais perto de Crasso e deu um sussurro áspero:

— Os que eram amigos de Sila são meus inimigos.

Sem outra palavra, deu as costas aos dois para subir os últimos degraus até as portas e desapareceu no corredor sombreado lá dentro.

Crasso e Cina se entreolharam com conjecturas silenciosas enquanto seguiam num passo mais lento.

— Parece que nossos objetivos convergem — disse Cina em voz baixa.

Crasso assentiu discretamente, não querendo continuar a discussão, enquanto os dois se moviam entre os colegas até seus lugares, passando por amigos e inimigos.

Júlio sentiu a energia vibrante da reunião assim que entrou. Havia poucos lugares vazios, e ele teve de ocupar um assento na terceira fileira a partir da tribuna do orador. Absorveu satisfeito os sons e as imagens, sabendo que finalmente havia retornado ao coração do poder. Vendo tantos estranhos, desejou ter ficado com Crasso e seu sogro, para que eles dissessem os nomes dos novos rostos. Mas por enquanto estava contente em simplesmente observar e ficar sabendo, sem ser percebido pelos predadores até ter defesas melhores. Sorriu tenso consigo mesmo diante da visão de batalha que o Senado representava para ele. Era uma visão falsa, ele sabia. Aqui os inimigos podiam ser os que o cumprimentavam com mais apreço e depois mandavam assassinos contra ele assim que viravam as costas. Seu pai sempre se mantivera afastado do grosso da *nobilitas*, apesar de admitir um respeito relutante pelos poucos que colocavam a honra acima da política.

A assembléia silenciou e um cônsul idoso que Júlio não conhecia começou o juramento do dia. Como se fossem um só, todos se levantaram para dizer as palavras solenes.

— Nós, que somos Roma, entregamos a vida por sua paz, a força por sua força, e a honra por seus cidadãos.

Júlio repetiu as palavras entoadas junto com os outros e sentiu o início de uma empolgação. O coração do mundo continuava batendo. Ouviu com concentração absoluta a agenda de discussões que seriam feitas e conseguiu permanecer inabalável externamente quando o cônsul chegou ao "Posto de tribuno a ser dado a Caio Júlio César por suas ações na Grécia". Alguns dos que o conheciam se viraram para ver sua reação, mas ele não demonstrou coisa alguma, satisfeito pelo aviso trazido pelo mensageiro. Decidiu contratar conselheiros imediatamente para ajudá-lo a entender cada uma das questões do dia. Precisaria de bons juristas para preparar os processos judiciais que iniciaria assim que recebesse o primeiro posto de sua carreira política. Tinha uma séria certeza de que o primeiro julgamento diante dos magistrados seria contra Antonido, depois de retomar a casa do tio. O fato de que os argumentos teriam de envolver uma defesa pública de Mário lhe deu enorme satisfação.

Cato era fácil de ser reconhecido por causa da gordura, se bem que Júlio não se lembrava de tê-lo visto em sua única visita ao Senado havia anos. O senador era de um tamanho obsceno, e suas feições quase pareciam ser esmagadas nas dobras de carne, de modo que o homem verdadeiro olhava de algum lugar nas profundezas do rosto. Tinha um séquito de amigos e defensores em volta, e Júlio pôde ver, pela deferência demonstrada, que era um homem influente, como Crasso alertara. O pai de Suetônio estava lá, e os olhos dos dois se encontraram brevemente antes que o homem mais velho desviasse o olhar, fingindo não ter visto. Um instante depois ele sussurrou alguma coisa no ouvido de Cato, e Júlio se pegou como objeto de um olhar que parecia mais divertido do que preocupado. Com expressão impassível, marcou o sujeito na mente como inimigo. Notou com interesse o modo como os olhos de Cato saltaram para se fixar em Pompeu quando este entrou e assumiu um lugar que seus apoiadores tinham guardado.

Júlio também observou Pompeu, avaliando as mudanças nele. A tendência para a suavidade da carne tinha desaparecido de sua figura. Ele parecia em boa forma e com músculos rijos, como um soldado deveria ser, um galgo comparado a Cato. Sua pele era queimada de sol e Júlio se lembrou de que ele passara um tempo na Espanha supervisionando as legiões de lá. Sem dúvida, a tarefa de lidar com as tribos rebeldes das províncias tinha derretido a gordura.

Pompeu se levantou tranqüilamente para o primeiro assunto e falou da necessidade de mandar uma força contra os piratas do mar, avaliando que eles teriam mil navios e dois mil povoados e cidades sob controle. Dadas suas experiências amargas, Júlio ouviu com interesse, um pouco chocado ao ver que a situação pudera escapar tanto ao controle. Ficou espantado quando outros se levantaram para refutar os números de Pompeu e argumentar contra o aumento das forças.

— Eu poderia limpar os mares em quarenta dias se tivesse navios e homens — disse Pompeu rispidamente, mas perdeu a votação e ocupou seu lugar de novo, com as sobrancelhas franzidas, frustrado.

Júlio votou três outras questões, notando que Pompeu, Crasso e Cina tinham o mesmo posicionamento que o seu em cada ocasião. Em todas as três eles foram derrotados, e Júlio sentiu a frustração crescer. Uma revolta de escravos perto do Vesúvio tinha se mostrado difícil de ser encerrada, mas em vez de mandar uma força esmagadora, o Senado deu permissão para apenas uma legião enfrentá-la. Júlio balançou a cabeça, incrédulo. A princípio não tinha notado como os senadores haviam ficado cautelosos. Pelas experiências com Mário e por suas batalhas, Júlio sabia que um império tinha de ser forte para sobreviver, mas muitos senadores eram cegos aos problemas que seus comandantes enfrentavam ao redor do Mare Internum. No fim de uma hora de discursos Júlio tinha uma compreensão muito maior da irritação sentida por homens como Prax e Gadítico diante das protelações do Senado. Ele esperara ver uma nobreza de atos e aspecto à altura do juramento que tinham feito, e não picuinhas e facções se opondo umas às outras.

Perdido nesses pensamentos, deixou de ouvir o item seguinte, e apenas o som de seu nome rompeu o devaneio.

— ... César, que deve receber o posto de tribuno militar com todos os direitos e honras em agradecimento pela derrota de Mitrídates na Grécia e a tomada de dois navios piratas.

Todos os senadores ficaram de pé, e até mesmo Cato se ergueu pesadamente.

Júlio deu um riso de menino quando eles o aplaudiram, e fingiu não notar os que ficaram em silêncio, apesar de ter marcado cada rosto enquanto seu olhar varria as fileiras apinhadas.

Sentou-se com o coração batendo de empolgação. Um tribuno podia convocar tropas, e sabia de trezentos soldados não muito longe, que seriam os primeiros a entrar sob seu comando. Cato captou seu olhar e assentiu, testando. Júlio devolveu o gesto com um sorriso aberto. Não faria mal alertar o sujeito de que ele tinha um novo inimigo.

Quando as portas de bronze foram abertas de novo para admitir a luz do dia no prédio do Senado, Júlio andou rapidamente para interceptar o pai de Suetônio que ia saindo.

— Gostaria de trocar uma palavra, senador — disse ele, interrompendo uma conversa.

O senador Prando se virou para ele, levantando as sobrancelhas em surpresa.

— Não posso imaginar o que teríamos a discutir, César.

Júlio ignorou o tom frio e continuou como se o assunto fosse entre amigos:

— São as terras que meu administrador lhe vendeu para pagar meu resgate. O senhor sabe que eu tive sucesso em conseguir o ouro de volta, inclusive o do seu filho. Gostaria de me encontrar com o senhor para discutir o preço para devolvê-las à minha família.

O senador balançou a cabeça ligeiramente.

— Creio que ficará desapontado. Faz um bom tempo que eu queria expandir minhas posses e tenho planos de construir outra casa lá para o meu filho, assim que a floresta for derrubada. Sinto muito não poder ajudá-lo.

Ele deu um sorriso tenso para Júlio e já ia se virar para os companheiros. Júlio estendeu a mão e segurou seu braço, mas o senador Prando se soltou com um repelão. O rosto dele ficou vermelho com o toque.

CONN IGGULDEN

— Tenha cuidado, rapaz. Você está no Senado, não num povoado distante. Se me tocar de novo, mandarei prendê-lo. Pelo que meu filho contou, você não é o tipo de pessoa com quem vou querer fazer negócios.

— Ele também deve ter mencionado que eu não sou uma boa pessoa para se ter como inimigo — murmurou Júlio, mantendo a voz baixa para não ser ouvido por outros.

O senador se imobilizou um momento enquanto considerava a ameaça, depois se virou com o pescoço rígido para alcançar Cato, que ia passando pelas portas.

Pensativamente, Júlio olhou-o se afastar. Tinha esperado algo assim do sujeito, mas a notícia de uma casa a ser construída em suas antigas terras era um golpe forte. No topo da colina ela olharia para a sua propriedade embaixo, uma posição de superioridade que sem dúvida daria enorme satisfação a Suetônio. Olhou em volta procurando Crasso e Cina, querendo falar com eles antes que partissem para suas casas. De certa forma, o que o pai de Suetônio tinha dito era verdade. Usar força em Roma levaria rapidamente ao desastre. Ele teria de ser sutil.

— Mas primeiro Antonido — murmurou baixinho. A força funcionaria muito bem com ele.

CAPÍTVLO XXIX

ANDAR PELA CIDADE À FRENTE DE SEUS DEZ SOLDADOS PROVOCOU lembranças dolorosas enquanto Júlio ia até a rua da antiga casa de Mário. Lembrou-se da empolgação que sentira quando a tempestade de energia em volta do general o apanhara em sua esteira. Cada rua e cada esquina o lembravam daquela primeira jornada barulhenta até o Senado, rodeado pelos homens mais duros da Primogênita. Quantos anos ele tinha na época, quatorze? Idade suficiente para entender a lição de que a lei se dobrava diante da força. Até mesmo Sila se encolheu diante dos soldados no fórum, sobre as pedras úmidas do sangue da multidão. Mário recebera o triunfo que queria e o cargo de cônsul que se seguira, mas Sila o derrubara no fim. A tristeza pesou sobre Júlio enquanto ele desejava apenas mais um momento com o general de ouro.

Nenhum dos homens de Júlio tinha visto Roma antes, e quatro eram de pequenos povoados ao longo da costa africana. Eles lutavam para não ficar olhando maravilhados, mas era uma batalha perdida enquanto viam a cidade mítica tornada real diante de seus olhos.

Ciro parecia espantado simplesmente pelo número de pessoas pelas quais passavam nas ruas agitadas, e Júlio via a cidade com novos olhos através das reações do grandalhão. Não havia coisa igual no mundo. Os cheiros de comida e temperos se misturavam a gritos e marteladas, e entretecidas na multidão havia togas em azul, vermelho e ouro. Era um festim para os sentidos, e Júlio desfrutava do espanto deles, lembrando-se de como estivera junto ao ombro de Mário numa carruagem dourada, vendo cada rua cheia de pessoas aplaudindo. Na lembrança, a doce glória daquilo se misturava à dor do que viera depois, mas mesmo assim ele estivera ali naquele dia.

Mesmo que apenas as ruas maiores tivessem nome, Júlio se lembrou do caminho sem dificuldade, quase inconscientemente tomando a rota exata que percorrera na primeira visita depois de passar pelo fórum. Gradualmente as ruas ficaram menos apinhadas e mais limpas à medida que subiam a colina pavimentada, ladeada por modestas portas e portões, cada um escondendo esplendor do lado de dentro.

Júlio fez seus homens pararem a trinta metros do portão do qual se lembrava e se aproximou sozinho. Enquanto chegava perto, uma figura pequena e atarracada, vestida numa túnica simples de escravo e sandálias, chegou às barras para recebê-lo. Ainda que o homem tenha sorrido educadamente, Júlio notou que seus olhos iam de um lado para o outro da rua, com cautela automática.

— Vim falar com o dono da casa — disse Júlio, sorrindo e relaxado.

— O general Antonido não está — respondeu o porteiro, cauteloso. Júlio assentiu como se esperasse a notícia.

— Então terei de esperar. Ele precisa ouvir a notícia que eu trago.

— O senhor não pode entrar enquanto... — começou o homem.

Com um movimento rápido, Júlio enfiou o braço por entre as barras, como tinha visto Rênio fazer um dia. O porteiro recuou enquanto ele se movia e quase conseguiu escapar, mas os dedos de Júlio agarraram sua túnica e o puxaram com força de encontro às barras.

— Abra o portão — disse no ouvido do homem, enquanto este lutava.

— Não vou abrir! Se o senhor conhecesse o homem a quem esta casa pertence, não ousaria. Estará morto antes do pôr-do-sol a não ser que me solte!

Júlio puxou com toda a força o homem contra as barras.

— Eu conheço. *Eu* sou o dono desta casa. Agora abra a porta ou eu o mato.

— Então me mate. Mesmo assim o senhor não vai entrar — disse o homem rispidamente, ainda lutando feito louco.

Ele encheu os pulmões para pedir ajuda, e Júlio riu subitamente de sua coragem. Sem dizer outra palavra, enfiou a mão por entre as barras e tirou a chave do cinto do homem. O porteiro ofegou diante do ultraje e Júlio deu um assobio baixo, para que seus homens se aproximassem.

— Segurem este aqui e o mantenham quieto. Preciso das duas mãos para abrir a fechadura. Não o machuquem. Ele é um homem corajoso.

— Socorro! — conseguiu gritar o porteiro antes que as mãos grandes de Ciro fechassem sua boca.

Júlio enfiou a chave na fechadura e sorriu quando ela estalou. Levantou a barra, e o portão se abriu enquanto dois guardas vinham correndo pelo pátio, com as espadas erguidas.

Os homens de Júlio se moveram rapidamente para desarmá-los. Contra tantos, os dois guardas largaram as espadas ao ser rodeados, mas o porteiro ficou vermelho de fúria olhando. Tentou morder a mão de Ciro e levou uma bofetada violenta, em resposta.

— Amarrem-nos e revistem a casa. Não derramem sangue — ordenou Júlio, observando com frieza seus homens se dividirem em pares para revistar a casa que ele conhecia tão bem.

Ela praticamente não havia mudado. A fonte ainda estava lá, e Antonido deixara os jardins como havia encontrado. Júlio podia ver o local onde tinha beijado Alexandria, e poderia ter ido sem guia até o quarto dela na área dos escravos. Era fácil imaginar Mário gargalhando em algum ponto fora das vistas, e Júlio teria dado muita coisa para ver de novo aquele sujeito enorme. A súbita tristeza da lembrança pesou sobre ele.

Não reconheceu nenhum dos escravos ou empregados que foram trazidos e amarrados no pátio por seus homens, trabalhando com eficiência animada. Um ou dois legionários tinham arranhões no rosto, mas Júlio ficou satisfeito ao ver que mesmo assim nenhum prisioneiro foi machucado. Se quisesse ter sucesso em apelar à justiça e restabelecer o direito à casa como herdeiro sobrevivente, sabia que era importante que isso fosse alcançado pacificamente. Os magistrados seriam membros da *nobilitas*, e qualquer história de derramamento de sangue no meio da cidade iria deixá-los tendenciosos contra ele desde o início.

Tudo foi feito rapidamente, e sem mais discussão seus homens coloca-ram os cativos na rua, sendo o último o porteiro. Ele fora amordaçado para parar de gritar, mas continuava furioso quando Ciro o colocou na rua. Júlio fechou pessoalmente o portão e trancou com a chave que fora tirada dele, piscando para a figura furiosa antes de se virar.

Seus homens estavam em duas fileiras de cinco, à sua frente. Não era o bastante para sustentar a casa contra um ataque decidido, e a primeira coisa a fazer seria mandar dois corredores de volta à propriedade para pegar cin-qüenta de seus melhores guerreiros. Estava certo planejar um processo ju-rídico, mas quem estivesse de posse da casa teria uma vantagem clara, e Júlio estava decidido a não perdê-la quando Antonido voltasse.

No fim, mandou três de seus corredores mais rápidos usando túnicas de mensageiros tiradas dos depósitos da casa. Sua principal preocupação era de que eles se perdessem na cidade desconhecida e xingou-se por não ter tra-zido alguém da propriedade para ajudá-los a achar o caminho de volta para a ponte do Tibre.

Quando eles tinham ido, Júlio se virou para seus homens com um sorri-so lento se espalhando no rosto.

— Eu lhes disse que iria arranjar alojamento em Roma.

Eles riram, olhando em volta de um jeito apreciador.

— Preciso de três de vocês montando guarda junto ao portão. Os ou-tros vão substituí-los em duas horas. Fiquem em alerta. Antonido voltará antes que este dia esteja muito velho, tenho certeza. Quero ser chamado quando ele chegar.

O pensamento nessa conversa o animou tremendamente enquanto os guardas assumiam posição. A casa estaria segura à noite, e então ele poderia voltar a atenção para restabelecer o nome de Mário na cidade, nem que ti-vesse de lutar com todo o Senado para conseguir isso.

Brutus e Cabera estavam na propriedade quando dois dos mensageiros che-garam com notícias de Júlio, com o terceiro alguns quilômetros atrás. Acos-tumado a comandar, Brutus organizou rapidamente cinqüenta homens e começou a marcha rápida de volta à cidade. Júlio não poderia saber que tantos soldados teriam sido impedidos de entrar, por isso Brutus mandou que retirassem as armaduras e espadas. Mandou-os à cidade em grupos de dois ou três, para se juntarem de novo fora das vistas dos guardas, que eram os olhos do Senado em Roma. A última coisa a entrar foi uma carroça cheia com as armas, e Brutus ficou com ela, para subornar o capitão do portão. Cabera tirou uma garrafa de vinho de baixo da lona para colocar na mão do sujeito junto com moedas e, com uma piscadela conspiratória, eles tiveram permissão de entrar.

— Não sei se fico satisfeito ou pasmo com a facilidade disso — murmurou Brutus enquanto Cabera sacudia as rédeas do par de bois que puxavam a carroça pesada. — Quando isso terminar, vou me sentir tentado a voltar àquele guarda e trocar uma palavra com ele. Nem foi um suborno grande.

Cabera riu enquanto estalava as rédeas no ar.

— Ele suspeitaria muito se fosse um suborno alto. Não, nós pagamos exatamente o bastante para ele pensar que somos comerciantes de vinho evitando a tarifa da cidade. Você parece um guarda, e ele provavelmente achou que eu era o rico proprietário.

Brutus fungou.

— Ele pensou que você era um carroceiro. Esse seu manto velho e puído não parece pertencer a um homem rico — respondeu ele enquanto serpenteavam pelas ruas. Cabera estalou de novo as rédeas de couro, irritado com a resposta.

A carroça bloqueava a rua completamente, com as rodas se ajustando entre as pedras mais altas usadas pelos pedestres. Não havia onde passar ou dar a volta, e seu progresso na direção da casa de Mário era lento, ainda que Cabera adorasse gritar para os outros carroceiros e sacudir o punho contra qualquer um que ousasse atravessar à sua frente. Quatro dos homens de Júlio passaram a andar atrás deles, obviamente satisfeitos por ter a carroça para seguir pelo tortuoso labirinto de ruas. Nem Brutus nem Cabera ousavam olhar para eles, mas Brutus imaginou quantos ainda estariam andando pelos mercados ao pôr-do-sol. Suas orientações tinham sido bastante simples, tinha certeza, mas depois de meses trabalhando com a Primogênita no alojamento, além das viagens para ver a mãe, conhecia Roma melhor do que muita gente. Fingindo verificar as rodas da carroça, olhou em volta e ficou aliviado ao ver que o número de seguidores tinha aumentado para nove dos homens que Júlio queria. Esperava que eles não tornassem aquilo óbvio demais, caso contrário o povo curioso de Roma rapidamente estaria se juntando a eles, e uma procissão improvisada chegaria à antiga casa de Mário, com a carroça na frente e a tentativa de discrição arruinada.

Quando entraram na colina que levava à grande casa da qual se lembrava tão nitidamente, Brutus viu uma figura gesticulando e gritando com alguém dentro do portão. Pelo menos a rua era suficientemente larga, de modo que parar nela não interromperia todo o tráfego, pensou agradecido.

— Saia e verifique as rodas ou alguma coisa — sibilou para Cabera, que desceu desengonçado e andou em volta da carroça pronunciando "Roda", enquanto chegava a cada uma. O homem que gritava no portão pareceu notar a carroça carregada que vinha pouco abaixo, e Brutus arriscou outro olhar para trás, piscando de surpresa ao ver o grupo de homens que havia se reunido ali. Pior ainda, eles haviam formado fileiras e, apesar das roupas, pareciam exatamente o que eram: um grupo de legionários fingindo ser cidadãos. Brutus saltou da carroça e correu até eles.

— Não fiquem em posição de sentido, idiotas. Cada casa das redondezas vai mandar guardas se virem o que vocês estão fazendo!

Os homens se remexeram inseguros, e Brutus levantou os olhos, exasperado. Não havia saída. Os serviçais e guardas dos portões próximos tinham chegado às barras para olhar o grupo de soldados. A distância pôde ouvir gritos de alarme soando em volta.

— Certo. Podemos esquecer o segredo. Peguem as espadas e armaduras na carroça e me sigam até o portão. Depressa! Os senadores vão ter um ataque quando descobrirem que pusemos um exército na cidade.

Tendo afastado toda a incerteza, os soldados aliviados pegaram seu equipamento e o vestiram sem agitação. Levaram apenas alguns minutos, e então Brutus disse a Cabera para parar a inspeção da carroça, que ele havia continuado sem pausa, com o anúncio que fazia de cada roda ficando cada vez mais cauteloso.

— Agora, para a frente — resmungou Brutus, com as bochechas se avermelhando diante do número cada vez maior de espectadores.

Marcharam para o portão em fileiras perfeitas, e por um segundo ele foi distraído do embaraço por uma rápida avaliação profissional dos homens que o seguiam. Seriam muito bons para a Primogênita.

Antonido estava pálido de fúria quando Júlio terminou de explicar sua posição.

— Você ousa! — gritou ele. — Vou apelar ao Senado. Esta casa é minha por direito de compra, e eu verei você morto antes que a roube de mim.

— Eu não roubei de ninguém. Você não tinha direito de oferecer dinheiro em troca de uma propriedade que era do meu tio — respondeu Júlio com calma, desfrutando da fúria do outro.

— Um inimigo do Estado, cujas terras e riquezas foram confiscadas. Um traidor! — gritou Antonido.

Ele adoraria enfiar a mão por entre as barras e pegar a garganta daquele rapaz insolente, mas os guardas que o vigiavam de dentro tinham as espadas desembainhadas, e os seus dois estavam em número muito menor. Ele pensou detalhadamente no que Júlio poderia encontrar nos cômodos da casa. Haveria alguma prova ligando-o à filha de Pompeu? Achava que não, mas o pensamento o incomodava, dando um louco tom de pânico ao seu ultraje.

— Um homem considerado traidor por Sila, que atacou a própria cidade? — respondeu Júlio, com os olhos se estreitando. — Então foi considerado erradamente. Mário defendeu o Senado de um homem que iria se estabelecer como ditador. Ele era um homem honrado.

Antonido cuspiu com nojo no chão, e a saliva quase tocou a bainha da roupa do porteiro ainda amarrado.

— *Isto* é para a sua honra — rugiu ele, segurando as barras do portão.

Júlio sinalizou para um dos seus homens se adiantar, e Antonido foi forçado a baixar as mãos.

— Nem pense em colocar as mãos em nada que seja meu — disse Júlio.

Antonido teria respondido, mas um súbito barulho de sandálias de legionários abaixo no morro o fez parar. Ele olhou na direção do som, e um riso de desprezo cobriu suas feições.

— Agora você verá, seu criminoso. O Senado enviou homens para restaurar a ordem. Mandarei espancá-lo e deixá-lo na rua, como fez com meus homens.

Ele se afastou do portão para receber os recém-chegados.

— Este homem invadiu minha casa e abusou de meus serviçais. Quero que ele seja preso — disse ao soldado mais próximo, com saliva branca se juntando nos cantos da boca, devido aos esforços furiosos.

— Bem, ele tem um rosto amigável. Deixe que ele fique com a casa — respondeu Brutus, rindo.

Por alguns segundos Antonido não entendeu, depois observou o número de homens armados que estavam diante dele e notou que não tinham insígnia de alguma legião.

Recuou devagar, com a cabeça subindo em desafio. Brutus riu dele.

Antonido foi até seus dois guardas e ficou entre eles. Os dois se mexeram nervosos por ser identificados como seus, diante de tantos possíveis inimigos.

— O Senado vai me ouvir — disse Antonido, rouco de tanto gritar.

— Diga aos seus senhores para marcar uma data para a audiência. Vou defender meus atos dentro da lei — respondeu Júlio, finalmente destrancando o portão para Brutus trazer os homens da rua.

Antonido olhou-o com raiva, depois girou nos calcanhares e se afastou, seguido pelos dois guardas.

Júlio fez Brutus parar com um toque em seu braço.

— Não foi a chegada discreta que eu visualizei, Brutus.

Seu amigo franziu a boca, por um momento incapaz de encará-lo.

— Eu os trouxe, não foi? Você não faz idéia de como é difícil entrar com homens armados nesta cidade. Os dias em que Mário entrava com meia-centúria aqui se foram.

Cabera se juntou a eles, passando pelo portão com os últimos soldados.

— Os guardas da cidade acharam que eu era um mercador próspero — disse animado.

Júlio e Brutus o ignoraram, os olhos fixos um no outro. Finalmente Brutus baixou a cabeça ligeiramente.

— Certo, a coisa poderia ter sido mais discreta.

A tensão entre os dois desapareceu enquanto ele falava e Júlio ria.

— Gostei quando ele pensou que vocês eram do Senado — disse este, rindo. — Só esse momento provavelmente valeu a chegada pública dos homens.

Brutus ainda parecia pesaroso, mas um sorriso surgiu rapidamente em seu rosto, em resposta.

— Talvez. Olha, os senadores vão saber com ele que você trouxe tantos homens assim. Eles não vão permitir. Você deveria pensar em mandar alguns para o alojamento da Primogênita.

— Daqui a pouco farei isso, antes precisamos fazer alguns planos. Minhas outras centúrias na propriedade do campo também devem ser trazidas. — Um pensamento ocorreu a Júlio. — Por que o Senado não é contra a presença da Primogênita na cidade?

Brutus deu de ombros.

— Ela está na lista das legiões, não se esqueça, mas na verdade o alojamento fica fora das muralhas, no lado norte, perto da porta do Quirinal. Tenho um dos melhores terrenos de treinamento em Roma, *e* Rênio como mestre de espadas. Devia ver.

— Você fez muita coisa, Brutus — disse Júlio, segurando seu ombro. — Roma não será a mesma agora que voltamos. Vou trazer meus homens para você assim que tiver certeza de que Antonido não tentará de novo.

Brutus segurou o braço, com o entusiasmo se derramando.

— Precisamos mesmo dos seus homens. A Primogênita precisa crescer. Não descansarei enquanto ela não estiver de volta à velha força. Mário...

— Não, Brutus. — Júlio baixou o braço. — Você entendeu mal. Meus homens são jurados apenas a mim. Eles não podem ser usados sob seu comando.

Ele não queria ser duro com o amigo, mas era melhor ser claro desde o início.

— O quê? — respondeu Brutus, surpreso. — Olha, eles não fazem parte de nenhuma legião, e a Primogênita tem menos de mil homens. Você só precisa...

Júlio balançou a cabeça com firmeza.

— Vou ajudá-lo a recrutar, como prometi, mas não com esses. Sinto muito.

Brutus olhou-o, incrédulo.

— Mas estou reconstruindo a Primogênita *para* você. Seria a sua espada em Roma, lembra?

— Lembro — respondeu Júlio, segurando seu braço de novo. — Sua amizade significa mais para mim do que tudo, a não ser a vida de minha mulher e minha filha. Seu sangue está nas minhas veias, lembra? O meu está nas suas.

Ele parou e segurou o braço com firmeza.

— Esses homens são meus Lobos. Eles não podem estar sob seu comando. Deixe assim.

Brutus puxou o braço com força, endurecendo o rosto.

— Certo. Fique com os seus Lobos enquanto eu luto por cada novo recruta. Voltarei ao meu alojamento e aos meus homens. Procure-me lá quando quiser trazer seus soldados. Talvez possamos discutir o preço do alojamento deles.

Ele se virou e girou a chave no portão.

— Marco! — gritou Júlio às suas costas.

Brutus se imobilizou um momento, depois abriu o portão e se afastou, deixando-o balançando.

Mesmo na companhia dos dois guardas que restavam, Antonido manteve a mão na adaga ao cinto enquanto andava pelos becos escuros. Por mais estreitos que fossem, à noite havia muito lugar para os ladrões o esperarem, e não podia relaxar. Respirava pelo nariz enquanto andava, tentando ignorar as poças de água fétida que tinham arruinado suas sandálias nos primeiros passos longe das ruas principais. Um dos seus homens conteve um palavrão quando escorregou o pé num monte suficientemente fresco para não estar totalmente frio.

A luz do dia raramente alcançava esta parte de Roma, mas à noite as sombras assumiam um aspecto temível. Ali não havia lei, nenhum soldado viria, e nenhum cidadão ousaria responder a um chamado. Antonido segurou sua adaga com mais força ainda, levando um susto com alguma coisa que se afastou rapidamente de seus pés enquanto eles passavam. Não investigou, mas continuou andando quase às cegas e contava as esquinas tateando com as mãos. Três esquinas a partir da entrada, depois mais quatro à esquerda.

Mesmo à noite os becos tinham um tráfego de pedestres que o grosso de Roma jamais via. Havia pouca conversa entre as pessoas que eles viam, e mesmo assim era em voz baixa. Figuras apressadas passavam pelos três homens sem cumprimentá-los, desviando-se das poças imundas de cabeça baixa. Onde tochas iluminavam o caminho por alguns passos, as pessoas se afastavam da luz, como se cair em seu âmbito fosse convidar o desastre.

Somente a fúria fazia Antonido ir em frente, e mesmo assim não era sem medo. O homem que ele conhecera disse para nunca vir sem ser convidado a essas ruas, mas a perda da casa lhe dera uma coragem nascida da raiva. Até mesmo isso estava sumindo no escuro e no desconforto crescente.

Finalmente chegou ao ponto que tinha achado antes, um cruzamento de quatro becos entre paredes mofadas, em algum lugar no coração do labirinto. Parou para procurar seus homens, forçando a vista no escuro. Água pingava devagar sobre pedra ali perto, e um ruído súbito de pés fez seus homens girarem nervosamente, estendendo as adagas, como se para afastar espíritos.

— Você sabe que só deve me procurar na última noite do mês — disse uma voz sibilante junto ao ouvido do general.

Antonido quase caiu de pânico, os pés escorregando nas pedras molhadas enquanto pulava de horror por causa da proximidade. Sua adaga saiu do cinto, numa reação, mas o pulso foi preso num aperto que o deixou desamparado.

O homem que o encarava usava capa e capuz de pano escuro e áspero, com as feições cobertas, mas isso não era necessário no negrume denso dos becos. Antonido quase engasgou diante do cheiro estranho e doce que vinha dele. Era o cheiro de doença, de corrupção macia mascarada com óleo perfumado, e ele imaginou de novo se a capa escondia mais do que apenas a identidade. O homem sombrio se inclinou para perto, a ponto de quase tocar seu ouvido com os lábios ocultos.

— Por que veio aqui fazendo tanto barulho, perturbando metade dos meus vigilantes com sua falta de jeito?

A voz tinha um sibilar de fúria e era tão próxima que transportava a doçura num jorro de hálito quente que fez Antonido sentir vontade de vomitar. Ele estremeceu reagindo quando o capuz tocou seu rosto de leve.

CONN IGGULDEN

— Tive de vir. Tenho mais trabalho para você e quero que seja feito depressa.

O aperto no pulso ficou mais forte, quase a ponto de causar dor. Antonido não podia virar o rosto para olhar diretamente o homem, por medo de que os rostos se tocassem. Em vez disso, olhou para o outro lado, tentando não fazer uma careta enquanto o odor parecia manchar cada respiração.

A figura sombria fez "tsk, tsk", uma série de cliques minúsculos.

— Ainda não achei um modo de chegar ao filho de Crasso. É cedo demais para outro. Com pressa, meus irmãos morrem. Você não pagou o bastante para eu perder homens por você, só pelo serviço.

— Esqueça Crasso. Agora ele não representa nada para mim. Quero que procure a filha de Cina e mate-a. Agora é ela o seu alvo. Deixe algo com o nome de Sila, como fez com a cadela do Pompeu.

Suavemente, Antonido sentiu o punho ser guiado de volta ao cinto e, entendendo, embainhou a adaga enquanto a pressão diminuía. Manteve-se firme enquanto esperava, não ousando demonstrar abertamente a repulsa afastando-se. Sabia que, se um insulto fosse percebido, nem ele nem seus homens viveriam para ver as ruas principais de novo.

— Ela deve estar bem guardada. Você terá de pagar pelas vidas dos que vou perder para alcançá-la. Dez mil sestércios é o preço.

Antonido trincou o maxilar para que o ar não entrasse. Cato cobriria a dívida, tinha certeza. Não tinha sido idéia dele contratar esses homens? Assentiu convulsivamente.

— Bom. Será pago. Mandarei meus guardas trazer o ouro aqui no dia do qual falamos, como antes.

— Você terá de arranjar outros guardas. Não venha aqui de novo sem ser convidado ou o custo será mais alto — sussurrou a voz, afastando-se rapidamente.

Seguiram-se passos rápidos, e, num momento, Antonido pôde sentir que estava sozinho. Cautelosamente, foi até onde seus homens tinham estado, abaixou-se estendendo as mãos e se encolheu ao sentir a umidade nas gargantas abertas. Estremeceu e voltou rapidamente por onde tinha vindo.

CAPÍTVLO XXX

J ÚLIO TROUXE SEUS HOMENS PARA O ALOJAMENTO DA PRIMOGÊNITA uma hora antes do alvorecer. Como Brutus dissera, as construções e a área de treinamento eram impressionantes, e Júlio assobiou baixinho enquanto marchava por baixo do arco externo do portão principal, notando as sentinelas bem espaçadas e as posições fortificadas dentro.

Os guardas do portão deviam estar esperando-os e sinalizaram para os soldados entrarem sem parar. Mas assim que estavam dentro, com o pesado portão fechado, Júlio se pegou num campo de matança semelhante ao que havia entre as muralhas de Mitilene. Qualquer um dos prédios que davam para o pátio principal poderia receber fileiras de arqueiros e, sem ter como recuar, o único caminho para a frente era estreito e interrompido por aberturas nas paredes, para mais arqueiros. Júlio deu de ombros enquanto suas centúrias paravam em posição de sentido, organizando-se até encherem o pátio num quadrado perfeito.

Júlio imaginou quanto tempo Brutus iria mantê-lo esperando. Era uma coisa difícil de prever depois de tanto tempo longe do amigo mais antigo. O garoto que ele conhecera já estaria ali, mas o homem que liderava os remanescentes da Primogênita tinha mudado muito no tempo que passaram longe — talvez o bastante para enterrar o garoto, conjecturava.

Sem qualquer sinal externo da impaciência que sentia, Júlio ficou impassível com seus homens enquanto os minutos se estendiam. Realmente precisava do alojamento, e, pelo que Tubruk dissera, ele era tão bom quanto Brutus afirmava. Mas com Crasso bancando a compra, a bolsa era suficientemente pesada para adquirir o melhor da cidade. Enquanto esperava, Júlio pensou em comprar parte do alojamento com Crasso. Em particular concordava com Tubruk, que o relacionamento que o rico senador estava estimulando poderia ser um espinho no futuro, não obstante o quanto parecesse amistoso no presente.

Brutus saiu do prédio principal com Rênio ao lado. Com interesse, Júlio viu o cotoco do braço esquerdo de Rênio, coberto de couro, mas manteve o rosto imóvel. Brutus parecia furioso, e as esperanças de Júlio morreram com ele.

Quando chegou perto, Brutus parou rigidamente, dando-lhe a saudação de um igual para outro. Júlio devolveu-a sem hesitação. Por um segundo Júlio sentiu dor diante do espaço que os separava, antes de sua decisão se firmar. Não cederia. Brutus não era alguém com quem ele queria usar a inteligência para lisonjear e controlar. Esse tipo de manipulação era para inimigos e aliados formais, não para o menino com quem apanhara um corvo há tantos anos.

— Bem-vindo ao alojamento da Primogênita, tribuno — disse Brutus.

Júlio balançou a cabeça diante do tom formal. Um toque de irritação o incomodou e ele dirigiu-se a Rênio, ignorando Brutus:

— Que bom ver você, velho amigo. Não pode fazê-lo entender que estes homens não são para a Primogênita?

Impassível, Rênio olhou-o de volta por um momento antes de responder.

— Este não é o momento de dividir as forças, garoto. O dia de escolha no Campo terminou este ano, não haverá homens extras para outra legião. Vocês dois deveriam parar de estufar o peito diante do outro e fazer as pazes.

Júlio bufou, irritado.

— Pelos deuses, Brutus, o que queria que eu fizesse? A Primogênita não pode ter dois comandantes, e meus homens prestaram juramento somente a mim. Eu os encontrei em povoados e os transformei do nada em legionários. Você não pode esperar que eu os entregue a outro comandante depois de tudo que passaram comigo.

— Eu pensei... que você, mais do que qualquer pessoa, quereria ver a Primogênita forte de novo.

— Como tribuno, posso convocar tropas para você. Vou mandar que revirem o campo em busca deles. Juro que vamos refazer a Primogênita. Devo isso a Mário tanto quanto você, e mais ainda.

Os olhos de Brutus se fixaram nos dele, avaliando suas palavras.

— Mas você vai montar uma legião também? Vai requisitar que outro nome seja acrescentado às listas? — perguntou com a voz tensa.

Júlio hesitou, e Rênio pigarreou para falar. O hábito de anos de obediência fez com que os dois esperassem. Ele olhou Júlio nos olhos, sustentando-o.

— A lealdade é uma coisa rara, garoto, mas Brutus arriscou a vida por você quando conseguiu que a Primogênita fosse recolocada nas listas. Homens como Cato estão contra ele agora, e ele fez isso por você. Não há conflito. A Primogênita é a sua legião, não vê isso? Seus homens podem servir sob um novo juramento e continuar sendo seus.

Júlio olhou os dois, e era como olhar de volta para a infância. Relutante, balançou a cabeça.

— Eles não podem ter dois comandantes.

Brutus o encarou.

— Está pedindo que eu preste juramento a você? Que entregue o comando?

— De que outro modo poderia ser minha espada, Brutus? Mas não posso pedir que você abandone o posto que sempre sonhou em ter. É demais.

Júlio segurou seu braço suavemente.

— Não — murmurou Brutus, subitamente firmando a decisão. — Não é demais. Temos juramentos mais antigos, e sempre jurei que estaria presente quando você chamasse. Está chamando agora?

Júlio respirou longa e lentamente, avaliando o amigo e sentindo o coração martelar no peito, acelerando subitamente.

— Eu chamo — disse em voz baixa.

Brutus assentiu com firmeza, tendo tomado a decisão.

CONN IGGULDEN

— Então farei o juramento com esses seus Lobos e começaremos este dia com a Primogênita renascida.

Mantendo uma guarda de apenas cinco de seus homens, Júlio caminhou pelas ruas movimentadas da cidade seguindo as orientações dadas por Tubruk. Seu ânimo estava leve enquanto passava pela multidão. Estava com a casa do tio em sua posse e bem guardada por vinte soldados. Mais importante ainda, o problema do que fazer com a Primogênita fora resolvido. Em silêncio abençoou Brutus e Rênio pela lealdade para com ele. Mesmo em seu orgulho, uma parte sua sussurrava que, no fim, havia manipulado o amor dos dois com tanta frieza como se fosse qualquer inimigo. Não houvera outro modo, disse a si mesmo, mas a voz interior não se calava.

Não muito longe da casa de Mário, Júlio achou com facilidade a oficina de Tabbic. Enquanto se aproximava, a empolgação o preencheu. Não via Alexandria desde o casamento, e a princípio sentira medo de perguntar a Tubruk se ela havia sobrevivido às lutas violentas que se seguiram à sua fuga da cidade. Quando pôs a mão na porta hesitou, sentindo um toque do velho nervosismo que o assolava na presença dela. Balançou a cabeça, divertido, ao reconhecer o sentimento, depois entrou, com seus homens bloqueando a rua estreita do lado de fora.

Alexandria estava parada a apenas alguns passos da porta e se virou para receber quem havia entrado. Riu ao vê-lo, com o prazer simples de encontrar um velho amigo. Tinha um colar de ouro no pescoço, com Tabbic trabalhando no fecho atrás dela.

Júlio bebeu a visão da jovem. O ouro iluminava sua garganta com reflexos e ela parecia ter encontrado uma postura ou uma confiança que não existia antes.

— Você está linda — disse ele, fechando a porta da oficina.

— É porque estou perto do Tabbic, aqui — disse ela em tom leve.

Tabbic grunhiu, erguendo o olhar de seu trabalho. O joalheiro observou o homem que tinha entrado e se empertigou com a mão apertada às costas, na cintura.

— Quer comprar ou vender? — perguntou ele, tirando o colar do pescoço de Alexandria enquanto falava. Júlio lamentou ver a jóia sair.

— Nenhum dos dois, Tabbic. Júlio é um velho amigo — respondeu Alexandria.

Tabbic assentiu, numa recepção cautelosa.

— É o que está cuidando de Otaviano?

— Ele está se saindo bem — disse Júlio.

Tabbic fungou, sem conseguir esconder um breve sorriso de afeto.

— Fico satisfeito — disse em voz baixa, antes de voltar aos fundos da loja com o colar, deixando-os a sós.

— Você está magro, Júlio. Aquela sua linda esposa não está lhe dando comida? — perguntou Alexandria ineptamente.

Júlio riu.

— Só voltei há dois dias. Estou na antiga casa de Mário na cidade.

Alexandria piscou de surpresa.

— Trabalho rápido — disse ela. — Pensei que o general de Sila morava lá.

— Morava. Tenho de ir ao tribunal do fórum para mantê-la, mas isso me dará a chance de limpar o nome de Mário na cidade.

O sorriso de Alexandria desapareceu com a lembrança de tempos mais difíceis, e ela ocupou as mãos tirando o avental, xingando quando o nó resistiu aos dedos. Júlio sentiu vontade de ajudá-la, mas resistiu com esforço. Ficara chocado ao sentir um jorro da antiga atração ao entrar na loja. Isso o preocupou o bastante para ficar longe até ela terminar de desfazer os nós sozinha.

Você é um homem casado, disse a si mesmo com firmeza, no entanto se pegou ruborizando quando ela o olhou de novo.

— Então, por que veio à nossa humilde oficina? Duvido que seja só para me olhar, Júlio.

— Poderia ser. Fiquei satisfeito quando Tubruk disse que você tinha sobrevivido. Ouvi falar que Metela tirou a própria vida.

Como sempre acontecia diante dela, Júlio se pegou procurando palavras, irritado com a própria falta de fluência.

Alexandria se virou para ele, com os olhos brilhando.

— Eu não a teria deixado se soubesse o que ela ia fazer. Deuses, eu a teria levado à casa de Tabbic. Ela foi vítima, tanto quanto os homens que o desgraçado do Sila matou nas ruas. Só lamento por ele ter morrido depressa, pelo que dizem. Queria que fosse bem devagar.

— Eu não me esqueci, por mais que o Senado pareça querer — concordou Júlio, com a voz amarga.

Uma comunicação silenciosa passou entre os dois, uma lembrança dos entes que eles haviam perdido e uma intimidade que estava mais viva do que poderiam ter adivinhado.

— Vai fazer com que eles paguem, Júlio? Odeio a idéia da imundície que vi na época continuar correndo solta. Roma é um lugar mais sujo do que dá para ver do fórum.

— Farei o que puder. Vou começar fazendo com que honrem Mário, o que deve ser difícil de engolir para algumas gargantas — respondeu sério.

Ela sorriu de novo.

— Deuses, fico feliz por ver seu rosto depois de tanto tempo. Traz o passado de volta — disse ela, e o rubor dele voltou, fazendo-a rir, lembrando. Sua confiança de mulher livre a tornava quase irreconhecível, mas mesmo assim ele sentia que ela era alguém em quem podia confiar simplesmente porque fizera parte dos velhos tempos. A voz mais cínica dentro dele suspeitava de que estivesse sendo insuportavelmente ingênuo. Todos tinham mudado, e Brutus já deveria bastar como lembrança disso.

— Nunca agradeci pelo dinheiro que você deixou com Metela para quando estivesse livre — disse ela. — Comprei com ele uma parte desta oficina. Significou muito para mim.

Ele descartou o agradecimento com um gesto.

— Queria ajudá-la — respondeu remexendo-se de um pé para o outro.

— Veio à oficina ver como eu o tinha gastado?

— Não, sei que disse que viria vê-la só pela amizade, mas do jeito como aconteceu... — começou ele.

— Eu sabia! Você quer um pendente para sua mulher ou um broche lindo? Eu faço uma coisa especial para combinar com os olhos dela.

Sua animação contrastava com o humor mais sério dele, tão diferente do garoto atrapalhado que ela havia conhecido.

— Não, é para o julgamento e depois. Quero encomendar escudos de bronze para homenagear Mário; a efígie dele, as batalhas, até a morte, quando a cidade caiu. Quero que contem a história da vida dele.

Alexandria passou a mão sobre o cabelo preso, deixando uma minúscula mancha de pó de ouro junto às raízes na testa. Os grãos captaram a luz quando ela se moveu e, mesmo contra a vontade, Júlio gostaria de passar o polegar suavemente na pele dela, para tirá-los. Concentrou-se, irritado consigo mesmo.

Ela franziu a testa, pensando, pegando um estilete e uma tabuleta de cera numa prateleira.

— Eles devem ser grandes, talvez com noventa centímetros de largura para ser visíveis a distância.

Alexandria começou a fazer esboços na placa de cera, franzindo um olho até quase fechar. Júlio olhou-a afastar um fiapo solto de cabelo na testa. Tubruk tinha dito que ela era boa, e o julgamento dele geralmente era confiável.

— O primeiro deveria ser uma efígie. O que acha disso?

Ela virou a placa e Júlio relaxou ao ver um rosto que reconhecia. As feições tinham parte da força que ele recordava, ainda que as linhas simples nunca pudessem ser mais do que um eco da vida que preenchera Mário.

— É ele. Não sei como você consegue fazer isso.

— Tabbic adora ensinar. Posso fazer seus escudos, mas só o metal já vai ser caro. Não quero barganhar, Júlio, mas você está falando em meses de trabalho. É o tipo de coisa que poderia fazer o meu nome na cidade.

— O custo não importa. Confio em que cobrará um preço justo, mas preciso deles em semanas, não meses. O Senado não deixará o julgamento esperar muito tempo, com Antonido furioso com a casa perdida. Preciso do melhor que possa fazer o mais rápido que puder produzir.

— Tabbic? — chamou Alexandria.

O artesão grisalho veio da sala dos fundos, ainda segurando ferramentas. Ela explicou rapidamente e Júlio sorriu quando o rosto do sujeito se iluminou com interesse. Finalmente, ele assentiu.

— Posso ficar com o trabalho normal da oficina, mas os broches encomendados terão de ser entregues. Veja bem — ele coçou o queixo pensativamente —, isso poderia aumentar o preço dos que você terminou, o que não seria mau. Teremos de alugar um lugar maior e uma forja bem maior. Vejamos...

Ele pegou outra plaqueta na prateleira e juntos os dois escreveram e conversaram em voz baixa durante longo tempo, enquanto Júlio olhava, exasperado. Finalmente chegaram a um acordo, e Alexandria se virou de novo para ele, com o ouro no cabelo ainda brilhando contra a pele.

— Aceito o trabalho. O preço vai depender de quantos derem defeito e tivermos de fundir de novo. Terei de discutir que cenas vai querer, quando você tiver algumas horas livres.

— Você sabe onde eu estou — disse ele. — Pode ir lá quando quiser, se precisar me ver.

Alexandria ficou remexendo o estilete, subitamente desconfortável.

— Eu preferiria se você viesse aqui — falou, não querendo explicar como a velha propriedade havia testado sua força na última vez em que passara pelo portão.

Júlio entendeu o que ela não disse.

— Farei isso. Talvez até traga aquele garoto quando vier. Tubruk diz que ele vive falando de você e de... Tabbic.

— Deve fazer isso. Nós dois sentimos falta dele. A mãe do menino vai vê-lo sempre que pode, mas deve ser difícil para ele ficar longe dela — respondeu Alexandria.

— Ele é um terror na propriedade. Tubruk o pegou montando meu cavalo nos campos há alguns dias.

— Ele não o espancou? — perguntou Alexandria depressa demais.

Júlio balançou a cabeça, rindo.

— Tubruk não faria isso. Felizmente Rênio não achou o garoto, se bem que não sei como conseguiria lhe dar uma surra com uma mão só. Diga à mãe dele para não se preocupar. O menino é do meu sangue, eu cuidarei dele.

— Ele nunca teve um pai, Júlio. Um menino precisa mais de um pai do que uma menina.

Júlio hesitou, não querendo a responsabilidade.

— Entre Rênio e Tubruk, ouso dizer que ele vai crescer direito.

— Os dois não são do sangue dele, Júlio — respondeu Alexandria, sustentando seu olhar até ele desviá-lo.

— *Certo*, vou mantê-lo comigo, se bem que não tive um momento de paz desde que voltei à cidade. Eu cuido dele.

Ela deu um riso maroto.

— Não há exercício maior para os talentos de um homem do que criar o filho — citou.

Júlio suspirou.

— Meu pai costumava dizer isso.

— Eu sei. E ele estava certo. Não existe futuro para aquele menino correndo pelas ruas desta cidade. Nenhum. Onde Brutus estaria se sua família não o tivesse criado?

— Já concordei, Alexandria. Não precisa se estender sobre o assunto.

Sem aviso, ela levantou a mão para tocar a cicatriz branca que atravessava a testa dele.

— Deixe-me olhá-lo — disse chegando mais perto e assobiando baixinho. — Você tem sorte de estar vivo. É por isso que seu olho está diferente?

Ele deu de ombros, pronto para desviar o assunto. Então a história lhe escapou: a luta na *Accipiter*, o ferimento na cabeça que levou meses para curar, os ataques que permaneceram.

— Nada é igual desde que eu parti — falou. — Ou tudo é, e eu mudei demais para ver. Cabera diz que os ataques podem continuar até o fim da vida ou parar amanhã, de repente. Não há como saber. — Ele levantou a mão esquerda e forçou a vista, mas ela estava firme.

— Às vezes acho que a vida não passa de dor com momentos de alegria — respondeu Alexandria. — Você está mais forte do que antes, Júlio, mesmo com o ferimento. Descobri que o truque é esperar que a dor passe e aceitar os momentos de felicidade sem me preocupar com o futuro.

Júlio baixou a mão, subitamente com vergonha de ter falado tão intimamente de seus temores. Aquilo não era um fardo para ela, nem para ninguém, exceto ele. Ele era o chefe de uma família, tribuno de Roma e general da Primogênita. Estranho como não conseguia invocar o tipo de prazer que sabia que um sonho assim teria lhe dado antigamente.

— Você... viu Brutus? — perguntou Júlio depois de uma pausa.

Ela se virou para o outro lado e ocupou as mãos tirando as ferramentas da bancada de Tabbic.

— Temos nos visto.

— Ah. Eu não disse a ele que nós... hmm...

Alexandria riu de súbito, olhando-o por cima do ombro.

— É melhor não contar. Já existe competição suficiente entre vocês sem me colocar no meio.

Para sua perplexidade, Júlio reconheceu uma pontada de ciúme entrando em seus pensamentos. Lutou contra isso. Ela não era sua, e, a não ser por uma lembrança perfeita e congelada havia anos, nunca fora. Alexandria não pareceu sentir o redemoinho interno de seus sentimentos enquanto a olhava.

— Mantenha-o perto de você, Júlio. Roma é mais perigosa do que você imagina.

Júlio quase riu ao pensar no que tinha sobrevivido para voltar à cidade, mas o fato de que sua vida importava para ela o deixou sério.

— Eu o manterei perto — falou.

Júlio desmontou do cavalo para andar os últimos três quilômetros até a propriedade no campo. Planos faziam redemoinhos em sua cabeça enquanto caminhava com as rédeas enroladas no braço. Desde a volta, os acontecimentos tinham se movido depressa demais para ser acompanhados. O posto de tribuno, a tomada da casa de Mário e o comando da Primogênita, o reencontro com Alexandria. Otaviano. Cornélia. Ela parecia uma estranha. Franziu a testa enquanto andava, acalentado pelo barulho dos cascos no pó ao lado. A lembrança da mulher o tinha ajudado a suportar a pior parte do cativeiro. O desejo de voltar a ela era uma força secreta que suplantava os ferimentos, a doença e a dor. Mas quando finalmente a abraçou foi como se ela fosse outra pessoa. Esperava que isso passasse com o tempo, mas parte dele ainda ansiava pela mulher amada, ainda que ela estivesse a apenas um quilômetro e esperando por ele.

O processo judicial que viria não o preocupava. Ele tivera mais de seis meses de monotonia numa cela de navio para montar uma defesa para Mário e, se Antonido não lhe tivesse dado a chance, ele sabia que teria forçado o assunto de algum outro modo. A continuação da imagem de seu tio como uma figura de vergonha na cidade não era uma coisa que ele pudesse suportar.

Cornélia veio encontrá-lo no portão e ele beijou-a. Tardiamente ocorreu-lhe que havia outras coisas entre marido e mulher que ele havia negligenciado nas duas noites desde a volta. A intimidade restauraria seu amor por ela, tinha certeza. Com a exaustão das viagens desaparecendo depressa, beijou-a de novo, demoradamente, e, preocupado com seus pensamentos, não a notou enrijecer num pânico súbito encostada nele. Júlio entregou o cavalo a um escravo que esperava.

— Você está bem? — sussurrou no ouvido dela. O cheiro do perfume de Cornélia preencheu seus pulmões com frescor. Ela assentiu em silêncio.

— O neném está dormindo, mulher?

Ela afastou a cabeça para olhá-lo.

— O que tem em mente? — perguntou, lutando para ficar calma.

— Eu lhe mostro, se você quiser — disse ele, beijando-a de novo. A pele dela estava pálida e linda enquanto andavam juntos para a privacidade da casa.

Júlio se sentiu desajeitado no quarto, cobrindo o nervosismo com beijos enquanto jogava as roupas no chão. Havia alguma coisa errada nas reações dela, mas ele não tinha certeza se seria apenas devido à longa separação. Os dois tinham se conhecido por tão pouco tempo, no total, que ele sabia que não deveria esperar uma intimidade fácil, e instigou-a a relaxar acariciando sua nuca e passando as mãos de leve pelas costas dela quando se sentaram nus, com apenas uma lâmpada fraca para tornar o quarto dourado.

Cornélia suportou seus beijos e sentiu vontade de soluçar de sofrimento pelo que passara. Não tinha contado a ninguém sobre o que Sila havia feito, nem mesmo a Clódia. Era uma vergonha que esperava esquecer, uma coisa que tinha conseguido empurrar para o fundo até quase achar que não havia acontecido. Moveu-se junto com Júlio enquanto ele se excitava, mas não sentiu nada além de medo enquanto as lembranças da última visita ao ditador relampejavam soltas na memória. Ouviu de novo o grito da filha no catre ao lado enquanto Sila montava nela, e lágrimas escorreram lentas dos olhos à medida que a crueldade vinha à tona com uma força avassaladora.

— Acho que não consigo, Caio — falou com a voz embargando.

— O que é? — respondeu Júlio, chocado diante das lágrimas.

Cornélia se enrolou nele e ele a abraçou, pousando a cabeça na dela enquanto os soluços a faziam se convulsionar.

— Alguém machucou você? — sussurrou ele, e um grande vazio penetrou em seu peito enquanto verbalizava o pensamento terrível.

A princípio ela não pôde responder, mas então começou a sussurrar, com os olhos fechados com força. Não o pior, mas o início, o terror da gravidez, a raiva impotente por saber que não havia ninguém para impedir Sila em toda Roma.

Júlio sentiu uma grande tristeza pesando enquanto ouvia. Sem aviso, lágrimas de raiva e frustração surgiram diante do que ela havia passado. Controlou-se ferozmente, mordendo o lábio contra as perguntas que queria fazer, as perguntas inúteis e estúpidas que serviriam apenas para ferir os dois ainda mais. Nada disso importava, a não ser ele abraçá-la até os soluços desaparecerem lentamente em minúsculos tremores doloridos.

— Ele está morto, Lia. Ele não pode machucar nem amedrontar você mais.

Contou como o amor dela o mantivera forte quando achava que ficaria louco na cela escura, como sentiu orgulho no casamento, o quanto ela significava em sua vida. Suas lágrimas se secaram junto das dela, e enquanto a lua baixava perto do amanhecer os dois dormiram, escorregando para longe um do outro.

CAPÍTVLO XXXI

COM O SOL APENAS DOIS PALMOS ACIMA DO HORIZONTE, TUBRUK encontrou Júlio encostado na muralha da propriedade, com um cobertor sobre o peito nu para se proteger do frio da manhã.

— Você parece doente — disse o velho gladiador.

Para sua surpresa, Júlio não respondeu e mal pareceu notar a aproximação. Os olhos do rapaz estavam vermelhos devido a apenas duas horas de sono, e a brisa fria provocava arrepios na pele, que ele ignorava. Tubruk pôde ver os traços brancos de cicatrizes contra a pele bronzeada, uma escrita de dores e lutas antigas.

— Júlio? — perguntou baixinho.

Não houve resposta, mas Júlio deixou o cobertor cair, ficando apenas de sandálias e com a *bracae*, os calções justos que chegavam até a metade das coxas.

— Preciso correr um pouco — disse Júlio, olhando a mata na colina acima. Sua voz estava fria como a brisa, e Tubruk estreitou os olhos, preocupado.

— Vou com você, garoto, se não se importar de esperar — respondeu, e quando Júlio deu de ombros, Tubruk voltou à casa para tirar a túnica pesada e a calça.

Quando voltou, Júlio estava alongando devagar os músculos das pernas, e o administrador se juntou a ele, amarrando as tiras de couro das sandálias até o meio da canela.

Quando ambos estavam prontos, partiram juntos morro acima, Júlio estabelecendo o ritmo.

Tubruk correu com facilidade o primeiro quilômetro e meio pela mata, agradecendo por não ter negligenciado a forma física. Então, quando seu peito começou a queimar de exaustão, olhou para Júlio. Ele corria com leveza pela trilha irregular, os pulmões expandindo o peito em respirações longas e lentas. Tubruk o acompanhou, ficando ao seu lado por curtos jorros de velocidade, depois voltando ao passo mais lento. Júlio não falava enquanto se esforçava, o suor escorrendo em gotas que ardiam nos olhos.

Depois de mais um quilômetro e meio eles saíram da escuridão fresca e verde da floresta e correram pelo perímetro da propriedade. Tubruk começou a bufar com a respiração curta e brusca, as pernas protestando. Por mais que estivesse em forma, nenhum homem de sua idade poderia suportar aquele ritmo feroz por longo tempo, e Júlio não mostrava qualquer sinal de cansaço, como se o desconforto do corpo fosse ignorado ou mesmo esquecido. Seus olhos estavam fixos numa concentração interna, e ele não viu que Tubruk estava começando a sentir dor. O velho gladiador entendia, de algum modo, que era importante estar junto quando Júlio finalmente se exaurisse, mas o esforço estava fazendo com que luzes relampejantes aparecessem em sua vista, e o coração martelava dolorosamente nos pontos de pulsação, criando ondas de calor que faziam aumentar a tontura.

Júlio parou sem aviso, apoiando as mãos nos joelhos e respirando ofegante. Tubruk parou instantaneamente, agradecido pela pausa. Avançou para bloquear o caminho de Júlio, esperando que ele não recomeçasse depois de alguns segundos parado.

— Sabia do que aconteceu com Cornélia? — perguntou Júlio.

Tubruk sentiu frio, com a exaustão subitamente irrelevante.

— Sabia. Clódia me contou.

De repente Júlio xingou numa fúria violenta, apertando os punhos, o rosto ficando mais vermelho numa emoção descontrolada. Tubruk quase recuou um passo e ficou pensando. O rapaz andou de um lado para o outro, com a fúria fazendo suas mãos agarrarem o ar querendo algo que pudesse prender e matar. Seus olhos se fixaram no administrador, e Tubruk teve de usar toda a força para sustentar o olhar.

— Você me disse que iria protegê-la — rosnou Júlio, dando um passo que o trouxe a centímetros do rosto de Tubruk. — Confiei em você para mantê-la em segurança.

Júlio levantou o punho num espasmo súbito, e Tubruk ficou imóvel, aceitando o soco que viria. Em vez disso, Júlio bufou e girou.

Tubruk falou em voz baixa, conhecendo parte das emoções violentas que tinham roubado o controle de Júlio:

— Quando Clódia me contou, eu agi — disse ele.

Júlio não pareceu ouvi-lo.

— Aquele desgraçado do Sila a aterrorizou. Colocou as mãos *imundas* nela — disse Júlio e irrompeu em soluços. Ajoelhou-se lentamente no capim baixo, uma das mãos cobrindo os olhos. Tubruk se agachou e abraçou o rapaz, puxando-o para o peito com uma força enorme. Júlio não resistiu, sua voz era um grasnido abafado. — Ela achou que eu iria odiá-la, Tubruk. Dá para acreditar?

Tubruk o apertou firme, deixando a tristeza sair. Quando Júlio finalmente se acalmou, o administrador soltou-o e olhou seu rosto, pálido de sofrimento.

— Eu o matei, Júlio. Matei Sila, quando fiquei sabendo. — Júlio arregalou os olhos, chocado, e Tubruk continuou, aliviado por finalmente poder dizer: — Consegui um lugar como escravo na cozinha dele e coloquei acônito em sua comida.

Júlio se descongelou ao perceber o perigo que enfrentavam. Agarrou o braço de Tubruk com força.

— Quem mais sabe?

— Somente Clódia. Não contei a Cornélia para protegê-la — respondeu Tubruk, resistindo à ânsia de se soltar.

— Ninguém mais? Tem certeza? Você poderia ser reconhecido?

Finalmente com raiva, Tubruk levantou as mãos e tirou os dedos rígidos de Júlio, com um grunhido.

— Todo mundo que poderia me identificar está morto. Meu amigo de trinta anos que me vendeu à casa de Sila morreu sob tortura sem me denunciar. A não ser Clódia e nós, ninguém mais pode fazer a ligação, eu juro.

— Ele olhou nos olhos duros de Júlio e falou devagar e com força por entre os dentes, adivinhando seus pensamentos: — Você *não* vai tocar em Clódia, Júlio. Nem pense nisso.

— Enquanto ela viver, minha mulher e minha filha correm perigo — respondeu Júlio, sem se abalar.

— Enquanto *eu* viver também. Vai me matar? Terá de fazer isso, se ferir Clódia, dou minha palavra. Caso contrário, eu mesmo irei atrás de você.

Os dois ficaram parados próximos, ambos rígidos de tensão. O silêncio entre eles cresceu, mas nenhum desviou o olhar. Então Júlio estremeceu e o ar maníaco abandonou seus olhos. Tubruk continuou olhando-o irado, precisando de que ele admitisse. Finalmente o rapaz falou:

— Certo, Tubruk. Mas se os silanos vierem atrás dela ou de você, não deve haver qualquer ligação com minha família.

— Não me peça isso! — respondeu Tubruk furioso. — Servi à sua família por décadas. Não darei meu sangue e o dela também! Eu a amo, Júlio, e ela me ama. Meu dever e meu amor por você não chegarão a ponto de fazer mal a ela. Isso não acontecerá. De qualquer modo, sei que não existe caminho ligando Sila a mim ou a você. Tenho sangue nas mãos para provar isso.

Quando Júlio falou de novo, sua voz estava pesada de cansaço.

— Então deve partir. Tenho fundos suficientes para você se estabelecer em algum lugar longe de Roma. Posso libertar Clódia e você poderá levá-la.

Tubruk trincou o maxilar.

— E sua mãe? Quem cuidará dela?

Toda a paixão se esvaiu do rapaz, deixando-o exausto e vazio.

— Há Cornélia, e eu posso contratar outra aia. Que outra opção existe, Tubruk? Acha que quero isso? Esteve comigo a vida inteira. Mal posso imaginar não tê-lo administrando a propriedade, mas os silanos ainda estão procurando os assassinos, você sabe. Ah, deuses, a filha de Pompeu!

Ele se imobilizou de terror quando as implicações da morte ficaram claras. Sua voz era um sussurro áspero.

— Eles atacaram às cegas. Cornélia já corre perigo! — falou.

Sem outra palavra, começou a correr de volta para a propriedade, cortando à esquerda até a ponte estreita sobre o riacho. Tubruk xingou e correu atrás, incapaz de diminuir a distância com as pernas cansadas. Assim que isso fora dito, o velho gladiador sabia que Júlio estava certo, e o pânico o tocou. Perder Cornélia depois de tudo que tinha feito para protegê-la o fez sentir vontade de gritar de fúria enquanto forçava um passo mais rápido, ignorando a dor.

❖

Cornélia tinha dormido tão pouco quanto o esposo, e quando os dois homens chegaram ofegando estava com Clódia e Júlia, falando de uma ida à cidade. Ouviu Júlio chamando os soldados e se levantou do divã, com o nervosismo evidente. Apesar dos momentos de ternura que ele havia demonstrado, Júlio não era o homem que saíra de Roma em chamas havia anos. Sua inocência havia sumido, talvez com as cicatrizes das quais não queria falar. Havia momentos em que ela pensava que não tinha mais lágrimas pelo que Sila havia tirado dos dois.

Quando ele entrou intempestivamente na sala, os olhos dela se arregalaram, nervosos.

— O que é? — perguntou.

Júlio franziu a testa para Clódia em resposta, sabendo, como Tubruk, que tornar Cornélia parte do segredo só aumentaria o risco. Tubruk o acompanhou e trocou um olhar com a velha aia, assentindo levemente para confirmar o que ela adivinhara. Júlio falou com urgência, aliviado por ver Cornélia em segurança. A corrida até em casa fora uma agonia para ele, enquanto se atormentava com imagens de assassinos se esgueirando para feri-la.

— Acho que você pode estar correndo perigo da parte dos amigos de Sila. Pompeu perdeu a filha e ele era chegado a Mário. Eu deveria ter pensando nisso antes! Pode ser que os que querem vingar o ditador estejam atacando os inimigos dele agora mesmo, esperando pegar o verdadeiro assassino em suas redes. Terei de chamar alguns homens da Primogênita para guardá-la agora mesmo e mandar mensageiros a Crasso. Ele pode ser outro alvo. Deuses, e até mesmo Brutus! Se bem que este pelo menos está bem protegido.

Andou de um lado para o outro no cômodo, com o peito nu ainda arfando pela corrida até em casa.

CONN IGGULDEN

— Terei de usar astúcia contra eles, mas não posso deixar esses homens vivos. De um modo ou de outro terei de quebrar a espinha dorsal da aliança deles em nome de Sila. Não podemos viver na expectativa da faca do assassino.

Ele se virou de repente e apontou para o administrador, banhado em suor junto à porta.

— Tubruk, quero que mantenha minha família em segurança até que isto termine. Se eu estiver em Roma, quero alguém em quem possa confiar para cuidar de minha família aqui.

O homem mais velho se empertigou cheio de dignidade. Não iria mencionar as ameaças violentas que Júlio fizera durante a corrida, mas era impossível tentar adivinhar constantemente para onde o pensamento de Júlio iria no momento seguinte.

— Me quer aqui? — disse ele, as palavras com um significado que fez Júlio parar de andar.

— Quero. Eu estava errado. Minha mãe precisa de você. *Eu* preciso de você mais do que nunca. Em quem mais posso confiar?

Tubruk assentiu, sabendo que a conversa no morro não seria mais mencionada. O rapaz que andava de um lado para o outro como um leopardo não era de demorar nos erros do passado.

— Quem é a ameaça? — perguntou Cornélia, mantendo a cabeça erguida contra o medo que crescia por dentro.

— Cato os lidera, com seus seguidores. Talvez Antonido. Até mesmo o pai de Suetônio pode fazer parte. Eles devem estar por trás ou devem saber — respondeu Júlio.

Cornélia estremeceu ao ouvir o nome do general de quem se lembrava. Seu marido xingou ao ter um pensamento.

— Eu deveria ter matado o cão de Sila quando tive chance. Ele estava muito perto do portão de Mário. Se teve participação no assassinato da filha de Pompeu, é mais perigoso do que eu tinha percebido. Deuses, eu fui cego!

— Então deve procurar Pompeu. Ele é seu aliado, quer saiba disso ou não — disse Tubruk rapidamente.

— E Crasso, e o seu pai Cina também — respondeu Júlio, sinalizando para Cornélia. — Devo me encontrar com todos eles.

Enquanto Cornélia se deixava afundar de volta no divã, Júlio se apoiou num joelho e segurou a mão dela.

— Não deixarei que nada lhe faça mal, prometo. Posso transformar este lugar numa fortaleza com cinqüenta dos meus homens.

Ela viu nos olhos de Júlio a necessidade que ele tinha de protegê-la. Não amor, mas dever de marido. Pensou que tinha ficado entorpecida para a perda, mas ver o rosto dele tão frio e sério foi pior do que qualquer coisa.

Forçando um sorriso, Cornélia encostou a mão na bochecha dele, ainda quente da corrida. Uma fortaleza ou uma prisão, pensou ela.

Quando foram vistos cavaleiros na estrada da cidade dois dias depois, Júlio e Brutus deixaram a propriedade em alerta em minutos. Rênio tinha trazido cinqüenta homens da Primogênita, e quando os cavaleiros se aproximaram do portão teria sido necessário um exército para romper as defesas. Havia arqueiros em cada muro, e Cornélia estava escondida com os outros num novo conjunto de cômodos que Júlio destinara exatamente a esse propósito. Clódia tinha levado Júlia para baixo sem discutir, mas um tempo precioso fora perdido transportando Aurélia, que não entendia nada do que estava acontecendo.

Júlio ficou parado sozinho no pátio, observando enquanto Tubruk e Rênio assumiam suas posições finais. Otaviano fora mandado para baixo com as mulheres, sob protestos furiosos. Tudo ficou quieto e Júlio assentiu sozinho. A propriedade estava segura.

Com a espada na bainha, subiu a escada até a laje em cima do portão e olhou quando os cavaleiros pararam a alguma distância, cautelosos com a súbita demonstração de força nas muralhas. Uma carruagem vinha entre eles, puxada por dois cavalos que deram alguns passos relutantes, sentindo a tensão. Júlio olhou sem falar quando um dos cavaleiros desmontou e estendeu um pedaço de seda no chão.

Cato pisou no pano pesadamente, ajeitando as dobras da toga com atenção delicada. O pó da estrada não o havia tocado, e ele fixou os olhos de Júlio, inexpressivo, antes de sinalizar para seus homens desmontarem e se aproximarem do portão.

Pelas costas Júlio levantou os dedos sinalizando o número de estranhos. Eram muito poucos para um ataque aberto, mas Júlio se sentia desconfortável em ter aquele homem perto das pessoas que amava. Retesou o queixo enquanto eles andavam até a sombra do portão. Brutus lhe contara sobre o filho de Cato, mas ele não podia fazer nada para mudar o que havia acontecido. Como Brutus, simplesmente teria de ir até o fim.

Um punho bateu nas tábuas grossas do portão.

— Quem vem à minha casa? — perguntou Júlio, olhando Cato nos olhos, abaixo. O sujeito encarou de volta impassível, contente em esperar as formalidades. Sabia melhor do que ninguém do tumulto na mente de Júlio. A visita de um senador não poderia ser recusada.

Um soldado ao lado de Cato falou suficientemente alto para sua voz chegar à casa.

— O senador Cato deseja entrar para discutir um assunto particular. Dispense seus homens e abra este portão.

Júlio não respondeu. Em vez disso, desceu ao pátio e conferenciou rapidamente com Brutus e Tubruk. Os defensores nas muralhas foram trazidos para baixo e mandados para as construções, com ordem de esperar um chamado às armas. Os outros receberam tarefas que lhes permitiram ficar por perto. Era uma farsa ver homens armados tirando cavalos dos estábulos e cuidando deles ao ar livre, mas Júlio não estava com clima para arriscar e, quando abriu pessoalmente o portão, imaginou se algum sangue seria derramado na hora seguinte.

Cato passou pelo portão, sorrindo ligeiramente ao ver o número de homens armados na área.

— Esperando uma guerra, César? — perguntou.

— Uma legião precisa se exercitar, senador. Não gostaria de ser apanhado desprevenido.

Júlio franziu a testa quando os homens de Cato entraram atrás de seu senhor. Ele tinha de permitir isso, mas agradeceu aos seus deuses domésticos por ter tido a previdência de trazer tantos soldados da Primogênita. Os homens de Cato estariam mortos em segundos se ele desse a ordem. Os rostos deles mostravam que entendiam isso tão bem quanto todos os outros, enquanto seus cavalos eram levados para longe, deixando-os expostos no pátio.

Cato olhou para ele.

— Então agora é o general da Primogênita? Não me lembro de ter sido apresentada uma candidatura ao Senado.

Sua voz era leve e sem ameaça, mas Júlio se enrijeceu, sabendo que tinha de tomar cuidado com cada palavra.

— Ainda não é oficial, mas eu falo por eles — respondeu.

A cortesia exigia que oferecesse ao senador um assento e algo para comer depois da viagem, mas não conseguia se obrigar a pronunciar a ficção de polidez, mesmo sabendo que Cato receberia isso como um pequeno triunfo.

Rênio e Brutus chegaram ao lado de Júlio, e Cato olhou de um para o outro, aparentemente sem se afetar.

— Muito bem, Júlio. Quero falar sobre o meu filho — disse Cato. — Ofereci ouro por ele e foi recusado. Vim esta noite perguntar o que você quer em troca.

Cato levantou a cabeça e Júlio viu que seus olhos fundos estavam brilhantes. Imaginou se aquele homem tinha ordenado a morte da filha de Pompeu. Será que o risco da parte dele seria diminuído se devolvesse Germínio ao pai? Ou será que isso seria visto como uma fraqueza que Cato usaria para transformar sua casa em cinzas?

— Ele fez um juramento, senador. Há...

— Está com pouca gente, não é? — interrompeu Cato. — Posso trazer mil homens aqui amanhã de manhã. Escravos saudáveis da minha propriedade para serem a espinha dorsal da Primogênita.

Rênio grunhiu de repente.

— Não há escravos nas legiões, senador. Os homens da Primogênita são livres.

Cato balançou a mão como se isso não importasse.

— Então liberte-os depois de terem feito seu precioso juramento. Não tenho dúvida de que um homem como você encontraria um modo, Rênio. Você é tão... cheio de recursos.

Enquanto ele falava, uma fração de seu desprezo brilhou, e Júlio soube que ceder seria convidar a destruição.

— Minha resposta é negativa, senador. O juramento não pode ser retirado.

Cato olhou-o sem falar por um momento.

— Então você me deixa sem escolha. Se meu filho tem de servir dois anos sob seu comando, eu o quero vivo no fim. Mandarei os homens — ele fez uma pausa —, escravos *libertos*, Rênio. Irei mandá-los a você, para protegerem meu filho.

— Quando o senhor os tiver libertado, eles podem não fazer o que o senhor quiser — respondeu Rênio, encarando o senador com um olhar igualmente feroz.

— Eles virão — disse Cato rispidamente. — Poucos homens são tão encrenqueiros comigo como vocês têm sido.

— Eles não serão guardas do seu filho se vierem para a Primogênita — disse Júlio. — Acredite quando digo que não permitirei.

— Você não vai me dar *nada*? — disse Cato, com a voz subindo em fúria. Todo o movimento no pátio mudou quando mãos começaram a se esgueirar para as espadas.

— Se os deuses permitirem, entregarei seu filho de volta daqui a dois anos. Só isso — respondeu Júlio com firmeza.

— Faça isso, César. Se ele não sobreviver... — Cato falou com os dentes trincados, sem qualquer fingimento de calma. — *Certifique-se* de que ele sobreviva.

Girando nos calcanhares, ele sinalizou para seus homens abrirem o portão. Os soldados da Primogênita chegaram primeiro, e Cato subiu na carruagem sem olhar para trás.

Brutus se virou para Júlio enquanto o portão escondia a visão dos homens de Cato.

— O que você está *pensando*? Quantos dos "escravos libertos" dele você acha que serão espiões? Quantos serão assassinos? Você pensou nisso? Deuses, tem de achar um modo de impedi-lo.

— Você não quer mais mil homens na Primogênita? — perguntou Júlio.

— A esse custo? Não, acho que eu preferiria devolver Germínio ao pai ou ter recebido o ouro. Se fosse um número menor, poderíamos vigiá-los, mas mil! Não poderemos confiar em metade da Primogênita. É insano.

— Ele está certo, você sabe — disse Rênio. — Cem seria mais do que eu gostaria de pegar, quanto mais um número assim.

Júlio olhou para os dois. Eles não estavam presentes quando ele percorreu o litoral pegando filhos dos romanos, nem quando encontrou seus veteranos na Grécia.

— Iremos torná-los nossos — falou, ignorando suas próprias dúvidas.

Tendo dormido até o sol chegar à altura máxima acima da cidade invernal, Cato sofria com uma dor de cabeça que nem o vinho quente podia aplacar. Latejava ligeiramente enquanto ele ouvia Antonido, praticamente não conseguindo suportar a pose do outro.

— Dez mil sestércios é alto, mesmo para uma morte, Antonido.

Cato gostou de ver o risco de suor que brotou na testa do general, sabendo tanto quanto ele que, se o dinheiro não fosse pago, uma morte certa viria dos assassinos. Mantê-lo esperando era uma bela resposta, sabia Cato, mas mesmo assim deixou o tempo se arrastar, batendo os dedos preguiçosamente no braço do divã. A inimizade pública de Pompeu seria de esperar, claro, mesmo que os assassinos não tivessem deixado um pedaço de argila com o lembrete no punho fechado da menininha, como fora mandado. Cato não teria adivinhado que o senador jogaria fora seus favores simplesmente para deixar claro o argumento, mas podia aplaudir a sutileza do gesto. Ele esperara que Pompeu agisse a partir do sofrimento e da tolice, permitindo que Cato o prendesse e o retirasse dos jogos de poder no Senado. Em vez disso, Pompeu tinha mostrado uma contenção que o marcava como um inimigo mais perigoso do que Cato havia percebido. Suspirou e coçou o canto da boca. Se fosse avaliado pelos inimigos, ele certamente era uma força em Roma.

— Eu me sentiria tentado a retirar o apoio e as verbas da sua vingança, Antonido, se não fosse pela questão desse seu julgamento. Contratei Rufo Sulpício para ser seu advogado.

— Posso me defender de César, senador. É um caso bastante simples — respondeu Antonido, surpreso.

— Não. Quero que aquele garnisé seja humilhado. Pelo que vi, ele é suficientemente jovem e impetuoso para ser derrubado com facilidade. Um embaraço público diante dos magistrados e dos plebeus deverá remover parte do brilho recente de seu posto de tribuno. Talvez até possamos exigir sua morte pelos males que você sofreu. — Cato coçou a testa com os olhos fechados, a boca grossa se franzindo. — *Há* um preço pelo meu filho, e ele deve pagá-lo. Use Sulpício. Há poucas mentes melhores do que a dele em Roma. Ele vai nomear os juristas para você e encontrar os precedentes na lei. Não tenho dúvida de que o tal de César estará bem preparado. Viu a convocação?

— Não, estava esperando que uma data fosse marcada. Mandei uma representação ao pretor, mas ainda não houve resposta.

— Por isso, Antonido, é que você precisa de um homem como Sulpício. Encontre-se com ele e deixe-o cuidar do processo. Ele garantirá uma data para o julgamento em um mês ou menos. Esse é o serviço dele, você sabe. Sua preciosa casa estará de volta às suas mãos, e por isso espero que você seja adequadamente agradecido a mim.

— Eu sou, senador. E o dinheiro?

— Sim, sim — disse Cato, irritado. — Você terá a sua verba, tanto para o tribunal quanto para... o outro assunto. Agora me deixe descansar. O dia foi longo e cansativo.

Mesmo na privacidade de sua própria casa ele não falava sem tomar cuidados, sentindo prazer nas formas de conspiração que o forçavam a empregar homens como Antonido. Sabia que muitos senadores o viam como um homem apenas de palavras, que preferia o corte de uma resposta à postura marcial deles. Os assassinos eram um delicioso distanciamento de sua intriga usual, e ele achava inebriante o poder que isso lhe dava. Poder apontar qualquer homem e invocar a morte sobre ele era uma emoção até mesmo para um palato acostumado como o seu. Quando o general saiu, Cato pediu um pano frio para cobrir o rosto.

CAPÍTVLO XXXII

O JULGAMENTO COMEÇOU ENQUANTO O CÉU SE ILUMINAVA A LESTE de Roma, o falso amanhecer que despertava os trabalhadores e mandava os ladrões e as prostitutas para a cama. A área do fórum separada para os procedimentos legais ainda estava iluminada por tochas, e uma grande multidão tinha-se reunido nos limites externos, contida apenas pela sólida fileira de soldados do alojamento da cidade. Sob o comando direto do pretor que supervisionaria o julgamento, eles eram encarregados de manter a paz no caso de um veredicto impopular, e a multidão tinha o cuidado de não chegar ao alcance dos cajados que eles carregavam. De modo pouco comum para um processo aparentemente tão sem importância, os bancos de cada lado do quadrado dos advogados também estavam cheios. Muitas pessoas que Júlio conhecia do Senado tinham vindo ouvir — a seu convite ou chamados por Antonido. Sua família tinha ficado na propriedade fora de Roma. Cornélia e a filha tiveram de permanecer sob a proteção da Primogênita, e Júlio não queria Tubruk perto de Antonido ou dos senadores, apesar de todas as garantias de que não podia ser reconhecido.

Seu olhar encontrou Brutus na segunda fileira das três, sentado perto de uma mulher que levantou a cabeça para olhá-lo de volta. Havia alguma coisa perturbadora na avaliação fria que ela fez, e Júlio observou como ela parecia se destacar das pessoas em volta, como se estivesse sentada um pouquinho mais perto do que todo mundo. Num instante atemporal ela se recostou lentamente, prendendo sua atenção. O cabelo estava solto, e antes que ele juntasse a vontade para romper o contato a mulher levantou a mão para puxar uma madeixa de volta, que havia caído solta no rosto.

Obrigando-se a relaxar e se concentrar, respirou o ar quente, repassando os pontos que havia preparado com seus juristas nas semanas antes da convocação formal. Se o caso fosse julgado com justiça, ele sabia que tinha uma chance excelente de ganhar, mas se qualquer um dos três magistrados fosse pago por seus inimigos, o julgamento poderia transformar-se numa farsa, e ele venceria tudo menos o veredicto final. Seu olhar passou sobre a multidão que não sabia do que estava em jogo. Ela veio para a diversão da oratória, para aplaudir ou xingar pontos inteligentes do debate. Júlio também esperava que alguns tivessem vindo por causa dos boatos que seus juristas haviam espalhado pela cidade: que o julgamento seria nada menos do que a defesa de Mário. Parecia haver muitos plebeus presentes, e os vendedores de peixe assado e pão quente já faziam bons negócios enquanto o povo esperava com paciência que os magistrados e o pretor entrassem.

Júlio olhou de novo para os escudos cobertos que Alexandria tinha terminado e notou que muitas pessoas da multidão esticavam o pescoço para vislumbrá-los também, apontando e falando. Só Alexandria, Tabbic e ele próprio sabiam o que havia sob as grossas dobras de panos, e Júlio sentiu um toque de empolgação diante da reação que eles provocariam quando finalmente os revelasse.

Atrás dele seus três juristas folheavam os documentos e as anotações mais uma vez, as cabeças baixas murmurando. Contratar Quinto Cévola para ajudá-lo a preparar o processo tinha lhe custado dois talentos de ouro, mas havia poucos homens em Roma que conhecessem melhor as leis consuetudinárias e as Doze Tabelas. Fora necessário uma enorme soma simplesmente para tirá-lo da aposentadoria, mas apesar da rigidez da artrite o cérebro atrás dos olhos de pálpebras pesadas tinha-se mostrado tão afiado quanto o disseram a Júlio. Júlio observou Quinto rabiscar uma nota nos documentos do julgamento e captou seu olhar quando ele ergueu os olhos, pensativo.

— Nervoso? — perguntou Quinto, balançando a folha na direção do tribunal e da multidão na sombra atrás.

— Um pouco — admitiu Júlio. — Há muita coisa em jogo.

— Lembre-se do ponto do valor. Você sempre o deixa de fora.

— Eu lembro, Quinto. Repassamos isso bastante.

Júlio tinha passado a gostar do jurista idoso, se bem que o sujeito parecesse viver apenas para a lei e não se importar nem um pouco com as outras questões da cidade. De brincadeira, na primeira semana de preparativos, Júlio tinha perguntado o que ele faria se achasse um dos seus filhos ateando fogo a uma casa na cidade. Depois de pensar em silêncio durante longo tempo, Quinto disse que não poderia assumir o processo, já que a lei o proibia de invocar a si mesmo como testemunha.

Quinto pôs as anotações nas mãos de Júlio, com a expressão séria.

— Não tenha medo de consultá-las, lembre-se. Eles tentarão fazer com que você fale sem pensar. Se sentir que os argumentos estão lhe escapando, vire-se e eu o aconselharei do melhor modo possível. Lembra-se da passagem das Doze Tabelas?

Júlio ergueu os olhos, exasperado.

— Aquela que todos nós decoramos na infância? Sim, eu sei.

Quinto fungou diante do sarcasmo.

— Talvez você deva recitá-la de novo para ter certeza — falou, inabalável.

Júlio abriu a boca para responder, mas um leve aplauso da multidão o interrompeu.

— São os magistrados... e o pretor. Apenas uma hora atrasados, mestre Cévola — sibilou um dos jurados mais novos para Quinto. Júlio seguiu o olhar deles e viu o grupo sair do prédio do Senado onde tinham estado se preparando.

A multidão ficou em silêncio ansioso enquanto os quatro homens entravam lentamente com seus guardas na área do tribunal. Júlio os examinou cuidadosamente. O pretor era desconhecido, um homem baixo, de rosto vermelho, com o topo da cabeça careca. Andava de cabeça baixa como se rezasse e ocupou seu lugar na plataforma elevada que fora montada para o julgamento. Júlio observou quando o pretor assentiu para o centurião dos guardas e sinalizou para os magistrados ocuparem seus lugares ao lado.

Esses homens eram bastante familiares, e Júlio soltou um suspiro silencioso de alívio ao ver que nenhum deles eram rostos que ele reconhecia das facções do Senado. Seu maior medo era que fossem criaturas de Cato, mas animou-se quando um deles lhe sorriu. Por fim, o tribuno do povo ocupou seu lugar, como o magistrado mais importante. A multidão aplaudiu seu representante e o homem sorriu de volta, levantando a mão brevemente em agradecimento. Seu nome era Sérvio Pela, praticamente a única coisa que Júlio pôde encontrar na mente sobre ele. Tinha cabelo branco e curto, num crânio anguloso com olhos fundos que pareciam pretos à luz fraca das tochas. Naquele instante Júlio desejou ter tido tempo para conhecê-lo numa das reuniões do Senado, mas descartou o pensamento. Sabia que era inútil se preocupar com os magistrados. Se pudesse lidar com a posição de Rufo, o advogado de Antonido, teria boas possibilidades. Se fosse humilhado, perderia não somente a casa que pertencera a Mário, mas também boa parte de seu status no Senado e na cidade propriamente dita. Não podia lamentar os riscos que tinha corrido ao forçar o julgamento. Mário não esperaria menos do que isso.

Júlio olhou para onde Cato estava sentado e encontrou o olhar denso grudado nele, com interesse. Como sempre, Bíbilo e Cátalo estavam ao lado. Júlio viu que Suetônio estava sentado com o pai, com o mesmo sorriso superior no rosto. A expressão dos dois indicaria que eram parentes, mesmo que ele já não o soubesse.

Júlio desviou o olhar para não demonstrar a raiva. Com o tempo os que apoiavam Cato conheceriam o medo, enquanto ele tirasse os pilares de sua influência, um a um.

Quinto deu um tapinha no ombro de Júlio e se sentou com os outros juristas. A multidão se remexeu e sussurrou enquanto sentia que o julgamento estava para começar. Júlio olhou de novo para os escudos, verificando que os panos não tivessem escorregado para revelar sequer uma parte deles.

O pretor se levantou devagar, as mãos alisando as dobras da toga. Com um movimento ordenou que as tochas fossem apagadas e todos os presentes esperaram até que cada luz se extinguisse, deixando o alvorecer cinzento iluminar o fórum.

— Este augusto tribunal se reúne no nonagésimo quarto dia do ano consular. Que sejam feitos os registros. Afirmo a todos os presentes, à vista dos deuses, que devem falar apenas a verdade, sob pena de banimento. Se algum homem declarar falsidade neste tribunal, ser-lhe-á negado fogo, sal e água e será mandado para longe desta cidade, para jamais retornar, segundo os editos.

O pretor fez uma pausa, virando-se para captar primeiro o olhar de Antonido, depois o de Júlio. Os dois baixaram a cabeça para demonstrar entendimento, e ele continuou, com a voz ressoando nítida por sobre as fileiras silenciosas.

— Neste caso de *rei vindicatio*, quem é o reclamante?

Antonido se adiantou.

— Sou eu. O general Antonido Severo Sertório. Declaro posse irregular de minha propriedade.

— E quem falará em seu nome?

— Rufo Sulpício é o meu advogado — respondeu Antonido.

Suas palavras criaram um zumbido de empolgação, fazendo com que o pretor olhasse sério para a turba.

— Adiante-se o acusado — disse em voz alta.

Júlio desceu da plataforma onde estavam os escudos e encarou Antonido, do lado oposto.

— Sou Caio Júlio César, o acusado diante deste tribunal. Reivindico a posse da propriedade. Falo por mim mesmo.

— Trouxe parte dela como símbolo?

— Sim, meritíssimo.

Em seguida Júlio se virou para a fileira de panos pendurados e habilmente retirou um, revelando o primeiro escudo de bronze ao tribunal. A multidão arfou e teve início um sussurro satisfeito.

O escudo era exatamente o que Júlio esperava. Alexandria dera tudo à sua criação, tendo toda a consciência de que, diante do tribunal e do Senado, poderia fazer o seu nome num único dia.

O escudo tinha uma borda toda elaborada, mas todos os olhos estavam fixos no rosto e nos ombros da figura de Mário, um relevo em tamanho real que olhava para as pessoas reunidas. Os sussurros continuaram, e a multidão começou a aplaudir, tentando demonstrar aprovação ao general morto.

Antonido teve uma conversa feroz com o seu advogado, e o sujeito pigarreou pedindo a atenção dos magistrados. O ruído da multidão foi demais para o pretor, e ele fez um sinal com a mão chapada ao centurião dos guardas do tribunal. Como se fossem um só, os soldados bateram com os cajados no pavimento, e a multidão se acalmou, com medo de ser atacada. Rufo se adiantou, parecendo um abutre ossudo vestido num manto escuro. Apontou para o escudo com ar de zombaria.

— Honrado pretor. Meu cliente insiste em que este... item não fazia parte da casa sob disputa. Não pode se qualificar como símbolo dela, uma vez que não fazia parte da propriedade.

— Conheço a lei, Rufo. Não tenha a presunção de querer me ensinar — respondeu o pretor rigidamente. Em seguida se virou para Júlio. — Pode responder?

— É verdade que enquanto Antonido tinha a posse ilegítima da casa de Mário nenhum desses escudos estava pendurado nas paredes, mas estavam pendurados hoje de manhã, e servirão tão bem quanto qualquer outra coisa como símbolo da propriedade em disputa. Posso apresentar testemunhas que confirmem isso.

O pretor assentiu.

— Não será necessário, César. Aceito o seu argumento. O escudo será usado.

Ele franziu a testa quando novos aplausos irromperam da multidão em volta e começou a erguer a mão para outro sinal aos guardas. Diante disso, o povo ficou em silêncio, sabendo que não deveria testar demais sua paciência.

— Reclamante e acusado, aproximem-se do símbolo e realizem o ritual da disputa.

Antonido atravessou o piso do tribunal segurando uma lança esguia. Júlio subiu à plataforma com ele, mantendo o rosto vazio de qualquer triunfo que ofendesse os magistrados. Júlio tocou sua lança no escudo com um minúsculo som de metal, depois recuou. Antonido baixou a ponta da sua, e sua boca se retesou quando alguém na multidão zombou do ato. Então deu as costas para Júlio e foi até seu lugar perto de Rufo, que ficou parado, com os braços cruzados, relaxado e sem se abalar.

— A propriedade foi marcada para disputa. O julgamento pode ter início — entoou o pretor, acomodando-se confortável no assento. Sua parte nos procedimentos estava terminada até que chegasse a hora de dispensar o tribunal. Os três magistrados se levantaram e fizeram uma reverência a ele, antes que um dos três pigarreasse.

— Como reclamante, seu advogado deve falar primeiro — disse o magistrado a Antonido.

Rufo fez uma reverência e deu três passos, entrando no piso do tribunal, para ter melhor domínio do espaço.

— Pretor, magistrados, senadores — começou. — Este é um caso simples, ainda que as penalidades incorridas envolvam os extremos de nossa lei. Há cinco semanas o acusado trouxe homens armados para dentro da cidade com o propósito de cometer violência. Esse crime é passível de punição pela morte ou por banimento. Além disso, o acusado empregou seus homens para invadir uma casa particular, a do reclamante, o general Antonido. A punição para esse crime é apenas um açoitamento, mas depois da morte isso talvez seja visto como crueldade desnecessária.

Ele parou enquanto alguns risos soavam nos bancos do tribunal. A multidão do lado de fora permaneceu em silêncio.

— Mãos ásperas foram usadas contra os serviçais e guardas da casa, e quando o proprietário retornou foi proibido pelos mesmos soldados de entrar em sua própria casa.

"O general Antonido não é um homem vingativo, mas os crimes cometidos contra ele são muitos e graves. Como seu advogado, peço que administrem a punição mais séria. A morte pela espada é a única resposta possível a esse insulto contra as leis de Roma."

Alguns aplausos educados partiram dos homens ao redor de Cato, e Rufo assentiu brevemente para eles enquanto voltava ao seu lugar, com os olhos brilhantes negando o ar de relaxamento que fingia ter.

— E agora o acusado — continuou o magistrado.

Nada em seus modos demonstrava se se comovera com as palavras de Rufo, mas mesmo assim Júlio se adiantou com um sentimento de vazio no estômago. Já sabia que eles poderiam pedir a pena de morte, mas ouvir isso no tribunal a tornava uma realidade que abalou sua confiança.

— Pretor, magistrados, senadores, povo de Roma — disse Júlio suficientemente alto para chegar à multidão.

Eles aplaudiram isso, ainda que o pretor tenha franzido a testa para ele. Júlio organizou os pensamentos antes de continuar. Instintivamente sentia que a defesa de Mário seria mais atraente para o povo que havia sofrido sob o domínio de Sila do que para os juízes silenciosos, mas jogar com o povo era um caminho perigoso e poderia até mesmo induzir os magistrados a ficar contra um argumento forte. Precisaria ter cuidado.

— Este caso tem uma história mais longa do que cinco semanas — começou. — Ele tem início numa noite há três anos quando a cidade se preparava para uma guerra civil. Mário era o cônsul de Roma nomeado legalmente e sua legião tinha fortificado a cidade contra ataque...

— Meritíssimo, apelo para que o mandem parar com essa arenga — interrompeu Rufo, levantando-se. — A questão é a propriedade de uma casa, não as lutas da História.

Os magistrados conferenciaram um momento, depois um deles se levantou.

— Não interrompa, Rufo. O acusado tem o direito de fazer sua defesa como achar melhor.

Rufo cedeu e se sentou.

— Obrigado, meritíssimo — continuou Júlio. — O fato de Mário ser meu tio é bem conhecido. Ele assumiu a defesa da cidade sozinho quando Sila partiu para a Grécia para derrotar Mitrídates, uma tarefa que Sila deixou incompleta.

A multidão riu disso, depois ficou em silêncio quando o pretor a varreu com seu olhar furioso. Júlio prosseguiu:

— Mário estava convencido de que Sila voltaria à cidade com o objetivo de assumir o poder total. Para evitar isso, fortificou as muralhas de Roma e preparou seus homens para defender o povo da cidade contra o ataque armado. Se Sila tivesse se aproximado das muralhas sem violência, teria permissão de retomar seu cargo consular e a paz da cidade teria continuado. Em fez disso, deixara assassinos dentro dos muros, e estes atacaram o general Mário na escuridão, numa tentativa covarde de assassinato. Os homens de Sila abriram os portões e deixaram seu senhor entrar na cidade. Acho que foi o primeiro ataque armado contra ela em mais de duzentos anos.

Júlio parou para respirar, olhando os magistrados para ver como estavam reagindo às suas palavras. Eles responderam impassivelmente, sem que as expressões revelassem qualquer coisa.

— Meu tio foi morto com uma adaga, pelas próprias mãos de Sila, e, ainda que seus legionários tivessem lutado valorosamente durante dias, eles também caíram diante do invasor.

— Isto é demais! — gritou Rufo, saltando de pé. — Ele mancha o nome de um amado líder de Roma aproveitando-se da proteção deste julgamento. Devo pedir que o condenem por sua tolice.

O magistrado que havia falado antes se inclinou para a frente e se dirigiu a Júlio.

— Você está testando nossa paciência, César. Se o julgamento for contrário a você, saiba que consideraremos seu desrespeito no momento da sentença. Entende?

Júlio assentiu, engolindo com a garganta subitamente seca.

— Entendo, ainda que as palavras devam ser ditas — respondeu ele.

O magistrado deu de ombros.

— A cabeça é sua — murmurou, enquanto Júlio respirava acalmando-se, antes de falar de novo.

— A maior parte do resto os senhores já sabem. Vitorioso, Sila reivindicou o título de ditador. Não falarei desse período da história da cidade.

O magistrado assentiu incisivamente e Júlio continuou:

— Ainda que tenha defendido a cidade segundo a lei, Mário foi declarado traidor e suas posses foram vendidas pelo Estado. Sua casa foi a leilão público e comprada pelo reclamante deste julgamento, o general Antonido. Sua legião foi dispersa e o nome dela retirado das listas de honra do Senado.

Júlio fez uma pausa e baixou a cabeça, como se com vergonha do ato. Um murmúrio percorreu os senadores presentes enquanto sussurravam perguntas e comentários uns aos outros. Então Júlio levantou a cabeça de novo e sua voz ressoou sobre os juízes e a multidão.

— Minha argumentação baseia-se em três pontos. O primeiro é que a Primogênita foi restaurada às listas das legiões sem desonra. Se ela não sofreu mancha, como seu general poderia ser chamado de traidor? Segundo, se Mário foi punido erradamente, então suas posses deveriam ir para o único herdeiro, que sou eu. E último, minhas ações para reivindicar minha casa dos ladrões que estavam dentro dela foram feitas sabendo que o tribunal iria perdoá-las à luz do destino injusto de Mário. Um grande erro foi cometido, mas *contra* mim, e não por mim.

A multidão aplaudiu e de novo os guardas bateram com os cajados no chão.

Os magistrados juntaram as cabeças um momento, depois um deles sinalizou para Rufo falar em resposta. Ele se levantou, suspirando visivelmente.

— As tentativas de César para confundir a questão são admiráveis em sua seriedade, mas a lei vê todas as coisas claramente. Tenho certeza que os juízes gostaram tanto quanto eu da viagem pela História, mas suspeito que sabem que a interpretação foi colorida pelo relacionamento pessoal do acusado com o general. Por mais que eu gostasse de argumentar contra a visão que ele apresentou como fato, sou a favor de reduzir o caso aos elementos fundamentais segundo a lei e a não fazer com que os presentes percam tempo.

O advogado olhou para Júlio e deu um sorriso amigável, para que todos os presentes pudessem ver que ele perdoava a tolice daquele jovem.

— Numa venda totalmente legal, meu cliente adquiriu a casa em questão num leilão, como nos disseram. Seu nome está no contrato e na nota de venda. Mandar guardas armados roubarem sua propriedade é uma volta ao uso da força para resolver disputas. Tenho certeza que todos vocês notaram o toque das lanças naquele belo escudo no início do julgamento. Lembro aos senhores que o ato simbólico da luta é exatamente isso. Em Roma nós não desembainhamos espadas para encerrar discussões sem as submeter à lei.

"Simpatizo com os argumentos levantados pelo jovem César, mas eles não têm a ver com o caso atual. Tenho certeza que ele gostaria de recuar ainda mais e revelar a história da casa até a colocação dos alicerces, mas não há necessidade de ampliar tanto assim as questões. Devo repetir meu chamado pela espada, se bem que lamentando que Roma perderá um jovem advogado tão passional.

Sua expressão demonstrava tristeza pelas duras penalidades que viriam, enquanto retomava seu lugar e conferenciava com Antonido, que observava Júlio com os olhos semicerrados.

Júlio se levantou e encarou os magistrados de novo.

— Como Rufo se referiu a um contrato e uma nota de venda, acho que ele deveria apresentar esses documentos para o exame do tribunal — disse ele rapidamente.

Os magistrados olharam para Rufo, que fez uma careta.

— Se a propriedade fosse um cavalo, ou um escravo, meritíssimos, eu poderia, claro, apresentar esses itens. Infelizmente, como uma casa está em disputa, e como essa casa foi tomada de surpresa por uma força armada, os documentos estavam dentro dela, como César sabe muito bem.

O magistrado que parecia falar pelos outros espiou Júlio, franzindo a testa.

— Esses papéis estão em sua posse? — perguntou ele.

— Juro que não. Não há qualquer sinal deles na casa de Mário, falo por minha honra.

Ele se sentou de novo. Como tinha queimado o contrato e a nota de compra na noite anterior, sob orientação de Quinto, sua consciência estava limpa.

— Então nenhum documento de posse pode ser apresentado por nenhuma das partes? — continuou o magistrado calmamente. Júlio balançou a cabeça e Rufo ecoou o movimento, com o rosto se retesando de irritação. Ele se levantou para falar de novo aos magistrados.

— Meu cliente suspeitava que esses documentos fundamentais "desapareceriam" antes do julgamento — disse ele com um ar de desprezo mal contido na direção de Júlio. — Em vez disso, temos uma testemunha que estava presente no leilão e que pode atestar a venda legal ao general Antonido.

A testemunha se adiantou de onde estava sentada perto de Antonido. Júlio o reconheceu como um dos que se sentavam perto de Cato no Senado. Era um homem curvado e de aparência frágil, que vivia puxando um cacho dos cabelos ralos para longe da testa enquanto falava.

— Eu sou Públio Tenélia. Posso atestar a venda legal.

— Posso interrogar este homem? — perguntou Júlio, subindo no tablado ao receber a permissão. — O senhor testemunhou todo o leilão? — perguntou Júlio.

— Sim. Fiquei lá do início ao fim.

— O senhor viu o contrato de venda sendo assinado em nome de Antonido?

O homem hesitou ligeiramente antes de responder.

— Eu vi o nome — falou.

Seus olhos estavam nervosos, e Júlio soube que ele estava aumentando a verdade.

— Então o senhor vislumbrou o documento brevemente? — pressionou.

— Não, eu o vi claramente — respondeu o homem com mais confiança.

— Qual foi a quantia que o general pagou?

Atrás do homem, Rufo sorriu do estratagema. Não funcionaria, já que a testemunha fora muito bem preparada nessas perguntas.

— Foi de mil sestércios — retrucou o homem, triunfante. Seu sorriso terminou quando um súbito coro de zombaria veio da multidão fora do tribunal.

Muitas cabeças se viraram para a massa de plebeus, e Júlio viu com os juízes que as ruas tinham se enchido enquanto o julgamento prosseguia. Cada espaço disponível fora tomado, e o fórum em si estava cheio de gente. Os magistrados se entreolharam e o pretor firmou a boca, ansioso. Uma platéia tão grande fazia aumentar os perigos de distúrbios, e ele pensou em mandar um mensageiro ao alojamento chamar mais soldados para manter a paz.

Quando a multidão ficou em silêncio, Júlio falou de novo:

— Ao preparar este processo, meritíssimo, mandei avaliar a casa. Se ela fosse vendida hoje de manhã, provavelmente o comprador pagaria algo como um milhão de sestércios, e não mil. Há uma passagem nas Doze Tabelas que aborda o assunto.

Enquanto ele se preparava para citar o texto antigo, Rufo levantou os olhos cheio de tédio e a testemunha se remexeu, não tendo sido dispensada ainda.

— "Uma propriedade não deve passar do vendedor ao comprador até que seu valor seja pago" — disse Júlio em voz alta. A multidão aplaudiu o argumento, com várias conversas irrompendo enquanto ela era explicada às pessoas ao redor. — Mil sestércios por uma propriedade que vale um milhão não é "valor", meritíssimos. A venda foi uma farsa de favores, uma zombaria de leilão. Sem ter sequer um contrato de venda para mostrar que ela existiu, nenhuma transação legal aconteceu.

Lentamente Rufo se levantou.

— César quer nos fazer acreditar que qualquer barganha é uma violação das Tabelas — começou.

A multidão vaiou-o e o pretor mandou seu mensageiro trazer mais soldados.

— Torno a dizer que César tenta confundir o tribunal com distrações inúteis. A testemunha prova que a venda foi real. A quantia não tem importância. Meu cliente é um negociador hábil.

Ele se sentou, escondendo a irritação com o argumento. Não podia admitir que o leilão fora um mero espetáculo para Sila recompensar seus favoritos, ainda que César tivesse deixado isso claro para todos os presentes, se é que eles já não sabiam. Certamente a multidão não sabia, e muitos olhares furiosos foram voltados para Antonido, que visivelmente se encolheu no assento.

— Além disso — continuou Júlio, como se Rufo não tivesse falado —, como a questão do valor da casa foi levantada pela própria testemunha de Antonido, há outra questão que eu gostaria de trazer à atenção do tribunal. Se o veredicto for a meu favor, como herdeiro legítimo da propriedade, exigirei o aluguel de dois anos de ocupação por parte do general Antonido. Uma estimativa generosa desta quantia é de trinta mil sestércios, que acrescento à minha reivindicação pela casa, como dinheiro negado à minha família durante o tempo em que ele esteve lá.

— O quê? Como ousa pedir isso? — explodiu Antonido, furioso, levantando-se. Rufo o apertou de novo no lugar, com dificuldade, murmurando ansioso em seu ouvido.

Quando Antonido ficou quieto, Rufo se virou de novo para os magistrados.

— Ele acrescenta escárnio público aos seus crimes, meritíssimo, ao espicaçar meu cliente. A casa estava vazia quando o general Antonido assumiu a posse legal depois da venda. Não existe uma questão de aluguel.

— Minha família optou por mantê-la vazia, como era seu direito. Mesmo assim o dinheiro poderia ter sido ganhado para mim, não fosse o inquilino que o senhor representa — respondeu Júlio incisivamente.

O magistrado pigarreou, depois inclinou a cabeça para ouvir os outros dois depois de falar. Após uma conferência que se estendeu por um minuto ou mais, ele falou de novo:

— O caso parece bastante claro. Algum de vocês tem algo a acrescentar antes de deliberarmos sobre o veredicto?

Júlio revirou o cérebro, mas dissera tudo que queria dizer. Seu olhar foi até os escudos de bronze que continuavam cobertos, mas resistiu à ânsia de revelá-los para a multidão, sabendo que os juízes veriam isso como uma demonstração barata. Não tinha certeza de qual seria o veredicto, e, quando se virou para olhar Quinto, o velho simplesmente deu de ombros, inexpressivo.

— Mais nada, meritíssimo. Encerro a argumentação — disse Júlio.

A multidão o aplaudiu e gritou insultos contra Rufo, que também deu por encerrada sua argumentação. Os três magistrados se levantaram e fizeram uma reverência para o pretor antes de sair para o prédio do Senado, onde iriam discutir o veredicto. Os soldados extras que tinham vindo correndo dos alojamentos abriram caminho para eles, armados não com cajados, e sim com espadas.

Quando eles haviam saído, o pretor se levantou para falar à multidão, fazendo sua voz poderosa ressoar acima das cabeças.

— Quando os juízes retornarem, não haverá distúrbios, qualquer que seja o resultado. Tenham certeza de que qualquer hostilidade será enfrentada com uma punição rápida e definitiva. Vocês partirão em paz, e qualquer pessoa que não fizer isso sofrerá meu desagrado.

O pretor se sentou de novo ignorando os olhares malévolos que o povo de Roma focalizava nele. Isso se sustentou durante apenas alguns segundos, e então uma voz solitária gritou: "Má-rio!", e rapidamente os que estavam ao redor se juntaram. Em alguns instantes toda a multidão estava batendo os pés e gritando o nome, e os membros do Senado reunidos olharam em volta, nervosos, subitamente cônscios de que apenas uma fina linha de soldados estava entre eles e a turba.

Movendo-se com lentidão senhorial, Júlio decidiu que esse era o momento de revelar o resto da obra de Alexandria. Captou o olhar dela nos bancos enquanto segurava o pano áspero que cobria o primeiro e viu que ela estava rindo de empolgação. Então puxou-o, e a multidão aplaudiu e gritou ferozmente. Eram as três flechas cruzadas da Primogênita, a amada legião de Mário. Nos bancos, Brutus se levantou num impulso para aplaudir tão loucamente quanto a multidão, e outros que estavam perto seguiram-no.

O pretor deu uma ordem ríspida a Júlio, mas ela não foi ouvida acima da multidão agitada, e Júlio foi até os outros, puxando as coberturas uma a uma. A cada escudo a multidão ficava mais barulhenta, rugindo, enquanto os que podiam ver gritavam as descrições para quem estava atrás. Crianças eram postas nos ombros dos pais para ver, e punhos davam socos no ar, em júbilo. Cenas da vida de Mário foram mostradas, suas batalhas na África, o triunfo pelas ruas da cidade, sua postura orgulhosa nas muralhas enquanto esperava Sila.

Júlio fez uma pausa dramática enquanto chegava ao último, e a multidão silenciou como se tivesse havido um sinal invisível. Então ele puxou o pano para revelar o último escudo. Ele brilhou à luz da manhã, completamente vazio.

No silêncio, Júlio falou:

— Povo de Roma, gravamos a última imagem neste dia! — gritou ele, e a turba irrompeu em gritos e aplausos que fizeram o pretor se levantar, gritando para os guardas.

O espaço entre a multidão e o tribunal ficou maior, com os soldados usando os cajados para empurrar as pessoas para trás. Elas se afastaram em confusão, gritando desafios e zombando de Antonido. O nome de Mário começou de novo como um canto e parecia que toda Roma gritava junto.

Cornélia observava à luz cinzenta quando Tubruk se inclinou para Clódia e beijou-a. Foi tão gentil que quase doía olhar, mas ela não conseguia virar a cabeça para o outro lado. Escondeu-se deles numa janela escura e se sentiu mais sozinha do que nunca. Clódia pediria a liberdade, tinha certeza, e então ela não teria ninguém.

Deu um sorriso amargo enquanto sondava os lugares mais ternos de suas lembranças. Deveria ter sido diferente. Júlio parecia cheio de vida e energia enquanto tomava Roma nas mãos, mas nenhuma parte dessa energia era para ela. Lembrou-se das palavras que costumavam jorrar dele quando Mário estava vivo. Ela tivera de pôr a mão em sua boca para impedir que os empregados de seu pai ouvissem enquanto ele falava e ria. Naquela época existia um júbilo enorme no rapaz. Agora ele era um estranho e, ainda que uma ou duas vezes ela o tivesse apanhado olhando-a com o fogo antigo, este sumira assim que ela o reconheceu. Houvera tempos em que tinha juntado coragem para exigir que ele fizesse amor, só para romper o gelo que estava se formando entre os dois. Ela queria, até mesmo sonhava com isso, mas a cada vez a lembrança dos dedos ásperos de Sila tiravam sua coragem e ela escorregava sozinha para os pesadelos. Sila estava morto, dizia a si mesma, mas ainda podia ver o rosto dele e às vezes, no vento, pensava sentir o cheiro dele. Então o terror a fazia se enrolar nas cobertas, abrigando-se contra o mundo.

Tubruk passou o braço em volta de sua aia e Clódia pousou a cabeça no ombro dele, sussurrando. Cornélia ouviu o riso profundo dele por um momento e invejou-os pelo que tinham encontrado. Não seria capaz de recusar se Clódia pedisse, mas a idéia de ser a esposa esquecida enquanto Júlio se glorificava em sua cidade e sua legião era insuportável. Ela já vira aquelas venenosas matronas romanas com babás para os filhos e escravos para trabalhar nas casas. Passavam o dia comprando tecidos caros ou organizando um círculo social que Clódia considerava uma espécie de morte. Como sentiriam pena dela quando descobrissem a verdade de um casamento sem amor!

Esfregou os olhos com raiva. Era jovem demais para ser destruída por isso, disse a si mesma. Nem que demorasse um ano para se recuperar, esperaria a cura. Mesmo que ele tivesse mudado durante o período de prisão, ainda havia em Júlio o rapaz que ela conhecera. O que tinha arriscado a vida e a fúria de seu pai para vir ao seu quarto por sobre os telhados escorregadios. Se ao menos pudesse manter aquele homem na mente, conseguiria falar com ele de novo e talvez ele se lembrasse da garota que havia amado. Talvez a conversa não virasse uma briga e nenhum dos dois deixasse o outro sozinho.

Uma sombra se moveu no pátio e Cornélia ergueu a cabeça para ver. Podia ser um dos soldados fazendo a ronda, pensou, depois soltou o ar quando o início de noite cinzenta o revelou. Otaviano, espionando os amantes. Se ela o chamasse, o momento de privacidade que Clódia e Tubruk tinham encontrado se estragaria, e ela esperava que o garoto tivesse o bom senso de não chegar perto demais.

Júlio também havia crescido dentro daqueles muros, e um dia fora tão fascinado pelo amor quanto Otaviano.

— Volte para a cama — gritou Tubruk para o garoto.

Cornélia sorriu, virando-se para aceitar o conselho também.

— As portas do Senado estão se abrindo! — disse Quinto junto ao ombro de Júlio.

Júlio se virou para ver os magistrados voltando.

— Foi rápido — disse ele ao jurista, nervoso.

O velho assentiu.

— Rapidez não me parece bom numa disputa de propriedade — murmurou ele agourentamente.

Júlio se retesou num medo súbito. Teria feito o bastante? Se a decisão fosse contra ele e os juízes aceitassem o pedido de pena de morte, estaria morto antes do pôr-do-sol. Podia ouvir as sandálias deles nas pedras do fórum, como se o som marcasse seus últimos momentos. Sentiu o suor escorrer pelas costas por baixo da toga, frio de encontro à pele.

Com o resto do tribunal, ele se levantou para receber os magistrados, fazendo uma reverência quando entraram. Os soldados que os tinham acompanhado do prédio do Senado ocuparam seus postos numa segunda fila entre a multidão e o tribunal, com as mãos nas espadas. O coração de Júlio se encolheu. Se estavam esperando encrenca, podia ser que os magistrados os tivessem alertado sobre o veredicto.

Os três juízes foram até seus lugares com lenta dignidade. Júlio tentou captar o olhar deles enquanto se acomodavam, desesperado por alguma pista do que viria. Eles não revelaram coisa alguma, e a multidão ficou quieta enquanto a tensão crescia, à espera.

O magistrado que falara durante os procedimentos levantou-se pesadamente, com a expressão séria.

— Ouça nosso veredicto, Roma — gritou ele. — Nós procuramos a verdade e falamos como a lei.

Júlio prendeu o fôlego inconscientemente, e o silêncio que o rodeou pareceu quase doloroso depois dos aplausos e gritos de antes.

— Eu sou favorável ao general Antonido — disse o primeiro juiz, com a cabeça e o pescoço rígidos. A multidão rugiu de fúria, e então o silêncio caiu de novo enquanto o segundo juiz se levantava.

— Eu também sou favorável ao general Antonido — disse o segundo, com o olhar percorrendo o caos da multidão. Novos gritos e vaias seguiram suas palavras, e Júlio sentiu-se subitamente tonto com a reação.

O tribuno se levantou e examinou a multidão e as imagens de bronze de Mário, seu olhar finalmente caindo sobre Júlio.

— Como tribuno, tenho o direito de vetar o julgamento de meus colegas magistrados. Não é um caminho que eu escolheria levianamente e pesei os argumentos com muito cuidado.

Ele parou para dar ênfase, e cada olhar estava fixo em sua figura.

— Eu exerço esse veto hoje. O julgamento é favorável a César — disse ele.

A multidão ficou louca de júbilo, e o canto de "Má-rio" pôde ser ouvido de novo, mais alto do que nunca.

Júlio desmoronou em sua cadeira, enxugando o suor da testa.

— Muito bem, garoto. — Quinto sorriu sem dentes para ele. — Há muita gente que saberá seu nome se algum dia você se candidatar a um cargo mais alto. Achei bom o modo como usou esses seus escudos. Espalhafatoso, mas eles gostaram. Parabéns.

Júlio soltou o ar lentamente, ainda com a cabeça leve por ter estado tão perto da catástrofe. Suas pernas tremiam enquanto ele atravessava o tablado até onde Antonido estava sentado. Falando suficientemente alto para que os magistrados ouvissem, partiu para a primeira parte da vingança por Cornélia.

— Ponho as mãos em você pela quantia de trinta mil sestércios — falou, agarrando rudemente o manto de Antonido.

O general se enrijeceu numa fúria desamparada, os olhos procurando Cato na multidão nos bancos. Júlio também se virou, ainda segurando-o. Viu Cato encarar o general e depois balançar a cabeça lentamente, com uma expressão de nojo. Antonido pareceu atordoado pela reviravolta de sua sorte.

— Eu não tenho tanto dinheiro — disse ele.

Rufo interrompeu, ao lado de Júlio.

— É costume dar trinta dias para o pagamento de uma dívida.

Júlio sorriu sem humor.

— Não. Quero o dinheiro agora, caso contrário o general será amarrado e vendido como escravo nos mercados.

Antonido lutou violentamente para se livrar da mão de Júlio, sem conseguir.

— Você não pode! Cato! Você não pode deixar que eu seja levado! — gritou ele enquanto Cato lhe dava as costas e se preparava para deixar o tribunal. Pompeu estava na multidão, olhando a cena com interesse ávido. Antonido manteve o bom senso a ponto de não abrir a boca sobre o segredo dos assassinos. Pompeu, Cato ou os próprios assassinos iriam torturá-lo e matá-lo se isso fosse revelado.

Brutus desceu de seu banco para ficar perto de Júlio. Tinha uma corda nas mãos.

— Amarre-o, Brutus, mas gentilmente. Quero conseguir o máximo possível por ele no quarteirão dos escravos — disse Júlio asperamente, deixando a raiva e o desprezo se derramarem por um momento.

Brutus completou a tarefa com rápida eficiência, finalmente amordaçando Antonido para abafar seus urros. Os magistrados olhavam sem reação, sabendo que o ato estava dentro da lei, ainda que os dois que tivessem votado contra Júlio estivessem vermelhos de fúria silenciosa.

Quando o serviço terminou, Rufo atraiu a atenção de Júlio com uma das mãos em seu braço.

— Você falou bem, César, mas Quinto é velho demais para ser escolhido como jurista no futuro. Espero que se lembre de meu nome se precisar de um advogado.

Júlio o encarou.

— Acho pouco provável que eu me esqueça de você.

Com Antonido amarrado e reivindicado como escravo, o pretor dispensou o tribunal e a multidão aplaudiu de novo. Apesar de Cato ter se movido primeiro, a maioria dos outros senadores desceu rapidamente dos bancos, claramente desconfortáveis na presença de uma multidão tão grande formada pelos cidadãos que eles representavam.

Juntos, Júlio e Brutus arrastaram o general deitado pelo chão do tribunal, depositando-o rudemente de encontro à plataforma onde estavam os escudos.

Alexandria rodeou os senadores reunidos para chegar a Júlio, com os olhos luminosos de triunfo.

— Muito bem. Por um momento pensei que eles tinham pegado você.

— Eu também. Devo agradecer ao tribuno pelo que ele fez. Ele salvou minha vida.

Brutus fungou.

— Ele faz parte do povo, lembre-se. A população iria despedaçá-lo se ele julgasse contra você, como os outros. Deuses, olhem só! — Brutus sinalizou para os cidadãos que se juntavam o mais perto possível para captar um vislumbre de Júlio.

— Fique perto dos escudos e cumprimente-os — disse Alexandria, rindo de orelha a orelha. O que quer que tivesse acontecido, ela sabia que sua obra estaria em demanda e que cobraria preços altíssimos dos bons e grandes de Roma.

Júlio subiu e a multidão o saudou. Um novo canto começou, e um rubor satisfeito surgiu em suas bochechas quando ouviu seu nome lentamente suplantando o de Mário.

Ergueu o braço em saudação e soube que Quinto estava certo. O nome de César ficaria na mente deles, e quem sabia aonde isso poderia levá-lo?

O sol da manhã tinha subido para iluminar o fórum e dar brilho às superfícies dos escudos de bronze que Alexandria tinha criado. Eles luziram, e Júlio sorriu ao vê-los, esperando que Mário pudesse ver, onde quer que estivesse.

CAPÍTVLO XXXIII

O PRIMEIRO CALOR DA PRIMAVERA ESTAVA NO AR ENQUANTO JÚLIO corria por sua amada floresta, sentindo que as pernas liberavam as tensões do dia. Com a empolgação do julgamento para trás, ele passava a maior parte do tempo com Rênio e Brutus no alojamento da Primogênita, voltando para casa apenas para dormir. Os homens que tinha recrutado na Grécia e na África estavam se saindo bem e havia um novo sentimento de orgulho entre os sobreviventes originais ao verem a amada legião de Mário viva outra vez. Os homens que Cato conseguira para eles eram jovens e sem cicatrizes. Júlio se sentira tentado a interrogá-los sobre o passado, mas resistiu ao impulso. Nada anterior ao juramento importava, independentemente do poder que Cato tivesse sobre eles. Eles aprenderiam isso com o tempo. Rênio passava com eles cada hora em que estava acordado, usando os homens experientes para ajudar a treinar os novos.

Apesar de ainda estarem com menos de metade da força necessária, a notícia fora mandada a outras cidades, e Crasso prometera pagar tantos quantos eles conseguissem chamar para o estandarte da Primogênita. A dívida para com ele era de deixar tonto, mas Júlio concordara. Apesar de todo o ouro tirado de Celso, era preciso uma fortuna para montar uma legião, e ao fazer isso Crasso se colocava contra os silanos. As vastas quantias fervilhavam no fundo da mente de Júlio, ignoradas. Cada dia trazia viajantes de pés cansados de todo o país, atraídos pela promessa feita por batedores em províncias distantes. Era uma época empolgante, e quando o sol se punha a cada noite Júlio os deixava com relutância, tendo pela frente apenas uma recepção gélida em casa.

Apesar de compartilharem a cama, Cornélia pulava ao ser tocada e depois se enfurecia contra ele até que o humor de Júlio estourava ou ele saía para achar um divã em outro cômodo. Cada noite era pior, e ele ia dormir atormentado pelos desejos por ela. Sentia falta da jovem antiga e às vezes se virava para contar um pensamento ou uma piada, e encontrava seu rosto cheio de uma amargura que nem podia começar a entender. Às vezes sentia-se tentado a ocupar outro cômodo e mandar que trouxessem uma garota escrava só para lhe dar alívio. Sabia que ela iria odiá-lo por isso e sofria as longas noites até que uma raiva constante e irritante coloria suas horas de vigília, e o sono era a única paz. Sonhava com Alexandria.

Apesar de sentir vergonha, tinha trazido Otaviano à cidade em três ocasiões, só para ter a desculpa de ir à oficina de Tabbic. Na terceira ocasião Brutus estava lá, e, depois de os três terem gaguejado durante alguns minutos de embaraço, Júlio prometeu a si mesmo não ir de novo.

Parou, ofegando, quando chegou ao topo da colina que dava para a sua propriedade, não longe da nova cerca colocada pelo pai de Suetônio. Talvez fosse hora de fazer alguma coisa a respeito, finalmente. Com o bom ar preenchendo os pulmões e um leve suor da corrida, sentiu um novo ânimo ao examinar a terra que fora sua. Roma estava pronta para a mudança. Podia sentir do mesmo modo como sentia a mudança das estações que traria de volta o calor do verão às ruas e aos campos.

Um trovejar de cascos o arrancou do devaneio e Júlio saiu do caminho quando o barulho ficou mais alto. Adivinhou quem era antes de ver a pequena figura empoleirada na garupa do garanhão mais forte dos estábulos. Observou o equilíbrio e a habilidade do garoto, ao mesmo tempo que forçava uma cara séria que fez Otaviano parar, estremecendo, nas folhas úmidas da floresta.

O garanhão fungou e dançou ao ser contido, puxando as rédeas num claro sinal para ir em frente. Otaviano desceu das costas nuas do animal com uma das mãos enterrada na crina. Júlio ficou quieto enquanto ele se aproximava.

— Desculpe — começou Otaviano, vermelho de embaraço. — Ele precisava de uma corrida, e o pessoal dos estábulos não gosta de exercitar com ele. Sei que falei...

— Venha comigo — interrompeu Júlio.

Andaram em silêncio morro abaixo, Otaviano desamparado puxando o garanhão atrás de Júlio. Sabia que uma surra era provável, ou pior, poderia ser mandado de volta para a cidade e nunca mais ver um cavalo. Seus olhos se encheram de lágrimas que ele enxugou rapidamente. Júlio iria desprezá-lo se o visse chorando como um bebê. Resolveu receber a punição sem lágrimas, mesmo que fosse mandado embora.

Júlio gritou para abrirem o portão e marchou com Otaviano até os estábulos. Alguns cavalos tinham sido vendidos quando Tubruk levantou dinheiro para o resgate, mas o administrador mantivera as melhores linhagens para que eles reconstruíssem a reserva.

O sol estava subindo quando Júlio entrou nas baias sombreadas, trazendo um abençoado sopro de calor. Ele hesitou quando os cavalos viraram a cabeça para dar as boas-vindas, farejando o ar com as narinas macias. Sem uma palavra de explicação, foi até um jovem garanhão que Tubruk tinha criado e treinado desde que era um potro e passou a mão sobre o poderoso ombro castanho.

Enquanto Otaviano olhava, Júlio prendeu as rédeas e escolheu uma sela no suporte na parede da baia. Em silêncio guiou o cavalo que bufava baixinho até o sol da manhã.

— Por que não monta mais o seu pônei? — perguntou.

Otaviano o encarou, totalmente sem palavras.

— Ele é lento demais — falou, batendo no pescoço do garanhão sem notar. O poderoso cavalo erguia-se altíssimo acima dele, mas se mantinha calmo ao seu toque, sem mostrar nada do temperamento que irritava os cavalariços da propriedade.

— Sabe que é meu parente, não sabe?

— Minha mãe me disse.

Júlio pensou um momento. Suspeitava que seu pai lhe daria uma surra se ele ou Brutus tivesse arriscado seu melhor garanhão galopando pela floresta, mas não queria estragar o clima de otimismo que estava sentindo. Afinal, tinha prometido a Alexandria.

— Então venha, primo. Vejamos se você é tão bom quanto acha.

O rosto de Otaviano se iluminou quando Júlio guiou os cavalos juntos e olhou o garoto saltar leve nas costas do garanhão. Júlio montou num ritmo mais calmo, depois gritou subitamente e incitou a montaria a galopar morro acima.

Otaviano olhou-o boquiaberto, depois um sorriso cobriu seu rosto enquanto ele apertava os calcanhares e gritava em resposta, com o vento fazendo seu cabelo voar.

Quando Júlio voltou para casa, Cornélia sentiu vontade de abraçá-lo. Vermelho da corrida e com o cabelo revolto pelo pó, ele parecia tão jovem e cheio de vida que lhe partiu o coração. Queria vê-lo sorrir para ela e sentir a força de seus braços envolvendo-a, mas em vez disso se pegou falando furiosa, com a amargura escorrendo descontrolada ao mesmo tempo que uma parte dela implorava por palavras mais suaves que não conseguia encontrar.

— Quanto tempo mais espera que eu viva aqui como prisioneira? — perguntou. — Você tem sua liberdade, enquanto eu não posso comer nem andar em lugar nenhum sem um grupo dos seus desgraçados da Primogênita me acompanhando!

— Eles estão aí para proteger você! — respondeu Júlio, chocado com a profundidade dos sentimentos da mulher.

Cornélia olhou furiosa para o marido.

— Durante quanto tempo, Júlio? Sabe melhor do que ninguém que podem se passar anos antes que seus inimigos deixem de ser um perigo. Vai me manter confinada pelo resto da vida? E sua filha? Quando a abraçou pela última vez? Quer que ela cresça sozinha? Esses soldados revistam até os amigos do meu pai quando vêm fazer uma visita. Eles não vão voltar, pode ter certeza.

— Estive trabalhando, Cornélia, você sabe. Vou arranjar tempo para ela, prometo. Talvez os guardas da Primogênita tenham sido cautelosos demais. Mas eu disse a eles para manter você em segurança até eu acabar com a ameaça dos assassinos.

Cornélia xingou, surpreendendo-o.

— Tudo isso baseado no que aconteceu à filha de Pompeu! Já pensou que talvez não haja perigo nenhum? Pelo que sabemos de verdade, Pompeu pode ter sido atacado por alguma coisa que não tem nada a ver com o Senado, e por causa disso eu sou proibida até mesmo de fazer viagens curtas à cidade para romper a monotonia. É demais, Júlio. Eu não *suporto*.

As palavras não queriam ser contidas, por mais que ela se retorcesse em confusão. Não era para ser assim. Ele deveria ver seu amor, mas estava se afastando.

Júlio olhou-a, com a expressão endurecendo.

— Quer que eu deixe minha família aberta a um ataque? Não posso. Não, eu não *vou*. Já estou agindo contra meus inimigos. Derrubei Antonido diante de Cato e dos que o apóiam. Eles saberão que sou perigoso, e isso aumenta muitas vezes o risco para você. Mesmo que os assassinos ataquem apenas a mim, eles poderiam esbarrar em você.

Cornélia respirou fundo para diminuir a velocidade do sangue que martelava.

— Então é para nos salvar ou para salvar o seu orgulho que somos prisioneiras em nossa própria casa?

Ela ficou olhando enquanto os olhos de Júlio se endureciam de raiva e sentiu um desejo dolorido por ele.

— O que quer que eu diga? — replicou ele, ríspido. — Quer voltar para o seu pai? Então vá, mas a Primogênita vai viajar com você e tornar aquele local uma fortaleza. Até que meus inimigos estejam mortos, deve ficar em segurança.

Ele apertou os olhos com as mãos, como se quisesse conter a frustração que o varria. Estendeu a mão para ela e abraçou seu corpo rígido.

— Meu orgulho não tem nada a ver com isso, Cornélia. Não há nada mais importante na minha vida do que Júlia e você. A idéia de alguém ferindo vocês é... insuportável. Preciso saber que estão em segurança.

— Mas isso não é verdadeiro, é? — sussurrou ela. — Você se importa mais com a cidade do que com sua família. Você se importa mais com sua reputação e com o amor do povo do que conosco.

Lágrimas brotaram, e ele a segurou com força, apoiando a cabeça na dela. Suas palavras o deixavam pasmo, e Júlio lutou contra uma voz interna que sinalizava um núcleo de verdade nelas.

— Não, mulher — falou forçando um sorriso. — Vocês são mais do que todo o resto.

Ela se afastou, olhando em seus olhos.

— Então vá para longe conosco, Júlio. Se isso é verdade, pegue seu ouro e sua família e deixe essa disputa horrenda para trás. Há outras terras onde podemos nos estabelecer, onde Roma é distante demais para nos perturbar e onde sua filha pode crescer sem medo de facas na noite. Ela tem pesadelos mesmo agora, Júlio. Temo mais pelo que o confinamento está fazendo a ela do que a mim. Se significamos tanto para você, saia de Roma.

Os olhos dele se fecharam, cheios de sofrimento.

— Você não pode... me pedir isso.

Enquanto ele falava, Cornélia se soltou e se afastou, e, por mais que os braços de Júlio ansiassem por segurá-la de novo, ele não podia fazer isso. A voz dela soava áspera e alta, preenchendo o cômodo.

— Então não me faça *sermões* sobre como se importa conosco, Júlio. Nunca mais diga isso. Sua preciosa cidade nos mantém em perigo e você se envolve em mentiras de dever e amor.

Lágrimas de raiva escorriam de seus olhos vermelhos de novo, e ela escancarou a porta, passando rapidamente pelos soldados da Primogênita que se mantinham a postos do outro lado. Os rostos deles estavam pálidos pelo que tinham ouvido, mas os dois mantiveram o olhar fixo no chão enquanto seguiam Cornélia a distância, temendo provocá-la ainda mais.

Dentro de instantes Júlio ficou sozinho no cômodo e se deixou afundar num divã. Era a terceira vez que discutiam desde o julgamento, e a pior. Tinha vindo para casa cheio de empolgação com o triunfo, e, enquanto contava, aquilo de algum modo exaltou os sentimentos dela, fazendo-a falar com uma raiva que ele nunca vira. Esperava que Clódia estivesse à mão. Só a aia parecia capaz de acalmá-la. Qualquer coisa que ele dissesse só fazia piorar.

Mal-humorado, pensou de novo na briga. Cornélia não entendia o trabalho que ele fizera na cidade, e Júlio fechou os punhos numa súbita irritação contra si mesmo. Ela estava certa: ele possuía riqueza suficiente para levá-los todos para longe. A propriedade seria vendida aos vizinhos avarentos e ele poderia deixar as lutas do Senado e seus domínios para outros. Tubruk poderia se aposentar e seria como se a família de César jamais tivesse representado um papel na maior cidade de todas.

Uma lembrança relampejou em sua mente: Tubruk enfiando seus dedos na terra preta dos campos quando Júlio era um menino. Ele era da terra e nunca poderia deixá-la, ainda que magoar Cornélia o envergonhasse. Ela veria, quando seus inimigos estivessem derrotados, que isso era simplesmente um sofrimento passageiro, e os dois poderiam ver a filha crescer em paz, nos braços de Roma. Se ela ao menos conseguisse suportar o presente, com o tempo ele compensaria tudo. Por fim, afastou a letargia negra que o assolava e ficou de pé. Era quase meio-dia, e, com uma reunião do Senado programada para o início da tarde, teria de ser rápido para terminar seus negócios com a casa de Suetônio antes de ir para a cidade.

Otaviano estava nos estábulos ajudando Tubruk a montar. O garanhão que Júlio havia montado de manhã brilhava depois de ser escovado. Júlio deu um tapinha no ombro do garoto agradecendo, enquanto a lembrança da cavalgada empolgante aliviava sua raiva por um momento. Sentindo-se culpado, percebeu que estava satisfeito em se afastar da propriedade, e também da mulher.

As terras do pai de Suetônio ficavam muito mais perto da cidade do que as de Júlio, com um grande trecho que fazia divisa com as dele. Apesar de não ter patente militar, o senador empregava uma quantidade de guardas que fizeram os dois cavaleiros pararem assim que atravessaram os limites, e depois os acompanharam até as construções principais com cautela e velocidade profissionais. Mensageiros foram mandados à frente, e os dois homens trocaram olhares diante da eficiência.

O lugar onde Suetônio tinha crescido era uma ampla massa de recintos cercados por muros brancos, com quase o dobro do tamanho da propriedade que Júlio herdara. O mesmo rio que alimentava sua terra passava pelas posses de Prando, e o terreno era luxuriante de plantas e cores. Antigos pinheiros sombreavam a entrada, e o caminho era fresco devido às sombras dos galhos pendentes. Tubruk fungou, desaprovando.

— Este lugar é impossível de ser defendido — murmurou. — As árvores dão cobertura demais, e é preciso uma muralha externa e um portão muito bons. Eu poderia tomá-lo com vinte homens.

Júlio não respondeu, pensando em sua casa, com a terra limpa ao redor. Não tinha percebido antes a marca deixada pela influência de Tubruk, especialmente depois do levante dos escravos havia anos. A casa de Suetônio era bela e fazia a sua parecer severa e nua em comparação. Talvez Cornélia achasse que o tempo passaria mais facilmente se o lugar onde estava não parecesse um alojamento de soldados.

Desmontaram para passar pela entrada, um arco de ladrilhos levando a um jardim aberto onde se podia ouvir o murmúrio de água corrente escondido por arbustos com flores. Júlio tirou os pesados embrulhos dos cavalos e colocou o seu no ombro, enquanto Tubruk pegava o outro, entregando as rédeas nas mãos dos escravos que vieram recebê-los. Foram levados até assentos numa antecâmara fresca onde deveriam esperar.

Júlio se acomodou confortavelmente, sabendo que o senador poderia ignorar sua presença por boa parte do dia. Tubruk foi até uma janela olhar as flores que Júlio achou que poderiam ser atraentes para Cornélia se estivessem em volta de sua casa.

Um jovem escravo veio do interior da casa e se aproximou dos dois.

— O senador Prando dá as boas-vindas, tribuno. Por favor, siga-me.

Tubruk levantou os olhos surpreso com a velocidade da resposta. Júlio deu de ombros e os dois acompanharam o escravo até uma ala distante, onde o sujeito abriu a porta para eles e fez uma reverência quando entraram.

O senador Prando estava de pé com o filho numa sala que mais parecia um templo do que um lugar de morar. Mármore caro e cheio de redemoinhos cobria as paredes e o piso, com o nicho dos deuses domésticos na parede mais distante. O ar cheirava levemente a um incenso suave e perfumado, e Júlio inspirou, apreciando. Sem dúvida teriam de ser feitas mudanças em sua propriedade. Cada passo de seus pés trazia novos e interessantes detalhes ao olhar, desde o busto de um ancestral no templo até uma coleção de relíquias gregas e egípcias numa parede, que ele estava doido para examinar. Era uma demonstração calculada de riqueza, mas Júlio via tudo aquilo como um guia para as mudanças que ia fazer e deixava totalmente de sentir o efeito pretendido.

— Isso é inesperado, César — começou Prando.

Júlio forçou a atenção a se afastar do ambiente e deu um sorriso aberto para os dois que o observavam.

— O senhor tem uma bela casa, senador. Especialmente os jardins.

Prando piscou, surpreso, depois franziu a testa enquanto se obrigava a ser cortês.

— Obrigado, tribuno. Trabalhei muitos anos para torná-la assim, mas o senhor não disse por que veio.

Júlio tirou o saco do ombro e jogou no chão de mármore com o ruído inconfundível de moedas.

— O senhor sabe exatamente por que vim, senador. Vim para comprar de volta as terras que lhe foram vendidas durante meu confinamento com seu filho.

Júlio olhou para Suetônio enquanto falava e viu que o rapaz estava com as feições fixas num riso arrogante. Júlio não reagiu, mantendo o rosto inexpressivo. Era com o pai que teria de lidar.

— Eu esperava construir uma casa para meu filho naquelas terras — começou o senador.

Júlio o interrompeu:

— Eu me lembro de o senhor ter dito isso. Trouxe o preço que o senhor pagou e mais um quarto, para compensar a perda. Não vou barganhar por minhas terras. Não vou oferecer de novo — disse ele com firmeza, desamarrando o saco para revelar o ouro.

— Esta é... uma proposta justa — disse Prando, olhando os sacos. — Muito bem, mandarei meus escravos removerem as cercas.

— O quê? Papai, o senhor não pode simplesmente... — começou Suetônio com raiva.

O senador se virou para o filho e agarrou o braço dele com força.

— Fica quieto!

O rapaz balançou a cabeça incrédulo enquanto Júlio se aproximava e apertava a mão de seu pai, para selar o acordo. Sem outra palavra, Júlio e Tubruk partiram, deixando Suetônio sozinho com o pai.

— Por que fez isso? — perguntou ele num espanto furioso.

A boca do pai se retorceu num espelho do riso de desprezo de Suetônio.

— Você é um idiota, meu filho. Eu o amo, mas você é um idiota. Esteve no julgamento comigo. Esse homem não é alguém para se ter como inimigo. Está suficientemente claro?

— Mas e a casa que o senhor ia construir? Deuses, já passei dias com os arquitetos.

O senador Prando olhou para o filho, os olhos demonstrando um desapontamento que feriu mais o rapaz do que se fosse um soco.

— Confie em mim, Suetônio. Você teria morrido naquela casa tão perto das terras dele. Quer você perceba ou não, eu o mantive vivo. Não temo César por mim mesmo, mas você é meu filho mais velho, e ele é perigoso demais. Ele amedronta Cato, e deveria aterrorizar você.

— Não tenho medo de César nem dos soldados dele! — gritou Suetônio.

O pai balançou a cabeça, triste.

— Isso, meu filho, é porque você é um idiota.

Enquanto guiavam os cavalos pelo portão da propriedade, Júlio e Tubruk ouviram um grito vindo da construção principal. Brutus correu para recebê-los, e os cumprimentos alegres dos dois morreram nos lábios ao verem sua expressão.

— Graças aos deuses vocês voltaram — disse ele. — Os senadores estão chamando todo mundo. A Primogênita tem de estar pronta para agir.

Enquanto falava, um escravo trouxe sua montaria e ele saltou na sela.

— O que está acontecendo? — perguntou Júlio rapidamente enquanto Brutus pegava as rédeas, sentindo um jorro de empolgação.

— Uma rebelião de escravos no norte. Milhares deles e centenas de gladiadores que mataram os guardiões. Módena foi dominada — respondeu Brutus, o rosto pálido sob o pó da estrada.

— Não é possível! Há duas legiões lá — disse Tubruk, aterrorizado.

— Esse foi o informe. Os mensageiros partiram a toda pressa, mas achei que você ia querer a notícia o mais rápido possível.

Júlio virou a cabeça do cavalo e pegou as rédeas com força.

— Não posso levar os homens que estão guardando minha mulher, não com o perigo de outra rebelião se espalhando aqui — disse peremptoriamente.

Brutus deu de ombros.

— A ordem foi mandar cada soldado disponível marchar para o norte, Júlio, mas vou esquecer esses — respondeu ele, dando um tapinha no ombro do amigo. Júlio puxou as rédeas, pronto para bater os calcanhares nos flancos do cavalo.

— Deixe a casa segura, Tubruk — ordenou Júlio. — Se a rebelião se espalhar, provavelmente vamos agradecer o modo como você estabeleceu as defesas. Mantenha minha família em segurança, como já fez antes.

Eles compartilharam um momento de compreensão privada, enquanto Tubruk encarava Júlio. Para que Brutus não pudesse ouvir, Júlio se inclinou sobre o ombro do garanhão e sussurrou no ouvido de Tubruk:

— Sei o que devo a você — falou.

A morte de Sila tinha salvado todos eles.

— Não se preocupe. Agora vá! — respondeu Tubruk rispidamente, dando um tapa na anca do cavalo de Júlio.

Os dois rapazes se curvaram sobre as selas enquanto colocavam as montarias em pleno galope, levantando uma névoa de poeira na estrada para Roma.

CAPÍTVLO XXXIV

O PRÉDIO DO SENADO ESTAVA ZUMBINDO DE ATIVIDADE ENQUANto Júlio e Brutus se aproximavam. Desmontaram na borda do fórum e guiaram os cavalos até os grupos de senadores que vinham de todas as direções, convocados de toda a cidade e de fora para a reunião de emergência.

— Como recebeu a notícia tão depressa? — perguntou Júlio ao amigo enquanto atravessavam a praça.

Brutus parecia inquieto, então sua cabeça se levantou.

— Minha mãe me disse. Ela tem vários... contatos no Senado. Provavelmente foi uma das primeiras pessoas a saber.

Júlio notou uma cautela nos modos de Brutus e pensou naquilo. O rapaz vinha pressionando por uma reunião entre ele e Servília, e Júlio sentia como isso era importante para ele.

— Realmente tenho de conhecer essa sua mãe — disse em tom animado.

Brutus lançou-lhe um olhar, procurando alguma zombaria, e então relaxou, satisfeito.

— Ela ficou muito interessada em conhecer você, depois do julgamento. Servília não se parece com ninguém que eu conheça.

— Então talvez esta noite, se houver tempo — respondeu Júlio, escondendo a relutância.

Tubruk já dera várias opiniões sobre a mulher, mas ele devia a Brutus, se isso era uma coisa que ele desejava.

Brutus pegou as rédeas dos dois cavalos numa das mãos quando eles chegaram à base da escadaria.

— Venha ao alojamento depois, se puder. Deixarei a Primogênita pronta para marchar sob suas ordens — disse ele.

Seus olhos estavam brilhantes de uma empolgação que fez Júlio rir.

— Assim que eu estiver livre — falou, subindo a escadaria e entrando na escuridão dentro do prédio.

O mestre dos debates e o cônsul ainda estavam a caminho, de modo que nenhuma discussão oficial tinha começado quando Júlio entrou no prédio. Em vez disso, metade do número total de seus colegas estava reunida em grupos ansiosos, gritando perguntas e comentários uns para os outros num ruído que só servia para aumentar a impressão de emergência. Não havia qualquer ordem, e Júlio se demorou contatando os conhecidos, pegando os detalhes que Brutus não ficara sabendo.

Pompeu estava com Crasso e Cina, envolvidos numa discussão acalorada. Os três cumprimentaram Júlio com a cabeça quando ele se aproximou, depois continuaram a conversa rápida.

— Claro que você terá um comando, meu amigo. Não há mais ninguém importante, e nem mesmo Cato hesitaria, tendo apenas as forças em Arimino para guardar o sul — disse Crasso a Pompeu.

O comandante moreno deu de ombros, o rosto cheio de um conhecimento amargo.

— Cato faria qualquer coisa para me impedir de assumir o controle militar, você sabe. Ele não deve ter permissão de colocar gente sua. Veja o que aconteceu na Grécia! E os piratas que circulam à vontade, atacando nossos mercadores. Se esses gladiadores são os mesmos que não conseguimos derrotar no Vesúvio, Módena se perdeu por causa de nossa política tímida desde a morte de Sila. Tudo porque Cato impede o Senado de mandar um general à altura da tarefa. Acha que desta vez será diferente?

— Pode ser — respondeu Cina. — Cato tem posses no norte, que podem estar sofrendo ameaças por parte dos escravos. Eles até podem se virar para o sul e atacar a cidade. Cato não seria idiota a ponto de ignorar uma ameaça a Roma. Eles devem mandar você. Pelo menos nós temos as legiões que voltaram da Grécia para se juntar às outras.

— Aí vem o cônsul. Ele deve usar seu veto contra Cato se o gordo idiota interferir. Isso é mais do que uma questão pessoal entre nós. A segurança do norte está em risco. A segurança da própria Roma.

Pompeu deixou-os, atravessando rudemente os grupos de senadores para falar com o cônsul que entrava. Júlio ficou olhando quando ele se encontrou com o homem, um ancião eleito para o cargo como um meio-termo entre as facções do Senado. Enquanto Pompeu falava, com as mãos se movendo acompanhando as palavras, o sujeito pareceu nervoso e intimidado. Júlio franziu a testa, batendo os dedos na barriga, tenso, enquanto o cônsul dava as costas a Pompeu, que continuava gesticulando, e subiu até o rostro.

— Ocupem seus lugares, senadores — gritou o cônsul.

O juramento da reunião foi feito rapidamente, e então o cônsul pigarreou para se dirigir às fileiras tensas.

— Os senhores foram convocados a uma reunião de emergência para debater uma reação ao levante. Tenho os últimos relatórios, e eles são preocupantes. Foi uma revolta de gladiadores de uma escola em Cápua. A princípio, o pretor local parecia capaz de controlar, mas não conseguiu conter a rebelião. Parece que eles conseguiram juntar um exército de escravos e fugir para o norte. Saquearam várias cidades e propriedades, matando centenas de pessoas e queimando tudo que não pudessem roubar. O legado de Módena lutou contra os escravos e a guarnição foi destruída, sem sobreviventes.

Ele fez uma pausa. Os senadores que não tinham ouvido a notícia ficaram boquiabertos e gritaram ultrajados, e o cônsul levantou a mão para acalmá-los.

— Senadores, a importância disso não pode ser subestimada. As legiões em Arimino receberam ordem de garantir a cidade, mas com Módena perdida o norte está completamente aberto. As estimativas que tenho são variadas, mas talvez eles tenham até trinta mil escravos sob seu comando, com outros se juntando enquanto assolam cada cidade. Só posso presumir que eles dominaram as legiões de Módena com um vasto número de pessoas. Devemos enfrentá-los com a maior força que pudermos reunir, ao mesmo tempo que mantemos nossas fronteiras ao sul garantidas. Não preciso dizer que não podemos tirar guarnições da Grécia sem corrermos um tremendo risco, logo depois da rebelião que houve por lá.

"No momento eles não mostram qualquer sinal de se virarem para Roma, mas, se fizerem isso, há mais de oitenta mil escravos que poderiam se juntar à causa quando chegarem ao sul. Esta é uma ameaça grave, e nossa reação deve ser rápida e definitiva.

O cônsul olhou rapidamente para Cato, depois para Pompeu.

— Desta vez peço que ponham de lado suas diferenças pelo bem da cidade e das terras romanas. Convoco o mestre dos debates para ouvir as respostas.

O cônsul se sentou, enxugando a testa nervoso, obviamente aliviado por poder passar a reunião a outro. O mestre dos debates tinha esse posto há vários anos, e sua experiência lhe dava um distanciamento que servia para esfriar os ânimos mais esquentados. Esperou pacientemente pelo silêncio antes de escolher o primeiro orador.

— Pompeu?

— Obrigado. Senadores, peço o comando das legiões mandadas contra esses rebeldes. Minha ficha fala por mim, como qualificação, e insisto em que votem rapidamente. Cada soldado de Roma, num raio de cento e cinqüenta quilômetros, foi chamado de volta à cidade. Dentro de uma semana deveremos ter um exército de seis legiões para mandar contra os escravos, juntando-se às duas de Arimino quando chegarmos lá. Se demorarmos, esse exército de escravos crescerá ainda mais, até ser impossível pará-lo. Lembrem-se de que eles são em maior número do que nós, senadores, mesmo em nossas casas. Dêem-me o comando e eu os destruirei em nome do Senado.

Pompeu sentou-se sob aplausos esparsos e batidas de pés. Não respondeu ao barulho, com o olhar fixo na figura de Cato, que tinha se levantado devagar, o rosto vermelho.

— Que fale Cato — confirmou o mestre dos debates.

— A ficha de Pompeu é realmente ótima — começou Cato, sorrindo para o senador de rosto pétreo do outro lado dos bancos. — Concordo com ele que deve ser reunida uma força a ser enviada para atacar rapidamente, antes que o incêndio da rebelião queime o norte. Mas há outras escolhas de homens para comandar a força que mandaremos, outros que tenham o posto de general e experiência em lutar por Roma. Parece-me que um homem que se oferece talvez não seja adequado a esse papel. Melhor nomearmos um general aceitável a todos nós para essa tarefa difícil. Confesso que a ânsia de Pompeu me deixa inquieto, dada a história recente da cidade, e em vez disso sugiro que o comando seja dado a Lépido, que acaba de voltar da Grécia.

Ele se sentou em silêncio diante de uma confusão de gritos irados e conversas, com as duas facções xingando-se mutuamente.

— Silêncio, senhores. Os senhores não servem a Roma com o seu rancor — disse o mestre dos debates, trazendo de volta um silêncio inquieto.

Ele olhou em volta para os senadores sentados e assentiu para Júlio, que tinha se levantado ao fim do discurso de Cato.

— Fui testemunha da cautela de Lépido contra Mitrídates. Ele demorou a entrar em combate e mal tinha se afastado do ponto de desembarque quando o encontrei para entregar o corpo do rei grego. Já vi muitas concessões assim neste Senado. Lépido é má escolha, quando precisamos agir depressa e esmagar a rebelião antes que fuja ao controle. Devemos colocar de lado nossos ressentimentos e nossas facções para dar o comando a quem poderá obter os melhores e mais rápidos resultados: Pompeu.

O mestre dos debates assentiu, concordando, abandonando sua postura geralmente imparcial, mas então foi compelido a dar a palavra a Cato quando do este se levantou de novo.

— Estou preocupado com a possibilidade de a ameaça que existe contra nós ser usada como ambição cega, senadores. Lépido jamais nos colocará em perigo quando as batalhas terminarem, mas Pompeu pode muito bem estar de olho no futuro, já enquanto discutimos a escolha. Meu voto será por Lépido. — E sentou-se cuidadosamente de volta, olhando furioso para Júlio por um momento.

— Há mais algum candidato? Se houver, que se levante, caso contrário passaremos diretamente à votação.

O mestre dos debates esperou, com o olhar percorrendo as fileiras.

Crasso se levantou rigidamente, ignorando a surpresa dos que apoiavam Cato. Recebeu o sinal para falar e cruzou as mãos às costas, como um professor dirigindo-se aos alunos.

— Senadores, temo que a política nos leve à opção errada para a cidade. Não sei quem venceria a eleição entre Pompeu e Lépido como comandantes, mas, se for Lépido, isso só poderia levar ao desastre. Eu me coloco como terceiro candidato para impedir o desperdício de vidas que certamente resultaria do comando de Lépido. Apesar de nos últimos anos ter me dedicado aos negócios, também conto com minha ficha anterior nas legiões, para sua aprovação.

De novo o ruído de conversas irrompeu por todo o salão do Senado enquanto Crasso se levantava. Pompeu ficou pasmo com a revelação do amigo e tentou captar o olhar dele sem sucesso, enquanto Crasso virava a cabeça para o outro lado. Quando o ruído morreu, Pompeu se levantou, com as mãos inconscientemente se apertando em punhos.

— Eu retiro meu nome em favor de Crasso — falou em tom amargo.

— Então passaremos à votação sem mais demora. Levantem-se para o escolhido, senhores — respondeu o mestre dos debates, tão surpreso quanto todos pela reviravolta nos acontecimentos. Esperou mais alguns instantes para que os senadores se decidissem, depois fez a chamada dos nomes.

— Lépido!

Júlio esticou o pescoço junto com todo mundo que ainda estava sentado, para avaliar os números, depois soltou o ar, satisfeito. Não havia um número suficiente para vencer.

— Crasso! — entoou o mestre dos debates, sorrindo.

Júlio se levantou com Pompeu e os outros que tinham considerado a opção correta. O mestre dos debates assentiu ao cônsul, que se levantou e se apoiou no rostro diante dele.

— Crasso é nomeado general dos exércitos do norte que estão sendo reunidos e recebe a ordem de enfrentar a rebelião e destruí-la completamente — disse o cônsul.

Crasso se levantou para agradecer aos senadores.

— Farei de tudo para preservar nossas terras e a cidade, senhores. Assim que as legiões forem reunidas no Campo de Marte, partirei contra os rebeldes.

Ele parou um momento e deu um sorriso maroto.

— Manterei os legados no lugar, sob minhas ordens, mas devo ter um subcomandante, para o caso de eu cair. Nomeio Gneu Pompeu como este segundo.

Xingamentos e aplausos irromperam em toda parte, ignorando os gritos do mestre dos debates pedindo silêncio. Júlio riu do golpe, e Crasso inclinou a cabeça para ele em reconhecimento, claramente se divertindo.

— Façam silêncio! — gritou o mestre dos debates, finalmente perdendo as estribeiras. A balbúrdia foi sumindo sob seu olhar furioso, mas lentamente.

— Devemos partir para os detalhes, senadores — disse o cônsul, folheando seus documentos. — Nossos mensageiros informam que os escravos estão bem armados depois de Módena, tendo levado suprimentos e armamentos dos legionários. Um dos nossos afirma que viu os gladiadores treinando os escravos com espada e lança, imitando nossas formações no campo. Depois de Módena, eles não devem ser subestimados.

O cônsul lambeu os dedos nervosamente enquanto examinava o maço de pergaminhos.

— Eles têm oficiais? — perguntou Pompeu.

O cônsul assentiu enquanto lia.

— Parece que têm uma estrutura baseada nas nossas legiões em todos os sentidos. Estou com a mensagem original do dono do alojamento de onde os gladiadores escaparam. Está aqui, em algum lugar.

Os senadores esperaram com paciência enquanto o cônsul encontrava o documento procurado.

— Sim, eram setenta, e todos os guardas foram mortos. Os escravos dos alojamentos foram com eles, mas o tal homem não sabe se foram de livre vontade ou obrigados. Ele afirma que mal conseguiu escapar com vida. Parece que esses gladiadores formam a classe de oficiais do exército.

— Quem lidera essa corja de gladiadores? — perguntou Pompeu, sem se importar que seu tom de voz atrapalhasse até certo ponto a ficção da liderança de Crasso.

O cônsul remexeu os documentos de novo e lambeu os lábios mais de uma vez para separá-los.

— Sim, eu tenho seu nome Eles são liderados por um gladiador chamado Espártaco, um trácio. Ele começou, e o resto o seguiu. Não há mais nada, mas passarei qualquer outra coisa a Crasso, à medida que os relatórios chegarem.

— Com sua permissão, senhores, gostaria de sair com o meu subcomandante para me preparar para a marcha — disse Crasso.

Enquanto se virava, ele deu um tapinha no ombro de Júlio.

— Quero a Primogênita comigo quando formos, Júlio — falou em voz baixa.

— Ela estará pronta.

Crasso se reclinou no calor de um banho quente, permitindo que as dificuldades do dia o deixassem. A escuridão tinha chegado rápido lá fora, mas a sala de banhos era iluminada por lâmpadas e velas suaves, o ar estava denso com o vapor d'água. Ele pousou os braços ao longo do assento de mármore, desfrutando o frescor na pele. A água vinha até o pescoço, mas com o assento de pedra lisa sob a superfície ele podia relaxar completamente. Exalou devagar, imaginando por que a piscina de sua propriedade nunca era tão confortável assim.

Servília estava sentada nua na água à sua frente, com apenas os ombros acima da superfície. Quando se movia, as curvas dos seios surgiam por momentos hipnotizantes antes de baixarem de novo, turvadas pelos óleos doces que tinha derramado para os dois. Ela sabia que era isso que ele queria, assim que chegou depois de deixar os generais, cansado e irritadiço. Isso tudo fora embora enquanto os dedos dela afastavam os pontos doloridos no pescoço antes de ele entrar na piscina funda, aberta no piso de uma área particular da casa. Aquela mulher sempre podia sentir seu humor.

Ela ficou olhando enquanto a tensão do dia abandonava Crasso, divertida com os sussurros e gemidos dele. Sabia do que praticamente mais ninguém suspeitava sobre o idoso senador, que ele era um homem terrivelmente solitário que acumulara fortunas e influência sem manter os amigos da juventude. Raramente queria dela algo mais do que a chance de conversar em privacidade, mas Servília sabia que a visão de sua nudez ainda podia excitá-lo, se ela deixasse. Era um relacionamento confortável, sem a preocupação sórdida do pagamento para estragar a intimidade. Ele não lhe oferecia qualquer moeda além das conversas, ainda que às vezes elas valessem muito mais do que ouro.

Os óleos brilharam na superfície da piscina, e Servília traçou desenhos nela com o dedo, sabendo que ele estaria gostando de vê-la.

— Você trouxe a Primogênita de volta — disse ela. — Meu filho sente um orgulho maravilhoso dos homens que encontrou para lutar sob esse nome.

Crasso sorriu lentamente.

— Se você tivesse conhecido Mário, entenderia por que me dá tanto prazer fazer isso.

Ele optou por não lembrar o papel representado por Pompeu e Cina, preferindo não ouvir esses nomes naquela casa. Esta era outra coisa que ela entendia sem precisar que lhe dissessem.

Servília se levantou, apoiando os braços esguios nas laterais, de modo que os seios ficaram totalmente visíveis. Era muito vaidosa com eles e se movia sem timidez. Crasso deu um sorriso apreciador, completamente à vontade.

— Fiquei um pouco surpreso ao saber que ele entregou o comando a Júlio.

Servília deu de ombros, o que o fascinou.

— Ele adora Júlio — disse ela. — Roma tem sorte de ter filhos como aqueles dois.

— Cato não concordaria, minha cara. Você deve ter cuidado com ele.

— Eu sei, Crasso. Os dois são muito jovens. Jovens demais até mesmo para ver o perigo das dívidas crescentes.

Crasso suspirou.

— Você veio me pedir ajuda, lembra? Eu não estabeleci limites para os gastos da Primogênita. Gostaria que eu cancelasse a dívida? Ririam de mim.

— Por ter trazido a legião de Mário de volta das cinzas? Jamais. Você agiu como estadista, Crasso, eles saberão disso. Foi uma coisa nobre de fazer.

Crasso deu um risinho, repousando a cabeça na pedra fria e olhando o teto onde o vapor pairava numa névoa que ia se resfriando.

— Está me lisonjeando de modo muito óbvio, não acha? Não estamos falando de uma pequena quantia, apesar de todo o prazer que senti em ver a Primogênita de volta aos registros.

— Já pensou que Júlio pode pagar a dívida? Ele tem ouro para isso. — Enquanto o ar esfriava em sua pele, ela estremeceu ligeiramente e afundou de novo na água. — Seria muito melhor você dar de presente, um gesto grandioso para envergonhar os homens mesquinhos do Senado. Sei que você não se importa nada com o dinheiro, Crasso, e é por isso que tem tanto. É a influência que ele traz que você ama. Há outros tipos de dívida. Quantas vezes lhe passei informações que você usou para obter lucro?

Ela deu de ombros respondendo à sua própria pergunta, criando marolas na água quente. Crasso levantou a cabeça com esforço, deixando o olhar brincar sobre ela. Ela sorriu.

— Faz parte da minha amizade e me deu prazer ajudá-lo de vez em quando. Meu filho sempre vai pensar bem a seu respeito se você der o dinheiro a ele de presente. Júlio vai apoiá-lo em qualquer coisa. Você não poderia comprar esses homens com algumas moedas, Crasso. Eles têm orgulho demais, mas uma dívida perdoada? Este é um ato nobre, e você sabe disso tanto quanto eu.

— Eu vou... pensar nisso — disse ele, com os olhos fechando.

Servília observou enquanto ele afundava num sono leve e a água esfriava ao redor. Crasso faria o que ela desejava. Seus pensamentos voltaram para a visão de Júlio no tribunal. Era um rapaz muito poderoso. Quando seu filho entregou a Primogênita, ela imaginou se teriam pensado na dívida para com Crasso. Agora não seria um fardo. Estranho como a idéia da gratidão de seu filho era um prazer menor comparado ao fato de Júlio saber que ela fizera parte do presente.

Cheia de preguiça, passou as mãos pela barriga enquanto pensava no jovem romano de olhos estranhos. Ele tinha uma força da qual havia apenas um eco no adormecido Crasso, ainda que o velho é que levaria as legiões para o norte.

Uma das suas escravas entrou num silêncio sedoso, uma garota linda que Servília tinha resgatado de uma fazenda no norte.

— Seu filho está aí, senhora, com o tribuno — sussurrou a garota.

Servília olhou para Crasso, depois sinalizou para a garota ocupar seu lugar na água quente. Se ele acordasse, não ficaria satisfeito em estar sozinho, e a garota era suficientemente bonita para atrair até mesmo o interesse dele.

Servília enrolou um roupão na pele molhada e estremeceu ligeiramente, em antecipação.

Parou um instante na frente de um espelho enorme na parede e empurrou o cabelo úmido para longe da testa. Seu estômago estava leve com uma tensão surpreendente ao pensar que finalmente conheceria Júlio, e sorriu sozinha, divertida.

Brutus estava sentado com Júlio numa câmara que não tinha nada da decoração artística que ela empregava nos cômodos destinados aos negócios. Os móveis eram simples e as paredes eram cobertas por um tecido de padronagem sutil que dava uma sensação calorosa. Um fogo crepitava na grade e a luz era dourada quando os dois se levantaram para cumprimentá-la.

— Que bom conhecê-lo finalmente, César — disse ela, estendendo a mão. Seu roupão se grudava à pele úmida exatamente como ela havia esperado, e a expressão dele lhe deu prazer, lutando para não encará-la.

Júlio se sentiu avassalado por ela. Imaginou se Brutus se perturbava com o fato de ela parecer quase nua, apesar do tecido fino que cobria a pele. Viu que ela estivera tomando banho, e sua pulsação martelou ao pensar no que poderia estar acontecendo antes de sua chegada. Não era linda, pensou, mas quando sorria havia algo absolutamente sem fingimento na sensualidade. Ele tinha uma leve consciência de que não dormia com uma mulher há tanto tempo que quase havia se esquecido, e mesmo assim não se lembrava de Cornélia ou Alexandria o terem abalado como aquela mulher fazia tão sem esforço.

Ruborizou ligeiramente enquanto segurava a mão dela.

— Seu filho fala muito bem da senhora. Fico feliz por nos conhecermos, mesmo que por apenas um momento antes de eu voltar para casa. Sinto muito não poder ficar mais.

— A Primogênita deve estar se reunindo para acabar com a rebelião — disse ela, assentindo. Seus olhos se alargaram ligeiramente enquanto ele absorvia as palavras. — Não vou retê-los e devo voltar ao meu banho. Apenas se lembre de que você tem uma amiga, se um dia precisar de mim.

Júlio imaginou se realmente havia uma promessa naqueles olhos que o encaravam tão calorosamente. A voz dela era baixa e suave, e ele poderia ouvi-la durante longo tempo. Balançou a cabeça de súbito, como se para interromper um transe.

— Vou me lembrar — disse ele, inclinando a cabeça ligeiramente enquanto a avaliava. Quando ela se virou para Brutus, Júlio olhou rapidamente para onde as linhas de tecido úmido se curvavam em volta dos seios e ficou ruborizado de novo quando ela captou seu olhar e sorriu com prazer óbvio.

— Você deve trazê-lo de novo, Brutus, quando tiverem mais tempo. Parece que meu filho fala muito bem de nós dois.

Júlio olhou para o amigo, que estava franzindo a testa ligeiramente.

— Trarei — respondeu Brutus. Em seguida guiou Júlio para fora e deixou-a olhando-os. Os dedos dela roçaram ligeiramente nos seios enquanto pensava no jovem romano, e os mamilos duros tinham pouco a ver com o ar na pele.

Brutus achou facilmente a casa de Alexandria, apesar da escuridão das ruas. Com a armadura da Primogênita, ele era um alvo pouco convidativo para os *raptores* que atacavam os fracos e os pobres. A mãe de Otaviano, Atia, atendeu à porta com um olhar de medo que se desvaneceu ao reconhecê-lo. Ele entrou atrás dela, imaginando quantos outros viviam no terror dos soldados que vinham procurá-los à noite. Enquanto os senadores se rodeavam de guardas, o povo de Roma não tinha proteção além das portas que o separavam do resto da cidade.

Alexandria estava em casa, e Brutus ficou totalmente sem graça enquanto a mãe de Otaviano preparava o jantar a pouco mais de um metro de distância.

— Há algum lugar mais privado onde a gente possa conversar? — perguntou ele.

Alexandria olhou a porta aberta de seu quarto e Atia apertou a boca numa linha fina.

— Não na minha casa — disse ela, franzindo a testa para Brutus. — Vocês dois não são casados.

Brutus ficou vermelho.

— Vou partir amanhã. Só queria...

— Ah, sim, entendo muito bem o que você queria, mas não vai acontecer na minha casa.

Atia voltou a cortar legumes, deixando Brutus e Alexandria contendo risinhos que só teriam confirmado as suspeitas dela.

— Quer ir lá fora comigo, Brutus? Tenho certeza que Atia pode confiar em você à vista dos vizinhos — disse Alexandria. Em seguida pôs a capa e o seguiu para a noite enquanto Atia levava a tábua de cortar até a panela, inabalável.

Quando estavam sozinhos, Alexandria entrou nos braços dele e os dois se beijaram. Mesmo estando escuro, as ruas continuavam apinhadas. Brutus olhou em volta, irritado. O pequeno portal mal oferecia abrigo do vento, quanto mais o tipo de privacidade que ele queria.

— Isto é ridículo — falou, ainda que de fato estivesse esperando exatamente o tipo de encontro que Atia impedira. Ia partir para lutar em distantes campos de batalha, e era quase uma tradição encontrar uma cama acolhedora para a noite anterior.

Alexandria deu um risinho, beijando-o no pescoço, onde a armadura fazia com que a pele ficasse fria.

— Ponha minha capa em volta de nós — sussurrou ela em seu ouvido, acelerando sua pulsação.

Ele arrumou a capa de modo a enrolar os dois, e cada um estava respirando o hálito do outro.

— Vou sentir falta de você — disse ela, tristonha, sentindo o corpo apertado contra o dele.

Brutus tinha de segurar a capa com uma das mãos, mas a outra estava livre para deslizar no calor das costas dela e, quando seus dedos se esquentaram, sob a estola e contra a pele de Alexandria. Ela ofegou ligeiramente.

— Acho que Atia estava certa — sussurrou ela, não querendo que os ouvidos afiados da outra os escutassem.

Com a mão forte dele nos quadris, era como se estivesse nua, e a multidão que passava no escuro só fazia aumentar a excitação. A capa formava um espaço quente contra o frio, e ela o abraçou com força, sentindo as linhas rígidas da armadura. Ele estava com as pernas nuas, como sempre, e foi com um chocante sentimento de ousadia que ela pôs as mãos nas coxas dele, sentindo sua força lisa.

— Eu deveria chamá-la para me proteger de você — disse ela, movendo as mãos para cima.

Achou cordões macios e os afrouxou sentindo o calor dele na mão. Brutus gemeu baixinho diante do toque que o envolvia, olhando em volta para ver se alguém tinha notado. As pessoas não percebiam nada no escuro, e de repente ele não se importou se podiam ser vistos ou não.

— Quero que se lembre de mim enquanto estiver longe, jovem Brutus. Não quero você olhando cheio de desejo para aquelas prostitutas de acampamento — sussurrou. — Nós dois temos um negócio inacabado.

— Eu não iria... ah, deuses. Desejei você por tanto tempo!

Por baixo da capa ela desabotoou a estola e fez com que ele a penetrasse, os olhos estremecendo fechados com o movimento. Brutus levantou-a com facilidade, e juntos eles se apoiaram no portal, sem perceber nada em volta enquanto se moviam em silêncio. As pessoas passavam perto, mas nenhuma parava, e a noite as engolia.

Alexandria mordeu o lábio de prazer, agarrando a capa com mais força em volta deles, até quase se sufocar. O peitoral de Brutus se comprimia frio contra ela, mas ela não sentia desconforto, só o calor dele por dentro. A respiração dele era quente em seus lábios enquanto ela ofegava e o sentia começando a se retesar.

Pareceu demorar um longo tempo antes de voltarem a ter consciência dos músculos com cãibra e do frio. Alexandria gemeu baixinho enquanto ele saía de dentro. Brutus ficou perto no escuro, acariciando a pele que não podia ver, numa espécie de espanto. O calor redemoinhava no ar, criado por eles. Olhou os olhos dela e eles o espiaram de volta. Havia uma vulnerabilidade ali, apesar de toda a confiança externa, mas isso não importava. Ele não iria magoá-la. Lutou para encontrar palavras para dizer o que ela significava, mas Alexandria pôs a mão em sua boca para calar as bobagens.

— Shhh... eu sei. Só volte para mim, meu homem bonito. Só volte.

Ela ajeitou a capa para cobrir seu desalinho e, depois de beijá-lo uma última vez, abriu a porta para a luz que desapareceu junto com ela, deixando-o sozinho.

Brutus passou um momento se ajeitando para ficar decente o bastante para andar pelas ruas. Cada nervo pinicava com o toque dela, e ele se sentia totalmente vivo com a intensidade do que acontecera. Cambaleou um pouco andando de volta ao alojamento, e seu passo era leve.

CAPÍTVLO XXXV

O FEGANDO LIGEIRAMENTE NO AR FRIO, JÚLIO SE VIROU PARA OLHAR a cobra brilhante que serpenteava pela Via Flamínia abaixo da passagem elevada. Os primeiros três dias haviam sido duros para ele, antes que a forma física dos tempos na Grécia começasse a voltar. Agora as pernas tinham se enrijecido em cristas de músculos, e ele desfrutava do prazer que vem do simples cansaço com um corpo que parecia inexaurível. No fim do décimo dia estava gostando da marcha para Arimino, com as legiões às costas. Nas noites no campo, treinava o gládio com os especialistas que Crasso trouxera, e mesmo sabendo que jamais seria um mestre, seus pulsos ficavam mais fortes dia a dia, e somente os professores de espada podiam romper sua guarda.

O vento soprava em volta da coluna em marcha e Júlio estremeceu ligeiramente. Apesar de ter visto muitas terras no tempo passado longe de Roma, o frio dos Apeninos era novo, e ele o recebia com uma aversão séria espelhada em muitos dos soldados à sua volta.

Para tirar o gosto de pó da garganta, Júlio tomou um gole d'água de seu odre, mudando o peso do equipamento para encostar o gargalo na boca. A coluna só parava duas vezes por dia: brevemente ao meio-dia e depois a parada noturna, que começava com três horas de trabalho exaustivo para preparar os limites do acampamento contra emboscadas ou ataque. Olhou de novo para a coluna da legião e se maravilhou com o tamanho. Da passagem elevada entre as montanhas ele podia ver uma distância enorme no ar límpido, mas a retaguarda invisível da cavalaria estava a mais de quarenta e cinco quilômetros atrás. Com Crasso estabelecendo um ritmo rápido de trinta quilômetros do alvorecer ao crepúsculo, isso significava que os da retaguarda estavam um dia atrás dos da frente, e só iriam alcançá-los em Arimino. Cada parada tinha de ser repassada pela coluna pelos *cornicens*, com as notas das trombetas sumindo a distância até não poderem mais ser ouvidas.

Acima das encostas íngremes estavam as unidades de cavaleiros *extraordinarii*, como batedores na linha de frente. Montados em animais fortes, Júlio achava que eles deviam cobrir três ou quatro vezes a distância que a coluna marchava, em seus padrões entrecruzados. Era uma tática padronizada, ele sabia, ainda que qualquer um que tentasse atacar uma coluna tão forte teria de ser suicida.

Na frente estava a legião de vanguarda, escolhida a cada dia por sorteio. Tendo números inferiores, a Primogênita não podia tomar parte nas trocas, e ficava permanentemente estacionada dezesseis quilômetros atrás, perdida das vistas no centro da coluna. Júlio tentava imaginar o que Brutus e Rênio estavam achando da marcha. Cabera era mais velho do que alguns dos veteranos que haviam lutado contra Mitrídates com ele. Em Roma, Júlio achou que seria importante estar perto de Crasso, mas sentia falta dos amigos. Não obstante o quanto se esforçasse, não conseguia destacar o estandarte da águia da Primogênita na confusão de bandeiras lá atrás. Via a cavalaria da legião percorrendo para cima e para baixo a coluna, como as formigas-soldado que tinha visto na África, sempre olhando para fora, esperando um ataque que enfrentariam enquanto as linhas de luta se formassem.

Júlio marchava com a vanguarda, a uma distância em que era capaz de se comunicar gritando com Crasso e Pompeu, que cavalgavam no ritmo dos homens que eles lideravam. Com mais de quatro mil homens à frente quando soou o toque para a interrupção da noite, os generais tinham arranjado tudo de modo que o acampamento principal estivesse montado e as tendas erguidas quando eles chegassem. Assim podiam iniciar as discussões e comer, enquanto o resto cavava as imensas barreiras de terra em volta, criando um perímetro capaz de parar quase qualquer coisa.

Os três acampamentos eram marcados com bandeiras exatamente do mesmo modo a cada noite. Quando o sol finalmente se punha atrás das montanhas, as seis legiões eram organizadas em quadrados enormes, tendo até ruas principais: cidades brotavam do nada no ermo. Júlio ficara pasmo com a organização que os soldados mais velhos consideravam ponto pacífico. A cada noite ele martelava os prendedores de ferro da tenda com os outros, no lugar marcado para eles. Depois se juntava às unidades que cavavam a trincheira e colocava estacas em cima da barreira de terra que formava o muro externo da área segura, ininterrupta a não ser por quatro portões que tinham até mesmo guardas e vigias. Ainda que seus tutores lhe tivessem ensinado muita coisa sobre as rotinas e táticas das legiões, a realidade era fascinante e, desde o início, viu que parte da força vinha dos erros cometidos no passado. Se Mitrídates tivesse estabelecido um perímetro como o das legiões, ele sabia que ainda poderia estar na Grécia, procurando um modo de entrar.

O caminho para a colocação das pedras da Via Flamínia fora cortado através de um vale estreito entre encostas de cascalho solto. Apesar da luz já estar se esvaindo, Júlio achou que Crasso manteria os soldados marchando até que a vanguarda chegasse a um terreno limpo, suficientemente grande para o primeiro acampamento. Uma das legiões teria de voltar às planícies abaixo em busca de segurança, o que deixaria o passo livre a não ser pelos guardas e *extraordinarii* que permaneciam fazendo patrulha montada durante o período de escuridão. Não importando o que acontecesse, as legiões não podiam ser surpreendidas por qualquer inimigo, precaução que tinham aprendido havia mais de cem anos, lutando contra Aníbal nas planícies. Júlio se lembrou da admiração de Mário pelo antigo inimigo. No entanto até ele havia caído diante de Roma.

Ainda que aquelas terras já pudessem ter sido selvagens, agora as grandes pedras da Via Flamínia cortavam as montanhas, com postos de guarda a intervalos de trinta quilômetros. Povoados brotavam freqüentemente em volta desses postos, à medida que as pessoas se reuniam à sombra de Roma. Muitos arranjavam emprego fazendo manutenção da estrada, e algumas vezes Júlio via pequenos grupos de trabalhadores, esperando numa monótona indiferença a qualquer coisa que não fosse a interrupção de seu trabalho.

Em outras ocasiões Júlio passava por mercadores forçados a sair da estrada, que viam os soldados com uma combinação de raiva e espanto reverente.

Eles não podiam ir para Roma enquanto as legiões marchassem, e os que leva-vam mercadorias perecíveis olhavam com expressão sombria enquanto calcu-lavam as perdas. Os legionários os ignoravam. Eles haviam construído as artérias de comércio com suas mãos e suas costas, e tinham prioridade no uso.

Júlio desejou que Tubruk estivesse junto. Em sua época ele havia per-corrido a mesma rota pelas montanhas e através das vastas planícies do nor-te, onde Crasso esperava enfrentar o exército de escravos. O administrador da propriedade no campo não desejaria outra campanha, mesmo que Júlio pudesse poupá-lo da tarefa de manter Cornélia em segurança.

Sua boca se apertou inconscientemente enquanto pensava na despedi-da. Fora amarga, e ainda que ele odiasse ter de deixá-la com a raiva ainda recente entre os dois não podia adiar o encontro com a Primogênita no meio da grande hoste no Campo de Marte, pronta para marchar em direção ao norte.

As lembranças da última vez em que tinha deixado a cidade ainda esta-vam em carne viva. Roma havia queimado no horizonte atrás dele enquanto os homens de Sila caçavam os restos da Primogênita. Júlio fez uma careta, marchando. A legião vivia, enquanto a carne envenenada de Sila estava re-duzida a cinzas.

O julgamento tinha feito muito para restaurar o nome de Mário na cidade, mas enquanto os amigos de Sila ainda viviam e faziam seus jogos mesquinhos no Senado, Júlio sabia que não podia construir o tipo de Roma desejado por Mário. Cato ficava em segurança enquanto seus principais oponentes estavam no campo, mas quando voltassem Júlio iria juntar for-ças com Pompeu para derrubá-lo. O general entendia a necessidade como poucos outros. Por um momento Júlio pensou no destino do filho de Cato. Seria fácil demais colocá-lo na primeira fileira de cada ataque até que fos-se morto, mas essa era uma vitória covarde sobre o gordo senador. Pro-meteu que, se Germínio morresse, seria do mesmo modo como qualquer outro soldado, pelo capricho do destino. A filha de Pompeu fora encon-trada com o nome de Sila numa plaqueta de argila na mão frouxa, mas Júlio não se rebaixaria a matar inocentes, mesmo esperando que Cato estivesse aterrorizado por causa do filho.

Primeiro teriam de vir longos e amargos meses de campanha. Júlio sabia que teria sorte se visse as muralhas da cidade outra vez em menos de um ano. Podia ser paciente. Só um exército poderia tomar sua propriedade, e o pai de Cornélia, Cina, tinha permanecido atrás para bloquear Cato no Senado. Eles haviam formado uma aliança muito particular, e Júlio sabia que, com a força de Pompeu e a riqueza de Crasso, havia pouco que não poderiam alcançar.

Os *cornicens* soaram o sinal de parada enquanto Júlio atravessava o passo em direção à luz do sol que se esvaía. Podia ver a Via Flamínia se estendendo para baixo num vale profundo antes de subir nas alturas de um distante pico negro que, segundo diziam, era a última subida antes de Arimino. Desejou que Brutus pudesse estar com ele para ver, ou Cabera, que viajava com seus auxiliares mais atrás ainda, na coluna. Seu posto de tribuno lhe permitira se posicionar perto da vanguarda, mas a marcha em ordem de batalha não era um lugar para os amigos passarem preguiçosamente o tempo.

Com o sol se pondo, o primeiro turno de vigia assumiu as posições, deixando os escudos com suas unidades, segundo uma longa tradição. A ordem era imposta na paisagem irregular. Dez mil soldados comeram rapidamente e foram dormir na cidade miniatura que tinham feito. Durante a noite eram acordados em turnos para montar guarda, enquanto as sentinelas que voltavam assumiam os estrados ainda quentes, com alívio depois do frio da montanha.

Júlio fez seu turno de guarda no escuro, olhando da parede de terra para o terreno áspero do outro lado. Aceitou um quadrado de madeira das mãos de um centurião e memorizou a senha gravada nele. Depois foi deixado sozinho no escuro, com o campo silencioso às costas. Com um sorriso irônico, entendia por que os guardas não podiam ficar com os escudos: era fácil demais descansar os braços no topo deles, depois a cabeça nos braços, e cochilar. Ficou alerta e imaginou quanto tempo se passara desde que uma sentinela fora encontrada dormindo. A punição era uma surra até a morte dada pelos próprios colegas de tenda, o que impedia que até mesmo o soldado mais cansado fechasse os olhos.

O turno de vigia se passou sem surpresas, e Júlio trocou de lugar com outro de sua tenda, forçando o sono a vir depressa. Os problemas com Cornélia e Cato pareciam distantes enquanto se deitava de olhos fechados, ouvindo os roncos dos homens ao redor. Era fácil imaginar que não havia uma força no mundo capaz de perturbar a vasta reunião de poder que Crasso fazia marchar para o norte a partir de Roma. Enquanto caía no sono, o último pensamento de Júlio foi a esperança de que ele e Brutus tivessem chance de transformar o nome da Primogênita num farol durante a carnificina que viria.

Otaviano deu um grito agudo de desafio para o enxame de adversários em volta. Eles não percebiam que o garoto era um guerreiro nato, e cada golpe que dava deixava mais um agonizando, chamando pela mãe. Saltou para enfiar a lança no líder, que tinha uma grande semelhança com o aprendiz do açougueiro em sua imaginação febril. O soldado inimigo caiu com um gorgolejo e chamou Otaviano para perto da boca sangrenta para ouvir suas últimas palavras.

— Eu lutei cem batalhas, mas nunca encontrei um oponente tão capaz — sussurrou junto com o último suspiro.

Otaviano gritou de júbilo e correu pelo estábulo, girando o pesado gládio sobre a cabeça. Sem aviso, uma mão poderosa agarrou seu pulso por trás e ele gritou de surpresa.

— O que acha que está fazendo com minha espada? — perguntou Tubruk, respirando forte pelo nariz.

Otaviano se encolheu esperando um tapa, depois abriu os olhos devagar quando ele não veio. Viu que o velho gladiador ainda estava olhando feroz, esperando a resposta.

— Desculpe, Tubruk. Só a peguei emprestada para treinar.

Ainda segurando o pulso do menino com firmeza para impedir a fuga, Tubruk tirou a espada dos dedos que não resistiram. Levantou a lâmina e xingou furioso ao olhá-la, fazendo Otaviano dar um pulo. Os olhos do menino ficaram arregalados de medo diante da expressão que atravessou o rosto de Tubruk. Ele não esperava que o administrador voltasse dos campos nas próximas horas, e nesse tempo a espada estaria de volta ao lugar.

— Olha isso! Você faz alguma *idéia* de quanto tempo vou demorar para afiar de novo? Não, claro que não. Não passa de um idiotazinho estúpido que acha que pode roubar tudo que quer.

Os olhos de Otaviano se encheram de lágrimas. Não queria nada no mundo além da aprovação do velho gladiador, e o desapontamento era pior do que a dor física.

— Desculpe. Só quis pegar emprestada. Vou afiar até você não ver as marcas!

Tubruk olhou a lâmina de novo.

— O que você fez? Bateu com ela deliberadamente? Isso não pode ser afiado. Ela precisa ser completamente amolada de novo ou, melhor ainda, ser jogada fora como lixo. Usei esta espada na arena dos gladiadores e em três guerras, e tudo isso é desfeito por uma hora insensata com um garoto que não consegue ficar com a mão longe das coisas dos outros. Desta vez você passou das medidas, eu garanto.

Furioso demais para continuar falando, Tubruk jogou a espada no chão e se afastou do garoto que choramingava, saiu do estábulo e o deixou sozinho com seu sofrimento.

Otaviano pegou a arma e passou o polegar pelo gume, que tinha sido praticamente dobrado em alguns pontos. Pensou que, se pudesse achar uma boa pedra de amolar e desaparecer da propriedade durante algumas horas, quando voltasse Tubruk teria se acalmado e ele poderia devolver a espada. Uma visão da surpresa do velho gladiador quando ele entregasse a espada entrou em sua mente.

— Eu pensava que não teria jeito!

Otaviano imaginou Tubruk dizendo isso enquanto examinava o novo gume. Pensou que talvez não diria nada, simplesmente assumiria uma expressão humilde até Tubruk desalinhar seu cabelo, tendo esquecido o incidente.

O devaneio foi interrompido pela volta de Tubruk, e Otaviano largou a espada com medo ao ver que o velho gladiador estava segurando uma pesada tira de couro.

— Não! Pedi desculpa! Vou consertar a espada, prometo — gemeu Otaviano, mas Tubruk manteve um silêncio feroz enquanto o arrastava do estábulo para a luz do sol. O menino lutava impotente enquanto era puxado pelo pátio, mas a mão que o segurava estava rígida com uma força de adulto que ele não podia romper, apesar do tanto que havia crescido.

Tubruk abriu o portão principal com a mão que segurava a tira, grunhindo pelo esforço.

— Eu deveria ter feito isso há muito tempo. Aí está a estrada de volta para a cidade. Sugiro que vá por ela e se certifique de que eu não ponha os olhos em você de novo. Se ficar aqui, vou bater nas suas costas até tomar jeito. Qual é a palavra? Ir ou ficar?

— Não quero ir, Tubruk — gritou o menino, soluçando de terror e confusão.

Tubruk firmou a boca, surdo aos rogos.

— Então, certo — disse sério, e segurou Otaviano pela túnica, acertando a tira em seu traseiro com um estalo que ecoou pelo pátio. Otaviano puxava loucamente para escapar e uivava incoerentemente, mas Tubruk o ignorou, levantando a tira de novo.

— Tubruk! Pára com isso! — disse Cornélia.

Ela viera ao pátio ver a fonte de tamanho ruído e agora encarava os dois, os olhos chamejando. Otaviano aproveitou o momento para arrancar a túnica da mão de Tubruk e correr até ela, envolvendo-a com os braços e escondendo a cabeça em seu vestido.

— O que está fazendo com o garoto, Tubruk? — perguntou Cornélia rispidamente.

O administrador não respondeu, aproximando-se dela para segurar Otaviano de novo. Mesmo com a cabeça apertada no vestido, Otaviano sentiu-o vindo e se escondeu atrás dela. Cornélia usou as mãos para manter Tubruk a distância num jorro frenético de energia que o fez dar um passo atrás, com o peito arfando.

— Pare com isso agora mesmo. Ele está aterrorizado, não dá para ver? — perguntou Cornélia.

Tubruk balançou a cabeça devagar, os olhos saltando na direção dela.

— Não vai servir de nada para ele, quando crescer, se o deixar se esconder às suas costas agora. Quero que ele se lembre disso e quero que isso volte à cabeça dele na próxima vez em que pensar em roubar alguma coisa.

Cornélia se curvou e segurou as mãos de Otaviano.

— O que pegou desta vez? — perguntou.

— Só peguei a espada dele emprestada. Ia guardar de volta, mas ela ficou cega, e antes que eu pudesse amolar de novo Tubruk voltou — gemeu Otaviano arrasado, olhando Tubruk com o canto do olho para o caso de ele fazer outra tentativa de lhe pôr as mãos.

Cornélia balançou a cabeça.

— Estragou a espada dele? Ah, Otaviano, isso é demais. Terei de dar você de volta a Tubruk. Sinto muito.

Otaviano gritou enquanto ela soltava seus dedos do vestido com firmeza, e Tubruk segurou sua túnica de novo. Cornélia mordeu o lábio inferior, infeliz, enquanto Tubruk baixava a tira de couro mais quatro vezes e depois deixava Otaviano correr para a escuridão tranqüilizadora do estábulo.

— Ele está morrendo de medo de você — disse Cornélia, vendo o menino correr.

— Talvez, mas era necessário. Deixei passar coisas que nunca teria suportado de Júlio ou Brutus quando eles eram meninos. Esse aí passa metade do tempo num mundo de sonhos. Não fará mal algum ele ficar com o traseiro quente. Talvez na próxima vez em que pensar em roubar, isso deixe suas mãos um pouco mais lentas.

— A espada está estragada? — perguntou Cornélia, ainda insegura perto daquele homem que conhecera Júlio quando ele era tão pequeno quanto Otaviano.

Tubruk deu de ombros.

— Provavelmente. Mas o garoto não vai estar, o que é mais do que eu poderia dizer se ele ficasse como estava na cidade por mais algum tempo. Ele vai chorar um bocado e depois vai comer como se nada tivesse acontecido, se é que eu o conheço.

Otaviano não apareceu para a refeição noturna, e Clódia trouxe uma tigela de comida quando a escuridão caiu. Não pôde achá-lo no estábulo, e uma busca pela propriedade não revelou qualquer sinal do menino. Ele e o gládio tinham desaparecido.

— Você é feio demais para ser um bom espadachim — disse Brutus animado enquanto se movia nos calcanhares com leveza em volta do legionário furioso.

À medida que a luz se desbotava, os homens tinham se reunido no centro do acampamento, como tinham feito nas últimas três noites, para ver as disputas que Brutus havia organizado.

— Você precisa de uma certa habilidade, é certo, mas ser bonito também é importante — continuou Brutus, olhando o homem com um exame atento negado pela bazófia.

O legionário se virou para encará-lo, segurando a espada de treino com um pouco de força demais, devido à tensão. Ainda que as espadas de madeira não fossem mortais, um golpe forte poderia quebrar um dedo ou arrancar um olho. A madeira era oca ao longo de toda a lâmina grossa e fora enchida com chumbo, ficando mais pesada do que um gládio. Quando os soldados pegavam as espadas de verdade, sentiam-nas quase milagrosamente leves.

Brutus se virou para evitar uma estocada, deixando a lâmina passar a centímetros dele. Tinha começado as disputas no fim da sexta noite, quando percebeu que nem de longe estava tão cansado quanto esperava. As lutas haviam se tornado rapidamente a principal diversão para os soldados cheios de tédio, atraídos pela confiança petulante de Brutus, de que não havia nenhum deles que pudesse vencê-lo. Freqüentemente lutava contra três ou quatro legionários seguidos, e até mesmo os jogos de azar haviam parado no acampamento depois da segunda noite, com todo o dinheiro sendo apostado contra ou a favor de Brutus. Se ele continuasse vencendo, terminaria a marcha com uma pequena fortuna.

— As pessoas gostam de heróis bonitos, veja bem. Você está longe disso — anunciou Brutus, rechaçando um ataque súbito com um grunhido ao terminar. — Não é uma coisa óbvia como um nariz ou uma boca peculiar...

Ele fez uma combinação de giros que foi defendida desesperadamente e recuou para deixar que o sujeito se recuperasse. O legionário estivera igualmente petulante no início, mas agora o suor escorria do cabelo enquanto ele se desviava e atacava. Brutus franziu os olhos para o rosto dele, como se avaliasse suas feições.

— Não, é feiúra acumulada, como se nada estivesse no lugar certo — disse ele.

O soldado rosnou e deu um golpe com força suficiente para partir o crânio de Brutus, se acertasse. O ataque passou longe, e enquanto o soldado ia atrás Brutus bateu com sua espada na nuca do outro, apenas com força suficiente para desequilibrá-lo. Ele caiu chapado e se levantou ofegando enquanto falava:

— Amanhã? Acho que poderia vencê-lo se tivesse outra chance, sendo feio ou não.

Brutus deu de ombros e apontou para a fila de soldados que esperavam.

— Há alguns na sua frente, mas vou tentar fazer com que Cabera ponha você na frente amanhã à noite, se estiver disposto. Você ainda está segurando a espada com muita força, sabe?

O soldado examinou o punho e assentiu.

— Trabalhe os punhos — continuou Brutus, sério. — Se confiar na força deles, vai poder relaxar um pouco.

O soldado se retirou para a turba, movendo a espada de madeira lentamente, concentrado. Cabera trouxe o próximo, empurrando-o para a frente como se fosse um filho predileto.

— Este aqui diz que é bom. Foi campeão da centúria dele há alguns anos. O intendente quer saber se você vai deixar as apostas recomeçarem. Acho que você o deixou preocupado.

Cabera riu para Brutus, satisfeito por ter voltado à Primogênita depois da primeira noite monótona na retaguarda.

Brutus olhou o último oponente de cima a baixo, notando os ombros fortes e a cintura fina. O homem ignorou a inspeção e gastou o tempo alongando os músculos.

— Qual é o seu nome? — perguntou Brutus.

— Domício. Sou centurião — respondeu o homem.

Havia nele alguma coisa que fez Brutus estreitar os olhos, cheio de suspeitas.

— Você foi campeão de centúria? Há quantos anos?

— Três. Fui campeão da legião no ano passado — respondeu Domício, continuando com os exercícios sem olhar para o rapaz.

Brutus trocou um olhar rápido com Cabera e observou que a multidão em volta tinha crescido de tal forma que todos, menos as sentinelas, deveriam estar ali. Rênio havia se juntado a eles, e Brutus franziu a vista ao vê-lo. Era difícil relaxar quando o homem que lhe havia ensinado estava balançando a cabeça numa aparente incredulidade. Ele juntou a confiança.

— O negócio, Domício, é que tenho certeza que você é bastante competente, mas em cada geração tem de haver alguém melhor do que todo mundo. É a lei da natureza.

Domício espreguiçou lentamente os músculos das pernas. Ele pareceu pensar nisso.

— Você provavelmente está certo — respondeu ele.

— Eu estou. Alguém tem de ser o melhor de cada geração, e sinto quase vergonha de dizer que essa pessoa sou eu.

Brutus ficou olhando Domício, esperando uma reação.

— Quase vergonha? — murmurou Domício enquanto relaxava os músculos das costas.

Brutus se sentiu irritado com a calma do legionário. Alguma coisa no alongamento quase hipnótico o incomodava.

— Certo. Cabera? Vá ao intendente e diga que vou deixar que corram as apostas para mais uma luta, com o Domício aqui.

— Acho que não... — começou Cabera, olhando em dúvida para o recém-chegado. Domício era quase uma cabeça mais alto do que Brutus e se movia com controle e um equilíbrio fácil que eram raros de ver.

— Só diga a ele. Mais um, e recolho os ganhos.

Cabera fez uma careta e foi trotando.

Domício se levantou como se estivesse se desenrolando e sorriu para Brutus.

— Era isso que eu estava esperando — disse ele. — Meus amigos têm um monte de dinheiro apostado contra você.

— E isso não lhe diz alguma coisa? Então, vamos logo.

Domício suspirou.

— Vocês, baixinhos, são sempre impacientes — falou, balançando a cabeça.

Otaviano enxugou o nariz ao longo do braço, deixando um rastro prateado na pele. A princípio a cidade parecera um lugar diferente. Tinha sido bastante fácil passar pelos guardas do portão, usando uma carroça como cobertura, mas, assim que chegou dentro, o ruído, os cheiros e a simples *pressa* da multidão eram desconcertantes. Percebeu que os meses na propriedade do campo tinham feito com que esquecesse a energia da cidade, mesmo à noite.

Esperava que Tubruk estivesse preocupado com ele. Achava que dentro de um ou dois dias seria recebido de volta de braços abertos. Especialmente se pudesse convencer Tabbic a amolar a espada de novo, deixando-a com um belo gume. Só precisava ficar longe de encrenca até de manhã, quando a pequena oficina se abria. A lâmina estava enrolada numa manta de cavalo debaixo do braço. Caso contrário, não iria longe com ela. Algum cidadão de espírito público iria pará-lo ou, pior, um ladrão poderia pegá-la pelo dinheiro que renderia numa das lojas mais baratas do que a de Tabbic.

Quase inconscientemente Otaviano deixou seus passos o levarem na direção da casa de sua mãe. Se ao menos pudesse passar a noite lá, procuraria Tabbic e estaria de volta ao campo em um ou dois dias, e Tubruk ficaria satisfeito com ele de novo. Pensou na provável reação dela ao vê-lo e se encolheu. A espada seria descoberta e sua mãe pensaria que ele a havia roubado. Para uma mãe, ela não tinha muita confiança, admitiu o garoto com tristeza. Nunca acreditava nele, nem quando estava dizendo a verdade, o que era sempre enfurecedor.

Talvez devesse tentar um sinal para Alexandria, fazer com que ela saísse para recebê-lo sem perturbar o resto da casa. Ela poderia entender melhor do que sua mãe o que ele tinha de fazer.

Seguiu rapidamente em meio à multidão noturna, desviando-se dos vendedores de rua e resistindo à ânsia de pegar a comida quente que enchia o ar com cheiros hipnotizantes. Estava faminto, mas a sensação de vazio no estômago ficava em segundo lugar diante da necessidade de consertar as coisas com Tubruk. Ser apanhado por um vendedor furioso estragaria as coisas tanto quanto uma conversa com a mãe.

— É o rato!

A exclamação súbita o arrancou dos pensamentos sofridos. Ergueu a cabeça e viu os olhos surpresos do aprendiz de açougueiro, e o pânico relampejou em sua mente. Pulou na rua para evitar as mãos que tentavam agarrá-lo por trás. Estavam todos lá! Desesperado, abriu a manta e pôs a mão no gládio de Tubruk. Trouxe-o na frente do corpo enquanto o garoto do açougueiro vinha para ele, com as mãos se fechando de antecipação. Um giro louco da espada quase tocou os dedos esticados, e o aprendiz xingou de surpresa.

— Você vai morrer por causa disso, seu desgraçado de Turim. Eu estava imaginando para onde você tinha ido. Andou roubando, não foi?

Enquanto o garoto rosnava para ele, Otaviano pôde ver os outros se esgueirando para bloquear sua retirada. Em alguns instantes estava cercado, e a multidão se movia ao redor sem notar a cena ou com medo demais da violência para interferir.

Otaviano segurou a espada na primeira posição, como Tubruk ensinara. Não podia correr, por isso prometeu dar um belo corte antes que eles o pegassem.

O garoto do açougueiro riu, diminuindo o espaço.

— Agora não está tão metido, não é, rato?

Ele parecia enorme para Otaviano, e era como se a espada fosse inútil em suas mãos. O garoto do açougueiro se aproximou com a mão estendida para afastar qualquer ataque súbito, o rosto iluminado por uma empolgação feroz.

— Me dá isso, e eu deixo você viver — disse ele, rindo.

Otaviano segurou o punho ainda mais alto, contra essa ameaça, tentando pensar no que Tubruk faria se estivesse em sua posição. A resposta lhe veio quando o aprendiz entrou no alcance da espada.

Otaviano gritou e atacou, girando a ponta contra a mão estendida. Se a lâmina estivesse afiada, o garoto ficaria aleijado. Como aconteceu, ele gritou e dançou para trás, saindo do alcance, xingando e segurando a mão machucada com a outra.

— Me deixa em paz! — gritou Otaviano, procurando um espaço por onde fugir.

Não havia, e o garoto do açougueiro inspecionou a mão cortada antes de seu rosto se retorcer de modo maligno. Levando a mão atrás do corpo, tirou uma faca pesada do cinto e mostrou a Otaviano. Estava enferrujada com o sangue de sua profissão, e Otaviano mal podia afastar os olhos dela.

— Vou cortar você, rato. Vou arrancar seus olhos e deixar você cego — rosnou o garoto mais velho.

Otaviano tentou fugir, mas, em vez de segurá-lo, os outros aprendizes riram e o empurraram de volta para o garoto do açougueiro. Levantou a espada de novo e então uma sombra surgiu sobre os aprendizes, e uma mão pesada bateu na cabeça do garoto do açougueiro, derrubando-o chapado.

Tubruk baixou a mão e pegou a faca onde ela caíra. O garoto do açougueiro começou a se levantar. Tubruk fechou o punho e deu um soco derrubando-o na imundície da rua onde ele ficou se retorcendo, atordoado.

— Nunca pensei que chegaria um dia em que eu ia lutar com uma criança — murmurou Tubruk. — Você está bem? — Otaviano olhou-o com espanto boquiaberto. — Estou procurando você há horas.

— Eu ia... levar a espada para Tabbic. Eu não roubei — respondeu Otaviano, com as lágrimas ameaçando sair de novo.

— Eu sei, garoto. Clódia achou que você devia estar fazendo isso. Parece uma boa coisa eu ter vindo procurar você, não foi?

O velho gladiador olhou para o círculo de aprendizes parados nervosos ao redor, sem saber se deveriam correr ou não.

— Se eu fosse vocês, garotos, iria embora antes que eu perdesse a cabeça.

Sua expressão deixou claras as conseqüências, e eles não perderam tempo em desaparecer.

— Eu mesmo vou mandar a espada para Tabbic, certo? Agora, você vai voltar à propriedade ou não?

Otaviano assentiu. Tubruk se virou para voltar através da turba até o portão. Já seria quase madrugada quando chegassem à propriedade, mas ele sabia que não dormiria com Otaviano desaparecido. Apesar de todos os defeitos, gostava do garoto.

— Espera, Tubruk. Só um momento — disse Otaviano.

Tubruk se virou franzindo a testa.

— O que é?

Otaviano foi até o aprendiz caído e deu-lhe um chute no saco com o máximo de força possível. Tubruk se encolheu quase como se sentisse a dor.

— Deuses, você tem muito a aprender. Não é esportivo bater num homem caído.

— Talvez não, mas ele me devia isso.

Tubruk soprou o ar das bochechas enquanto Otaviano seguia seu passo.

— Talvez devesse mesmo, garoto.

Brutus não podia acreditar no que estava acontecendo. Domício não era humano. Ele não tinha fôlego para cantar vantagem e quase havia perdido a luta nos primeiros segundos quando Domício atacou com uma velocidade que ele nunca vira. Sua raiva tinha acionado os reflexos para o ataque, e o som dos golpes aparados foi implacável por mais tempo do que ele acharia possível. O lutador não parecia parar para respirar. Os golpes vinham constantemente, de todos os ângulos, e por duas vezes Brutus quase perdeu a espada quando foi acertado no braço. Com armas verdadeiras isso poderia bastar para acabar com a luta, mas nas disputas de treino era preciso um golpe claramente fatal, especialmente quando havia dinheiro apostado.

Brutus tinha recuperado um pouco de terreno quando passou para o estilo fluido que aprendera com o guerreiro tribal na Grécia. Como esperava, os ritmos diferentes haviam interrompido o ataque de Domício e ele acertou o antebraço do outro com um golpe que teria cortado sua mão no pulso se a lâmina tivesse gume.

Então Domício recuou, parecendo surpreso, e Brutus usou o momento para forçar sua raiva a se reduzir até uma calma igual à do oponente. Domício nem estava respirando pesado e parecia num relaxamento completo.

Para não abafar o som de um possível ataque inimigo, os soldados que observavam eram proibidos de aplaudir ou gritar. Em vez disso, sibilavam ou ofegavam enquanto a luta prosseguia no círculo, balançando os punhos fechados e mostrando os dentes numa empolgação reprimida.

Brutus teve a chance de dar um soco quando as espadas ficaram presas juntas, mas isso também era proibido, para o caso de os soldados se machucarem a ponto de não poder lutar ou marchar no dia seguinte.

— Eu... poderia ter acabado com você — ofegou ele.

Domício assentiu.

— Também tive a chance antes. Claro, tenho o braço mais comprido do que você.

O ataque veio de novo, e Brutus bloqueou duas vezes antes que o terceiro atravessasse sua guarda, e ele olhou a ponta de madeira apertando dolorosamente seu peito abaixo das costelas.

— Vitória, acho — disse Domício. — Você é realmente muito bom. Quase me venceu com aquele estilo que usou na metade. Precisa me mostrar isso uma hora qualquer. — Ele viu a crista caída de Brutus e riu. — Filho, fui campeão da legião cinco vezes desde que tinha sua idade. Você ainda é muito novo para ter a velocidade total, e a habilidade demora ainda mais. Tente comigo de novo daqui a um ano ou dois, e pode haver um resultado diferente. Você se saiu muito bem, e eu sei disso.

Domício entrou numa multidão de soldados que lhe deram tapinhas nas costas e nos ombros, parabenizando. Cabera se aproximou de Brutus, parecendo azedo.

— Ele foi muito bom — murmurou Brutus. — Melhor do que Rênio ou qualquer um.

— Você poderia vencê-lo se lutasse de novo?

Brutus pensou, coçando o queixo e a boca.

— Pode ser, se eu aprendesse a partir desta vez.

— Isso é bom, porque peguei os ganhos com o intendente antes do início da luta.

— O quê? Eu disse para você deixar correr! — disse Brutus com um riso espantado. — Ha! Quanto a gente ganhou?

— Vinte aurei, o dinheiro original dobrado pelas sete lutas que você ganhou. Tive de apostar um pouco do seu contra Domício, por educação, mas o resto está limpo.

Brutus riu alto, depois se encolheu quando começou a sentir os machucados.

— Ele só me desafiou para deixar os amigos ganharem o dinheiro de volta. Parece que terei outra chance, afinal.

— Posso marcar para amanhã, se você quiser. As apostas contra você serão incríveis. Se você ganhar, não restará uma moeda no acampamento.

— Faça isso. Eu gostaria de outra tentativa com Domício. Seu velho esperto! Como sabia que eu ia perder?

Cabera suspirou, inclinando-se para perto como se fosse contar um segredo.

— Eu sabia porque você é um idiota. Ninguém vence um campeão de legião depois de três outras lutas.

Brutus bufou.

— Da próxima vez vou deixar Rênio fazer as apostas.

— Nesse caso vou tirar minha parte antes de você começar.

CAPÍTVLO XXXVI

JÚLIO PENSOU QUE TINHA VISTO PORTOS MOVIMENTADOS NA ÁFRICA E na Grécia, mas Arimino era o centro do comércio de grãos de todo o país, e o cais estava apinhado de navios carregando e descarregando. Havia até mesmo um fórum central e templos para os soldados fazerem as pazes e rezarem por segurança no conflito vindouro. Era uma pequena Roma, construída na borda da grande planície do Pó, e servia como portão para o sul. Tudo do norte que ia parar em Roma passava primeiro por Arimino.

Crasso e Pompeu tinham requisitado uma casa particular na extremidade do fórum, e foi para lá que Júlio se dirigiu na segunda noite, tendo de pedir informação mais de uma vez. Ia com dez soldados da Primogênita como precaução numa cidade estranha, mas os habitantes pareciam preocupados demais com o comércio para ter tempo para tramas ou política. Se a gigantesca força acampada em círculo em volta da cidade os perturbava, ele não sabia. Os navios e as caravanas de grãos chegavam e saíam, e os negócios continuavam sem interrupção, como se a única ameaça da guerra fosse a possibilidade do aumento dos preços nos mercados.

Júlio passou facilmente pela multidão com seus homens, ouvindo a conversa das pessoas que faziam acordos enquanto andavam, mal notando os soldados dos quais se desviavam. Com as duas legiões do norte que tinham encontrado na cidade, o exército reunido chegava perto de quarenta mil soldados experientes. Era difícil imaginar uma força que eles não pudessem enfrentar, apesar de todo o choque que a rebelião de Espártaco havia causado depois do tumulto em Módena.

Achou o lugar certo ao ver as sentinelas que guardavam a escadaria até a porta. Era típico de Crasso achar uma casa tão opulenta, pensou Júlio com um sorriso. Apesar de toda a sua contenção pessoal, ele adorava ser rodeado por coisas belas. Júlio imaginou se o verdadeiro proprietário encontraria alguns espaços vazios em seus tesouros quando os romanos fossem embora. Lembrou-se de Mário dizendo que Crasso era confiável com qualquer coisa, menos arte.

Júlio foi guiado por um soldado e entrou numa sala dominada por uma estátua de uma jovem nua, cor creme. Crasso e Pompeu tinham colocado cadeiras aos pés dela e mais assentos num círculo diante deles.

Seis dos oito legados já estavam ali e, enquanto os últimos dois entravam, Júlio se sentou com as mãos no colo e esperou. O último a entrar foi Lépido, que aceitara o corpo de Mitrídates entregue por ele na Grécia. Isso parecia ter acontecido há uma vida inteira, mas Lépido ainda tinha a mesma expressão frouxa e despreocupada quando assentiu para Júlio vagamente e começou a limpar as unhas de uma das mãos com a outra.

Pompeu se inclinou para a frente, com as pernas de trás da cadeira saindo do chão.

— A partir deste ponto, senhores, espero vê-los todas as noites depois das sentinelas serem postadas. Em vez de ter uma linha vulnerável de quatro acampamentos, dei ordens para apenas dois, com quatro legiões em cada. Vocês devem ficar suficientemente perto para chegar ao posto de comando duas horas antes de cada meia-noite.

Houve um murmúrio de interesse enquanto os legados digeriam isso. Pompeu continuou:

— Os últimos relatórios sugerem que o exército de escravos está indo para o norte o mais rápido possível. Crasso e eu acreditamos que há perigo de eles chegarem aos Alpes e à Gália. Se não pudermos pegá-los antes, eles vão desaparecer. A Gália é vasta, e temos pouca influência lá. Eles não devem escapar livres, do contrário no ano que vem teremos outra rebelião de cada escravo que ainda estiver em terras romanas. A destruição e a perda de vidas seriam enormes.

Ele parou esperando comentários, mas os generais reunidos ficaram em silêncio, observando. Um ou dois olharam para Crasso, claramente pensando no comando designado pelo Senado, mas o companheiro de Pompeu estava relaxado em seu assento, concordando com a cabeça enquanto Pompeu enfatizava cada ponto.

— Suas ordens são de marchar para o oeste ao longo das estradas de planície até que eu dê sinal para virarem para o norte. É uma rota mais longa no total, mas teremos mais velocidade na estrada do que pelo campo. Quero cinqüenta quilômetros num dia, depois trinta, depois mais cinqüenta.

— Durante quanto tempo? — interrompeu Lépido.

Pompeu se imobilizou e deixou que o silêncio mostrasse sua irritação.

— Nossas melhores estimativas são de oitocentos quilômetros para o oeste e depois uma distância que não podemos avaliar, para o norte, sem saber o paradeiro exato do inimigo. Depende, claro, do quanto eles chegarem perto das montanhas. Eu espero...

— Isso não pode ser feito — disse Lépido, peremptoriamente.

Pompeu parou de novo, depois se levantou para olhar o general a partir de uma posição mais elevada.

— Estou dizendo o que vai acontecer, Lépido. Se sua legião não conseguir marchar no ritmo das outras sob meu comando, retirarei seu posto e darei a alguém que possa fazer seus homens marchar.

Lépido ofegou, indignado. Júlio imaginou se teriam dito a ele o quanto estivera perto do controle total das legiões. Não fosse por alguns votos no Senado, as posições dos dois estariam invertidas. Observando Lépido atentamente, Júlio suspeitou que ele soubesse muito bem. Sem dúvida, Cato tinha deixado a notícia vazar até ele, enquanto se reuniam no Campo de Marte, na esperança de fomentar problemas mais tarde.

— Meus homens já cobriram quinhentos quilômetros num ritmo forte nesta viagem, Pompeu. Eles poderiam fazer isso de novo, mas preciso de duas semanas para que descansem, e depois não mais de trinta, trinta e oito quilômetros por dia. Mais do que isso, perderemos homens.

— Então perderemos! — disse Pompeu rispidamente. — Cada dia que esperamos em Arimino leva esse tal de Espártaco para mais perto das montanhas e da liberdade na Gália. Não vou ficar aqui nem mais um dia do que o necessário para carregar as provisões. Se tivermos algumas dúzias de homens machucados e mancando no fim, é um preço que vale pagar. Ou mesmo algumas centenas, se isso significar a diferença entre pegá-los e vê-los escapar à punição pelo sangue romano que têm nas mãos. Nove mil mortos em Módena!

A voz de Pompeu tinha se erguido até um grito, e ele se inclinou na direção de Lépido, que olhou de volta com uma calma enfurecedora.

— Quem *está* no comando aqui? — perguntou Lépido, balançando a mão para Crasso. — Deram-me a entender que o Senado escolheu Crasso em vez de mim. Não reconheço esse negócio de "subcomandante". Isso é ao menos legal?

Os outros legados sabiam, como Júlio, que Lépido poderia ter liderado. Como felinos, observavam os que falavam, com as garras cuidadosamente escondidas, esperando o resultado. Crasso também se levantou para ficar ao lado de Pompeu.

— Pompeu fala com minha voz, Lépido, e esta é a voz do Senado. Independentemente do que você tenha ouvido, deve saber que não pode questionar o comando.

O rosto de Pompeu estava tenso de fúria.

— Vou lhe dizer, Lépido. Farei com que seu posto seja retirado no primeiro instante em que você cometer um erro. Questione uma só ordem minha de novo que eu mando matá-lo e deixá-lo na estrada. Entendeu?

— Completamente — respondeu Lépido, aparentemente satisfeito.

Júlio imaginou o que ele tinha esperado ganhar com a discussão. Será que o legado esperava minar Crasso? Júlio sabia que não poderia servir sob o comando de um homem daqueles, não importando o quanto ele se retorcesse para ganhar autoridade. A ameaça feita por Pompeu era perigosa. Se os homens de Lépido tivessem o tipo de lealdade que Júlio vira com a Primogênita e Mário, Pompeu havia assumido um risco. Na posição de Pompeu, Júlio achou que teria sido melhor mandar matar Lépido imediatamente e enviar sua legião de volta a Roma, sob vergonha. Perder os homens era uma penalidade menor do que marchar com quem poderia traí-los.

— Marcharemos dentro de dois dias, ao alvorecer — disse Pompeu. — Já coloquei espiões na estrada com ordens para se juntar à força principal quando chegarmos perto. As táticas de batalha terão de esperar até termos informações melhores. Estão dispensados. Tribuno César, gostaria de trocar uma palavra com você, se puder ficar.

Lépido se levantou com os outros legados, começando uma conversa com dois deles enquanto saíam da sala. Antes que suas vozes sumissem, Júlio o ouviu rir de alguma coisa, e viu Pompeu se enrijecer, irritado.

— Esse aí são os olhos e ouvidos de Cato — disse Pompeu a Crasso. — Pode ter certeza que está tomando nota de tudo que fazemos, para informar quando voltarmos.

Crasso deu de ombros.

— Então mande-o de volta a Roma. Coloco meu selo na ordem, e podemos derrotar os rebeldes com sete legiões tão facilmente quanto com oito.

Pompeu balançou a cabeça.

— Talvez, mas há outros relatórios que não mencionei. Júlio, isto não deve sair daqui, entendeu? Não há sentido em que os boatos circulem pelo acampamento antes de amanhã, coisa que aconteceria se eu contasse aos outros, especialmente a Lépido. O exército de escravos cresceu de modo alarmante. Recebi relatórios de mais de cinqüenta mil. Centenas de fazendas e propriedades nos campos foram destruídas. Não há mais volta para eles, e isso fará com que lutem desesperadamente. Eles sabem como nós punimos os escravos fugitivos, e a rebelião não terminará sem uma enorme demonstração de força. Acho que vamos precisar de cada legião que tivermos.

Júlio assobiou baixinho.

— Não podemos depender de uma derrota fragorosa — disse ele.

Pompeu franziu a testa.

— Não parece que isso vá acontecer. Eu esperaria que eles cedessem e fugissem ao primeiro ataque, não fosse o fato de que eles têm mulheres e crianças, e não têm para onde ir, se perderem. Aqueles gladiadores já tiveram alguns sucessos e podem ser mais do que uma turba desorganizada. — Ele fungou baixinho. — Se eu não soubesse, imaginaria se Cato estaria esperando que perdêssemos, mas, não, isso seria demais até mesmo para ele. Os escravos poderiam se virar para o sul de novo, e a partir de Arimino todo o país está aberto. Eles precisam ser esmagados, e eu preciso de bons comandantes para fazer isso, Júlio.

— Tenho mais de dois mil homens sob a águia da Primogênita — respondeu Júlio.

Optou por não mencionar que Cato havia fornecido metade deles para proteger o filho. Rênio os havia treinado até a exaustão, mas eles ainda eram de má qualidade comparados com as legiões estabelecidas. Imaginou quantos estariam esperando o momento certo para lhe enfiar uma faca. Homens assim às suas costas não inspiravam confiança, apesar de todas as garantias que dera a Rênio, de que eles se tornariam a Primogênita.

— É bom ver esse nome no campo de novo. Nem posso lhe dizer quanto — respondeu Pompeu, parecendo surpreendentemente juvenil. Então o manto de sua fúria constante o cobriu de novo, como acontecia desde a morte da filha. — Quero que a Primogênita marche no flanco de Lépido. Não confio em ninguém que tenha Cato como patrono. Quando chegar a luta, fique perto dele. Confio em que você fará tudo que tenha de ser feito. Vocês serão meus *extraordinarii*, eu acho. Você se saiu bem na Grécia. Saia-se bem para mim.

— Estou às suas ordens — confirmou Júlio com um ligeiro movimento de cabeça. Encontrou o olhar de Crasso, incluindo-o enquanto começava a planejar. Brutus teria de ficar sabendo.

Enquanto saía, com os soldados da Primogênita arrumando-se ao redor, Júlio sentiu um toque de empolgação e orgulho. Não fora esquecido e iria se certificar de que Pompeu não lamentasse a confiança.

O escravo enfiou a enxada no chão duro, partindo os torrões de terra clara com um grunhido. O suor escorria de seu rosto deixando marcas escuras no pó, e os ombros queimavam com o esforço. A princípio não notou o outro parado perto, já que estava envolto demais no próprio sofrimento. Levantou a ferramenta de novo e captou um movimento com o canto do olho. Não reagiu imediatamente, com a surpresa coberta pelos movimentos do trabalho. As bolhas nas mãos tinham se rompido de novo, e ele pousou a enxada para cuidar delas, consciente do homem, mas ainda não querendo revelar seu conhecimento. Tinha aprendido a guardar até a mínima vantagem contra os seus senhores.

— Quem é você? — perguntou a figura sombria em voz baixa.

O escravo se virou para ele calmamente. O homem estava envolvido num manto marrom áspero sobre uma túnica rasgada. Seu rosto estava parcialmente coberto, mas os olhos eram iluminados por interesse e pena.

— Sou um escravo — disse ele, estreitando os olhos por causa do sol. Mesmo nas filas de parreiras a luz batia forte na pele, queimando e criando bolhas. Seus ombros estavam marcados por uma vermelhidão crua e com uma pele solta, em flocos, que coçava o tempo todo. Ele coçou distraidamente a área enquanto olhava o recém-chegado. Imaginou se o homem saberia como os guardas estavam perto.

— Não deveria ficar aqui, amigo. O dono tem guardas no campo. Eles vão matá-lo por invadir o terreno, se acharem você.

O estranho deu de ombros sem desviar o olhar.

— Os guardas estão mortos.

O escravo parou de coçar e ficou ereto. Sua mente estava entorpecida de exaustão. Como os guardas poderiam estar mortos? Ele era louco? O que desejava? Suas roupas pareciam as dele próprio. O estranho não era rico, talvez fosse um serviçal do dono que tinha vindo testar sua lealdade. Ou então só um mendigo.

— Eu... tenho de voltar — murmurou ele.

— Os guardas estão mortos, não ouviu? Não precisa ir a lugar nenhum. Quem é você?

— Um escravo — falou rispidamente, incapaz de afastar a amargura da voz.

Os olhos do estranho se franziram de tal modo que o escravo soube que ele estava sorrindo por baixo do pano.

— Não, meu irmão. Nós o libertamos.

— Impossível.

O homem riu alto diante disso e tirou o manto de cima da boca, revelando um rosto forte e saudável. Sem aviso, pôs dois dedos na boca e deu um assobio baixo. As parreiras farfalharam e o escravo pegou a enxada com um jorro de medo, a mente se enchendo de imagens de assassinos vindo de Roma para matá-lo. Quase podia sentir a doçura de que se lembrava, e seu estômago pulou num espasmo, mas não havia nada para subir até a garganta.

Homens saíram das sombras verdes, sorrindo para ele. Ele levantou a enxada e a segurou ameaçadoramente.

— Quem quer que vocês sejam, deixem-me em paz. Não direi a ninguém que vocês estiveram aqui — sibilou, o coração martelando e a falta de comida deixando-o tonto.

O primeiro homem riu.

— Não há ninguém a quem contar, meu amigo. Você era escravo e foi libertado. Esta é a verdade. Os guardas estão mortos e nós estamos indo em frente. Quer vir conosco?

— E o... — Ele não conseguia se obrigar a dizer "senhor" na frente daqueles homens. — ... Proprietário e a família dele?

— São prisioneiros na casa. Quer vê-los de novo?

O escravo olhou para os homens, captando as expressões. Havia uma empolgação ali que ele entendia, e finalmente começou a acreditar.

— Sim, quero vê-los. Quero uma hora sozinho com as filhas e o pai.

O homem riu de novo e não foi um som agradável.

— Que ódio! Mas eu entendo. Consegue segurar uma espada? Tenho uma aqui para você, se quiser.

Ele estendeu-a, como um teste. Um escravo era proibido de portar armas. Se a pegasse, estaria marcado para a morte junto com todos eles. O escravo estendeu a mão e segurou o gládio com firmeza, rejubilando-se com o peso.

— E quem é você? — perguntou o estranho.

— Meu nome é Antonido. Já fui general de Roma — falou, empertigando-se sutilmente.

O homem levantou as sobrancelhas.

— Espártaco vai querer conhecê-lo. Ele também já foi do exército antes de... tudo isto.

— Vai me deixar ver a família? — perguntou Antonido, impaciente.

— Terá uma hora, mas depois temos de ir. Há outros para ser libertados hoje e nosso exército precisa dos grãos do depósito daqui.

Antonido sorriu lentamente ao pensar no que faria com as pessoas que se diziam seus senhores. Só os tinha visto à distância enquanto trabalhava, mas sua imaginação havia proporcionado os risos de desprezo e a desconsideração que ele não podia ver. Passou o polegar pelo gume da espada.

— Primeiro me levem lá. Depois de ter minha satisfação, sou de vocês.

O labirinto de ruas imundas parecia afastado da vida e da luz de Roma. Os dois homens que Cato mandara seguiam cautelosamente pelo lixo e pelos excrementos, tentando não reagir aos sons dos ratos e dos predadores maiores nos becos escuros. Em algum lugar uma criança gritou, e então o som foi cortado, como se o abafassem. Os dois homens prenderam o fôlego esperando que o choro começasse de novo, encolhendo-se na compreensão quando o silêncio demorou demais. A vida era barata naquele lugar.

Contaram o número de viradas a cada etapa, ocasionalmente sussurrando um para o outro para discutir se uma abertura minúscula entre os cortiços fazia parte da contagem. Algumas vezes esses espaços tinham menos de trinta centímetros de largura e eram cheios de uma massa escura que eles não ousavam investigar. Um deles tinha um cachorro morto meio enfiado no lixo, e o animal parecia se inclinar para eles enquanto passavam estremecendo ligeiramente, ao perceber que a parte escondida era devorada por bocas invisíveis.

Os dois estavam desesperadamente inquietos quando chegaram à encruzilhada onde Cato lhes dissera para esperar. O lugar estava quase deserto, com apenas algumas pessoas apressadas passando sem dizer nada.

Depois de um tempo uma sombra se destacou do escuro embaixo de uma laje e foi em silêncio até eles.

— Quem vocês procuram aqui? — sussurrou uma voz.

Os dois homens engoliram em seco, com medo, os olhos se esforçando para identificar as feições na semi-escuridão.

— Não olhem para mim! — disse a voz rispidamente.

Eles se viraram como se fossem empurrados, olhando para o beco cheio de lixo. Um cheiro enjoativo os envolveu enquanto a figura chegava suficientemente perto para tocá-los.

— Nosso senhor disse para mencionarmos o nome de Antonido a quem viesse — disse um deles, respirando pela boca.

— Ele foi vendido como escravo, no norte. Quem é o seu senhor agora? — respondeu a voz.

Um dos homens se lembrou subitamente do cheiro de quando seu pai tinha morrido, e vomitou, curvando-se e derramando a última refeição na gosma irreconhecível que cobria o beco. O outro falou hesitante:

— Nenhum nome, foi o que nos disseram. Meu senhor deseja continuar a associação com o senhor, mas não deve haver nomes.

Um cheiro quente de podridão passou sobre eles.

— Eu poderia adivinhar, seus idiotas, mas esse é um jogo que eu sei jogar. Muito bem, então, o que o seu senhor deseja de mim? Dêem a mensagem enquanto ainda tenho paciência.

— Ele... o nosso senhor disse que o senhor deveria esquecer a pessoa que Antonido pediu, já que o general foi feito escravo. Ele terá outros nomes para o senhor e pagará o preço. Ele quer que a associação continue.

A figura soltou um leve grunhido lamentando.

— Diga a ele para dizer os nomes e eu decidirei. Não prometerei serviço a nenhum homem. Quanto à morte comprada por Antonido, é tarde demais para chamar de volta os homens que mandei. Aquela pessoa está morta, mesmo que continue andando sem saber. Agora volte ao seu senhor e leve seu colega de estômago fraco.

A pressão desapareceu e o serviçal de Cato respirou fundo, reagindo, preferindo o fedor da rua ao odor suave que parecia ter penetrado em suas roupas e na pele enquanto conversavam. O cheiro permaneceu com os dois enquanto voltavam até as ruas abertas e a um mundo que ria e gritava, sem saber dos becos pestilentos tão próximos.

CAPÍTVLO XXXVII

Uma crista de montanhas cobertas de branco delineava o horizonte. Em algum lugar entre os dentes havia três passagens que eles esperavam usar para escapar à ira de Roma. Os picos frios traziam uma dor de saudade enquanto Espártaco olhava para eles. Mesmo não tendo visto a Trácia desde a infância, lembrava-se de subir as encostas mais baixas daquela grande cordilheira. Sempre havia amado os lugares altos onde o vento era uma força constante contra a pele. Fazia com que a gente se sentisse viva.

— Eles estão tão perto! — disse em voz alta. — Poderíamos atravessá-los em uma ou duas semanas e jamais ver um uniforme romano de novo.

— Até eles virem na semana que vem e despedaçarem a Gália procurando por nós — disse Crixo.

Crixo sempre fora grosseiro, comparado ao gladiador a quem acompanhava. Crixo gostava da reputação de ser um homem prático, sem permitir que sonhos loucos ou planos insensatos o distraíssem da realidade pesada do que tinham alcançado. Era uma figura baixa e atarracada ao lado de Espártaco, que ainda mantinha a magreza que sugeria velocidade mesmo quando estava imóvel. Crixo não tinha esse tipo de graça. Nascido numa mina, era tão feio quanto forte, e era o único gladiador que conseguia empatar com Espártaco numa luta.

— Eles não poderiam nos achar, Crixo. Os gauleses dizem que a terra do outro lado das montanhas é cheia de tribos que lutam entre si. As legiões teriam de guerrear durante décadas, e eles não têm estômago para isso. Agora que Sila se foi, eles não têm um líder decente em toda a matilha. Se atravessarmos os Alpes estaremos livres.

— Continua sonhador, Espártaco? — disse Crixo, com frustração evidente. — Que tipo de liberdade você vê, a ponto de ser um prêmio tão grande? Liberdade para trabalhar mais duro do que quando éramos escravos, arrancando algumas colheitas em terra ameaçada pelos moradores do local? Eles não vão nos querer, tanto quanto os romanos, pode ter certeza. Essa sua liberdade vai ser de partir as costas, eu sei. Vamos deixar as mulheres e crianças em segurança, só isso. Deixe que cem homens os levem pelos passos das montanhas e nós poderemos terminar o que começamos.

Espártaco olhou para seu subcomandante. Crixo tinha uma sede por sangue que só fora espicaçada no triunfo em Módena. Depois de tudo que havia passado nas mãos dos romanos, isso era bastante fácil de entender, mas Espártaco sabia que havia mais coisas.

— É a vida mansa deles que você quer, Crixo?

— Por que não? Fizemos a colméia deles, o mel deveria ser nosso. Você se lembra da guerra civil, e eu também. Quem tiver Roma tem o controle. Se pudermos tomar a cidade, o resto vai cair. Sila sabia disso!

— Ele era um general romano, não um escravo.

— Isso não importa! Assim que você estiver dentro, pode mudar as regras a seu favor. Não existem regras a não ser as que você escolhe quando tem a força. Eu lhe digo, se perder essa chance, vai jogar fora tudo que fizemos. Dentro de dez anos os escribas vão dizer que a guarnição de Módena eram os rebeldes, e que *nós* éramos os romanos leais! Se pudermos tomar a cidade, poderemos enfiar a história e o orgulho deles garganta abaixo e *fazer* com que eles aceitem a nova ordem. Basta dar a ordem, Espártaco. Eu garanto que seja feito.

— E os palácios e as grandes propriedades? — sondou Espártaco, com os olhos se estreitando.

— Serão nossos! Por que não? O que há na Gália além de mato e povoados?

— Você vai precisar de escravos para cuidar das propriedades, Crixo, já pensou nisso? Quem vai cuidar das plantações e dos vinhedos?

Crixo balançou o punho cheio de cicatrizes para o homem a quem amava acima de todos os outros.

— Eu sei o que você está pensando, mas nós não faremos como aqueles desgraçados. Não precisa ser assim.

Espártaco olhou-o em silêncio e ele prosseguiu irado:

— Certo, se você quer uma resposta: eu colocarei os senadores para trabalhar nos meus campos, e até pago um salário aos desgraçados.

Espártaco riu.

— Quem está sonhando agora, Crixo? Olha, nós já chegamos até aqui. Chegamos a um lugar onde podemos deixar tudo aquilo para trás, recomeçar nossa vida. Não, podemos voltar para a nossa vida como deveria ter sido. Eles podem vir atrás de nós no final, mas como eu disse, a Gália é suficientemente grande para esconder mais do que um exército. Vamos continuar para o norte até acharmos um lugar onde Roma seja apenas uma palavra, ou nem seja conhecida. Se virarmos para o sul de novo, mesmo sem as mulheres e crianças, nos arriscamos a perder tudo que conseguimos. E em troca de quê? Para que você possa se sentar numa casa de mármore e cuspir em velhos?

— Você vai deixar que eles os expulsem da terra? — perguntou Crixo, amargo.

Espártaco segurou o braço dele com uma de suas mãos poderosas.

— Você esperaria até eles nos matarem? — perguntou gentilmente.

A raiva abandonou Crixo diante de suas palavras.

— Você não entende, seu filho-da-puta trácio — disse com um sorriso tenso. — Esta é minha terra também. Aqui eu sou seu general, o martelo escravo que derrubou uma legião em seu próprio terreno e mais duas em Módena. Na Gália sou apenas outro membro de tribo vestindo peles mal curtidas. Você também. Seríamos loucos em dar as costas para toda aquela riqueza e poder só para passar os anos que nos restam esperando que eles nunca nos encontrem. Olha, agora nós temos Antonido. Ele sabe onde os romanos são fracos. Se eu não achasse que podíamos vencer, viraria o rabo para eles e desapareceria antes de ver outro legionário, mas nós *podemos* vencer. Antonido disse que eles estão amarrados em cada uma das fronteiras, na Grécia, na África, em toda parte. Não há legiões suficientes no país para nos vencer. Deuses, o norte está aberto, você viu isso. Antonido disse que podemos colocar três homens no campo para cada legionário. Você não vai ter uma chance melhor do que essa, não nesta vida. O que quer que eles tenham, nós podemos vencê-los, e depois disso, Roma, as cidades, o país, a riqueza, tudo será nosso. Tudo.

Ele retirou a mão e sussurrou as palavras que tinham marcado cada estágio da rebelião, desde os primeiros dias loucos até a crença espantosa de que podiam romper a ordem que existira durante séculos:

— Tudo ou nada, Espártaco? — disse ele.

O gladiador olhou para a mão e para o elo de amizade jurada que ela representava. Seu olhar foi até a águia de Módena, encostada na parede da tenda. Depois de um momento de contemplação silenciosa, soltou o fôlego.

— Certo, tudo ou nada. Mande as mulheres e as crianças para longe e depois quero falar com Antonido antes de informar aos homens. Você acha que eles vão nos seguir?

— Não, Espártaco. Mas eles vão seguir *você* a qualquer lugar.

Espártaco assentiu.

— Então vamos virar para o sul e atacar o coração deles.

— E arrancar o desgraçado.

Pompeu tinha ordenado que Lépido fosse para a frente da coluna, com sua legião, obrigando-os a determinar o ritmo. Atrás deles a Primogênita marchava com Crasso e Pompeu na dianteira. A mensagem era clara, e os primeiros cento e cinqüenta quilômetros tinham sido cobertos na velocidade que Pompeu queria, sem que nenhum homem sofresse qualquer dano.

As noites eram mais silenciosas nos dois grandes acampamentos do que tinham sido na Via Flamínia. O espaço minava a energia dos legionários, e quando era dado o sinal de parada, eles estavam prontos para comer, dormir e pouca coisa mais. Até mesmo Brutus tinha parado com suas disputas de espadas, declarando empate depois de duas derrotas e duas vitórias contra Domício. A intervalos, Cabera falava com alguma amargura do dinheiro que tinham perdido.

Cavaleiros dos *extraordinarii* voltavam a cada dia, atuando como batedores à frente da força principal. As mensagens que traziam eram de uma brevidade preocupante, sem qualquer sinal do exército de escravos ao alcance. Pompeu mandou um número cada vez maior de batedores com ordens de ir para o norte e para o oeste até achá-lo. Não era dito em voz alta, mas o medo era de que, numa região tão vasta, os rebeldes pudessem passar por eles e ir na direção do sul desprotegido.

A cada noite as reuniões dos generais eram cheias de discussões e ânimos exaltados. Em vez de ver isso como prova da aversão de Pompeu, Lépido parecia se deliciar em liderar a coluna, e Pompeu foi ficando cada vez menos disposto a ouvir suas reclamações. Segundo Lépido, somente sua própria autoridade podia forçar o ritmo que Pompeu queria das legiões, e a cada noite ele afirmava que o preço final poderia ser desastroso. Era um mestre em saber quando parar de pressionar a paciência de Pompeu, e as reuniões tinham se transformado quase numa batalha de vontades entre os dois, com Crasso se mostrando impotente para intervir. Júlio esperava que Lépido lutasse tão bem quanto sabia discutir.

Depois de duas semanas na estrada do oeste, Lépido informou triunfante que alguns homens tinham caído e sido deixados nos postos de guarda ou em povoados, com ordens para se juntar ao resto quando estivessem curados. Cada noite era uma agonia de bolhas e distensões para centenas de legionários em toda a coluna. As legiões estavam se aproximando da exaustão, e os outros legados tinham começado a apoiar Lépido no pedido de descanso para os homens. Pompeu cedeu com relutância para não ver sua autoridade ser minada, e parou durante quatro dias. Só aos *extraordinarii* foi negado descanso, e Pompeu os mandou numa última tentativa de achar o exército de escravos.

Finalmente os cavaleiros voltaram galopando com notícias de avistamento. Os rebeldes estavam se movendo para o sul e para o leste, voltando das montanhas para as planícies. Pompeu reuniu seus generais naquela noite, para dar a má notícia.

— Eles estão voltando para Roma, e os batedores dizem que têm mais de oitenta mil homens na marcha. Cada escravo do norte se juntou a eles.

Havia pouco sentido em esconder dos generais os números preocupantes, com os rebeldes a apenas algumas centenas de quilômetros de distância.

Agora que os batedores os tinham achado, eles não teriam permissão de escapar. Independentemente dos números, restava apenas escolher o melhor lugar de ataque.

— Se eles estão vindo para o sul, podemos marchar para nos encontrar com eles ou esperar que nos alcancem — continuou Pompeu. — Não importando o que aconteça, eles não podem passar, caso contrário perderemos Roma. Não se enganem, senhores, se eles atravessarem nossa linha, Roma cairá e tudo que nós amamos morrerá, como aconteceu com Cartago. Firmaremos posição aqui até o último homem, se necessário. Deixem isso claro aos seus homens. Não há para onde recuar, nenhum porto seguro onde possamos nos reagrupar e atacar de novo. A República depende apenas de nós.

Lépido estava tão chocado quanto os outros.

— Oitenta mil! Tenho tanta confiança em nossos soldados quanto qualquer um, mas... as legiões que estão na Grécia e na Espanha devem ser chamadas de volta. O Senado não sabia do tamanho da ameaça quando nos mandou.

Pela primeira vez Pompeu suportou sua explosão sem censura.

— Eu mandei mensageiros a Roma, mas nós estamos aqui agora. Mesmo que as fronteiras pudessem ser abandonadas sem que perdêssemos tudo que ganhamos numa centena de anos, aquelas legiões não poderiam nos alcançar a tempo de fazer diferença nesta batalha.

— Mas nós poderíamos fazer uma retirada lutando até a chegada do apoio. Oitenta mil podem nos derrotar. Seríamos flanqueados e derrotados na primeira hora de luta. É impossível!

— Fale assim na frente dos homens e é exatamente isso que acontecerá — rosnou Pompeu ao general. — Não vamos enfrentar soldados treinados, Lépido. Eles provavelmente poderiam ter escapado pelas montanhas, mas em vez disso estão atrás de riquezas e pilhagem, ao passo que nossos homens podem lutar por nossa cidade e pela vida de todos que estão nela. Eles vão se partir diante de nós. Nós nos sustentaremos.

— O comandante de Módena provavelmente disse a mesma coisa — murmurou Lépido, não suficientemente alto para que Pompeu fosse obrigado a responder, apesar de ter olhado furioso para o legado.

— As ordens que recebi são para lutar e destruir, senhores. Faremos exatamente isso. Se ficarmos esperando, eles podem nos rodear, por isso levaremos a guerra até eles. Deixem os homens prontos para marchar para o norte. Lépido, você pega o flanco esquerdo e mantenha uma linha ampla para evitar que sejamos cercados. Eles praticamente não têm cavalaria, a não ser por alguns animais roubados, então use a nossa para manter as laterais firmes. Júlio, quero você na esquerda para ajudar Lépido se for necessário. Crasso e eu pegaremos o flanco direito como sempre, e eu vou concentrar o grosso da cavalaria lá para impedir que eles se derramem em volta de nós e sigam para o sul e o leste na direção de Arimino. Eles não devem ter permissão de chegar lá.

Um dos dois legados de Arimino pigarreou.

— Eu gostaria de ficar nesse flanco com o senhor. Muitos dos meus homens têm família em Arimino. Eu mesmo tenho. Eles lutarão muito mais sabendo o que poderia acontecer caso a direita se rompa.

Pompeu assentiu.

— Certo. As legiões de Arimino serão o âmago do flanco direito. O resto de vocês assume o centro. Quero os manípulos dos *hastati* na linha de frente, em vez dos *velites*. Precisamos mais de peso do que de velocidade para rompê-los no primeiro ataque. Tragam os *triarii* rapidamente se o avanço tiver a velocidade diminuída ou se for revertido. Ainda não encontrei uma força capaz de suportar nossos veteranos.

Amanheceu antes que a reunião terminasse, e o dia foi passado na preparação para a marcha. Júlio ficou com a Primogênita, repassando ordens e posições para Brutus e os centuriões. Naquele início de noite cada homem sabia da seriedade da batalha que viria, e muitos ferimentos que tinham recebido na marcha foram esquecidos ou ignorados diante do pensamento nos conflitos próximos. Mesmo com os boatos dos números gigantescos do inimigo, cada soldado estava decidido a não deixar Roma e suas famílias à mercê do invasor. Melhor do que qualquer um, eles sabiam que sua disciplina e sua habilidade não tinham iguais, não importando quem viesse contra, ou quantos.

O exército de Espártaco foi visto ao pôr-do-sol. Foram dados os sinais para criar um acampamento hostil, com as barreiras tendo o dobro da altura e cada soldado dormindo em turnos curtos, pronto para repelir um ataque noturno. Os soldados passavam o tempo de vigília verificando a armadura e as espadas, lubrificando couro e polindo metal. Lanças eram afiadas ou tinham as pontas substituídas por outras novas, vindas das oficinas de ferreiro. Pesadas bestas e balistas foram reunidas deixando sulcos profundos no solo, e as pedras que elas atiravam foram preparadas para o alvorecer. O exército de escravos não tinha nada como as grandes máquinas de guerra e, mesmo tendo apenas um alcance específico, a balista "coice de mula" podia abrir brechas enormes através de um ataque inimigo.

Brutus acordou Júlio de um sono leve, sacudindo seu ombro.

— É o meu turno? — perguntou Júlio sonolento, sentando-se na tenda escura.

— Shh. Venha cá fora. Quero mostrar uma coisa.

Vagamente irritado, Júlio acompanhou Brutus pelo acampamento, parando duas vezes para dar a senha do dia às sentinelas alertas. Ao alcance de um ataque inimigo, o acampamento não estava nem um pouco silencioso. Muitos homens que não conseguiam dormir estavam sentados do lado de fora das tendas ou em volta de pequenas fogueiras, conversando baixo. A tensão e o medo apertavam as bexigas durante a noite, e Júlio e Brutus viram que a trincheira de urina já estava encharcada e fedendo quando passaram por ela.

Júlio percebeu que Brutus estava indo direto para o portão pretoriano na barreira norte do acampamento.

— O que está fazendo? — sibilou para o amigo.

— Preciso que você me leve para fora do acampamento. Eles vão deixar um tribuno passar, se você der a ordem.

Brutus sussurrou sua idéia e Júlio franziu a vista para o amigo no escuro, pensando na energia louca que parecia compor uma parte tão grande dele. Pensou em recusar e voltar à tenda, mas o ar da noite havia clareado sua cabeça, e ele duvidou de que pudesse dormir de novo. Não se sentia cansado. Em vez disso, seus músculos tremiam de energia nervosa, e esperar parado seria pior do que qualquer coisa.

O portão era guardado por uma centúria de *extraordinarii*, ainda empoeirados das expedições como batedores. O comandante veio trotando com o cavalo quando eles se aproximaram.

— Sim? — disse ele rispidamente.

— Quero sair do acampamento por duas horas — respondeu Júlio.

— As ordens são para não deixar o acampamento.

— Eu sou legado da Primogênita, tribuno de Roma e sobrinho de Mário. Deixe-nos passar.

O centurião hesitou diante da ordem.

— Eu deveria informar isso, senhor. Se sair estará desobedecendo ordens diretas de Pompeu.

Júlio olhou para Brutus, xingando-o silenciosamente por colocá-lo nessa posição.

— Eu resolvo com o general quando voltar. Informe o que achar necessário.

— Ele quererá saber o que o senhor está fazendo — continuou o centurião, encolhendo-se ligeiramente.

Júlio podia admirar a lealdade do soldado, mas sentia pavor do que Pompeu diria se o sujeito cumprisse a ameaça de informar.

— Há uma agulha de rocha que dá para o campo de batalha — disse ele em voz baixa. — Brutus acha que o lugar nos dará uma visão da força inimiga.

— Eu sei, senhor, mas os batedores dizem que ela é íngreme demais para ser escalada. É praticamente vertical — respondeu o homem, coçando o queixo.

— Vale pelo menos a tentativa — disse Brutus rapidamente.

O centurião o olhou pela primeira vez, com a expressão ficando pensativa.

— Eu posso adiar o informe até a mudança de vigia dentro de três horas. Se os dois não estiverem de volta até então, vou denunciá-los como desertores. É o que posso fazer por um sobrinho de Mário, mas só isso.

— Bom homem. Não será necessário. Qual é o seu nome? — perguntou Júlio.

— Tarano, senhor.

Júlio deu um tapinha no pescoço trêmulo do cavalo.

— Sou Júlio César, e este é Marco Brutus. Estaremos de volta antes do novo turno, Tarano. Dou minha palavra.

Os guardas ficaram de lado para deixar que passassem, por ordem de Tarano, e Júlio se viu na planície rochosa, com o inimigo em algum lugar à frente. Quando estavam fora do alcance da audição dos guardas, ele se virou para Brutus.

— Não acredito que deixei você me convencer disso. Se Pompeu ficar sabendo, no mínimo vai tirar a pele das nossas costas.

Brutus deu de ombros, sem se preocupar.

— Não vai, se nós escalarmos a pedra. Os batedores dele são cavaleiros, lembra? Eles pensam que qualquer lugar aonde não possam levar um cavalo não pode ser subido. Eu dei uma olhada antes de escurecer, e o topo vai nos dar uma boa visão. Há luar suficiente para ver o acampamento inimigo, e isso será útil, não importando o que Pompeu diga sobre nós sairmos do acampamento.

— É melhor você estar certo — disse Júlio, sério. — Venha, três horas não é muito tempo.

Os dois rapazes começaram a correr para a massa escura que viam em silhueta contra as estrelas. Era uma escarpa difícil, um dente na planície.

— É maior de perto — sussurrou Brutus, tirando as sandálias e a espada para subir. Ainda que isso fosse machucar os pés, as sandálias com placas de ferro na sola escorregariam e fariam barulho nas pedras e poderiam alertar o inimigo. Não havia como dizer a que distância estavam as patrulhas deles, mas deviam estar perto.

Júlio olhou para a lua e tentou avaliar quanto tempo teriam antes de ela baixar no horizonte.

Insatisfeito com o cálculo, tirou a espada e as sandálias e respirou fundo, lentamente. Sem falar, estendeu a mão para o primeiro apoio, enfiando-a numa rachadura e alçando-se, com os pés nus procurando sustentação.

Mesmo com a lua para ajudar, era uma escalada difícil e apavorante. Durante toda a subida Júlio se viu atormentado com a possibilidade de algum arqueiro escravo vê-los e enchê-los de flechas que pudessem derrubá-los na planície rochosa abaixo. A torre de pedra parecia ficar mais alta à medida que escalavam, e Júlio tinha certeza de que teria mais de trinta metros de altura, talvez até sessenta. Depois de um tempo seus pés se tornaram blocos entorpecidos, praticamente incapazes de sustentá-lo.

Os dedos estavam com cãibras e doloridos, e ele começou a se preocupar com a hipótese de não conseguirem voltar ao acampamento antes de serem denunciados.

Segundo suas melhores estimativas, demoraram quase uma hora para chegar à crista estéril da rocha, e nos primeiros momentos ele e Brutus não puderam fazer nada além de ficar deitados ofegando, esperando que os músculos torturados se recuperassem.

O topo era um local irregular, quase branco com a luz da lua. Júlio ergueu a cabeça e se agachou subitamente, com o horror inundando-o.

Havia mais alguém ali, a poucos metros deles. Duas figuras estavam sentadas olhando enquanto Júlio levava a mão para onde sua espada costumava ficar, quase xingando alto ao se lembrar de que a deixara lá embaixo.

— Parece que vocês dois tiveram a mesma idéia que nós — disse rindo uma voz profunda.

Brutus xingou e se levantou totalmente, apanhado no mesmo medo súbito de Júlio. A voz falava latim, mas qualquer pensamento de que ela pudesse pertencer a um dos seus companheiros foi rapidamente descartado.

— Vocês não conseguiriam escalar isso com espadas, garotos, mas eu trouxe uma adaga, e quando vocês estão num lugar tão alto e descalços, é boa idéia se manter pacíficos. Venham lentamente para cá e não me deixem nervoso.

Brutus e Júlio se entreolharam. Não havia como recuar. As duas figuras se levantaram e os encararam, parecendo preencher o espaço minúsculo. Os dois também estavam descalços e usavam apenas túnicas e calções justos. Um deles balançou a adaga.

— Acho que isso me torna o rei da noite, pessoal. Vejo pelas roupas que vocês são romanos. Vieram apreciar a vista, é?

— Vamos matá-los — disse o companheiro dele.

Brutus o olhou com um sentimento de frustração. O outro tinha a compleição forte de um lutador, e o luar revelava uma expressão sem misericórdia. O melhor que ele poderia esperar era cair do penhasco agarrado ao sujeito, o que não era um pensamento capaz de dar algum conforto. Afastou-se ligeiramente da borda às costas.

O outro homem pôs a mão no peito do amigo, segurando-o imóvel.

— Não precisa disso, Crix. Haverá tempo suficiente na batalha amanhã. Todos podemos derramar o sangue um dos outros, rugindo e ameaçando de acordo com o humor.

O lutador cedeu com um grunhido e deu as costas para os dois romanos. Estava quase suficientemente perto para ser tocado, mas alguma coisa na postura alerta do sujeito alertou Brutus de que ele estava esperando isso. Possivelmente estava esperando que tentassem.

— Vocês estão armados? — disse o primeiro homem em tom agradável, sinalizando para se aproximarem. Quando não se moveram, ele chegou perto de Júlio com a adaga preparada. Atrás dele o mais baixo tinha se virado de novo e estava olhando irado para os jovens, desafiando-os a tentar alguma coisa.

Júlio se permitiu ser revistado e depois ficou de lado enquanto Brutus também era revistado em busca de lâminas ocultas. O homem foi cuidadoso, e seus ombros pareciam suficientemente fortes para lhe dar uma vantagem, mesmo sem adaga.

— Bons garotos — disse ele quando teve certeza de que estavam impotentes. — Eu só trouxe uma porque sou um velho sacana e perigoso. Vocês vão lutar amanhã?

Júlio assentiu, incapaz de acreditar no que estava acontecendo. Sua mente disparava, mas não havia nada a ser feito. Quando percebeu isso, finalmente relaxou e riu, fazendo Brutus dar um pulo. O homem com a adaga riu baixinho enquanto olhava o jovem romano.

— Pode rir, garoto. Este é um espaço muito apertado para lutar. Façam o que vieram fazer; não vai fazer diferença. Não há como nos impedir amanhã, não importando o que informarem de volta.

Observando o homem e preparado para qualquer movimento súbito, Júlio sentou-se, com o coração martelando, ao pensar que um empurrão súbito poderia jogá-lo pela borda. A situação era estranha, para dizer o mínimo, mas o homem com a faca parecia totalmente relaxado, distanciado da luta que todos enfrentariam lá no chão.

Do topo da agulha de granito o acampamento rebelde parecia incrivelmente perto, quase como se um bom salto os levasse ao centro dele. Júlio olhou e se perguntou se teriam permissão de voltar antes que o centurião de vigia os denunciasse como desaparecidos.

O homem com a faca guardou-a na túnica e se sentou ao lado de Júlio, seguindo seu olhar.

— É o maior exército que eu já vi — disse ele animado, sinalizando para o acampamento rebelde. — Acho que amanhã vai ser difícil para vocês.

Júlio não disse nada, não querendo ser atraído para a conversa. Em particular tinha a mesma impressão. O acampamento inimigo era quase grande demais para ser visto, e parecia capaz de engolir as oito legiões sem problema.

Brutus e o lutador tinham permanecido de pé, cada um de olho no movimento do outro. O homem com a faca riu para os dois.

— Sentem-se — disse ele, sinalizando com um movimento de cabeça. Relutantes, os dois se aproximaram um do outro e se sentaram, tensos como arames.

— Vocês devem ter o que, trinta, quarenta mil homens? — perguntou o lutador a Brutus.

— Continue adivinhando — respondeu Brutus laconicamente, e o homem começou a se levantar, mas foi seguro por um toque levíssimo do companheiro.

— O que importa agora? Faremos os romanos correr, independentemente de quantos sejam. — Ele riu para Júlio, claramente esperando que este reagisse à provocação. Júlio ignorou-o, ocupado memorizando os detalhes do acampamento que podia ver à luz fraca. Notou que a lua tinha baixado mais, e se levantou lentamente para não alarmar os estranhos companheiros.

— Temos de voltar agora — falou. O nervosismo lhe retornou, retesando os músculos doloridos.

— É, acho que todos nós devemos voltar — respondeu o homem com a faca, levantando-se agilmente. Era de longe o mais alto de todos, e se movia com uma eficiência que marcava um guerreiro. Brutus também tinha isso, e talvez fosse esse reconhecimento inconsciente que havia eriçado o sujeito com corpo de lutador.

— Isso foi... interessante. Espero que nós dois não nos encontremos amanhã — disse Júlio.

— Eu espero que *nós* nos encontremos — acrescentou Brutus ao lutador, que fungou desdenhoso.

O homem com a faca se espreguiçou e franziu o rosto. Depois deu um tapa no ombro de Júlio e sorriu.

— Está nas mãos dos deuses, rapazes. Agora acho que meu amigo e eu devemos descer primeiro, não acham? Não quero vocês se arrependendo de nossa pequena trégua de soldados quando estiverem com suas espadas de novo. Vão para o lugar por onde chegaram e teremos ido num instante.

Os dois mais velhos sumiram com uma agilidade casual.

Brutus soltou o ar numa explosão.

— Eu achei que estávamos mortos.

— Eu também. Acha que aquele era Espártaco?

— Pode ser. Quando eu contar a história, certamente será. — Brutus começou a rir simplesmente para liberar a tensão medonha do encontro.

— É melhor irmos, ou aquele guarda vai nos servir numa bandeja a Pompeu — disse Júlio, ignorando-o. Foram rapidamente e suportaram os arranhões e cortes da descida sem um som. As sandálias estavam onde tinham deixado, mas as duas espadas haviam sido levadas. Brutus procurou as armas nos arbustos, mas voltou com as mãos vazias.

— Desgraçados. Não existe mais honra.

CAPÍTVLO XXXVIII

AS LEGIÕES LEVANTARAM ACAMPAMENTO E FORMARAM A LINHA DE batalha duas horas antes do alvorecer. Assim que houve luz suficiente para enxergar, os tocadores de trompa soaram suas notas plangentes e os enormes quadrados de legionários se adiantaram, afastando a rigidez e a cãibra da manhã enquanto marchavam. Não havia conversa fiada nas fileiras, com o exército de Espártaco enchendo a planície e parecendo se estender até o horizonte. Até mesmo o barulho das sandálias era abafado no capim, e cada homem afrouxava os ombros à medida que se aproximava do momento em que o silêncio se despedaçaria no caos.

Ao longo de todas as linhas das legiões, as pesadas balistas e catapultas eram posicionadas. Com um alcance colossal, bolas de ferro e flechas com o peso de três homens podiam ser lançadas contra o inimigo. Os homens em volta delas comemoraram quando as grossas cordas de crina de cavalo foram puxadas até a posição de disparo.

Júlio marchava com Brutus e Ciro ao lado, e Rênio um passo atrás. Ainda que fosse suicídio para qualquer recruta de Cato tentar um ataque, os três homens em volta de Júlio estavam em alerta para essa possibilidade. Não havia lugar ali para Cabera, que tinha permanecido no acampamento com o resto dos seguidores, apesar das reclamações. Júlio fora firme com ele, porque, mesmo o velho estando disposto a colocar uma armadura e segurar um gládio, jamais lutara em formação antes e romperia a rotina dos romanos em volta.

Na oitava fileira atrás dos *hastati* com armaduras pesadas, os quatro estavam rodeados pelos melhores da Primogênita, homens que Rênio tinha treinado e endurecido até estar prontos para um dia assim. Nenhum dos recrutas de Cato se encontrava a uma distância capaz de acertá-los.

Ainda que muitos estivessem loucos para atacar, todos mantinham o passo da linha de vanguarda. Os dentes ficavam à mostra inconscientemente enquanto deixavam todas as coisas do mundo para trás. Cada ânsia violenta que tinham precisado conter nas cidades era bem-vinda naquela linha, e alguns homens continham risos enquanto se lembravam dessa estranha liberdade.

Soou a ordem para parar, e segundos depois o ar foi partido pelo trovão das máquinas de guerra, grandes braços se chocando nos apoios enquanto lançavam suas cargas. Os escravos não podiam evitar a chuva de pedras e ferros, e centenas foram esmagados, virando trapos de carne. Lentamente os braços foram puxados de volta, e Pompeu esperou para dar o sinal, lambendo os lábios secos.

Na terceira saraivada, veio de novo a ordem para avançar. Mais uma seria disparada sobre suas cabeças, antes que as linhas se juntassem.

À medida que os exércitos se aproximavam, os legionários descartavam a pele lisa da civilização, deixando apenas a disciplina da legião para segurar as fileiras contra o desejo crescente de matar. Através das aberturas nas filas, podiam vislumbrar o inimigo que esperava, uma escura parede de homens que tinham vindo testar a força dos últimos defensores de Roma. Alguns tinham gládios, mas outros seguravam machados e foices, ou espadas compridas roubadas dos alojamentos da legião de Módena. Manchas sangrentas no chão marcavam os amplos cortes feitos pelas pedras das balistas, mas eles foram rapidamente engolidos pelos homens de trás.

Júlio se pegou ofegando de empolgação e medo, reagindo aos que estavam em volta enquanto eles se uniam e os pulsos começavam a martelar, enchendo-os de força e de uma energia imprudente. Alguém deu um grito selvagem, perto.

— Firme, Primogênita! — gritou Júlio, sentindo a ânsia de correr para a frente. Viu que Brutus também estava cheio daquele estranho júbilo em que cada momento antes do primeiro choque de dor era mais longo do que todos que tinha vivido. Eram cem anos para atravessar a planície, e então um som rasgou a calma quando as duas primeiras fileiras levantaram as lanças com um grunhido que se fundiu num rugido de desafio. Eles começaram a correr, enquanto as lanças tornavam o ar negro e os primeiros escravos eram cortados por elas.

O inimigo uivou o suficiente para encher o mundo e correu para os legionários. O primeiro encontro foi um choque que amorteceu os sons que vieram depois. Os pesados escudos romanos foram levantados de encontro à linha de ataque, e o impacto tirou do chão uma centena de escravos. Então as espadas estavam mergulhando nos corpos e o sangue espirrava cegando, até que toda a primeira fila estava coberta por ele, os braços e rostos molhados enquanto as espadas cortavam membros e arrancavam a vida dos homens que eles encaravam.

Com Brutus à direita, Júlio podia trabalhar em volta do escudo do amigo, do mesmo modo como Ciro ficava protegido pelo seu. A disciplina entranhada mantinha firmes as fileiras que estavam atrás da linha de frente, livres para olhar a carnificina a poucos metros. Gotas de sangue tocavamnos enquanto viam os *hastati* avançarem como uma tempestade através dos escravos. Ciro esmagava tudo que vinha para ele, com uma força incansável. Júlio e Brutus se adiantavam no ritmo do avanço, enfiando as espadas nos corpos enquanto passavam, certificando-se das mortes. Quando as fileiras de trás passassem sobre os cadáveres, eles seriam pouco mais do que ossos brancos e carne despedaçada, já que cada soldado ensangüentava a espada neles.

Os *hastati* eram a espinha dorsal do exército, homens com dez anos de sólida experiência. Não havia medo neles, mas depois de um tempo Júlio começou a sentir uma ligeira mudança no ritmo enquanto o avanço hesitava. Até mesmo os *hastati* se cansavam diante de uma horda tamanha, e muitos das fileiras se adiantavam para preencher os vazios, passando sobre os corpos retorcidos de homens que eles conheciam e consideravam amigos. Rênio andava com eles, o escudo amarrado ao corpo com fivelas pesadas. Matava com golpes simples, recebendo os ataques no escudo para permitir o contragolpe, repetidamente. O escudo se amassou e rachou sob os impactos, mas resistiu.

Os *cornicens* tocavam uma série de três notas, repetidamente, e ao longo de toda a vasta linha havia um brilho trêmulo enquanto os manípulos de Roma se moviam com uma disciplina sem igual no mundo. Os *hastati* levantaram os escudos para se proteger e recuaram habilmente pelas fileiras enquanto os *triarii* se adiantavam. Estavam ofegando e cansados, mas ainda cheios de um prazer selvagem, e gritavam encorajamentos para os veteranos de vinte anos que corriam para formar a nova linha de frente. Os *triarii* eram os melhores homens, em plena força. Sua família e seus amigos eram as legiões às quais serviam, e logo estavam tão cobertos de vermelho quanto os *hastati*. Afora Rênio, a Primogênita tinha apenas um punhado deles, fazendo número com os soldados novos dados por Cato. Os escravos se lançavam contra as legiões, e a Primogênita sofria a pior contagem de mortos, os novos recrutas morrendo mais rápido do que os homens experientes em volta. Rênio mantinha a linha da Primogênita firme enquanto lutavam para se adiantar.

O avanço aconteceu de novo através dos corpos trucidados. O único caminho era por cima dos mortos, e nenhum dos lados cedia ou recuava da fenda sangrenta que era a fileira da frente. Júlio estava esperando na quinta fileira, com a Primogênita doida para atacar. Braços e espadas tremiam de antecipação enquanto eles permaneciam suficientemente perto dos embates para que mais e mais gotas de sangue batessem neles como chuva, escorrendo pela armadura brilhante.

Alguns exércitos eram derrotados diante dos *hastati*, outros quando os *triarii* eram trazidos para esmagar a vontade do inimigo. Os corpos sobre os quais eles andavam, e que eles atravessavam com lanças tão casualmente, chegavam às centenas, talvez milhares ao longo da linha, no entanto só haviam começado a cortar as camadas externas do exército de Espártaco, e logo cada homem sabia que teria de ocupar o lugar deles. Assim que viam o inevitável, os nervos se acalmavam mesmo nos fracos, enquanto esperavam para chegar à primeira fila.

— Primogênita! Segundas lanças! — ordenou Júlio, repetindo o grito à esquerda e à direita.

As fileiras atrás dele atiraram sem pausa por cima da cabeça dos colegas, e as lanças caíam sem ser vistas sobre a massa do inimigo. Ao longo de toda a fileira, a ação era repetida, e apenas gritos distantes revelavam as vidas que as pontas haviam tirado.

Júlio se esticou na ponta dos pés para ver o que estava acontecendo nos flancos. Contra um número tão grande, a cavalaria tinha de impedir que fossem cercados. Enquanto a linha do exército de Espártaco se curvava diante dos romanos, uma lembrança de uma antiga sala de aula relampejou na cabeça de Júlio, uma lição das guerras de Alexandre. Por mais gigantesco que fosse, o exército romano poderia ser engolido e destruído, a não ser que os flancos permanecessem fortes.

Enquanto começava a olhar, sentiu a mudança à esquerda. Viu a linha se dobrar na legião de Lépido e o inimigo jorrar pela brecha. Estava muito longe para ver em detalhe, e enquanto se adiantava com Brutus, Júlio perdeu aquilo de vista e xingou.

— Brutus, você consegue ver Lépido? Os inimigos estão rompendo por lá. Pode ver se eles estão se sustentando?

Brutus se esticou na ponta dos pés para ver.

— A linha está rompida — falou horrorizado. — Deuses, acho que eles estão se virando.

Júlio quase tropeçou no homem à sua frente quando o passo dele encurtou. Olhou a linha, quatro fileiras à frente. Os *triarii* estavam esmagando os escravos e não pareciam se cansar. Seus pensamentos eram desesperados, e o medo jorrou dentro dele. Se movesse a Primogênita para a esquerda, para apoiar, como tinha prometido a Pompeu, deixaria os *triarii* vulneráveis. Se a linha deles fosse afinada ou rompida, os reforços que esperavam não estariam ali, e os escravos teriam duas brechas pelas quais jorrar, cortando a linha romana em ilhas de homens que se encolheriam e desapareceriam sendo mortos.

Enquanto hesitava, viu que o flanco esquerdo estava se compactando à medida que a brecha se alargava e alguns dos homens de Lépido se viravam de costas para o inimigo, começando a fugir. Aquilo se espalharia como a peste, os que corriam estragariam as fileiras de trás infeccionando-as com a covardia. Júlio escolheu.

— Primogênita! Virar à esquerda, para o flanco! — Como antes, repetiu a ordem duas vezes e as fileiras da frente ouviram, mesmo não podendo se virar. Eles saberiam que não havia ninguém atrás para sustentá-los, e lutariam com mais intensidade ainda durante o tempo em que estivessem vulneráveis.

A Primogênita se moveu rapidamente atravessando a linha de avanço, alguns tropeçando nos soldados que não tinham escutado a ordem. Era uma manobra perigosa para se tentar no meio de uma batalha, mas Júlio sabia que precisava usar seus homens para enrijecer a legião de Lépido antes que todo o flanco esquerdo desmoronasse. Correu pelas fileiras gritando ordens, saltando por cima de cadáveres e continuando a gritar para manter seus homens perto e em movimento. Na melhor das hipóteses, tinha segundos para impedir a debandada.

Brutus chegou primeiro, deliberadamente derrubando com o escudo um legionário em fuga. Júlio e Ciro ficaram dos dois lados dele, e juntos formaram o cerne, com a Primogênita fazendo uma parede de soldados sérios que os romanos em retirada teriam de atravessar para fugir. Rênio havia desaparecido na confusão, separado deles por centenas de soldados que esperavam.

— Levantar espadas! — gritou Júlio, com o rosto retorcido numa máscara de fúria animal. — Nenhum soldado atravessa esta linha vivo! Mostrem a esse Lépido quem nós *somos*!

A debandada de homens em pânico parou quando as fileiras da Primogênita chegaram diante deles, bloqueando a retirada. A luz do pânico sumiu de seus olhos enquanto eles viam as espadas prontas para cortá-los. Não havia dúvida de que elas seriam usadas. Os homens da Primogênita sabiam tão bem quanto Júlio que todos morreriam se a legião de Lépido fugisse do flanco dos escravos. Eles seriam dominados.

O exército de escravos tinha sentido o ponto fraco e os comandantes gritaram ordens, colocando centenas de homens na abertura, para alargá-la. Júlio foi apanhado na dúvida entre continuar andando pelas fileiras e colocar a Primogênita lacrando a brecha ou manter a posição para o caso de os homens de Lépido cederem de novo. Sabia que a recuperação ainda era fraca, com os soldados aterrorizados mal controlando o medo da morte que os havia dominado antes. Seria mais fácil da segunda vez.

— Júlio? — perguntou Brutus, esperando a ordem.

Júlio olhou para o amigo e viu a ânsia dele. Afinal, não havia opção. Tinham de assumir a frente e rezar para que os homens de Lépido não os deixassem desguarnecidos atrás.

— Primogênita! Avançar até a linha! — gritou, e os setecentos homens sob seu comando correram com ele, mantendo a formação perfeitamente.

Os últimos homens de Lépido se viraram para fugir dos escravos, e a Primogênita os derrubou antes que pudessem levar o pânico de volta. Fizeram isso com uma eficiência maligna que deveria ter alertado os escravos que lutavam para aproveitar a vantagem criada.

Os escudos da Primogênita se chocaram na brecha e as espadas subiam e baixavam o mais rapidamente possível, com cada homem sacrificando o cuidado em nome da velocidade. Pisavam os feridos, deixando-os gritando e freqüentemente vivos, mas a Primogênita pressionava num ritmo tal que corria o perigo de deixar toda a primeira fila para trás e ser separada do resto do exército. Rênio os encontrou, trazendo toda a linha com ordens gritadas.

Júlio lutava num frenesi. Seu braço doía e um longo ferimento havia marcado a pele numa linha vermelha, do pulso até quase ao ombro. Uma lâmina havia deslizado contra seu corpo antes que ele matasse o dono. Um escravo de aparência forte, usando armadura romana, saltou para ele, mas foi derrubado quando Rênio chegou à posição, golpeando o escravo na lateral, através de uma abertura entre as placas.

Júlio matou o próximo homem que o enfrentou, mas então outros três o golpearam. Sentiu-se grato pelas milhares de horas de treino que o fizeram se mover antes de pensar. Saltou de lado desviando-se do homem de fora e o empurrou para cima dos outros, abrindo mão da matança em troca de deixá-los embolados. O homem cambaleou no caminho do segundo e Júlio cortou sua garganta pelo lado, depois saltou sobre o corpo que ia caindo e afundou o gládio no peito arfante do homem do meio. A arma se engastou nas costelas e ele quase gritou de frustração quando sua mão ensangüentada escorregou completamente do punho da espada, ficando desarmado por um instante.

O terceiro homem a encará-lo veio com um gládio de legionário num forte golpe giratório e Júlio teve de se jogar no chão para evitar a lâmina. Então sentiu pânico enquanto esperava sentir o metal entrando em sua carne e fazendo o sangue se misturar à sujeira embaixo. O homem morreu com a espada de Ciro na boca, e Júlio lutou para recuperar sua espada, puxando o corpo e sacudindo-a até ela se soltar com um estalo de osso partido.

Brutus estava um passo adiante e Júlio o viu matar mais dois com uma velocidade e facilidade que nunca vira em ninguém, quanto mais no garoto que conhecia durante toda a vida. Parecia haver um espaço pacífico em volta de Brutus, e seu rosto estava calmo, quase sereno. Qualquer coisa viva que chegasse ao alcance de sua espada morria em um ou dois golpes, e como se sentissem a fronteira, os escravos lhe davam espaço e não pressionavam o jovem soldado tão de perto quanto o resto.

— Brutus! — gritou Júlio. — Gladiadores na frente!

Correndo na direção da Primogênita havia homens vestidos com armadura de gladiadores. Usavam capacetes inteiros que cobriam o rosto, deixando apenas buracos para os olhos que lhes davam uma aparência de ferocidade não humana. A chegada deles pareceu animar os escravos em volta, de modo que a Primogênita parou, plantando os escudos no chão macio.

Júlio imaginou se no meio deles estavam os homens que tinha conhecido na noite anterior. Era impossível ter certeza no choque de metal e corpos. Eram rápidos e treinados, e Júlio viu Rênio derrubar um com o ombro à medida que as fileiras se fechavam e outro lançava um golpe contra ele. Júlio levantou o escudo bruscamente, sentindo dois choques enquanto seu golpe revidado amassava uma armadura. Seu escudo se embolou com a espada do sujeito, e Júlio martelou e martelou o capacete de ferro até que finalmente este se partiu e ele pôde ir em frente, ofegando. Seus músculos doíam e sua respiração parecia queimar na garganta.

Brutus esperava num poço de imobilidade intocado pela confusão de corpos em volta. O gladiador que ele encarava se desviou uma vez, e Brutus antecipou facilmente o movimento, oscilando de lado para evitar um golpe de verdade. Sua espada saltou em resposta e deu um corte pequeno no pescoço do sujeito. O sangue jorrou, e a um passo de distância Júlio ouviu o som fraco de surpresa dado pelo lutador enquanto levava a mão ao corte, pasmo. Era apenas um arranhão, mas uma veia importante fora cortada, e as pernas dele se dobraram debaixo do corpo. Ele lutou para se levantar, ofegando e gemendo como um bezerro ferido, e a vida o abandonou.

Júlio passou o gládio num pescoço exposto, e então foi derrubado para trás quando mais um se chocou em seu escudo, rasgando as tiras contra seu braço. Deixou-o cair e tentou cegamente agarrar o atacante com a mão esquerda, para enfiar o gládio na carne dele com a outra, mas sentiu uma cutucada nas costas quando o homem tentou levantar a ponta da espada. Sentiu cheiro de alho da última refeição do sujeito que morria.

A Primogênita estava chegando ao seu redor, e ele pôde ver mais gladiadores correndo para aproveitar uma brecha que ainda oscilava. Olhou para trás e viu com um alívio ofegante que a legião de Lépido tinha se formado de novo e estava a postos para se adiantar.

— Primogênita! Formação de manípulo. Reagrupar na quinta! — gritou e matou mais dois escravos furiosos que tentavam se aproveitar da mudança, atacando loucamente a fileira da Primogênita e morrendo de modo igualmente rápido. Havia um número muito grande deles. Sem colocar homens descansados na frente, a Primogênita seria derrubada.

Brutus recuou com ele, e Júlio ficou estranhamente satisfeito ao vê-lo respirando ofegante. Por um tempo seu amigo parecera intocável na batalha, e era tranqüilizador saber que ele poderia ficar tão cansado quanto os outros. Júlio olhou aprovando quando os homens de Lépido assumiram o ataque e o avanço prosseguiu. Estava na hora de voltar à posição original. O flanco esquerdo estava seguro.

— Senhor? — disse uma voz ao lado de Júlio. Ele virou a cabeça rapidamente, tenso demais para ver qualquer coisa além de ameaças. Havia um centurião parado, sem capacete. Um enorme ferimento na bochecha e os antebraços sangrentos mostravam que ele estivera no meio da batalha.

— O que é?

— O general Lépido está morto. Não há ninguém para comandar a esquerda.

Júlio fechou os olhos um segundo, esforçando-se para afastar o cansaço que tinha penetrado seus músculos doloridos a cada passo longe da luta. Olhou para Brutus, que sorriu.

— Você continua com sorte, Júlio — disse ele sem qualquer traço de acidez.

Júlio apertou a mão do amigo com força, num reconhecimento silencioso do que ele havia cedido, depois se virou para o soldado que esperava.

— Muito bem, centurião. Assumirei o comando. Traga a águia até mim para que os homens saibam para onde olhar em busca de ordens. Espalhe a notícia de que, se cederem, eu crucificarei cada um deles quando isto terminar.

O centurião piscou fixando os olhos do jovem comandante. Depois fez uma saudação e correu para chamar o porta-estandarte. Quatro fileiras à frente deles a batalha prosseguia furiosa, sem pausa.

Pompeu e Crasso olhavam de cima das montarias a batalha que se desdobrava. O sol estava subindo no céu e as colinas em volta continuavam cobertas pelo exército inimigo. Pompeu tinha ordenado que as balistas e catapultas continuassem disparando por cima das linhas de frente até terem exaurido os projéteis. Elas haviam silenciado depois das primeiras três horas, e desde então a ferocidade da batalha havia somente aumentado.

Os senadores podiam observar em relativa segurança, a mais de trinta metros atrás das primeiras fileiras do flanco direito. Uma centúria protegia a posição, permitindo que apenas os mensageiros dos *extraordinarii* chegassem aos dois comandantes. Depois de tanto tempo os cavalos chegavam ao posto de comando com suor branco e saliva cobrindo a pele. Um cavaleiro trotou até os senadores e fez uma saudação elegante apesar do cansaço.

— A brecha está fechada, senhor. César comanda a esquerda. O general Lépido está morto — falou ofegando.

— Bom — respondeu Pompeu secamente. — Isso me economiza a tarefa de matar o idiota depois da batalha. Vá até Márcio e diga para ele trazer mil soldados para apoiar César. Deixe César no comando. Eu diria que ele mereceu.

O cavaleiro fez uma saudação e galopou por entre os guardas, com o cansaço aparecendo no modo frouxo como se sentava na montaria. Pompeu sinalizou para outro dos *extraordinarii* se aproximar e ficar a postos para a próxima ordem. Examinou a batalha, tentando avaliar o progresso.

Sabia que os romanos deviam ter debandado os escravos. Milhares tinham caído, mas eles pareciam possessos, e as legiões estavam ficando exaustas. Não importando a rotatividade que fizessem com as primeiras filas através das ordens de manípulo, não havia carência de novos inimigos para minar a força e a vontade deles. Tinha deixado instruções com os arqueiros para atirar flechas contra qualquer um que pudessem ver com armadura de gladiador, mas acertar alvos individuais era quase impossível.

Crasso olhou para o flanco direito, onde a cavalaria de duas legiões lutava para manter o terreno que tinham ganhado no primeiro ataque. Cavalos gritavam de dor e já havia homens se esparramando em volta deles.

— Pompeu, a direita! — gritou ele para o colega.

Pompeu assumiu o risco e mandou um mensageiro para trazer reforços. Era perigoso tirar muitos homens do centro. Se houvesse uma brecha ali, o exército seria cortado ao meio e isso seria o fim. Pompeu descobriu um sentimento de desespero crescendo por dentro. Não havia fim para aqueles escravos. Apesar de toda a habilidade e disciplina dos romanos, não via como lhes trazer a vitória. Seus homens matavam até ficar exaustos, e então eram mortos, repetidamente.

Sinalizou para os *cornicens*, pedindo outra ordem de manípulo. Tinha perdido a contagem de quantas vezes mandara dar o sinal, e podia imaginar o que seus homens estavam sentindo enquanto voltavam para a frente de batalha antes de ter se recuperado totalmente da última vez. Precisava manter os intervalos curtos, para poupá-los, mas isso significava menos tempo para recuperar as forças.

Pompeu e Crasso se viraram quando veio um grito de alerta da direita. Os escravos tinham passado pelos últimos cavaleiros e estavam se adiantando num jorro, criando pânico nas fileiras romanas enquanto ameaçavam envolver o flanco ou mesmo atacar por trás. Pompeu xingou e chamou outro cavaleiro.

— Direita, recuar em ordem de batalha. Esquerda, se adiantar. Temos de virar todo o campo antes de eles nos rodearem. Os *cornicens* toquem "Roda à direita". Vá.

O homem galopou e os dois generais abandonaram a dignidade levantando-se nas selas para ver melhor a ação que se desenvolvia. As mãos de Pompeu estavam com cãibras e brancas nas rédeas, e ele sabia que toda a batalha dependia dessa decisão. Se a retirada se transformasse em pânico, o exército escravo se derramaria em volta e cercaria os romanos. Sua boca estava seca pelo ar frio enquanto ele respirava sibilando.

As ordens demoraram muito tempo para chegar a toda a linha de batalha. Gritos ecoaram perto, e a direita começou a ceder em ordem, mudando a linha para uma diagonal vermelha pela planície. Pompeu apertou os punhos ao ver a esquerda pressionando para compactar os escravos.

Toda a batalha começou a girar, e Pompeu estava frenético de preocupação. Era o único modo de salvar o flanco direito que estava sendo suplantado, mas à medida que os milhares de soldados giravam, os escravos ficariam livres para correr e ir em direção a Arimino, se seus comandantes vissem essa chance.

Espártaco se levantou na sela de seu cavalo e xingou baixinho ao ver que as legiões estavam se sustentando. A princípio achou que Antonido estava certo e que a ala seria dominada, mas de algum modo eles haviam girado juntos, oito legiões se movendo como uma só para virar a batalha na direção leste. Assobiou baixinho em admiração, ao mesmo tempo em que via os sonhos virarem pó no campo. As legiões eram tudo que ele sabia que elas poderiam ser, e por um momento lembrou-se de seus dias como soldado nelas. Tinham sido uma grande irmandade antes de ter azedado para ele. Uma briga de bêbados e um oficial morto, e nada mais fora o mesmo. Ele fugira porque sabia que iriam colocá-lo diante dos amigos do homem e condená-lo à morte. Não havia justiça para alguém como ele, pouco mais do que uma criança quando fora recrutado na Trácia. Para eles, Espártaco não era um verdadeiro romano, e era pouco melhor do que um animal. Aquelas lembranças eram diferentes e amargas: captura e escravidão, depois a escola de gladiadores onde eram tratados como cães violentos que deviam ser acorrentados e espancados até ficar ferozes.

— *Morituri te salutamus*. Nós, que vamos morrer, te saudamos — sussurrou consigo mesmo enquanto olhava seu povo morrer.

Olhou o sol e viu que ele havia subido para além do meio-dia, frio e pálido atrás das nuvens. Os dias mal tinham começado a ficar mais longos, e iriam se passar apenas mais algumas horas até escurecer.

Olhou a batalha por longo tempo, esperando ver as legiões serem partidas, mas elas se mantinham fortes contra a multidão, e desesperou. Finalmente assentiu consigo mesmo. Quando os romanos recuassem para seus acampamentos para a noite, ele iria para Arimino. Seus homens não comiam há quatro dias, e a cidade romana estava cheia de comida para torná-los fortes de novo.

— Teremos de correr, Crix — murmurou ele.

Seu amigo estava de pé junto de Antonido, segurando as rédeas.

— Eles ainda podem ser derrotados antes do escurecer — respondeu Crixo acidamente.

Antonido resmungou e cuspiu um bolo de catarro no chão, furioso. Tinha lhes prometido uma vitória e sentiu sua influência indo embora junto com o número de mortos.

Espártaco balançou a cabeça.

— Não. Se não os vencemos até agora, eles não correrão de nós. Vão recuar para aquelas fortalezas deles e comer muito bem antes de vir terminar o trabalho amanhã. Não estaremos aqui quando eles fizerem isso.

— *Por que* eles não se dobram? — perguntou Crixo furioso ao ar.

— Porque, se eles se dobrarem, Roma cai diante de nós — respondeu Antonido rispidamente. — Eles sabem o que está em risco, mas nós ainda podemos vencer. Puxem as linhas de frente para trás e mandem homens descansados. Mandem rodear o flanco esquerdo. Quer eles corram ou não, podemos deixá-los exaustos até não suportarem mais.

Espártaco olhou enojado para o general romano que seus homens tinham encontrado. Antonido tinha apenas bile por dentro e não parecia perceber que as vidas que ele insistia que jogassem fora eram de amigos e irmãos. O gladiador fechou os olhos por um momento. Todos haviam saudado Antonido quando Crixo o apresentou, vestido com uma armadura tirada de um cadáver romano. Ele havia desfilado como um cãozinho de estimação para os homens, mas suas promessas foram inúteis, e suas táticas inteligentes não passavam de confusão para escravos que nunca tinham segurado uma espada antes da rebelião.

— Nossos homens estão fracos de fome — disse Espártaco. — Vi alguns com a boca verde do capim cozido que comeram. Não podemos sobreviver mais um dia lutando.

— Podemos tentar as passagens para a Gália — começou Crixo.

— Quantos acha que alcançarão as altas passagens vivos? — perguntou Espártaco. — As legiões vão nos caçar antes de termos saído das planícies. Não, esta chance desapareceu. Tem de ser Arimino. Vamos pegar a comida de que precisarmos e recuperar as forças. De algum modo, vamos ficar à frente deles.

— Se pudermos arranjar navios, eles talvez nos deixem ir — disse Crixo, olhando o amigo.

— Seria necessária uma frota — respondeu Espártaco, pensando. Ele ansiava por ir para longe do poder de Roma, amargo com o conhecimento de que deveria ter levado seus homens para o outro lado das montanhas. Deixá-los ter seu pouco de terra. Ele se contentaria em ser livre.

Antonido controlava o mau humor com dificuldade. Eles o haviam tirado da escravidão para ser morto por seu próprio povo. Nenhum dos dois percebia que Roma jamais perdoaria um general que deixasse os escravos escapar. Seria uma vergonha que duraria séculos, e cada escravo no país pensaria em se rebelar contra os senhores. A única liberdade que veriam seria resultado de vencer as legiões na planície, não importando quantas vidas fossem necessárias.

Antonido fez uma promessa silenciosa de escapar antes do fim. Não seria obrigado a desfilar em Roma como um troféu. Não podia suportar a idéia de um Cato triunfante condenando-o com um gesto das mãos gordas.

— Os homens estão exaustos — disse Crasso. — Você deve soar a retirada antes que eles sejam dominados.

— Não. Eles vão agüentar — disse Pompeu, franzindo a vista por causa do sol que baixava. — Mande os *extraordinarii* prepararem os acampamentos para a noite. Vamos recuar quando a luz sumir, mas se eu ordenar agora, os escravos pensarão que venceram as únicas legiões que existem entre este lugar e Roma. Elas devem *agüentar*.

Crasso torceu as mãos numa agonia de decisão. As legiões estavam sob seu comando, e se Pompeu esperasse demais para chamá-las de volta, isso poderia acabar com tudo pelo qual tinha trabalhado a vida inteira. Se as legiões caíssem, Roma cairia também.

Júlio sugou o ar para os pulmões de chumbo enquanto esperava que as trombetas soassem o próximo ataque. O sangue sobre seu corpo havia secado há muito, e caía em crostas escuras quando ele se movimentava. Sangue velho. Olhou cauteloso para os braços e levantou uma das mãos, estreitando o olhar para o tremor de exaustão que via ali.

Outro homem ofegou ao seu lado e Júlio olhou-o: tinha lutado bem no último ataque, gastando as forças com a confiança de um jovem imortal. Ele ergueu os olhos e viu Júlio observando-o, e uma sombra passou por seus olhos verdes. Não havia palavras a ser ditas. Júlio imaginou se o filho de Cato sobreviveria à batalha. Se sobrevivesse, Cato jamais entenderia as mudanças no rapaz.

Atrás dele, Ciro escarrou e cuspiu para tirar o sangue da garganta. Seus lábios estavam partidos e inchados, e os dentes estavam vermelhos quando ele riu dolorosamente para o general.

Estavam todos feridos e exaustos. Júlio se encolhia a cada movimento. Alguma coisa tinha se distendido na cintura, às costas, quando ele empurrou um morto para longe. O lugar lançava fagulhas de dor até os ombros, e tudo que ele queria era dormir. Olhou para Brutus, que fora derrubado inconsciente por um escravo furioso. Apenas um contragolpe rápido havia recuperado o terreno e seu corpo. Ciro o havia arrastado para trás, pelas fileiras, para se recuperar, e à medida que o céu ia escurecendo ele havia se juntado de novo aos outros, mas se movia mais devagar e sua habilidade tinha praticamente desaparecido. Júlio imaginou se o crânio dele teria sido rachado pelo golpe, mas não podia mandá-lo de volta ao acampamento. Precisavam de cada homem que pudesse permanecer de pé.

Todos estavam além da exaustão e da dor, penetrando numa espécie de entorpecimento que deixava a mente livre para vaguear. As cores empalideciam e eles perderam a noção do tempo, vendo-o ficar mais lento e depois correr até uma velocidade apavorante, repetidamente.

Pulando de susto, Júlio escutou o grito da trombeta mais próxima. Cambaleou para mais um período na linha de frente e empurrou a mão de Ciro quando ela tocou seu braço.

— Por hoje chega, general — disse Ciro, firmando Júlio com um dos braços. — Não há mais luz. Esse é o chamado de volta ao acampamento.

Júlio olhou-o inexpressivo por um momento, depois assentiu cansado.

— Diga a Brutus e Rênio para formar as linhas e retirar em ordem. Diga aos homens para ficar atentos a um ataque súbito.

Suas palavras saíram engroladas pelo cansaço, mas ele ergueu a cabeça e sorriu para o homem que tinha encontrado em outro continente, outro mundo.

— É melhor do que a fazenda, Ciro?

O grandalhão olhou os corpos em volta. Tinha sido o dia mais duro de sua vida, mas ele conhecia os homens ao redor melhor do que podia explicar. Na fazenda sentia-se sozinho.

— Sim, senhor — disse ele, e Júlio pareceu entender.

CAPÍTVLO XXXIX

Suetônio se encostou na cerca da floresta. No limite de sua visão, viu os escravos do pai trabalhando sem pressa para arrancar os postes e tirar a divisa. Dentro de algumas horas todos os sinais dela teriam sumido, e Suetônio franziu a testa pousando a cabeça nos braços. A casa que tinha planejado seria linda, erguendo-se acima das árvores na terra de César, olhando morro abaixo. Ele teria uma varanda para sentar-se nas noites quentes, com uma bebida fresca. Tudo isso tinha desaparecido com a súbita fraqueza do pai.

Pegou uma lasca do poste, pensando na quantidade de pequenos insultos que Júlio o obrigara a aceitar quando eram prisioneiros e com os Lobos na Grécia. Sabia que, se Júlio não estivesse lá, os outros homens o teriam aceitado mais facilmente, talvez até mesmo concordando com seu comando no fim, como tinham feito com Júlio. Ele teria entregado o corpo de Mitrídates ao legado Lépido, compartilhando uma refeição com o sujeito, em vez de correr para o porto praticamente sem pausa. O Senado o teria nomeado tribuno, e seu pai sentiria orgulho.

Em vez disso tinha apenas um resgate que pertencia ao pai e algumas cicatrizes para mostrar, por tudo que havia suportado. César tinha levado os Lobos para o norte, lisonjeando-os e persuadindo-os a segui-lo enquanto

Suetônio era deixado para trás, sem ter ao menos o pequeno consolo de ver sua casa construída.

Quebrou a lasca com uma raiva súbita, encolhendo-se quando parte dela cortou a pele da mão. Tinha se inscrito para ir ao norte com as seis legiões, mas nenhum dos legados o aceitara. Não havia dúvida de quem tinha espalhado a notícia. Sabia que o seu pai poderia ter cobrado favores para que aceitassem o filho, mas acabou não pedindo. A vergonha de como fora tratado queimava no silêncio da floresta.

Outro movimento atraiu seu olhar e ele levantou a cabeça para ver. Quase esperava que algum escravo de seu pai estivesse evitando o trabalho. Seus açoites serviriam um pouco para romper a letargia. Parecia sentir a vida com mais força nas veias quando chegava a hora de punir os preguiçosos. Sabia que sentiam medo dele, mas isso estava certo.

Respirou fundo para rosnar uma ordem, esperando vê-los pular. Então se imobilizou. Os homens estavam se esgueirando através do mato baixo e denso do outro lado da cerca. Não eram seus escravos. Muito lentamente baixou a cabeça e olhou em silêncio enquanto passavam não muito longe, sem notar sua presença.

Suetônio sentiu o coração martelar num medo súbito, e um rubor lhe veio ao rosto enquanto tentava respirar sem fazer barulho. Eles ainda não o tinham visto, mas havia alguma coisa muito errada naquilo. Eram três homens movendo-se juntos, e um quarto seguia a alguma distância, atrás. Suetônio quase tinha se levantado para olhar depois da passagem do primeiro grupo, e somente algum instinto o alertara a ficar imóvel enquanto eles desapareciam por entre as árvores. Então o quarto homem aparecera, movendo-se com cautela. Vestia roupas escuras ásperas como os outros e andava com passo leve por cima da madeira morta e do musgo, mostrando habilidade de caçador com seu silêncio.

Suetônio viu que ele também estava armado, e subitamente pensou que o sujeito poderia vê-lo através das sombras. Queria correr ou gritar chamando os escravos. Visões da rebelião no norte lhe vieram, e sua mente se encheu com imagens de facas penetrando em seu corpo, vívidas e terríveis. Tinha visto muitos morrerem, e era fácil imaginar homens se virando contra ele como animais. Sua espada estava ao lado do corpo, mas ele manteve as mãos imóveis.

Prendeu o fôlego enquanto o último homem passava. Este pareceu sentir um olhar fixo nele e hesitou, examinando as árvores em volta. Não viu Suetônio, e depois de um tempo relaxou e foi em frente, desaparecendo tão completamente quanto os companheiros.

Suetônio soltou o fôlego devagar, ainda não ousando se mover. Eles iam na direção da propriedade de César, e seus olhos ficaram cruéis quando percebeu. Não iria denunciá-los. Aquilo estava nas mãos dos deuses, fora das suas.

Sentindo que boa parte da dor e da amargura tinha sumido, levantou-se e esticou as costas. Quem quer que fossem os caçadores, desejou-lhes sorte enquanto voltava até onde os escravos estavam derrubando a cerca. Deu ordens para que pegassem as ferramentas e voltassem à propriedade do pai, instintivamente querendo estar longe da floresta nos próximos dias.

Os escravos viram que seu humor tinha ficado mais leve e trocaram olhares, imaginando que coisa maligna ele teria visto para ficar tão animado, enquanto punham os fardos nos ombros e voltavam para casa.

Júlio estava exausto, xingando baixinho quando tropeçou numa pedra solta. Sabia que se caísse havia a chance de não se levantar, e de ser deixado na estrada.

Não podiam parar, com o exército de escravos correndo à frente em direção a Arimino. A fuga do campo no escuro tinha lhes garantido meio dia de dianteira, e Pompeu dera a ordem para alcançá-los e derrubá-los. O espaço entre os dois grupos não tinha diminuído em sete dias, com as legiões perseguindo um exército muito mais descansado. Os escravos arrancavam comida da terra enquanto passavam como gafanhotos, e as legiões marchavam na trilha de sua devastação. Júlio sabia que eles podiam perder muitos soldados a mais, porém se os escravos virassem para o sul, Roma estaria nua pela primeira vez na História.

Fixou os olhos no legionário à sua frente. Estivera olhando para aquelas costas o dia inteiro, e cada detalhe minúsculo, desde o cabelo grisalho que se espetava sob o elmo até as manchas de sangue no tornozelo do sujeito, onde um quilômetro e meio de percurso fizera romper as bolhas. Alguém tinha urinado na frente, escurecendo o pó da estrada. Júlio pisou no lugar com indiferença, imaginando quando teria de fazer o mesmo.

Ao lado Brutus pigarreou e cuspiu. Não havia nada de sua energia usual aparecendo. Ele estava curvado sob o peso da mochila, e Júlio sabia que seus ombros estavam em carne viva. Esfregava gordura neles à noite e esperava estoicamente a formação de calos.

Não tinham falado desde o alvorecer, já que a batalha contra a exaustão e a estrada prosseguia sem demonstração pública. Para a maioria era a mesma coisa. Marchavam frouxos e de boca aberta, com toda a consciência estreitada até um ponto logo à frente. Muitas vezes, quando as trombetas soavam para parar, homens tropeçavam nos da frente e praticamente acordavam do sono enquanto eram xingados ou levavam um tapa.

Júlio e Brutus mastigavam pão rançoso e carne que lhes foram entregues sem que a marcha parasse. Enquanto tentavam encontrar saliva para engolir, passaram por outro soldado caído e se perguntaram se eles também seriam deixados na estrada.

Se Espártaco queria exaurir as legiões numa perseguição, não poderia ter feito melhor, e sempre havia o conhecimento de outra batalha quando os escravos e gladiadores finalmente encontrassem um lugar para ficar de pé. Somente a morte pararia as legiões.

Cabera tossiu pó da garganta e Júlio olhou para o velho, maravilhando-se de novo por ele não ter caído com os outros. As rações fracas e os quilômetros tinham reduzido ainda mais seu corpo magro, de modo que ele parecia quase esquelético. Suas bochechas estavam fundas e escuras, e a marcha havia roubado seu humor e sua conversa. Como Brutus e Rênio atrás, ele não tinha falado desde o momento em que foram forçados a ficar de pé pelos exaustos *optios*, usando os cajados em oficiais e soldados sem interesse, os rostos tão finos e cansados quanto os do resto.

Só tinham permissão de dormir durante quatro horas no escuro. Pompeu sabia que poderiam encontrar Arimino em chamas, mas os escravos mal poderiam parar antes que as legiões estivessem no horizonte, pressionando-os. Não podiam permitir que Espártaco se reagrupasse. Se fosse necessário, iriam persegui-lo até o mar.

Júlio mantinha a cabeça erguida com dificuldade, sabendo que era visto pela Primogênita ao redor. A legião de Lépido marchava ao lado deles, apesar de haver uma diferença sutil entre os grupos. A Primogênita não tinha fugido, e cada soldado sabia que a punição por esse fracasso ainda teria de ser enfrentada. O medo aparecia nos olhos dos homens de Lépido, e minava sua vontade enquanto eles preenchiam as horas com preocupação silenciosa. Não havia nada que Júlio e Brutus pudessem fazer por eles. A morte de Lépido só servia até certo ponto para reparar o momento de pânico na batalha.

Os *cornicens* tocaram ao chegarem ao local de um antigo acampamento. Era duas horas mais cedo do que o programado, mas Pompeu obviamente decidira usar a barreira que tinham erguido antes, precisando apenas de um pouco de trabalho para firmar a terra caída. Assim que chegaram, os homens caíram onde estavam. Alguns ficaram deitados de lado, exaustos demais para tirar as mochilas. Amigos desamarravam uns aos outros, e as rações cada vez menores foram tiradas de sacos e passadas pelas fileiras até os cozinheiros, que acenderam fogueiras nas cinzas das antigas. Os homens queriam dormir, e primeiro precisavam comer, de modo que a refeição de trigo e carne-seca foi esquentada e mandada em pratos de ferro o mais rápido possível. Os legionários enfiaram a comida na boca sem interesse, depois desenrolaram os finos cobertores de campanha e se deitaram.

Júlio tinha acabado de comer e estava lambendo os dedos para tirar cada migalha da papa de que seu corpo precisava tão desesperadamente quando ouviu um *cornicen* tocar uma nota de alerta ali perto. Pompeu e Crasso estavam se aproximando de sua posição.

— Levantem-se! Ponham os homens de pé. Centuriões, formem a Primogênita em quadrados para inspeção. Depressa!

Odiava ter de fazer isso, vendo os homens se arrastar para ficar de pé, atordoados. Alguns tinham dormido e se levantavam frouxamente, os braços pendendo e com apenas uma consciência opaca nos olhos. Os centuriões gritavam e puxavam, até que alguma semelhança de fileiras foi produzida. Não havia gemidos ou reclamações; eles não tinham energia nem força de vontade para resistir a qualquer coisa que lhes fizessem. Ficavam onde eram postos e esperavam a ordem para dormir de novo.

Pompeu e Crasso vieram pelo acampamento, trazendo os cavalos até perto de Júlio antes de desmontar. E não era mais do que justo, já que ambos pareciam mais descansados do que os legionários em volta, mas havia um ar

CONN IGGULDEN

de seriedade tensa nos generais, que acordou alguns dos homens de Lépido para o perigo, fazendo-os se entreolhar nervosos. Pompeu se aproximou de Júlio, que fez uma saudação.

— A Primogênita está a postos, senhor — disse Júlio.

— É o seu outro comando que me traz aqui, César. Diga à Primogênita para descansar e mande os homens de Lépido formarem filas no lugar dela.

Júlio deu as ordens e os três esperaram enquanto os soldados iam rapidamente para as posições. Mesmo depois das perdas que tinham sofrido no pânico da batalha, ainda havia mais de três mil sobreviventes. Alguns estavam feridos, mas os em pior estado já tinham sido deixados na estrada há dias. Pompeu montou em seu cavalo para se dirigir a eles, mas, antes de começar, inclinou-se para Júlio e falou em voz baixa:

— Não interfira, Júlio. A decisão foi tomada.

Júlio devolveu o olhar interrogativo impassivelmente, depois assentiu. Pompeu se aproximou de Crasso e juntos eles fizeram os animais trotar até a primeira fila dos homens reunidos.

— Centuriões, avancem! — gritou Pompeu. Em seguida levantou a cabeça para que sua voz fosse o mais longe possível. — Esta legião tem uma vergonha que deve ser extirpada. Não pode haver desculpa para a covardia. Ouçam agora a punição que vão receber.

"Cada décimo homem da fila será marcado pelos centuriões. Ele morrerá nas mãos dos outros. Vocês não usarão espadas, vão esmagá-los e espancá-los até a morte com punhos e cajados. Vão derramar o sangue dos seus amigos deste modo, e sempre se lembrarão. Um décimo de vocês morrerá neste dia. Centuriões, iniciem a contagem.

Júlio ficou olhando horrorizado enquanto os centuriões gritavam os números. À medida que eles marchavam entre as fileiras, os homens em volta do infeliz se encolhiam de medo enquanto os oficiais iam chegando perto, depois ofegavam quando a mão caía num ombro diferente. Alguns gritavam, por si ou pelos amigos, mas não haveria misericórdia. Crasso e Pompeu observaram todo o processo com um desdém rígido.

Demorou menos de uma hora, mas no fim trezentos homens estavam fora de forma. Alguns choravam, mas outros olhavam inexpressivos para o chão, incapazes de entender o que acontecia, por que tinham sido escolhidos para morrer.

— Lembrem-se disso! — gritou Pompeu aos homens. — Vocês fugiram de escravos de um jeito que nenhuma legião fugiu há gerações. Larguem as espadas e terminem sua tarefa.

As fileiras se dissolveram quando cada homem separado foi cercado por nove de seus amigos e irmãos. Júlio ouviu um deles murmurando um pedido de desculpas antes de dar o primeiro soco. Foi pior do que qualquer coisa que ele já vira. Ainda que os *optios* tivessem cajados, os soldados comuns tinham apenas os punhos para esmagar os rostos e os peitos de pessoas que conheciam há anos. Alguns soluçavam enquanto golpeavam, os rostos retorcidos como de crianças, mas nenhum se recusou.

Demorou longo tempo. Alguns dos soldados espancados morreram rapidamente, com a garganta esmagada, mas outros se demoraram e demoraram, estremecendo e gritando num coro terrível que fez Brutus estremecer enquanto olhava, hipnotizado pela confusão de homens com as mãos sangrentas, chutando e dando socos selvagemente. Brutus balançou a cabeça, incrédulo, depois desviou o olhar, enjoado. Viu que Rênio estava parado rigidamente, com o rosto empalidecido.

— Nunca pensei que veria isso de novo — murmurou Rênio sozinho. — Pensei que isso havia morrido há muito tempo.

— Tinha morrido — disse Júlio categoricamente. — Parece que Pompeu fez reviver.

Ciro olhava aterrorizado, com os ombros frouxos. Olhou para Júlio com ar interrogativo, mas não havia palavras para ele.

Júlio ficou olhando enquanto os últimos socos eram dados e os centuriões verificavam cada cadáver. Os homens recuaram, com a energia desaparecendo enquanto voltavam frouxamente para as fileiras. Os corpos se espalhavam diante deles em círculos de grama sangrenta, e muitos dos vivos tinham as manchas das execuções, de pé com a cabeça baixa, sofrendo.

— Se estivéssemos em Roma, eu ordenaria que vocês fossem debandados e proibidos de usar armas — rugiu Pompeu no silêncio. — Como a coisa está, as circunstâncias talvez ainda os salvem.

Ele olhou para Crasso, e o senador se remexeu na sela. Júlio franziu a testa subitamente. Pompeu dar o lugar a Crasso significava que ele precisava do peso da autoridade do Senado por trás do que seria dito. Apesar de todas as manobras dos dois, apenas Crasso tinha isso.

O homem mais velho pigarreou para falar.

— Minha ordem é que uma nova legião seja formada, para expurgar a mancha de Lépido. Vocês vão se unir à Primogênita e criar uma nova história. Seus padrões serão mudados. Vocês terão um novo nome, intocado pela vergonha. Nomeio Caio Júlio César para comandá-los. Falo com a autoridade do Senado.

Crasso virou seu cavalo e trotou até onde Júlio estava parado, olhando-o furioso.

— Então eles farão parte da Primogênita? — perguntou Júlio asperamente.

Crasso balançou a cabeça.

— Sei o que isso fará com você, Júlio, mas é o melhor modo. Se eles tomarem armas para você, sempre estarão separados, como estão agora. Um novo nome limpará o campo para eles... e para você. Pompeu e eu concordamos. Obedeça às ordens. A Primogênita termina hoje.

Por um momento Júlio não conseguiu falar, de raiva, e Crasso o observou atentamente, esperando uma resposta. O rapaz entendia o que eles estavam tentando fazer, mas mesmo assim a lembrança de Mário assombrava seus pensamentos. Entendendo isso, Crasso se inclinou e falou baixo, para não ser ouvido por outros:

— Seu tio entenderia, Júlio. Tenha certeza.

Júlio trincou o maxilar e assentiu rapidamente, incapaz de confiar no que falaria. Devia demais àquele homem.

Crasso se recostou, relaxando.

— Vai precisar de um nome para eles. Pompeu pensou que deveria ser...

— Não — interrompeu Júlio. — Eu tenho um nome.

Crasso levantou as sobrancelhas, surpreso, enquanto Júlio andava em volta de seu cavalo e encarava os homens ensangüentados que iria comandar. Respirou fundo e lançou a voz para ser ouvido pelo maior número possível.

— Vou tomar os seus juramentos, se vocês fizerem. Lembro-me de que vocês não desertaram no campo, e se juntaram quando eu pedi, mesmo com Lépido morto. — Ele deixou o olhar cair sobre os cadáveres espalhados nas fileiras. — O preço do fracasso foi pago e jamais será mencionado de novo a partir de hoje. Mas ele deve ser lembrado.

O silêncio era terrível, e o ar cheirava a sangue.

— Vocês estão marcados com a vida de um em cada dez homens. Vou chamar a legião de Décima, para que nunca esqueçam o pagamento tomado e nunca se deixem quebrar.

Com o canto do olho Júlio viu Crasso fazer uma careta diante do nome, mas sabia desde o primeiro instante que era a escolha certa. O nome iria sustentá-los através do medo e da dor quando outros perdessem a coragem.

— Primogênita! Este é o meu último comando para vocês. Formem fileiras com seus irmãos. Olhem o rosto deles e aprendam seus nomes. Saibam disso. Quando homens souberem que a Décima está contra eles, terão medo, porque seus membros pagaram as dívidas com o próprio sangue.

Enquanto as fileiras se recompunham, Júlio voltou até Crasso e Pompeu se juntou ao senador. Os dois generais olharam para Júlio com interesse contido.

— Você falou... bem com eles, Júlio — disse Pompeu. Em seguida balançou a cabeça ligeiramente ao ver a Primogênita ser recebida nas fileiras. Tinha pensado que Júlio resistiria à ordem por causa do nome da Primogênita e estivera preparado para forçar a questão. Observar a facilidade com que o jovem comandante assimilara a novidade e a fizera funcionar para ele foi uma surpresa. Pela primeira vez Pompeu teve um vislumbre de como o jovem fora bem-sucedido na Grécia contra Mitrídates e os piratas. Ele parecia saber quais eram as palavras a usar, e sabia que elas podiam morder com mais força do que as espadas.

— Gostaria de estender o tempo no acampamento antes de irmos em frente, senhor. Isso me daria a chance de falar com os homens, além de deixar que eles terminem de comer e durmam um pouco.

Pompeu sentiu-se tentado a recusar. Afora a necessidade premente de perseguir os escravos, seus instintos o alertavam a não tornar as coisas fáceis demais para o jovem que podia falar direto aos corações dos soldados e num instante retirá-los do sofrimento. Então cedeu. César precisaria de cada vantagem, se quisesse ressuscitar das cinzas a dignidade da nova legião.

— Pode dizer a eles que dei mais duas horas, a seu pedido, Júlio. Esteja pronto para marchar ao pôr-do-sol.

— Obrigado, senhor. Arranjarei para que os homens tenham novos escudos e armaduras assim que terminarmos com esta rebelião.

Pompeu assentiu distraidamente, sinalizando para Crasso se afastar até a posição de comando mais adiante, na frente da coluna. Júlio ficou olhando-os ir, o rosto ilegível. Virou-se para Brutus e encontrou Cabera com ele, e viu alguma coisa da antiga vida e do interesse no rosto do curandeiro. Júlio deu um sorriso tenso.

— Brutus, faça com que fiquem à vontade e terminem de comer. Depois quero falar com o maior número possível antes de dormirem. Mário teria aprendido o nome deles. Eu também aprenderei.

— Dói perder a Primogênita — murmurou Brutus.

Júlio balançou a cabeça.

— Ela não está perdida. O nome permanecerá nas listas do Senado. Vou me certificar disso. Pompeu e Crasso estavam certos em fazer um recomeço, mas realmente dói. Venham, senhores, vamos andar pela Décima. Está na hora de abandonar o passado.

Arimino estava sob um cobertor de fumaça. O exército de escravos tinha passado por ela como gafanhotos, pegando tudo que poderia ser comido e impelindo ovelhas e gado bovino diante deles na marcha. Enquanto os cidadãos se escondiam atrás das portas trancadas, Espártaco e seu exército andavam lentamente pelas ruas silenciosas com o sol lançando sombras fracas atrás. Incendiaram os depósitos de grãos e os mercados abandonados, sabendo que seus perseguidores poderiam perder tempo apagando o fogo antes de prosseguir. Com as legiões ainda implacáveis em seus calcanhares, cada hora era crucial.

Os guardas do tesouro da cidade tinham fugido, e Espártaco ordenou que o ouro fosse carregado em mulas para a jornada em direção ao sul. Era uma fortuna resultante do comércio, e o sonho de uma frota de navios para levá-los à liberdade ficou real assim que os gladiadores viram os caixotes de moedas.

As docas estavam sem navios. Os cascos escuros se mantinham longe, no mar, de onde era possível ver a horda de escravos saqueando a cidade sob colunas de fumaça e cinzas. Os navios estavam cheios de gente silenciosa, só espiando. Espártaco foi até a beira do cais e olhou para eles.

— Vejam quantos eles carregam, Crix. Temos ouro suficiente para comprar passagem para todos nós.

— Aqueles preciosos mercadores não vão se mexer para nos salvar — respondeu Crixo. — Têm de ser os piratas. Os deuses sabem que eles têm navios suficientes, e além disso cuspir no olho de Roma vai lhes dar prazer.

— Mas como entrar em contato com eles? Devemos mandar cavaleiros a cada porto. Tem de haver um modo de alcançá-los.

Espártaco olhou por sobre a água, para os rostos pálidos amontoados nos navios. Era possível, se eles pudessem falar com os inimigos de Roma.

Antonido chegou ao seu lado, franzindo a vista por sobre as ondas, com um riso de desprezo.

— Corajosos cidadãos romanos se escondendo de nós como crianças — falou.

Espártaco deu de ombros, cansado da amargura e do rancor dele.

— Com sessenta ou setenta navios desses podemos deixar as terras romanas. Uma frota comprada com o próprio ouro deles parece justo.

Antonido olhou os dois gladiadores com mais interesse. Sentira-se tentado a escapar no porto, tirando a armadura e se juntando à multidão que sem dúvida se reuniria assim que os escravos tivessem ido embora. Então viu o ouro que eles haviam apanhado. O bastante para lhe comprar uma propriedade na Espanha ou uma vasta fazenda na África. Havia muitos lugares onde se esconder, lugares que não abrigavam um exército. Sabia que, se ficasse, a confiança nele lhe daria a chance de que precisava. Será que Pompeu o perdoaria se ele trouxesse a cabeça de Espártaco? Não, tinha encarado o tribunal uma vez, e bastava. Melhor simplesmente fugir para um lugar onde pudesse recomeçar.

Espártaco se virou, dando as costas para a água.

— Mandaremos homens a cada porto com algumas moedas, para provar as promessas. Fale com eles, Crixo. Alguém deve saber como encontrar os piratas. Informe o plano a eles. Isso vai levantar os ânimos da marcha para o sul.

— Então estamos indo para o sul, na direção de Roma? — perguntou Antonido incisivamente.

Uma raiva terrível franziu as feições do gladiador por um momento, e Antonido recuou um passo enquanto ele respondia.

— Nunca deveríamos ter dado as costas para as montanhas, mas agora precisamos ficar à frente deles. Vamos deixar os desgraçados se arrebentarem nos perseguindo. Lembre-se, éramos nós que cuidávamos dos campos e trabalhávamos durante cada hora de luz em nome da riqueza deles. Isso nos deixou fortes. Vejamos em que tipo de situação eles ficam quando virmos sua amada cidade.

Enquanto falava, ele espiou o sol no oeste, com brilho nos olhos imaginando as legiões que os perseguiam. Seu rosto estava amargo, e Antonido teve de olhar para o outro lado.

CAPÍTVLO XL

QUANDO A LUA SUBIU, ALEXANDRIA ESTAVA PARADA NA MURA-
LHA acima da grande cidade de Roma com a chuva batendo nas pedras. Tochas
tinham sido acesas ao redor de toda a cidade, e elas estalavam e tremiam,
dando apenas um pouco de luz aos defensores. Quando as trombetas de alerta
tinham soado, todos vieram, pegando ferramentas e facas para sustentar a
muralha contra a massa silenciosa que passava pisando forte no escuro, transformando o Campo de Marte num lamaçal.

Tabbic segurava seu martelo de ferro com as mãos tensas, o rosto fechado e
pálido à luz trêmula. Não havia hesitação nele, ou em nenhum dos outros,
Alexandria percebeu. Se os escravos os atacassem eles lutariam tão ferozmente
quanto as legiões. Olhou para um lado e outro da fila, para os rostos que espiavam o escuro, e imaginou a que se devia a calma deles. Famílias ficavam juntas em
silêncio, até mesmo as crianças se imobilizavam de espanto diante do exército
que passava. A lua produzia apenas um pouquinho de luz, mas era o bastante para
mostrar os rostos brancos dos escravos que olhavam para a cidade que decretara
sua morte. Parecia não haver fim para eles, e a lua chegou ao zênite e começou a
cair antes que os últimos maltrapilhos desaparecessem na noite.

A tensão finalmente se aliviou, depois de horas de ansiedade dolorosa.
Os mensageiros das legiões tinham dado a notícia de que elas estavam logo

atrás, e o Senado ordenara que o povo ficasse nas muralhas até estar em segurança, estabelecendo o exemplo ao ocupar lugares nas grandes guaritas com as espadas de seus pais e seus avós.

Alexandria sugou o ar frio, sentindo-se viva. A chuva tinha começado a enfraquecer, e Roma tinha sobrevivido. Súbitos sorrisos e gargalhadas mostraram que todos sentiam o mesmo, e por um momento ela soube que eles compartilhavam uma ligação no escuro, mais forte do que quase qualquer outra na vida. No entanto se sentia dividida. Tinha sido escrava, como aqueles que sonhavam em se erguer numa multidão para derrubar suas preciosas casas e muralhas.

— Todos eles serão mortos? — murmurou ela, quase consigo mesma.

Tabbic se virou rapidamente, com os olhos sombrios.

— Serão. Os Senadores conheceram o medo, e não perdoarão um único escravo. As legiões farão disso um exemplo sangrento antes do fim.

Pompeu deixou as tochas queimando uma luz fraca em sua tenda enquanto lia os despachos de Roma, que estava a menos de cinqüenta quilômetros ao sul. A chuva tamborilava na lona da tenda de comando e pingava em alguns lugares, encharcando o chão. A comida estava intocada na mesa enquanto ele lia e relia cada mensagem. Crasso teria de ser informado.

Depois de um tempo se levantou para andar de um lado para o outro e mal notou quando uma das tochas estremeceu e se apagou. Pegou outra no suporte e segurou-a para iluminar um mapa que cobria toda a parede da tenda. Manchas de umidade escura apareciam no pergaminho, e ele percebeu que teria de tirá-lo dali se a chuva continuasse. Roma era um círculo minúsculo na pele grossa, e em algum lugar ao sul os escravos continuavam seguindo para o mar. Olhou o símbolo da cidade, sabendo que tinha de tomar uma decisão antes da chegada de Crasso.

Ao redor, apenas sentinelas se moviam no acampamento silencioso, num sofrimento úmido. O Senado mandara suprimentos para eles assim que o exército de Espártaco havia marchado para o sul. Pompeu só podia imaginar o medo nas ruas enquanto o mar de escravos passava, mas os portões tinham sido fechados contra eles.

Sentiu orgulho de seu povo quando soube: os velhos e os jovens, mulheres e escravos leais prontos para lutar. Até os senadores haviam se armado como tinham feito há séculos para defender a cidade com a vida. Isso lhe dava esperança.

Um murmúrio de senhas do lado de fora revelou a aproximação de Crasso, que olhou em volta surpreso enquanto entrava. Usava uma pesada capa de couro sobre a armadura e puxou o capuz para trás, espalhando gotas.

— Noite maligna — murmurou. — Quais são as notícias?

Pompeu parou e se virou para ele.

— Parte delas é... medonha. Mas isso deve esperar. Há quatro legiões no litoral, que acabaram de chegar da Grécia. Vou me encontrar com elas e trazê-las.

Crasso assentiu cauteloso.

— O que mais, Pompeu? Você poderia mandar os *extraordinarii* até eles, com nossos selos e ordens. Por que tem de ir?

Pompeu fez uma careta nas sombras.

— O homem que matou minha filha foi encontrado. Os homens que deixei para caçá-lo estão vigiando-o agora. Vou parar na cidade antes de encontrar as legiões que vêm do oeste. Terão de seguir sem mim até que isso esteja terminado.

Crasso pegou um círio e uma jarra de óleo na mesa e acendeu de novo as lâmpadas, com a mão tremendo ligeiramente enquanto se concentrava. Finalmente sentou-se e encarou Pompeu.

— Se eles se virarem para fugir, eu não poderei esperar você — falou.

Pompeu balançou a cabeça.

— Então não os force a se virar. Dê-lhes espaço para correr, e em alguns dias, uma semana, eu estarei de volta com homens descansados para terminar essa caçada. Não se arrisque a perder tudo, meu amigo. Apesar de toda a sua habilidade no Senado, você não é general. E sabe disso tanto quanto eu.

Crasso escondeu a raiva. Eles sempre o viam como o mercador, o emprestador, como se houvesse algum grande segredo nas legiões que apenas os poucos escolhidos poderiam entender. Como se houvesse alguma vergonha em sua riqueza. Podia ver que Pompeu estava desesperado para não perder esta vitória. Como seria medonho se o indigno Crasso a roubasse! Quem quer que dominasse a rebelião seria o próximo cônsul, ele tinha certeza. Como o Senado poderia resistir à vontade do povo depois de tantos meses de medo? Não pela primeira vez, Crasso lamentou sua generosidade ao escolher Pompeu no debate do Senado. Se soubesse como a campanha aconteceria, teria se arriscado a comandá-la sozinho.

— Vou guiá-los para o sul — disse ele, e Pompeu assentiu, satisfeito. Em seguida levantou outro despacho da mesa e mostrou a Crasso, virando-o para a luz. Enquanto Crasso lia, Pompeu se levantou e apontou para o mapa.

— Esses relatos sobre uma frota... só pode ser para os escravos. Eu ficaria se não tivesse certeza de que eles iriam continuar em movimento, mas desde que você não os provoque, eles devem ir para o sul ao encontro dos navios. Vou chamar as galeras contra eles. Não haverá fuga por mar, juro.

— Se for isso que eles pretendem — murmurou Crasso, ainda lendo.

— Eles não podem correr para sempre. Devem estar morrendo de fome, não importando o que tenham encontrado para pilhar. Cada dia os enfraquece, se estiverem esperando travar outra batalha conosco. Não, eles estão tentando fugir, e esses relatórios são a chave para isso.

— E quando virem nossas galeras se reunindo para impedir, você virá com as legiões gregas para acabar com eles? — perguntou Crasso, com parte da bile escorrendo no tom de voz.

— Sim. Não desconsidere essa ameaça, Crasso. Se perdermos agora, perderemos tudo. Precisamos das legiões extras que vou trazer. Não entre em batalha até ver minhas bandeiras. Eu preferiria ver você recuar a ser debandado antes da minha chegada.

— Muito bem — respondeu Crasso, ferido pela desconsideração casual de suas capacidades. Se Espártaco atacasse enquanto Pompeu estivesse longe, o momento seria seu, e a glória que o acompanharia. — Sei que virá o mais rápido possível.

Pompeu relaxou ligeiramente, pousando os nós dos dedos na mesa.

— Há outro assunto. Estou partindo imediatamente para a cidade e não sei se deveria guardar isso comigo até termos acabado aqui ou não.

— Conte — disse Crasso em voz baixa.

As tendas de couro estavam pesadas da chuva que rugia num ritmo entrecortado enquanto os homens dormiam a sono solto. Júlio sonhava com sua propriedade no campo. O dia fora cansativo à medida que as legiões forçavam o passo na direção de Roma, e quando chegara a ordem de montar as tendas os legionários mal se incomodaram em retirar as armaduras antes de cair no sono. Os que tinham sobrevivido às marchas forçadas estavam mais endurecidos do que nunca, com a pele tensa sobre os músculos retesados. Tinham visto amigos morrerem na marcha ou simplesmente caírem fora da estrada, com as pernas estremecendo. Alguns tinham sobrevivido para se juntar ao fim da coluna, mas muitos dos feridos morreram, perdendo sangue a cada passo até que os corações doentes finalmente pararam e eles ficaram onde estavam.

Pés que haviam sangrado e se coberto de uma geada marrom estavam com camadas de calos, brancos, de encontro às sandálias. Músculos distendidos tinham se curado, e as legiões se tornaram mais fortes durante a marcha, com as cabeças se erguendo. Na terceira semana, Pompeu tinha ordenado um ritmo mais rápido na Via Flamínia, e eles haviam obedecido sem protesto, sentindo de novo a emoção da caçada.

Júlio murmurou irritado quando alguém sacudiu seu ombro.

— Há um mensageiro de Pompeu, Júlio. Acorde depressa.

Júlio acordou imediatamente, sacudindo a cabeça para afastar o sonho. Olhou para fora da tenda, para o mensageiro carregando o selo de bronze de Pompeu, e se vestiu depressa, deixando a armadura para trás. Assim que saiu, a chuva o encharcou até a pele.

A sentinela da tenda de comando ficou de lado quando Júlio deu a senha do dia. Crasso e Pompeu estavam lá, e ele os saudou, instantaneamente cauteloso. Nas expressões dos dois havia algo estranho, que ele não tinha visto antes.

— Sente-se, Júlio — disse Crasso.

O velho senador não encarou seus olhos enquanto falava, e Júlio franziu a testa ligeiramente, ocupando um banco perto da mesa. Júlio esperou com paciência, e quando os generais não falaram imediatamente, uma pontada de preocupação se revirou em seu estômago. Enxugou a água do rosto com um movimento nervoso. Pompeu serviu uma taça de vinho e a empurrou para o jovem tribuno.

— Nós... eu tenho más notícias, Júlio. Chegaram mensageiros da cidade — começou ele. Sua expressão era desconfortável, e ele respirou lentamente antes de continuar. — Houve um ataque contra sua propriedade. Sua mulher foi morta. Eu soube...

Júlio se levantou num salto.

— Não. Isso deve estar errado.

— Sinto muito, Júlio. A notícia veio junto com os despachos — disse Pompeu. O horror do rapaz arrancou as lembranças dele, de quando havia encontrado a filha no jardim. Entregou o pergaminho a Júlio e ficou olhando em silêncio enquanto este lia, os olhos ficando turvos à medida que ia lendo de novo e de novo. A respiração de Júlio saía entrecortada e suas mãos tremiam tanto que ele mal conseguia ver as palavras.

— Santos deuses, não — sussurrou. — Praticamente não diz nada. E Tubruk? Otaviano? Minha filha não é mencionada. Não há nada além de algumas palavras. Cornélia... — Ele não pôde terminar, e sua cabeça baixou num sofrimento mudo.

— É um despacho formal, Júlio — disse Pompeu. — Pode ser que eles ainda estejam vivos. Haverá outras cartas. — Ele parou um momento, chegando a uma decisão. — Como estamos perto da cidade, entenderei se você tirar uma licença curta para cuidar de suas coisas em casa.

Júlio não pareceu ouvi-lo. Crasso foi até o rapaz que tinha visto tanta tristeza na vida.

— Se quiser voltar à sua propriedade, eu assino as ordens. Está ouvindo?

Júlio ergueu a cabeça e os dois desviaram o olhar, para não ver sua agonia.

— Requisito permissão para levar a Décima — disse Júlio, tremendo.

— Não posso permitir, Júlio — respondeu Pompeu. — Mesmo que pudéssemos abrir mão deles, não posso lhe dar uma legião para usar contra seus inimigos.

— Então só cinqüenta homens. Ou mesmo dez — disse Júlio, a voz embargada.

Pompeu balançou a cabeça.

— Também vou voltar à cidade, Júlio. A justiça será feita, juro, mas será sob o domínio da lei, da paz da cidade. Tudo pelo qual Mário trabalhou. Você voltará comigo dentro de alguns dias para acabar com a rebelião. É o seu dever e o meu.

Júlio se virou como se fosse sair da tenda, mantendo-se imóvel com um imenso esforço. Pompeu colocou a mão em seu ombro.

— A República não pode ser jogada fora quando nos cansamos das restrições, Júlio. Quando minha filha morreu, eu me obriguei a esperar. O próprio Mário disse que a República valia uma vida, você se lembra disso?

— Não a vida dela — respondeu Júlio. Ele respirava em soluços acima dos quais tentava falar, ao mesmo tempo em que eles os rasgavam por dentro. — Ela não fazia parte disso.

Os dois generais trocaram um olhar sobre sua cabeça.

— Vá para casa, Júlio — disse Crasso em voz baixa. — Há um cavalo esperando por você. Brutus comandará a Décima enquanto você estiver fora.

Júlio se levantou finalmente, respirando fundo para encontrar algum fiapo de controle diante de Crasso e Pompeu.

— Obrigado — disse ele, tentando fazer uma saudação.

Ainda segurava o relatório com força, e então notou isso e o colocou no banco antes de sair da tenda e pegar as rédeas do cavalo que lhe fora trazido. Alguma parte dele queria simplesmente atiçar o animal e galopar para fora do acampamento, mas em vez disso girou e foi até onde a Décima estava dormindo nas tendas. Puxou a aba para acordar Brutus, que saiu rapidamente ao ver sua expressão.

— Vou voltar a Roma, Brutus. Cornélia está morta, não sei como. Eu não... entendo.

— Ah, Júlio, não. — Brutus puxou o amigo num abraço, e o contato trouxe um jorro de lágrimas de Júlio. Durante longo tempo eles ficaram juntos, presos no sofrimento.

— Vamos marchar? — sussurrou Brutus.

— Pompeu proibiu — respondeu Júlio, recuando finalmente.

— Mesmo assim, Júlio. Vamos marchar? Diga.

Júlio fechou os olhos um momento, pensando no que Pompeu tinha dito. O cônsul também sofrera perdas. Será que Júlio poderia ser mais fraco do que ele? A morte de Cornélia o livrara das restrições. Não havia nada que o impedisse de lançar um exército contra Cato e arrancá-lo da carne de Roma. Parte dele queria desesperadamente ver chamas na cidade, cortando o nome e a memória dos silanos para sempre. Cátalo, Bíbilo, Prando, o próprio Cato. Todos tinham famílias que podiam pagar com sangue pelo que lhe fora tirado.

Ainda havia sua filha, Júlia. O relatório não tinha mencionado a morte dela.

Enquanto pensava em Júlia, as amarras da vida que tinha escolhido voltaram como uma capa envolvendo-o, abafando seu sofrimento. Brutus ainda o olhava atentamente, esperando.

— Não, Brutus, ainda não. Vou esperar, mas há uma dívida de sangue que deve ser paga. Lidere a Décima até eu voltar.

— Vai sozinho? Deixe-me ir com você — disse Brutus, pondo a mão nas rédeas que Júlio segurava.

— Não, você deve assumir o comando. Pompeu me proibiu de viajar com qualquer soldado da Décima. Chame Cabera. Vou precisar dele.

Brutus correu até onde o velho curandeiro dormia e o acordou com uma sacudida. Quando entendeu, o velho se moveu rapidamente, ainda que seu rosto estivesse com rugas de exaustão enquanto apertava o manto para se proteger da chuva.

Cabera estendeu o braço para montar com Júlio e foi puxado com um movimento firme enquanto Júlio controlava o cavalo arisco. Brutus encarou Júlio e segurou sua mão no cumprimento de legionário.

— Pompeu não sabe dos soldados que nós deixamos na propriedade, Júlio. Eles lutarão por você, se você precisar.

— Se estiverem vivos.

O sofrimento avassalador roubou seu fôlego, e Júlio bateu os calcanhares no flanco do animal e partiu com Cabera, corpo curvado, cego de lágrimas na chuva.

CAPÍTVLO XLI

GROSSOS AMONTOADOS DE NUVENS ESCURAS OBSCURECIAM O SOL de primavera, e a chuva caía sem sinal de amainar enquanto Júlio e Cabera cavalgavam até a propriedade. Júlio sentia um cansaço profundo olhando seu lar, um cansaço que nada tinha a ver com a cavalgada noturna. Com o peso do velho atrás, Júlio diminuíra o ritmo da montaria até um passo de caminhada através das horas. Não restava urgência nele. Tinha esperado que o tempo se esticasse interminavelmente, lamentando cada passo que o trazia mais perto desse momento. Cabera fizera a jornada em silêncio, e sua antiga alegria contagiante estivera ausente enquanto voltavam ao lugar de tantas lembranças. Sua capa pendia molhada sobre o corpo magro, fazendo-o estremecer.

Júlio desmontou perto do portão e o viu se abrir. De algum modo, agora que estava ali, não queria entrar, mas fez o cavalo andar até o pátio, sentindo-se entorpecido.

Soldados da Primogênita pegaram as rédeas, os rostos num reflexo de sua própria agonia. Não falou com eles. Atravessou o pátio até as construções principais através das poças de lama da tempestade. Cabera o olhava, distraidamente coçando o focinho macio do cavalo e segurando as rédeas.

Clódia estava lá, com um tecido sangrento nas mãos. Estava pálida e parecendo exausta, com olheiras escuras.

— Onde está ela? — perguntou ele, e a aia pareceu desmoronar à sua frente.

— No triclínio. Senhor, eu...

Júlio passou por ela entrando no cômodo e parou junto à porta. Tochas ardiam na cabeceira da cama simples, iluminando o rosto de Cornélia com seu calor. Júlio foi até a esposa e olhou para ela, com as mãos trêmulas. Ela fora lavada e vestida com tecidos brancos, o rosto foi deixado sem pintura, e o cabelo estava amarrado na nuca.

Júlio tocou seu rosto e se encolheu diante da maciez.

Não havia como disfarçar a morte. Os olhos dela tinham se aberto um pouquinho e ele podia ver a parte branca sob as pálpebras. Com a mão, tentou fechá-los de novo, mas eles voltaram a se abrir quando ele afastou os dedos.

— Desculpe — sussurrou, a voz parecendo alta contra os estalos das tochas. Segurou a mão dela, sentindo a rigidez dos dedos enquanto se ajoelhava ao lado. — Desculpe por eles terem ferido você tanto. Você nunca fez parte disso. Desculpe não ter levado você para longe. Se puder me ouvir, eu a amo, sempre amei.

Baixou a cabeça enquanto a vergonha o fazia estremecer. Suas últimas palavras tinham sido de raiva para essa mulher que ele jurara amar, e não havia como afastar a culpa. Fora estúpido demais para ajudá-la, de algum modo tivera certeza de que ela sempre estaria ali, e que as discussões e as palavras feias não importariam. E agora ela havia partido, e ele apertou o punho na cabeça, numa fúria contra si mesmo, cada vez com mais força e gostando da dor que isso provocava. Como havia se ostentado para ela! Seus inimigos cairiam e ela ficaria em segurança!

Finalmente se levantou, mas não pôde dar as costas à mulher.

Uma voz despedaçou o silêncio.

— Não! Não entre aí!

Era Clódia, gritando do lado de fora. Júlio girou, com a mão indo para a espada.

Sua filha Júlia veio correndo em silêncio, parando ao vê-lo. Instintivamente ele se moveu para bloquear Cornélia da visão da menina, indo para ela e pegando-a no colo num abraço apertado.

— Mamãe foi embora — disse ela, e ele balançou a cabeça, com lágrimas se derramando.

— Não, não, ela ainda está aqui, e ama você.

Os homens de Pompeu quase se engasgaram com o cheiro de podre que vinha do homem que eles seguravam. A pele que podiam sentir sob a capa parecia se mover facilmente demais sob o aperto, e quando eles mudaram a posição das mãos o encapuzado ofegou de dor, como se alguma coisa tivesse sido arrancada.

Pompeu estava diante deles, os olhos brilhantes de malícia. Ao seu lado havia duas meninas que ele achara na casa, nas profundezas do labirinto de becos entre os morros. Os rostos delas estavam franzidos de medo, mas não havia para onde correrem, e elas ficaram paradas, num silêncio aterrorizado. A ameaça era clara. Pompeu enxugou um fio de suor do rosto.

— Tirem o capuz dele. Quero ver o homem que matou minha filha.

Os dois soldados estenderam a mão e puxaram o pano áspero, afastando o olhar nauseados quando viram o que se revelou. O assassino olhou-os furioso, com o rosto que era uma massa de pústulas e feridas. Não havia um centímetro de carne boa para ser vista, e a pele cheia de cicatrizes e sangrando rachou enquanto ele falava.

— Eu não sou o homem que vocês procuram.

Pompeu mostrou os dentes.

— Você é um deles. E tem um nome para mim, eu sei. Mas sua vida é minha, pelo que você fez.

Os olhos remelentos do sujeito foram rapidamente para as duas garotas, franzindo-se de medo. Se Pompeu já não soubesse, saberia então que eram filhas dele. O senador conhecia esse medo muito bem. O assassino falou rapidamente, como se quisesse encobrir o que tinha mostrado.

— Como me achou?

Pompeu tirou uma faca do cinto, com a lâmina brilhando mesmo na escuridão sombria do cômodo.

— Rastreá-lo demorou tempo, ouro e a vida de quatro homens bons, mas no final a escória que você emprega acabou entregando seu nome. Disseram que você está construindo uma bela propriedade no norte, longe deste monturo. Construída com o meu sangue. Acha que eu iria me esquecer do assassino da minha filha?

O homem tossiu, com o hálito cheio do perfume doce que ele usava para encobrir a podridão.

— Não foi minha faca que...

— Foi sua ordem. Quem lhe deu o nome? De quem era o ouro que você aceitou? Eu já sei, mas fale diante de testemunhas, para que eu possa ter justiça.

Por um longo momento os olhares dos dois ficaram grudados, e então os olhos do assassino baixaram para a lâmina que Pompeu segurava de modo tão casual. Suas filhas observavam, com as lágrimas secando. Não entendiam o perigo, e ele podia ter gritado pela inocência delas enquanto olhavam o pai com tanta confiança. Não estavam chocadas com os ferimentos dele. De fato, sem os banhos suaves que administravam no pai, ele sabia que teria tirado a própria vida há muito tempo. Elas não tinham a doença, sua pele era perfeita sob a sujeira que usavam para se esconder dos predadores dos becos. Quem cuidaria delas quando ele se fosse? Ele sabia o suficiente sobre Pompeu para ter consciência de que sua vida estava acabada. O homem não tinha piedade desde a morte da filha, se é que um dia tivera.

— Deixe minhas filhas irem e eu digo — gemeu o assassino, com os olhos implorando.

Pompeu deu um grunhido baixo, depois estendeu a mão para a mais nova, segurando-a pelos cabelos. Com a outra mão, passou a adaga pela garganta dela e largou-a, enquanto ela se retorcia.

O assassino gritou em uníssono com a outra filha, esforçando-se por se soltar dos homens que o seguravam. Começou a chorar, afrouxando-se nos braços deles.

— Agora você sabe — disse Pompeu.

Em seguida enxugou a lâmina entre dois dedos, deixando o sangue cair em gotas pesadas e sem som no chão de terra. Esperou com paciência até que restassem apenas soluços engasgados no chefe dos assassinos.

— A outra viverá, quem sabe? Pergunto pela última vez. De quem foi o ouro que você recebeu?

— De Cato... foi Cato, através de Antonido. Isso é tudo que sei, juro.

Pompeu se virou para os soldados em volta.

— Vocês ouviram?

Eles assentiram, sérios como o comandante.

— Então já terminamos neste lugar.

Ele se virou para sair, com apenas uma mancha leve nas mãos revelando que estivera ali.

— Matem os dois, a garota primeiro — acrescentou enquanto saía para os becos.

— Ele está acordado? — perguntou Júlio. O quarto fedia a doença, e Tubruk estava esparramado numa cama que mostrava manchas marrons de seu sangramento. Antes de entrar, Júlio tinha esperado até que a filha parasse de chorar, e gentilmente retirou os dedos dela que estavam ao redor de seu pescoço. Então ela chorou de novo, mas ele não iria levá-la a outro cômodo da morte, e Clódia tinha arranjado uma jovem escrava para cuidar da menina. Pelo modo como Júlia foi para os braços dela, estava claro que a mulher a havia consolado antes, nos últimos dias terríveis.

— Talvez ele acorde se você falar, mas faz muito tempo que ele não fica consciente — disse Clódia, olhando para dentro do quarto. Seu rosto lhe dizia mais do que ele queria saber, e Júlio fechou os olhos um momento, antes de entrar.

Tubruk estava deitado desajeitadamente, com pontos novos aparecendo no peito e sumindo sob os cobertores. Mesmo parecendo dormir, estremecia, e Júlio puxou o cobertor para cobri-lo. Havia traços de sangue em volta da boca, novos e vermelhos. Clódia pegou no chão uma tigela de água vermelha e passou um pano molhado na mancha enquanto Júlio olhava em desespero. Coisas demais tinham mudado, para ele absorver, e ficou de pé imóvel enquanto Clódia limpava os lábios e os pontos que exsudavam, com um cuidado terno.

Tubruk gemeu e abriu os olhos ao toque dela. Parecia incapaz de focalizar direito.

— Ainda está aí, velha? — sussurrou ele, com um leve sorriso repuxando a boca.

— Enquanto você precisar de mim, meu amor — respondeu ela. Em seguida olhou para Júlio e de volta para o homem na cama. — Júlio está aqui.

Tubruk virou a cabeça.

— Venha para onde eu possa vê-lo.

Clódia recuou e Júlio chegou perto e o olhou nos olhos. Tubruk respirou fundo e todo o seu corpo estremeceu de novo, com a liberação de tensão.

— Não pude impedi-los, Júlio. Tentei, mas... não consegui chegar perto dela.

Júlio começou a soluçar baixinho enquanto olhava o velho amigo.

— Não é sua culpa — sussurrou.

— Matei todos eles. Matei-os para salvá-la — disse Tubruk, com os olhos inexpressivos.

Sua respiração estava entrecortada, e Júlio perdeu a esperança nos deuses. Eles tinham trazido dor demais às pessoas amadas.

— Chame Cabera. Ele é curandeiro — disse a Clódia.

Ela sinalizou afastando-o da figura lacerada na cama, e ele se curvou para escutar.

— Não deixe que ele seja perturbado. Agora não há nada a fazer, senão esperar. Não resta sangue nele.

— Traga Cabera — insistiu Júlio, os olhos ferozes. Pensou por um momento que ela recusaria de novo, mas então Clódia partiu e ele pôde ouvir a voz dela chamando no pátio.

— Cabera está aqui, Tubruk. Ele vai fazer com que melhore — disse Júlio, com os soluços baixos recomeçando na garganta.

Pingando por causa da chuva, o velho entrou e foi rapidamente até a cama, parecendo abalado. Com dedos hábeis, verificou os ferimentos, levantando o cobertor para ver embaixo. Olhou a expressão desesperada de Júlio e suspirou.

— Vou tentar — disse ele. Em seguida pôs a mão na carne ferida, em volta dos pontos, e fechou os olhos.

Júlio se inclinou para a frente, sussurrando uma oração. Não havia nada a ser visto, só a figura do velho curandeiro curvado, as mãos imóveis e escuras contra o peito pálido. Tubruk inspirou longamente, num espasmo súbito, depois soltou o ar lentamente. Abriu os olhos e olhou para Clódia.

— A dor foi embora, amor — disse ele. Então a vida o abandonou. Cabera cambaleou e caiu.

Pompeu franziu a testa para o capitão da galera que estava de pé rigidamente diante dele.

— Não importa quais são suas ordens. Estas são as minhas. Você vai velejar em direção à Sicília e chamar qualquer outra galera que vir no caminho pela costa. Cada embarcação romana deve guardar o sul e impedir que os escravos escapem. Está claro ou eu deverei prendê-lo e nomear outro capitão?

Gadítico fez uma saudação, com uma aversão pelo senador arrogante que ele não ousava deixar que aparecesse. Depois de seis meses no mar, esperava ter algum tempo na cidade, mas estava recebendo ordens de zarpar de novo sem sequer a chance de limpar o navio. Prax ficaria furioso ao saber, pensou.

— Entendo, senhor. Vamos deixar o cais na próxima maré.

— Não deixe de fazer isso — respondeu Pompeu, antes de voltar para os soldados que esperavam.

Gadítico o viu se afastar, e olhou para as outras galeras que já haviam zarpado. Com todas indo para o estreito da Sicília, os outros portos romanos seriam presa fácil. O que quer que o Senado estivesse planejando, ele esperava que valesse o risco.

Enquanto o cinza da noite chegava, Clódia encontrou Júlio bebendo num quarto escuro até ficar num estupor. Ele ergueu a cabeça quando ela entrou, e seus olhos não pareciam enxergar.

— O senhor veio para casa de vez? — perguntou ela.

Ele balançou a cabeça.

— Não, vou voltar com Pompeu dentro de alguns dias. Primeiro vou cuidar do enterro dos dois.

Sua voz estava engrolada e sofrida, mas não havia palavras de consolo em que ela pudesse pensar. Parte dela queria que ele sentisse dor pelo modo cruel como tratara Cornélia, e era somente com o resto das forças que falava com ele. O rosto de Júlio mostrava que sabia muito bem disso.

— Vai ficar e cuidar de minha mãe e minha filha? — perguntou sem olhá-la.

— Sou escrava. Devo voltar à casa do senador Cina — respondeu ela. Júlio a encarou e balançou a mão, bêbado.

— Então eu a liberto. Compro seus documentos com o pai dela. Posso fazer pelo menos isso, antes de voltar. Só cuide de Júlia. Otaviano está aí?

— No estábulo. Eu não sabia se ele deveria voltar para a mãe, e...

— Cuide dele também. Ele é do meu sangue, e eu fiz uma promessa. Eu sempre cumpro as promessas. — Seu rosto se franziu, angustiado. — Quero que você fique e administre esta casa. Não sei quando vou voltar, mas quando voltar quero que você fale sobre ela. Você a conhecia antes de mim, e eu quero saber tudo.

Ele era tão jovem, pensou Clódia. Jovem, tolo e aprendendo que a vida podia ser amargamente injusta. Quanto tempo ela havia esperado o amor antes de encontrá-lo com Tubruk? Cornélia a teria libertado para se casar, e Tubruk teria pedido, assim que juntasse coragem. Agora nada restava para ela, e a menina que ela havia cuidado desde que era bebê estava imóvel e quieta em outro cômodo. Quando tivesse forças, Clódia sabia que ela é que enrolaria o corpo espancado de Tubruk e limparia sua pele pela última vez. Mas por enquanto, não.

— Eu fico — disse ela, e imaginou se ele teria ouvido.

CAPÍTVLO XLII

CATO ESTAVA DE PÉ NO FÓRUM, SOB UM CÉU ESCURO, A TOGA AR-
rancada dos ombros revelando uma massa de carne branca que brilhava com
gotas de água que escorriam. Suas costas estavam marcadas por tiras onde o
chicote acertara, e a dor era apenas um eco da raiva e do nojo que sentia dos
homens mesquinhos que o haviam derrubado. Nenhum deles teria desde-
nhado agir como ele, se houvesse oportunidade. No entanto o olhavam e
apontavam como se não fossem iguais. Deu um riso de desprezo, mantendo
a cabeça erguida mesmo quando o carrasco se adiantou, com a espada comprida brilhando nas mãos.

Pompeu olhava sem demonstrar o prazer que sentia. Tinha adiado o
encontro com Crasso para ver a tarefa terminada. Teria preferido ver as mãos
gordas pregadas numa trave de madeira e ele exposto no fórum para uma
morte lenta. Um fim desses estaria mais de acordo com Cato. Pelo menos
houvera satisfação enquanto a família de Cato era vendida para a escravidão,
apesar dos gritos dele. Sua casa fora dada ao Senado, e os fundos obtidos
com a venda ajudariam a financiar as legiões que Pompeu levou contra os
escravos.

Júlio olhava entorpecido ao lado de Pompeu. O general o havia convocado em triunfo para testemunhar a execução, mas ele não sentia nada. Não

havia júbilo em ver Cato ser morto. Não era mais do que acabar com a vida de um cão ou esmagar um inseto incômodo. O senador inchado não entendia a tristeza que tinha causado, e nada que ele sofresse traria Cornélia de volta. Que isso seja rápido, sussurrou consigo mesmo enquanto olhava. Que tudo isso acabe.

Cato cuspiu nas pedras do fórum enquanto olhava a turba de senadores e cidadãos que tinham se reunido para ver a execução. Pela primeira vez não havia sentimento de perigo vindo deles. Ele nunca fora popular com o povo da cidade — como se alguém se importasse com o que o povo pensasse ou fizesse! Cuspiu de novo, a boca se retorcendo de raiva ao ver a multidão que esperava. Animais, todos eles, sem compreensão de como um grande homem podia dobrar as leis. Mário sabia disso, Sila também. Nenhum daqueles outros podia entender que não havia lei além da que podia ser segurada.

Passos ressoaram. Cato virou a cabeça e viu Pompeu caminhando em sua direção. Fez uma careta. O outro nem tinha estilo suficiente para deixá-lo morrer sem mais algumas zombarias e provocações. Não era talhado para a grandeza. Sila teria permitido ao inimigo a dignidade de uma morte em particular, não importando o que tivesse acontecido. Era um homem que entendia o significado do poder.

Pompeu chegou suficientemente perto para falar no ouvido de Cato.

— Seus familiares não viverão muito como escravos. Eu comprei todos eles — sussurrou a voz sibilante.

Cato o olhou com frieza.

— Germínio também?

— Ele não sobreviverá à batalha final.

Cato sorriu diante disso. Imaginou se Pompeu acharia mais fácil lidar com Júlio e Brutus do que ele. Ergueu a cabeça em desafio. Parecia justo que sua linhagem terminasse ali. Tinha ouvido falar de reis antigos que mandaram os familiares serem jogados vivos nas piras funerárias. Pompeu era um idiota em tentar fazer com que ele sofresse.

— Você conhecerá um dia como este — disse a Pompeu. — Você é um homem pequeno demais para segurar esta cidade nas mãos durante muito tempo. — Ele riu alto enquanto o rosto de Pompeu se contorcia num espasmo de fúria.

— Pegue a espada e acabe com ele — disse o general para o carrasco que fez uma reverência profunda em resposta, enquanto Pompeu se afastava pisando forte em direção aos senadores que esperavam.

Cato assentiu para o sujeito. De repente se sentia cansado, quase entorpecido.

— Hoje não, garoto. Algumas coisas têm de ser feitas pela própria mão do homem — murmurou, tirando do pulso um bracelete pesado. Com o polegar, liberou uma lâmina da borda e se virou para encarar a multidão, dando um riso de desprezo. Com um movimento brusco da mão, riscou a lateral da garganta, cortando as artérias grossas. Então ficou parado esperando, enquanto o sangue jorrava de sua carne branca, encharcando-o.

O carrasco se adiantou nervoso, mas Cato teve força suficiente para levantar a mão, recusando a lâmina. A multidão olhou com um fascínio animal suas pernas começarem a tremer, e subitamente ele caiu de joelhos com um estalo audível na pedra. Mesmo então continuou olhando-os feroz antes de tombar para a frente.

Os cidadãos reunidos suspiraram quando a tensão da morte foi liberada. Apesar dos crimes que eles sussurravam uns para os outros, a coragem do senador estragou o prazer que tinham vindo procurar. Começaram a se dispersar sem um som, passando de cabeça baixa pelo corpo caído, e vários murmuraram preces.

Pompeu franziu os lábios com raiva. O júbilo da vingança não existia com um final daqueles, e ele sentia como se alguma coisa lhe tivesse sido roubada. Sinalizou para os guardas retirarem o corpo, virando-se para Júlio.

— Agora vamos para o sul, terminar com aquilo — falou.

O general olhou para Crasso, pasmo.

— O senhor está falando de mais de trinta quilômetros de terreno irregular! Insisto em que reconsidere. Deveríamos ocupar uma posição central, prontos para impedir que eles atravessem.

Crasso esperou até que o general tivesse terminado, os dedos batendo nervosamente na mesa enquanto ouvia. Era a única coisa a fazer, tinha certeza. Os escravos estavam presos contra o litoral, e, se Pompeu tivesse entrado em contato com as galeras, não haveria ninguém para levá-los. Só precisava sustentá-los, prendê-los na língua de terra na extremidade do país. Olhou o mapa de Pompeu na parede. Ali a distância parecia minúscula.

— Minhas ordens para você são claras, general. Legiões descansadas estão vindo do norte com Pompeu. Sustentaremos a linha até elas chegarem, e eu quero uma fortificação atravessando o terreno. Você está me fazendo perder tempo.

Sua voz tinha uma tensão perigosa. Sem dúvida o sujeito não hesitaria assim se Pompeu estivesse dando as ordens. Era insuportável.

— Saia! — disse rispidamente, levantando-se do assento. Quando ficou sozinho, deixou-se afundar de novo, coçando nervosamente a testa enquanto olhava o mapa outra vez.

Cada ruído na noite o fazia acordar com um susto, aterrorizado com a possibilidade de os escravos terem atravessado a barreira para saquear o país. Isso não poderia ser permitido de novo. A princípio pensara em esmagá-los contra o mar, mas e se eles lutassem como no norte? Com a fuga impedida, ficariam desesperados, e se derrotassem as fileiras romanas Crasso sabia que estaria acabado, mesmo que sobrevivesse à batalha. O Senado pediria sua execução. Fez uma careta. Quantos deles tinham dívidas que somente sua morte pagaria? Podia imaginar os rostos piedosos discutindo seu destino no Senado. Entendia a pressão um pouco melhor desde que Pompeu o deixara. Não havia a quem perguntar, as decisões eram apenas suas.

Foi até o mapa e passou o dedo pela faixa de terra mais estreita na ponta do pé do país.

— Vamos segurar vocês aqui até que as novas legiões cheguem — falou, franzindo a testa.

Uma barreira de terra com mais de trinta quilômetros. Uma linha assim nunca fora construída, e o povo de Roma contaria sobre ela aos filhos. Crasso, que construiu uma muralha atravessando um país. Passou o dedo pela ponta de terra, de novo e de novo, até que uma linha mais escura apareceu no pergaminho.

Isso iria segurá-los, a não ser que Pompeu não tivesse conseguido reunir galeras suficientes para impedir a fuga dos escravos. Nesse caso ele seria o

objeto de riso no país, guardando apenas campos. Balançando a cabeça para
clareá-la, sentou-se de novo para pensar.

Depois do atraso provocado pela execução de Cato, Pompeu pressionou sem descanso as legiões gregas em direção ao sul. Eram veteranos
das fronteiras da Grécia, com grandes números de *hastati* e *triarii* para
estimular os mais jovens. Com a Via Ápia sob os pés, passaram pelo marco
de cinqüenta e cinco quilômetros no primeiro dia. Pompeu sabia que o
ritmo ficaria mais lento quando fossem obrigados a sair da estrada, mas
mesmo que os escravos tivessem fugido até a ponta extrema do país, ele
sabia que poderia levar as legiões gregas até eles em menos de duas semanas.

Júlio cavalgava com Cabera ao lado, trocando de cavalos, como Pompeu,
a cada vinte quilômetros nos postos do caminho. Pompeu estava pasmo com
o jovem tribuno. Ele lhe havia dirigido apenas algumas palavras desde que
viram Cato morrer no grande fórum, mas parecia uma pessoa diferente. O
fogo interior que tinha enervado Pompeu quando Júlio assumiu o controle
da nova Décima legião parecia tê-lo abandonado. Não era o mesmo homem
que agora cavalgava sem cuidado, o cavalo com os olhos arregalados de nervosismo com a falta de sinais do cavaleiro. Pompeu o observava atentamente a cada dia. Sabia de homens que tinham se dobrado depois de uma tragédia,
e se Júlio não estivesse mais apto para comandar, ele não hesitaria em tirá-
lo do posto. Marco Brutus estava à altura da tarefa, e em seus pensamentos
particulares Pompeu podia admitir que Brutus jamais poderia ser uma ameaça
para ele, como o outro. O modo como César tinha assumido o controle da
Primogênita e ao mesmo tempo mantido a amizade de Brutus falava bastante sobre sua habilidade. Talvez fosse melhor tê-lo removido antes que ele
se recuperasse totalmente do assassinato da mulher, enquanto estava fraco.

Pompeu olhava a ampla estrada adiante. Crasso não tivera coragem de
lutar contra o exército de escravos, como ele soubera desde o instante em
que ouviu seu nome sendo escolhido no senado. A vitória seria apenas sua,
e ela resultaria em nada menos do que unir as facções do Senado e levá-lo
ao poder em Roma. Em algum lugar à sua frente a frota de galeras estava

bloqueando o mar e, mesmo que os escravos ainda não soubessem, sua rebelião estava terminada.

Espártaco olhava por cima dos penhascos, vendo a fumaça quando outra embarcação foi capturada e queimada pelas galeras. O mar estava cheio de navios fugindo da frota romana, com os remos batendo em desespero no mar agitado, enquanto tentavam manobrar uns ao redor dos outros, sem colidir. Não havia misericórdia para os capturados. As galeras da marinha tinham sofrido muitos anos de perseguições impotentes para não estar adorando a destruição. Alguns navios eram abordados, mas a maioria era queimada enquanto duas ou três galeras faziam chover fogo em seus conveses até que os piratas morressem nas chamas ou pulassem no mar gritando. O resto se afastava a toda velocidade da costa, levando com eles a última chance de liberdade.

Os penhascos estavam cobertos por seus homens, olhando enquanto o ar fresco do mar soprava contra eles. Os penhascos estavam verdes com a grama da primavera, e uma garoa fina escurecia os rostos sujos, sem ser percebida.

Espártaco olhou para seu exército maltrapilho. Estavam todos famintos e cansados, sentindo o peso do conhecimento de que a grande corrida pelo país finalmente acabara. Mesmo assim tinha orgulho de todos.

Crixo se virou para ele, mostrando o cansaço.

— Não há como sair disso, há?

— Acho que não. Sem os navios, estamos acabados.

Crixo olhou os homens em volta, sentados e de pé sem esperança sob a chuva fina.

— Sinto muito. Deveríamos ter atravessado as montanhas — falou baixinho.

Espártaco deu de ombros, rindo.

— Mas fizemos com que eles corressem. Por todos os deuses, nós os deixamos apavorados.

Ficaram em silêncio de novo por longo tempo e, no mar, o último navio pirata foi caçado ou capturado, com as galeras indo para lá e para cá impulsionadas pelos grandes remos. A fumaça dos conveses queimados subia contra a chuva, feroz e quente como a vingança.

— Antonido foi embora — disse Crixo subitamente.

— Eu sei. Ele veio ontem à noite, querendo parte do ouro.

— E você deu?

Espártaco deu de ombros.

— Por que não? Se ele puder fugir, sorte dele. Não resta nada para nós aqui. Você também deveria ir. Talvez alguns de nós consigam se livrar sozinhos.

— Ele não vai passar pelas legiões. Aquela barreira desgraçada que eles construíram nos cortou.

Espártaco ficou de pé.

— Então vamos rompê-la e nos espalharmos. Não vou esperar até sermos trucidados como cordeiros aqui. Junte os homens, Crix. Vamos dividir o ouro de modo que todos tenham uma ou duas moedas, e então vamos correr de novo.

— Eles vão nos caçar.

— Não vão pegar todos. O país é grande demais para isso.

Espártaco estendeu a mão e Crixo apertou-a.

— Até nos encontrarmos de novo, Crix.

— Até lá.

Não havia lua para revelá-los aos soldados que estavam na grande cicatriz que se estendia de um litoral ao outro. Quando Espártaco tinha visto aquilo, balançou a cabeça numa incredulidade silenciosa de que um general romano tentaria uma tolice dessas para encurralar os escravos contra o mar. De certo modo era um sinal de respeito aos seus seguidores o fato de que as legiões não ousavam persegui-los, ficavam contentes em permanecer paradas, olhando por cima das trincheiras no escuro.

Espártaco estava deitado de barriga no chão, na grama baixa, o rosto escurecido com lama. Crixo estava ao lado, e atrás dele uma vasta serpente feita de homens se escondia, esperando o grito para atacar. Não houvera oposição a esta última jogada quando ele a sugeriu. Todos tinham visto os

CONN IGGULDEN

navios queimar, e o desespero havia se transformado num fatalismo sério. O grande sonho tinha terminado. Eles se espalhariam como sementes ao vento e os romanos jamais pegariam sequer a metade.

— Deve ser uma linha fina, para guardar uma trincheira tão longa — tinha dito Espártaco enquanto o sol se punha. — Seremos a flecha atravessando a pele deles, e antes que possam se reunir, a maioria de nós terá atravessado.

Não houvera comemoração, todos tinham repassado as palavras sem se empolgar, sentando-se em seguida para afiar as lâminas e esperar. Quando o sol se pôs, Espártaco ficou de pé e eles vieram junto, caminhando agachados na escuridão.

A borda da trincheira era uma linha escura contra o brilho fraco das estrelas no céu claro. Crixo olhou para ela e se esforçou para ver as feições do amigo.

— Três metros de altura, pelo menos, e parece sólida.

Ele sentiu, mais do que viu, Espártaco confirmar com a cabeça e estalar o pescoço devido à tensão. Os dois se levantaram lentamente e Espártaco deu um assobio baixo para convocar o grupo que seria o primeiro a chegar à barreira. Eles o rodearam nas sombras, os mais fortes, armados com marretas e machados.

— Vão agora. O que quer que eles tenham construído pode ser derrubado — sussurrou Espártaco e os homens partiram correndo, com as armas prontas para o primeiro golpe. Os de trás se levantaram e correram para a barreira romana.

CAPÍTVLO XLIII

JÚLIO MURMUROU AGRADECENDO ENQUANTO LHE DAVAM UMA TIGELA de cozido quente. Cobrindo os campos ao seu redor, até onde a vista alcançava, os soldados das legiões gregas comiam, com a fumaça branca e fina das fogueiras serpenteando no ar. O chão estava grosso de lama, e torrões pesados se grudavam às sandálias e os deixavam mais lentos. Os que tinham capas usavam-nas para se sentar em cima, virando a parte de dentro do pano para baixo de modo que a lama não aparecesse quando recomeçassem a marcha. Muitos outros se sentavam no que pudessem achar, pedras lisas, capim áspero ou até mesmo uma pilha de feno solto que eles haviam espalhado.

Seria uma pausa curta, Júlio sabia. Os *extraordinarii* tinham chegado do reconhecimento de manhã cedo, e corriam boatos entre os homens, mesmo antes de chegar a ordem oficial através da cadeia de comando.

Não havia nada de bom nos relatórios. Júlio estivera com Pompeu quando o general soube que o exército de escravos vinha para o norte encontrá-los, e nenhum dos estandartes das águias de Crasso fora avistado. Pompeu gritou furioso com o cavaleiro que trouxera a notícia, exigindo detalhes que ele não podia dar. Onde quer que Crasso estivesse, tinha fracassado em segurar os escravos contra o mar. Júlio se perguntou se ele ainda estaria vivo, mas não podia se obrigar a ficar preocupado. Tinha visto morte demais. Mais um senador nesta campanha desastrosa não faria diferença.

Cabera enxugou os dedos em volta da tigela e a entregou de volta aos serviçais da cozinha que percorriam o vasto acampamento. Nunca havia o bastante para comer, e quando as tigelas eram distribuídas, boa parte estava tão fria quanto o dia. Ao redor os homens esperavam naquela paz sonâmbula de antes da batalha. Nenhum deles tinha lutado contra os escravos antes, mas as conversas usuais estavam ausentes. Em algum lugar ao sul era fácil imaginar um campo como aquele em que estavam, coberto de corpos romanos e de corvos.

Júlio suspirou enquanto a chuva recomeçava. Ela tornaria o chão ainda mais mole. Não fazia mal. Isso se ajustava perfeitamente ao seu humor, o céu refletindo a depressão que havia se assentado nele. A imagem do rosto pálido de sua mulher e da cama iluminada pelas tochas era tão clara em sua mente como se ele ainda estivesse vendo. Tubruk, até mesmo Cato. Tudo parecia terrivelmente sem sentido. No início ele amara a luta, quando Mário era o general dourado e eles sabiam que lutavam pela cidade e um pelo outro, mas as linhas tinham ficado turvas no caminho, e agora estava enjoado, devorado pela culpa.

Enfiou os dedos no cozido, colocando-o na boca sem sentir o gosto. Quando Péritas morreu, ele havia chorado, mas não existiam mais lágrimas em seus olhos para os outros. Não tinha mais mentira para eles, nem mais discursos. A grande mentira era de que havia alguma coisa pela qual lutar.

Seu pai parecera ter visto algo que valia salvar na República, mas nada restava disso. Eram apenas homens pequenos como Cato e Pompeu que não enxergavam além de sua própria glória. Homens sem visão, não se importando nada com as coisas que Tubruk lhe dissera que eram importantes. Júlio tinha acreditado no que grandes homens lhe ensinaram, mas todos tinham morrido pelos sonhos.

Baixou a mão até a lama entre os pés separados e traçou uma linha com o dedo. Nada daquilo valia a morte de um deles. Nem a de Cornélia, nem a de Tubruk, nem de qualquer dos homens que ele havia liderado na Grécia. Eles o haviam seguido e lhe dado a vida sem reclamar. Bem, ele podia fazer isso, pelo menos.

Dentre todos os soldados, Júlio recebia bem a batalha vindoura. Iria se colocar na linha de frente durante uma última hora até que tudo aquilo finalmente acabasse. Estava cansado do Senado e do caminho. Encolhia-se ao pensar no dia em que Mário o levara ao prédio pela primeira vez. Ele ficara pasmo no coração do poder. Na época os senadores pareciam muito nobres, antes de ele conhecê-los bem demais para respeitá-los. Puxou a capa de encontro ao corpo enquanto o vento aumentava e uma chuva mais forte começava a cair, espirrando a lama em volta. Alguns dos homens xingavam, mas a maioria estava quieta, fazendo as pazes com os deuses antes do início da matança.

— Júlio? — disse Cabera, espantando-o.

Júlio se virou e viu que o velho estava estendendo as mãos para ele. Sorriu ao ver o que Cabera tinha feito. Era uma coroa de folhas, recolhidas nos arbustos e tecida com um fio de seu manto.

— Para que é isso? — perguntou Júlio.

Cabera a estendeu, colocando-a em suas mãos.

— Coloque, garoto. Ela é sua.

Júlio balançou a cabeça.

— Hoje não, Cabera. Não aqui.

— Eu fiz para você, Júlio. Por favor.

Os dois se levantaram juntos e Júlio segurou a nuca do velho.

— Certo, velho amigo — disse ele, soltando o ar lentamente. Tirou o elmo e apertou o círculo de folhas no cabelo, sentindo-as pinicar a pele. Alguns dos homens o olharam, mas Júlio não se importou. Cabera estivera com ele o tempo todo, e não merecia estar esperando para morrer num campo lamacento, longe de seu lar. Era outro que morreria ao seu lado.

— Quero que fique longe da linha de frente quando eles vierem, Cabera. Sobreviva a esta.

— Seu caminho é o meu, lembra-se? — disse o velho, com os olhos brilhando na chuva. O cabelo branco pendia em tiras sobre o rosto, e havia nele um ar tão maltrapilho que Júlio riu.

Ao redor dos dois, homens se levantaram em silêncio. Júlio ergueu a cabeça rapidamente ao ver o movimento, pensando que era hora de marchar, mas eles simplesmente se levantaram e o olharam. Mais e mais se juntaram enquanto a notícia se espalhava, até que cada um deles estava de pé. Pratos foram deixados no chão e capas largadas, molhando-se, enquanto eles o encaravam e a chuva caía.

Pensativo, Júlio levantou a mão e tocou o círculo de folhas, e seu coração se animou. Aqueles não eram homens pequenos. Eles davam a vida sem se importar, confiando que seus generais não desperdiçariam o que era oferecido. Sorriram e gargalharam quando ele os olhou, e Júlio sentiu de novo os laços que os uniam.

— Nós somos Roma — sussurrou, e se virou para ver milhares de pé para ele. Naquele momento entendeu o que sustentava a lealdade de Tubruk e a fé do pai. Ele viraria a mão para o sonho, como homens melhores tinham feito antes, e iria honrá-los com sua vida.

A distância, *cornicens* soaram as longas notas para levantar acampamento.

— Continuem em movimento, irmãos — rugiu Espártaco.

Era o fim e, de algum modo, não havia medo. Seus escravos tinham mostrado que as legiões podiam ser derrotadas, e sabia que chegaria um tempo em que as rachaduras que eles fizeram iriam se alargar, e Roma cairia. As legiões atrás deles reluziam ao sol da manhã, lançando um grito enquanto os milhares de Pompeu marchavam em sua direção, cada vez mais rápido, como mandíbulas para esmagar os escravos entre elas. Espártaco viu que seus escravos exauridos seriam engolfados. Desembainhou a espada e pôs o elmo de ferro sobre o rosto.

— Mas, meus deuses, nós demos uma corrida neles — falou consigo mesmo, enquanto o ar escurecia com lanças.

EPÍLOGO

POMPEU CAMINHAVA COM CRASSO POR ENTRE AS FILEIRAS DE CRUZES. Com Roma à vista, a linha se estendia por quilômetros pela Via Ápia atrás deles, seis mil homens servindo como alerta e prova da vitória. Florestas tinham sido derrubadas para pendurá-los, e quando os carpinteiros das legiões ficaram sem pregos, os escravos foram simplesmente amarrados e espetados com lanças, ou deixados para morrer de sede.

Os dois generais desmontaram para caminhar o último quilômetro até a cidade. Crasso não seria envergonhado, Pompeu tinha prometido. O fim da rebelião tinha apagado os desastres acontecidos antes, e Pompeu estava disposto a lhe dar seu momento de glória. Não tinha nada a temer de Crasso, e sempre havia a riqueza dele a ser considerada. Ele precisaria de homens ricos para financiar seu tempo como cônsul. Talvez, pensou, fosse bom insistir para que Crasso assumisse o segundo posto consular quando acontecessem as eleições. Então eles poderiam dividir os gastos e Crasso sempre seria grato.

A distância os generais podiam ouvir os sons minúsculos de uma multidão aplaudindo, ao vê-los na estrada. Sorriram um para o outro, desfrutando o momento.

— Será que devemos pedir um triunfo? — perguntou Crasso, respirando rapidamente ao pensar nisso. — Não aconteceu nenhum desde Mário.

confusão e da indecisão do Senado. Foi Pompeu que acabou derrotando Mitrídates, e os dois ganharam status em Roma. Júlio foi eleito tribuno militar, com autoridade para alistar soldados, posto que ainda tinha quando a rebelião de escravos comandada por Espártaco começou.

Não existem registros do envolvimento de César na guerra contra Espártaco, mas acho difícil acreditar que um tribuno com o seu empenho e energia não tivesse tomado parte nas legiões comandadas por Crasso e Pompeu.

Apesar de Karl Marx ter descrito Espártaco como "o melhor sujeito que toda a História Antiga tem para mostrar", há pouca dúvida de que o gladiador trácio teve chance de atravessar os Alpes e escapar de Roma para sempre. Não sabemos o que o levou a se virar de novo para o sul, mas, considerando como chegou perto, talvez fosse uma crença genuína de que o poder das legiões poderia ser vencido.

O exército de escravos destruiu e fez debandar várias legiões enviadas contra ele, lançando ondas de medo pela cidade e pelas terras romanas. As estimativas são de que Espártaco tinha mais de setenta mil escravos com ele, assolando a Itália de norte a sul durante dois anos.

Crasso construiu sua barreira pela ponta do pé da Itália, e a esperança de Espártaco, de ser levado por piratas, deu em nada. Os escravos romperam a barreira de Crasso e se derramaram de novo para o norte. Foram necessários três exércitos para impedi-los, e no fim não há registros para saber se Espártaco caiu ou foi crucificado com os milhares de outros ao longo da Via Ápia.

O primeiro ditador vitalício de Roma, Cornélio Sila, conseguiu se aposentar do cargo e viver confortavelmente até morrer em 78 a.C. Ele é mais lembrado por suas listas de proscrições, publicadas a cada dia, citando os que o haviam desagradado ou que eram considerados inimigos da República. Gangues de *raptores* recebiam pagamento arrastando infelizes para ser executados, e durante um tempo Roma esteve mais perto da anarquia e do terror do que nunca. De muitos modos, Sila foi o arquiteto da queda da República, ainda que as rachaduras demorassem um tempo para aparecer.

Quanto à morte de Sila, achei necessário ocasionalmente mudar os acontecimentos. Apesar de César ter lutado em Mitilene, ganhando a coroa de carvalho por bravura, deixei de fora suas viagens pela Ásia Menor e os processos em que ele atuou em Roma durante esse período.

Otaviano era sobrinho-neto de Júlio, e não primo, como coloquei. A mudança de parentesco me permitiu evitar a inclusão de um personagem menor no primeiro livro. De modo semelhante, com objetivos de trama, eu incluí o suicídio de Cato em *A morte dos reis*, quando na verdade ele foi inimigo de César por muitos anos a mais.

Júlio César realizou tanto que sempre foi mais difícil decidir o que não contar do que escolher os acontecimentos que imploram para ser dramatizados. Infelizmente a pura limitação de tamanho me impede de lidar com cada aspecto de suas realizações. Para os interessados nos detalhes que fui obrigado a omitir, recomendo de novo o livro de Christian Meier, *Caesar*.

As minúcias da vida romana eram bem parecidas com o retrato que fiz, desde o assento de parto e da criação de jóias até os modos e costumes da corte romana, e nisso tenho uma dívida para com *Thé Elements of Roman Law*, de R. W. Lee.

Espero que os eventos dos próximos livros sejam mais ricos pelo conhecimento do que aconteceu antes.

C. Iggulden

Este livro foi composto na tipografia Lapidary
333 BT em corpo 13/15 e impresso no
Sistema Digital Instant Duplex da Divisão
Gráfica da Distribuidora Record.